KB053857

노동자의 이름으로

이인휘 장편소설

노동자의 이름으로

초판 1쇄 발행 • 2018년 6월 20일

지은이 • 이인휘
기획 • 서영호·양봉수열사정신계승사업회
펴낸이 • 황규관

펴낸곳 • 도서출판 삶창
주소 • 04149 서울시 마포구 대흥로 84-6, 302호
전화 • 02-848-3097
팩스 • 02-848-3094
등록 • 2010년 11월 30일 제2010-000168호

종이 • 대현지류
인쇄제책 • 스크린그래픽

이인휘 장편소설

노동자의
이름으로

삶창

차례

1장. 뜻밖의 방문

거센 파도가 수많은 창끝처럼 수면을 세우며 달려오고 있었다. 흰 꽃같이 피어올랐던 한낮의 뭉게구름이 둥근 철조망처럼 바람에 뒤엉키며 잿빛으로 변해갔다. 바닷물 속에 감추고 있던 수많은 소리들이 고래 등처럼 떠올라 거품을 토해냈다. 갯바위에 부딪친 파도가 하얗게 제 몸의 살점을 뚝뚝 끊어내며 아우성쳤다. 섬끝마을 앞에 홀로 떠 있는 슬도(瑟島)가 가부좌를 튼 채 그 모습들을 묵묵히 바라보고 있었다.

바위섬, 슬도는 온몸에 상처처럼 구멍이 뚫려 있었다. 바람 잔잔한 날이면 파도가 수많은 구멍 사이를 들고 나며 아름다운 소리를 만들었다. 사람들은 그 소리가 거문고를 타는 소리처럼 들린다고 했다. '큰 거문고' 슬(瑟) 자를 넣어 이름이 붙여진 슬도. 비바람이 요동치는 날이면 세월의 풍파를 견뎌온 늙수그레한 사내의 등짝 같아 애달프게 느껴지기도 했다.

짙은 회색빛으로 무거워진 하늘 아래에서 갈퀴 바람이 허공을 긁고 다녔다. 갈매기들이 마지막 먹이를 찾기 위해 어지럽게 허공을 배회했다. 어둠에 잠식당하고 있는 수평선을 바라보던 사내가 몸을 돌려 해안가를 따라 걸었다. 무거운 짐을 끌고 가는 사람처럼 걸음이 느릿느릿했다. 고개를 숙인 채 걷던 사내는 해안가에서 나와 선착장 위로 올라갔다. 정박해 있던 배들이 파도의 격한 소리에 밀려 출렁거렸다. 핫바지에 검은 장화를 신고 꽁지머리를 한 그는 선착장 위에서 걸음을 멈췄다. 탄식 같은 한숨이 그의 입에서 흘러나왔다.

사내는 슬도처럼 살고 싶어 했다. 바람이 불면 바람이 부는 대로 파도가 치면 파도가 치는 대로, 고요하면 고요한 대로 그렇게 자연 속의 풍경처럼 살고자 했다. 그래서 사람들과 깊게 섞이지 않은 채 최소한의 관계만을 유지하며 살고 있었다.

"나쁜 놈!"

느닷없이 나타나 소낙비처럼 퍼부었던 전처의 목소리가 거머리처럼 머릿속에 찰싹 달라붙어 있었다. 사내는 걸음을 멈추고 담배 한 개비에 불을 붙였다. 담배 연기처럼 머릿속에 꽉 들어찬 그녀의 소리들을 떠나보내고 싶었지만 생각의 증폭만 불러올 뿐 소용이 없었다.

다 잊었다고 믿고 싶었던 지난 세월의 인연들이 꼬리를 물고 이어졌다. 수면 밑으로 깊숙이 가라앉아 더 이상 떠올릴 일도 없다고 믿었던 것들이 분탕질을 치며 고개를 바짝 쳐들었다.

잠바 주머니에 손을 찔러 넣은 채 한참 동안 슬도를 쳐다보던 사내가 고개를 돌렸다. 해안가를 따라 줄 선 횟집들이 불빛을 쏟아내고 있었다. 평일인데도 차량들이 골목길 군데군데에 주차돼 있었다. 막막한 기분에 휩싸인 채 사내는 마을 길 위로 내려섰다.

섬끝마을은 십 년 전만 해도 조용한 어촌 마을이었다. 새벽안개가 흐르고 염분 냄새 짙은 바람과 햇볕이 좋던 아늑한 곳이었다. 횟집도 많지 않았고 외부에서 찾아오는 사람도 적었다. 그런 한적한 어촌 마을이 드라마 촬영을 두어 번 하고 나서 유흥가로 변해갔다. 슬렁슬렁 몇몇 무리가 마을을 드나들더니 시간이 지나면서 횟집이 늘고, 찻집도 생기고, 파도 소리를 파는 파도 소리 체험관도 생겨났다.

사람들이 밀려들자 하얀 무인 등대만 외롭게 품고 있던 슬도로 방파제가 이어졌다. 방파제 중간에 디자인된 중간 다리를 놓고 가로등까지 촘촘히 세워 밤에도 환하게 불을 밝혀놓았다. 슬도의 파도 소리가 밤낮없이 사람들의 발자국 소리로 뒤덮어버렸다.

목이 탔다. 걷잡을 수 없이 용솟음치는 기억들은 슬도로 들어오면서부터 끊었던 술 생각까지 끌어들였다. 사내는 망설이던 손을 주머니에서 꺼내 가게 문을 열었다. 드르륵거리는 문소리가 아득한 나락으로 떨어지는 소리처럼 들렸다. 원하지 않았어도 사람들의 주머니를 채우기 위해 팔려 나간 슬도처럼, 휘둘릴 것도 없다고 믿었던 자신의 생도 한순간 뿌리째 흔들거렸다. 전처가 사시나무 떨듯 진저리를 치면서 말을 퍼붓다가 불쑥 내밀었던 핸드폰, 그 핸드폰 속의 영상과 목소리가 가슴에 피멍울처럼 박혀 눈앞을 어지럽혔다.

이 무슨 업보인가.

사내는 막걸리가 담긴 비닐봉지를 흔들며 어둡고 좁다란 미로 같은 마을 길을 구불구불 걸어갔다. 다닥다닥 붙은 삼십여 채의 집들이 만들어놓은 골목길을 빠져나오자 다시 바다가 나타났다. 그는 마을에서 멀찍이 떨어져 해안가 끝에 자리 잡은 자신의 집을 내려다봤다. 낡은 슬레이트 지붕이 바람에 날아가지 않도록 파란 천막을 덧씌우고 검정 밧줄로 칭칭 둘러친 뒤 폐타이어를 올려놓은 집이다. 집 앞마당 끝에 세워진 간이 전봇대 위에 삿갓을 쓴 전구가 텅 빈 마당을 적막하게 비추고 있었다. 그는 터덜터덜 걸어 내려가 파란 페인트칠이 흉측하게 벗겨진 철제 대문을 열었다. 문 안으로 들어서는 그를 보자 툇마루에 앉아 있던 여자가 슬그머니 일어났다. 그녀는 물끄러미 사내가 다가오는 것을 지켜보고 있었다.

십몇 년을 사내와 함께 살면서도 표정도 말도 없이 물질만 하는 여자, 어깨까지 내려온 머리카락을 가지런히 모아 고무줄로 묶고 다니는 여자, 작은 키에 살집도 없어 왜소해 보이는 여자, 간간이 한밤중에 일어나 하염없이 바다만 바라보는 여자, 손끝 한 번 사내와 스쳐본 적이 없는 그 여자가 하얀 바탕에 검정 물방울무늬가 있는 몸뻬 바지를 입고 주홍색 티에 하얀 운동화를 신은 채 밀랍 인형처럼 미동도 없이 서 있었다.

"술 한잔하려는데 김치라도 좀 내오소."

사내가 툇마루에 앉아 검정 비닐봉지에서 막걸리를 꺼내자 여자가 부엌으로 향했다. 그는 장화를 벗고 툇마루에 올라앉아 바다를 바라봤다. 집 앞 갯바위를 핥아대며 올라온 파도의 하얀 포말만 전구 불빛 속에서 드러났다 사라졌다. 여자가 소반 위에 김치와 젓갈을 올려갖고 툇마루로 왔다.

"비가 오려나 보우, 바람이 거세져."

사내는 하얀 막사발에 막걸리를 한 잔 가득 부었다. 십삼 년 전 슬도에 들어온 이후 처음 마시는 술이었다. 다시는 술을 입에 댈 이유가 없을 거라고 여겼건만…, 사내는 손가락으로 막걸리를 휘휘 젓고 나서 단숨에 들이켰다. 술기운이 순식간에 전신으로 퍼지면서 트림이 올라왔다. 그는 안주 대신 담배를 입에 물었다.

"아까 왔던 여자는 내 전처라우."

여자는 사내와 마주 앉은 채 바다만 바라봤다. 파도가 집 안으로 몰려 들어올 것처럼 규칙적으로 철문을 흔들며 소리쳤다. 해안가로 곧장 이어져 있는 마당 밑에서 습기를 잔뜩 머금은 바람이 파도 소리를 따라서 올라왔다.

"산다는 게 뭔지 모르겠소."

핏기 없는 목소리가 사내의 입에서 흘러나왔다. 푸념 같은 그의 목소리가 담배 연기처럼 순식간에 바람에 날아갔다. 굵은 주름 서너 개를 이마에 새기면서 사내가 자조 섞인 웃음을 흘렸다.

"도대체 인간은 어떤 존재고, 어떻게 살아야 하는 것인지 알 수가 없단 말이지. 도대체 산다는 게 뭐요?"

사내가 여자의 얼굴을 쳐다봤다. 여자는 끝없이 펼쳐져 있는 바다 위 어둠만을 응시하고 있었다.

"알 수가 없군. 당신 눈빛처럼 인생이란 놈 역시 정말 알 수가 없소. 내 말이 무슨 뜻인지 알겠소? 알고 있겠지. 모든 말들을 다 알아들으면서 왜 대답을 안 하는 건지, 정말 알 수가 없소. 이렇게 당신과 마주 앉아 얘기해보는 것도 처음인데, 입술 한 번 떼기가 그렇게 어려운 건지. 마음대로 하시구려."

사내는 막걸리를 따라 마시면서 말을 이었다.

"내 전처 사납지 않소? 뭐든 제멋대로 말하고 행동하던 여자지. 세월이 꽤 흘렀는데도 여전하더군."

초저녁에 문을 열고 들어선 전처는 느닷없이 사내의 이름을 불렀었다.

"김광주, 여기 사는 거 다 아니까 나와!"

여자가 마당 빨랫줄에 널어둔 옷을 막 걷어 들이고 있었다. 전처는 그녀를 보지 못한 채 성큼 툇마루까지 다가와 악다구니를 썼다. 방에 있던 김광주가 낯익은 목소리에 놀라 툇마루로 나왔다. 전처가 화가 잔뜩 난 표정으로 방문을 쏘아보고 있다가 김광주가 나타나자 신발을 벗어 던지고 툇마루에 올라섰다.

"무슨 죄를 지셨길래 여기까지 숨어드셨나?"

전처는 김광주를 제치고 방 안으로 고개를 들이민 채 살피며 말을 이었다.

"바닷가에서 세상만사 근심 없이 잘 사는 줄 알았더니, 사는 꼴이 뭐 이래? 어라, 저 여자는 또 뭐야? 색시까지 새로 얻으셨나 보지?"

"말조심해! 갑자기 나타나서 웬 행패야!"

"행패? 그래, 내가 지금 행패 안 부리게 됐어? 눈이 뒤집혔는데! 젊은 각시 앞이라고 똥폼이나 잡을 생각하지 말고, 잘 봐! 난 너와 찢어져서 남남이라고 쳐. 하지만 넌 니 새끼가 어떻게 사는지도 관심 없냐? 애비라는 작자가 이래도 되는 거냐고?"

눈동자를 하얗게 까뒤집고 전처는 광주의 눈을 파고들듯이 쏘아봤다. 눈썹을 그리고 분을 바르고 입술에 빨간 립스틱을 칠한 그녀는 성난 짐승처럼 이빨을 드러내며 독기 서린 목소리를 쏟아냈다. 광주가 난색을 하며 툇마루 아래로 내려서자 그녀도 부리나케 하이힐을 신었다.

"얼굴이 안 보여? 잘 봐, 누구 새끼지! 한 달 가까이 물과 소금만으로 버티면서 목에 피가 터지도록 외치고 있는 니 새끼 모습을, 이 나쁜 놈아!"

전처는 가방에서 스마트폰을 꺼내 바다만 바라보고 있는 광주를 돌려세웠다. 그녀는 눈가에 눈물까지 맺힌 싸늘한 얼굴로 스마트폰을 꺼내 광주 앞에 내밀었다. 영상 안에는 누군가가 옥상 같은 곳에 올라선 채 소리를 지르고 있었다. 전처가 폰을 광주의 얼굴 가까이 들이밀었다. 광주가 폰을 빼앗아 들여다보았다. 다 잊으며 살고 있다고 믿었어도 문득문득 떠올랐던 아들의 모습이었다. 고가도로 밑에 움막 같은 것을 만들고 그 안에서 아들이 불끈 쥔 주먹을 하늘을 향해 흔들면서 소리치고 있었다.

"비정규직 철폐하라!"

아들의 목소리가 재봉틀 바늘처럼 순식간에 광주의 심장을 박으면서 지나갔다. 그의 눈동자 역시 봐서는 안 될 것을 본 듯 부릅떴다가 이내 혼이 빠져나간 사람의 눈빛처럼 흐릿해졌다. 그는 탄식처럼 한숨을 내쉰 뒤 전처에게 폰을 건네주었다. 온몸에 퍼져 있는 땀구멍으로 생의 기운이 빠져나가는 것 같았다. 그는 힘없이 마당 한가운데로 몸을 건들거리며 내려섰다. 바다 저 멀리 하늘과 구분돼 있던 수평선의 경계가 지워지고 있었다.

이게 무슨 운명이란 말인가.

불길한 기운이 소름처럼 등짝에서 일어났다. 눈앞이 온통 캄캄해지고 생각은 벼랑 끝에 선 채 아득해졌다. 어떤 가혹한 인연이 아들과 자신을 가시 박힌 쇠사슬로 묶어놓았다는 생각이 머릿속에 꽉 들어찼다. 육순을 맞이한 광주의 구릿빛 얼굴이 참담하게 일그러졌다.

"어디 가? 내가 가서 애걸해도 소용없었으니, 니가 가서 살리든지 죽이든지 맘대로 해. 애비 잘하는 건 안 닮아도 나쁜 건 꼭 닮는다구, 에이, 더러운 놈의 팔자!"

전처의 앙칼진 목소리가 귓전을 울리다 스치는 바람처럼 멀어져갔다.

바람 소리도 파도 소리도 들리지 않고 아들의 목소리만 머릿속을 공전하며 자신이 걸어왔던 지난 시간들을 끌어냈다. 다시는 돌아보지도, 쳐다보지도 않을 거라던 기억들이 오그라든 심장 안에서 벌레처럼 꿈틀거리며 살갗을 후벼 파고 기어 나왔다.

"내가 살아온 얘기 좀 들어보겠소?"

광주는 가슴에 꽉 들어찬 소리들을 어쩌지 못해 지나온 세월들을 꺼내놓기 시작했다. 폐차들이 뒤얽혀 있는 듯한 서울 변두리 산동네 판자촌에서 낳고 자랐던 얘기부터 울산으로 흘러들어온 사연까지 넋두리를 하듯 풀어놓았다. 쓰레기들만이 모여서 나뒹구는 막다른 뒷골목 풍경 같은 그의 이야기는 슬픔과 분노로 뒤덮여 있었다. 그는 이야기를 하다가 슬픔이 목까지 차오르면 막걸리를 들이켰고 담배를 피워댔다.

　폐가처럼 무너져 먼지처럼 날아다니던 이야기가 물처럼 흐르는 사이에 바람이 몰고 온 빗방울들이 지붕을 두들겨댔다. 금세 굵어진 빗줄기는 불빛 속으로 사선을 그으며 달려들었다. 군데군데 패어 있는 마당 위에서 빗방울들이 흙탕물을 튀기며 물보라를 일으켰다. 여자는 여전히 바다만 속절없이 바라보고 있었다.

　"목구멍이 포도청이라고, 울산에 와서 공장엘 들어갔소. 여기서 차로 불과 삼십 분 정도면 갈 수 있는 현대자동차라오. 지금에야 월급도 많아 귀족 노동자니 어쩌니 하지만 85년 내가 입사할 때만 해도 포로수용소 같은 곳이었다오, 염병할! 아, 말이 헛나왔소. 공장 얘기를 하다 보니 말투도 그 시절로 돌아가는구려.

　주야로 맞교대하면서 죽어라고 일만 하던 시절이었소. 하루 열두 시간씩, 또 어쩔 때는 열네 시간을 공장에서 일하고 죽지 않을 정도의 월급만 받고 살았소. 공장에 출근하면 어떤지 아시오? 경비라는 것들이 제복을 차려입고서 떡 버티고 서 있다오. 손에는 바리캉을 들고 말이오. 나이가 많건 적건 상관도 안 했소. 머리카락이 귀를 조금만 덮어도 그들은 사정없이 바리캉으로 머리 한가운데를 밀어버렸다오. 그러면 툭툭 떨어지는 머리카락을 보면서도 반항 한 번 못 한 채 죄인처럼 고개를 숙이고 정문 옆에 있는 버스로 기어 올라가야 했소. 거기에 간이 이발소를 차려놨거든. 그렇다고 이발을 꽁짜로 해주는지 아시오? 월급에서 얄짤없이 떼갔다오. 참 바보같이 살았던 세월이었소. 그 치욕스런 짓을 고스란히 당하고 살았으니…."

광주는 지난 시절의 모욕감을 털어내듯 손바닥으로 자신의 허벅지를 탁탁 쳐댔다. 그는 막걸리 잔을 입에 댄 채 무엇인가를 생각하다가 잔에 남아 있던 술을 단숨에 들이켜고 입술을 훔쳤다.

"그러다가 상상도 못 한 일들이 일어난 거요. 1987년 그 무더웠던 여름날, 공장에 노동조합이란 게 만들어졌소. 노동조합이라고 알고 있소? 노동자들이 자신들의 권리를 찾기 위해 자신들의 입장을 대변할 조합을 만들었다는 것이지. 염병할! 노동조합이 만들어지자 바리캉도 숨어버리고 함부로 욕설을 퍼붓던 관리자 놈들도 움츠러들었소. 늘 우리를 못 잡아먹어 안달을 부리던 쥐새끼 같은 관리자 놈들! 조합이 만들어지자 우리 노동자들은 자신의 목소리를 내게 되었소. 무시당하고 모욕당하면서 주면 주는 대로 시키면 시키는 대로 일하다 다른 세상을 본 거요. 우리도 인간이라는 사실에 눈을 뜨게 됐다는 말이오. 그야말로 천지가 개벽한 것이지. 미래에 대한 희망이 가슴에서 분수처럼 치솟기도 했소. 하하, 그런데 그 노동조합이 내 삶을 뒤틀어놓을 줄이야! 아니지, 아니야. 한순간 조합이 내 생을 흔들긴 했어도, 그놈만, 그놈만 만나지 않았다면 내 인생이 여기까지 흘러오진 않았을 거요."

광주는 막걸리에 취하고 스스로 떠들어대던 말에 취하다가 누군가를 떠올리며 게슴츠레해지던 눈을 번쩍 떴다. 그는 답답한 듯 잠바를 벗어 던지고 셔츠 단추를 풀었다. 앞으로 흘러내린 머리카락도 뒤로 쓸어 넘긴 뒤 유난히 큰 손으로 얼굴을 쓱쓱 문질러댔다. 그는 다시 막걸리 한 잔을 따라 단숨에 들이켜더니 웃통을 벗고 비가 쏟아지는 마당 한가운데를 맨발로 성큼성큼 걸어갔다.

여자가 움찔했지만 더 이상 움직이지 않았다. 광주는 바지를 벗어 던진 채 불빛 밖으로 나가 어둠에 묻힌 해안가로 내려갔다. 해안가에 내려선 광주는 바다로 곧장 걸어 들어갔다. 파도가 거세게 광주의 몸을 밀어냈지만 그는 주저하지 않고 물속으로 휘적휘적 걸어갔다. 성난 물줄기가 몸을 때리고 얼굴까지 올라왔지만 아랑곳하지 않았다. 그는 칠흑 같은 어둠 속으로 몸을 던졌다.

그의 몸과 함께 모든 것들이 물속으로 가라앉았다. 끊이지 않고 떠올랐던 생각도, 가슴에서 솟구쳤던 말들도, 아들의 몸짓과 목소리까지도 심연 같은 어둠 속으로 소멸해갔다. 그 고요함을 뚫고 한 줄기 흰빛이 눈앞에 나타나 자신의 생을 온통 뒤흔들었던 한 사내의 얼굴로 피어났다. 광주는 온몸을 차갑게 얼어붙게 하는 기운에 진저리 치며 감았던 눈을 떴다. 새까만 어둠 속에서 자신을 쳐다보던 사내의 눈빛이 푸르스름하게 빛을 발하며 남아 있었다. 반가움보다는 두려움에 휩싸여 광주는 허둥거렸다. 때때로 느닷없이 나타나 가슴을 저리게 만들었던 그 얼굴을 피하고 싶어 물 밖으로 몸을 밀어 올렸다. 세상의 빛을 차단한 듯 어둠을 그으며 굵은 빗줄기가 광주의 얼굴 위로 세차게 내리꽂혔다. 성난 파도가 갯

바위에 제 몸을 던지며 울부짖었다. 바다가 온통 암흑 위에
서 요동을 치고 있었다.

2장. 지나간 나날들

염포산 위로 해가 올라오면서 거대한 자동차 공장이 모습을 드러냈다. 여의도보다 한 배 반 정도 넓은 부지 위에 파란 지붕을 맞댄 채 열 맞춰 있는 공장들이 닫혔던 모든 문을 활짝 열었다. 공장 뒤로 태화강이 바다로 흐르고 그 옆으로는 미포조선의 거대한 크레인들이 수 척의 배 위에서 여전히 불을 밝혀놓고 있었다.

사방에서 노동자들이 쏟아져 나와 정문으로 향했다. 수십 대의 자전거 행렬이 이어지고 오토바이들이 부릉부릉 소리를 지르며 앞다투어 정문으로 들어갔다. 버스에서 노동자들이 내리고 정문 앞에 있는 양정동 마을 골목골목에서도 부스스한 모습을 한 채 작업복을 입은 노동자들이 무리를 지어 나왔다. 때에 전 구겨진 작업복처럼 피곤이 역력한 표정으로 그들은 굳게 입을 다문 채 하루의 노동을 팔기 위해 작업 시간에 맞춰 부지런히 걸음을 옮겼다. 슬래브와 슬레이트 지붕으로 이어진 허름한 양정동 일대가 노동자들의 물결로 한층 더 우중충한 빛깔로 물들고 있었다.

처음 자동차 공장이 들어올 때만 해도 양정동과 그 주변 마을은 논과 밭이 펼쳐진 농촌 마을이었다. 공장 부지가 만들어지고 건물이 들어서면서부터 마을은 변해갔다. 공장 안에 기숙사가 있고 공장 밖에도 사택이 있었지만 늘어나는 노동자들의 숙소를 감당할 수 없었다. 잇속에 밝은 외지 사람들이 논과 밭을 사들여 슬래브 가옥들을 세웠다. 슬레이트 지붕을 한 농촌 가옥들도 소와 돼지를 키우던 막사를 방으로 개조했다. 그들은 농사일을 접고 노동자들을 상대로 장사하기 위해 집 모양을 고쳐가며 포장마차 같은 선술집을 열기도 했다.

노동자들은 방 한 칸에 좁은 부엌이 딸린 방을 구해 자취를 했다. 짐승을 키우던 곳에 세워진 추레한 방이었지만 하루 열두 시간씩 맞교대를 해가며 일하는 그들이 유일하게 몸을 눕히고 쉴 수 있는 공간이었다. 노동자들은 그곳에서 혼자 지내거나 돈을 아끼기 위해 두세 사람씩 모여 살기도 했다. 백열전구가 한가운데 매달려 있는 방 안에는 옷을 걸어두는 미니옷장이 살림의 전부였다.

대부분의 노동자들은 집에서 밥을 해 먹지 않았다. 출근 때면 아침을 거르고 공장에서 주는 점심, 저녁으로 하루 끼니를 대신했다. 허기를 참지 못하는 사람들은 선술집으로 달려가 허겁지겁 라면을 먹거나 국밥을 홀홀 넘기고는 공장으로 달려갔다. 겨울철이면 연탄이 꺼질까봐 주인집에 50원씩 주고 연탄 갈이를 부탁하기도 했다. 희망을 갖기도 어려웠던 그들에게는 내일도 똑같은 하루의 반복을 의미했다. 일하고 술 마시고 자고 또다시 일하는 쳇바퀴 같은 시간은 그들에게 새로운 삶에 대한 생각을 할 여유조차 주지 않았다. 세월이 흐를수록 기계의 수명이 짧아지듯 그들의 몸에도 균열이 생겼다. 혹사당한 몸으로 위장병, 관절염, 두통 같은 병들이 시도 때도 없이 들락거리며 괴롭혔다.

1990년 10월 하순, 아침저녁으로 날씨가 서늘해졌다. 일찌감치 도로 위로 떨어진 가로수 잎들은 말라 바스러지면서 쓰레기처럼 나뒹굴었다. 공장 담벼락 위를 덮고 있는 철조망에선 쇠가시에 찔린 햇살들이 반짝거렸다. 정문을 가로막고 있던 스테인리스 바리케이드가 입을 벌리고 노동자들의 발걸음을 재촉했다. 정복을 입은 경비들이 어깨를 축 늘어트리고 들어오는 노동자들을 훑어보고 있었다.

작업 종이 울렸다. 아침 여덟 시, 작업이 시작되자 공장 안은 부산스럽게 움직였다. 자동차는 총 다섯 공정을 거쳐 완성된다. 처음 자동차를 만들 때는 모든 것을 사람의 노동으로 했지만 1980년대 중반 이후부터 작업자들이 들 수 없는 무거운 것들은 기계가 대신했다.

프레스로 철판을 찍어서 차체를 구성할 패널을 만들어내면 용접으로 붙여 겉모양을 완성한다. 차 한 대를 만들기 위해 4천8백 번의 용접 작업이 이루어진다. 차체가 완성되면 도장부로 넘어간다. 도장부에선 녹이 스는 것을 방지하기 위해 페인트 막을 입히고 빠른 시간 안에 건조시켜 컬러를 입힌다. 색깔로 치장한 차체는 컨베이어가 있는 의장부로 넘어간다.

의장부는 핸들, 브레이크, 백미러 등과 같은 차체 내부에 필요한 부품을 부착하는 곳이다. 컨베이를 타고 차체가 돌면 작업자들이 임팩트(임팩트 렌치, 나사 조이는 기구)를 들고 자신이 담당하는 부품들을 조립해 붙였다. 컨베이어 옆에는 운반

자들이 있어 부지런히 필요한 부품을 수레에 담아 나르며 조달을 했다. 여러 종류의 실내 부품을 조립하는 곳이라 의장부에는 가장 많은 작업자들이 배치됐다. 컨베이어 작업이라 작업자가 문제를 일으켜 기계를 세우거나 기계 결함이 생기면 전 작업이 멈추게 되는 곳이기도 했다.

의장부에서 자동차가 완성되면 차에 부동액을 채우고 기름을 넣어 검사장으로 보낸다. 검사실에서 테스트를 통해 규정을 통과하면 자동차가 완성되는 것이다. 한 대가 작업자 앞을 지나가는 시간은 이 분 정도 걸린다. 컨베이어가 빨리 돌수록 생산량은 많아지지만 노동자들은 그만큼 힘을 쏟아야 했다.

두 시간 일하고 십 분 쉬다가 점심시간만 되면 노동자들은 바쁘게 식당으로 달려갔다. 열두 시부터 한 시까지 점심시간이었지만 회사는 삼십 분을 잘라 연장 근무로 전환해 일을 시켰다. 그 시간에 노동자들에게 주는 임금보다 그들이 만들어내는 자동차 생산을 통해 훨씬 많은 이윤을 취할 수 있기 때문에 오래전부터 관행처럼 해왔던 일이었다. 노동자들 역시 연장 수당이 붙은 임금을 받을 수 있다는 것 때문에 묵인해왔다. 식당 앞에는 늘 허기진 긴 줄이 풀린 빨랫줄처럼 힘없이 늘어져 있었다.

광주는 몇 줄 앞에 있는 사내를 뚫어지게 살폈다. 오늘 자기 바로 뒤쪽에 배치된 신참이었다. 새내기답게 작업복도 깨끗하고 작업화 코끝도 반짝였다. 쌍꺼풀진 큰 눈 위로 활처럼 휘어진 새까만 눈썹이 눈꼬리보다 길게 이어져 있었다. 코도 큼직하게 우뚝 솟았고 입술도 두텁게 다물어져 있는데 머리카락까지 심하게 곱슬거려 한눈에 봐도 고집이 세 보였다. 일 미터 칠십 중반쯤 돼 보이는 키에 어깨가 딱 벌어진 탄탄한 몸매를 갖고 있었다.

광주는 묘한 호기심이 일었다. 조장이 3공장 의장3부에서 2주일 만에 쫓겨 온 귀찮은 놈이라고 귀띔해줬기 때문이었다. 그는 사내가 밥을 받아 들고 자리에 앉자 맞은편에 가서 앉았다. 무슨 생각을 하는지 사내는 얼굴을 숙인 채 묵묵히 밥만 먹어대며 고개를 들지 않았다.

"이름이 뭐여?"

사내는 못 들었는지 밥 먹는 데만 열중했다.

"귀가 잡수셨나? 이름이 뭐냐니까?"

"나 말입니까?"

"거참, 내 눈이 지금 누굴 쳐다보는지 모르나? 그려, 자네 말일세. 작업장에서 나 봤지?"

"못 봤는데요."

"어라, 이 친구 별종일세. 오전 내내 붙어서 일했으면서도 모른다구? 자네 앞에서 일한 사람일세."

"아, 그러세요, 양봉수라고 합니다."

"어디 출신여?"

"전남 무안입니다."

"라도 냄새가 나긴 나는구만. 울산은 갱상도지만 자동차엔 전라도 사람도 많지. 반갑네. 근데 왜 쫓겨 온 겨?"

봉수는 광주가 무슨 말을 하는지 몰라 눈동자만 멀뚱거

렸다.

"왜 3공장에서 2공장으로 쫓겨 왔냐구?"

"쫓겨 온 게 아니라, 가래서 왔는데요."

"거참, 이 친구, 세상물정 모르네. 여긴 한 번 배치되면 금방 가라 말라 안 하는 동네여. 뭔 짓을 저지르지 않고는 금방 이동할 리가 없지. 뭐여?"

"그런 건가요? 의장2부에 사람이 급히 필요해서 보내는 거라고 했는데… 아, 그런 거였군요."

"순진한 친구구만. 뭔 짓 했길래 꼬투리 잡혔는가?"

"시급 문제 때문에 조장, 반장들에게 시정해달라고 했죠. 대의원들에게도 대책을 세워야 되는 게 아니냐고 물었고요."

"아, 시급 문제? 나도 들어서 아네."

자동차 공장의 임금은 시급제였다. 시급 차이는 일 년을 주기로 결정됐다. 작년까지만 해도 그 전해에 들어온 사람과 시급 차이는 65원에서 75원 정도 차이가 났다. 그런데 올해 들어온 사람들은 지난해에 들어온 사람들보다 260원 정도 차이가 났다. 작년 수준으로 볼 때 시간당 190원 정도를 이유도 없이 덜 받는 셈이었다.

"너무 부당하다 싶어서 몇 마디 묻고 다녔는데 그 이유로 나를 여기로 보냈다니 웃기는군요. 근데 왜 이런 차이가 나야 하는 겁니까?"

"이유가 어딨나, 이 사람아. 주는 사람 맘이지. 하하, 공장이 확장되고 사람을 왕창 뽑아야 되니까 돈 주는 게 아까워 회사가 꼼수를 부린 걸세. 그놈들이 언제 알아서 정당하게 임

금을 준 적이 있는가? 그들은 어떻게 우리를 헐값에 부려먹을
수 없을까 궁리만 하지. 마치 옛날 머슴 부리듯 노동자들을
부려먹으려고 한단 말일세. 하하, 자넨 모르네. 우리가 자동
차 공장에서 얼마나 똥개처럼 빌빌거리며 살아왔는지."

1980년대 중반, 엑셀 승용차를 만드는 생산 공장이 준공
되고 자동화 시설이 진척되면서 대량생산이 가능해지자 그에
필요한 노동자들의 수도 급격히 늘어났다. 1990년 중반부터
는 격주로 6백 명씩 사람들을 입사시켜 그해 부당한 시급을
받은 사람들은 3천여 명이 넘었다.

"임금은 균등하게 지급돼야 하는 거 아닙니까? 이렇게 차
등 지급하면 안 되는 거 아닙니까?"

"안 되지. 안 되고말고! 하지만 너무 설치지 말게, 그러다
가 또 쫓겨날 걸세."

"그래서 노동조합을 찾아가보려고 합니다."

"어허, 노동조합? 우물가에 가서 숭늉을 찾으시려구? 택도
없네."

"왜요? 노동조합이 그런 거 해결해주는 곳 아닙니까?"

"아이구, 이 사람아. 노동조합 믿지 말게. 그런 건 당한 사
람들이 모여서 스스로 회사와 치고받아야 확실한 걸 얻을 수
있는 걸세. 그렇다고 앞장서서 난리치지는 말어. 남들이 소리
칠 때 한마디씩만 보태면 되는 겨. 자네에게 자동차 공장에서
살아가는 법 하나 가르쳐주지. 지고 빠지면서 살아, 그게 이
늠의 공장에서 잘 사는 비법이라네. 자, 다 먹었으면 들어가
세. 기계들도 밥 달라고 부르는 시간일세."

오후 작업 종이 울렸다. 광주는 작업할 땐 다른 생각 마라며 봉수의 어깨를 툭툭 치고는 연장을 집어 들었다.

그놈 참 잘생겼네.

광주는 봉수의 인상과 말투가 맘에 들었다. 생긴 것도 멋진데 패기도 있어 보였다. 하지만 자동차 공장에서 잘못 호기를 부리면 손해만 볼 뿐 아니라 다칠 수도 있었다. 그는 서울서 모든 것을 청산하고 울산으로 흘러 들어올 때 다짐했던 게 있었다.

나서지 마라. 누군가가 손가락질해도 기회주의자처럼 살아라.

그 맹세를 잊고 1987년 갑작스러운 상황에 휩쓸려 날뛰고 다녔었다. 뭔가 다른 인생을 살 수도 있다는 믿음이 불같이 치솟던 때여서 그 길을 쫓아다녔지만 믿음은 채 몇 년이 안 가서 와르르 무너져 내렸다. 그 일 이후 광주는 사람들의 말을 신뢰하지 않았다. 멋진 말들을 목청 높여 말하는 사람일수록 경계심을 세우며 거리를 뒀다.

저녁밥을 먹고 잔업 두 시간을 끝낸 뒤 광주는 탈의실에서 옷을 갈아입고 공장 밖으로 나섰다. 아침처럼 노동자들이 전 공장에서 물결처럼 흘러나왔다. 그들은 다시 자전거를 타거나 오토바이로 굉음을 지르며 공장 문을 빠져나갔다. 도살장에 끌려가는 소처럼 죽을상을 지었던 아침과는 달리 그들의 움직임엔 생기가 돌았다. 그들은 하루 종일 자신들을 가두고 기계처럼 부리던 공장을 빨리 떠나고 싶어 부지런히 공장 밖으로 걸음을 재촉했다.

정문을 나선 광주는 길 건너편 안쪽에 있는 양정 당구장의 문을 열었다. 담배 연기가 뿌옇게 떠다니고 있는 당구장 안에 당구대 여덟 개가 놓여 있었다. 여섯 개의 당구대 위에서 떠드는 사람들의 목소리 사이로 당구공 부딪히는 소리가 지나다녔다. 주인과 한 게임 하려고 왔던 광주가 오른쪽 구석 빈 당구대 위에서 혼자 큐대를 잡고 있는 사내를 보았다. 흘깃 누군가, 하고 바라보던 광주의 입에서 실소가 흘러나왔다.

"한 게임 칠까?"

광주는 사내에게 다가가 어깨를 툭 쳤다. 큐대를 잡고 있던 봉수가 광주를 쳐다보며 멋쩍게 웃었다.

"여기서 또 뵙네요, 몇 치세요?"

"자넨 몇 치는데?"

"이백오십이요."

"짠물 아니여? 난 삼백 치네."

"어이, 센데요."

"술 한잔 내기할까?"

"좋죠. 삼세판입니다."

봉수의 눈빛이 반짝거렸다. 그는 큐대를 걸이대에 세워놓고 손에 묻어 있던 분가루를 탁탁 턴 뒤 조심스럽게 카키색 잠바를 벗었다. 잠바 안에 핑크빛 남방을 입고 있었다. 그는 잠바 옷깃 중앙을 잡고 구겨지지 않도록 옷을 걸었다.

광주의 입에서 웃음이 삐저나왔다. 봉수의 군청색 면바지는 칼날처럼 주름이 잡혀 있었다. 검정 구두도 방금 닦아놓은 것처럼 반짝거려 파리도 미끄러질 것만 같았다. 자동차 공장 노동자들 모습에서 쉽게 볼 수 없는 깔끔하고 단정한 그의 옷차림이 광주의 눈에는 낯설고 흥미롭게 보였다.

봉수는 당구공을 제 위치에 놓고 자세를 잡았다. 보폭을 유난히 넓혀 잡고 큰 눈을 부릅뜬 채 신중하게 첫 공을 쳤다. 그는 '알다마' 세 개를 치고 나서 삑사리를 내자 아쉬운 표정을 지었다.

"거 무섭네. 다마를 잡아먹을 듯이 노려보는구만."

광주가 너스레를 떨며 치기 시작했다. 그는 공들을 모아가면서 쉽게 쳤다. 많이 칠 때는 한 번에 대여섯 개씩 '알다마'를 쳐대며 게임을 주도해갔다. 봉수는 광주가 실력을 발휘할수록 당구공의 길을 요리조리 살피며 신중을 더했다.

당구공이 순간 나란히 섰다. 유난히 '나미'를 잘 따는 봉수였다. 그는 두 발을 바닥에 딱 버틴 채 미동도 없이 시선을 당구공에 박고 큐대를 툭 밀었다. 일자 가까이 세워져 있는 앞공을 눈에 보이지 않을 정도로 흔들고 지나가면서 다른 공을 스쳤다.

"기가 막히게 벗겨대는군. 연애를 많이 해봤나 보지?"

봉수는 대답 대신 다음 공의 길을 이리저리 쟀다.

"말 걸지 마라 이거지? 하하, 좋네, 좋아. 어디 한번 본격적으로 붙어보세."

게임은 막상막하하였지만 결국 삼 대 일로 봉수가 졌다. 그는 승부욕을 여전히 거두지 못한 눈빛으로 말했다.

"한 번 더하죠?"

큐대를 걸이대에 갖다놓으며 광주가 손사래를 쳤다.

"자네 나이가 몇인가?"

"스물넷이요."

"난 서른셋이여. 자네는 힘이 남아도나 본데 난 피곤해서 싫네. 하하, 억울하면 나중에 다시 붙고 목구멍 때나 벗기러 가세."

봉수는 당구장을 나오기 전에도 화장실부터 가서 손을 씻었다. 그는 화장실에서 나오면서 옷에 묻어 있을 분가루나 초크를 털어낸 뒤 잠바를 꺼내 걸쳤다. 두 사람은 당구장을 나와 족발집으로 향했다.

"이모, 나 왔수다."

양정동 골목길엔 두 부류의 술집이 있었다. 슬레이트 지붕을 얹은 포장마차 선술집에선 주로 오뎅이나 순대 같은 것들을 팔았고 슬래브 지붕을 얹은 음식점에선 튀김 닭이나 족발, 삼겹살 등을 팔았다.

"한 가지 물어봐도 됩니까?"

"이렇게 술도 사주는데 수십 가지 물어봐도 되네. 똥구르마 공돌이 인생이지만 살아오면서 쓴맛 단맛 많이 봐서 세상 살이를 좀 아네. 뭐가 궁금한가?"

"점심때 왜 노동조합을 믿지 마라고 했습니까?"

광주가 픽 웃었다. 그는 봉수를 훑어보다가 입을 열었다.

"자네는 배신자를 믿나? 배신이라는 건 한 번 하면 두 번째는 더 쉽지. 나는 살면서 그런 놈들 수없이 봤네. 개만도 못한 버러지 같은 놈들이지. 술이 오는구만. 일 잔 하고 말해주겠네. 오, 족발 때깔 한번 죽이는구만. 하하, 한 잔 받게. 근데, 술은 좀 하나?"

"남 먹는 만큼 마십니다."

"좋아, 좋아. 사내가 술 못 하면 찌질해서 못 쓰네. 자, 한잔 시원하게 찌끄려보세!"

두 사람은 단숨에 술을 들이켰다. 봉수가 광주의 잔에 술을 따르며 왜 노동조합을 믿지 말아야 되냐고 다시 물었다. 광주는 호기심이 가득 담긴 봉수의 눈빛을 흘겨보며 술잔을 다시 비웠다. 그는 손가락으로 족발 한 점을 집어 입에 넣고 우물우물 씹어 삼킨 뒤 담배를 꺼냈다.

술집은 테이블이 반 이상 채워져 있었고 날씨가 추워져 출입문을 닫아놓았다. 사람들의 목소리와 웃음소리들이 여기저기서 파열음처럼 튀어 올라 시끄러웠다. 군데군데가 패어 있는 시멘트 바닥에서 음식 냄새가 올라오고 곳곳에서 피워 올린 담배 연기로 천장 가까이는 뿌연 안개가 껴 있는 듯했다. 출입구 옆에 붙어 있는 조그만 환풍기가 부서질 것처럼 정신없이 돌았지만 탁한 공기를 빼내기엔 턱없이 부족했다. 주방은 커튼이 쳐져 있어 보이지도 않았다. 담배 연기를 서너 번 내뿜던 광주가 다시 술잔을 비워내며 게슴츠레 눈을 감았다 떴다.

"잘 들어보게. 술값보다도 비싼 얘기를 해줄 테니. 난 말이야, 85년도에 여길 들어왔네. 지금도 형편없지만 그땐 작업이 훨씬 고됐지. 지금은 자동화도 돼서 덜 힘들지만 그땐 엔진, 배터리까지도 손으로 다 집어넣었거든. 그 무게 알지? 하루 종일 그 짓을 하고 나면 만사가 귀찮고 삭신이 욱신거렸어.

자동차 공장 다닌다고 하면 울산 사람들이 뭐라고 했는지 아나? 똥구르마 만드는 공장 다닌다고 했어. 장가 좀 가려고 해도 선보겠다는 여자가 나타나질 않는 거야. 여자가 좋아하는 남자라는 게 뭔가? 돈 많이 벌어다 주고 밤일 잘해주는 남자 아닌가? 근데 월급은 쥐꼬리만큼 주지, 주야 맞교대로 빵빵이 쳐야 되니 신혼 때 사랑을 나눌 시간도 없지 않은가? 내가 여자라도 싫어했을 걸세.

지금도 그렇지만 그때는 더더욱 화학 단지 쪽 사람들이 인기가 좋았어. 우리 공장은 대부분 중졸이나 고졸들이었지. 근데 유공 같은 데는 대졸 출신이 태반이었어. 학력 탓이라지만 그들은 우리보다 월급이 훨씬 쎄면서도 보너스를 두둑이 받았다데. 우린 사백 프로였는데 그것들은 천이백 프로를 받았거든. 술집에서 외상 달아놓고 술 처먹는 놈들은 다 똥구르마 만드는 놈들이라고 술집 주인들이 비웃었지. 어디 우리를 비웃은 놈들이 그들뿐이었겠는가. 관리자 놈들은 우릴 사람 취급도 안 했으니까. 현장에 전무라도 뜨면 일 멈추고 청소하기 바빴네. 조장, 반장 놈들도 완전히 긴장을 해갖고 반 입구에 차렷 자세로 서 있었지. 전무가 나타나면 '현대!' 하면서 경례를 붙였다네. 완전 군대식이지. 불량 냈다고 하면 반장 볼때기부터 때리고 조인트로 작업자 정강이를 조졌으니까. 현장 순시하면서 그놈이 손가락으로 누군가를 가리키면 반장 놈이 달려가 바리캉으로 머리를 밀어버렸다네. 각, 개 같은 놈의 시키들! 우린 지금도 식당에 가면 줄 서서 밥 달라고 구걸하지만 관리자 놈들은 그냥 아무 때나 가서 식탁에 않으면 아지매들이 상 잘 차려서 갖다 바치지. 요즘은 철거했지만 우릴 보면 밥맛이 달아나는지 가림막까지 세워서 격리시켰다네."

광주는 목소리가 점점 커지면서 눈빛에 살기를 담다가 문득 봉수를 뚫어지게 쳐다봤다.

"묘하네. 자네 눈 주위가 왜 그런가? 마치 빨간 안경테를 걸쳐놓은 것 같으네."

"아, 술 마시면 요 부위만 빨개집니다. 괜찮습니다."

"하하, 그렇게 눈동자 주위만 동그랗게 빨개지는 사람은 처음 봤네. 아무튼 요상한 친굴세. 들어보게. 이제부터 자네가 듣고 싶어 하는 말을 해줄 테니까."

광주는 담배꽁초를 바닥에 떨어트려 발로 짓이긴 뒤 술잔을 들었다. 술집엔 사람들이 더 들어차 웅성거리는 목소리들이 뒤엉켜 환풍기 소리처럼 떠돌아다녔다. 의자에 등을 기댄 채 허공을 응시하던 광주의 이마에 굵고 깊이 파인 주름살 세 줄이 선명하게 꿈틀거렸다. 빈 소주병 두 병이 식탁 한쪽에 나란히 세워져 있었다.

"살면서 그때만큼 신났던 적이 없었네. 십 년 묵은 체증이 쑥 내려간다는 말 알지? 배 속이 뒤틀려서 아파 죽을 것 같을 때, 똥 무더기가 우르르 빠져나가면 얼마나 살 것 같던가? 그런 경험 있지 않나?"

봉수가 씩 웃으며 고개를 끄덕이곤 술잔을 들었다. 때때로 광주의 말들이 거들먹거리는 것같이 우스꽝스럽게 들리기도 했지만 묘하게도 자꾸 귀를 기울이게 만들었다. 목소리도 쉰 듯 쇠를 긁는 소리를 냈지만 느릿느릿 말하다가도 홍이 나면 거침없이 톤을 높여가며 노래하듯이 줄줄 말을 엮어대는 그가 감탄스럽게 느껴지기도 했다.

"바로 그렇게 살 만한 기운이 뻗쳐 어쩔 줄 몰라 했던 일이 벌어진 걸세. 정말 놀라운 일이었다네. 엊그제 벌어진 일같이 생생하게 떠오르는데 벌써 삼 년이 흘렀다니. 1987년 7월 25일이었다네. 절대 날짜도 잊어버릴 수 없는 날이었지."

광주는 큰 손으로 상고머리를 앞뒤로 쓰다듬다 의자에 붙인 등을 떼고 속 쌍꺼풀을 단 민물새우만 한 눈으로 봉수의 눈동자를 들여다봤다. 자신을 바라보고 있는 봉수의 눈빛에 어떤 기대감이 잔뜩 담겨 있었다. 광주는 허리를 쭉 펴더니 자리에서 일어섰다.

"잠깐 기다리게. 물 좀 빼고 와서 얘기합세."

광주는 족발 한 점을 입에 넣고 화장실로 향했다.

화장실에서 돌아온 광주는 소주 한 병을 시키고 나서 헛기침을 했다. 그는 곁눈질로 봉수를 살폈다. 여전히 봉수의 눈빛에서 자신의 입이 열리기만을 기다리는 게 보였다. 광주의 높은 콧등 밑에서 얇고 작은 입술이 신이 난 듯 씰룩거렸다. 눈 밑으로 야트막하게 올라와 있는 광대뼈에도 흥분한 듯 붉은 술기운들이 모여 들었다.

"1987년 여름은 그야말로 용광로 같은 해였네. '탁하고 치니 억 하고 죽었다'는 박종철 고문치사 사건이 벌어진 그해 6월, 울산에서도 '독재타도, 호헌철폐'가 울려 퍼졌지. 물론 학생들과 시민들이 주로 싸웠네. 현장에서 조, 반장들이 귀에

못이 박히도록 우리에게 떠들어댔어. 거기 갔다가 걸리면 해고되니까 근처에도 가지 말라고 말이야. 그런데 어느 날 전두환이가 물러나겠다고 발표하더군. 그리고 곧장 노태우가 6·29선언을 하면서 대통령직선제를 한다니까 민주주의가 이겼다고 쌩 난리들을 치드만.

그러거나 말거나 난 관심 없었네. 정치라는 건 가진 놈들끼리 치고 박는 거라서 우리 같은 사람들하고는 관계도 없는 거라고 여기며 살았던 때였으니까. 그런데 7월 초 현대엔진에서 노동조합이 만들어져 파업이 일어난 거야. 이 거대한 현대왕국에서 말일세. 사람들이 수군거렸네. 니미럴, 우리 공장에도 노동조합이 생겼으면 좋겠다고 말이야. 하지만 우리가 뭘 알겠나. 노동조합이 생기면 좋다는 것만 들었을 뿐 어떻게 만드는지도 모르는 멍청이들이었으니. 무더위가 극성을 부리던 때였네. 그 더위를 식혀주려 했는지 7월 중순 태풍 셀마가 한반도를 휩쓸었지. 죽거나 없어진 사람이 350명이나 되고 이재민이 10만도 넘었다네. 그런데 며칠 지나 자동차 공장에도 태풍이 몰아친 거야. 아침에 출근하니 어떤 놈이 종이 쪼가리를 주기에 읽어봤지. 우리 공장에도 노동조합이 만들어졌다는 내용이었어. 점심때 본관 앞에서 보고대회를 하니까 다들 모이라는 소식이었지. 아이구머니나! 내가 만들지도 않았는데 심장이 벌렁거리데. 와, 어떤 놈들이 겁대가리 없는 짓을 저질렀을까 궁금했지. 그러면서도 소식지 들고 있다가 걸리면 해를 입을 것 같아 주머니에 쑤셔 넣었다네."

1987년 7월 25일, 본관 식당 앞에서 벌어졌던 숨 가빴던 시간들이 광주의 눈앞에 펼쳐졌다. 12시 10분쯤 식당 맞은편 잔디밭 위에 '노동조합 결성 보고대회'라는 현수막이 걸려 있었다. 한 사내가 마이크를 들고 소리치고 있었고 30여 명의 사람들이 소식지와 붉은 머리띠를 주변에서 어슬렁거리는 노동자들에게 나눠 주고 있었다. 노동자들은 회사 관리자들의 눈을 의식해 가까이 접근하지 못하고 받아든 머리띠를 손에 감거나 슬그머니 주머니 속에 넣어버렸다.

"마이크를 든 놈이 우리 공장에도 노동조합이 만들어졌으니 모이라고 소리를 질렀어. 한 3백 명쯤 모여들었는데, 갑자기 정문 쪽에서 한 무리가 달려오면서 바락바락 소리를 지르데. '저들은 회사가 앞세워 만든 어용입니다! 여러분 속지 마십시오!' 하면서 말이야. 이건 뭔 개소린가 싶었지. 사람들은 갈피를 못 잡고 뒤로 물러났어."

몰려온 무리가 현수막을 걷어내려고 하면서 보고대회를 준비한 사람들과 몸싸움이 벌어졌다. 고함과 욕설이 난무하자 멀리서 쳐다보고 있던 사람들과 식당에 있던 사람들이 우르르 몰려나왔다.

"환장하겠데. 노동조합이 만들어져 뭔가 그럴듯한 일이 벌어질 줄 알았는데 별 희한한 일이 벌어진 걸세. 어떤 놈들이 진짜인가 살펴보고 있는데 정문에서 경비들이 달려오더군."

뜨거운 뙤약볕 위를 체격 좋은 경비들이 헐레벌떡 달려왔다. 그들은 싸움판에 끼어들어 어용이라고 소리치는 사람들을 막고 끄집어냈다. 그 순간 모든 것이 판가름 났다. 주변에서 지켜보던 노동자들이 여기저기서 소리를 지르며 움직였다.

"이런 저 새끼들이 가짜구만, 다 죽여버려!"

노동자들은 아침마다 바리캉을 들고 복장 검사를 하는 경비들을 회사의 경비견쯤으로 여기며 적대감을 갖고 있었다. 그런 경비들이 막아서는 사람들이 진짜라는 걸 노동자들은 금방 알아챘다. 그들은 눈가에 핏발을 세우면서 소식지와 머리띠를 팽개쳤다. '죽여버려!'라는 말들이 쏟아지는 햇살만큼이나 강렬하게 사방에서 튀어나왔다. 노동자들은 보고대회를 준비한 자들과 경비들을 향해 달려들었다. 그 모습을 본 경비들과 어용들이 정신없이 흩어져 달아났다. 누군가가 던진 돌멩이가 포물선을 그리며 허공으로 날아올랐다.

"정말 칼이라도 있었다면 배때기를 쑤셔버리고 싶었지. 아마도 다들 나 같은 심정이었을 걸세. 달아나는 놈들을 보며 노동자들이 함성을 질렀어. 누가 시키지도 않은 통쾌한 함성이 무시무시한 자동차 공장 안에서 들끓은 거야. 매일 눈치만 보던 우리가 현장 안에서 함성을 지르다니! 살아 있다는 걸 온몸으로 실감하던 순간이었네. 아, 그때 기분이 얼마나 황홀했는지 자넨 상상도 못 할 걸세. 민주파라는 사람들이 설명을 하더군, 노동조합 결성을 비밀리에 준비해왔다고. 그런데 회사가 정보를 입수해 미리 노사협의회 사람들을 중심으로 노조설립신고서를 냈다는 거였지."

민주노총도 없고 복수노조가 법으로 금지돼 있던 시절이었다. 일 년 넘게 노동조합을 꿈꿔왔던 소수의 노동자들은 한국노총 금속노련 조직부장 이진우를 통해 노조설립신고서를 준비해왔다. 믿는 도끼에 발등 찍힌다고 이진우는 현대자동차 본사에 노조설립 정보를 팔았다.

"노동조합을 준비해온 사람들에게 환호와 박수를 수도 없이 보냈지. 하지만 점심시간이 끝나자 많은 노동자들이 쭈뼛거리면서 작업장으로 돌아섰네. 바보 같은 놈들! 겁을 집어먹은 거지. 잘못됐다가는 잘릴지도 모른다는 불안감에 개 밥그릇이나마 핥으러 작업장으로 향한 것이네. 천여 명이 모였던 노동자가 금방 반토막이 난 걸세. 염병할! 사람들은 또다시 우왕좌왕했네. 조합을 준비해온 사람들도 처음 겪는 일이니 갈피를 못 잡았지. 그때 누군가가 소리치더군. 여러분, 우리 모두 현장을 돌며 노동조합이 만들어졌다는 것을 알립시다! 우린 그 순간 서로의 어깨를 걸기 시작했네. 그리고 열 맞춰서 뛰기 시작했지. 첫발을 떼고 나니까 또 어떤 놈이 선창을 하데. '어용노조 타도, 민주노조 인정!' 우린 가슴이 터지라고 함께 소리쳤다네. 그때의 감격이란! 야, 이 사람아 숨이 차니 기름칠 좀 하고 얘기하세."

봉수는 얼굴을 쑥 내민 채 꼴짝꼴짝 술을 마셔가면서 광주가 쏟아내는 말 바다에 빠져 있었다. 마치 그 상황에 함께 있었던 사람처럼 얼굴이 상기된 봉수가 민망한 듯 웃었다. 광주는 자신의 이야기에 홀딱 빠져 있는 봉수의 표정을 보면서 흥이 올랐다. 그는 허벅지를 탁탁 치면서 말했다.

"이모, 손님 좀 바꿔주소. 술 따라주는 사람이 없구만. 하하, 이 사람아, 술 좀 따라봐."

봉수는 화들짝 놀라며 광주의 빈 잔에 술을 따랐다. 광주는 족발 뼈다귀를 들고 샅샅이 살점을 훑어내면서 술을 따르는 봉수를 흐뭇한 표정으로 바라봤다.

"우린 스크럼을 짜고 가장 가까이 있는 1공장으로 달려갔네."

광주는 입가심을 하듯 술을 훌쩍 마시고 나서 두 손을 펼쳐 스크럼 짜는 자세를 잡다가 달리는 시늉까지 냈다.

"긴 말이 필요 없었네. 작업장 안으로 들어선 스크럼 대열이 라인 세우라고 소리치자 순식간에 기계 소리가 멈췄지. 민주파 대장이었던 이한범 씨가 방금 전에 있었던 일들을 알려주자 작업자들이 라인 밖으로 성큼성큼 나왔네. 스크럼 대열이 '어용노조 타파, 민주노조 인정!'을 외치자 그 사람들이 주먹 쥔 손을 흔들며 함께 외쳐댔다네.

그때부터 현장은 분노에 찬 물결로 철철 넘쳤지. 2공장 대열이 스크럼을 짜서 1공장으로 가면, 1공장 사람들이 상용4공장으로 달려가 그들을 합세시키고, 또 4공장은 상용5공장 노동자들을 끌고 나와 전 공장이 차례차례 멈춘 거야. 거세게 흐르는 물을 어찌 막을 수 있겠나. 그야말로 노동자들의 태풍이 몰아친 거지.

나도 뭔가를 해야겠다 싶었네. 그때 승용차 차체를 실어 나르던 개방된 트럭이 떠오르더군. 폼생폼사라고, 노동조합을 만드는 거룩한 순간인데 뽀다구가 나야 하지 않겠나? 나는 운전자를 찾아 이한범 씨하고 몇몇 사람을 태우고 현장을 돌았다네. 이한범 씨가 노동자들을 향해 외쳤지. '민주노조를 만듭시다!'라고. 그러다가 본관 앞으로 가니 8천여 명의 노동자들이 구름처럼 밀려들고 있었네. 기마를 태워 달려오는 사람들, 골판지에 민주노조 인정하라고 페인트로 써 온 사람들, 팔뚝에 매직으로 민주노조를 쓰고 달려온 사람들! 현장은 그야말로 불이 훨훨 타올랐네. 누군가가 모여 있던 사람들 앞에 드럼통을 세워 연단을 만들어놨더군. 민주파에서 선창을 했네. "어용노조 타파, 민주노조 인정, 회사는 각성하라, 한국노총 해체하고 이진우는 자폭하라!"

광주는 본관 앞 잔디밭에 앉아 함성을 지르던 노동자들의 목소리를 환청처럼 들었다. 누가 가르쳐주지도 않았지만 그들은 주먹을 있는 힘껏 쥐고 팔이 떨어져 나가도록 자신들의 목소리를 치켜든 팔뚝에 얹어 외쳤다.

"놀라운 일은 그다음일세. 연단에서 아무리 소리쳐도 들리지 않으니 어쩌겠나. 여기저기서 사람들이 일어나 '마이크, 마이크'를 외쳐댔다네. 급기야 5분 안에 마이크를 주지 않으면 본관으로 쳐들어가자고 핏발을 세웠지. 하하, 회사 놈들이 오줌을 찔금찔금 지렸을 걸세. 그들은 놀란 눈빛으로 허겁지겁 달려와 마이크를 설치해주더군. 그때 우린 알았지. 뭉쳐서 싸워야 뭔가를 이룰 수 있다는 걸 말일세. 우리가 이렇게 똘똘 뭉치니 무소불위를 떨치던 오만불손한 자들도 설설 긴다는 걸 말일세. 우린 닥치는 대로 아는 노래를 불렀네. 8천여 명의 성난 합창단이었지. 얼마나 우렁찼는지 하늘이 쩌렁쩌렁 울렸어. 우리가 아는 노래가 뭐가 있었겠나. 애국가를 부르고 우리의 소원은 노조라고 부르다가 심지어는 사가까지 불렀네. 그러고 나서 비상총회를 열어 이한범 씨를 만장일치로 위원장에 추대했지."

광주는 젓가락으로 장단을 치면서 우리의 소원은 노조라는 노래를 흥얼거렸다. 옆자리에서 누군가가 힐끗 쳐다봤지만 그는 아랑곳하지 않고 어깨까지 들썩거리며 노래를 불렀다. 그의 시간이 1987년 대투쟁 농성장으로 되돌아가 있는 듯했다.

시위는 저녁까지 이어지고 날은 어둑해졌다. 노동자들은 자유발언을 통해 수많은 요구를 쏟아냈다.

두발 단속을 폐지하라. 식사 시간 30분 연장 근무를 없애라. 컨베이어 속도를 줄여라. 경비들의 강압적인 태도를 없애라. 우리도 인간답게 살고 싶다. 임금 인상해서 잔업, 특근 없는 세상에서 살아보자!

노동자들은 각 사업부 대표를 선정해 요구 사항을 만들었다. 이한범 외 12명이 회사와 협상에 나섰지만 결렬됐다. 분위기가 점점 격화됐다. 노동자들은 거리로 나가 가두시위를 펼치자고 외치기도 했다. 그러다가 본관을 향해 배고파서 못 살겠으니 먹을 거를 내놓으라고 했다. 안 주면 본관을 접수하겠다고 벌떡벌떡 일어섰다.

"야, 관리자 이 짜식들 기동력 있데. 울산 시내를 샅샅이 뒤져 빵과 우유를 싹싹 긁어온 걸세. 허나, 그것 가지고 양이 차겠나. 게다가 우린 그동안 당하고만 살지 않았나? 이제 뭔가 싸워볼 만하다 싶으니 온몸이 달았던 게지. 우린 정문을 마음대로 들락거렸다네. 경비견들은 완전히 꼬리 내리고 깨깽한 채 찌그러져 있었지. 막걸리에 순대 한 점이 그리 달콤할 수가. 내가 세상에서 가장 맛있게 먹었던 술이 바로 그 술이란 말일세. 목구멍을 철철 넘어가는 그 시원한 술맛을 어찌 잊을 수 있겠나, 안 그런가?"

광주는 소주 한 잔을 홀쩍 넘기고 나서 김치를 손으로 집어 입안에 넣고 손가락까지 맛있게 빨아댔다.

"무질서의 질서라는 말 있잖은가? 그때 우리가 그랬지. 술을 마셔도 취하게 먹지 않았네. 서로서로가 취하지 않을 정도만 마시라고 충고를 했네. 눈앞에 벌어진 일을 반드시 해결해야 했거든. 우린 적당히 마시고 들어가 다시 구호를 외치며 뭔가 해결되기를 바랐지. 염병할! 밤 열한 시가 돼서야 부사장이란 놈이 나오데. 그 작자가 뭐라고 말했는지 아나? 회사는 노조와 무관하니 노조 문제는 노동자들끼리 알아서 하라데. 어용노조 임원진의 전원 사퇴를 서면 요구했는데 단칼에 거절한 거지. 법적인 어용노조를 자동차 노조로 관철시켜 노조를 통제하겠다는 뜻이 아니고 뭐겠나? 그러곤 한술 더 떠서 우리보고 늦었으니 그만 집으로 돌아가라며 들어가버리는 거야. 개수작도 그런 개수작은 첨 봤네. 우릴 완전히 바보 멍충이로 본 거지. 왜 안 그랬겠나. 늘 우리를 발밑에 깔고 부리던 놈들이었으니 나라도 우습게 봤을 거야. 속이 확 뒤집혀 부글부글 끓더군. 순간, 돌멩이가 날아가 본관 일층 유리창을 와장창 부수기 시작했네. 성난 노동자들은 본관에 주차돼 있는 자동차 일곱 대를 뒤집으며 본관으로 쳐들어갈 기세였지.

노동자들은 협상팀에게도 욕을 해댔어. 회사 대표를 끄집어내서 공개 협상하라는 거였지. 노동자들은 이미 알고 있던 거야. 물론 나도 알고 있었다네. 밀실에선 무슨 일이 벌이질 수도 있다는 걸. 그 안에서 노동자를 배신하는 음모가 진행될 수도 있다고 경계한 거지. 협상팀도 노동자들의 요구가 빗발치니 긴장했지. 그들은 다시 요구 사항을 들고 들어가 합의를 보고 담당 전무와 함께 나왔네. 방금 전까지만 해도 당당했던 놈이 우리의 요구를 받아들이고 보장하겠다며 겸손하게 말하더군. 풀이 죽은 망아지 같았던 전무의 표정을 자네가 봤어야 했어.

어두운 밤이 환하게 밝아지는 순간이었지. 노동자들의 함성이 어둠을 찢어놓은 거야. 우린 서로를 얼싸안았네. 어떤 이들은 눈물을 흘리기도 했어. 하느님! 내 입에서 믿지도 않는 하느님이라는 말이 가슴을 울먹이며 터져 나온 거야. 하하, 봉수, 이 대목에서 박수를 쳐야 되는 것 아닌가?"

광주를 따라 1987년도 농성장을 떠돌던 봉수는 얼굴 가득 감격한 표정을 담고 박수를 쳤다. 광주는 술잔을 비운 뒤 자신의 잔에 다시 술을 부으며 말을 이어나갔다.

"꿈결 같은 시간이었어. 그런 일이 벌어질 줄은 상상도 못했다네. 밤 열두 시 삼십 분에 회사가 통근 버스를 대령해 노동자들을 집으로 모셔다주더군. 늘 벌벌 기던 공돌이들이 일도 안 하고 난동을 부렸는데 말이야. 우린 집에 갈 수 없었네. 수많은 노동자들이 양정동 술집으로 몰려갔지. 잠들어 있던 술집 문들을 두들겨 주인장을 깨우고 술을 마셨지. 서로 모르는 사람들이어도 괜찮았네. 모두들 술잔을 들고 소리쳤어. 사람답게 살아보자,고 말이야! 덩치 좋은 사내들이 눈물을 글썽거리는 꼴들이라니. 그럼 어떤가? 그 긴 모욕 속에서 살아왔던 우리들 아닌가. 밤새 술을 퍼부었네. 그러다가 새벽에 집에 들어갔지. 마누라가 자고 있더군. 내 들뜬 기분이 잠을 허락하지 않았네. 난 마누라를 깨워서 그 짓을 하고 말았다네. 염병! 설마, 했는데 그날 아이를 덜컥 갖게 됐지 뭔가. 아이를 가지면 절대 안 돼서 늘 밖에다 사정을 했는데 정신을 못 차린 걸세. 하하, 기쁜 날이기도 했지만 신세 조져버린 날이기도 했다네. 그래서 내가 7월 25일은 잊을 수 없었던 걸세."

"왜 아이를 가지면 안 됐는데요?"

"글쎄, 오늘은 여기까지 얘기하세. 시간이 벌써 열한 시 반이 넘었어. 술값 계산하셔야지?"

두 사람은 밖으로 나왔다. 뒷골목에 웅크리고 있는 어둠을 술집 불빛들이 군데군데 밝혀놓고 있었다.

"나중에 한 번 더 겨뤄보세. 잘 얻어 마시고 가네."

"뒷얘기 못 들어서 아쉽네요. 나중에 듣겠습니다."

봉수는 건들거리며 집으로 향하는 광주의 뒷모습을 지켜봤다. 광주가 손을 들어 등 뒤로 흔들었다. 그의 말들이 머릿속에 남아 노동조합이 처음 만들어지던 과정들을 생생하게 본 듯했다.

사람답게 살고 싶어서 만들어놓은 노동조합을 왜 믿지 마라고 했을까. 그의 아내는 어떤 사람일까. 왜 아이를 갖지 않으려고 했을까. 궁금한 생각들이 차가운 바람처럼 목덜미를 파고들었다. 그는 버스 정류장을 향해 걸어가면서 저시급 문제를 떠올렸다. 부당한 임금 차별은 자신들을 무시하는 처사였다. 우습게 보이면 깔보는 세상, 그냥 지나친다는 건 스스로 무시당하겠다고 선언하는 게 아닌가. 봉수는 사람 하나 보이지 않는 정류장에서 자동차 공장 정문을 바라보았다. 야근자들이 일하는 현장에서 불빛들이 쏟아져 나오고 있었다.

노동자들에게 임금은 생존을 위한 절대적 수단이었다. 월급이 적으면 생존은 불안했다. 방세와 공과금을 내고 술 몇 잔 먹다 보면 월급봉투는 금세 휴지 조각이 되어 구겨져 버렸다. 그들은 다음 월급을 받을 때까지 불 위에 올려놓은 냄비 속의 졸아든 물방울처럼 타닥타닥 궁핍한 소리를 지르며 애를 태웠다. 텅 빈 주머니에 거미줄 늘어나듯 쌓인 시름들은 가족의 불화까지 일으켰다.

저시급자들 사이로 시급 차이 문제가 눈덩이처럼 부풀어 올라 급속도로 번져나갔다. 현장에 익숙해가던 저시급자들은 쉬는 시간이 되면 삼삼오오 모여 불만을 토로했다. 모일 때마다 그들은 돈 계산을 해보면서 화를 끓였지만 뾰족한 대안을 찾을 수 없어 술렁거리기만 했다.

"뒤에서 궁시렁거리면 누가 알아듣기나 합니까? 관리자들에게 가서 항의하고 따져야죠."

봉수는 그때마다 사람들을 향해 날선 소리를 한마디씩 던지곤 했다. 동료들은 그의 말에 수긍을 하면서도 선뜻 나서려고 하지 않았다. 잘못했다가는 자신에게 불이익이 닥칠지도 모른다는 걱정스러움이 그들 낯빛에 고스란히 묻어 있었다. 혈기가 왕성했던 봉수는 그런 표정들이 보기 싫었다.

"퇴근하고 술이나 한잔 할란교?"

봉수와 같은 시기에 들어와 같은 저시급자인 반 동료 김경태였다.

두 사람은 야간을 끝내고 아침 퇴근을 하면서 양정동 뒷골목 순댓집으로 들어갔다. 야간 노동에 지친 노동자들이 벌써 몇 무리 짝을 지어 술집에 자리를 틀고 있었다. 순대 위로 올라오는 훈김처럼 사람들의 온기가 술집 안을 흘러 다녔다. 허기진 몸을 술과 안주로 달래는 그들의 목소리는 활기를 찾아 다녔다.

두 사람은 술을 시켜놓고 통성명을 나눴다. 김경태는 울산 토박이로 양봉수보다 한 살 어렸다. 키도 작고 체구도 크지 않았지만 의중을 담은 말을 또박또박 전하면서 봉수의 시선을 잡아끌었다. 그는 1986년인 열아홉 살에 자동차 공장에 입사했다가 1987년 노동조합이 만들어지기 전에 잘렸다고 했다.

"노동조합 없을 땐 개판, 개판 그런 개판이 없었다 아입니꺼? 정문에선 경비 새끼들이 멀끄디 단속하지, 일 시작하기 전엔 보건체조 하지. 언제고? 박정희 대통령 때 공장 새마을운동 하면서 '낭비를 줄이고 능률을 향상시키가 생산성 증대에 총력을 기울이자' 카믄서 보건체조 했다디만 그게 내리온 거라 카대요. 탈의실도 모디가 쓰고, 작업복캉 작업화도 일이 디가 몬하겠다고 떠난 사람들 꺼 받아 입고 했디더. 그런데 이번에 다부 공장에 들어오니까네 그런 게 싹 다 없어지고 담배도 피울 수 있어가 깜짝 놀랬다 이잉교. 조, 반장 새끼들, 것두 감투라꼬 툭하면 발로 까고 하드만, 노동조합이라 카는 기 좋긴 좋구나 싶더라구요."

"왜 잘렸는데요?"

"젊으니까. 넘한테 수구리고 하는 거 몬 한다 아입니까. 싸나가 가오가 있지. 머리 자른다고 덤비면 고래 심줄맹키로 버티고 조, 반장 새끼들이 발로 차면 내 쥑이라 하고 들이받았거든요. 하도 꼬장을 부리니까네 일마들이 쇳물 만지는 데부터 시작해가 쎄빠지게 뺑뺑이를 돌려뿌데요. 여 아이면 내가 굵고 사나, 더러버가 때려치웠심더."

두 사람은 술잔을 부딪치며 웃었다. 양봉수는 김경태와 마음이 맞아 경계를 활짝 풀었다.

"배짱 있네. 그럼, 우린 저시급 싸움 한번 해봅시다!"

"그래가 만나자고 했심더. 싸우는 기야 당연하고 계획을 단디 세워야 함더. 우리 둘이는 몬 이긴다 아입니꺼? 우리 반 사람들부터 하나씩 모디가, 다른 반으로 점점 넓혀가꼬 전체 저시급자들을 하나로 모아야 하니더."

"우리가 먼저 싸우면 다들 같이 덤비지 않을까요?"

"와이고 성격 진짜 급하네요. 쉬는 시간에 주깨는 거 볼 때마다 엔간히 급하다 싶긴 했어도."

김경태가 씨익 웃으며 양봉수의 빈 잔에 술을 따랐다. 양봉수의 두 눈에 동그란 붉은 취기가 그려지고 있었다.

"준비가 단디 안 되면 절대 몬 이깁더. 더구나 우리는 수습 기간 아잉교? 수습 기간 석 달 동안에는 회사가 칼자루를 쥐고 있더. 개별적으로 달라들어가 댕강 잘려버리면 우에 해볼 도리가 없더. 그니까네 그동안 마음 맞는 동료들을 모디가 다부지게 해야 안 되겠습니꺼?"

"그런 사람이 얼마나 있을지 모르겠네요, 다들 뒤꽁무니만 빼니… 아무튼 그렇게라도 힘을 만들어 싸워봅시다!"

두 사람은 싸움에 앞장서서 나설 사람들을 물색하기 시작했다. 그러다가 성재호라는 사람과 의기투합하게 됐는데, 정작 싸움은 느닷없이 상용5공장에서 시작됐다.

5공장 안에는 3천여 명에 가까운 저시급자들 중에 4백여 명이 몰려 있었다. 양봉수보다 서너 달 먼저 들어온 사람들이었다. 수습 기간도 지난 그들 중의 몇 사람이 민주파 현장 소위원들로부터 자문을 받아 저시급 문제를 풀기 위해 나서고 있었다. 그들은 어느 날 각 공장 식당 앞에 A4 용지 한 장을 붙이고 다녔다. 그 작은 종이에 박혀 있는 글은 단 몇 줄이었지만 엄청난 파장을 몰고 왔다.

'저시급자 문제에 관심 있는 사람들은 모여봅시다. 같이 토론하고 우리의 처지를 해결해봅시다!'

주간 작업 시간이 끝나고 잔업 시간에 모이자고 한 글을 보고 관리자들도 당황했지만 설마 했었다. 그건 모임을 주도한 5공장 저시급자 대표들도 마찬가지였다. 그들은 많이 모여야 5공장 인원들 중에 30여 명 정도 모이지 않겠느냐고 판단했지만 잔업 시간이 되자 모든 공장이 멈추면서 7백~8백 명의 저시급자들이 5공장 근처 공사장으로 몰려들었다.

이십 대가 태반인 그들의 얼굴엔 푸른 작업복 색깔의 핏줄이 툭툭 불거져 있었다. 혈기가 뻗친 젊은이들이 똑같은 땀 냄새를 풍기며 공사장 안을 가득 메우자 공간은 뜨거운 열기로 가득 찼다. 그들이 작업화를 끌고 움직일 때마다 공사장 바닥에서 뿌연 먼지가 성난 마음처럼 일어났다.

"우리는 저시급자로 살고 싶지 않다! 당장 본관으로 쳐들어갑시다!"

헛바늘처럼 돋아나 있던 불만들이 여기저기서 터져 나왔다. 5공장 대표 박성현은 당황했다. 예상도 못 했던 많은 사람들이 종주먹을 흔들자 몇몇 사람들의 도움을 받아 사람들을 진정시키며 외쳤다.

"마이크가 없으니 조용해주십시오. 정말 이렇게 많은 분이 모일 줄은 몰랐습니다. 모두 억울하고 분한 심정 충분히 이해합니다. 그러나 당장 이 문제를 기분대로 해결할 수는 없습니다. 각 공장 대표를 두세 명씩 뽑아 우리의 문제를 풀 해법을 찾아봅시다!"

사람들의 흥분은 쉽게 가라앉지 못하고 소란으로 이어졌다. 박성현은 각 공장마다 대표를 뽑아달라고 거듭 말했다. 그러자 각 공장에서 몇 사람씩 나와 사람들을 공장별로 모이게 해서 대표자 선출에 들어갔다. 승용2공장 대표로 양봉수와 김경태가 결정됐다.

저시급자들은 모든 권한을 대표자들에게 넘기고 돌아갔다. 대표자들은 5공장에 있는 대의원실로 자리를 옮겼다. 그들은 서로 통성명을 하고 많은 이야기를 나누면서 일주일에 한 번씩 정기 모임을 갖기로 했다. 회사의 편파적인 임금 지급 방식이 새로 입사한 3천여 명의 저시급자들을 하나로 뭉치게 만들었던 것이다.

저시급자들의 집단 행위가 공장을 들썩여놓았다. 회사도

신경을 바짝 쓰기 시작했다. 2대 집행부를 어용과 무능의 조합으로 규정하면서 민주노조를 만들기 위해 애쓰고 있던 현장 조직들도 저시급자들에게 깊은 관심을 가졌다. 그들은 저시급자들 중에 괜찮은 사람들을 물색해 자신들의 조직으로 끌어들였다.

"잘돼가나?"

김광주는 저시급자 모임이 있던 다음 날 점심시간에 양봉수 앞에 앉았다.

"이제 시작일 뿐이죠."

"내 말 잊지 말고, 너무 앞서지 말게나."

"저녁에 술 한잔하실래요?"

"한잔 산다는데 시간을 쪼개서라도 만들어야지 않겠는가? 하하."

"저녁때 지난번 그 집 어때요? 제가 한잔 쏘겠습니다."

봉수는 잊고 있었던 광주의 뒷얘기를 듣고 싶었다. 새로운 공장 친구들과 저시급 문제로 자주 만나면서 궁금했던 그의 이야기를 뒷전에 두고 있었다. 봉수는 노동조합을 믿지 마라고 했던 그의 심중을 들여다보고 싶었다.

저녁 여덟 시가 넘어 두 사람은 공장 문을 빠져나왔다. 11월 중순이 지나면서 날씨가 겨울 날씨처럼 변해가고 있었다. 자전거나 오토바이를 타고 출퇴근을 하는 사람들은 바람을 막기 위해 헬멧을 쓰거나 마스크와 두건을 둘러쓰고 있었다. 추위에 약한 사람들은 파카를 입은 채 자라처럼 목을 움츠리고 종종걸음을 쳤다.

광주는 술집 문을 열고 먼저 들어섰다. 실내는 테이블 한 곳에만 사람 셋이 있을 뿐 썰렁했다. 술집 한가운데에 놓인 연탄난로에서 새어 나온 가스 냄새가 열기와 함께 사방으로 퍼져 있었다. 광주는 난로 위에 올려 있는 큰 주전자에 손바닥을 댔다가 떼내면서 여주인을 향해 농을 쳤다.

"날씨가 엄청 춥소. 이런 날엔 따땃한 뭔가를 끌어안고 있어야 좋은데 말여."

"고기 있잖여, 화끈한 난로. 온몸을 펄펄 끓여줄 거구만."

여주인이 코웃음을 치듯 말을 받아치며 주방으로 향했다.

"농담도 자주 하면 진담처럼 들립니다. 형님보다 나이가 많으신 분한테 그러시면 안 되죠. 내가 다 무안해집니다."

"염병! 이 사람아, 남녀 사이에 나이가 뭔 상관인가? 연상의 여인이란 말도 모르나? 자고로 남녀 사이는 눈빛만 맞으면 된다, 이 말일세. 자네 애인 없지? 쯧쯧 생긴 건 영화배우 뺨치는데, 쑥맥이 돼가지고… 그래서 어찌 연애를 할 텐가? 걱정되네, 걱정돼!"

"난 여자보다도 친구가 더 좋던데요?"

"허허, 이 친구 정말! 친구는 친구대로 좋은 것이고, 여자는 여자대로 좋은 것이지. 설마 총각 딱지도 안 뗀 건 아니겠지?"

"누굴 얼라로 보십니까? 이래 봬도 전투경찰로 박박 기면서 화염병 많이 맞아봤습니다."

"전투경찰? 어디서 근무했는가?"

"전라도 광주에서요."

"허허, 다행이군. 나도 울산에서 화염병 좀 던져봤지. 화염병 던지는 요령 아는가? 화염병은 말이야, 타임이 중요하네. 심지에 불을 딱 붙이고 병이 어느 정도 따뜻해질 때까지 잡고 있어야 한단 말일세. 그러지 않고 무조건 불만 붙여 두세 번 돌리다 던지면 픽 하고 불도 제대로 일어나지 않고 꺼져버리네. 뜨거워서 화염병이 터져버릴 듯 부풀어 오르는 느낌이 들었을 때, 그때 딱 던지면 제대로 파팍 불꽃을 휘날리며 터지게 돼 있거든."

"그걸 어떻게 아세요? 학생운동 했었나요?"

"학생운동? 야, 이 사람아, 내 최종 학력이 중졸이야. 뭣도 모른 채 어용으로 기울어져가는 노동조합 지키려고 죽기 살기로 던졌다니까, 환장할 일이지."

"왜 그게 환장할 일입니까?"

"염병할, 왜 환장할 일이냐고? 허허, 일단 목 좀 축이고 얘기하세."

탁자 위에 술상이 펼쳐지자 광주는 연거푸 소주 두 잔을 들이켜고 족발을 뜯었다. 그는 마치 두 시간짜리 잔업 전에 주는 저녁을 먹지 않은 사람처럼 큰 뼈다귀를 하나 들고 게걸스럽게 살을 발라 먹었다. 그러고 나서 다시 소주 한 잔을 쭉 마시더니 족발 서너 점을 집어 먹고 입가심을 하듯 깍두기를 한 숟갈 크게 떠 입안에 넣었다. 그는 포만감에 젖은 트림을 시원하게 뱉어내더니 담배 한 개비를 꺼내 물었다.

"노조가 만들어졌으니 살 만해질 거라고 믿었지. 그런데 말이야, 우리를 위한 진짜 노조가 만들어지는 길은 가시밭길이었단 말일세. 1987년 노조가 만들어진 순간부터 엄청난 혼란이 계속됐지. 울산은 현대왕국일세. 그걸 움직이는 게 '현대그룹 종합기획실'이었어. 현대엔진, 현대미포조선, 현대중공업, 현대종합목재, 현대중전기, 현대자동차, 현대정공, 한국프랜지 등등 현대그룹을 실질적으로 움직이는 곳이었지. 아무리 개별 기업에서 잘 싸워 합당한 합의를 끌어낸다고 해도 실질적인 결정을 내리는 곳이 종합기획실이니 그들이 노, 하면 끝나는 거야.

현대왕국의 공장 노동자들을 이끌겠다는 사람들도 노동자 사령탑을 만들어야겠다고 판단했네. 그들은 '현대그룹노동조합협의회'라는 걸 만들어 현대그룹에 협상을 요구했어. 단칼에 거절당했지. 놈들도 기가 막혔겠지. 불과 한두 달 전만 해도 쥐새끼처럼 겁에 질린 눈깔을 굴리던 우리가 아닌가? 아마도 내장이 터져 나오도록 우리를 잘근잘근 짓밟아버리고 싶었을 걸세."

광주는 담배꽁초를 발로 짓이기며 봉수를 부릅뜬 눈으로 쳐다봤다. 그의 눈빛이 안 그랬겠느냐고 반문하고 있었다.

"하지만 그들은 우리를 이길 수 없었어. 멸시와 조롱과 무시에 짓밟혀온 자존심이 분노의 눈을 뜨는 순간, 두려움으로 벌벌 기던 마음은 살기 가득한 적의로 드러나게 돼 있거든. 더욱이 한 사람의 분노가 아니라 수만 명의 분노가 뒤엉켜 울산을 흔들었으니 그 분노를 누가 쉽게 제압할 수 있었겠는가? 싸움은 현대중공업에서부터 시작됐다네. 갸들은 1974년 대규모 시위를 일으킨 전력이 있었어. 1980년 민주화의 봄이 왔을 때도 노조 결성을 시도하다 전두환 정권에게 박살난 경험도 있었고. 게다가 현대의 주력 사업이니 가장 심한 감시를 받고 있었지. 이번에도 그들은 치밀하게 노조 결성을 시도했는데 우리처럼 회사가 정보를 빼내 먼저 어용을 만든 거지. 기가 막힐 일이었지. 눈이 뒤집힌 그들은 어용노조 퇴진 싸움을 벌이기 시작했다네."

현대그룹 정주영 회장은 사태가 심상치 않게 전개되자 헬리콥터를 타고 현대중공업으로 날아왔다. 그는 현장 조장급 이상 5천여 명의 관리자들을 사내 종합체육관에 모아놓고 조회를 실시했다. 그때 민주파 대책위원 11명이 5백여 명의 노동자들을 이끌고 어용노조 퇴진과 임금 인상 25%를 요구하며 시위를 벌였다.

관리자들과 노동자들의 몸싸움이 벌어지자 현장에서 일하던 노동자들이 모두 일손을 놓은 채 속속 종합체육관으로 모여들어 연좌 농성에 합류했다. 정주영은 관리자들이 그들을 제지하지 못하는 것을 보고 격노했다. 그는 관리자들에게 대책위원 11명을 못 당해내냐며 화를 내다가 막상 상황이 더 심각해지자 뒷문으로 빠져나가려 했다. 그러자 2만여 명의 노동자들이 그를 막아섰다. 노동자들은 그에게 운동장 연단에 가서 입장을 밝힐 것을 요구했다.

"건방진 것들, 내 눈에 흙이 들어가기 전까지 노동조합은 어림도 없어!"

그의 말이 떨어지자마자 근처에 있던 노동자들이 이성을 잃고 흙을 집어 던졌다. 먼지를 날리며 날아간 흙 알갱이들이 정주영의 얼굴을 때렸다. 정주영은 비틀거리며 옆에 있는 나

무릎을 짚고 땀을 뻘뻘 흘렸다. 노동자의 기세에 눌린 그는 어쩔 수 없이 연단에 올라섰다. 입 주위는 세월의 흔적인 양 쪼글쪼글해져 있었지만 그의 목소리는 카랑카랑했다.

"세계에서 가장 훌륭한 민주노조를 만드는 것이 회사와 여러분의 공동 목표입니다."

민주노조라는 말은 대부분의 회사대표들이 듣기 싫어하는 말이었다. 산에 오르다 미끄덩한 무엇인가를 밟고 흠칫 놀라 보았을 때 뱀이 혀를 내밀고 고개를 처든 모습을 만났을 때처럼 자본가들을 소름 돋게 만드는 그런 말을 정주영은 수차례 또렷한 목소리로 반복했다. 노동자들은 현대왕국의 회장 입에서 그 말이 거침없이 흘러나오자 모두들 귀를 기울였다. 그는 노동자들도 살 만한 회사를 만들기 위해 회사 역시 노력하고 있는 중이라고 강조했다. 노동자들이 결정적인 무엇인가가 회장의 입으로부터 나올 거라고 잔뜩 기대를 품고 있었을 때 그는 마지막으로 한마디 던지며 연단을 내려섰다.

"회사는 합법성 있는 노조와 대화를 할 것이며, 힘으로 밀어붙이는 집단과는 대화하지 않을 겁니다!"

민주노조라는 말, 노동자도 가족이라는 말, 같이 상생하겠다는 말에 현혹된 노동자들은 사리 판단을 못 하고 웅성거렸다. 정주영은 그 틈을 타서 유유히 헬기를 타고 하늘 높이 날아올랐다. 그가 떠나고 나서 정신을 차린 노동자들은 연단에 뛰어올라 집행부를 향해 분노를 표출하기 시작했다. 농성장이 혼돈 속에서 아수라장으로 변해버렸다.

"중공업을 이끌던 애들이 정신 못 차렸던 거야. 그야말로 정주영에게 아무것도 받아낸 것이 없었거든. 대표부는 서울 사옥으로 달려가 본사 입구에서 쪽잠을 자고 다음 날 요구 사항을 내밀었다네. 외부 세력과 결탁하지 않을 테니까 민주노조를 인정해주고 임금 인상 협상에 나서라고 한 거지. 어찌 보면 구걸인데 그것마저 정주영은 발로 차버렸어. 당연한 일 아니겠는가? 이제까지 개처럼 노동자를 부려먹은 놈이 그걸 받겠냐고. 그놈이 처음에 뭐라 지껄였나? 내 눈에 흙이 들어가기 전까지 노동조합은 인정할 수 없다고 했어. 애초부터 그놈은 노동조합 자체를 용납할 뜻이 없었던 거지. 거절당한 노동자들이 할 수 있는 게 뭐가 있겠어. 투쟁! 그것뿐이 더 있겠느냔 말야. 현장으로 돌아온 대표부는 집회를 열고 소리쳤어. '그 누구도 그 어떤 힘도 우리의 정당한 요구를 막지 못할 것입니다. 우리는 억압의 상징인 저 철책을 넘어야만 합니다.' 그 순간 노동자들은 정문을 부수고 거리로 진격하기 시작한 거지."

최루가스 속에서 전경들과 맞서 싸우며 노동자들의 분노는 극에 달했다. 부상자들이 속출하고 가족들까지 거리로 나섰다. 애기를 업은 새댁부터 나이 지긋하신 할머니까지 이제 그만 사람답게 살게 해달라고 아우성쳤다. 그 눈물 덩어리들이 모여 만든 불길이 울산에 있는 현대그룹 전체 노동자에게로 옮겨붙었다.

"노동자는 하나입니다! 중공업 동지들을 구하러 갑시다! 자동차 공장도 이한범 씨의 주도하에 현대중공업으로 모여들었네. 마침내 거대한 분노가 해일처럼 울산을 뒤덮은 걸세. 살기등등한 노동자 4만여 명이 가족들과 함께 중장비를 앞세우고 진군을 시작한 거지. 덤프트럭, 현장에 있던 소방차, 카고 트럭, 지게차, 크레인 등 팔십여 대와 샌딩 머신을 장착한 트랜스포터를 전면에 앞세운 채 목숨을 건 투쟁이 시작된 거야. 정말 목숨을 건 전쟁을 나선 거였네. 자네 샌딩 머신이 뭔지 아나? 쇳녹을 벗겨내는 차네. 물대포처럼 쏘면 모래가 날아가 녹을 벗기지. 나무에 대고 쏘면 껍질이 순식간에 벗겨지고 알몸이 흉측하게 파여버려. 그런 차를 앞세우고 나섰으니 죽음을 각오한 싸움 아니겠는가. 더 이상 바람 앞의 등잔불처럼 살고 싶지 않다는 간절함으로 우리도 인간이라고 소리친 거란 말일세. 아, 그 장엄한 행렬이란! 나는 여전히 그 순간을 떠오르면 가슴이 벅차고 떨린다네."

광주의 눈앞에 거대한 노동자의 대투쟁 행렬이 펼쳐졌다. 위압적인 차량들을 앞세운 채 노동자들은 집회를 통해 배운 '임을 위한 행진곡', '늙은 노동자의 노래'를 목이 터지도록 부르면서 외쳤다.

"노동자는 하나다! 현대그룹은 나서라!"

남목고개 위에서 전투경찰 5천여 명이 막고 있었지만 그들은 스스로 물러나야만 했다. 길옆 건물들에서 나온 상인들이 4킬로미터가 넘는 행렬을 놀라운 눈빛으로 지켜보며 환호하기도 했다. 그들은 현대왕국의 노동자들이 열악한 노동조건 속에서 너무도 적은 임금을 받고 있다는 걸 잘 알고 있었다. 노동자들은 울산 공설운동장에 모여 하늘을 가르는 함성을 외쳤다.

"노동자도 인간이다, 현대그룹은 나서라!"

키가 작고 몸도 호리호리한 현대엔진 권용목 위원장이 연단 위에서 쩌렁쩌렁한 목소리를 수십만 개의 비수처럼 하늘로 쏘아 올렸다. 그는 노동자들이 왜 싸워야만 하는지를 목에서 피가 터지도록 외치며 노동자들의 심장을 펄펄 끓게 만들었다.

당시 자동차 임시 위원장이었던 이한범 역시 연대만이 노동자의 암울한 현실을 뚫어낼 수 있다며 단결을 부르짖었다. 뜨거운 태양이 내리쬐는 공설운동장은 그야말로 붉은 쇳물이 끓고 있는 용광로 같았다. 결국 노동부 차관이 급거 내려와 협상에 나섰다.

"1987년 노동자대투쟁이 진행되던 가운데에 그날, 네 가지 사항이 합의됐다네. 현대중공업 노조를 인정한다는 것과 임금 인상이 9월 1일까지 타결될 수 있도록 정부가 보증한다는 거였지. 그리고 가장 중요한 것을 받아냈다네. 투쟁이 격화되자 정주영이 긴급 기자회견을 열었는데 실질적인 모든 권한을 각 개별사 사장단에게 위임한다는 내용이었지. 그걸 우리가 어떻게 믿을 수 있겠는가? 정부에게 그 약속을 보장하라고 으름장을 놨지. 그러자 노동부 차관이 정부의 공식적인 대리인으로서 합의문에 사인을 했네. 노동자들은 보고대회를 통해 합의문 내용을 들으면서 만세를 부르고 집회를 마쳤지만 그것 역시 투쟁의 서막일 뿐이었다는 걸 며칠 지나지 않아 알게 되었네."

3년 전의 기억들이 가시처럼 몸에서 돋아나자 광주는 담배를 다시 피워댔다. 봉수는 그의 입에서 쏟아져 나오는 말들에 휩싸인 채 광주를 응시하고만 있었다. 세 사내가 술집에 들어와 테이블 하나를 더 채웠다. 광주는 허벅지를 쓱쓱 문지르며 담배 연기를 줄곧 허공에 내뱉었다.

"염병, 그때 일찌감치 노조에 대한 관심을 버렸어야 했어! 그랬더라면 회한도 한숨도 이렇게 깊진 않았을 텐데 말이야. 다 지나간 얘기지만 기분이 더러워지는군. 그만 떠들고 술이나 마시세."

광주는 봉수에게 술병을 내밀었다. 봉수는 들고 있던 잔을 비우고 소주를 받았다.

"자네도 조합 활동에 너무 휩쓸리지 말게. 다 덧없는 욕망의 덩어리라네."

"형님, 오늘은 제가 술 쏘는 겁니다. 근데 왜 꼭 궁금증만 일으켜놓고 말을 끊습니까? 술값은 해야 하지 않겠습니까?"

말수가 별로 없던 봉수가 광주의 눈을 마주 보며 씨익 웃었다. 반질거리는 그의 가지런한 이빨이 짙은 눈썹과 어울려 유난히 하얗게 보였다. 광주가 클클거리며 웃다가 말을 이었다.

"술값을 내놔라 이거지. 좋아, 이왕 먹는 거 술값이 눈덩이처럼 쌓이도록 코가 비틀어지게 먹어줌세. 그냥 생각나는 대로 말할 테니까 새겨서 듣게. 궁금한 게 있어도 묻지 말고 다른 선배들에게 물어. 자네가 원하지 않아도 곧 그런 사실을 알려줄 선배들이 자네를 찾아올지도 모르니까. 어디 한번 지껄여보세. 나도 그 지긋지긋한 기억들을 다 쏟아내서 시궁창에 버리고 싶다네. 술이 끊기면 안 되니 술부터 시키세. 이모, 여기 소주 두 병만 갖다주소!"

광주는 알았다고 손짓하는 여주인을 쳐다보다가 문 쪽을 향해 고개를 돌렸다. 그의 눈빛이 허공에 멈춰 무엇인가를 더듬거렸다. 그는 술을 훌쩍 들이켜고 나서 안주 대신 손가락 사이에서 타들어가고 있는 담배를 빨았다. 머릿속의 세포가 툭툭 터지면서 떠올리고 싶지 않았던 기억의 빗장이 열렸다. 갑자기 수많은 모습들이 머릿속에서 파노라마처럼 펼쳐지자 그는 허벅지를 탁, 치면서 신음처럼 토해냈다. 염병할!

　"죽 쑤어서 개 준다는 말 들어봤겠지? 불과 한 달 전에 노동조합을 만들었다고 눈물을 흘렸던 우리였는데, 그 기쁨을 어용의 아가리 앞에 갖다 바치는 미친 짓을 하고 만 걸세. 정말 지랄 같은 일이 벌어진 거지."

　광주는 주먹을 쥐고 자신을 질책하듯 뒤통수를 여러 번 쳤다. 오래전 일들이지만 여전히 믿기 어렵다는 듯 고개를 절레절레 흔들기도 했다. 그는 한숨을 내쉬며 의자에 등을 기댄 채 허공을 쳐다보다가 몸을 곧추세웠다. 화가 난 사람처럼 인상을 구기고 있던 그가 술병으로 탁자를 툭툭 치면서 봉수를 뚫어지게 쳐다봤다.

　"승자독식이란 말이 있네. 싸움에선 이긴 놈의 말과 행동이 정의가 된다는 말일세. 폭력 영화에서 가장 웃기는 장면이 뭔지 아나? 힘겹게 싸워서 쓰러트린 놈한테 일어나라고 손짓하는 장면이야. 싸움에 '쌈' 자도 모르는 한심한 장면들이지. 현실에 그런 건 없다네. 쓰러트렸으면 더 이상 대들지 못하게 짓밟는 게 싸움이지. 개폼은 개에게나 주라, 이 말일세."

　광주는 소주잔을 훌쩍 비우고 다시 술을 채웠다. 그는 족발 한 점을 입에 넣고 우물거리면서 코와 턱 주변에 고슴도치처럼 까칠하게 나 있는 수염을 쓱쓱 문질러댔다. 1987년 8월 이한범 임시 노조 체제에서 숨 가쁘게 일어났던 일들이 술기운처럼 올라오자 목구멍에 달라붙은 가래를 긁어 술집 바닥에 뱉어냈다.

"민주노조의 길을 연 이한범 씨는 나에게 영웅이었다네. 그는 임시 체제를 꾸리면서 9월에 새로운 위원장을 조합원 직접 선거로 새로 뽑겠다고 했지. 나는 그의 뒤를 졸졸 쫓아다녔어. 남목고개를 넘어 공설운동장까지 진군을 할 때도 그의 근처에 있었지. 그가 혹시라도 다치는 일이 발생할까봐 늘 걱정을 했거든. 물론 그는 알 턱이 없었을 걸세. 봉수, 자네는 어떻게 살아왔는지 모르지만 난 바닥을 긁을 만큼 긁어대며 살아온 사람이야. 가난한 집 자식들의 삶이 다 힘들었겠지만 난 좀 유별났다네. 하하, 이런 헛소리까지 하는 걸 보니 취하고 있군. 인생이란 놈은 왜 돌아보면 늘 후회뿐인지… 지랄맞네. 어쨌든 선거가 있기 전까지 우린 많은 싸움을 했어. 공설운동장 투쟁부터 임금 인상 투쟁까지."

노조가 생겼으니 당장 임금 인상부터 해야 한다는 조합원들의 목소리가 빗발쳤다. 임시 위원장 이한범은 그들의 요구를 받아들여 파업을 벌였지만 상황 판단과 준비 미숙으로 하루 만에 철회해 조합원들로부터 무능하다는 비난을 받기도 했다.

"모든 게 갑작스러워서 경험 미숙이라고 생각했네. 노조를 준비해온 사람들이라고 해도 그걸 운영해본 경험이 없지 않은가? 싸움도 이력이 나야 잘하는 법일세. 많은 훈련과 실전을 통해서 허와 실을 보게 되는 법이고 어디를 어떤 순간에 쳐야 상대방을 일격에 제압할 수 있는지 알게 된다는 말일세. 이영복이라는 자가 있었네. 오랫동안 반장을 하면서 노사협의회 위원 노릇도 한 자지. 한때 식당 질을 개선해야 한다고 한마디 했다가 전출당한 전력이 있는 자였어. 그런데 그놈이 선거에 출마한 거야. 웃기는 일이었지. 노사협의회는 회사가 말잘 듣는 장기근속자들로 구성해놓은 그야말로 어용의 화신들인데 말일세.

그런 판단도 못 내리고 전출당한 전력 때문에 이한범 씨는 그를 영웅처럼 소개하고 마이크까지 넘겨줬네. 뭐라고 소개했는지 아는가? 이영복은 지하투쟁을 해온 사람이라고 한 거야. 지하투쟁이라고? 어이구머니나! 거기에 한술 더 떠서 노조 결성을 하려다가 부당 전출을 당했던 사람이라고 멋지게 치켜세운 거지. 그런 전력도 없었는데 도대체 무슨 마음으로 그런 말을 했는지 아직도 이해를 못 하고 있네. 아무튼 나도 깜짝 놀랐지. 아니, 우리 공장에 저런 분이 계셨나, 싶어 존경심이 절로 생기더구만. 게다가 이한범 씨가 말하니 철석같이 믿지 않았겠나? 많은 사람이 우리 노동자를 구해줄 분이 또 나타났구나 싶어 감개무량해했다네."

광주는 선거운동 내내 이한범이 회사를 말아먹기 위해 위장 취업한 고도의 훈련된 불순분자로 몰리는 것을 보았다. 이영복은 이한범이 소개한 말을 극대화시켜 자신만이 조합원들의 이익을 확고히 얻어낼 인물이라고 열변을 토하며 다녔다.

"이영복은 말을 아주 선명하게 잘하는 자였지. 조합원들의 간지러운 곳을 긁을 줄 아는 자였단 말일세. 이한범이 실패한 임투를 비판하면서 파업 때문에 못 받은 임금을 자신이 챙겨주겠다는 등 이제까지 저임금에 시달리던 현실을 바꿔놓겠다고 했지. 그래도 그는 이한범을 이길 수 없었네. 1차 투표에서 확연히 드러났지. 이한범은 45.75%, 이영복은 35.66%를 받았거든. 나는 과반수에서 450표가 모자라 결선투표를 해야 되는 게 아쉬웠지만 걱정하지 않았네. 그런데 심상치 않은 일들이 노골적으로 벌어지기 시작했어. 정말 추잡한 일들이 벌어진 거야!"

회사는 이영복을 파트너로 삼고 적극적으로 이한범 죽이기에 나섰다. 조장, 반장뿐만 아니라 과장들까지 나서서 노동자들을 만나러 다녔다. 호통만 칠 줄 알았던 그들이 노동자들에게 굽신거리면서 공손히 인사를 하고 술집으로 이끌었다.

"이한범은 삼민투와 관계된 빨갱이입니다. 그가 되면 회사가 상대할 수 없어요. 노사가 잘될 수 있게 서로 노력해야 되는데 회사 말아먹으려고 들어온 자와 무슨 협의를 하겠다고 회사가 나서겠습니까?"

삼민투는 '민족통일·민주쟁취·민중해방 투쟁위원회'의 약자였다. 전두환 독재 정권과 맞서기 위한 학생들의 투쟁 단체를 회사는 이한범과 관련된 단체라고 거짓말했다. 오랫동안 용공, 좌경 세력과 불순분자, 빨갱이란 말에 익숙해져 있던 노동자들은 움찔했다. 갑작스러운 투쟁의 물결 속에서 두려운 눈길로 두리번거리던 나이 든 노동자일수록 그들의 말에 솔깃해했다.

"우리 공장엔 양아치 새끼들이 많네. 옥교동 쪽에 깡패 조직들이 있는데 거기와 연관된 자들이기도 하지. 그런 놈들도 신이 나서 이영복을 밀었네. 왜 신이 안 났겠는가. 현장 동료들 끌고 가서 술 실컷 때려먹고 외상 긋고 나오면 회사가 다 알아서 처리해주니 웬 떡이냐, 했겠지. 돈의 힘이란 이렇게 대단한 걸세. 빨갱이로 몰린 이한범은 2차 투표에서 43.82%, 이영복은 54.86%를 얻었지. 그날의 악몽이란 이루 말할 수 없네. 그리고 그 악몽은 끔찍한 현실로 드러났던 걸세."

이영복은 당선되자마자 언론 인터뷰에서 투쟁 일변도만이 아니라 대화와 타협으로, 외부 문제보다는 내부 문제에 치중하겠다고 선언했다.

"어용 독재 시대가 열린 것이네. 그 말을 다하자면 밤이 새도 모자랄 걸세. 아아, 그 자식 이름은 입에 달기도 싫네. 그놈은 위원장이 되자마자 집행부를 꾸려 임금협상에 나섰네. 그런데 네 번째 임금협상을 벌이던 어느 날 직권조인을 했다는 말이 파다하게 퍼졌어. 직권조인이 뭔지 아는가? 집행 간부도 조합원도 제쳐놓고 혼자 회사와 쑥덕거려 합의 내용을 만들고 도장을 찍었다는 것이지. 마른하늘에 날벼락을 쳐도 유분수지. 그걸 대의원대회에서 추인하라고 뻔뻔스럽게 내밀다니! 현장에서 난리가 났네. 현장에서 뽑힌 대의원들도 화가 치밀어 압도적으로 직권조인 내용을 부결시켰네. 하지만 이미 도장을 찍었으니 이걸 어쩌겠는가? 우리가 뽑은 대표가 이미 우리의 이름으로 합의해줬으니!"

7천여 명의 노동자들이 일제히 현장을 나와 본관 잔디밭으로 모여들었다. '어용노조 물러가라!'며 노동자들은 조합 사무실로 올라가 유리창과 집기를 부쉈다. 그들은 이영복을 내놓으라고 고함을 질렀다. 누군가는 빨간 스프레이로 '이영복 10억을 받고 일본으로 도주'라는 글귀를 새겨놓고 분노를 퍼붓기도 했다.

당황한 집행부는 이영복을 찾아내 금품을 받았냐고 물었다. 그는 받지 않았다고 발뺌했다. 집행부는 그럼 직접 조합원들 앞에서 왜 직권조인을 했는지 해명하라고 그를 농성장으로 데려왔다. 그는 머리를 굴려 수많은 변명을 만들어 와서 마이크를 잡았지만 조합원들의 분노를 가라앉힐 수는 없었다. 결국 성난 조합원들이 돌을 던지고 각목을 던지고 급기야는 연단으로 뛰어올라가 그의 머리채를 잡고 질질 끌고 나왔다. 이영복은 실신했고 병원으로 실려 가면서 전체 파업은 멈췄지만 일부 공장에선 5일 동안 기계를 잡지 않고 직권조인 무효라며 농성을 지속했다. 조합원들은 자신들이 뽑은 이영복을 한 달도 안 돼서 어용이라는 낙인을 찍으며 허탈해했다.

"그래서 그놈을 그냥 놔뒀습니까?"

봉수의 목소리는 흥분돼 있었다.

"어쩔 수가 없었네. 당시 노동조합 규약엔 직권조인에 대한 말은 일언반구도 없었으니까."

"그래서 목도 못 비틀고, 쫓아내지도 못했단 말입니까?"

"허허, 사람 잡아먹을 기세군. 이 사람아, 그게 쉬운 일이 아니네. 그놈이 병원에서 나와 한 말이 뭔지 아나? 법적으로 아무런 문제도 없는데 왜 지랄들인지 모른다고 했어. 그러면서도 조합원들의 원성이 워낙 빗발치니까 집행부가 각서를 썼네. 다음부터는 반드시 총회에 묻겠다고 말일세. 우린 의심을 하면서도 그 개뼈다귀 씹어 먹는 소리를 또 믿었지. 내가 그러지 않았나? 한 번 배신하면 두 번 배신하는 건 훨씬 쉽다고. 반성이란 그나마 교정이 가능한 어릴 적 얘기일 뿐일세. 나이 처먹은 놈들에게 반성은 그저 시간을 벌기 위한 핑계일 뿐이지. 화석처럼 굳어진 습관과 성격은 쉽게 고쳐지지 않아. 나도 지겹게 경험해봤지. 그건 목숨을 내놓을 것 같은 결단이 있지 않고서는 고치기 어렵다네. 그걸 증명이라도 해주듯 그놈은 이듬해 임투 때에도 또 다시 직권조인을 하면서 우리를 보기 좋게 엿 먹였네. 투런 홈런을 친 거지."

"형님, 그걸 홈런이라고 말하시면 안 되죠. 그런 똥통에 처박을 놈한테 홈런이란 말을 쓴다는 건 야구에 대한 모욕입니다. 말만 들어도 주먹이 부들부들 떨리고 화가 나네요."

야구광이었던 봉수는 꽉 움켜쥔 주먹을 들어 보이다가 손을 풀며 술잔을 잡았다. 광주는 그런 봉수의 경직된 표정을 살피면서 실실 웃었다.

"쌈 좀 해봤나?"

"해봤죠. 한 번도 져본 적 없습니다."

"그래? 주먹 한번 내밀어보게."

봉수는 술잔을 비우고 나서 주먹 쥔 손을 내뻗었다.

"있는 힘껏 쥐어보게. 더, 더!"

더 힘껏 쥐어보라는 말끝에 광주가 순식간에 봉수의 주먹을 큰 손으로 덥석 잡았다. 봉수가 움찔했다. 자신의 주먹이 사나운 맹수의 입속으로 빨려 들어간 것처럼 서늘한 기운이 온몸으로 퍼져 들었다. 그는 재빠르게 손을 빼내려고 했지만 꿈쩍도 하지 않았다.

"주먹에 제법 힘이 있군. 하지만 주먹은 함부로 써선 안 되네. 아까도 말했지만 여긴 양아치들이 제법 많네. 이영복이 말 안 듣는 대의원이나 간부를 깡패들을 시켜 조져댄 건 알 만한 사람들은 다 알지. 그런 양아치들이 여전히 회사 빽을 등에 업고 민주파들을 깨부수려고 호시탐탐 노리고 있다네. 함부로 나대다가는 큰 화를 당할 수 있어."

"죽기뿐이 더하겠습니까?"

"패기 하나는 좋군. 하지만 조심해서 나쁠 건 없어. 현장 문제를 주먹으로 풀 수 있겠나?"

"근데 완력이 엄청 쎄십니다. 형님이야말로 싸움을 많이 해보신 것 같은데요?"

광주는 손가락으로 봉수를 가리키면서 대답 대신 눈물까지 질금거리며 한바탕 웃어댔다.

"내 사생활은 들처봐야 만신창이네. 그리고 질문은 사절한다고 했잖아, 이 사람아. 아무튼 이영복은 독선적인 성격으로 완전 어용이었어. 그놈 때문에 우린 현대중공업 노동자들에게 비난을 많이 받았지. 술자리에서 우연히 만나면 그 자식들이 우리에게 손가락질을 해대는 거야. 그 손가락질이 하는 소리가 뭔지 아나? 야, 이 기회주의자 같은 새끼들아! 바로 그 소리지. 실실 쪼개는 그 새끼들 쌍판때기를 보면 쪽팔려서 개구멍이라도 들어가고 싶었어. 그래서 나는 아예 그놈들 올 것 같은 술집엔 가지도 않았네."

1987년 8월 공설운동장에서의 투쟁으로 회사는 중공업 민주파들의 노동조합을 인정한다고 합의했지만 노조 민주화 싸움 과정에서 해고된 노동자들을 복직시켜 주지는 않았다. 노사의 싸움은 끊임없이 계속됐다. 노동자들은 파업을, 회사와 공권력은 회유를 하다가 안 되면 전경과 백골단들을 기습 투입해 지도부를 구속시키기도 했다. 그들은 6개월 동안 88번이나 협상을 했지만 합의점을 찾지 못했다. 급기야 중공업 노조는 1988년 12월 12일 전면 파업에 돌입했다. 128일간의 긴 싸움이 시작된 것이다.

"128일 동안 파업 투쟁을 하다니! 그들은 민주노조조차 호시탐탐 짓밟으려 하는 회사에게 밀리면 안 된다고 판단한 거야. 한 번 밀리면 끊임없이 밀려 노조 없던 시절로 돌아가게 될 거라고 두려워했던 거지. 하지만 시간이 흐르면서 많이들 지쳐갔어. 날은 춥지, 월급은 없지, 얼마나 힘들었겠나? 결혼한 사람들의 가족들은 또 얼마나 막막했겠어. 먹을 게 없었으니 생존 자체를 위협당한 거지. 그게 힘들어 나이 많은 노동자들과 회사 쪽에 달라붙은 노동자들 그리고 두려움이 많은 노동자들은 눈치를 보면서 일해야만 했다네. 민주파들은 매일 정문에 와서 싸움을 하고 집회가 잡히면 수천 명의 노동자들이 정문을 뚫고 들어가 현장을 흔들었다네. 그러던 어느 날 회사가 제임스 리, 일명 이윤섭이라는 놈을 모서 왔네. 그놈이 자본가들에게 가르쳐준 것들이 있어. 일하지 않으면 임금을 주지도 말라! 파업에는 폐업으로! 까부는 놈은 손배 가압류로 족쇄를 채워라! 미국에서 섬유공장을 다니던 놈이었어. 그곳에서 노조에 관여하려다 잘 안 되니 한국으로 넘어온 거지. 한국에 노사분규가 극심하니 노조 깨는 연구를 해서 돈을 벌겠다고 작심한 놈이야. 야비하고 악랄한 자식이지만 돈 버는 머리는 비상했던 놈이지. 노사분규가 한창이던 대한민국에서 장사가 될 거라는 걸 알았으니까! 그놈은 울산에 입성하자마자 노동자들에게 공포를 심기 시작했다네. 1989년 1월 18일 새벽, 그놈은 깡패 어용노동자 수십 명을 조직해 '현대해고자복직실천협의회'를 급습했지. 다들 잠에 취해 있을 때 문을 부수고 쳐들어간 거야. 그 새끼들은 '빨갱이들 다 죽여!'라고 소리치며 마구 야구방망이를 휘둘러댔네. 사무실엔 권용목 현대엔진 위원장을 비롯해 대여섯 명이 있었어. 죽지 않을 곳만 골라 때리면서 그들은 노동자들을 질질 밖으로 끌어냈어. 어떤 노동자는 엎드려뻗쳐를 시키고 엉덩이의 살점이 뜯겨 나가도록 방망이를 내리치며 모욕감을 줬다네. 힘도 없는 좆만 한 새끼들이라고 비아냥거렸지. 한 번만 더 까불면 죽인다고 협박을 하면서 말이야. 비명이 난무한 가운데 권영목 위원장의 팔뼈가 부러지기도 했다네."

그날 구사대들은 현대중전기 노조 간부 수련회까지 급습해 무차별 폭행을 가했다. 울산이 발칵 뒤집혔다. 경찰이 제임스 리를 비롯한 16명을 체포해 법정에 세웠지만 모두 1심에서 풀려났다. 그리고 한 달쯤 지났을 때 또다시 현대중공업 정문에서 테러가 발생했다.

"늘 중공업 정문 앞에선 구사대, 경비대와 민주파들의 싸움이 있었지. 그날도 민주파들이 경비대를 뚫고 들어가 수천 명을 모아 구호를 외치고 있었네. 그러자 총무부 직원과 경비대 천여 명이 들이닥쳤어. 준비하고 기다렸던 거야. 어떤 놈은 식칼을 들고, 어떤 놈은 곡괭이를 들고 나머지 놈들은 쇠파이프와 각목을 휘두르기 시작했지. 비명이 난무하는 가운데 누군가가 옆구리를 잡고 쓰러졌어. 식칼에 피가 묻어 뚝뚝 떨어지고 쓰러진 사람의 옷이 핏물로 젖어 들었다네. 한심한 자식들! 제임스 리라는 놈은 공포로 노동자들의 분노에 족쇄를 채우려고 했지만 그는 오히려 지쳐가는 노동자들에게 죽을힘을 다해 싸울 수 있는 분노를 촉발시켜준 거지.

자네 분노라는 게 뭔지 아나? 분노에도 수십 가지가 있네. 우발적인 분노, 질투에 사로잡힌 분노, 생각이 다른 자에 대한 분노, 원망 어린 분노, 돈과 권력에 뒤얽힌 분노…. 하지만 분노 중에 가장 무서운 분노는 그런 개인적인 분노가 아닌 집단의 분노일세. 똑같은 울분이 쌓이고 쌓여 폭발해버리는 분노. 인간답게 살고 싶다는, 그 인간이란 말! 일말의 자존심까지 뭉개져버린, 기본적인 인간에 대한 예의조차 받아보지 못하고 살았다는 자들의 똑같은 분노가 일제히 터지기 시작하면 걷잡을 수 없는 거지. 그 옛날 노예 반란이나 조선 시대 민란이나 동학혁명을 일으키고자 했던 사람들의 분노가 그런 것일세. 제임스 리라는 놈은 그 분노가 얼마나 무서운지 몰랐던 거야. 노동자들의 눈에 살기가 일기 시작했다네. 어디 한번 우리를 죽여봐라, 하고 다시 덤벼들었지."

노동자들이 더 단단한 대오를 갖추자 파업 109일째 되던 1989년 3월 30일 새벽 5시, 경찰 1만5천여 명이 육해공을 동원해 작전명 '울산30'을 펼쳤다. 바닷가에 맞닿아 있는 곳으로 해상경찰 함정 여덟 대가 들어오고 하늘 위로 헬리콥터가 날아들었다. 만여 명이 넘는 전투경찰이 최루탄을 공장 안에 퍼부었다. 하얀 최루가스가 구름처럼 뒤덮고 있는 공장 안을 백골단이 종횡무진하며 서슴없이 폭력을 휘둘렀다.

지도부는 미리 오좌불 숙소로 대피하고 결사 항전을 부르짖었다. 거리로 쏟아져 나온 노동자들은 전경을 상대로 투석전을 벌였다. 무장 전경들은 성내삼거리에서 외부의 출입을 철저하게 막고 파업 노동자들을 색출했다. 안기부, 검찰, 보안사, 경찰들은 '공안합동수사본부'를 설치해 좌경 폭력 세력을 근절하겠다고 엄포를 놨다. 그러나 노동자들은 그때부터 한 달 보름 동안 시가전을 벌이며 끈질기게 저항했다. 거리엔 돌멩이들이 나뒹굴고 곳곳에서 최루탄 쏘는 소리로 요란했다. 노동자들은 무리지어 다니며 전경들을 급습했다. 자동차가 불타고, 노동자들이 체포되고, 그들의 가족이 회사와 공권력을 원망하며 눈물을 흘렸다. 울산대학생들이 산을 넘고 들어와 같이 싸우고 해고자들이 목숨을 내걸고 싸웠지만 고립된 공간에 갇힌 중공업 노동자들의 힘은 시간이 지날수록 무너져 내렸다.

4월 18일, 당시 중공업 노조 위원장이었던 이원건이 온몸에 태극기를 감고서 현대중공업 정문 앞에 나타났다. 그는 눈물을 흘리면서 '이제 조업하러 들어가자!'는 성명서를 발표하고 경찰에 자진 출두했다. 이원건의 등을 향해 기회주의자라며 비난의 목청을 높이는 노동자들도 있었지만 많은 수가 허탈한 심정이 되어 허공만 처다봤다.

땀과 눈물로 범벅된 그들의 얼굴 위로 봄 햇살이 속절없이 쏟아졌다. 피로에 찌든 작업복을 걸친 노동자들은 묵묵히 정문 앞 바리케이드를 응시했다. 그들이 '노동자도 인간이다'며 넘어온 바리케이드 속으로 국가의 공권력에 떠밀려 다시 들어가야만 했다. 무거운 침묵을 끌면서 노동자들은 고개를 떨군 채 무너진 바리케이드를 넘어 다시 현장으로 걸어 들어갔다.

"아, 얼마나 처참했을까? 도대체 그들이 무엇을 요구했다고 그렇게 잔인하게 짓밟았을까? 해고자 복직? 그거 안 시켜 주려고 그랬을까? 아니지. 그들은 노동자들이 늘 자신들의 발밑에 있어야 한다고 여겼기 때문이지. 그들은 노동자를 인간으로 보고 싶지 않았던 거라구. 그저 노예처럼 부리며 차고 싶을 때 차고 밟고 싶을 때 밟고 싶었던 거라구! 높은 곳에 앉아 저 아래에 발붙이고 사는 우리가 늘 벌레처럼 보였겠지. 인간이 인간을 모르는 괴물 같은 놈들!"

광주는 탁자를 손바닥으로 쳤다. 술잔 속의 술이 출렁거렸고 술병이 기우뚱했다.

"염병, 내 속도 출렁거리는군. 더러운 자본가 새끼들!"

"자동차는 뭐 했답니까?"

"우리? 우리도 몇 번 가서 싸우긴 했지. 물론 이영복이는 중공업 사태와 자동차하고는 관계없다고 선을 그었어. 똥인지 된장인지도 구분 못 하는 후레자식이지. 다행히 민주파들이 다음 선거에서 이영복이를 끌어내리려고 현장에 조직을 만들고 있던 때였어. 그들이 3천여 명의 자동차 조합원을 이끌고 거리로 진출해 싸웠다네. 그나마 그런 모습을 보여서 2대 위원장에 민주파들이 추대한 이한범 씨가 당선될 수 있었을 거야.

근데 문득 그런 생각이 드는군. 처음부터 자동차에 민주노조를 세웠다면 놈들이 함부로 중공업을 쳤을까? 쉽지 않았을 거야. 중공업을 친다는 건 다른 곳도 친다는 신호탄인데 자동차에서 가만있진 않았을 거란 말일세. 자동차가 함께 덤비면 현대왕국의 노동자들이 다 뭉칠 수도 있었고 말이야. 근데 말이야, 그것도 틀린 생각일 수 있어. 어쩌면 이한범도 이영복과 크게 다르지 않았을 거라는 의심이 자꾸 드는 건 왜일까? 으이그, 속이 터져 죽겠구만, 염병할!"

"형씨 말이 맞수다!"

건너 테이블에서 누군가가 박수를 치며 쳐다봤다. 광주는 그를 힐끗 바라다보며 고맙다는 듯 손을 흔들었다. 상대방이 소주잔을 내밀자 광주는 술잔을 들고 마주 보며 단숨에 비워냈다. 테이블 위엔 빈 소주병이 네 개나 올려져 있었고 마시고 있는 술병에도 술이 바닥나고 있었다.

"오늘도 이야기 끝을 못 보겠네요?"

"다 들은 거나 마찬가질세, 이 사람아. 조금 있으면 자네에게 왜 내가 영웅처럼 받들었던 이한범도 이영복하고 다를 바 없다고 의심할 수밖에 없었는지 알려주는 사람들이 나타날 걸세."

"아까도 누군가가 나타날 거라고 말했는데 그게 누굽니까?"

"이 순진한 사람아, 그건 자네를 꼬시려는 놈들이 있다는 말일세. 눈이 반짝반짝거리는 놈은 현장 조직의 눈길을 끌게 돼 있어. 지금 현장엔 서너 개의 민주파라 자칭하는 조직들이 있다네. 눈이 먼 놈들이 아니면 그들 중에 자네를 눈독 들이는 놈이 있을 거야. 자넬 노동운동의 늪 속으로 끌어들이려고 말이지. 하하, 나쁘진 않으니까 겁먹진 말게. 그나마 이 더러운 현장에서 괜찮은 사람들이지만 사람 속을 누가 알겠는가? 그래도 배울 건 분명히 많아. 나 같은 무식쟁이 중졸도 그들 때문에 일 년 이상 여러 책들을 보게 됐으니까. 그 덕분에 평생 해보지 못할 생각도 엄청 많이 하고 수없이 떠들어댔지. 안다는 게 뭔지 아나? 나중에 학습 열심히 할 때 그걸 깨우쳐보게. 대신 너무 멀리 가지는 말고 항상 중간에 서서 보게. 가족이 어떻게 되나?"

"부모님 다 계시고 바로 밑에 여동생과 남동생이 하나씩 있죠."

"좋군. 가족 소중히 여겨야지. 부모님 돌아가실 때 질질 짜봐야 소용이 없네. 가세. 어이, 이모! 우리 가요."

두 사람은 술집에서 나왔다.

"형수님 얘기도 못 듣고… 오늘 뒷얘기도 해주셔야 합니다."

"듣고 싶다면 언제든지 술값 갖고 와. 하하 나는 간다네."

광주는 지난번처럼 등 뒤로 손을 흔들며 터벅터벅 어둠에 잠겨 있는 술집 뒷골목으로 사라지고 봉수는 정류장으로 향했다. 밤이 깊어질수록 날은 더욱 차가워졌다. 봉수는 버스를 타고 두 정거장을 지나 양정동 끄트머리에서 내렸다. 생각할수록 광주의 참모습을 가늠하기 어려웠다.

그의 말들은 잔잔한 물결 같다가도 거세게 휘몰아쳤고 탁한 물빛 같다가도 맑게 반짝거렸다. 말할 때마다 욕이 자주 붙었지만 거슬리지도 않았다. 간혹 모든 걸 다 알고 있는 듯한 으쓱거리는 모습이 가시처럼 걸렸지만 거침없이 말하는 그의 말에는 거짓이 느껴지지 않았다.

그는 어떤 사람일까. 그가 말했듯이 가파른 삶을 살아온 게 분명해 보였지만 헤아리기가 쉽지 않았다. 봉수는 생각에 잠긴 채 자취방으로 돌아와 전구에 불을 켜고 이불을 깔았다. 불을 안 땐 방이 서늘해 요 밑에 누런 전기장판도 깔았다. 불을 끄고 팬티만 입은 채 이불 속으로 들어갔는데 광주의 마지막 말이 들려왔다.

안다는 것은 과연 무엇일까?

그는 어둠을 응시하다가 눈을 감았다. 공장에 들어온 지 2개월이 지났다. 불현듯 부모님의 얼굴이 떠오르고 고향집이 그리웠다. 집 앞으로 흐르던 영산강도 푸르른 빛으로 아른거렸다. 세상 끝까지 흐를 것만 같은 깊고 푸른 강, 그 강이 보고 싶었다.

태양은 불덩어리처럼 달아올랐다. 햇볕에 말라버린 바람은 후끈후끈한 숨결만 가끔씩 토해내며 그늘로 숨어버렸다. 산속의 나무들은 땅속의 물기를 끌어 올리다가 지쳐 나뭇잎들을 축 늘어뜨렸다. 마을을 둘러싸고 있는 밭에서는 담뱃

잎, 고춧잎, 옥수수 잎들이 맥을 못 추며 비실비실 눈을 감고 있었다.

야트막한 산 아래 들어앉은 사창리 마을 공터에 중학생으로 보이는 아이들 예닐곱 명이 몰려들었다. 운동화를 신은 아이, 슬리퍼를 신은 아이, 맨발로 나온 아이들 십여 명은 대부분 러닝셔츠에 반바지만 입고 있었다.

"다 왔지? 가자!"

봉수는 친구들과 함께 논과 밭 사이를 부지런히 걸었다. 아이들 뒤로 따라붙는 그림자 위로 흙먼지가 뭉클뭉클 피어올랐다. 햇볕에 달궈진 흙길 위에도 뜨거운 지열이 아지랑이처럼 하늘로 올랐다. 산모퉁이를 돌아서자 아이들의 얼굴에서 땀이 줄줄 흘렀다. 아이들은 점점 빠르게 걸었다. 시야를 가로막고 있던 둔덕 위로 다가가면서 강물이 머리를 드러냈다. 그러자 아이들은 너나없이 강을 향해 달리기 시작했다. 슬리퍼를 신은 아이는 신발을 벗어 들고 뛰어갔다. 뿌연 먼지가 그들의 뒤를 쏜살같이 따라왔다.

짙게 풀어놓은 물감처럼 영산강이 파란 빛깔로 숨소리조차 없이 누워 있었다. 아이들은 너럭바위들이 있는 떡보 위에 다다르자마자 옷을 벗었다. 먼저 옷을 벗은 아이부터 오수를 즐기고 있는 강물로 삼각팬티만 입은 채 뛰어들었다. 강물이 놀란 듯 번쩍 눈을 뜨며 하얗게 질린 물보라를 일으켰다. 아이들은 강물 건너편 나주평야를 향해 힘차게 발을 구르고 물갈퀴처럼 손을 놀려댔다. 반질반질한 눈 위의 썰매처럼 아이들의 몸이 쑥쑥 강물을 가르며 앞으로 나아갔다.

너럭바위와 바위 양 옆으로 무성하게 펼쳐져 있는 초록빛 갈대들이 아이들을 지켜봤다. 바위 뒤 소나무 숲들도 강가로부터 멀어져가는 아이들을 솔잎처럼 가느다란 눈으로 바라보았다. 2백여 미터 되는 강 건너 쪽으로 아이들의 모습이 가물거리며 사라지고 있었다.

누군가가 나주평야 갈대 사이로 먼저 올라섰다. 아이들은 차례차례 물속에서 나와 갈대밭 앞에서 나란히 섰다가 누웠다. 거친 숨결이 잠잠해지고 숨을 고른 아이부터 다시 물속으로 뛰어들었다. 떡보를 향해 물살을 가르며 오던 아이들은 힘들면 몸을 뒤집어 하늘을 올려다보면서 발로 물을 감아 쓱쓱 밀었다. 태양과 하늘과 강물이 아이들과 함께 떡보를 향해 나아갔다.

떡보 위로 올라온 아이들은 그대로 바위에 엎드렸다. 물밖으로 튀어나온 물고기처럼 아이들의 몸이 들썩거리며 헐떡거렸다. 마지막 한 사람까지 바위 위로 올라가 엎드리자 강물도 다시 눈을 감았다. 산과 강, 하늘과 태양 그리고 아이들이 모두 고요한 풍경 속으로 들어가 평화롭게 누워버렸다.

사창리도 푹푹 찌는 열기에 휩싸여 졸았다. 사람도 개 짖는 소리도 바람도 없이 바글거리는 햇살만 지붕 위로 쏟아져 내렸다. 전쟁도 비켜간 외진 시골 마을 사창리는 십여 가구가 사는 작은 동네와 이십여 가구가 사는 큰 동네로 나뉘어 있었다. 아무도 관심을 두지 않는 작은 마을을 먼 길을 돌아온 영산강이 품고 흘렀다.

담양 용추봉 가마골에서 시작된 영산강은 사창리를 지나

서해로 나가 세상의 모든 물들과 만났다. 사창리 사람들은 밀물과 썰물 때를 골라 고기잡이를 하고 땅을 일궈 농사를 지었다. 그들은 희로애락을 강과 함께하며 세대를 이어 살고 있었다.

"어어, 막걸리 한 병 꺼내 오소!"

썰물이 되면 봉수 아버지는 친구들과 함께 강가로 나가 투망을 던졌다. 그물 안으로 모치(숭어 새끼)와 새비(바다 새우)가 파닥거리며 걸려들었다. 아버지 친구들은 고추장을 갖다놓고 술추렴을 했다.

"니도 한번 먹어볼 테냐?"

아버지는 새비 껍질을 벗겨 봉수 손에 쥐어줬다. 일곱 살배기 봉수는 냉큼 받아 들어 입가에 고추장을 묻혀가며 우걱우걱 씹었다. 아버지 친구들이 신통하다는 눈길로 웃으면서 바라보면 또 달라며 봉수가 앙증맞은 손을 내밀었다. 배를 채울 때까지 새비를 받아먹다가 뱃구레가 볼록 솟아오르면 물가에서 발장구를 치며 강과 더불어 자라났다.

친구처럼 강과 어울리면서 동네 아이들도 부쩍부쩍 컸다. 사타구니에 거웃이 거뭇거뭇 나던 중학교 시절, 여름만 되면 아이들은 강으로 달려갔다. 물이 빠지고 미끈한 갯벌이 드러나면 아이들은 발가벗고 진흙 속으로 들어갔다. 미끄럼틀 타듯이 비스듬한 갯벌 위로 몸을 밀어 던지면 진흙 속의 손들이 아이들의 온몸을 간질이며 입가에 웃음꽃이 만발하게 했다.

아이들은 편을 갈라 진흙 싸움을 했다. 가운데 금을 긋고 서로 마주 보면서 진흙을 던져 맞히는 시합이었다. 지는 편이 막걸리를 사오는 내기 게임이었다. 봉수의 눈빛이 승부욕으로 이글거렸다. 그는 어릴 적부터 내기가 걸린 시합이면 반드시 이겨야만 직성이 풀렸다. 던지거나 피하다가 미끄러져 넘어질 때마다 아이들이 자지러지게 웃었지만 봉수만은 웃지 않았다. 그가 속해 있는 팀이 지는 법은 별로 없어 아이들은 놀이가 있을 때마다 그의 편이 되려고 다투기도 했다.

진 팀이 막걸리를 사올 동안 아이들은 양파 망을 들고 강으로 뛰어들었다. 숨을 참고 강바닥을 더듬거리다 무엇인가 손에 잡혀 건져 올리면 토실한 모시조개가 손안에서 꼼지락거렸다. 아이들은 수없이 자맥질을 하며 양파 망에 조개를 채워 물 밖으로 나왔다.

먼저 나온 아이들이 마른 솔가지와 나뭇가지들을 모아 너럭바위 위에 불을 피웠다. 불잉걸이 제법 생기길 기다릴 동안 어떤 아이들은 갈대밭을 뒤졌다. 갈대숲에는 새집들이 많았다. 아이들은 새알을 찾아갖고 나와 날것으로 허기를 채우고 나머지는 모시조개와 함께 불잉걸 위로 가지런히 올렸다. 불길에 놀란 모시조개들이 다문 입을 열어 물기를 흘렸다. 지글지글 소리를 내며 조갯살 굽는 냄새가 코끝을 건드리면 아이들은 입맛을 다시며 조개 입이 쫙 벌어질 때까지 지켜봤다.

어른들의 눈도 잔소리도 없는 강가에서 아이들은 자유를 만끽했다. 구운 조갯살에 막걸리를 딱 한 잔씩 먹고 나면 어른이라도 된 것 같은 기분에 사로잡혀 '길이 재기'를 했다. 그들은 진흙 위에 누워 성기를 부풀렸다. 일 분 동안 열심히 성기를 흥분시키다가 그만! 하고 누군가가 외치면 일제히 서로의 성기를 바라보며 깔깔거리다 진흙 속을 나뒹굴었다. 파란 하늘과 짙푸른 강물이 훈풍을 불러와 아이들의 몸에 붙은 진 흙을 꾸들꾸들 말려주면 그들은 강물 속으로 뛰어들어 몸을 씻었다.

물이 차가워지는 계절이 되면 아이들은 나무를 잘라 총과 칼을 만들고 산에서 전쟁놀이를 했다. 땅을 파서 진지를 구 축하고 나뭇가지들을 잘라 위장을 한 채 총소리를 입으로 터 트려가며 놀다보면 허기가 졌다. 먹을 것이 부족했던 그 시 절, 아이들은 삐뿌리(띠 뿌리), 유채 봉(줄기), 목화 몽울(망울)의 단물을 빨아먹으며 자랐다.

중학교는 사창리에서 4킬로미터 떨어진 몽탄면에 있었다. 대부분의 아이들이 버스를 타거나 통근 기차를 타고 학교에 다녔다. 어릴 적부터 자전거 타기를 좋아했던 봉수는 비 오 는 날만 기차를 탔다. 비가 올 거라고 예상 못 했던 날은 어 김없이 어머니가 비옷을 걸친 채 우산을 들고 학교까지 마중 을 나왔다.

"뭔 놈의 비가 기척도 없이 온다냐?"

"비 와도 오지 말라니까."

"어미가 자식새끼 비 맞는 걸 뻔히 알면서 어찌 안 온다냐?"

학교 앞 철길 옆으로 구불구불 이어져 있는 도로를 따라 두 사람은 걸었다. 엄마보다도 키가 큰 봉수는 우산 속에 고 개를 집어넣은 채 인상을 썼다. 산과 도로와 허공이 비에 젖 어 착 가라앉아 있었다.

"너그 아부지가 술을 쬐게만 들 먹어도 좋을 틴디…."

"무슨 일 있었스라?"

"비가 오면 니 애비가 헐 게 술추렴뿐이 더 있다냐? 집안일엔 관심도 없으니 걱정 아니다냐."

봉수는 햇볕에 바짝 타버린 어머니의 거무튀튀한 얼굴을 향해 고개를 돌렸다. 근심으로 가득 찬 주름살들이 그녀의 얼굴에서 일렁이고 있었다. 봉수는 시무룩한 표정으로 어머니의 표정을 살피다가 우산을 잡고 있던 그녀의 손을 봤다. 손가락뼈 마디마다 옹이가 박혀 있는 것처럼 툭툭 불거져 있었다. 손끝도 메마른 땅을 수없이 긁은 것처럼 뭉툭해져 있었다. 손등 위로 골판지를 구겨놓은 것 같은 쭈글쭈글한 굵은 힘줄이 터질 것처럼 꿈틀거렸다.

세상에서 자신을 가장 사랑하는 어머니였다. 상차림을 할 때도 맛있는 게 있으면 자기 앞에 놓았고 옷과 신발을 살 때도 마음에 들면 값을 따지지 않고 사는 어머니셨다. 다른 집처럼 시골 일은 시킬 생각도 하지 않고 자신의 신발이 더러우면 누이동생을 혼내며 신발을 빨게 했다.

아버지가 왜 그러시는 걸까.

봉수는 비에 젖고 있는 운동화로 도로 위를 흐르는 물을 자박자박 밟았다. 가난을 느끼며 자라진 않았지만 마을에서 가장 가난한 집이 자신의 집이라는 건 알고 있었다. 논밭도 별로 없어 소작을 하고 소도 겨우 한 마리씩 키워서 내다 팔곤 했다.

술 취한 아버지의 얼굴이 떠오르자 봉수는 짜증이 났다. 세월이 갈수록 아버지는 아침부터 술에 취하는 일이 많아졌다. 엄마가 지청구를 해대며 등짝을 후려쳐도 소용이 없었다. 술값을 안 주면 오히려 화를 내다가 동네 사람에게 빌리러 다녀 엄마의 마음을 더욱 상하게 만들었다.

"엄마, 내가 커서 잘 모실게요."

"아멘! 우리 아들이 최고지. 예수님이 너를 보살펴줄 겨. 엄마가 너 낳을 때 예수님 꿈을 꿨지라. 예수님이 지팡이를 짚고 높은 곳에 서 계셨는데 그 얼굴이 바로 너였지라. 엄만 괜찮으니 착하고 바르게 커야 혀."

어머니의 집안은 대대로 크리스천이었다. 봉수는 가끔씩 어머니가 새벽 기도를 드리러 교회 가는 걸 보며 자랐다. 그녀는 사람들에게 늘 다정했고 자식들을 위해서는 험한 일을 마다 않으며 새벽부터 밤늦게까지 일했다. 봉수는 어머니가 힘들어하는 모습을 볼 때마다 마음이 시큰둥해지고 기운이 빠져 아버지를 원망했다.

"내가 예수님이라면 아버지 술버릇을 고쳐줄 수 있겠네?"

"예수님같이 되려면 사랑이 깊어야 혀. 예수님은 사람들의 죄를 대신해서 목숨을 바치셨응께. 그건 사람이 하기 어려운 사랑이지라. 엄마가 그런 태몽을 꾼 것은 네가 예수님의 사랑을 잘 알고 그렇게 커주기를 바라서 꿨던 겨. 니가 얼릉 예수님을 알고 그분의 사랑을 배워야 할 텐데."

"그럼, 아버질 지극히 사랑하면 예수님께서 술버릇 고쳐주시려나?"

어머니 얼굴에 만발한 주름살들이 익살스럽게 일그러지며 웃었다. 어머니는 봉수의 엉덩이를 툭툭 치며 말을 이었다.

"니도 이제 교회에 나가야지라?"

"예수님은 좋은데 교회는 싫어."

"아직 예수님을 만날 때가 안 된 것이라. 언젠가는 니도 예수님 사랑을 만날 때가 올 겨. 사람 미워하지 말고 나쁜 짓만 허지 말고 살면 된다."

무안역을 지나고 몇몇 마을을 통과하자 산길로 오르는 오솔길이 나타났다. 봉수는 대를 이어 마을을 만들고 살아왔던 사람들의 셀 수 없는 발걸음으로 다져진 그 길을 걸어 등하교를 하면서 다른 마을로 친구들을 만나러 다녔다.

언덕 꼭대기에 올라서서 돌아보면 마을 건너편 위로 높은 산이 장엄하게 마주 보고 있었다. 산 밑에는 기차처럼 길게 일자로 이어져 있는 마을이 있었다. 큰 기와집이 여러 채 늘어선 마을 앞으로 개울이 흐르고 있었다. 중학교 삼 학년 가을, 느닷없이 자신의 마음을 설레게 만들었던 현지가 살고 있는 큰 기와집도 그곳에 있었다.

집에 들어서자 아버지가 툇마루 위에서 술에 취해 누워 있었다. 어머니는 아버지를 본체만체하고 창고로 들어가 일을 시작했다. 봉수는 아버지를 노려보다 방으로 들어가 문을 닫았다. 어둑한 방에 불을 밝히고 카세트를 켜서 음악방송을 들었다. 교복을 갈아입고 방바닥에 누웠다. 마음이 심드렁한데 어느 순간 현지의 얼굴이 형광등 불빛을 타고 가만히 나타나 웃고 있었다.

초등학교를 같이 다닐 때부터 유난히 현지에게 장난을 많이 걸었었다. 현지는 늘 머리카락을 양쪽으로 갈라서 땋고 다녔다. 넓은 이마 아래 잘 익은 까마중 열매처럼 새까만 눈빛이 초롱초롱 빛났다. 선생님이 질문하면 가장 먼저 손을 들어 조막만 한 입으로 야무지게 대답을 했다. 공부도 잘해서 늘 선생님 칭찬을 받는 현지가 봉수는 강아지풀처럼 귀여웠다. 중학교 들어가서도 예쁘다는 생각만 했을 뿐 특별한 감정이 생기진 않았다. 그런데 삼 학년 가을 소풍을 갔다가 그만 야릇한 감정에 빠져들고 말았다.

산과 들이 가을빛으로 물든 깊고 푸른 하늘 아래서 반 대항 노래자랑이 펼쳐졌다. 세 반만 있던 중학교에서 한 반에 두 팀씩 나와 노래를 불렀다. 저마다 미리 준비해온 옷과 소품으로 분장을 하고 나타나 신나는 노래와 춤으로 폭소를 자아내게 했다. 그 노래팀 중에 봉수와 다른 반이었던 현지가 독창을 하기 위해 교복으로 가리고 있던 자태를 드러내고 무대로 나왔다.

남학생들의 환호가 여기저기서 휘파람을 몰고 터져 나왔다. 꽃 모양 레이스로 목을 감싸고 있는 주홍빛 블라우스와 회색 주름치마를 입은 현지는 까만 단발머리를 찰랑거리며 검정 단화를 신고 나비가 팔랑팔랑 날듯이 등장했다. 아이들의 격한 응원에 대답하듯 환하게 웃으면서 나타난 현지는 마이크를 잡은 채 허공을 응시하며 가을 풍경 속으로 젖어들었다.

'어느 소녀에게 바친 사랑(All for the love of a girl)'.

봉수는 현지의 모습에 흠뻑 빠져들었다. 천방지축으로 떠들고 웃던 남학생들도 모두 입을 닫은 채 현지에게 눈길을 쏟았다. 반주도 없었지만 현지의 떨리는 듯한 바이브레이션이 담긴 고운 목소리는 아이들의 마음을 사로잡았다. 노래가 끝나자 남학생들이 앙코르를 외치면서 아우성을 쳤다.

그때까지만 해도 봉수에게 현지는 다른 날보다 조금 특별하게 보였을 뿐이었다. 사건은 점심시간이 끝나고 자유 시간이 주어졌을 때 일어났다. 봉수의 눈에 현지가 숲 사이에서 남학생들 몇몇에게 둘러싸여 있는 것이 목격됐다. 현지여서 봉수가 달려간 것은 아니었다. 초등학교 때부터도 도가 넘는 장난이나 폭력으로 여자아이를 괴롭히면 묵인 못 하고 나서는 봉수의 성격 때문이었다.

"뭣들 하는 짓이여?"

남학생들은 현지네 반 성일이를 비롯한 두 명이었다. 성일이는 그 반에서 가장 문제아로 낙인 찍힌 아이였다. 현지의 팔을 붙들고 자신의 뒤로 끌어 들인 성일이 봉수를 노려봤다.

"상관하지 말고 꺼져!"

"내가 불이냐, 꺼지게. 현지야, 뭔 일이여?"

"얘들이 자꾸 자기들 앞에서 노래 부르라고 한다야. 안 할 거면 내일 학교 앞 중국집에서 만나자고 하면서 말여."

현지가 성일의 뒤편에서 봉수의 눈을 마주 보며 불안한 표정을 지었다. 현지의 겁먹은 눈빛에서 초등학교 시절 순한 강아지풀 같던 그 아이의 모습이 겹쳐지자 봉수의 의협심에 불이 확 타올랐다.

"김성일, 이런 짓은 남자가 할 짓이 아니지. 사내 창피 그만 시키고 보내주지 그래."

봉수가 꾹 눌러쓰고 있던 모자를 벗으며 느릿느릿 말에 뼈를 심어 뱉었다. 스포츠머리를 한 봉수가 두 눈에 힘을 빠짝 주고 위압적으로 바라보자 성일이 흠칫했으나 이내 비웃었다. 하지만 옆에 있던 두 남학생의 얼굴은 두려운 빛으로 움츠러들었다. 봉수는 팔씨름이 세기로 소문나 있어 쌈 좀 한다는 아이들도 함부로 건드리지 못한다는 건 모두 알고 있었다.

"개폼 잡고 있네. 못 보내주면 어떡할 건데?"

성일의 말이 끝나기 무섭게 봉수는 뛰듯이 두어 걸음 번쩍 그에게 다가가더니 그대로 주먹을 날렸다. 갑작스럽게 일격을 당한 성일이 휘청거리며 뒤로 물러서다 그대로 엉덩방아를 찧었다. 현지가 비명을 지르며 주저앉았고 옆에 있던 두 남학생은 겁에 질려 어쩔 줄 모르고 있었다.

"피투성이 되고 싶지 않으면 여기서 나가!"

봉수는 짱돌을 움켜쥐고 두 남학생을 향해 고개를 돌렸다. 그러자 둘은 황급히 숲에서 나가버렸다.

"난 싸우는 거 싫어. 그런데 싸워야 한다면 끝장을 보는 성격이여. 여기서 끝낼까, 아니면 끝까지 가볼까? 끝까지 갈 거면 일어나고 아니면 움직이지 말고 그대로 있어."

봉수는 두 팔을 디디고 상체를 일으켜 세운 성일의 몸을 돌덩이처럼 묵직한 목소리로 눌렀다. 성일은 고개를 숙인 채 분을 삭이다가 봉수를 올려다봤다. 그의 입가에서 피가 흐르고 있었다.

"씨팔, 좆나게 쪽팔리네. 오늘은 내가 졌지만, 다음에 한번 다시 붙자!"

"얼마든지. 대신 다시는 현지를 괴롭히지 않겠다고 약속해라!"

"알았고, 나중에 보자, 시팔놈아!"

성일은 입술의 피를 닦아내며 모멸감에 사로잡힌 채 숲을 나갔다. 현지는 놀란 눈빛으로 모든 상황을 넋 놓고 지켜보다가 봉수를 향해 다가갔다.

"봉수야, 너 정말 멋있다!"

교복을 입은 현지가 봉수의 코앞에서 새까만 눈동자를 빛내며 환하게 웃었다. 바로 그 순간 봉수는 심장이 쿵 떨어지는 소리를 내며 흔들리는 걸 느꼈다. 그러자 가슴이 두근거리더니 뜨거운 불 앞에 선 사람처럼 얼굴이 달아올랐다. 세상에 태어나서 한 번도 느껴보지 못한 감정이 자꾸 정신을 어지럽혔다. 현지의 새까만 눈동자에서 신비한 빛이 눈부시게 쏟아져 마주 보기도 힘들었다. 꽃 사태가 난 길가를 걸을 때처럼 야릇한 향기가 그 아이에게서 뭉클뭉클 피어났다. 꽃물이 든 듯 붉어진 얼굴을 돌리며 봉수가 말을 더듬거렸다.

"가자, 자유 시간이… 거의 끝났을 거야."

숨이 막히고 얼굴이 뜨거워져 봉수는 숲 밖으로 나섰다.

"손, 괜찮아?"

현지의 손끝이 성일에게 날린 손에 닿자 봉수는 소스라치며 가슴 위로 손을 올렸다.

"아무렇지도 않아."

"아까 정말 고마웠어. 니가 동네 친구라는 게 자랑스럽더라!"

쾌활한 현지의 목소리에서 맑은 시냇물 소리가 났다. 봉수가 어깨를 으쓱거렸다.

"가 봐. 선생님과 친구들이 찾을지도 몰라."

"알았어, 봉수야. 근데 너 정말 멋있더라. 고맙다!"

현지는 수줍어서 고개만 숙인 채 웃고 있는 봉수의 눈에 눈을 맞추더니 참새처럼 총총히 뛰어 갔다. 봉수는 현지의 뒷모습을 보며 중얼거렸다.

'가시내, 저리 이뻤나?'

봉수는 하늘을 올려다보았다. 깊고 그윽한 가을 하늘빛 속으로 그의 눈이 정신없이 빨려 들어갔다.

그날 이후 봉수는 현지를 보면 왠지 어색해져 피하고 싶고 숨고 싶어졌다. 그런 감정은 현지를 보지 않을 때도 마른번개처럼 예고 없이 찾아왔다. 어느 날 수업 시간에 책을 들여다보고 있는데 현지의 얼굴이 책갈피 속에서 생생하게 걸어나와 자신을 쳐다봤다. 새까맣게 빛나는 구슬 같은 눈이 웃고 있어서 봉수는 화들짝 놀라 책을 덮었다. 헛것을 봤나, 싶어 다시 펼치면 현지의 얼굴이 어김없이 나타났다. 한 번도 겪어보지 못한 뜨거운 감정이 열꽃처럼 피어나 시도 때도 없이 봉수의 마음을 헤집고 다녔다.

봉수는 쉬는 시간이면 멀찍이 숨어서 현지의 반을 더듬거렸고 집에 돌아오면 음악방송을 들으며 리듬을 타고 있는 현지의 모습을 보았다. 좋아한다고 고백해볼까, 하는 마음을 수없이 먹었다가도 어떻게 표현해야 할지 몰라 이내 포기했다. 동네 친구들과 어울려 같이 놀 때도 현지 곁으로 다가가

지 못했다. 결국 졸업식장에서 현지와 눈인사를 하며 손을 흔들고 아쉬운 중학교 시절을 끝마쳐야만 했지만 봉수의 가슴에 경이로운 기적처럼 들어찬 현지에 대한 첫사랑은 식을 줄을 몰랐다.

졸업을 하고 나서도 현지가 떠오를 때면 졸업 앨범을 펼쳐 보았다. 그러면 현지가 앨범 속에서 까만 눈동자로 쳐다보며 가을 소풍 때 겪었던 신비로운 감정의 결로 자신을 이끌었다. 봉수는 아무도 모르는 깊은 산속에서 끊임없이 솟구치는 맑은 샘물 같은 감정을 어쩌지 못해 현지의 사진을 자를 대고 칼로 오려냈다. 그리고 사진 뒷면에다 직인을 찍듯 볼펜으로 네 글자를 꾹꾹 눌러썼다.

너는 내 거.

광주에서 출발한 목포행 무궁화호 열차가 무안역으로 들어섰다. 오전 8시 40분, 기차가 도착하자 사람들은 열차에 올라탔다. 학교 등교 시간이라 열차 안에는 학생들이 바글거렸다. 할머니와 아주머니들이 채소와 나물들을 듬뿍 담아온 함지박 같은 그릇들도 통로 곳곳을 막고 있어서 복잡했다.

사람들이 모두 올라타고 역무원이 신호를 보내면 기차가 다시 움직였다. 봉수는 늘 가던 자리를 찾아갔다. 학생들이 좌석을 에워싸고 와자지껄하는 소리들이 들려왔다. 이전 역에서 미리 열차에 타고 있던 학생들이 '짤짤이'를 하고 있었다. 봉수도 그 틈을 파고들었다.

"와, 고수 나타나셨네. 붙어!"

한 학생이 봉수를 쳐다보며 웃었다. 다른 학생들도 봉수를 보며 반가워했다. 양손에 동전을 넣고 흔들어대던 학생이 봉수를 힐끗 쳐다봤다. 좌석 앞뒤와 통로까지 꽉 메운 학생들이 일제히 입을 닫고 귀를 쫑긋 세웠다. 동전을 요란스럽게 흔들어대던 학생이 동전 몇 개를 한 손에 움켜쥐고 손을 쑥 내밀었다. 그러자 여기저기서 '으찌, 니, 쌈'을 외치며 자신이 걸고 싶은 동전만큼 손바닥에 올려 왼쪽, 중간, 오른쪽으로 내밀었다. 봉수 역시 동전이 부딪히던 소리들을 감각적으로 계산하고 백 원짜리 동전 세 개를 왼쪽으로 내밀었다. 몇몇 학생이 봉수가 '판돈'을 건 곳으로 잽싸게 자리 이동을 하려다가 제지당했다. 한 번 건 곳에서 다른 곳으로 옮기지 못하는 게 열차 안의 '짤짤이' 규칙이었다.

"더 이상 걸 사람 없지?"

동전을 흔들던 학생이 주변을 둘러본 뒤 주먹을 폈다. 학생들의 눈이 모두 손안에 있는 동전으로 모여들었다. 동전을 흔들던 학생은 엄지와 중지에 숨겨 껴놓은 동전을 먼저 빼내면서 나머지 동전 숫자를 헤아렸다. 동전이 몇 개 남지 않으면서 게임의 판가름이 드러나자 여기저기서 아쉬운 탄식과 욕설이 튀어나왔다.

"역시 봉수가 선수여!"

판을 정리해주고 몇 푼 얻기로 한 학생이 진 자들의 돈을 거둬들이고 이긴 자들의 돈을 셈해주면서 봉수를 향해 엄지를 들어 올렸다. 열차가 덜컹 소리를 내며 아침마다 벌어지는 객실 풍경을 싣고 산과 산 사이를 가로질러 목포로 달렸다.

봉수는 추첨을 통해 목포에 있는 덕인고등학교로 진학했

다. 초등학교를 다녔던 사창리에서 중학생 시절을 보낸 몽탄면으로 그리고 다시 목포로 그의 활동 공간이 넓어지면서 키도 크고 몸도 탄탄해져갔다. 현지에 대한 열띤 감정도 새롭게 펼쳐진 세계와 부딪혀가면서 조금씩 엷어졌다. 그것은 현지가 광주에 있는 고등학교로 유학을 떠나면서 자주 볼 수 없었던 탓이기도 했다. 지갑 속에 여전히 현지의 사진이 은밀하게 감춰져 있었지만 새롭게 만난 친구들 사이에서 그 아이는 조금씩 멀어져갔다.

"수업 끝나고 뒷문에서 좀 보자."

고등학교 이 학년으로 올라가면서 같은 반이 된 박굴호였다. 늘 교모를 바짝 눌러서 삐딱하게 쓴 채 가방을 옆구리에 끼고 다녔던 그는 일 학년 때 싸움 '짱'으로 알려져 있었다. 늘 작은 눈을 날카롭게 치올리고 다니는 그에게 희한한 소문도 많이 있었다. 개구리를 잡으면 뒷다리부터 뽑아 날것으로 씹어 먹는다고도 했고 뱀을 보면 나뭇가지를 꺾어 목을 조른 뒤 독을 빼내고 그 즉시 불을 피워 구워 먹는다고도 했다. 파리와 모기, 잠자리 같은 것을 보면 손으로 낚아채 입속으로 곧장 집어넣어 꿀꺽 삼켰다고도 했다. 선생님은 그를 내놓은 학생 취급했고 선배들도 그와 눈 마주치는 것을 꺼려한다고 했다.

"와 그러는데?"

"나와 보면 안다."

"그냐? 그럼 보자."

학교 정문으로 나가면 목포역까지 이십 분이면 걸어갔다.

학교 후문이라고 할 수 있는 뒷문은 바로 유달산과 연결돼 있어서 점심시간이 되면 담배 피우는 학생들이 산속 여기저기로 모여들었다.

"니가 짤짤이 신이라며?"

굴호는 뒷문에서 봉수를 만나자마자 실실 웃으며 물었다.

"신은 아니지만 좀 한다."

"그래? 저쪽에 가서 얘기 좀 하자."

굴호는 앞서서 산을 올랐다. 봉수가 뒤따라 올라가자 긴 간이 의자가 있는 작은 공터가 나타났다.

"팔씨름도 쎄다며?"

"중학교 땐 그랬는데, 요즘은 모른다."

"좋아, 한번 붙어보자."

굴호는 가방을 의자 옆에 던져놓고 팔을 걷었다.

"왜 해야 되는데?"

"잔말 말고 와서 붙어!"

굴호는 의자 중간으로 와서 무릎을 꿇고 한쪽 끝에 팔꿈치를 올려 세웠다.

"나는 그냥은 안 한다. 뭘 내기할래?"

"내기?"

굴호는 어처구니없는 표정으로 일어서더니 낄낄거리며 웃었다.

"이거 완전 꼴통이네, 좋아. 니가 이기면 내가 니 꼬붕 한다."

"난 꼬붕 필요 없다. 오백 원 빵 하자!"

"좋아, 내가 지면 오백 원 주고 니가 지면 내 꼬붕 해라."

"난 누구 꼬붕도 안 한다. 그냥 오백 원씩 걸고 하면 한다."

"자신만만한가 본데, 어디 붙어보자!"

둘은 모자를 벗어놓고 윗도리까지 벗은 뒤 손을 맞잡았다.

"어, 묵직한디."

손을 맞잡는 순간 굴호는 봉수의 손힘이 만만치 않다는 걸 알았다. 두 사람은 우위를 확보하는 자세를 잡으려고 몸을 이리저리 놀렸다. 굴호와 봉수가 맞잡은 손 위로 다른 손을 같이 얹고 하나, 둘, 셋을 외쳤다. 두 사람은 얹었던 손을 떼며 용을 쓰기 시작했다.

서로가 온몸으로 상대방의 힘을 무너뜨리려고 안간힘을 썼다. 두 사람의 얼굴은 온몸의 피가 몰린 듯 붉어졌고 흰 눈자위까지 실핏줄이 뻗쳐 있었다. 서로 맞잡은 손이 부들부들 떨리며 좌우로 조금씩 기울기도 했지만 다시 평형을 이루며 어느 한쪽으로도 꺾어지지 않았다. 시간이 지날수록 그들은 이기기보다는 쓰러지지 않으려고 발버둥치는 모양새였다. 두 얼굴에서 모두 땀이 삐질삐질 흘러내렸다. 어느 순간 둘은 서로의 얼굴을 쳐다보았다. 그리고 팔에 힘을 빼고 손을 풀었다.

"와, 쎄네, 쎄!"

굴호는 힘이 빠진 손을 털며 주머니에서 담배를 꺼냈다. 그는 자기 입에 한 개비를 물고 봉수에게 하나를 건넸다. 봉수가 숨을 고르며 담배를 받아 입에 갖다 댔다. 굴호가 라이터를 켜서 봉수 담배에 불을 붙여주고 자신의 담배에도 붙였다.

"뭐시여, 이거 빠끔이네!"

굴호는 담배 연기를 내뱉다가 봉수가 담배 피우는 모습을 보고 웃음을 터트렸다. 봉수가 연기를 빨아 입안에 가뒀다가 그냥 내뱉고 있었다.

"사내자석이 아직도 담배를 못 피우냐? 야, 담배가 아깝다, 이리 내봐."

"가만있어 봐. 몇 번 빨면 돼."

봉수는 중학교 때 다섯 개 입을 가진 토종 소나무 솔잎을 말려 친구들과 종이에 말아 피워본 기억을 떠올렸다. 그는 기죽지 않으려고 담배 연기를 들이마셨다. 그 순간 목이 탁 막혀 캑캑거렸다. 콧물과 기침이 멈추지 않고 나오면서 눈알까지 빨개지자 굴호가 재밌다는 듯 박수까지 쳐가며 웃어댔다.

그날 이후 봉수는 굴호와 친구가 되고 담배를 배웠다. 굴호는 몽탄과 맞붙어 있는 동강면 출신으로 영산강에서 물고기를 잡아 생계를 꾸려가는 부모 밑에서 자랐다. 어릴 적부터 부모와 함께 배를 타고 고기를 잡는 등 온갖 일을 하며 악바리처럼 살아왔다.

굴호와 친해지면서 봉수의 귀가 시간은 늦어졌다. 그들은 자주 붙어 다니며 극장과 당구장, 중국집을 들락거렸다. 극장에서 표를 받는 사람도 중국집과 당구장 주인도 굴호를 잘 알고 있었다. 봉수와 굴호는 좋아하는 여배우가 출연하는 영화가 들어오면 미성년자 금지 팻말과 상관없이 중국집에 가방과 모자를 맡기고 극장에 들어가 담배를 피워댔다. 짤짤이 수입이 좋은 날이나 굴호의 꼬붕들이 돈을 만들어 오는 날이 중국집에서 짜장면과 고량주를 마시며 점점 어른들의 세계로 들어섰다.

학교 친구들과 어울리게 되면서 동네 친구들과 만나는 시간이 날이 갈수록 줄어들었다. 가장 친한 친구 경석이도 목포상고에 들어가면서 자주 볼 수가 없었다. 그래도 휴일이 되면 친구들은 봉수 집으로 몰려들었다.

"야, 오늘 우리 엄마 아버지 결혼식장 가서 없다."

누군가가 자기 집이 비는 정보를 내놓으면 나머지 친구들이 눈을 반짝거리며 좋아했다. 그들은 가위바위보를 해서 진두 명을 그 집으로 보내 닭서리를 시켰다. 말이 닭서리지 아무도 없는 집에 마대 자루 하나 들고 들어가 닭장 속의 닭 두 마리를 담아오는 것이었다.

나머지 친구들은 미리 가마솥에 물을 넣고 화덕에다 불을 지폈다. 그들은 닭이 오면 모가지를 비틀어 칼로 잘라낸 뒤 끓는 물속에 넣다 빼 털을 뽑았다. 친구들 모두 칼만 잡으면 익숙한 솜씨로 내장을 빼서 버릴 건 버리고 염통과 모래주머니 같은 것을 뚝딱 손질해냈다. 하지만 봉수는 한 번도 닭 잡는 일을 하지 않았고 하려고 들지도 않았다. 불 피우는 일만 했다.

닭백숙에 막걸리를 마시면서 친구들은 많은 이야기를 나눴다. 그들에게 가장 큰 관심거리는 이성이었지만 누구 하나 애인이 있는 사람은 없었다. 늘 여배우들이나 들먹거리며 누가 더 예쁘다고 우기는 것이 고작이었다. 그러다가 고등학교 졸업하면 어떻게 될까, 라는 막막한 심정에 빠져들곤 했다.

봉수는 그때마다 짐승을 많이 키우고 싶다는 생각을 했다.

소 한 마리 변변히 키우지 못하는 집에서 대학을 가기란 쉽지가 않아서 보란 듯이 시골에 멋진 농장을 만들어보고 싶었다. 그래서 토끼 여러 마리를 시범 삼아 키우다가 다 죽이고 허탈해한 적도 있었다.

"야, 내일 일은 내일 걱정하자!"

봉수는 카세트를 꺼냈다. 현지 때문에 어머니를 졸라 산 카세트였다. 현지가 불렀던 노래 테이프를 사서 아무도 모르게 수백 번을 듣기도 했다. 봉수는 신나는 춤곡 테이프를 집어넣었다. 보니 엠의 바하마 마마, 둘리스의 윈티드, 놀런스의 섹시뮤직과 같은 그 시절 가장 신나는 팝송들을 틀었다.

친구들은 모두 일어나서 춤을 췄다. 군데군데 노래 구절을 따라 부르면서 방구들이 무너져 내릴 듯이 펄쩍펄쩍 뛰며 춤을 췄다. 숨이 차면 막걸리 한 잔씩 들이켜가면서 근심 걱정을 발산하며 몸을 흔들었다. 땀이 줄줄 흐르고 힘이 빠져 방바닥에 쓰러질 때까지 음악은 계속 이어졌다.

"봉수야, 너 굴호하고 너무 가깝게 지내지 마라."

경석이가 삼 학년 올라가면서 걱정스럽게 말했다. 그는 이 학년 말에 열차 안에서 벌어진 싸움을 거론하며 봉수가 다칠 것을 염려했다.

"너도 알지? 그때 까닥했으면 붙잡혔을 거야. 잘못하면 퇴학당할 수도 있었다고. 그리고 걔는 깡패 조직하고도 연결돼 있다더라. 친구 잘못 만나면 신세 조지는 거 몰라?"

목포로 기차 통학을 하는 학생들은 지역을 따라 몽탄과 일노로 나뉘어 있었다. 특별히 지역적 원한 관계가 있어서 그런 건 아니었지만 오랜 전통이어서 봉수의 아버지 시절에도 두 면은 으르렁거렸다.

그들은 열차 안에서 어떤 문제가 생기면 객차와 객차 사이 난간에서 주로 붙었다. 주로 말과 표정과 쪽수로 기 싸움을 했지만 일 년에 서너 번씩은 사생결단을 내듯 붙었다. 굴호는 그런 상황이 발생하면 어김없이 나타났다. 그는 상대 쪽수가 훨씬 많아도 개의치 않았다. 가장 센 놈을 찾아 그놈만 죽일 듯이 팼다. 일노 쪽에서 가장 두려워하고 경계하는 사람이 바로 굴호였다.

봉수는 싸움판에 끼지 않았다. 굴호와 친구가 되면서도 싸움이 싫다고 분명히 밝혔고 이유 없이 껴들지 않는다고 말해둔 상태였다. 그런데 그날은 봉수가 싸움에 나섰다. 사창리 마을 여자 친구를 일노 학생이 집적거리면서 시비가 일어났다.

"싫다니까, 왜 그래!"

열차 출입구 쪽 의자에 앉아 있는 곳에서 한 여학생이 소리를 질렀다. '짤짤이'를 하고 있는 봉수는 낯익은 목소리에 일어나서 고개를 돌렸다. 옆모습을 보는 순간 경숙이라고 직감했다. 그는 통로로 나서서 경숙이 쪽으로 성큼 걸어갔다.

"여자가 싫다고 하면 물러나야지. 너는 연애도 억지로 하냐?"

"뭐야, 이 새끼!"

상대방은 일노에서 싸움 좀 하는 인물이었다. 그는 한 번도 몽탄과의 싸움에서 본 적이 없는 봉수를 우습게 여겼다.

"좆만 한 새끼, 어디서 건방을 떨어. 나와 새꺄!"

일노 학생은 객차 문을 열고 난간으로 나갔다. 봉수가 따라 나서자 양쪽의 학생들이 부산스럽게 움직였다. 맞은편 객차에서 일로 학생들이 우르르 몰려오고 몽탄에서도 한 무리가 달려왔다.

"니가 뭔데 남의 연애사에 끼어드냐, 새꺄!"

일노 학생이 침까지 튀겨가며 말을 쏟아냈다.

"기차 땜에 잘 들리지도 않는 소리 그만두고 싸울 거면 덤벼. 아니면 난 간다."

봉수가 돌아서자 상대방이 길길이 날뛰었다.

"뭐야, 저 새끼! 야, 씨발놈아!"

상대방이 두어 걸음 내달려 봉수의 등을 발로 찼다. 봉수가 휘청거리며 친구들 속으로 떠밀려 들어갔다.

"니가 먼저 쳤다! 알지?"

봉수는 몸을 일으켜 세우고 돌아선 뒤 모자를 벗어 친구들에게 던졌다. 그는 상대방을 노려보며 걸어갔다. 열차가 덜컹거리면서 흔들릴 때마다 학생들은 몸의 중심을 잡느라고 허둥거렸다. 상대편이 난간을 붙잡은 채 발길질을 해대며 봉수의 걸음을 막고 있었다. 봉수는 그의 발길질을 지켜보다가 순식간에 잡아 뒤틀면서 그의 허벅지를 올려 찼다. 그 순간 상대편이 비명과 함께 주저앉았다. 일노의 무리들이 털썩 주저앉아 괴로워하는 그를 뒤로 잡아끌면서 집단적으로 싸움이 붙었다. 좁은 공간이라 서로 한바탕 엉켜 붙었다가 전열을 가다듬고 다시 붙곤 했다.

싸움을 지켜보던 굴호는 흥이 올랐다. 봉수가 싸움판에 끼어든 것이 그에게 흥밋거리가 아닐 수 없었다. 그는 두 번째 집단 싸움 때부터 굶주린 늑대처럼 상대방을 물어뜯으며 덤벼들었다. 코피가 터지거나 두려움이 생긴 자들이 뒤로 물러나면 새로운 학생들이 그 자리를 메우면서 치열한 공방전이 계속됐다. 그 싸움은 목포역에 열차가 닿을 때까지 이어져 열차에 내려서도 지속됐다.

굴호는 일노의 싸움 대장과 철길에서 다시 맞붙었다. 그둘을 지지하는 아이들도 서로 달라붙으며 치고받았다. 봉수는 자기가 시작한 싸움이라 빠지지 못하고 굴호를 도와 싸움 한복판에 섰다. 열차가 그들의 싸움으로 인해 빠져나가지 못하자 역무원들이 달려왔다. 그제야 학생들은 뿔뿔이 흩어져 달아나기 시작했다.

경석의 충고에도 불구하고 봉수는 그 사건으로 굴호와 더욱 친해졌다. 공부는 중간 성적이었지만 인문계 고등학교에서 대학을 포기한 이상 별 의미도 없었다. 더구나 삼 학년 졸업이 다가오면서 어떻게 세상과 마주해야 될지 몰라 방황을 거듭했다. 술이 늘고 당구가 늘고 성격이 거칠어져 갔다.

"서울 가자!"

졸업하자마자 굴호는 서울로 뜨자고 했다. 서울에 가면 알고 있는 목포 선배들이 많다고 했다. 가기만 하면 일자리를 쉽게 구할 수 있을 거라고 확신하자 봉수는 갈등했다. 서울은 친척들 때문에 몇 번 가봤어도 낯선 곳이었다. 불안한 마음이 발걸음을 잡았지만 집에만 처박혀 있을 수도 없었다.

군대 가기 전까지만이라도 어딘가에서 일을 하고 돈을 벌고 싶었다.

결국 봉수는 1986년 2월 말, 굴호와 함께 영등포역으로 향하는 기차에 올랐다. 막연한 두려움과 야릇한 희열 그리고 어떤 기대감에 사로잡혀 밤이 이슥할 무렵 영등포역에 내려 섰다. 굴호는 봉수를 끌고 역 주변에 있는 포장마차로 들어 갔다.

"서울 입성을 축하해야 하지 않냐? 너랑 같이 오니까 힘이 팍팍 난다."

두 사람은 소주 한 병과 석화를 시켜놓고 파이팅을 외치며 술잔을 부딪쳤다. 봉수는 술잔 속의 술처럼 마음이 출렁거렸 다. 싸움과 사기만 치지 않는다면 어떤 일이든지 하자고 결 심한 그였다. 온몸으로 짜릿하게 번져가는 술기운처럼 무엇 인가를 해낼 수 있다는 자신감이 차올랐다. 소주 세 병을 비 우고 나자 굴호가 의미심장한 웃음을 흘렸다.

"너, 아직 총각이지?"

"아니. 딱지 뗀 지 오래다."

봉수는 굴호에게 꿀리기 싫어 거짓말을 했다.

"어디서? 동네 여자 친구 따먹었냐?"

"알 필요 없다. 근데 왜 그런 건 묻는데?"

"서울 왔으면 신고식을 해야지. 영등포역 앞은 사창가로 유 명하거든. 예쁜 가시내는 여기 다 있다. 내가 쏠 테니 나가자!"

굴호의 뜻밖의 제안에 봉수는 머뭇거리다 쫓아 나갔다. 포 장마차 옆으로 주유소가 있었고 그 옆으로 50여 미터 더 걸어가니 가로등이 드문드문 서 있는 어둑한 길이 나타났다. 그 어스름한 길 위에서 포주들이 어슬렁거리며 지나가는 사람의 팔을 낚아채 붙들고 있었다. 굴호는 포주들 사이를 왔다 갔다 하면서 흥정을 했다. 그는 서너 사람과 어울려 속닥거리더니 봉수에게로 돌아왔다.

"숏타임은 만 원이라네. 저 아줌마 따라가면 알아서 다해 줄 거다."

굴호는 만 원짜리 지폐 한 장을 봉수에게 쥐어주고 등을 떠밀었다. 많은 생각이 봉수의 머릿속을 복잡하게 만들었다. 여자와 살을 섞는다는 것은 처음 있는 일이었다. 수많은 상상 속에서 현지도 품어보고 여배우들과 포옹도 해봤지만 실제로 여자와 섹스를 한다고 생각하니 두려움이 일었다. 그는 발길을 돌릴 수 없어 포주에게 다가갔다.

"만 원."

여자가 손을 내밀자 그 위에 쥐고 있던 지폐를 건네줬다. 돈을 받아든 여자가 검은 파카 주머니 안에 쑤셔 넣고 앞서서 걸었다. 봉수는 그녀를 좇아갔다. 포주는 골목길에 들어서서 두 번째 집 여닫이문을 밀었다. 문 안에서 붉은 불빛이 쏟아져 나왔다. 그녀를 따라 안으로 들어서자 곧장 나무로 만든 미닫이문이 나타났다. 봉수는 신발을 벗고 안으로 들어섰다. 붉은빛이 핏빛처럼 섬뜩하게 떠도는 방에 꽃무늬 문양을 한 이불이 깔려 있었다.

"아저씨, 시간 가. 얼른 옷 벗어, 잘해줄게."

"아가씨 오면 벗을게요."

"내가 아가씨야. 나 아직 시집 안 간 아가씨라니까!"

봉수가 엉거주춤하자 포주가 깔깔거리며 웃었다. 봉수는 날벼락을 맞은 사람처럼 넋을 뺀 채 포주를 들여다봤다. 퉁퉁한 포주의 얼굴은 붉은 불빛 속에서도 알 수 있을 만큼 어릿광대처럼 짙은 화장을 해서 몇 살인지도 분간할 수가 없었다. 여자가 잠바를 벗어 문 옆에 있는 옷걸이에 걸자 배가 불룩하게 나온 몸매가 한눈에 들어왔다. 치렁치렁 흘러내린 머리카락, 발목까지 덮고 있는 두터운 까만 주름치마, 알록달록한 양말을 신은 채 자신을 훑어보는 여자의 눈빛이 자신을 덥석 물어뜯을 것만 같아 두드러기처럼 온몸에서 소름이 돋아났다. 그는 여자로부터 달아나고 싶었다.

"안 할 거니까, 돈 도로 줘요!"

"까칠하기는? 어서 벗어, 시간 가면 아저씨만 손해야!"

"안 한다니까요. 돈 돌려줘요!"

"왜 소리 질러? 싫으면 그냥 가. 여긴 들어오면 무조건 돈을 내야 되는 곳이라구."

봉수는 말이 통하지 않는 곳이라는 걸 느꼈다. 그는 여자를 향해 다가가다가 옷걸이에 있는 주머니에서 만 원을 재빨리 빼냈다.

"저런 씨발 자식을 봤나. 너 그거 안 내놔. 너 여기서 뼈 묻고 싶냐? 기성아! 이 개자식 발라버려!"

여자가 달려들어 봉수를 잡았다. 봉수는 여자를 힘껏 밀쳐내고 문을 연 뒤 신발을 신었다. 여자가 뒤쫓아 나오면서 봉수를 다시 붙잡고 기성이란 이름을 목이 찢어지게 불러댔다. 봉수는 직감적으로 기둥서방을 부르는 거라고 알아챘다. 그는 여자의 손을 꺾어서 밀쳐내고 문을 열고 나왔다. 두려움을 떨쳐내며 골목길을 허겁지겁 **빠져나가는데** 등 뒤에서 쇠꼬챙이 같은 목소리가 달려왔다.

"서! 너, 거기 안 서!"

봉수는 뒤를 흘깃 쳐다봤다. 두 명의 사내가 쫓아오고 있었다. 그들은 주유소 쪽으로 도망을 치는 봉수의 뒤를 거세게 쫓아왔다. 주유소 옆에 공사를 하기 위해 쌓아놓은 벽돌이 봉수의 눈에 띄었다. 그는 양손에 벽돌을 쥐고 달려오는 사내들을 향해 던졌다. 사내 둘이 돌을 피해 뒤로 물러섰다.

"씨발놈들, 쫓아와 봐, 개새끼들아!"

봉수는 다시 돌을 집어 그들을 향해 던진 뒤 도로를 가로질러 뛰었다. 달리던 자동차들이 경적을 울려댔다. 봉수는 손을 흔들며 차를 멈추게 하고 도로 건너편으로 건너가 죽을힘을 다해 영등포시장 쪽으로 뛰었다. 신세계백화점과 거리의 상점에서 뿜어내는 불빛들로 거리는 환하게 밝혀져 있었다. 봉수는 거친 숨결을 내뱉으며 사람들 사이를 비집고 숨이 다할 때까지 뒤도 돌아보지 않고 내달렸다. 세상 밖으로 첫발을 내딛은 날이었다.

3장. 또 다른 인생

공장 노동자의 삶이 변하고 있었다. 1987년, 노동조합이 만들어진 뒤 어용노조를 민주노조로 만들자고 노동운동의 길에 나섰던 열성 조합원 90여 명이 '민주노조실천협의회'를 만들었다. 그들은 울산으로 넘어온 다양한 경력의 노동운동가들을 통해 학습을 하면서 세상을 보는 눈을 키웠다. 그 힘으로 이영복 어용노조를 무너뜨리고 이한범 체제를 출범시켰다.

많은 것이 생겨났다. 노조는 대의원을 비롯한 간부들과 조합원들의 교육에 힘을 기울였다. 풍물패들이 만들어지고 노래패들도 만들어졌다. 노조에서 나오는 신문은 물론 각 현장 조직들이 만들어내는 신문들도 생겨났다. 특히 이영복 체제에서 비공식적으로 활동했던 '소위원회'라는 조직이 공식화되면서 소위원들은 부서별로 선전 홍보 활동을 통해 현장 조합원들과 긴밀히 소통했다. 그들은 노동조합의 하부 단위였지만 대의원들이 잘하면 함께 결합하고 대의원들이 부당한 짓을 하면 서슴없이 날선 비판을 가해 현장의 힘을 모아내는 역할을 했다.

새롭게 들어온 3천여 명의 저시급자로 인해 자동차 공장에 활력이 돌았다. 그들 대부분은 이십 대 중반의 청년들로서 혈기 왕성했다. 민주노조를 만들기 위해 애써왔던 '민주노조실천노동자회' 회원들은 그들 중에 의욕적으로 조합 활동에 관심을 보인 사람들을 끌어들여 노동운동의 길에 동참시켰다. 이영복 체제에 안주하려던 장기근속자들의 입지가 줄어들고 젊은 목소리들이 현장을 장악해갔다. 학습을 하고 토론을 하며 현장 문화를 만드는 행위가 억압적이고 폐쇄적이었던 공장의 풍토를 바꿔나갔다.

"역시 공부는 어려워."

천장에 매달린 전구 불빛 아래서 네 명의 사내가 호마이카 상에 둘러앉아 있었다. 그들 앞에는 '노동자의 철학'이라는 책이 놓여 있었다. 학습을 지도하던 윤상진이 수업을 끝내면서 개개인에게 소감을 묻자 봉수가 난색을 하며 엉덩이를 뒤로 뺐다. 경태와 재호가 웃고 있었다.

"그냥 읽고 느꼈던 걸 얘기해 봐."

"얘기할 게 뭐 있어? 다 옳은 얘기들인데. 그러니까 투쟁을 해서 자꾸 나쁜 것들을 없애버려야 된다는 거 아닙니까?"

토론에 익숙해 있지 않은 봉수가 할 수 없이 한마디 하자 다들 웃음을 터트렸다.

"왜 웃는데? 투쟁을 통해 바꿔내지 못하면 안다는 게 무슨 소용 있다구. 웃지들 말고 내일 소식지 돌려야 하니까 일찍들 나와."

봉수가 책을 챙겼다.

"철학을 어렵게 보지 말아요. 철학은 내가 누구인지, 이 세계란 도대체 뭐지? 하는 물음이니까요. 가끔 생각해보잖아요. 나는 누구지? 하고 말입니다. 거기서 조금 더 나아가 나

110

와 사회는 무슨 관계일까? 나와 자연은 또 어떤 관계를 맺어야 할까? 나와 또 다른 사람과의 관계는 어떻게 형성되는 걸까라는 생각을 해보는 겁니다. 그 물음 위에서 나는 어떻게 살아야 할까를 더듬어보는 게 바로 철학입니다. 자, 늦었으니 이만 일어납시다."

윤상진이 말을 마치자 모두들 일어섰다. 사람들이 돌아가고 나서 시계를 보니 새벽 한 시가 돼가고 있었다. 봉수는 자리를 깔고 누웠다. 학습을 시작한 지 보름이 넘었다. 하청업체를 통해 들어온 윤상진은 대학을 졸업한 학생운동가였다. 봉수보다 세 살이 더 많은 그는 일세대 선배들을 통해 신분이 확인됐다. 이틀 동안 책을 읽고 사흘에 한 번씩 만나 질문과 토론을 나누며 공부했다. 어려서부터 토론은 고사하고 선생님 질문에도 쩔쩔맸던 봉수에게 학습은 여전히 낯설었다. 봉수는 책 속에서 강하게 인상을 받았던 구절들을 되뇌어보았다.

'흐르지 않는 물은 썩는다. 물은 반드시 높은 곳에서 낮은 곳으로 흐른다. 머물러 있다는 것은 생명이 끊어졌다는 것이다. 갈등은 변화와 발전의 원동력이다. 삶은 변화하고 있다, 오로지 변화만이 영원하다.'

그 말들의 숨은 의미가 뭔지를 확실하게 이해할 순 없었지만 모든 것은 변화한다는 의미로 받아들였다. 사회로 나가 지난 몇 년 동안 겪은 시간들은 고인 물속에 발을 담그고 시간이 흘러가는 것을 쳐다만 보던 세월이었다.

영등포에서 굴호와 헤어져 이모네 집을 찾아갔었다. 그곳에서 몇 개월을 지내면서 사촌 형을 따라다니며 알루미늄 새시 일을 했다. 아침 먹고 일터로 나가 하루 종일 새시를 자르고 날라다 주는 일이었다. 작업이 끝나고 돌아오면 텔레비전을 보다 쓰러져 자고 일이 없는 날이면 영화관을 가는 게 유일한 즐거움이었다.

친구도 없고 일도 재미없고 앞날에 대한 뚜렷한 희망도 없어 집으로 내려왔다가 다시 굴호를 만났다. 봉수는 또다시 굴호와 함께 서울로 가서 룸살롱 삐끼 생활을 했다. 목포 선배들이 관리하는 룸살롱 앞에서 손님을 끌어들이는 일은 고역이었다. 대부분 관심도 없이 지나쳤지만 '젊은 놈이 그렇게 할 일이 없냐'는 듯한 멸시의 눈길을 차갑게 보내는 사람들도 많았다. 밤늦도록 오물을 뒤집어쓴 기분에 젖어 일하다가 새벽이 되면 홍보물을 차에 붙이고 다니는 일에 회의만 깊어갔다. 몇 개월 지났을 때 다른 패거리들과의 싸움에 동참하라는 동원령이 떨어졌다.

봉수는 자신과 상관도 없는 싸움에 발을 들이기 싫었다. 한 번 싸움에 나서게 되면 깡패 조직원이 되는 길로 접어들 것 같았다. 어려서부터 이유 없는 싸움이나 남을 속이는 걸 태생적으로 싫어했던 봉수였다. 그는 굴호에게 자신의 솔직한 마음을 전한 뒤 그곳을 떠나 일자리를 찾아다녔다. 공사판 아니면 공장밖에 들어갈 곳이 없는 현실 앞에서 손쉽게 찾을 수 있는 일자리는 몇 개월간의 경험으로 익숙해진 유흥가에 있었다. 그는 나이트클럽 웨이터로 들어갔다가 전라도 광주지방

경찰청 소속 전투경찰로 입대할 때까지 술을 날랐다.

"나랑 같이 경찰 시험을 보는 게 어때?"

제대하고 나와 무엇을 해야 할지 막막해했을 때 경석을 찾아갔었다. 학창 시절부터 공부를 열심히 해온 그는 학원을 다니며 경찰 시험 준비를 착실히 해내고 있었다. 친구 따라 강남 간다고, 봉수는 중장비 기술을 배울까, 전기기사 자격증을 딸까 망설이던 고민을 내려놓고 경찰 제복을 입은 자신을 상상해봤다. 왠지 제복을 입은 자신의 모습이 그럴듯하고 멋져 보였다.

부모님의 도움을 받아 경찰 시험 준비를 하기 위해 시험 과목 책들을 구입했다. 영어, 국어, 수학, 모두 학창 시절에 고개를 흔들며 싫어했던 과목들이었다. 그래도 마음을 다잡고 공부를 시작했다. 삼 개월 동안 열심히 책을 늘어다보고 외우고 했지만 하면 할수록 어렵고 시험에 붙을 자신이 없었다. 그때 두 살 아래 여동생 선희에게 뜻밖의 연락이 왔다.

"오빠, 울산에서 나랑 같이 살지 않을래?"

선희는 현대중공업에서 경리 일을 하고 있었다. 같은 마을에 살고 있는 육촌 아저씨의 보증으로 입사해 삼 년째 다니고 있는 중이었다.

"자동차 공장에서 사람을 엄청 뽑는데 월급도 괜찮아."

선희는 자동차 공장이 앞으로 크게 발전할 거라고 말했다.

"나도 혼자 떨어져 있으니 외롭고 힘들어. 오빠가 곁에 있으면 힘날 것 같단 말이야."

선희는 꼼꼼하고 계산이 빨랐다. 좀 더 잘 살기 위해 가장 합리적인 방법을 찾아 미래를 설계해나가던 중이었다. 월급을 받으면 생활에 필요한 금액만 빼놓고 이자가 가장 많은 예금을 선택해 꼬박꼬박 저축도 하고 있었다.

선희는 자동차 공장이 잘나가는 중소기업 공장들보다도 월급과 보너스가 훨씬 좋다는 것을 숫자로 설명해주며 봉수의 마음을 흔들었다. 노조의 힘이 커져서 앞으로 그 숫자가 점점 더 커질 거라는 예상도 중공업 관리자들의 말이라며 알려줬다. 봉수는 2, 3일 고민하다가 공부하던 책들을 던져버리고 울산으로 향했다.

삶은 변화하고 있다, 오로지 변화만이 영원하다.

봉수는 다시 한 번 그 말을 떠올렸다. 큰 비가 내린 뒤 깊고 푸른빛으로 유장하게 흐르는 영산강을 볼 때처럼 그 언어들이 가슴을 출렁이게 만들었다. 그는 어떤 변화가 자신의 내부에서 일어나고 있다는 걸 느낄 수 있었다. 월급이 좋고 전망도 밝다고 해서 들어온 공장에서 새롭게 만난 사람을 통해 이제까지 한 번도 들어보지 못한 말들을 접했다. 그들의 말과 표정들이 생각의 파문을 일으키며 많은 의문들을 던졌다. 그는 점점 새로운 삶의 이정표를 찾아 그 길로 나아갔다.

"내는 공장을 싹 바꿀라꼬 다시 들어온 기다."

일주일에 한 번씩 저시급 대표자 모임을 하면서 친밀해진 경태가 어느 날 속내를 드러냈다. 그는 자동차 공장에서 나간 뒤 중소기업을 전전하다가 지역에서 사회운동을 하는 사람들을 통해 세상 보는 눈을 배우고 자동차 공장에 다시 들어왔다고 했다.

"어디 공장뿐이가? 세상을 마카 다 바꿔버리야 한다!"

경태는 광주항쟁의 만행들을 늘어놓으며 노태우 역시 주범 중의 한 놈이라고 성토했다. 민주 인사라고 외쳤던 김대중, 김영삼의 권력욕 때문에 그런 놈에게 다시 나라를 맡기게 됐다면서 분통을 터뜨렸다.

낯선 언어들과 몰랐던 이야기들이 사방에서 들려왔다. 봉수는 한 번도 정치, 경제는 물론 사회문제에 대해서 깊은 고민을 해본 적이 없었다. 그런 문제는 자신과 상관없이 벌어지는 일로 학교에서도 사회에 나와서도 들어보지 못한 말들이었다.

일주일마다 만나는 저시급 대표자 모임에서도 점점 새로운 이야기들이 생겨났다. 그들 역시 자신이 속해 있는 공장 선배들과 관계를 맺으며 대부분 학습을 받고 있었다. 그들은 임금 문제로 접근했던 저시급자 문제를 자본가와 노동자의 대립 속에서 일어나는 노동문제로 규정하고 노동조합 운동에 깊은 관심을 갖기 시작했다.

거세게 몰아치는 물결처럼 새로운 언어와 말들이 잠자고 있던 봉수의 뇌세포를 일깨웠다. 그는 자신을 향해 많은 것을 되물었다. 노동자란 무엇인가. 자본가란 무엇인가. 산다는 것은 무엇인가. 나는 어떻게 살고 싶은가. 삶에 대한 물음이 더해질수록 그의 눈빛은 변하고 있었다.

때때로 추억처럼 흘려보낸 시간들까지 새로운 의미로 되새겨졌다. 가난한 집에서 태어나 대학도 갈 수 없는 형편 속에서 무엇을 하며 살아야 좋을지 확신하지 못한 채 암담해했던 시절, 무엇인가를 하려고 주변을 두리번거려도 할 수 있는 건 공장이나 공사판 일밖에 없었다. 하루 일당에 목을 매고 사는 그곳에서 아무리 열심히 일한다 해도 별다른 희망은 보이지 않았었다.

왜 인생은, 세상은 이런 모습일까?

어디에서, 누구에게서 태어났느냐는 것으로부터 운명이 결정된다는 것이 너무나 끔찍해 탄식이 나오기도 했다. 봉수는 쉽게 잠을 이루지 못하고 뒤척이면서 생각의 바다를 수없이 떠다녔다. 어찌어찌 잠이 들었다가 알람시계 소리를 들으며 아침 일곱 시에 일어나면 몸이 찌뿌듯했다. 그는 부지런히 출근 준비를 하고 정문으로 나갔다. 저시급 대표자들 10여 명이 모여 있었다. 봉수는 그들과 인사를 나눈 뒤 소식지 뭉치를 건네받았다.

'우리도 인간답게 살고 싶다. 우리의 자존심을 짓밟지 말라!'

경태가 글을 쓰고 등사기로 밀어 만든 소식지였다. 일곱 시 반이 되자 노동자들이 밀려들어 오기 시작했다. 대표자들은 정문 곳곳에 서서 들어오는 사람들을 향해 소리치며 소식지를 나눠 주었다.

"우리는 저시급자가 되기 싫다!"

"회사의 기만적인 꼼수를 규탄한다!"

오토바이나 자전거를 타고 들어오던 사람들도 대부분 멈춰 서서 소식지를 받았다. 활동가 선배들은 '투쟁!'이란 구호로 응원을 보냈고 저시급자 동료들 중의 일부는 소식지를 나

116

뉘 들고 같이 구호를 외쳤다. 경비들이 못마땅한 눈빛으로 지켜보고 있었지만 소식지를 나눠주는 사람들은 신이 나서 부지런히 움직였다.

"추운데 수고들이 많네. 아침들도 못 먹었을 텐데 요기라도 해."

2공장 이정민이었다. 그는 빵과 우유를 담은 큰 비닐봉지를 경태에게 건네며 소식지를 받아들고 읽었다.

"어떤교? 괜않능교?"

"그래, 잘 썼네. 저시급자 모두의 마음이 담겨 있는 게 느껴져. 니가 썼냐?"

"아입니더. 초안은 내가 쓰고 다들 모디가 다듬었심더."

"잘했군. 항상 같이 결정하는 게 중요해. 그럴 때만이 뒷말이 없고 다 같이 책임을 지고 힘을 낼 수가 있는 거지. 애썼어."

경태는 자신이 좋아하는 선배가 격려해주니 기분이 좋았다. 정민은 경태의 어깨를 툭툭 치며 작업장으로 향했다.

"반응이 좋은데?"

소식지를 다 나눠준 대표자들은 함께 모였다.

"조만간 대의원대회에서 뭔 말이 나오겠지?"

"안 나오면 민주 대의원들이 아니지. 안건 상정 안 하면 우리가 나서자구!"

그들은 이틀 후에 열리는 대의원대회를 지켜보자며 빙 둘러서서 손에 손을 얹었다.

"투쟁!"

대표자들은 힘찬 구호로 활동을 마무리 짓고 작업장으로

발길을 돌렸다.

1991년 3월이 되면서부터 임금 인상에 대한 이야기들이 현장에 나도는 가운데 대의원대회가 열렸다. 봉수는 일하는 내내 대의원대회 소식이 궁금해 견딜 수가 없었다. 그는 쉬는 시간에 경태에게 가서 말했다.

"어떻게 하고 있는지 가봐야 하는 거 아냐? 우리 문제를 제대로 다뤄주지 않으면 소리라도 쳐야 하지 않냐구? 가자. 난 가볼 거야."

"쪼매만 기다리 봐라."

경태는 자신들이 빠지면 라인이 멈추게 되고 그렇게 되면 작업 전체가 중단돼서 관리자로부터 질책을 들을 수 있다는 것을 염려했다. 그는 작업장 안에 있는 전화로 다른 공장 저시급 대표자들에게 같이 가서 대의원들을 압박하자고 연락을 했다.

"대의원대회 참관하러 갈라 카는데 갈 사람은 같이 가입시더!"

경태와 봉수는 저시급자 대여섯 명과 함께 현장 내에 있는 수련원으로 향했다.

"야, 니들 멋대로 작업장 이탈할 거야?"

조장과 반장이 막아섰다.

"그럼, 당신들이 우리 문제 해결해줄 거야? 임금 원상회복 시켜줄 거냐고?"

봉수가 조장 앞으로 바짝 다가섰다. 조장이 쭈뼛거리며 대답을 못하자 반장이 나섰다.

"어이, 그건 그거고 지금은 작업 중이잖아."

"어이, 어이 하지 마! 내 이름 알잖아, 나 양봉수라구. 우리 문제 해결해줄 거 아니면 비켜주소!"

반장은 어이없다는 듯이 비웃었지만 현장 분위기에 압도돼 더 이상 말을 잇지 못했다. 노조가 이한범 체제로 바뀌고 젊은 노동자들이 수습 기간이 지나면서 예전처럼 작업자들을 함부로 대할 수 없었다. 더욱이 봉수와 경태는 자신들이 말실수라도 하면 꼬투리를 잡고 튀어나와 말싸움을 붙이고 라인을 멈추려고 했다. 라인이 멈춰 과장이나 차장까지 현장으로 내려오게 되면 오히려 자신들이 난감해질 수도 있었다. 봉수가 기세 좋게 조장과 반장 사이를 치고 나가자 나머지 사람들도 밖으로 나갔다.

대의원대회장인 수련원에 도착하자 수련원에서 가까운 1공장 저시급 대표자들이 와 있었다. 대회장 안에는 2백5십여 명의 대의원들이 자리에 앉아 있었다. 사회자가 대회를 시작하려고 마이크를 시험해 보고 있었다. 그러는 사이에 각 공장 저시급자들이 모두 몰려들었다. 현장에선 난리가 났다. 저시급자들이 예고도 없이 빠지자 모든 공장이 일제히 멈춰버렸다. 과장들이 반장을 이끌고 대의원대회에 나타났다. 그들은 자기 공장 저시급자들을 찾아다녔다. 경태에게도 과장이 찾아와 이야기 좀 하자며 사람이 없는 곳으로 데려갔다.

"자네들 억울한 거 아네. 하지만 이런다고 문제가 해결되진 않아. 회사에서도 신경을 쓰고 있으니 잘 해결될 걸세. 그리고 말이야, 지금 일하는 데가 힘들지 않나? 우리 서로 도와가며 살자구. 자꾸 이런 데 기웃거리면 좋을 거 하나도 없어. 좋은 부서로 옮겨줄 테니 대표 활동은 그만하라구. 노동조합과 어울리면 좋을 거 하나도 없다니까."

"과장님. 과장님은 과장님 생각대로 사시고, 지는 지 생각대로 사는 거 아입니꺼? 와 넘의 생각까지 간섭하고 그랍니꺼? 막말로 회사가 뭘 알아서 해결해줄 껀데요? 그카고 해결해줄 사람들이 와 그런 일을 벌이는교?"

경태는 짜증 섞인 목소리를 뱉고 봉수 곁으로 돌아왔다. 모두들 자기 라인 과장들하고 한바탕하고 돌아와 수군거리며 욕을 해댔다.

"개새끼들! 우릴 호구로 안다니까! 그쪽에겐 뭐라 합디까?"

"일 마치고 술 한잔하자 카대요. 근사한 술집에서 한잔 쏜다면서."

"근사한 술집이 어딘데?"

대표자들은 킬킬거리며 농담을 주고받다가 대의원대회로 시선을 돌렸다. 대회에서는 임금 인상 시기와 협상 내용에 관해 집중했다. 임금 및 제 수당, 작업환경, 대의원 활동 보장과 주거 문제 등 여러 현안에 대해 토론을 이어갔다. 저시급자들은 자신들에 관한 논의가 심도 있게 논의되길 바라며 속을 태웠다. 하지만 대의원들은 회의 말미에 저시급 문제도 해결하기 위해 노력한다는 문구 하나만 집어넣고 뚜렷한 어떤 방침도 내놓지를 않았다.

"놀고들 자빠졌네. 우리가 신입이라고 완전 찬밥 신세로 만들어버리네."

저시급 대표자들은 대의원대회에 불만을 드러냈다.

"내가 이럴 줄 알았어. 조합으로 쳐들어갑시다!"

양봉수와 몇몇 사람들이 목소리를 높였다.

"갑시다. 가서 위원장하고 면담을 해보죠."

저시급자 대표 박성현이 앞장서서 노동조합을 향해 걸어
갔다. 그들 십여 명이 노동조합의 문을 열고 들어가자 조합
간부들이 무슨 일인가 싶어 우르르 몰려들었다.

"뭡니까?"

"임단협 때 저시급 문제를 해결해달라고 위원장님 만나러
왔습니다."

"사전 약속도 없이 이렇게 불쑥 찾아오면 어떡합니까? 위
원장님은 바쁘셔서 못 만납니다."

"노동조합은 아무 때나 필요하면 찾아오는 곳 아닙니까?
다들 저시급자 문제가 얼마나 부당한지 알지 않습니까?"

"알고 있어요. 우리도 그 문제를 해결하려고 논의하고 있
고요. 그런데 이렇게 모여서 항의하러 오면 되겠어요?"

"그럼 임단협 때 우리 문제를 탁자 위에 올려줄 겁니까?"

"그럴 거니까 다들 돌아가요."

"우리 보고 항의하러 왔다고 하는데 조합이 조합원을 이렇
게 찬밥 취급해도 되는 겁니까?"

박성현과 노조 간부 이야기 사이로 봉수가 한마디 던졌다.

"우리가 언제 당신들을 찬밥 취급했는데? 뭐야, 선배들에
게 건방지게. 우리도 노력하고 있는데 이런 식으로 나오면 고

춧가루 뿌리겠다는 거 아니고 뭐야!"

"아, 진짜 치사하고 더러워 죽것네."

"너, 뭐라고 했어!"

"봉수야, 너 나가 있어."

경태가 봉수를 끌고 대열 밖으로 나갔다. 그 사이에 수석부위원장이 왔다.

"부위원장님, 그럼 집회 때 우리에게도 마이크를 한 번씩 주십시오."

"그건 안 돼. 저시급자 동지회는 공식 조직이 아니잖아요. 그런데 마이크를 달라고 하면 안 되지."

"3천여 명의 조합원이 모여 있는데 마이크도 안 준다고? 이거 민주노조 맞는 겁니까?"

양봉수가 뒤에서 소리쳤다.

"할 말이 있으마 조합원 누구라도 말을 하게 해줘야 안 되능교? 와 마이크를 안 주는데요? 와 안 주냐고요!"

경태가 거들고 나섰다.

"전부 내보내요!"

"어? 조합이 조합원을 쫓아내네! 위원장은 코빼기도 안 보이고. 이거 너무하는 거 아냐?"

간부들이 저시급자들을 몸으로 밀어내려 하자 나이 든 간부가 나섰다.

"진정들 해요. 여기 싸우러 온 거 아니잖아요. 간부들도 그만 말하고 뒤로 물러나요. 여러분 뜻은 충분히 알았으니 위원장님에게 전할 겁니다. 여러분들도 지켜보시고 차후에 못마땅하면 그때 다시 얘기하도록 합시다."

"좋습니다. 우리 의사는 전했으니 지켜보도록 하죠. 동지들, 갑시다!"

박성현이 동료들과 함께 노조 사무실을 나섰다. 그들은 밖으로 나와 담배를 피우며 독자적인 활동을 강화시켜 나가자고 결의를 다졌다. 어느새 오전 작업 시간이 다 지나고 점심시간도 지나가고 있었다. 봉수가 2공장 저시급자들과 함께 식당으로 허겁지겁 들어가자 다른 저시급자들이 몰려와 수고했다는 응원을 보냈다. 그들은 덕분에 두 시간 동안 잘 놀았다고 너스레를 떨며 웃었다.

오후 작업을 하면서 봉수는 내내 마음이 어두웠다. 첫 다툼을 회사가 아닌 노조와 벌였다는 것도 찝찝했다. 간부들의 말과 행동도 여전히 못마땅하게 귓전에 남아 기분을 상하게 했다. 술 생각이 나자 광주가 떠올랐다. 그는 광주의 이야기도 듣고 싶어서 술 약속을 하고 퇴근을 같이했다.

"오늘 조합 가서 한판 했다며?"

"한판은 무슨… 그냥 우리 의견을 전달하러 간 겁니다."

"어쨌든 배짱 한번 좋구만. 이제 확실하게 회사와 노조에 도장을 찍었어. 자네와 경태는 저시급자 감시 대상 1호가 된 거야. 험난한 앞길이 활짝 열린 것 축하하네."

광주는 주름을 하회탈처럼 얼굴에 가득 그리며 봉수의 어깨를 툭툭 쳤다. 봉수는 족발집 여주인에게 집적거리는 광주의 모습이 보기 싫어 닭튀김 집으로 들어갔다. 그들은 자리에 앉자마자 소주를 시켰다.

"낚시 좋아하나?"

"좋아하다마다요. 강에서 자라 낚시는 잘합니다."

"그래? 어느 강에서 자랐는데?"

봉수는 영산강에서 자란 어린 시절 이야기를 꺼냈다. 뒤뜰의 대나무를 낫으로 쳐서 낚싯대를 만들고 찌도 없이 감각으로 고기를 낚아채던 기억을 흥이 나서 한참을 떠들어댔다.

"가을 되면 낚시나 같이 가자. 방어진 방파제에서 릴을 던지면 학꽁치, 뽈락, 농어, 고등어, 돔 같은 게 꽤 쏠쏠히 잡혀."

"바다낚시는 안 해봤는데요⋯."

"별거 없어. 감으로 고기를 잡아봤다니 잘할 거 같군. 나한테 낚싯대는 있으니까 때 되면 가보세."

"좋습니다. 근데 왜 조합 간부들이 빡셉니까? 오늘 보니까, 벼슬이라도 한 것처럼 굴더라구요."

닭튀김이 오기 전에 소주 두어 잔을 비운 봉수가 말을 바꿨다.

"벼슬이지. 조합원들을 다스리는 자린데 벼슬 아니고 뭐겠나?"

"다스리라는 자리가 아니죠. 조합원들의 의견을 모아서 집행해야 되는 곳 아닙니까?"

"또 순진하게 군다. 그럼 왜 정치하는 놈들은 국민의 뜻을 받아서 일하지 않나? 우리를 위해 나라를 잘 이끌어가라고 뽑아준 거 아닌가? 선거에 나와서는 우리를 위해서 열심히 일하겠다고 한 뒤 뽑히고 나면 입 싹 닦는 놈들이 그놈들 아닌가 말여? 노동조합도 다를 바가 없어. 더구나 우리 조합은 3

만여 명을 거느리는 조합이니 큰 권력이지. 인간이 권력 맛을 알면 지 애미 애비도 몰라본다고 하지 않나? 옛날 조선시대 왕자의 난 같은 걸 봐. 권력을 쥐기 위해 형제는 물론 아비 목에까지 칼을 들이대는 거."

닭튀김이 나오자 광주는 다리를 들고 뜯었다. 봉수 역시 허기진 배를 채우기 위해 나머지 닭다리를 들고 뜯었다. 광주의 말이 그럴듯하게 들렸지만 그런 현실의 모습들을 받아들이고 싶지 않았다.

"이한범 위원장도 그런 사람입니까?"

"글쎄, 이한범 개인의 성향인지 권력을 추구하는 인간의 탐욕이 문제인지 나도 잘 모르겠네. 이놈의 사회는 모두 권력을 휘두르고 싶어 하는 사회 아닌가? 회장은 사장에게 사장은 전무에게 전무는 과장에게 과장은 대리에게…. 어디 그뿐인가? 술집에 가면 손님은 주인에게 돈 있는 놈은 없는 놈에게. 조금이라도 지가 낫다 싶으면 개폼을 잡으며 제압하려고 들지. 군대와 별반 다르지 않아. 군대에서 겪어봤잖아, 짬밥 몇 그릇 먼저 처먹었다고 설쳐대는 놈들 보면 내참 같잖아서… 아무튼 자동차 공장이 자랑삼아 내세울 만한 4·28투쟁 때, 위원장은 조합원들의 마음과 달랐어. 현대중공업이 골리앗투쟁을 감행하던 날이기도 했던 그때 누구보다도 더 앞장서야 했던 위원장은 투쟁을 피하려고만 했었지…."

광주는 지난 시절을 되돌아보며 눈살을 찌푸렸다.

현대중공업 128일 대파업 투쟁이 패배로 끝났지만 민주노조를 갈망하는 노동자들의 투쟁 의지를 꺾지는 못했다. 그들은 자본과 권력의 폭력 앞에서 노동자로 산다는 것은 굴종을 강요당하는 삶일 뿐이라고 판단했다.

그들은 노동자들의 힘으로 세상을 바꾸지 않으면 비인간적인 삶을 강요당하는, 발목에 쇠사슬이 묶인 노예 같은 삶을 끊어낼 수 없다고 믿었다. 조합원들은 새롭게 전열을 가다듬어 위원장을 새로 세우고 그동안 해고됐던 노동자들의 석방을 외쳤다. 그러자 공권력은 취임식도 치루기 전인 위원장을 즉각 구속시켜버렸다. 게다가 수배 중이었던 수석부위원장까지 잡아들이며 어떠한 저항도 용납하지 않겠다는 듯이 으름장을 놓았다. 조합원들은 비상대책위를 꾸린 뒤 전면 파업으로 맞섰지만 두려움에 휩싸인 몇몇 부위원장급들이 자리를 내놓고 사라져버렸다.

중공업 노동자들은 싸울 의지가 있는 조합원들끼리 다시 뭉쳤다. 그들은 새롭게 집행부를 구성하고 투쟁을 계속했다. 1990년 4월 25일, 민주노조를 궤멸시키려는 공권력으로부터 조합을 지켜내기 위한 방법은 파업을 통한 결사 항쟁뿐이라고 부르짖었다. 그러자 회사는 곧바로 공권력 투입을 요청해 중공업의 투쟁은 일촉즉발의 상태로 접어들었다.

"현총련에서 중공업에 공권력이 투입되면 연대 투쟁을 하자고 결의한 상태였지. 자동차 공장에서도 비상 대의원대회를 열어 단협 결렬로 인한 쟁의 발생 신고를 결의했어. 공장 잔디밭에 대의원들을 중심으로 철야 농성을 위한 텐트가 멋지게 세워졌지."

1989년 현대자동차는 425억 원이라는 순이익을 남겼다.

이한범 위원장은 당선된 뒤 3개월 만에 '연말 성과급 투쟁'에 나섰다.

'열심히 일해서 이익이 많이 남으면 일하는 근로자 여러분에게도 나눠줄 것입니다.'

회사가 늘 입버릇처럼 하던 소리였다. 조합원들은 이익이 크게 났으니 성과급을 받아내야 한다고 조합을 압박했다. 조합은 그 요구를 받아서 150%의 성과급을 회사에 요청했다. 12월 13일 첫 협상이 시작되면서 열흘 동안 투쟁에 돌입했다. 조합원들은 자신들이 주장한 싸움이었기에 적극적으로 결합했다. 마지막 3일 동안은 전 조합원이 집단 조퇴를 한 후 집회를 열어 회사를 압박했다. 연일 2만여 명에 가까운 조합원들이 참여했다.

그러자 정부가 나섰다. 내무부 장관은 자동차 노조의 성과급 투쟁을 불법 쟁의로 규정하고 강력하게 대처하라고 지시를 내렸다. 그 한마디가 있은 뒤 이튿날 이한범 위원장은 돌연 정상 조업을 발표했다. 조합이 성과급 투쟁을 철회하자 회사는 기다렸다는 듯이 '무노동 무임금'을 적용해 투쟁 기간 동안의 임금을 삭감하겠다고 나서며 지도부를 고소, 고발했다. 조합원들은 망연자실해서 집행부를 성토했다. 결국 운영위원 13명이 일괄 사퇴를 하면서 수습됐지만 이한범 집행부에 대한 조합원들의 신뢰에는 금이 가기 시작했다.

"그런 실망스러운 집행부의 모습을 보고 난 뒤 중공업 투쟁이 다시 벌어진 거야. 당시 이한범 위원장은 15만 명이 가입해 있는 '울산지역노동조합협의회' 준비위원회 의장이기도 해서 연대의 힘으로 공권력의 폭력을 막아내고 현대그룹 내의 민주노조를 지키고 싶었던 의지가 우리 조합원들에게 컸었지. 위원장이 저지른 실수를 한 번쯤 눈감아주고 새로운 모습을 보고 싶어도 했었고."

조합원들의 민주노조에 대한 열망은 대단했었다. 노동자는 하나다,라는 구호처럼 그들의 연대의식 또한 뜨거워 중공업에 대한 공권력 투입을 규탄하는 소자보들이 현장 곳곳에 나붙었다. 4월 28일, 공권력이 중공업에 투입된다는 소문이 나돌았다. '미포만 작전'으로 불리는 노조 침탈은 당일 새벽에 감행됐다. 128일 대파업투쟁 때와 마찬가지로 공권력은 육해공을 통해 중공업으로 진격해왔다. 새벽하늘을 가르는 헬리콥터와 미포만에 하얀 포말을 일으키며 몰려든 해양경찰 경비정들, 중공업 앞에선 대형 불도저를 비롯한 중장비를 앞세운 전투경찰이 정문을 막아놓은 바리케이드를 무너트리려고 안간힘을 쓰고 있었다.

"공권력의 중공업 침탈을 막으려고 대의원들과 현장 민주파들이 본관 앞 텐트에서 3일 동안 철야농성을 하고 있던 중이었어. 전경들은 자동차 정문을 지나 염포삼거리를 거쳐 중공업으로 가려고 했거든. 새벽 네 시쯤 됐을 거야. 정문 부근 기계사업부 쪽에 있던 조합원 몇 명이 닭장차 수십 대가 몰려오는 것을 본 거야."

정문 근처에서 서성거리던 서너 명의 노동자들이 담벼락을 흔드는 차량 소리를 듣고 달려갔다. 그들은 담벼락에 올라가서 정찰병처럼 닭장차가 오는 것을 확인했다. 끝이 보이지 않는 수많은 차량이 고요한 새벽 공기를 걷어내며 몰려오고 있었다. 조합원들은 현장으로 뛰어가 다급한 마음에 대형트럭 부품인 달걀만 한 너트를 서너 개씩 움켜쥐고 나와서 담벼락 위로 던지기 시작했다. 소리도 없이 날아간 쇠뭉치가 전경들이 탄 버스 지붕 위에 내리꽂혔다. 느닷없이 쿵쿵거리며 지붕을 뚫고 들어갈 것처럼 위협적인 소리가 버스를 흔들자 차 안에 있던 전경들이 기겁을 하며 몸을 움츠렸고 버스는 급제동을 걸어 차를 세웠다. 무슨 일인지 몰라 차에서 쏟아져 나온 전경들은 담 너머에서 날아오는 너트를 보며 최루탄을 쏘기 시작했다.

정문에서도 전경 차량이 몰려오는 것을 확인한 민주파 노동자 대여섯 명이 문밖으로 나섰다. 그들은 페퍼포그 차를 앞세우고 몰려오는 전경들 앞으로 다가가면서 거리 곳곳에 깨뜨려 모아놓은 보도블록을 집어 들었다. 그러자 차량이 멈추고 전경들이 일사불란하게 방패로 방어벽을 형성하며 다가왔다. 민주파 노동자들은 전경을 아랑곳하지 않고 그들에게 달려가 돌을 던졌다. 어둠을 밝혀놓은 가로등 불빛들 속으로 돌멩이 네 개가 떨어져 내리자 곧장 최루탄 쏘는 소리가 허공을 찢었다. 최루가스가 하얗게 도로 위로 피어올랐다.

민주파 사람들은 돌아서서 정문 쪽으로 달려가 준비해놓았던 화염병을 들고 다시 나왔다. 그들은 화염병 심지에 불을 붙이고 경찰들을 향해 달려가 섰다. 심지에 붙은 불들이 그들의 손을 따라 허공을 빙빙 돌았다. 경찰들이 다시 최루탄을 쏴댔다. 네 사람은 그들 앞과 뒤에서 펑펑 터지는 최루탄을 뚫고 최대한 경찰 앞으로 가까이 달려가 화염병을 날리고 다시 정문을 향해 몸을 돌렸다.

텐트 안에 있던 대의원들도 다들 뛰어나와 전경들에게 돌과 너트를 던졌다. 그러자 전경들은 현장 안으로 최루탄 발사기를 겨눴다. 불꽃이 번쩍하자 최루탄이 공장 안으로 날아들었다. 최루탄 수십 발이 1공장 주변에 떨어져 작업장 안으로 밀어닥쳤다. 작업에 몰두해 있던 작업자들이 술렁거렸다.

"뭔 냄새야? 가스 아냐! 가스 터진 거 아냐!"

눈이 맵고 코에서 콧물이 나오자 작업자들은 놀래서 공장문을 열었다. 그러자 최루탄 쏘는 소리가 요란스럽게 공장 안까지 들려왔다. 조합원들은 최루탄 가스가 공장 밖에서 구름처럼 피어나자 분노를 터트리며 모든 라인을 세웠다. 1공장과 기계사업부 등에서 수백 명의 조합원들이 일제히 공장 밖으로 쏟아져 나와 쇠뭉치를 던졌다. 몇 무리의 노동자들은 버스를 겨냥하기 위해 온몸으로 담벼락을 허물었다.

일대 격전이 벌어지면서 거리는 전쟁터로 변해갔다. 노동자들은 폐타이어에 불을 붙여 전경들에게 굴리고 현장에 있는 모든 바리케이드를 끌고 나와 전경들의 길목을 차단했다. 그리고 민주파 노동자들이 미리 준비해놓은 화염병과 볼트, 너트를 던지며 저항했다. 전경들은 어둠 속에서 날아오는 달걀 크기의 쇠뭉치를 보며 겁에 질렸다. 그것들은 바람을 가르며 날아 섬뜩한 파열음을 일으키며 방패에 금을 냈다.

페퍼포그 차에서 기관총 소리를 내며 최루탄이 날아왔다. 정문에서 멀리 떨어져 있는 작업장에서도 소식을 듣고 다들 몰려나왔다. 민주노조를 지키고자 했던 조합원들의 분노가 걷잡을 수 없이 전 공장으로 번지면서 시위 동참자는 수천 명으로 늘어났다. 전경들이 타고 온 버스 다섯 대가 불타고 거리는 온통 깨진 돌멩이가 나뒹굴었다.

전경들은 도망가는 노동자들을 골목까지 쫓아가며 최루탄을 쏴댔다. 노동자들이 공장 밖 양정동에 있는 기숙사로 피하려 하자 기숙사를 향해 최루탄을 날렸다. 그 바람에 자고 있던 노동자들이 모두 눈을 떴다. 전경들의 강경 진압이 노동자들을 투쟁의 거리로 모두 불러 모으고 있었다.

밀고 밀리는 공방전이 계속됐다. 노동자들은 격렬하게 저항했다. 일부는 수건으로 코와 입을 가리고 치약을 눈 밑에 바른 채 급조한 새총에 작은 볼트와 너트를 걸어 날렸다. 큼직한 새총의 시위가 당겨질 때마다 날카로운 금속이 전경들의 방패를 찍으며 튕겨 나갔다. 전경들은 시위 현장에서 한 번도 보지 못했던 큰 쇠뭉치가 날아오자 방패 뒤에 숨은 채 물러났다. 상용4공장 조합원들은 구 정문 앞으로 버스를 끌고 나와 전경 차량이 지나갈 수 없도록 도로를 차단했다. 신호등은 이미 불타 쓰러져 있었다. 한 노동자가 버스 위에 올라가서 결사 항전을 외치며 조합원들의 투쟁을 이끌었다.

"정말 치열하게 싸웠지. 그동안 가슴에 묻어둔 분노가 폭발하듯 조합원들은 싸웠다네. 하지만 위원장은 갑자기 싸움을 말리려고 들었어. 불상사가 나면 큰일 날 거라고 말일세. 염병, 그게 말이나 되는가? 불상사가 무서웠으면 왜 싸웠단 말인가? 민주노조를 지키려는 마음 때문에 싸웠던 거고, 공권력에 민주노조가 짓밟히는 걸 볼 수 없어 싸웠던 거 아닌가 말일세. 조합원들은 위원장의 말을 듣지 않았어."

중공업을 진압시키기 위해 출동했던 전경들은 자동차 조합원들의 저항을 뚫지 못하고 뒤편에 있던 전경차를 돌려 정자 옛 고개를 넘는 먼 길을 돌아 중공업으로 향했다. 그렇게 중공업 진압이 늦어지면서 중공업 노동자들은 목숨을 내건 투쟁을 위해 골리앗으로 올라갈 수 있는 시간을 벌었다.

날이 밝아 자동차 공장 주간조들이 출근하기 위해 공장으로 모여들었다. 그들은 전쟁터를 방불케 하는 상황을 보고 시위에 뛰어들었다. 위원장과 몇몇 간부들은 여전히 조합원들에게 싸움을 멈추고 현장으로 돌아오라고 소리쳤다. 그러자 조합원들은 집행부에게 오히려 나와서 싸우라고 맞받았다. 마이크를 들고 있는 쟁의부장까지 위원장의 지시를 무시하고 노동자들에게 정문 밖으로 나가자고 외쳤다.

정문과 구 정문 앞 거리와 골목 곳곳에서 남아 있는 전투경찰과 국지적 싸움은 계속됐다. 그러다 이미 정문을 지나쳐 기숙사와 골목을 점령하고 싸우던 경찰 1개 중대가 고립되기 시작했다. 노동자들은 구 정문 앞 도로를 막고 그들을 압박해 들어갔다. 기숙사와 골목으로 달아났던 노동자들도 다시 나오면서 전경들을 정문과 구 정문 사이 도로 위에 붙들어 맸다. 겁에 질려 있는 전경들을 향해 노동자들은 쇠파이프로 도로를 긁으며 다가섰다.

"조합원 여러분, 더 이상 다가가지 마십시오! 경찰 책임자 나오시오!"

정문 앞으로 나섰던 네 명 중 한 명이었던 김민식이었다. 그는 조합원들의 걸음을 막아서며 앞으로 나왔다. 경찰 책임자가 모습을 드러냈다.

"모두 무장 해제시키십시오! 안 그러면 큰 불상사가 날 겁니다. 여러분도 명령에 따라 할 만큼 했으니 그만 무장 해제하고 돌아가십시오!"

"뭐야? 경찰새끼들하고 뭔 얘기를 하는 거야? 무장 해제 필요 없어! 죽여버려!"

여기저기서 조합원들의 성난 목소리가 튀어나왔다.

"여기서 험한 일 일어나 오히려 우리에게 안 좋은 결과가 생기면 책임질 겁니까? 우리가 누굴 죽이기 위해 이런 싸움을 합니까? 여러분 심정만큼 나도 분풀이를 하고 싶지만 그래선 안 됩니다!"

김민식을 알고 있던 현장 민주파들과 조합원들이 그의 말에 호응을 했다. 경찰 간부가 전경들에게 명령을 하달했다.

"무장 해제하고 철수한다! 무장 해제!"

전경들은 허리띠와 철모를 벗었다. 그들은 이어서 군화 끈을 푼 채 허리띠를 어깨에 메고 철모를 손에 들었다. 두려움과 피곤으로 얼룩진 얼굴을 한 채 전경들은 지휘관을 따라서 공방전을 벌이고 있는 정문으로 향했다.

터덜터덜 걸어가는 전경들을 보자 조합원들이 일제히 함성을 질렀다. 정문 쪽에서 싸움에 몰두하고 있던 노동자들도 패잔병 같은 전경들의 모습을 보고 환호성을 질렀다. 정문 앞에서 노동자들과 싸우던 전경들도 모두 최루탄 발사기의 총구를 내려놓았다. 노동자들은 무너질 수 없을 거라고 여겼던 공권력을 자신들이 무력화하자 승리했다는 자신감에 도취돼 있었다. 현장 안에서 확성기를 매단 시위 차량이 나왔다.

노동자들은 시위 차량을 따라 대오를 형성하면서 구 정문 쪽으로 향했다. 거리 곳곳은 타고 있는 폐타이어 검은 연기로 뒤덮였다. 전경들은 멈춰 서 있고 시위 차량에서 틀어놓은 투쟁가는 힘차게 거리로 퍼져나갔다. 노동자들은 팔뚝을 쭉쭉 하늘로 내뻗으며 노래를 따라 불렀다. 그런데 인솔하던 시위 차량은 위원장 지시에 의해 중공업 방향이 아니라 구 정문 안으로 들어갔다. 차량을 따르던 조합원들도 얼떨결에 구 정문 안으로 따라 들어갔다. 하지만 이미 시위대 맨 앞에 있던 5백여 명의 조합원들은 그들의 회군에도 불구하고 중공업으로 진격하자며 행진을 계속 이어갔다.

중공업을 진압한 전투경찰 차량이 자동차 공장을 진압하기 위해 서둘러 달려왔다. 그들은 중공업으로 향하려는 시위대를 향해 최루탄을 무자비하게 쏘아댔다. 조합원들은 그들의 폭압에 맞서 모두 거리에 누웠다. 그러자 전경들은 그들을 짓밟아대며 연행하기 시작했다. 공장 안 본관 잔디밭에선 중공업으로 가야 한다는 조합원들의 항의를 무시한 채 노조 집행부가 승리 보고대회를 하면서 투쟁을 끝낸 상태였다.

현장 민주파들과 조합원들 일부는 노조 집행부를 비판하며 중공업 지지 투쟁을 지속시켰다. 그들은 다음 날 아침까지 산발적인 시위를 하면서 중공업 노동자들의 투쟁에 힘을 보탰다. 자동차 조합원들의 연대로 힘을 얻은 중공업 투쟁은 골리앗 점거 투쟁으로 더욱 비장하게 일어났다. 중공업 현장 안에서 맞서다 피신한 노동자들도 게릴라식으로 산발 시위를 하며 싸움을 이어갔다. 대형 골리앗 위에 선 노동자들은 자신들의 싸움에 대한 정당성을 사회에 알리려고 구호를 외치며 저항했다. 하지만 대부분의 언론은 그들의 행위를 나라의 경제를 흔들고 사회를 불안하게 만드는 과격 불순 세력의 모습으로 묘사했다.

4개월 전에 만들어진 전노협(전국노동자협의회)이 중공업 골리앗 투쟁을 지지하고 나섰다. 전노협은 602개 단위노조, 14개 지역노동조합협의회, 2개 업종노동조합협의회가 참여하여 법외노조로 출범한 민주노조 결사체였다. 그들 역시 전노협을 만들어내는 과정에서 노태우 정권으로부터 줄기차게 모진 탄압을 받았다. 정부는 국제노동기구(ILO)에서조차 위법이라고 지적받은 복수노조 금지와 제3자 개입 금지라는 법을 내세워 전노협 자체를 인정하지 않으려 했다.

전노협 결성식이 다가오고 있을 때, 정부는 갑호 비상령을 내리고 수만 명의 경찰을 동원했다. 결성식 날짜를 입수한 경찰들은 서울 전역의 대학교를 샅샅이 뒤지고 다녔다. 전국의 노동자 대표들은 그들의 눈을 피해 삼삼오오 비밀리에 결성식장으로 모여들었다. 사찰 대상이었던 노동자들 역시 감시를 따돌리기 위해 산을 넘고 지하철을 여러 번씩 갈아타며 수원의 성균관대학교 자연과학캠퍼스로 향했다.

결성식장에 사람들이 가득 찰 동안 경찰들은 알아채지 못했다. 준비위원들은 황급히 결성식을 감행했다. 창립대회는 전국 20만 조합원과 14개 지역노조협의회, 2개 업종협의회를 대표하는 8백여 명의 대의원들이 참가한 가운데 진행됐다. 초대 위원장으로 임명된 단병호 씨가 창립 선언문을 낭독했다.

"한국노총으로 대표되는 노사협조주의와 어용적, 비민주적 노동조합운동을 극복하고 자주적이고 민주적인 노동운동을 전개해나갈 수 있는 한국 노동조합운동의 새로운 조직적 주체가 탄생 했다. 우리는 노동자의 인간다운 삶과 국민의 자유와 행복을 실현하기 위해 민주노조운동의 역량을 강화하고 자주적 산별노조 건설에 매진할 것이다."

위원장이 낭독을 하는 중간에 경찰이 학교 정문을 뚫고 들어왔다는 다급한 연락이 왔다. 카랑카랑 선언문을 읽어 내려가던 위원장이 빠르게 글을 읽어나갔다. 회의장 밖에서 소란이 일더니 순식간에 백골단과 전경들이 들이닥쳤다. 현장은 비명 소리와 저항 소리로 뒤범벅됐다. 여성들이 머리채를 잡힌 채 질질 끌려 나가고 남자들이 곤봉에 두들겨 맞으며 쓰러지고 있었다. 수많은 사람들이 구속되는 참사가 벌어졌지만 전노협이 결성됐음을 노동자들과 국민 앞에 알렸다. 해방 이후 이승만에 의해 말살된 노동자운동 세력이 노동자들에 의해서 다시 세워진 날이었으며 차기 대권을 노리던 김영삼이 군사정권의 주범이었던 노태우, 김종필과 손을 잡고 보수 대연합을 알리기 위해 손을 높이 치켜든 채 텔레비전 화면을 가득 채운 날이기도 했다.

"전노협은 노동절 101주년을 맞이하면서 전노협 사수, 노동 탄압 분쇄를 내걸고 현대중공업의 야만적 탄압을 즉각 중단하라고 소리쳤어. 그들은 3일 동안 총파업을 결의하고 항의 투쟁을 했지. 3백여 개가 넘는 노조에서 34만 명이 참가했다더군. 물론 자동차도 결합했지. 하하, 우리는 2만여 명을 모아놓고 뭘 했는지 아나? 평화대행진을 했어. 다른 곳에서는 투쟁을 하고 있는데 우리는 노동절 기념식을 했다는 말이지. 그 바람에 다른 공장 노동자 놈들에게 엄청 비난을 들었지. 우리 때문에 현대중공업 노동절대회 투쟁을 손쉽게 제압했다는 거지 뭔가. 염병, 이영복 때도 기회주의자라고 놀림을 받았는데, 이젠 쪽도 못 들고 다니겠구나 싶더군. 그러더니 며칠 지나서 결국 이한범은 임단협에서 직권조인을 해버렸어. 야, 사람이 저렇게 달라질 수 있나 싶더군. 하도 기가 막혀서 화도 안 나더라구."

이한범은 회사와 여러 차례 단체협상을 거쳐 만들어진 내용을 조합원 총회에 내놓았지만 부결됐다. 그러자 위원장은 회사 안을 받아들이겠다고 노조 집행부에게까지 압박을 했다. 단체교섭을 하던 사무국장과 총무국장이 도장을 숨기면서 말려도 그는 직권조인을 강행했다. 대의원, 소위원, 현장 민주파 조직들이 들고일어났고 조합원들의 항의가 빗발쳤다. 조합원들은 정상 조업을 할 수 없다며 집행부 총사퇴와 위원장 불신임 투표를 하자고 나섰다. 며칠 후 이한범은 슬그머니 나타나 12일 동안 단식을 하면서 조합을 지키기 위해 어쩔 수 없었다며 불신임 투표를 받아들이겠다고 했다. 총투표자 중 65.74%가 불신임을 찬성했지만 삼분의 이를 못 넘겨 그는 위원장 자리를 지킬 수 있었다. 하지만 그날 이후 노조의 기능은 무력화되었다. 많은 조합원이 노조가 벌이는 모든 일에 참여하지 않고 등을 돌렸다.

"참, 한심하네요. 도대체 누가 불신임을 반대한 겁니까?"

"이영복을 밀었던 회사 측 영향력 아래 있던 사람들과 어용이 되면 힘을 쓸 수 있다고 믿는 양아치 집단들이 했겠지. 그들은 싸우는 걸 싫어하거든."

"노동조합이 잘되면 지들한테도 이익이 될 텐데 이해할 수 없네요."

"이해할 수 없다고? 하하, 이해할 수 없는 건 아무것도 없네. 나도 더 이상 싸우기 싫었으니까."

광주는 담배 한 개비를 꺼내 물었다. 손님이 없어 썰렁한 가게 안처럼 광주의 마음에 허망한 바람이 일었다. 그는 다 부질없는 짓이라고 생각하면서 담배를 재떨이에 눌러 껐다.

"이한범을 한 달 가까이 지켜보면서 화가 치밀어 견딜 수가 없었지. 모든 것이 허무한데. 난 그놈을 보면서 가족도 팽개치고 근 이 년 넘게 노조를 위한 일에 쫓아다녔어. 사람답게 사는 길이 거기 있다 싶었던 거야. 고등학교 중퇴한 뒤 책이라곤 본 적도 없는 내가 책을 읽고 공부를 하다니! 현장 조직은 규율이 엄격해서 몇 개월 발만 담갔다가 나왔지만 그래도 눈팅은 했다네. 철학은 골치 아파서 '노동자의 철학' 정도 읽어봤는데 역사책들은 재미있어서 민주파 사람들에게 추천을 받아 이것저것 여러 권 읽어봤지. 염병할, 그 좋아하던 술도 줄이고 내가 잠도 줄여가며 책을 봤다는 거 아닌가? 하하, 애초부터 개가 웃을 일을 하고 있었던 거지 뭔가. 자본가들을 비웃고, 정치를 비판하고 우리 사회를 다르게 변화시켜야 된다는 소리를 들으면서 뭔가 알고 싶었고, 동참하고 싶었거든. 자네 요즘 학습하지? 나한텐 숨길 필요 없으니 솔직히 말해봐."

봉수가 고개를 끄덕이며 그렇다고 대답했다.

"재미있지?"

"재미있다기보다는 새로운 것들을 알아가니 좋죠."

"흐흐, 새로운 것 맞지. 평생 들어볼 기회가 없는 말들을 들어봤겠지. 나도 그랬어. 나란 무엇인가, 노동자는 무엇이고 자본가는 무엇인가, 자본주의사회란 어떤 사회고 어떻게 만들어져 왔는가, 우리 사회는 어떤 모습이고 어떻게 달라져야 할 것인가. 뭐 그런 거 토론하지?"

"시작한 지 얼마 안 돼요. 조금씩 알아가고 있는 중입니다."

"잘해봐. 이런 기회 아니면 언제 그런 걸 읽고 생각을 해보겠어. 하지만 안다고 해서 달라질 게 뭐가 있을까? 군대로 무장한 정부를 뒤엎을 수 있을 것 같나? 사회의 부조리를 뜯어고칠 수 있나? 현대중공업 노동자들은 골리앗 위에서 죽을 각오로 싸웠어. 전노협이 지지하고 동조파업을 한들 무슨 소용이 있었나. 그들은 82미터나 되는 그 높은 곳에서 비바람에 시달리며 13일을 버텼어. 물이 모자라서 입만 적시고 라면 부스러기를 나눠 먹으면서 허기를 달래며 눈물을 흘렸지. 어떤 이는 유서를 가슴에 품고 올라갔고 어떤 사람은 투신하겠다며 발악을 하다가 동료들의 제지로 무산됐지. 마침내 싸움을 포기하고 골리앗에서 내려오는 중공업 노동자들을 텔레비전 화면에서 봤어. 아, 그 절망스러운 표정들. 햇볕과 바람에 타서 얼굴빛들이 거무죽죽하게 죽어 있더군. 눈빛은 시들어버려 아득한 절벽 끝에서 생을 포기한 사람들처럼 보였지. 경찰서로 끌려가는 그들을 보고 있는 내가 다 처참해져서 비루먹은 개처럼 끌탕을 치며 술만 들이켰다네. 대부분의 언론이 정부의 똥구멍을 핥아대면서 떠들어댄 것처럼 그들이 나라의 경제를 말아먹는 과격 불순분자였단 말인가? 에이, 더러운 새끼들!"

광주는 입이 타는지 혓바닥으로 입술을 훑으며 술병을 집다가 동작을 멈췄다. 살기를 품고 번뜩이던 광주의 눈빛이 뭔가를 생각하듯 흔들거렸다. 그는 술병을 쥔 채 술잔을 지긋이 바라보았다. 그의 눈빛이 점점 누그러지면서 허탈한 빛으로 물들어갔다.

"이한범이 직권조인을 하고 나서 며칠 있다가 자신은 경제주의자라고 공개 선언을 하더군. 우리 공장부터 잘 먹고 잘 살게 한 뒤 연대도 하겠다고 울노협과 현총련 위원장 자리까지 내놓으면서 말이야. 말은 그럴싸했지만 이영복이 위원장이 됐을 때 첫 기자회견에서 한 말과 다를 것이 없었지. 밖의 일보다 안의 일을 먼저 하겠다던 그놈의 말과 다른 구석이 하나도 없지 않나? 처음엔 그놈의 목을 움켜쥐고 싶은 충동이 들더군. 술자리도 싫어서 퇴근하고 집구석에 들어가 한숨만 내쉬었다네. 그러자 내 눈치를 보며 살던 마누라가 조금씩 소리를 높이더니 나를 가르치려 하데. 기가 막혀서…."

"뭐라 했는데요?"

"노동조합 때려치우라고 하더만."

광주는 아내의 목소리가 귀에 걸리는지 인상을 찡그리며 귓구멍을 후벼 팠다. 궁시렁거리던 아내의 목소리가 술잔 위를 떠다녔다. 아내는 방구석에서 혼잣말하듯 중얼거렸었다.

"이한범이 위원장만 되면 공장이 달라질 것처럼 굴더니 왜 이제 와서 그를 못 잡아먹어 난리를 친데."

광주는 누운 채 텔레비전 뉴스를 보고 있었다. 아내의 목소리는 텔레비전 소리보다 작았지만 더 크게 들려왔다. 베개를 베고 똑바로 누워 있던 광주는 몸을 비틀어 옆으로 누웠다.

"공부한다고 늦게 오고, 투쟁한다고 늦게 오더니 이젠 집에 와서 짜증만 내고…."

"고만해라."

광주는 심사가 뒤틀렸다. 물이 끓어 달그락거리는 주전자 뚜껑처럼 화가 자꾸 치밀어 올랐다.

"뭘 잘했다고 입까지 틀어막는지 몰라."

"고만하라고 했다!"

광주는 소리를 버럭 지르며 벌떡 일어나 앉았다. 그 바람에 자고 있던 네 살짜리 개벽이가 눈을 떴다.

"무슨 말만 하면 큰소리나 치고."

"너 정말 입 안 닥쳐!"

광주는 옆에 있던 베개를 집어 벽에다 던졌다. 놀란 개벽이가 울음을 터트렸다.

"흥, 그러면 무서워할 줄 알고? 때릴 테면 때려봐. 맞는 거 하나도 안 무서우니까!"

"그 주둥아리 닥치라니까!"

"왜 내가 말만 하면 소리 지르는데? 그 놈의 노조에 미쳐서 나랑 개벽이한테 관심이나 가졌어? 개벽이 한번 따뜻하게 안아준 적 있냐구? 애 낳기 전에는 하루가 멀다 하고 달려들더니, 날 한번 뜨겁게 안아준 적 있냐고? 지 필요할 때만 다가와 집적거리면서 잘난 척하기는. 이 지긋지긋한 감옥 같은 단칸방! 쥐꼬리 반만큼도 안 되는 돈을 갖고 어떻게 사는지도 모르면서 공부를 하고 공장을 바꾼다고? 웃기지 좀 말어! 그리고 입 닥치라는 개소리 좀 하지 마! 우리 아버지란 새끼처럼 말하면 나 돌아버리니까, 절대 하지 마! 씨팔, 밖에선 빌빌거리다가 집에 와선 개망나니처럼 구는 인간들 지긋지긋해! 하루에도 몇 번씩 도망가고 싶은 걸 개벽이 보고 참고 사는 줄이나 알아! 얏 새꺄, 그만 좀 울어!"

아내는 개벽이를 안은 채 독기를 품은 고양이처럼 켜켜이 쌓아뒀던 응어리를 광주의 얼굴에다 속사포처럼 내뱉었다. 아이의 울음소리에 더욱 신경이 곤두선 아내는 아들에게까지 화를 퍼부었다. 개벽이가 더 크게 울며 엄마의 품속을 파고들었다. 광주는 큰 손을 들어 자신을 노려보는 아내의 뺨이라도 갈길 듯이 다가서다가 아들이 자지러지며 우는 소리에 머뭇거렸다. 그는 불같이 치밀어 오르는 화를 참을 수 없어 성난 소처럼 눈동자를 굴리다 벽을 주먹으로 쳤다. 그래도 화가 풀리지 않는지 자신의 이마를 벽에 쿵쿵 몇 번 찧어대고 나서 밖으로 나가며 문을 쾅 닫았다.

"원래 갸 성질이 뻥튀기 튀길 때처럼 요란하거든. 염병, 어리지만 화끈한 게 좋아서 데리고 살았는데 그따위 소리를 지껄이다니! 여편네 목소리를 털어내려고 갸 목소리를 잘근잘근 씹어대면서 포장마차로 갔지. 나이도 어린 여편네한테 지청구를 들으니까 환장하겠더라구. 술 한 잔 딱 마시는데 이게 뭔가 싶었지. 모든 게 엉망진창이 된 느낌이었어. 성질을 참지 못하고 소주를 맥주잔에 부어 들이켰지. 술기운이 짜릿하게 온몸을 도는데 불현듯 내가 울산에 내려왔던 이유가 번뜩 떠오르더만. 갑자기 온몸이 마른번개를 맞은 것 같이 쭈그러들고 맥이 탁 풀리데. 이 한심한 달구지 공장에 들어올 때 맹세를 한 게 있었거든. 그 일들이 생생하게 떠오르니 막다른 골목에 내몰린 것처럼 막막해지데. 내가 이눔의 공장에서 뭔 짓을 하고 살았나 싶더라구. 그날 이후 모든 관계를 끊었지. 책 읽는 것도 노동조합도 사람들도 서너 걸음 떨어져서 바라만 보기로 했어. 그렇게 사는 게 나하고 맞다는 걸 새삼 깨닫게 된 거지."

"형님 말은 참 알다가도 모르겠습니다. 도대체 무슨 맹세를 했기에 그토록 어렵게 만든 노동조합을 모른 척한다는 겁니까?"

봉수는 이해할 수 없다는 듯 설레설레 고개를 흔들며 술잔을 비워냈다. 광주의 눈빛은 차분하다 못해 처연하게 술잔에 박혀 있었다. 광기로 번들거리던 목소리까지 잔 속의 술처럼 잔잔하게 가라앉자 봉수는 그가 울산에 내려온 이유와 맹세의 내용이 궁금했다.

"맹세라는 것이 뭔가? 무슨 일이 있어도 지키겠다는 자신과의 약속 아닌가. 사내가 살면서 목숨을 건 맹세를 몇 번이나 할 수 있을까? 그런 약속은 함부로 떠벌리면 안 되는 거지. 입 밖으로 내놓는 순간 맹세라는 건 깨지게 돼 있어. 그리고 노동조합을 모른 척한다는 게 아니야. 다른 사람들처럼 중간에 있겠다는 거지."

"중간에서 뭐하실 건데요?"

"조합원을 위해서 가장 애쓰는 사람한테 박수 쳐주는 거지. 선거에 나오면 표도 찍어주고 집회에 나오라고 하면 나가서 구호도 외쳐주고. 그런 사람이 많아야 조합도 굴러가고 우리한테 이익도 돌아오거든."

광주는 큰 손으로 박수를 치고 구호를 외치듯 손을 내질러가며 말했다. 봉수가 어이없다는 듯한 표정을 지었다. 그는 눈살을 찌푸리며 성난 목소리를 냈다.

"그런 비겁한 생각들 때문에 노조가 개판되는 겁니다. 서로 앞장설 생각은 안 하고 뒤에서 이익만 챙기려고 하는 건 사내가 할 짓이 아니죠."

"어이, 봉수. 앞장설 사람이 너무 많으면 큰일 나. 서로 위원장 해먹겠다, 뭐 해 처먹겠다고 하면 조합이 그야말로 난장판이 되는 거야. 지금도 앞장설 사람 많이 있네. 이번 노조를 바꿔보려고 각 현장 민주파들이 뭉치고 있잖아?"

자동차 민주파들은 이영복 체제를 뒤바꾸려고 '민주노조실천노동자회'를 결성했었다. 그 단위를 통해 이한범을 위원장에 당선시켰지만 4·28투쟁으로 해고된 사람들과 이한범의 직권조인을 용납할 수 없었던 사람들이 모여 새롭게 '노조민주화추진위원회'를 결성했다. 그들은 이한범을 밀어내고 제대로 된 민주노조를 만들기 위해 동분서주하며 힘을 모았다.

"3만 명 중에서 그들이 몇 명이나 됩니까? 백 명도 안 되는 사람들이 뭐가 많습니까?"

"야, 이 사람아. 무조건 사람이 많다고 되는 건 아니지. 사공이 많으면 배가 산으로 간다고 하지 않던가?"

"길도 수많은 사람들이 걸어 다녀야 만들어지는 겁니다. 왜 자꾸 피하려고만 합니까? 형님 같은 분이 계속 같이하셔야 되는 거 아닙니까?"

"하하, 난 손 뗐어. 뭐든지 하고 싶은 사람들이 그 일을 해야 하는 법. 난 해고되고 싶지도 않단 말일세. 4·28투쟁으로 해고된 사람들이 여덟 명이야. 김민식이부터 다들 한 가닥씩 하는 사람들이지. 그 중요한 사람들을 이한범이가 막아주지도 못하잖아. 봉수는 총각이지만 난 애새끼까지 있는 유부남이야. 내가 잘리면 우리 새긴 누가 먹여 살릴 건가?"

"모두 그런 식으로 생각하면 싸울 사람이 어디 있습니까?"

"왜 없어? 백 명이나 된다며? 거대한 변혁의 뜻을 품고 싸우든, 위원장이나 노조 간부가 되고 싶어 싸우든, 싸우고 싶은 사람이 앞장서는 거야. 까놓고 말해 그들은 그 대가로 뭔가 주워 먹게 돼 있어. 난 위원장도 관심 없고 노조 간부가 되고 싶지도 않네. 세상을 바꾸고 싶은 의지도 없고, 공장을 변화시킬 힘도 관심도 갖고 싶지 않단 말이야. 평범하게 밥이나 잘 먹고 살면 그걸로 충분한데 내가 잠시 미쳐서 날뛰었던 거지, 염병할!"

광주는 큰 손으로 입가에 묻은 튀김 부스러기를 털어낸 뒤 어깨를 축 내려뜨렸다. 봉수는 못마땅한 눈초리로 그의 행동을 지켜보다가 술잔을 비워냈다.

"형님, 노조가 만들어질 때 왜 스스로 나서서 싸웠습니까? 난 우리가 옳고 회사가 틀렸기 때문에 싸우는 겁니다. 형님도 회사가 노동자들을 지독하게 착취해먹었다고 생각하고 싸운 거 아닙니까?"

"거참, 잡아먹을 기세로 노려보는군. '홍길동'을 쓴 허균이라는 사람이 있어. 그 사람 글을 참 좋아했지. 허균이 '호민론'에서 그런 말을 했다네. 이 세상에는 세 부류의 인간이 있는데, 원민은 늘 세상을 한탄하며 원망만 할 줄 아는 사람들이고, 항민은 흘러가는 대로 살면서 변화를 별로 원하지 않는 사람들이야. 근데 호민은 어떤 사람들인 줄 아나? 이 세상을 변화시키기 위해 매서운 눈초리로 흘겨대면서 기회가 오기만을 엿보는 사람들이라는 거지. 얼마나 멋진가, 호민!"

광주는 엄지를 척 세워 내밀다 꽉 꺾어 내리며 킬킬거렸다.

"속은 걸세. 호민 좋아하고 있네, 싶더군. 호민 속에서도 온갖 술수꾼들이 숨어 있다는 걸 허균은 몰랐거나 말하고 싶지 않았던 거야. 똑똑한 놈일수록 자신을 지키기 위해 본능적으로 음모를 꾸밀 수 있는 게 사람이지. 어려서부터 그런 놈들을 여러 번 겪어보고도 또 당한 거야. 난 이한범을 겪고 나서부터 목소리 큰 놈은 믿지 않기로 했네. 가장 깨끗하고 선명한 척하는 놈들부터 의심이 가데. 자네가 중간에 있겠다는 나를 비난해도 상관하지 않네. 난 조합원으로서 할 도리만 다치지 않게 할 생각이니까! 그래도 그놈들보다 부끄럽지도 않고 얼마나 떳떳한가?"

광주는 뻔뻔한 표정으로 우쭐거리면서 말하다가 가슴을 쾅쾅 쳤다.

"이제 내가 아는 말은 다했네. 사람마다 생김새가 다른 것처럼 사는 법도 다 다른 법 아니겠나? 자넨 내가 말려도 앞서서 갈 사람이지. 그래, 자넨 앞장서서 가게, 난 뒤에서 박수를 칠 테니까. 박수 치는 사람이 많아져야 앞서 있는 사람들도 든든하고 좋잖아."

안 그래? 하고 문득이 광주는 손바닥을 보이며 두 손을 내밀었다. 봉수는 동의를 구하듯 처량하게 눈꼬리를 내리고 있는 그의 눈빛을 보다가 헛웃음을 쳤다. 그의 말과 표정들이 아홉 개가 달린 여우의 꼬리처럼 현란하고 음흉스러웠다.

"말은 그렇게 해도 형님은 반드시 다시 돌아올 겁니다. 근데 형수님은 어떻게 만난 겁니까? 왜 애를 안 가지려고 했는데요?"

"야, 이 사람아. 난 한 번 아니면 영원히 아닐세. 좋아, 이제 그런 얘기는 그만하세. 우리 마누라를 어떻게 만났냐고? 하하, 골 때리게 만났지. 우리 마누란 나보다 아홉 살이 적어. 한번 들어봐. 보통내기가 아니라니까! 낚시하러 갔다가 제대로 내 코가 꿰이고 말았지!"

아내의 이야기를 꺼내자 광주의 어깨가 들썩거렸다. 그의 눈빛도 아내를 처음 만난 날로 돌아간 사람처럼 함박 즐거운 웃음을 담았다. 그는 술잔을 들어 봉수에게 내밀었다. 두 사람은 잔을 부딪치며 술잔을 기울였다. 광주는 술잔을 내려놓은 뒤 무슨 생각이 났는지 상고머리를 쓱쓱 문지르다가 웃음보를 터트렸다.

1985년 5월 초였다. 금요일, 야근을 끝낸 광주는 오토바이를 몰고 바다낚시를 갔다. 늘 다니던 방어진으로 가는데 문득 며칠 전 꿈에서 본 고래가 떠올랐다. 수평선 끝에서 점처럼 나타난 물체가 하늘을 날아오면서 정체를 드러냈는데 고래였다.

고래가 하늘을 날다니!

광주는 놀란 눈으로 고래가 날아오는 모습을 지켜봤다. 검은빛으로 번들거리는 거대한 몸이 큰 꼬리를 빠르게 흔들면서 자신을 향해 오고 있었다. 겁에 질린 그는 피하려고 했지만 고래의 속도가 전광석화 같았다. 하늘로 치솟아 포물선을 그으며 쏜살같이 달려오는 고래의 눈이 자신의 눈동자를 뚫어지게 쳐다보고 있었다. 어어, 하는 사이에 몸을 덮칠 듯이 달려온 고래가 입을 쩍 벌렸다. 그는 비명을 지르며 몸부림을 치다가 일어났다.

고래 같은 대어를 잡을 예지몽이었나?

뜬금없이 그런 생각이 스치자 광주는 오토바이 방향을 바꿔 고래잡이로 유명한 장생포로 향했다. 바람도 잔잔하고 날씨도 화창한 봄날이었다. 장생포로 들어선 광주는 콧바람을 일으키며 낚시터를 잡기 위해 서서히 오토바이를 몰며 주변을 살펴보았다. 그러다가 마을에서 조금 떨어진 갯바위 위에서 빨간 운동복을 입고 있는 사람을 보았다. 광주는 낚시를 하는 사람인가 싶어 오토바이를 세우고 장비를 꺼내들었다. 파도가 잔잔하게 해안가로 스며들다 사르륵 물러나는, 바람도 없는 바닷가였다. 그는 해안가로 내려서서 갯바위로 올라서다가 등을 보이고 있는 사람의 머리카락이 단발머리인 것을 보고 여자라는 걸 알아챘다. 갯바위를 밟으며 이리저리 자리를 탐색하는데 여자가 힐끗 쳐다보았다. 그녀는 광주와 눈이 마주치자 고개를 획 돌렸다.

'얼란가?' 순간적으로 눈에 보인 여자의 얼굴이 앳돼 보였다. 광주는 터를 잡고 장비를 풀었다. 낚시 받침대를 적당히 꽂아놓고 밑밥을 바다에 던진 뒤 바늘에 크릴을 끼웠다. 아침 해가 서서히 뜨거워지고 있었다. 카우보이모자를 쓰고 릴 낚싯대를 던졌다. 줄이 시원하게 풀리면서 원하는 곳으로 날아간 낚싯바늘이 바다에 꽂혔을 때 뒤에서 여자의 목소리가 들렸다.

"아저씨, 담배 있어요?"

"아이구, 깜짝이야."

여자가 소리 없이 다가와 등 뒤에서 자신을 쳐다보고 있었다. 쌍꺼풀이 진 큰 눈을 가진 여자는 광주의 놀란 표정이 재미있었는지 눈웃음을 쳤다. 입꼬리까지 살짝 올린 채 웃음을 흘리고 있는 화장기도 없는 얼굴은 어린 소녀의 느낌이었다.

"담배 피워도 되는 나인가?"

"아저씬 몇 살부터 담배 피웠는데요? 담배 피우는 나이가 따로 있나요? 민증 까 드릴까요?"

"어, 세게 나오네. 경찰은 아니니까 그럴 필요는 없지. 근데 얼굴이 왜 그런데?"

"아, 정말 쪽팔리게… 그런 건 참견 말고, 담배 하나 줄 거예요, 말 거예요?"

여자의 왼쪽 눈 부위에 빨갛게 손자국이 나 있는 걸 보면서 광주는 담배를 꺼냈다. 여자가 자꾸 머리카락을 흔들어 그 부위를 가렸다. 광주는 담배 서너 개비를 꺼내 여자에게 건네줬다.

"인심 좋으신 아저씨네. 고마워요."

여자는 담배를 쥐고 폴짝폴짝 뛰어 자신이 있던 자리로 돌아갔다. 광주가 넌지시 그녀의 자리를 보니 소주병이 있었다. 분명 어디서 얻어터지고 와서 속풀이 술을 마시는 것 같았다.

예쁘게 생긴 것이 발랑 까졌구만.

광주는 웃으면서 담배를 피워댔다. 아침이라 횟집들은 문을 닫아 조용했다. 파도 소리도 없는 바위 밑 옥빛 물속에 크고 작은 자갈들이 모여 있었다. 십여 분이 지나도 찌는 소식을 보내지 않았다. 햇볕이 점점 갯바위를 달구고 있을 때 다급한 어린아이의 목소리가 해안가에서 들려왔다.

"언니! 언니!"

"와 소리는 지르는데?"

"언니야 튀라! 아부지 온다. 얼른!"

"와, 씨발! 지금 어디쯤 오는데?"

"아, 쫌 퍼뜩 튀라. 이쪽으로 온단 말이다. 잡히면 언니야 니는 죽는다."

광주는 두 아이의 말을 들으면서 키득키득 웃었다.

"아저씨, 아저씨!"

여자가 다급하게 광주 있는 쪽으로 왔다.

"아저씨, 나 좀 살려주세요. 우리 아버지한테 잡히면 맞아 죽는단 말예요."

"니가 잘못했나 보지?"

"아, 씨팔. 그런 거 아니라니까요. 나 좀 도와주면 은혜는 꼭 갚을게요. 제발 좀 도와주세요!"

여자는 낚싯대를 쥐고 있는 광주의 팔뚝을 잡아 흔들었다.

"우째야 하는데?"

"낚싯대부터 걷어요, 빨리! 빨리!"

여자는 낚시 받침대를 뽑아 가방에 넣으며 낚싯대를 거두라고 재촉했다. 광주는 어이가 없었지만 릴을 감았다. 그 사이에 여자가 밑밥 통들을 다 정리해서 가방에 쑤셔 넣었다.

"가요, 빨리! 그 인간 취하면 짐승이라니까요!"

"아버지한테 그 인간이라고 하면 안 되지."

"아, 그런 거 좀 따지지 말고 빨리 가요."

여자가 광주의 손을 잡아끌고 앞섰다. 광주는 갑자기 들이닥친 상황이 황당하기도 했지만 재미있었다. 여자의 말투가 고슴도치 털처럼 뾰족 솟아 있었지만 거슬리지 않았고 행동도 귀엽게 느껴졌다. 그는 입술 사이로 웃음을 실실 흘려가면서 갯바위 밖으로 나갔다.

"아이 씨. 벌써 다 왔네, 저 인간!"

오토바이로 다가가자 여자가 소리쳤다. 한 사내가 잠바를 풀어 헤친 채 조용한 횟집들 사이를 비틀거리며 걸어오고 있었다. 여자가 사내를 마주 보며 고함을 쳤다.

"씨발, 낳지를 말든가. 왜 내를 못 팔아묵어서 지랄인데? 그냥 죽이라. 내는 죽어도 안 간다. 몬 간다. 그라고도 니가 아부지라 칼 수 있나?"

"너 이년, 거기 서! 애비 말 들어 이년아!"

"아, 빨리 시동 걸어요!"

사내가 뒤뚱거리며 뛰기 시작하자 여자가 발을 구르며 재촉했다. 광주는 상황이 예사롭지 않아 시동을 걸고 달리기 시작했다.

"아, 좆같네. 죽지도 몬 하고 살지도 몬 하고, 아악!"

여자가 광주의 허리를 꽉 잡은 채 발악하듯 소리를 질렀다. 바람을 가르는 오토바이 소리를 갈기갈기 찢는 듯한 여자의 목소리는 칼끝처럼 번뜩였다. 광주는 여자의 목소리에서 섬뜩한 기운을 느끼며 움찔했다. 그녀의 자지러지는 목소리에서 오랜 기억들이 느닷없이 튀어나와 눈앞에서 흐느적거렸다. 떠올리기도 싫은 그 풍경들은 광주의 온몸에 소름을 일으켰다. 어릴 적 자신이 내질렀던 비명까지 환청처럼 살아나 귓전에서 메아리로 울리는 듯해 그는 진저리를 쳤다.

여자가 흐느꼈다. 자신의 등 뒤에서 매미처럼 달라붙어 울고 있었다. 여자의 들썩거리는 몸이 더께로 덮여 있던 오랜 상처의 기억들을 풀어 헤쳤다. 돌아가는 낡은 필름 영상 같은 아버지의 모습이 눈을 찌르며 나타났다. 광주의 얼굴에 드리워진 그늘이 점점 짙어졌다. 뜨거운 태양이 정수리 위로 몰려 아뜩한 현기증까지 불러왔다.

광주는 그날의 기억이 둑을 허물고 달려드는 물길처럼 거세게 밀려오자 말을 끊고 봉수를 쳐다봤다.

"환장하겠더군. 쥐 씨알만 한 것이 등짝에 찰싹 달라붙어 훌쩍거리더니 조금 지나 대성통곡을 하는데 미치겠더라구!"

광주는 옷 속으로 손을 넣어서 등을 긁으며 봉수를 쳐다보았다.

"그래서 어쨌는데요?"

"어쩌긴 뭘 어째. 울도록 내버려둘 수밖에. 실컷 울고 나더니 조용해지데. 문득 잠든 게 아닌 가 싶어 말을 걸었지. 어디서 내려줄까? 하고 말이야. 대답을 안 해서 한 번 더 물었더니, 지옥에나 좀 보내달라는 거야. 기가 막혀서!"

광주가 머리를 벅벅 긁으며 웃었다. 두 눈이 붉어진 봉수도 재미나다는 듯 하얀 이를 드러내고 같이 웃었다.

"형수님이 진짜 괴짜네요."

"꼴통이지, 꼴통! 내가 할 말이 없어서 잠시 머뭇거렸더니, 이것이 슬그머니 다시 말을 꺼내데. 다 죽어가는 목소리로 아저씨, 나 술 좀 사주면 안 돼요? 하는 거야. 어이가 없어서 너 몇 살이냐고 물었지. 스물한 살이라고 뻔뻔하게 대답하드만. 오토바이를 세우고 말했지. 뻥치면 여기다 던져놓고 간다고 그랬더니 요것이 열아홉이라고 하데. 그래서 이모네 족발집, 글로 데려갔어. 아침부터 여자 꼬맹이를 데리고 들어가니까 이모의 눈이 뭔 일 났냐고 묻더만."

광주의 눈에 모여든 웃음이 잔물결을 일으켰다.

"술 잘 처먹드만. 아침도 못 얻어먹고 쫓겨났는지 족발도 열나게 먹데. 뭐 하냐고 물으니 백수라고 천연덕스럽게 말하

데. 왜 맞았냐고 하니까, 쪽팔리게 그런 건 왜 묻느냐고 으르
렁거리고. 그래 실컷 먹어라, 하고 나도 술잔만 비웠지. 술병
세 개쯤 해치우고 나니까 요것이 슬슬 혀가 꼬이드만. 아, 씨
팔 취하네, 하는데 눈동자가 게슴츠레해지는 거야. 맛이 완
전히 갈까봐 술자리를 파하고 보내려 했지. 그런데 불쑥 오
늘 하루만 재워줄 수 없어요, 하고 나를 쳐다보는 거야. 갑자
기 술기운에 발갛게 달아오른 갸 얼굴이 요사스러워지데. 내
가 솔직하게 말하지만 갸가 그 말하기 전까지만 해도 그냥
불쌍하게만 봤어. 근데 그 말을 듣고 나서부터 몸이 움찔움
찔하는 거야. 나도 모르게 내 눈이 갸를 더듬고 있드만. 눈
감고 있던 본능이 눈을 번쩍 뜨니까 갸가 여물 대로 여물어
있는 게 딱 보이는 거야. 가슴이 후끈 뜨거워지는데 환장하겠
데. 자네라면 안 그러겠나, 팔팔 끓는 청춘인데?"

"그럴 수도 있고 안 그럴 수도 있겠죠. 그래서 같이 잤다는
겁니까?"

"그럼 어떡하나? 취해서 갈 데도 없는 애가 재워달라는데!"

"취해서 그런 말 했으니 집에 데려다 줄 수도 있는 거죠."

"염병하네. 그래서 자네는 여자가 없는 거야. 집에 가면 맞
아 죽는다고 애원하는 아이를 집에 데려다주라고? 그게 올바
른 짓인가? 들어봐. 내 얘기를 다 들으면 자네가 날 탓할 수
없으니까. 술에 취해 지 애비를 욕하는 갸를 집에 데려가 눕
혔어. 뭔 일이 생길 거라는 기대를 엄청 품고 집에 왔는데 이것
이 벌떡 일어나 앉아 펑펑 우는 거야. 아버지란 놈이 자식을
팔아먹어도 되냐고 묻데? 뭔 소린가 싶어서 물으니, 애비라는

작자가 뱃놈이라면서 선주의 사촌인가 하는 놈 얘기를 꺼내데. 재미동폰데 돈을 많이 번 사업가라고 하더군. 나이가 서른여덟이고 한 번 결혼한 적이 있지만 애는 딸리지 않은 놈이라데. 애비라는 자가 그런 놈에게 자기를 시집 못 보내서 안달을 한다는 거였어. 기가 막혀서! 재미동폰가 하는 놈이 돈으로 갸 애비의 눈을 멀게 만든 거지."

"미국에 있는 놈이 어떻게 형수님을 알았답니까?"

"이런 한심한 친구 같으니라고. 선주라는 놈이 사진을 보내고 설명을 했겄지. 포구 주변에 있는 놈들은 모두 갸한테 군침을 흘렸다더만. 고기 들어올 때마다 포구에서 일해주고 돈을 벌었다니 안 봐도 버킹검이지. 아비가 뱃사람이니 그곳에서 잔뼈가 군은 노땅들까지 뱀처럼 혀를 날름거렸겄지. 온갖 음탕한 말로 갸를 훑어봤을 거라구. 포구의 인생들은 내가 잘 알아. 막장인생들과 다름없는 자들이야. 돈만 생기면 여자와 술과 노름이지. 하긴 사는 게 뭐 별거 있겠나. 그렇게 빌빌거리고 사는 양반에게 어떤 놈이 돈뭉치를 눈앞에서 흔들어대니 솔깃했을 거야. 비루먹은 개처럼 살아온 사람들은 돈 앞에서 맥을 못 춰. 그놈이 딸만 주면 매달 자기 집 생활비까지 보내겠다고 했다니 그 얼마나 달콤한 말이었겠나? 나라도 귓구멍을 후벼 파고 들었을 거야. 게다가 갸가 큰딸이고 밑으로 동생이 셋이나 더 있다고 하더군. 배 타고 멀리 나갔다 올 때마다 생각 없이 싸질러댄 거지. 그 시절은 피임 같은 것도 몰라서 애가 들어차면 그냥 낳기만 했거든. 아무튼 애비라는 자가 그랬다더군. 니가 시집만 가면 니 팔자도 고치고 집안도 살리는 거라고! 딸자식을 돈에 팔아넘기겠다는 그 얘기를 듣다 보니까 부글부글 끓던 욕구가 눈처럼 녹아서 사라지고 말데. 염병할, 완전 김칫국만 속 쓰리게 먹었지 뭔가?"

광주는 고래 얘기를 봉수에게 들려줬다. 여자가 바로 대어였다고 착각을 하면서 좋아했었는데 역시 꿈이라는 게 믿을 게 못 된다고 허벅지를 손으로 탁탁 쳐대며 웃었다. 그날 밤 여자가 잠이 든 뒤 본인은 쉽게 잠이 오지 않아 소주 한 병을 사다가 먹고 잤다고 했다.

"지랄맞던 내 어린 시절도 생각나고 해서 군침 싹 닦고 술에 취해 떨어져 잤지. 근데 아침에 눈을 떠보니 꼬맹이가 없는 거야. 순간 이상한 기분이 들어 벗어놓은 옷들을 집어 들고 지갑을 찾았지. 월급 받은 지 얼마 안 지났을 때였거든. 큰일 났다 싶어 지갑을 열어보니 다행히 돈이 그대로 있더라구. 야가 어디 갔나 걱정돼 나가보려고 했는데 방문 앞에 쪽지가 있더군. 차비가 없어서 만 원만 빌려간다고, 나중에 갚겠다고 써놨더라고. 돈은 아깝지 않았는데 뭔가 아쉽고 허전하더구만. 그래도 기다리진 않았어. 그런 애들이 돈 갚으려고 여길 왜 나타나겠나? 그냥 보낸 게 억울한 생각도 들었지만 그냥 잘 살아라, 하고 접어버렸지. 그런데 한 달쯤 지나서 짠 하고 나타나데."

"형님 같은 분에게 무슨 맘이 생겨서 다시 오셨을까 궁금하네요."

"내가 어때서? 야, 이 사람아. 걘 나하고 찰떡궁합이여! 하늘이 맺어준 속궁합이라니까! 어느 일요일 아침, 자고 있는데

개미 목소리만 한 소리가 방문을 긁어대더군. 조금 있으니까 문을 콩콩 치면서 부르는 소리도 들리데. 눈을 비비고 들어보니 갸 목소린지 딱 알겠더구만. 무슨 일로 나타났나, 생각할 겨를도 없이 엄청 반갑더라구. 불을 켜고 부엌에서 들어오는 쪽문을 여니 요것이 환장하게도 방실방실 환하게 웃고 있드만. 입술까지 붉게 칠해서 화장을 한 게 얼마나 이쁘던지 속에서 확 불이 올라오데. 간신히 흉한 마음을 숨기고 무덤덤하게 웬일이냐? 들어와라, 했지. 속에서 가슴이 쿵쿵 뛰는데 말이야."

술기운이 거나하게 올라와 있는 얼굴을 하고 광주는 주머니를 뒤적거려 지갑을 꺼냈다. 그는 지갑 속에서 사진 한 장을 꺼내 흐뭇한 미소로 들여다보다가 봉수에게 건네주었다.

"오, 미인이시네요. 근데 형수님 이름은 뭡니까?"

"미경이, 오미경. 어때, 이쁘지? 이게 그때쯤 사진일 거야. 요런 것이 눈앞에서 알랑거리니 어찌 꼭지가 안 돌 수 있겠나. 근데 방으로 들어오는 갸 손에 가방하고 술 봉지가 들려 있는 걸 딱 보는 순간 뭔가 심상치 않은 기분이 들데."

광주는 봉수에게 사진을 돌려받아 다시 한 번 아내를 쳐다보더니 지갑에 넣었다. 그 당시의 기억들이 떠올랐는지 술잔을 입에 댄 그의 입에서 배시시 웃음이 새어나왔다.

"만 원을 척 꺼내서 내게 주더만. 고맙게 딱 받았더니 방구석에 있는 호마이카 상을 꺼내 술과 과자 봉지를 꺼내 올려놓더라구. 종이컵까지 사 와서 한잔 하자며 술을 따르데. 뭔가 좋은 일이 생길 것 같아 훌쩍 받아 마셨지. 술이 달달하더만.

첫 잔을 기분 좋게 마시고 잔을 딱 내려놓는 순간 요것이 수작을 부리기 시작하데."

"수작이라뇨?"

"나보러 좋은 사람이라고 하더만. 이제까지 모든 사내들이 자신을 음탕하게만 바라봤는데 나는 안 그랬다는 거지. 술에 취한 자신을 잠까지 재워줬는데도 건드리지 않아서 놀랐다는 거야. 염병, 엉큼한 내 속도 모른 채 주절거리는 말이 거슬리데. 그래서 니가 불쌍해서 참았을 뿐이라고 했더니 거짓말도 못 하는 솔직한 사람이라고 치켜세우데. 그러더니 조금씩 얼굴에 한숨을 매달다가 울상을 지으면서 한 달 후면 미국행 비행기를 타야 한다는 거야. 그 교포 놈한테 시집가는 날이 잡혔다는 거지."

"도망 나온 거군요."

"그렇지. 갈 데가 없어서 나를 찾아왔다는 거지. 고것이 나를 치켜세울 때 이미 알아봤네. 기가 막혀서, 한 달만 있게 해달라고 하더군. 안 된다고 했지. 도대체 내가 걜 뭐 믿고 한 달을 먹여 살려야 한단 말인가? 그 사이에 무슨 일이 일어날지도 모르고 말이야. 그러자 고것이 암고양이처럼 노려보면서 싫으면 말라고 하데. 싫은 건 아니라고 몇 가지 변명을 달며 술을 마셨지. 하하, 그놈의 술이 내 이성을 비틀어놓더군. 시답지 않은 말들을 하면서 술을 넘길 때마다 갸가 이뻐 환장하겠더라구. 소주 두 병쯤 깠을 때 갸가 눈을 치뜨고 다시 묻더군. 자긴 밥도 잘하고 반찬도 잘하니까 한 달만 있게 해주면 안 되겠냐고. 갈등이 생겨서 잠시 미적거렸지만 안 된다고 했지. 그러니까 야가 벌떡 일어나데."

갑자기 광주는 말을 멈추고 허리를 젖혀가며 혼자 웃었다. 느닷없는 웃음소리에 봉수가 의아해하며 왜 그러냐고 물었지만 그는 한참을 웃다가 술잔을 비운 뒤 눈동자를 반짝반짝 빛내며 목소리를 낮췄다.

"갸가 갑자기 옷을 막 벗어 던져버리는 거야."

"예? 왜요?"

"어차피 팔려 갈 몸뚱아리니 나보고 사 가라는 거였지. 기절초풍을 하겠드만. 갸가 옷을 하나씩 벗어젖힐 때마다 눈알이 핑핑 돌았지만 난 싫다고 했어. 돈 주고 여자 사는 짓거리 지긋지긋하게 많이 봐서 난 그런 짓은 안 하거든. 그랬더니 고것이 나보고 나쁜 놈이라고 막 욕을 퍼붓더니 돈 안 받을 테니까 마음대로 하라는 거야. 어쩌겠나? 이미 난 욕망에 빠져버려 눈도 멀어버린 걸. 그날 우린 이성을 마비시키는 독주를 비우며 황홀한 아침을 보냈네. 그 바람에 정신이 달아나서 나는 한 달을 갸와 함께 지내고 말았던 거지."

"기가 막히네요. 형수님도 형님도 참 이해하기 어려운 분들이네요."

"이해할 필요도 없어. 내가 완전히 덜미를 잡힌 거니까. 첫날 갸하고 잘 때 사정을 밖에다 했네. 애라도 가지면 안 되니까 간신히 정신 차리고 질외사정을 한 거지. 그랬더니 고것이 난리를 치더만. 왜 더럽게 몸 밖에다 그걸 싸질러 놓느냐고 말야. 그래서 다음부터는 갸가 피임약을 썼어. 그날 이후 갸 땜에 식기 도구도 사고 라디오까지 샀지. 밥반찬을 정말 잘하더구만. 한 달이 꿈결처럼 흘러갔네. 그러던 어느 날 간다는 소리도 없이 또 사라져버렸어. 귀신이 곡을 하겠드만. 난 붙잡아놓고 싶었거든. 같이 살 수는 없더라도 좀 더 있기를 바랐는데 떠나버린 거야. 갸 찾으려고 그 동네도 몇 번 가봤지만 만날 수가 없었지. 교포 놈한테 팔려 갔나 싶어 마음이 아프더만. 한참 동안 미련을 발끝에 매달고 다녔는데 몇 개월이 지나서 불쑥 다시 나타났어. 내가 얼마나 반가웠겠는가?"

"거참, 내가 다 정신이 없습니다!"

"이 사람아, 정신이 없었던 건 날세. 이것이 보자마자 대뜸 하는 얘기가 뭔지 아나? 애를 가졌다는 거야, 내 애를! 정신이 아니라 영혼이 달아날 소리를 천연덕스럽게 웃으면서 하는 갸를 바라보는데 처음엔 뭔 소린지 모르겠더라구. 거짓말이지? 하고 몇 번이나 물었지만 정말이라고 악을 쓰면서 병원에 같이 가자는 거였어. 아이구 맙소사! 돈줄 테니 아이 지우라고 했지. 그러자 길길이 날뛰더군. 회사와 동네는 물론 경찰서에 가서 강간당했다고 소리치겠다는 거야. 지 애비도 나를 만나겠다는 걸 간신히 떼놓고 왔다며 내 목에 올가미를 걸더군. 아, 함정에 빠졌구나 하는 걸 그때 알았네. 이것이 작정하고 나를 옭아맨 것이지. 원래 탄광이나 포구 주변의 자식들은 커가면서 늘 그 바닥을 떠날 궁리만 하거든. 며칠을 그녀와 지내면서 도망갈 길을 찾았네. 갸에게 무릎을 꿇다시피 하며 사정을 했어. 적은 월급으로 지금 애기를 낳을 수 없다고 했지. 몇 년 동안 월급이 올랐다고는 하지만 지금도 우리가 얼마나 어렵게 사는가? 방 한 칸에 월세가 3만 원인 그때

18만 원도 안 되는 돈으로 둘이 살면서 애까지 낳아 키운다고? 난 결혼도 싫고 애도 싫지만 애를 낳아 가난하게 키우는 건 죄악이라고 생각하네. 개천에서 용 나온다고? 개떡 같은 소리! 윗물이 똥물인데 아랫물이 샘물일 순 없지. 난 나 같은 인생을 또 만들고 싶지 않았어. 자식에게 고통만 주는 무모한 짓을 왜 해야 한단 말인가? 제발 애를 지우자고 손발이 닳도록 빌었네. 그리고 동거하면서 같이 돈을 모아 그때 다시 애를 가지자고 했지.

그렇지만 같이 살 생각은 없었네. 혼자서 가난을 등에 지고 살 수는 있어도 둘이 그 짓을 같이한다는 건 싸움밖이 없다는 걸 지긋지긋하게 보면서 자랐거든. 시간이 가기를 기다렸어. 지가 힘들면 떠날 거라고 믿었지. 알고 보니 나이도 열여덟 살이더라구. 애비는 배를 타고 어미는 허드렛일하러 다니니 중학교 졸업하고 집에서 아이들을 돌봐야 했던 거야. 하하, 가난에 이골이 났는지 내 말도 잘 듣고 일 년 반 이상을 잘 살아내데. 그러다가 그 망할 놈의 천지개벽이 87년 7월에 일어난 거지. 노조가 만들어졌다는 기쁨에 맛이 가서 그 새벽에 들어가 그 짓을 했는데 덜컥 애가 들어선 것일세. 아, 하늘이 정말 푹 꺼지는 절망에 휩싸여 망연자실했는데, 어쩌겠나? 아, 팔자로구나, 야하고 살 운명이구나 하면서 애를 낳았지. 그래서 이름을 개벽이라고 지은 걸세. 천지개벽해서 노조가 만들어진 것처럼 세상이 바뀌기를 바라면서 말이야, 염병할!"

광주의 푸념이 길어지고 술은 계속됐다. 봉수는 날개를 단 듯 날아다니는 그의 목소리를 쫓아다녔다. 그 이야기 사이사이로 현지의 얼굴이 어설프게 나타났다 사라지곤 했다. 친구들로부터 그녀가 서울에 있는 의대에 들어갔다는 소식만 전해들은 상태였다. 그렇게 좋아했으면서도 한 번도 자신의 속내를 보여주지 못한 것이 아쉬움으로 늘 남아 있었지만 돌아보면 잘한 일이라고 여겨졌다.

사회에 나와 겪었던 현실 속에서, 공장에 들어와 새롭게 알게 된 사회구조 속에서 사창리 유지의 딸과 자신의 모습을 그려볼 때마다 물 위에 떠도는 기름처럼 섞이지 못하고 겉돌았다. 대농과 소농, 지주와 소작인, 자본가와 노동자로 구분되는 언어들 사이에서 그녀에게 다가갈 길은 멀고 험난해 보일 뿐만 아니라 아예 만남 자체가 불가능해 보였다. 대궐 같은 기와집과 기울어져가는 슬레이트 시골집, 자본가들의 멋진 차들과 노동자들의 오토바이 그리고 그들이 살고 있을 근사한 집들 한편에 움막 같은 월세 단칸방이 초라하게 웅크리며 자신을 바라볼 때마다 현지에 대한 기억은 희미해져갔다.

왜 세상은 그렇게 구분됐어야 하는 걸까?

술집을 나와 돌아가는 길 위에서 '왜'라는 질문을 스스로에게 던지자 또다시 수많은 의문이 꼬리를 물고 이어졌다. 밤은 어둡고 무겁게 깊어만 갔다.

4장. 구체적 현실

1991년 임금협상을 놓고 노동자들의 내부 갈등은 깊어졌다. 현장 민주파들이 대거 당선시킨 대의원들은 이한범 집행부에서 내놓은 안들을 몇 차례에 걸쳐 모두 부결시켰다. 그런 혼란 속에서 5월 1일 세계노동절 102돌 기념 및 91년 임투 승리를 위한 전진대회가 본관 앞 잔디밭에서 열렸다. 시작할 때는 3천여 명이 모였으나 시간이 지날수록 조합원들이 빠져나가 3백여 명의 결의로 끝나고 말았다. 조합원들이 이한범에 대한 신뢰를 접고 있었다.

　자동차 공장이 내부 문제로 우왕좌왕하던 그해 민중들 역시 생활고에 시달리며 불만이 팽배해지고 있었다. 물가 폭등과 의원 외유 사건 그리고 특혜 논란이 된 수서 택지 사건이 터지면서 학생들 역시 김영삼의 삼당 야합으로 만들어진 민자당의 해체와 공안 통치 종식, 노태우 퇴진을 외치며 거리로 뛰어나왔다.

　4월 26일 명지대 학생들이 집회를 끝내고 거리로 나올 때였다. 갑자기 백골단들이 그들에게 달려들었다. 시위 현장에서 공포의 대상으로 여겨졌던 그들은 시위 진압 수당을 받는 무술 유단자로 조성된 경찰 체포조였다. 활동을 신속하게 종결시키기 위해 단봉과 작은 방패를 들고 시위자들 속으로 맹렬히 달려들어 눈에 보이는 대로 치고 밟아댔다. 그들에게 잡히면 살려달라고 아무리 빌어도 소용없었다. 그들은 시위대가 초주검이 될 때까지 망치로 호두를 깨듯 상대의 온몸을 으깨어놓았다.

하얀 운동화에 하얀 헬멧과 방독면을 쓰고 청색의 재킷과 청바지를 입은 그들은 순식간에 학생들을 흩어놓으면서 강경대 학생을 집중 공격했다. 비명이 난무하고 피가 터지는데도 그들은 강경대 학생의 온몸을 난타했다. 백주 대낮에 살인적인 공격을 받은 강경대는 눈부신 젊음을 제대로 펼쳐보지도 못한 채 비참하고 허무하게 생을 마감했다. 상상하기조차 어려운 잔인한 폭력으로 학생이 희생되자 전국의 학생들은 물론 시민들까지 분노에 휩싸였다. 6공화국이 들어선 이래 최대의 반정부 시위가 전국을 흔들어대기 시작했다.

울산에서도 범시민대책위가 꾸려졌다. 자동차 공장에서는 '구속해고자동지회'가 결합했다. 그들은 현장의 민주파들과 함께 '폭력 살인, 공안 통치 분쇄 조합원 결의대회'를 본관 앞에서 개최하며 조합원들의 동참을 이끌었다. 4천여 명이 본관 앞에서 모여 집회를 하자 점점 그 수는 불어나 7천여 명으로 늘어났다. 그들은 '민자당 해체, 노태우 퇴진!'을 외치면서 태화강 고수부지로 행진했다.

"세상이 참 묘합니다."

"왜?"

양봉수의 말에 이정민이 물었다. 봉수는 차도 한쪽을 장악하고 걸어가는 노동자들의 물결을 바라보며 웃었다.

"예전엔 시위대들의 구호 소리가 끔찍했거든요."

"그렇구나, 전경 출신이지?"

"네. 시위 현장에 나갈 때마다 엄청 힘들었거든요. 철모에다 군화, 옷은 왜 그리 무거운지. 명령에 따를 수밖에 없어서 뛰어다녔지만 죽을 맛이었죠. 땀은 비 오듯 쏟아지지, 사타구니는 짓물러서 쓰라리지, 최루탄 가스도 마셔야 되지, 제발 빨리 끝내고 가기만 바랐었죠. 근데 지금은 이 시위 물결이 멋지고 대단해 보이니 딴 세상을 사는 기분입니다."

"거리 시위는 처음이지?"

"네. 나하고 관계도 없을 것만 같았던 이런 일에 참여할 거라곤 생각도 못 했는데 말입니다."

"신난다고 함부로 날뛰지 마. 그러다가 니 후배들에게 까인다."

광주가 봉수의 어깨를 툭툭 치며 말했다.

"얼마나 잘 막는지 한번 시험해봐야죠. 저것들도 싸움 붙으면 정신이 없어서 쩔쩔맵니다."

"어쭈구리? 맨얼굴에 최루탄 가스 뒤집어써 봐야 정신을 차리지. 콧물 눈물 질질 짜는데다가 방망이질하면 이길 수 있어? 멀찌감치 뒤에서 봉수 활약상이나 구경해야 되겠구만."

"형님은 그러다 노동자들에게 뭇매 맞습니다."

눈 밑으로 주근깨가 많은 이정민이 구호를 따라 손을 내뻗으며 광주를 흘깃 쳐다봤다.

"야 이 사람아, 나만큼만이라도 하라고 하게. 그래도 난 중간은 하는 사람이여. 집회도 안 나오는 놈, 민주노조 방해하는 놈, 그런 놈들이 얼마나 많은지 아는 사람이 그런 말 하면 섭하지."

"인간 말종 같은 놈들은 어쩔 수 없지만 형님은 안 그러셨잖아요."

"사람은 변하네. 모든 것은 변화한다, 알지? 변화엔 이유가 있으니 좀 더 살아보세. 흐흐."

노동자들이 치켜든 깃발이 길 따라서 나부꼈다. 작업복을 입은 채 플래카드를 앞세운 노동자들 뒤에선 풍물패들이 덩실덩실 춤을 추며 흥을 이끌어냈다. '물가 폭등, 민생 파탄 민자당을 분쇄하자!'라는 구호를 외치며 태화강에 도착하자 시민 1만3천여 명이 함성을 지르고 있었다.

그날 이후 현장에서, 거리에서 집회는 끊이지 않고 이어졌다. 해고자들은 현장 안에서 철야농성을 해가며 시위를 조직했다. 이한범 집행부가 연대 투쟁을 기피했지만 현장 조합원들은 해고자들과 민주파들의 주도하에 집회와 시위를 멈추지 않았다. 대의원들과 소위원들은 오후 5시만 되면 라인을 끊고 거리로 나가 대정부 투쟁에 나섰다. 그 사이에 집행부는 단체협상을 계속 이어갔지만 대의원들과 조합원들의 신뢰를 얻지 못해 제대로 나아가지 못했다.

현장이 답답하게 흘러가고 정부를 향한 저항이 거세져 있을 때, 노동운동 진영에 큰 사건이 벌어졌다. 한진중공업 박창수 위원장이 5월 6일 새벽 4시 45분경 안양병원에서 의문의 변사체로 발견됐다. 노동계가 발칵 뒤집혔다. 박창수 위원장은 1990년 한진중공업에서 압도적인 지지를 받으며 위원장이 된 사람이었다. 그는 전노협에 가입해 활동하면서 부산 지역 노동운동을 이끌던 탁월한 노동운동가였다. 그런 그를 대우 조선 투쟁 지원 연대회의에 참여했다는 이유로 제3자 개입 금지 조항을 걸어 구속하고 안기부로 이감시켰다.

안기부는 그에게 고문을 가하며 전노협 탈퇴를 강요했다. 박창수는 전노협이 바로 나고 내가 전노협인데 어찌 전노협을 탈퇴할 수 있느냐고 맞섰다. 결국 고문 끝에 다시 안양구치소에 수감되지만 강경대 타살 사건을 맞이하면서 단식투쟁을 하던 중 5월 4일 의문의 상처를 입고 안양병원으로 옮겨져 머리를 서른여섯 바늘이나 꿰맸다. 그로부터 이틀 후 경찰은 그가 병원 칠층에서 떨어진 변사체로 발견됐다고 밝혔다.

박창수 위원장이 죽었다는 소식을 듣고 많은 노동자가 병원으로 몰려들어 정황을 살폈다. 모든 것이 의문 투성이였다. 구치소에서 어떻게 다쳐 병원에 온 건지도 알 수 없는데 칠층에서 떨어졌다는 박창수의 시신에서는 어떤 상처도 찾을 수가 없었다. 안양병원으로 이송된 이틀 동안에도 안기부 직원들이 찾아오고 박창수와 통화한 사실도 확인됐다. 당일 젊은 괴청년이 들락거렸다는 증언도 나왔다. 게다가 병원의 창문들은 모두 창살로 마감돼 있고 옥상으로 올라가는 문조차 잠겨 있었다. 도저히 칠층으로 올라가 링거병을 꽂은 채 투신 자살했다는 건 불가능한 일이었다.

노동자들은 박창수 시신을 둘러싼 채 정확한 사인을 밝히라고 주장했다. 한진중공업 노동자뿐만 아니라 안양은 물론 각지에서 올라온 노동자들로 안양병원은 들끓었다. 하지만 경찰은 다음 날 전경 22개 중대와 백골단을 투입해 기습적으로 시신 탈취를 감행했다. 그들은 백골단을 앞세워 장례식장 외벽을 해머로 부순 뒤 박창수 위원장의 시신을 지키던 노동자들을 무차별 가격하고 끌어냈다. 시신을 빼앗아간 경찰은 일방적으로 부검을 한 뒤 박창수의 죽음을 구치소 생활에 염증을 느껴 투신한 것이라고 발표했다.

전국의 민주노조 소속 노동자들이 박창수 옥중 살인 진상을 제대로 밝히라고 들고 일어났다. 안양에선 연일 수만 명의 노동자들이 경찰과 투석전을 벌이며 항의했고 자동차 공장에서도 2천여 명의 노동자들이 모여 분노를 터트렸다.

"어떻게 이런 거짓말로 발표할 수 있는 거죠?"

봉수는 집회장에 떠돌아다니는 소식지를 읽으며 가슴 밑바닥에서 끓어오르는 울분을 삼켰다. 이정민 역시 격한 마음이 치솟기는 마찬가지였다.

"살인을 인정하면 정권 유지를 할 수 없게 되니 억지를 부리는 거지. 민생 파탄 책임지고 물러나라는 이 시점에서 학생이 죽었는데 살인 정권으로까지 낙인찍히면, 그 정권이 살아남겠는가?"

"아, 답답합니다. 광주항쟁 때 수많은 사람을 폭도로 몰고 살인을 저지른 자 중에 한 명이 노태우 아닙니까? 그런 놈한테 나라를 또다시 맡겨 이런 일이 생기게 하다니. 권력이 민중을 위해 쓰여지기가 이렇게 어려운 것인지…."

"모든 권력은 지배를 위해 존재해왔어. 권력은 자유나 평등, 사랑 같은 구호를 가장 질색하고 두려워한다고 하지. 자본주의사회에서 권력은 자본을 위해 움직이는데 평등을 얘기하면 좋아하겠나? 그러니까 기본적으로 노동자들이 힘을 모으려고 하면 사정없이 짓밟아버리는 거야. 이승만 정권부터 지금까지의 역사가 증명해주고 있지."

"국민 대다수가 노동자, 농민인데 정작 우리를 위한 정권 창출을 못 한다는 게 너무 화가 납니다."

"체제를 움켜쥐고 있는 자들을 바꾸기가 그렇게 어렵다는 반증이겠지. 지금의 권력자들 역시 기본적으로 자본가요, 기득권자들이야. 그들은 인간의 이기심을 극대화시키는 자본주의사회에 철저하게 길들여진 자들이지. 자신의 이익을 위해선 뭐든지 할 수 있다는 얘기야. 그런데 노동자들이 나도 인간이니까 너희들처럼 살게 해달라고 하면 받아들여지겠어?"

"하긴 요즘은 이제까지 들어왔던 많은 말이 다르게 이해되데요. 사람 위에 사람 없다,라는 말은 틀린 말입니다. 노예시대, 봉건시대, 신분 세습의 시대를 돌아보면 늘 사람 위에 사람이 있었잖아요. 마치 모든 신분 해방이 이루어진 것처럼 떠드는 자본주의사회의 거짓말에 우리가 속으면서 살고 있다는 생각이 듭니다. 처음 사회에 나왔을 때 내가 못났고 무능력하다고만 탓했죠. 그래서 더욱 성실히 노력해서 성공하라는 말이 실감나게 들렸구요. 근데 주야로 뺑뺑이 돌면서 우리 노동자만큼 열심히 일하는 사람이 어디 있습니까? 여기서 정말 열심히 일하면 남들 부럽지 않게 살면서 행복해질 수 있을까요? 요즘은 성실이라는 말만 들으면 자본가들이 남산만큼 올라와 있는 자신들의 배를 더욱 부풀려달라는 탐욕으로 들립니다. 언어 속에서도 기득권자들이 우리를 다스리기 위한 지배 언어가 많다는 걸 정말 실감합니다."

정민은 고개를 끄덕이며 손에 쥐고 있던 소식지를 접어서 주머니에 집어넣었다. 봉수는 본관 집회장 잔디밭에 앉은 채 담배를 피워대며 연단 위의 연설자를 쳐다봤다. 연단 위에서 쏟아내는 모든 말들이 투쟁으로 모아지고 있었다.

"형님은 여기 어떻게 들어왔어요?"

"난 광산전문고등학교를 나왔어. 집안이 어려워서 졸업만 하면 광산으로 취업이 보장되는 학교라 거길 들어간 거야. 나름 열심히 공부해서 장학금까지 받아가며 졸업했는데, 취업해서 보니 온통 비리 천지더라구. 나도 성격이 틀린 건 못 보거든. 그래서 소장하고 많이 다퉜는데 고쳐질 기미가 보이지 않는 거야. 그 꼴 보면서 있고 싶지 않아 고민하고 있을 때 여기서 사람 뽑는 걸 알고 88년도 후반에 들어왔어."

"근데 형님은 대졸 출신 같아요. 말도 조용히 잘하고 후배들에게도 따뜻하고 아는 것도 많구요."

"공부하는 게 취미야. 모르는 걸 알면 즐겁거든. 여기 와서 학습을 통해 세상이 넓고 크다는 걸 배웠어. 세상 구조가 어떻게 생겨먹었나 싶어 남들보다 책은 조금 더 봤을 거야. 근데 싸움은 잘 못해. 생긴 것처럼 몸이 약하거든. 품질관리 쪽에서 일하는 것도 허약 체질이라서 그래."

정민은 봉수를 쳐다보며 해맑게 웃었다. 키도 작고 눈도 작고 얼굴도 작은 정민의 몸은 마른 체형이었다. 봉수가 담뱃불을 짓눌러 끄며 말을 꺼냈다.

"정신이 썩은 채로 체격만 좋으면 뭐 합니까? 현장에 있는 양아치 새끼들을 봐요. 어용 짓이나 하면서 회사에 얻어먹을 것 없나 어슬렁거리고. 현장에서 조, 반장 새끼들에게 아부 떠는 걸 보면 속이 뒤집어집니다."

"여긴 지역 깡패들이 많아. 노동조합이 만들어지면서 조합이 돈이 될 수 있다는 걸 알고 노조를 휘어잡으려고도 하지. 대의원들 중에도 그런 자들이 많이 있어. 지역과 인맥, 거기에다 돈까지 써가면서 자리를 꿰차는 거지. 회사도 그런 자들이 더 많아지기를 바라면서 뒷돈을 대기도 하구."

"이해가 안 됩니다. 조합원들도 그런 놈들을 모를 리 없는데, 왜 그런 놈들을 뽑아주는지."

"대통령 선거나 국회의원 선거할 때도 보면 부정부패 일삼는 놈들이 버젓이 당선되는 거 봤잖아? 그런 놈들 밑에서 돈 받아가며 선거운동하는 사람들이 자기 주변의 사람들에게 술 사 주고, 선물 주면서 일 잘할 사람이라고 하면 넘어가는 거지. 옛날엔 막걸리 선거, 고무신 선거라는 말 많이 했잖아. 학연, 지연, 돈에 휘둘려서 자기 눈으로 옳고 그름을 보지 못하는 거야. 노동조합도 그와 다를 바가 없어. 그래도 지금은 젊은 사람들이 많이 들어와서 나아지고 있는 거지. 여기저기서 많이들 학습을 통해 세상을 배우고 배운 걸 실천하니까 말이야. 노동자가 노동조합이 더 나아가서는 노동운동이 왜 절실한가를 알아가니까 얼마나 다행인가. 그렇게 아는 것들이 많아져야 노동조합이 건강하고 힘 있게 나아갈 수 있거든."

정민은 광산에 있다가 자동차 공장으로 옮긴 걸 천만다행이라고 했다. 광산에서 사무직으로 있다가 공장 노동자로 왔지만 자신이 누구인지 존재의 의미를 찾을 수 있어서 기쁘다고 했다. 봉수는 고개를 끄덕였다. 그 역시 자동차 공장에 들어와 허름한 골방에서 살면서도 자긍심은 충만했다. 선배들로부터 철학과 근현대사를 배우면서 민족의 분단 문제와 자본과 노동에 대한 문제를 듣다 보면 가슴이 벅차고 뿌듯해졌다. 관심도 없던 정치 현실도 유심히 보게 되고 다른 공장의 노동자들에 대한 관심도 커졌다. 그는 선배들이 자주 쓰는 '노동자는 하나다'라는 말을 상기하다가 불현듯 광주가 했던 말을 떠올렸다.

'한 번 배신하면 두 번 배신하는 건 쉬워!'

봉수는 스스로가 단단해지고 신념을 세우지 못하면 힘든 상황에 내몰렸을 때 비겁해질 수도 있다는 생각을 했다. 그래서 승용2공장 조합원 3백여 명이 임금 인상과 단협을 회사의 입장에 맞게 타협해서 끝내지 말라고 항의 농성할 때, 누구보다도 앞서서 목소리를 높이며 노조 상집(상무집행위) 간부들과 몸싸움도 했었다.

회사와의 협상이 8차에 걸쳐 지지부진하게 이어지자 임투 승리를 위한 대회가 열렸다. 조합원들이 대거 참여해 그들의 의지를 노동조합과 회사에 알렸다. 저시급동지회도 적극적으로 결합해 저시급분 소급 적용과 제도적 보완 장치 마련, 그리고 연차별 정당한 시급 적용을 외쳤다. 하지만 조합은 마지막까지 저시급자들에게 마이크를 주지 않았다. 화가 난 그들은 대회가 끝나고 따로 모였다. 김경태가 핸드 마이크를 어디서 빌려와 저시급자들의 입장을 발표했다. 그들은 임투가 끝난 뒤 모두 소위원이 돼서 노동조합을 새롭게 일으켜 세우자며 이한범 집행부를 성토했다.

집행부는 쟁의 발생 결의를 했음에도 불구하고 협상에만 매달렸다. 대의원들의 찬성을 이끌어내지 못한 그들은 더 이상 대의원대회에 교섭안도 내놓지 않았다. 그들은 조합원 총회에 안을 내놓고 그들의 협조를 끌어내기 위해 안간힘을 썼다. 하지만 총회에서도 결국 79.6%의 반대로 협상안은 무산됐다. 집행부는 갈팡질팡하면서 회사와 또다시 교섭을 시도했고, 회사는 기본급 6800원과 협상이 타결될 때 휴가 3일과 휴가비 20만 원을 주겠다며 자신들의 최종 안이라고 했다. 기나긴 임금 인상 투쟁 과정을 겪으면서 목소리를 높이다 지친 조합원들은 미흡한 성과를 가슴에 품은 채 64.64%가 찬성표를 던지며 투쟁을 접었다.

국민들의 '민자당 해체, 노태우 퇴진' 운동도 국가 공권력과 관제 언론에 의해 끊임없이 공격당하며 후퇴했다. 자동차 공장에서도 집행부와 관계없이 민주파들과 현장 조합원들이 자발적으로 연일 5천여 명씩 참여해 투쟁했지만 언론은 시민과 노동자들의 시위를 '불순 세력'이 배후에서 조종하고 있다고 몰아갔다. 시위대들 중에 공권력의 폭압에 맞서 온몸으로 저항하며 목숨을 던진 사람들이 여럿 발생했다. 그러자 한때 민주투사요 저항시인이라고 불렸던 김지하는 '죽음의 굿판을 걷어치워라!'라고 하며 민주주의를 외치며 죽어간 사람들의 정신을 잘 벼린 칼끝 같은 글로 난도질했다. 작가들은 물론 많은 지식인이 김지하를 성토했다. 안기부에서 수억의 돈을 받아 챙겼다는 말들이 돌았고 고문을 받아 실성했냐는 비난의 소리도 일었다. 그러다가 국무총리에 위촉된 정원식이 교수직을 사퇴하기 위해 외대에서 연설할 때 학생들이 썩은 달걀을 투척한 사건이 발생했다. 정원식은 전두환 정권 때 문교부 장관을 하면서 전교조를 불법으로 몰고 전교조 선생들을 대거 구속시킨 인사였다. 학생들의 달걀 투척은 그런 전력을 갖고 있는 자가 국무총리로 임명되면 안 된다는 항의의 뜻이었지만 그들의 행위는 언론에 의해 왜곡됐다.

노태우는 신성한 교권을 무참히 짓밟은 반인륜적 행위라며 특별 지시를 내렸다. 전투경찰이 투입되고 학생 310명이 연행됐다. 신문사들은 대서특필로, 방송국들은 달걀을 뒤집어쓴 정원식의 영상을 지속적으로 보여주며 교권 추락과 인륜이 상실된 사회라고 보도했다. 대부분의 여론이 그쪽으로 쏠리자 시위 물결은 주춤했다.

하지만 적폐를 청산하고 변화를 만들어내려는 힘은 수그러들지 않았다. 민주주의는 피를 먹고 자란다는 말이 있듯이 민주정권으로 바뀌려는 세력들은 숨죽이며 다음 행보를 준비해나갔다. 자동차 공장에서도 임투가 끝나면서 시위의 물결이 가라앉았지만 현장의 제 조직들은 더욱 세를 키우며 민주노조를 만들기 위해 성큼 앞으로 나아갔다.

흩어져 있던 현장 조직들인 노동조합민주화추진위원회, 저시급대표자회의, 공동소위원회, 풍물패, 구속해고자동지회 등이 모여 '현대자동차연대투쟁위원회'를 결성했다. 그들은

9월에 3대 위원장으로 이상구를 내세웠다. 회사는 이상구의 승리를 막기 위해 그가 당선되면 대화는 없다,라는 말을 퍼트렸다. 이상구는 '굴절 없는 집행부, 승리하는 희망찬 민주노조, 분열을 극복하고 하나 되는 노동자'를 내세우며 당선됐다. 이상구의 당선은 '야합이 숨어 있는 타협이 아닌 투쟁으로 승리하는 조합'을 원했던 조합원들의 강력한 의지의 표현으로 이미 거센 투쟁을 예고해놓고 있었다.

선거가 끝나자 현장은 젊은이들의 패기로 넘쳤다. 저시급자들이 주장한 시급 인상안은 230원으로 결정됐다. 합의 사항에 불만이 많았지만 조합원 투표에서 내려진 결정을 되돌릴 순 없었다. 그들 중 많은 저시급자는 억울한 심정을 민주노조를 만들어 풀어내자고 의기투합하면서 소위원으로 들어가 활동을 시작했다. 봉수 역시 소위원 활동에 적극 가담하면서 틈틈이 준비해 자동차 면허증을 땄다. 저시급자 대표자 모임은 해체하고 '90, 울타리'라는 친목 모임으로 바꿔서 노조민주화 활동으로 이어갔다.

봉수는 면허증을 교부받은 다음 날 여동생 선희의 도움을 받아 엘란트라를 구입했다. 회사에서 직원가로 할인하여 파는 차를 사서 첫날 울산 시내를 주행까지 했다. 승용차를 타고 다니는 노동자들이 별로 없던 시절이었다. 동료들은 부러운 눈길도 보냈지만 허영심이라는 비난의 눈초리도 있었다. 봉수는 상관하지 않았다. 자동차를 만드는 사람들이 자동차는 몰고 다녀야 한다며 일요일 날 광주와 낚시 약속까지 잡았다.

10월 중순 가을 하늘이 깊고 푸른 날이었다. 봉수는 광주의 집 앞에 차를 대고 경적을 빵빵 울려댄 뒤 차 밖으로 나왔다. 잠시 후 광주가 낚시 가방을 들고나왔다. 그의 뒤를 따라 아내와 아들이 손잡고 나와서 얼굴을 내밀었다.

"니가 천지개벽이구나! 야, 반갑다."

세 살짜리 개벽이가 봉수를 빤히 쳐다봤다. 봉수가 아이 곁으로 다가가 쭈그려 앉아 마주 보았다.

"잘생겼네, 아빠 닮아서 키도 크고."

"누구야?"

"나? 하하, 양봉수라고 아빠 동생이야."

"동생이야, 동생? 나 동생 없어."

개벽이의 말에 다들 웃음보를 터트렸다.

"형수님이 그 멋진 분이시군요. 안녕하세요, 양봉수라고 합니다."

"별일이래. 우리 아저씨가 나보고 멋지대요?"

"네, 설설 기면서 사신다고 하던데요."

"아닌데, 내가 꼼짝도 못 하고 살아요. 저 손 좀 보세요. 화나면 얼마나 무서운데요."

"거, 씰데없는 말 그만하고 들어가!"

"저거 보라니까요. 알았어! 근데 동생 분이 엄청 미남이시네요."

"허허, 들어가라니까. 어디서 유부녀가 총각한테 꼬리를 쳐. 그것도 서방 앞에서!"

"아저씨나 아무 데서 쓸데없는 말 좀 하지 마!"

"농담이야, 농담. 알았으니까 들어가. 봉수야, 시동 걸어. 개벽아 고기 많이 잡아올게."

"고기… 무서워."

개벽이가 울상을 짓자 광주가 아들을 안고 뽀뽀를 했다. 얼마 전 생선을 먹다가 가시가 목에 걸린 뒤부터 생선을 올려놓을 때마다 무섭다고 하는 중이었다. 광주는 아들을 엄마에게 안겨주고 차에 올라탔다.

봉수는 창밖으로 인사말을 남기고 차를 몰았다. 양정동 뒷골목을 나와 큰길 앞 좌회전하는 길목에서 갑자기 급정거를 했다. 두 사람의 몸이 앞으로 휘청거리며 흔들렸다.

"왜 그래?"

"좌회전 신호가 떨어지면 가려구요."

"근데 왜 급브레이크를 밟아. 모가지 떨어져 나가는 줄 알았다. 너 운전한 지 며칠 됐다구?"

"4일이요."

"내가 미쳤지. 고기를 잡으러 가는 게 아니라, 저승사자에게 끌려가는 거였구만."

"걱정 말아요. 울산 시내 세 번을 돈 사람이니까! 대왕암까지 길이나 잘 안내해요."

봉수는 좌회전을 틀어 방향을 잡았다. 광주는 안전띠를 맨 것도 모자라 차 문 위 지붕에 달린 손잡이를 움켜잡았다. 봉수는 앞차를 부지런히 쫓아가면서 신호에 걸릴 때마다 급브레이크를 잡았다. 그럴 때마다 광주가 지청구를 주면 봉수는 앞차 운전수가 빨리 섰다고 욕을 퍼부었다.

"나무아미타불 관세음보살!"

광주는 우여곡절 끝에 대왕암에 도착하자 합장부터 하며 말을 이었다.

"살려줘서 고맙다. 이 간뎅이 부은 놈아!"

"이렇게 해가면서 배우는 거지, 안 그럼 어떻게 배워요? 아는 건 자꾸 실천해서 몸에 익혀야 한다면서요."

"잘났다, 잘났어. 고기나 잡으러 가세!"

대왕암으로 들어가는 숲속 입구에 차를 세우고 두 사람은 걸어 들어갔다. 왼쪽으로 백 년이 넘은 소나무들이 빼곡하게 들어차 있었다. 쭉 뻗은 나무, 거대한 구렁이처럼 구불거리며 올라간 나무, 올빼미 눈 같은 옹이가 수없이 박혀 있는 나무들이 대침 같은 솔잎을 단 가지들을 켜켜이 내뻗고 몸을 부비고 있어 하늘이 보이지 않았다. 몸통에 거북의 등 문양 같은 껍질로 갑옷을 입은 튼실한 나무들 사이로 실구름 같은 안개까지 느릿느릿 너울거리고 있어서 숲속은 태고의 신비로움을 자아냈다. 솔향이 번져 있는 흙길을 걸어서 숲이 끝나는 지점에 다다르자 '울기항로 표지소'가 등대처럼 바다를 바라보고 있었다.

"가슴이 탁 트이네요."

봉수는 눈앞에 기암괴석과 바다가 펼쳐지자 걸음을 멈췄다. 오래된 왕관이 땅속에서 불쑥 올라온 것 같은 바위는 색이 바래고 녹이 슨 듯 누런빛을 띤 갈색으로 물들어 있었다. 왕관에 매달린 장식들처럼 크고 작은 바위들이 바다 곳곳에서 수만 가지 형상을 한 채 파도의 물결로 자신의 몸을 씻어

내고 있었다. 바위를 핥아대는 파도에서 번져나간 푸른 바다는 끝도 없이 달려가 하늘과 만났다. 그곳에서 수평선을 그으며 자기장처럼 흰빛을 반짝였다. 하늘빛과 바다 물빛 그리고 바위의 빛깔들이 어우러져 환상적인 느낌을 주자 봉수는 탄성을 질렀다.

"진짜 멋지네요."

"간절곶과 함께 우리나라에서 해가 가장 빨리 떠오른다는 곳이야. 예전에 자주 왔던 곳이지. 오랜만이다, 대왕암아."

"정말 바위들이 멋지네요. 저 끝에 우뚝 솟아 있는 게 대왕암인가 보죠?"

"용이 승천하다 떨어졌다고 해서 용추암이라고 불리기도 해. 신라 때 문무왕이 죽고 그 뒤를 이어 왕비가 죽었다나 봐. 죽을 때 남편처럼 동해의 호국룡이 되고 싶어 바다에 잠겨 돌이 됐다나 어쨌다나. 아무튼 저쪽 송림 우거진 곳 뒤로 가면 깎아지른 절벽이 있어. 일명 자살바위라고 있는데 내 눈엔 오히려 이곳이 자살바위같이 보이더군. 왕비가 바위로 변해 이곳에 떨어졌을 때 해가 막 떠오르는 것을 봤지 않았을까, 라는 생각을 했었거든. 자살이란 게 뭔가? 사는 것보다 죽는 것이 낫다고 목숨을 끊는 것이니 본인의 마음속에서는 태양이 떠올랐을지도 모르는 일 아니겠는가."

"오! 그럴듯한데요. 멋집니다!"

"내가 말해놓고도 근사하게 들리는군. 하지만 다 개소리지. 죽으면 그냥 모든 것이 끝나는 걸 거야. 자살에 내해 생각해본 적 있어?"

"팔팔한 놈이 죽을 생각은 왜 합니까?"

"고통을 제대로 느껴본 적이 없으니 알 턱이 없지. 죽으면 편해진다는 소리가 하루 종일 귀에 달라붙어서 속삭이는 소릴 들어보면 죽지 못하고 있는 게 오히려 끔찍해져. 그런 경험 없지?"

"형님은 들어봤나 보죠? 뭔 죄를 저질렀기에 저승사자가 와서 속삭인답니까?"

"저승사자는 무슨? 그냥 정체를 알 수 없는 귀신 소리라고나 할까. 하하, 개 풀 뜯어 먹는 소리는 집어치우고 낚시나 하러 가자구. 저쪽은 파도가 치지만 이쪽은 바위가 막아줘서 잔잔해. 월척 잡는 사람이 술 얻어먹기네!"

"좋죠!"

두 사람은 바위 밑으로 내려가 낚시 가방을 열었다. 짭조름한 바다 냄새가 비릿하게 흘러 다니는 바닷가 해안가에는 모래 대신 반질반질한 자갈들이 모여 있었다. 절벽 끄트머리 바깥으로 현대중공업 공장 한쪽이 삐죽 모습을 드러내고 있었다. 공장 여기저기에 대형 크레인들이 하늘 두려운 줄 모르고 우뚝 솟아 있었다.

낚싯줄을 던진 뒤 20여 분도 안 돼 광주의 찌가 흔들리면서 전어가 매달려 왔다. 수면을 타다닥타닥 치는 전어를 보자 봉수의 얼굴이 상기됐다. 곧이어 봉수의 기대감에 부응하듯이 노란 색깔의 봉수 찌가 움찔 흔들리며 물살을 따라 흘렀다. 봉수는 낚싯대를 옆으로 친 뒤 줄을 감아 들였다. 줄이 점점 짧아지자 물속에서 고기 한 마리가 끌려오며 유영하고 있는 모습이 보였다.

"앗싸! 전어다!"

봉수는 괴성을 지르며 좋아했다. 고기를 낚싯바늘에서 빼내 입맞춤을 한 뒤 아이스박스에 집어넣으며 콧노래까지 흥얼거렸다. 물이 담겨 있는 통에서 전어 두 마리가 파닥거리자 그의 어깨도 으쓱거려졌다. 그는 낚싯줄을 다시 던지면서 출렁거리는 영산강을 떠올렸다.

자동차 공장에 들어온 이후 한 번도 고향을 가지 못했다. 자동차 공장 생활에서 예상도 하지 못했던 일들을 겪으며 울산조차 제대로 구경하지 못했다. 저시급자 대표들과 치악산과 오대산 등을 다니긴 했지만 오직 놀러간다는 기분으로만 나온 건 처음이었다. 그의 눈빛이 어린 시절로 돌아가 해맑게 빛났다. 뽈락(볼락)에 고등어까지 물고기가 계속해서 낚시에 걸려 올라오자 광주가 킬킬거리며 웃었다.

"봉수 닮은 눈먼 물고기들만 죄다 비실비실 몰려들었구만."

"형님, 모르시는 말씀 마십쇼. 이래 봬도 초등학교 때 달리기대회를 쓸어버린 총알입니다!"

"염병, 빠르면 뭐 해. 저것들도 간이 배 밖으로 나와 겁을 상실했는데. 똥인지 된장인지도 모르고 막 주워 먹잖아. 어디 입가심 좀 해볼까."

광주는 나무 손잡이가 달려 있는 작은 손칼을 집어 들고 전어 한 미리를 꺼냈다. 손안에 잡힌 전어가 몸통을 뒤틀며 팔딱거리자 칼등으로 머리 쪽을 쳐서 기절을 시겼다. 그는 재빠르게 칼끝으로 비늘을 벗겨낸 뒤 조약돌 위에 고기를 올려

놓고 배를 땄다. 내장을 빼내고 집에서 받아온 물통의 물로
씻은 뒤 조약돌 위에서 비스듬히 칼질을 해댔다.

"이리 와서 한점 해!"

광주는 소주와 고추장을 갖다놓고 봉수를 불렀다. 봉수
가 신이 나서 달려오자 소주를 잔에 부으며 광주가 흐뭇한
미소를 지었다.

"낚시 오면 이 맛이지. 운전해야 하니까 딱 한 잔만 해."

두 사람은 술잔을 훌쩍 비운 뒤 돌 위에 있는 전어를 손으
로 집어 고추장에 찍었다.

"캬! 죽인다. 엄청 고소합니다!"

"집 나간 며느리도 돌아오게 한다는 맛 아닌가? 근데 왜 집
나간 며느리라고 했지?"

"바람 피웠나 보죠."

"머리 좀 굴려가며 말하게, 이 사람아. 그 말은 집 나간 며
느리가 들어와서 다행이다,라는 느낌을 주는 말이잖아. 그리
고 옛날엔 바람 같은 거 쉽게 피울 수가 없었어. 분명 남편 새
끼가 술주정뱅이나 도박꾼이었을 거야. 돈 잃고 술 떨어지면
집에 와서 여편네를 패면서 화풀이를 했겠지. 시어미는 엉덩
이에 뿔 난 개망나니 같은 자식 탓을 하루 종일 며느리가 잘
못해서 그런 거라고 볶아댔을 거고. 그러다 도망가고 나니 성
낼 상대도 없고, 욕지거리를 할 대상도 없으니 그리웠겠지. 지
긋지긋한 인간들!"

"하하, 웃기네요. 우리가 한꺼번에 공장에서 도망치면 어
떻게 될까요? 그리워할까요?"

"갸들이 미쳤나? 고기 먹고 이빨 쑤셔대며 시원하다고 덩실덩실 춤을 추겠지. 특별한 부서들 빼놓고 자동차 공장에 뭔 기술이 그리 필요해? 일주일이면 다 배울 놈의 일. 말 잘 듣고 고분고분한 놈으로 채우면 그뿐이지. 그러니 함부로 나대지 마. 아참, 휴게실 문제는 어떻게 돼가는 거야?"

"월요일까지는 반드시 답변 준다고 하니 들어봐야죠."

"안 봐도 비디오지. 갸들이 골빈당들도 아니고서야 우리의 휴식을 위해 왜 돈을 쓰겠어."

"그런 패배 의식이 문제라니까요. 민주파가 집권까지 했는데, 제발 그러지 좀 마세요."

"하하, 알았네, 알았어. 누구나 지 꼴리는 대로 사는 게 인생이니까! 휴게실이나 잘 만들어주게. 휴식 시간 때 두 다리 쭉 펴고 쉴 생각만 해도 황홀하구만."

광주는 소주 석 잔을 비우고 다시 낚싯대를 집어 들었다. 두 사람의 떠드는 소리에 고기가 도망을 갔는지 전어와 고등어가 뜸하게 올라왔다. 지루하게 찌를 쳐다보는 사이에 해도 중천을 넘어가고 있었다. 봉수는 시큰둥해진 눈으로 물결 사이를 떠도는 찌를 바라보면서 휴게실 문제를 풀 실마리를 생각했다.

경태와 함께 반장과 2주일 가까이 실랑이를 벌이며 휴게실을 만들어달라고 하던 중이었다. 반장은 난색을 하며 두 번이나 답변 약속을 미루다 내일까지 반드시 답을 듣고 전해주겠다고 했었다. 광주의 말대로 회사가 절대로 쉽게 휴게실을 만들어주지 않을 건 뻔했다. 결국 싸워서 이뤄내는 방법뿐이 없었다. 민주파 선배들도 뒤에서 도와주고 있고 현장의 젊은 동료들도 소위원인 자신들의 말에 전폭적인 지지를 보내고 있었다. 순순히 물러나는 것은 자신들은 물론 함께 일하고 있는 조합원들의 의지까지 꺾어놓는 일이었다. 봉수는 그런 결말을 상상하고 싶지도 않았다. 이번 싸움은 무조건 이겨야만 했다.

"뭐야! 이거 뭐야!"

광주가 소리치자 봉수가 고개를 돌렸다. 낚싯줄을 끌어당기며 광주가 힘차게 릴을 감고 있었다. 멀리 찌가 움직이는 곳에서 심상치 않은 물결이 일고 있었다.

"오, 돔이네! 묵직하구만. 봉수, 뜰채 갖고 와!"

봉수는 낚싯대를 바닥에 던져놓고 뜰채를 들고 달려왔다. 물살을 가르며 지느러미가 날카롭게 돔의 모습이 보였다. 광주가 천천히 릴을 감자 버둥거리던 돔이 느릿느릿 물살을 치며 유영했다.

"건져 올려."

광주의 말을 들은 봉수가 뜰채를 가만히 물속에 넣어 돔을 담았다. 줄이 감기고 뜰채가 올라오자 물 밖으로 나온 돔이 몸부림을 쳤다. 30센티가 족히 넘는 돔의 형색이 갑옷을 입은 장수의 모습을 연상시켰다.

"오늘 낚시는 내가 이겼구만. 가세, 집에 가서 회도 뜨고 매운탕도 끓여서 한잔하자구!"

"아, 나도 손맛 좀 보고 가요."

"점심때도 지났어. 술 내라고 안 할 테니 집으로 가서 놀자구."

봉수는 아쉬움이 컸지만 낚싯대를 챙겼다. 비록 본인이 잡진 못했지만 큰 놈을 잡았다는 사실이 어떤 충만감을 주었다. 돌아가는 길 역시 봉수의 미숙한 운전 때문에 여러 번 기겁을 하고 당황해졌지만 무탈하게 도착했다.

부둣가에서 자란 미경의 회 뜨는 솜씨는 일품이었다. 매운탕 역시 얼큰하고 감칠맛나게 끓여 봉수의 감탄을 자아냈다. 생선을 무서워하는 개벽이는 텔레비전 앞에 앉아 뒤도 안 돌아보고 만화영화만 봤다. 봉수는 오랜만에 가족이 있는 집에서 음식을 먹고 술을 마시는 것이 기뻤다. 미경이도 싫은 기색 없이 오랫동안 만나왔던 사람처럼 살갑게 봉수를 대했다.

"애인 있어요? 내 친구 중에 예쁘고 착한 애 있는데 소개시켜 줄까요?"

"야야, 관둬라. 어딜 순둥이 같은 봉수에게 날라리를 찍어 붙일라고! 봉수야, 내 짝 난다, 알지? 절대 사절이다!"

봉수와 광주가 서로 눈빛을 마주치며 박장대소했다. 봉수에게 광주가 친형처럼 따뜻하게 품안으로 들어온 날이었다.

점심을 마친 승용2공장 노동자들이 현장으로 돌아왔다. 거대한 조립식 건물 안에는 완성되지 못한 차들이 멈춘 라인 위에 길게 줄 서 있었다. 작업장으로 들어온 천여 명의 노동자들은 흩어져 휴식을 취했다. 그들은 부속물이 채워지지 않은 차에 들어가 눈을 붙이거나 차체에 기댄 채 신문을 보기도 했다. 어떤 사람은 박스를 깔아놓고 눕기도 하고 어떤 이는 구석에서 담배를 태우기도 했다.

"붙어, 붙어!"

라인 밖에서 자리를 잡은 봉수가 두 손 안에 동전을 넣고 흔들었다. 동전 소리가 짤짤거리자 주변에 있던 노동자들 20여 명이 몰려들었다. 페인트칠을 한 시멘트 바닥에 백묵으로 1, 2, 3이라고 숫자를 써놓고 동전 든 손을 위아래로 흔들자 동료들의 귀가 쫑긋 세워졌다. 봉수가 한 손을 불쑥 내밀었다. 두세 겹으로 둘러싼 노동자들의 눈이 봉수의 주먹으로 향했다.

"아따, 이기 몇 개고? 분명 여섯 개 같은데, 맞제?"

"봉수 저 숭악한 놈은 표정이 안 빈다. 안 글나? 웃도 안 하고 찡그리지도 안 하고 꿀 먹은 벙어리맹키로 입은 꽉 다물고… 지랄맞네 이거. 여섯 개가? 아이가? 이기 와 맞다, 안 맞다 하노? 속시끄럽구로."

"나도 말할 줄 아는디. 시간 없으니 싸게싸게 내키는 대로 걸어."

"내키는 대로 걸면 쌈이 맞다는 거가 아이가, 뭐꼬?"

"쌈이 맞는 것 같기도 허구…."

봉수가 씩 웃으면서 한마디 흘린 뒤 다시 무표정으로 돌아갔다.

"고마 가만있으라 마. 와 처웃고 지랄이고, 헷갈리구로."

"복불복이여, 꼴리는 대로 걸어!"

한 사람이 숫자 3 위에 백 원짜리 동전 세 개를 탁 소리가 나도록 놓았다. 그러자 옆에서 봉수의 눈치를 살피던 동료들이 우르르 그 위에 동전을 얹었다. 숫자 1에노 숫자 2에도 동전이 올려졌으나 3을 가리키는 쌈에 가장 많은 동전이 쌓였다.

"펀다!"

"쪼매 기다리라! 야, 정말 눈 하나 까딱 안 하네. 옛다, 모르것다."

마지막까지 봉수의 표정을 살피던 사람들이 결단을 내리고 가장 동전이 많이 쌓여 있는 숫자 3위로 돈을 던졌다. 동전소리가 멈추고 더 이상 돈 거는 사람이 없는데도 봉수가 주먹을 쥔 채 가만히 있었다.

"뭐꼬? 빨리 피라! 이거 쌈이네, 쌈! 얼른 피라니까!"

한 친구가 쌈을 확신하며 흥분할 때 봉수의 손이 쫙 펴졌다.

"뭐꼬? 네 개네. 어떤 호로자슥이 여섯이라고 했노? 주디를 확 마! 글마 혼자 돈 내라 캐라. 어떤 놈이고?"

"장난 그만하고 얘기 좀 하입시더."

"자, 모두들 조용히 합시다, 작전참모 얘기 좀 들어봅시다!"

경태가 나서자 누군가 그의 별명을 부르며 소란을 가라앉혔다. 작전참모라는 별명은 현장에 문제가 생길 때마다 조목조목 따져가며 반장과 관리자들에게 조합원들의 입장을 대변하는 경태를 보면서 같은 반 동료들이 붙여놓았다.

"오늘까지 휴게실을 지어줄 건지 말 건지 답변하겠다고 한 건 다 알고 있으실 낍니더. 벌써 2주가 지났습니다. 그란데도 안즉 답변이 없다는 건 현장의 목소리에 귀 기울이지 않겠다는 뜻 아이겠습니꺼? 오늘 잔업 시간 전까지 답변이 없으면 라인 끊을 낍니더. 함께할 거라고 믿습니다. 믿어도 되겠습니꺼?"

여기저기서 네, 소리가 나왔지만 도마뱀이 꼬리 자르고 도망가는 듯한 기운 빠진 목소리였다. 봉수가 실망스러운 표정으로 앞으로 나섰다.

"일할 때는 일하고, 싸울 때는 싸우고! 방아깨비처럼 고개만 까닥까닥 거리니 그 작은 목소리로 이길 수 있습니까? 선창하겠습니다. 목구멍이 찢어지도록 소리쳐봅시다! 세 번을 외치고 작업대로 폼 나게 흩어집시다."

"잠깐! 웃고 나서 시작합시다!"

누군가의 한마디에 40여 명으로 불어난 같은 반 동료들이 폭소를 터드렸다.

"왜 웃는데?"

봉수가 까닭을 몰라 경태를 쳐다보니 그 역시 눈물을 짜가며 웃고 있었다.

"방아깨비 몰라? 그놈 다리가 부러질 것 같이 가느다랗잖아. 그 다리만 잡아주면 맥없이 까닥질만 하는데 지금 여러분들 목소리가 딱 그 짝이 났는데도 모른단 말입니까?"

봉수의 말에 또 다시 동료들이 한바탕 웃었다.

"웃는 이유를 모르겠네, 싱거운 인간들 같으니라구. 다 웃으면 말해 시작할 테니까."

"싸게싸게 시작하더라구. 시간 다 됐응께!"

누군가 전라도 사투리로 봉수 말투를 흉내 내자 또다시 폭소가 터졌다.

"자, 실컷 웃었으니 소통은 다 된 거로 어기겠습니다. 다시

한 번 더 말하지만 휴게실 없으면 잔업 없습니다. 똘똘 뭉쳐 봅시다. 뭉치면 반드시 이긴다는 걸 보여줍시다. 다 함께 투쟁하고 흩어지겠습니다, 투쟁!"

"투쟁!"

봉수의 선창에 뒤이어 동료들의 목소리가 현장을 울리며 퍼져나갔다. 그들을 지켜보던 조장, 반장의 얼굴이 근심으로 일그러졌다. 반장이 대의원을 불러 사무실 쪽으로 올라가자 경태가 그 뒤에 대고 소리쳤다.

"대의원이 와 반장하고 짝짜꿍인데? 싸우기 싫으면 빠지라고. 회사 편인교, 우리 편인교? 확실하게 하입시더."

대의원이 경태의 소리를 듣자 반장과 몇 마디 나눈 뒤 다시 작업장으로 내려왔다.

"말을 그렇게뿐이 못 해? 난 대의원이고 넌 소위원이야. 니들은 내 말을 따라야 한다구."

"웃기고 자빠지셨습니다. 공동소위원회 실천 요강에 딱 보면, 현장 속에서 대의원을 보좌하되 대의원의 반, 노, 동, 자, 적, 행위를 철저히 분쇄한다,라고 써 있다 아이가? 조합원들이 마카 다 휴게실을 원하는데 와 반대하고 지랄이고 지랄이?"

"나는 반대하는 게 아니라 대화로 풀려고 하는 거야. 덤비기만 하면 이길 것 같아?"

"야, 경태야. 작업 시작이다. 그리고 대의원님, 싸우려고 해도 안 들어주는데 대화하자면 들어줍니까? 말이 되는 소리를 해야지. 그게 대의원이라는 자가 할 소리냐구!"

봉수는 대의원을 향해 노려보다가 경태를 데리고 작업대로 향했다.

트림 쪽에 있는 메인 스위치가 올라가면서 작업이 시작됐다. 미완성 자동차가 라인을 따라 움직였다. 작업자들은 임팩트로 나사를 조여 자신이 채워야 할 의장품들을 붙여 넣었다.

"경태, 꼭 싸워야겠나?"

정규 시간이 끝나고 잔업 시간이 다가오자 반장이 경태에게 와서 물었다.

"와 세상에 똘갱이가 아니고서야 싸우고 싶은 사람이 어데 있는데? 휴게실만 세워주마 우리가 와 싸우는데? 꼴랑 그거하나 만들어주는 기 그리 힘드나? 그거 만들어주면 일도 더 열심히 안 하겠나."

"과장이 절대 안 된다고 하더라. 대신 니들 현장에서 담배 피우고, 짤짤이 하고, 포커 치는 건 다 눈감아주겠다더라."

"웃기고 있네. 지금 다들 현장에서 담배 피우는데 뭔 개소리여."

"와, 그 기 지금 말이라고 씹어대나? 담배는 지금 다들 현장에서 피운다 아이가?"

"원래 못 피우게 돼 있는데 회사가 눈감아주는 거 너그도 알잖아?"

"그카니까 휴게실을 만들어주라고. 거기서 담배 피우고, 짤짤이 하고, 포커 치면 규정도 안 어길 거고 눈 안 감아줘도 되는 거 아이가? 휴게실만 만들어노으마 다 해결될 걸 와 안 해주냐고."

"얏마, 회사가 안 된다는데 왜 그리 고집을 부리노?"

반장이 격하게 목소리를 높이자 일하면서 대꾸하던 경태가 손을 놓고 작업대에서 내려왔다.

"아, 씨발. 회사 새끼들이 된다고 하는 게 뭐 있노? 잔업 하는 거? 좆빠이 치는 거? 세상 팔자 늘어진 백구맹키로 말 잘 듣고 결근하지 말라는 거? 그런 거 빼고 된다고 하는 게 뭐가 있노? 말로 좀 해봐라. 뭐가 있드노?"

"하, 답답해 미치겠네. 나도 중간에서 돌아삐겠다!"

"가서 말을 하소. 누가 이기는가 끝장을 함보자고! 까짓 것 죽기밖에 더 하겠능교? "

다시 작업대로 올라간 경태는 임팩트를 놀리며 반장을 쳐다보지도 않았다. 반장이 뒤로 물러나와 담배를 피우며 그를 지켜봤다. 시간이 여섯 시에 가까워 갈수록 반장과 조장들의 얼굴은 어두워졌다. 그들은 입구 쪽에 모여 대책을 논의했지만 뾰족한 수가 없었다. 이상구 집행부로 바뀌면서 현장의 일들은 민주파들과 젊은 사람들에 의해 주도되었다. 1987년 이전까지만 해도 군대의 선임하사들처럼 하늘을 찌르는 권위를 자랑하던 조장과 반장들은 노조가 만들어지면서 위세가 꺾이더니 이상구 집행부에 와선 목소리조차 높이기 어려워졌다.

경태는 시계를 들여다보았다. 정확히 여섯 시가 되자 봉수에게 눈짓을 했다. 봉수는 메인 스위치 쪽으로 걸어가 엄지손가락으로 눌렀다. 기계가 딱 멈추자 조장과 반장이 달려왔다.

"니들 정말 이럴 거야?"

반장이 다시 스위치를 켰다. 봉수가 그의 곁에서 다시 눌렀다. 켜고 누르는 동작이 번갈아 일어나면서 현장엔 냉기가 돌기 시작했다. 작업자들은 손을 놓고 두 사람을 지켜봤다. 봉수와 반장이 실랑이를 벌이고 있을 때 과장이 뛰어내려와 소리쳤다.

"일하기 싫어? 일하기 싫은 사람은 가! 그리고 내일부터 나오지 마!"

"과장님, 공갈 협박하시면 안 되죠. 잔업 안 한다고 해고 협박하면 강제 잔업으로 부당노동행위죠."

"양봉수, 잔업은 늘 해오던 거야. 어디서 부당노동행위를 들먹거려!"

과장이 언성을 높이자 봉수가 그에게 다가갔다. 봉수는 과장과 1미터 사이를 두고 걸음을 멈췄다. 그는 과장을 빤히 쳐다보며 물었다.

"늘 해오던 거면 무조건 따라야 합니까?"

"따라야지. 회사의 방침을 직원들이 따르지 않으면 누가 지켜나가나? 너희들 같이 멋대로 행동해서 생산량을 까먹으면 회사 운영은 어떻게 할 거야? 너희들 돈 벌기 싫어? 회사가 망하기만 바라는 거야, 뭐야?"

과장의 말을 비웃듯이 봉수가 씨익 웃었다. 그는 고개를 찬찬히 돌려가며 작업자들을 쳐다보고 작업 현장을 둘러본 뒤 입을 열었다.

"대한민국에서 최고의 자동차를 만드는 회사가 휴게실 만들어주면 망한다는 논리는 무슨 근거에 의한 겁니까? 여기가 노가다 판입니까? 쉬는 시간이면 아무 곳에나 처박혀서 뒤집어지고, 담배 피울 곳 없어서 눈치 담배 피우고, 다른 공장들이 우리보고 뭐라 하는지 아십니까? 똥구루마 만드는 공장이라고 비웃는 거 아니고요, 씨…."

욕이 터져 나오는 걸 참고 봉수가 눈을 부릅떴다. 메인 스위치 옆에 있던 경태가 임팩트로 라인을 탁탁 두들겼다. 과장이 그 소리를 듣고 경태를 쳐다봤다. 그러자 같은 반 동료 70~80명이 기다렸다는 듯이 임팩트로 주변의 쇠붙이를 치기 시작했다. 탁탁 울리는 소리가 위협적으로 공장의 냉기를 가르며 퍼져나갔다.

"이 자식들이, 정말!"

"욕하지마, 씨팔! 우리가 당신 자식이야?"

과장의 말에 발끈한 봉수가 그의 곁으로 한 발자국 더 가까이 다가갔다. 조장과 반장은 과장의 곁에 붙어 섰다.

"야, 봉수! 너 그게 무슨 태도야?"

"반장! 그럼, 당신은 무슨 태돈데? 그렇게 빌붙어 먹으면서 살고 싶나? 솔직히 말해봐. 이게 공사판 현장인지, 대공장 현장인지? 당신도 노동자잖아? 왜 우리가 똥구루마 만드는 공돌이 소리를 들어야 하는데? 당신도 술집 가면 쪽팔리지? 왜 우리가 그런 모욕을 듣고 살아야 되는지 설명해보라구!"

봉수의 말이 끝나자 임팩트 소리가 빠르고 요란하게 현장 안을 때렸다.

"맘대로 해! 다 잘라버릴 테니까!"

과장이 돌아섰다. 그러자 봉수가 임팩트 소리 속에 우, 소리를 담아 내질렀다. 쏜살같이 달려가 무엇인가를 물어뜯을 것 같은 소리들이 일제히 동료들의 입에서도 터져 나왔다. 그 비난의 소리들이 과장의 뒤를 쫓아 사무실까지 따라갔다.

"퇴근합시다, 여러분!"

봉수의 반에 속해 있는 작업자들이 모두 라인 밖으로 나왔다. 그들이 나가자 대체 인력이 없는 현장의 작업은 이어질 수 없었다. 싸움을 지켜만 보고 있던 다른 반 노동자들도 모두 현장을 나섰다. 봉수 반에 속하는 노동자들은 현장을 나와 약속된 술집으로 하나둘 모여들었다. 술집에 들어온 40여 명의 노동자들이 담배 연기를 구름처럼 피워 올리며 술잔에 술을 채웠다. 삼겹살이 노릇노릇 구워지는데 경태가 일어나서 한마디 던졌다.

"동지들, 애쓰셨습니다. 끝까지 힘차게 투쟁해가 반드시 승리를 만들어냅시다! 내가 선창으로 똥구루마 하면, '엿 먹어라, 투쟁!'으로 답해주십시오. 똥구루마!"

"엿 먹어라, 투쟁! 투쟁!"

노동자들은 술잔을 높이 든 채 소리치고 술잔을 동시에 비워냈다.

"시원하다, 투쟁!"

정재성이 뒤이어 소리치자 여기저기서 한 소리씩 불쑥불쑥 내뱉어 술집은 으스대는 거친 목소리와 웃음으로 가득 찼다.

"애썼다! 한 잔 받아."

정민은 봉수와 경태에게 한 잔씩 술을 따랐다.

"이제부턴 질긴 놈이 이기는 거야. 분명히 조, 반장은 물론 과장급들이 만나자는 신호를 보내올 거야. 그러면 개무시해

버려. 똥줄 타는 건 그놈들이니까. 생산량이 떨어지고 소란이 계속되면 본사에 까이는 건 그놈들이니까."

자동차 공장은 승용 1, 2, 3공장과 상용 4, 5공장 그리고 엔진, 변속기, 소재·생기 등 여타의 부서들이 있었다. 공장들마다 책임자가 있어서 작업자 1인당 작업 시간을 결정하는 '맨아워(Man Hour, 시간당 필요한 작업 인원 수)협상'부터 각 공장의 문제점들은 공장 내부에서 해결하게 돼 있었다.

"형님, 우리가 이길 겁니다. 아주 박살내버릴 겁니다."

"봉수가 분위기 확실히 잡드만. 술 한 잔 받아."

정재성이 다가와 봉수의 어깨를 툭툭 쳤다.

"재성이 형 고맙소. 동료들 힘 믿고 개기는 겁니다!"

"하긴, 조금만 더 과장 새끼가 지랄거렸으면 내가 임팩트를 면상에 날려버리려고 했다. 쥐 좆만 한 새끼."

키가 160센티미터도 안 되는 호리호리한 정재성이 말을 꼭꼭 씹어 내뱉었다.

"허허, 그럼 다음엔 재성이가 판을 벌이면 되겠네. 하긴 대의원 출신이니 그 정도야 하것지."

"광주 형님, 눈에는 눈이고 이에는 이입니다! 짜식들 아무것도 아닙니다!"

"그려, 자녠 눈빛만 봐도 섬뜩해. 눈빛으로, 주둥이로만 찌르지 말고 몸으로 개겨보길 바라네."

"재성이 형, 한 잔 받으소. 오늘 모두 애썼습니다."

봉수가 광주의 말을 자르고 재성이에게 술을 따랐다. 뱀눈처럼 눈꼬리가 길게 찢어진 재성이 광주를 쳐다보는 눈빛이 사나워지다가 다시 가라앉았다. 그는 술 한 잔을 비우고 자기 자리로 갔다.

"고 자식, 성깔은 있어서 좋은데, 정이 안 가. 투덜거리기는 하는데 진정성이 안 느껴지니, 원."

"광주 형님, 나쁘게 보지 마세요. 성격이 좀 남달라서 그렇지 좋은 사람입니다. 입사 동기라 잘 아는데, 쌈할 땐 피하지 않습니다. 형님처럼 뒤에서 서성거리지도 않고요."

양봉수가 광주를 보며 빙긋이 웃었다.

"어이쿠 그러서? 잘났다, 잘났어, 염병! 자, 어쨌든 수고들 했으니 한 잔들 부딪쳐보세."

세 사람은 건배를 했다. 삼겹살 굽는 냄새보다도 더 진한 유대감으로 노동자들의 목소리는 휴게실을 따놓은 것처럼 의기양양했다.

다음 날부터 현장에서는 똑같은 모습들이 되풀이됐다. 점심시간 때마다 조장과 반장은 경태를 찾아와 하소연을 했고 잔업 시간을 앞두고서는 말다툼을 했다. 3일이 그렇게 지나가자 다른 반원들 속에서 여러 말들이 떠돌았다.

"야, 저것들 완전 깡다구네. 학출들 아니야? 작정하고 운동하러 들어온 놈들이 분명한 거 같은데…."

"깡다구 부리면 뭐 해. 조만간 잘리게 생겼구만."

노동자들은 경태와 봉수를 거론하면서 혀를 내두르며 수군거렸다. 봉수와 경태 역시 3일이 지나자 긴장하기 시작했다. 두 사람은 양정동 뒷골목 족발집에서 심각한 얼굴로 마주 앉았다.

"대의원 새끼가 내일쯤 해고통지서 날아갈 거라고 하데."

"누구 맘대로 해고시키는데? 그러기만 해봐. 부당노동행위로 고발하고 대가리 박을 테니까."

봉수가 경태 잔에 술을 따랐다. 손님이 없는 술집에 이미자의 '동백아가씨'가 나직이 흘러 다녔다. 족발집 여주인이다리를 꼰 채 의자에 앉아 담배를 피우며 두 사람의 이야기에 귀를 기울이고 있었다.

"반장 새끼까지 우리 집에 와가지고 난리를 쥑이더만. 회사가 절대 휴게실을 만들어줄 리가 없다는 기제. 시간이 길어지마 우리만 다친다는 기라."

"그래서 쫄았냐? 해고되면 선배들이 책임져준다잖아. 이제는 노조에서도 투쟁하다 해고된 사람들은 돌봐준다며?"

"글키는 한데 상황이 어째 심상치 않다"

경태는 족발을 씹으면서 얼굴에 드리운 어두운 표정을 거두지 못했다.

"쫄지 마. 쫄면 지는 겨. 패싸움할 때도 어느 순간 도망치는 놈이 생기면 그 패거리들은 아작이 나게 돼 있어."

"그건 봉수 말이 맞구만."

여주인이 두 사람의 대화에 끼어들었다.

"애새끼들도 싸우다가 코피 터지면 지는 거고, 여편네들도 머리카락 한 움큼 뽑히면 지게 돼 있어. 근데 코피 터지고 머리털 뽑혀도 대들면 그놈이 이긴다니까. 왜 그런 줄 알아? 눈빛에 사람 잡아먹을 듯한 살기를 내뿜어서 기를 죽이는 거야. 그런 눈빛을 보면 자다가 귀신 본 것처럼 오금이 저려서 저절로 깨갱거리며 꼬리를 내리게 되는 거라구. 죽기 살기로 덤비는 년놈들한테는 절대 못 이겨!"

"이모, 남의 말 엿듣지 말고 술이나 한 병 더 줘요."

"가르쳐줘도 난리들이네."

여주인은 냉장고로 다가가 술병을 들고 식탁으로 와서 한마디 더 얹었다.

"이기고 나서 다시 오면 소주 세 병 꽁짜로 준다."

"째째하게 세 병이 뭡니까? 다섯 병?"

"오케이, 다섯 병에 족발은 반값에 줄게. 대신 지면 술값은 완전 따블! 어때, 해볼 텨?"

여주인은 빈 잔을 갖고 와 술을 채웠다.

"어떠냐, 경태야?"

"지는 기 뭐꼬? 그거 묵는 거가? 딱 닷새만 더 밀어붙이면 이길 수 있다 아이가. 콜!"

세 사람은 술잔을 부딪쳤다. 여주인이 두 사람의 어깨를 툭툭 치며 함박웃음을 터뜨렸다.

"나도 예전에 건너편 비료 공장 영남화학에 다녀봤어. 그놈의 회사도 나이 든 할머니들까지 막 대하면서 돈은 쥐 씨알만큼 줬지. 관리자들 중에 괜찮은 놈이 별로 없었어. 늘 음탕하게 젊은 여자애들 몸뚱이 훑어보면서 툭툭 수작이나 부리고 말이야. 한번 이겨봐. 사나이가 칼을 뽑았으면 무시라도 싹둑 베라고 하잖아. 남자가 한 번 사는 인생, 배짱 있게 살아야지, 안 그래?"

"백번 지당한 말씀입니다. 아주 멋지십니다!"

봉수는 진심으로 감탄을 하며 여주인을 쳐다봤다.

"내가 이십 대였다면 우리 미남 청년, 봉수와 연애해봤을 텐데, 아쉽다."

"지금도 예쁘십니다!"

"어라? 달콤한 거짓말도 할 줄 아시네?"

빨간 립스틱을 바른 여주인이 간드러진 웃음을 길게 뽑으며 자신의 자리로 돌아갔다.

다음 날 현장에서 한바탕 소란이 일어났다. 과장이 업무부 직원들 대여섯 명을 데리고 나타났다. 업무부 직원은 무술 유단자들을 뽑아 현장을 관리하는 부서였다. 덩치가 좋은 그들은 정규 시간이 끝나자 메인 스위치 옆에 서서 작업자들을 노려봤다.

"일 안 할 사람들은 여기나 서명하고 나가!"

"놀고 있네. 어디서 깡패질이야!"

봉수가 앞서서 나섰다.

"이 자식이 죽고 싶어 환장했나?"

"이 자식아, 죽고 싶어 환장했다. 어떻게 죽일 건데? 여기가 일터야, 강제수용소야!"

"저 새끼 잡아!"

"뭐야, 이 좆만 한 새끼들. 덤비라"

경태가 후다닥 뛰어서 끼어들자 현장 동료들이 봉수 주변으로 우르르 몰려들었다. 봉수가 임팩트로 서브이를 딱딱 치자 동료들이 다 같이 임팩트로 라인을 두들겨댔다. 업무부 직원들이 움찔하며 행동을 멈췄다. 살얼음을 밟고 선 사람들처럼 팽팽한 긴장감이 사람들 사이를 휘감았다.

"휴게실을 건설하라!"

봉수가 선창하자 동료들이 함께 구호를 외쳤다. 다른 반에서 구경하던 노동자들이 그들 쪽으로 점점 다가섰다.

"좋아, 끝까지 해보자는 거지? 어떻게 되나 두고 보면 알거다!"

과장이 목에 핏대를 세우고 말한 뒤 돌아섰다. 눈에 살기를 담고 있던 업무부 직원들도 과장을 따라 사무실로 향했다. 노동자들은 그들을 향해 또다시 야유의 함성을 질렀다.

작업은 아무런 일도 없었다는 듯이 굴러갔지만 잔업은 이어지지 않았다. 다음 날도 출근해서 퇴근할 시간까지 관리자와 노동자들은 보이지 않는 줄다리기를 했다. 무거운 침묵이 흐르는 가운데 회유와 협박이 뒤편에서 오고 갔다. 그렇게 또다시 사흘이 지났을 때 과장이 백기를 들고 휴게실을 만들어주겠다는 답변을 내놨다. 현장 동료들은 경태와 봉수를 데리고 술집으로 향했다. 설마 했던 승리가 그들의 손을 높이 들어주자 노동자들은 술잔에 가득 술을 채우고 환호성을 질렀다. 하지만 그건 싸움의 시작이었을 뿐이었다. 크고 작은 싸움이 공장마다 일어나면서 회사와 노동조합의 힘겨루기가 계속됐다. 현장이 점점 노동자들의 숨결로 뜨겁게 달아오르고 있었다.

이상구 집행부는 출범하면서 노조는 노동자의 자주적 결사체로서 자본과 권력의 탄압에 대항해 조합원의 뜻을 모아 강력하게 투쟁하겠다고 선언했다. 그들은 이한범 체제에서 제대로 결합한 적이 없는 연대 투쟁에도 적극적으로 나서겠다고 하면서 전노협을 비롯한 민주노조를 중심으로 구성된 'ILO 기준조약 비준 및 노동법 개정 공대위'에 참가해 노동자의 경제생활권은 물론 정치적, 사회적 지위를 확보하기 위해 투쟁하겠다고 천명했다.

싸움은 먼저 회사가 걸어왔다. 이상구가 당선되면 대화는 없다고 했던 회사는 민주파를 쓸어버리려는 계획을 세웠다. 그들은 공권력과 합세해 집행부가 들어서자마자 4·28투쟁을 비롯한 노조활동의 일환으로 해고됐던 노동자들을 집중적으로 탄압했다. 해고돼서 생활이 어려워진 노동자들이 '한겨레' 신문을 정문에서 판매하고 있었는데 형사들이 강제 연행해 강경대 타살 사건 때 시위를 했다는 이유로 구속시켰다. 그뿐만이 아니었다. 그들은 다수의 해고자들을 수배하고 업무방해로 고소했으며, 자택까지 쳐들어가 끌고 갔다. 해고자들을 노동조합 간부로 대거 기용한 3대 집행부는 그들의 행위가 민주노조를 파괴하는 침탈이라고 규정하고 3일 동안 잔업 거부 투쟁으로 맞섰다. 조합원들 80% 이상이 투쟁을 지지하면서 싸움에 불이 붙었다.

싸움의 시작은 뜻밖에도 설립 15주년을 맞이한 공조회의 도자기 선물에서 시작됐다. 조합원들은 3대 집행부가 세워지기 몇 개월 전부터 도자기 선물에 분개하며 노동조합을 찾아왔다. 생활에도 필요 없는 도자기는 한눈에 봐도 조잡스러웠다. 호랑이 그림이 박혀 있었지만 고양이 그림 같았다. 어떤 그림에는 호랑이 귀가 없고, 다리도 없었다. 심지어는 앞다리가 뒷다리 쪽에 달려 있어서 아이들이 장난으로 그려놓은 것 같았고 불량품과 파손품들도 많았다.

도자기 반납이 3대 집행부가 들어서서도 계속되자 노조는 반품을 원하는 도자기를 모두 가져오라고 공지했다. 며칠 되지도 않아 노조 사무실 앞에는 만 개가 넘는 도자기가 쌓였다. 노조는 공조회에 대한 진상 규명은 물론 회사의 공개 해명과 사과문 게시를 요구하고 전부 반품 처리를 해달라고 했다. 만일 회사가 이를 이행하지 않으면 노조 차원에서 진상 조사를 착수하겠다고 발표했다.

회사는 침묵으로 일관했다. 노조는 8천여 명의 조합원들과 함께 '불량도자기 규탄대회'를 열고 전국노동자대회에 참석해 전시를 했다. 그래도 대답이 없자 다음 날 서울 계동 본사 앞에서 도자기를 놓고 항의 투쟁을 벌였다. 경비들과 업무부 요원들이 막으면서 한바탕 몸싸움이 일어나 노조 간부 세 명이 부상을 당했다. 조합은 다시 현장으로 돌아와 규탄대회를 열고 2차 상경투쟁을 결의했다. 마침내 회사가 불량 도자기 납품을 인정하고 2만 원짜리 상품권으로 대체해 지급했다.

도자기 사건으로 노조와 회사가 대결하는 사이에도 현장에 긴장감을 고조시키는 일들이 곳곳에서 벌어졌다. 회사는 효율적인 정문 출입 관리를 위해 '출입 바코드 체크 시스템'을 도입한다고 발표했다. 노동자들은 공장을 교도소로 만들려는 거라며 반발했다. 노조 운영위에서도 즉각 노동 통제 수단의 일환으로 오용될 소지가 있다며 반대한다고 발표했다. 하지만 회사가 방침을 거둬들이지 않아 상용5공장의 조합원들은 조합원 결의대회를 열면서까지 철회 투쟁을 벌이고 있었다.

그런 가운데 승용1공장 의장 라인에서 생산 차량이 추락하는 사고가 벌어졌다. 부서장들의 간담회에서 대의원들은 강력하게 항의했다. 그들은 산업안전 보장을 위한 회사의 조치와 유사한 안전사고가 발생하면 회사가 책임을 진다는 각서를 요구했다. 회사 대표로 나온 간부들은 현장 관리가 소홀해서 벌어진 일을 회사에 떠넘긴다고 발끈하며 오히려 노동자들을 질타했다. 조합원들은 사고가 나면 죽을 수도 있는데 책임조차 지지 않겠다는 간부들의 답변을 듣자 격분했다. 조합원들은 잔업 거부와 전면 작업 중단을 하면서 회사에 항의했다.

두 싸움 모두 노동자들이 이기면서 현장이 투쟁에 대한 자신감으로 충만했을 때, 승용3공장에서도 한 달 이상 끌어온 협상을 승리로 이끌어냈다. 그들이 복지시설과 부서단합 체육대회 문제, 컨베이어 속도 상승으로 인한 맨아워 재측정 등을 비롯한 부서 협상에서 노동자의 입장을 관철시키자 자동차 공장 전 부서에서 성과 분배 투쟁에 나서라는 목소리가 쏟아져 나왔다.

노조 역시 이한범 체제에서 실패한 성과급 투쟁을 성공적으로 이끌어 다음 해 임단협 투쟁을 효율적으로 펼치고 싶어 했다. 회사는 매년 엄청난 수익을 올리면서 1991년에도 당해 순수익만 632억을 벌어들였다고 발표했다. 노조는 회사가 더 이상 성과급 분배를 외면할 수 없을 거라고 여기며 조합원

설문 조사를 했다.

　거의 전 조합원이 성과급으로 150% 이상 받기를 희망했다. 집행부는 무리한 비율이라고 판단했지만 조합원들의 희망 사항을 무시할 수 없었다. 노태우 정권의 실정으로 장바구니 물가가 33% 대폭 인상돼 생활이 곤궁해진 때였다. 그런데 회사가 3대 집행부를 고립시키기 위해 추석 보너스조차 한 푼도 지급하지 않았었다. 성과급에 대한 요구엔 조합원들의 추석 보너스를 주지 않은 회사에 대한 격분이 얹혀 있었다.

　노조는 조합원들의 요구를 받아안고 싶었지만 회사와 협상이 결렬될 때 어떻게 대처해야 좋을지 고민했다. 협상이 깨졌을 때 강경 투쟁을 해야 한다는 의견은 조합원 총투표수 중 반을 조금 넘을 뿐이었다. 실제로 투쟁에 돌입했을 때 그들 중에서 또 얼마가 탄압에 끝까지 맞서서 함께할지는 알 수 없는 일이었다. 집행부는 갈등했다. 내년 임단협에 전력투구하려면 성과급 투쟁으로 많은 것을 잃고 소모해서는 안 된다고 계산하고 있던 중이었다.

　이상구 위원장은 주야간 노동자들을 모아놓고 저녁 집회를 하면서 성과급을 무리하게 요구해서는 안 된다고 했다. 내년 임단협 쪽으로 투쟁의 가닥을 잡아야 한다고 조합원을 설득했다. 한참 연설이 이어지고 있는데 갑자기 조합원 몇 명이 잡다한 것들을 집어던지며 외쳐댔다.

　"회사가 벌어들이는 게 얼만데 무슨 무리한 요구냐! 그따위로 할 거면 내려와!"

　그러자 여기저기서 조합원들의 서릿발 같은 비난의 목소리가 튀어나왔다. 그들은 성과급을 받아내지 못하는 노조는 어용과 다름없다는 듯이 위원장을 다그쳤다. 결국 위원장은 조합원들의 목소리들을 잘 모아서 힘찬 투쟁을 하겠다며 한발 물러섰다.

집회를 마친 집행부에서 난상 토론이 벌어졌다. 여전히 내년 임단투에 집중하자는 의견이 있었지만 성과 분배 투쟁을 확고히 전개하지 않으면 조합원들의 신뢰를 얻을 수 없다는 의견이 다수를 점했다. 그렇다면 파업 시 조합원들의 투쟁력을 지치지 않게 끌어올릴 수 있는 전술을 찾아야만 했다. 그들의 고민이 깊어지고 있을 때, 상용4공장 포터 생산부 의장 라인에서 또 다시 싸움이 붙었다. 포터 수요가 급증하면서 회사가 기준 생산량을 7만 대에서 10만 대로 늘린 것에 항의해 작업자들이 작업 속도를 늦춘 것이었다. 공장장과 이사들이 관리자들과 업무부 직원들을 이끌고 현장에 달려와 격분해서 소리쳤다.

"뭐야? 물건이 딸려 밤을 새워서라도 만들어야 할 판에 태업을 해!"

"그럼, 특별 상여금이라도 줄 겁니까? 왜 일방적으로 맨아워 협상을 깨는데요?

대의원 한 명이 나서서 그들의 말을 막았다.

"급할 땐 회사 방침을 따라줘야지, 이런 것도 협조를 안 해? 이것들 사진 다 찍어!"

전체 현장의 최고 책임자라 할 수 있는 공장장이 격노하며 사방으로 손가락질을 해댔다. 공장장 말이 떨어지기가 무섭게 업무부 직원들이 허겁지겁 뛰어다니며 작업자들 곁으로 다가가 사진기를 얼굴에 들이댔다.

"아, 씨발 어디다 사진기를 들이대!"

"이 새끼 봐라. 어디서 주둥아릴 놀려. 한번 해볼래, 씨발놈아!"

"그래, 해보자 씨발놈아! 쳐, 쳐봐!"

말다툼이 몸싸움으로 번지려 하자 담당 부장이 두 사람 사이로 비집고 들어왔다. 부장이 진정들 하라고 말했지만 업무부 직원은 길길이 날뛰었다.

"한 대 치면 뻗을 새끼가 어디서 까불어. 너 이리 와. 죽여버릴 거니까! 일루 와!"

직원은 부장과 다른 직원들의 만류에도 흥분을 가라앉히지 못하고 침을 튀기며 악을 썼다. 그의 옆에 있던 또 다른 업무부 직원이 마스크를 쓰고 일하던 노동자들을 향해 눈을 부릅뜨고 소리쳤다.

"너 이 새끼들! 다들 마스크 벗어!"

"입만 열면 욕을 퍼붓네. 동지들, 회사의 똥구멍이나 핥아대며 폭력을 일삼는 저들을 그냥 보고 있을 겁니까?"

대의원 한 명이 다시 나서서 동료들에게 소리쳤다. 라인 옆에 선 채 화를 누르고 있던 노동자들이 둑 터진 물결처럼 대의원 곁으로 우르르 몰려들자 담당 부장이 다시 나섰다.

"그만들 둬! 다들 이리 나와!"

부장이 신경질적으로 업무부 직원들을 손가락으로 가리키자 그들이 뒤로 물러섰다. 상황을 지켜보던 공장장이 뒤틀린 심기를 붙잡은 채 사무실로 향했다. 다음 날 4공장 조합원들은 업무부 부장의 공개 사과와 난동을 부린 직원의 징계, 전출을 요구하며 잔업 거부에 들어갔다. 5일 동안 잔업이 중단되자 회사는 전전긍긍했다. 결국 회사가 요구 조건을 수용하고 정상 작업이 이루어졌지만 그로 인해서 노동자들의 성과 분배 투쟁 요구는 더욱 거세졌다. 노조는 임시 대의원대회를 열어 성과급 150% 요구안을 확정하고 위원장을 비롯한 아홉 명의 협상팀을 구성했다.

12월 13일 정주영 명예회장과 간담회가 잡혔다. 정주영은 그 자리에서 서로 경우에 맞게 해결을 하자고 하면서 검토해보겠다는 답변만 내놨다. 3일 후 정세영 회장과 비상회의를 잡아 협상 테이블에 앉았다. 정세영은 자신이 준비해온 내용을 선전포고 하듯이 일방적으로 내던졌다.

"지금부터라도 토요일, 일요일까지 모두 일하면 50% 정도는 줄 수 있습니다. 현재와 같은 상황에서는 한 푼도 줄 수가 없습니다. 한 달이 되든 얼마가 되든 회사 문을 닫아도 좋아요. 여러분이 하는 모든 행동에 대해 법으로 물을 겁니다. 내년 단체협상 때, 3대 집행부 얼굴을 볼 수 있으면 좋겠군요."

협상팀은 즉각 협상 결렬을 선언했다. 그들은 다음 날부터 임시 대의원대회가 열리는 23일까지 철야농성에 돌입하고 전 조합원은 잔업 거부에 들어갔다. 회사는 언론과 방송을 통해 홍보진을 펼치며 노조의 행동에 맞섰다.

'조합의 일방적인 행동에 의해 생산에 막대한 지장을 초래하

고 있다. 그래서 회사는 성과급을 지급할 수 없으니 그 책임
은 노동조합 측에 있다.'

지상파 방송과 일간지들은 회사의 보도 자료에 입각해 자
동차 공장 사태에 대해 우려의 입장을 연일 내놨고 지역의 대
다수 언론과 방송은 노골적으로 노동조합을 비난하며 회사
의 입장을 옹호했다.

12월 19일 노조는 '성과급 분배 완전 승리를 위한 결의대
회'를 개최했다. 1만5천여 명이 모인 결의대회는 투쟁의 열기
로 뜨거웠지만 회사는 더 이상 협상에 나서지 않았다. 협상 카
드를 애초에 갖고 있지 않았던 회사는 정권과 결합해 노동조
합의 민주파 싹을 잘라버릴 준비를 착착 진행시키고 있었다.

"우라질맞게 날씨도 춥네."

결의대회를 마친 뒤 광주와 정민, 봉수와 경태는 족발집으
로 향했다. 봉수가 내기에서 이긴 술을 받아먹으러 가자고
했다. 광주가 터덜터덜 걸어가면서 푸념처럼 말을 꺼냈다.

"먹구름이 잔뜩 몰려오는구나, 염병할!"

"먹구름이 어디 있데요?"

"봉수야, 넌 일 더하기 일은 이뿐이 모르지? 어쩜 그렇게 젊
은 놈이 고지식하냐? 하늘이 캄캄해지는 거 안 보여? 자동차
공장 위에만 새까맣게 구름이 몰려들고 있구만."

"뭔 소립니까? 해만 허벌나게 좋은데."

"내가 너하고 뭔 농담을 하겄냐. 됐다, 됐어. 들어가서 꽁
짜술이나 빨자."

술집 입구에서 두 사람의 대화를 듣고 있던 세 명의 사내들이 키득거리며 웃었다. 광주가 술집 문을 열고 들어서며 이모를 불렀다. 자리가 하나 남은 술집 안에서 사람들의 시끄러운 목소리가 난로의 열기와 뒤섞여 후끈하게 몰려나왔다.

"간만이요! 그동안 몸 성히, 성히 잘 계셨능교?"

"어머나! 멋쟁이 동생, 봉수도 왔네? 반갑다, 봉수 씨. 이겼다는 소문은 내 다 들었다. 멋져부러! 오늘 술은 전부 꽁짜다!"

"뭐여? 나 지금 투명 인간이여? 인사도 안 받으시고 사람 차별 심하게 하시네."

광주가 익살을 부리며 자리를 잡고 앉았다. 여주인이 봉수의 어깨를 치며 너스레를 떨다가 주방으로 갔다. 네 사람은 탁자에 둘러앉았다.

"봉수야, 저 언니는 내가 침 발라놓은 거 알지? 사내들 세계에서 선배 여자를 가로채고 살아남은 놈은 내 일찍이 본 적이 없다. 근데 너 은근슬쩍 여자 꼬시는 재주도 있는가 보다. 가만히 듣어보니 이거 완전히 흉물스러운 인간일세."

"맞네. 그라고 보이까네 얼굴에 털만 붙여놓으마 딱 굶주린 늑대네. 이빨 사이로 침을 뚝뚝 널쭈면서 아가리가 째지라꼬 막 씹어 삼키는 배고픈 늑대 안 있능교?"

정민의 말에 경태가 양념을 더하자 광주가 턱을 쓰다듬으며 웃이댔다.

"이모, 술부터 갖다 주소. 굶주린 늑대 환장하것소!"

"자동차 공장에서 형님 넉살을 따라갈 사람은 없을걸."

정민이 냉장고로 가서 소주 두 병을 들고 왔다. 여주인이 그 사이에 밑반찬을 차려놓고 주방으로 갔다.

"성과 분배 투쟁을 위하여!"

정민이 네 사람의 잔에 술을 채우자 봉수가 잔을 들었다. 네 사람이 '위하여'를 합창하며 술을 비우고 술잔을 내려놓았다.

"먹구름을 사람 손으로 찢을 수 있것냐? 찢으면 몰려들고, 몰려들고 할 턴데."

"몰려들 때마다 찢어발기면 되지 않능교? 은제까지 그런 하늘 밑에서 사시려능교? 지금 전국의 민주노조들이 죽을 맛입니다. 전노협이 얼매나 지독하게 탄압을 받고 있는지 모르지요? 글고 정부는 노동 악법을 못 만들어서 난리들을 치고 있는 중이라요. 오늘 조합원들 반응 봤죠? 이참에 제대로 붙어야 한다 아닙니꺼. 글케 싸우다 보면 우리가 도화선이 될 수도 있다는 거 아닙니꺼? 아니, 도화선이 되게 싸워야 하구요. 자동차에 붙은 불이 민중의 불로 타올라 이놈의 막돼먹은 세상을 뒤흔들어야지 뭐가 바뀌어도 바뀔 것 아닙니꺼?"

"세상을 바꿔? 열정은 좋으나 세상이 그리 만만하지 않지. 그리고 조합원 너무 믿지 마. 그놈들도 자기가 다칠 것 같으면 나처럼 제일 먼저 꽁무니를 뺄 놈들이지. 그게 걱정스럽다구, 경태야."

"행님. 조합원을 안 믿으면 누구를 믿습니꺼? 이제야 민주파가 근근이 자리를 잡고 싸울라카는데 와 초를 치능교?"

경태의 눈빛이 쇠붙이를 두들길 때 튀기는 날선 흰빛처럼 날카로웠다. 봉수가 담배를 빼 물었고 정민은 술잔의 술을 보며 생각에 잠겨 있었다.

"흥분해서 될 일은 아니지만 싸움은 피할 수 없을 거야. 조합원들이 다들 싸우자고 하는데 집행부가 안 된다고 하면 그 실망감은 누가 책임질 거야. 투쟁을 통해 단련되는 건데 싸움을 피하기만 해서는 안 되지. 지금은 싸움의 명분도 충분하고 조건도 괜찮다고 봐. 몇 년에 걸쳐 매년 수백억씩 이윤을 남겼으니 회사도 안 나눠줄 명분이 없는 거거든. 게다가 정주영이 통국당(통일국민당)을 만들어 내년에 대통령 선거에 나서려 하고 있는 시기야. 아마도 내년 3월에 치러지는 국회의원 선거에서 다수의 의원을 배출하려고 발버둥을 치겠지. 여론을 나쁜 쪽으로 몰고 가지는 않으려고 할 거니 해볼 만한 싸움이기는 해. 어떻게 싸움을 준비하고 풀어갈 것인가, 그것이 문제지."

"어허, 무슨 소리야? 회사는 협상 카드를 처음부터 버리고 싸움을 파국으로 몰고 가는데. 노조를 밟아서 민주파 씨를 말려버리려고 하는 거 몰라?"

"그렇긴 하지만 싸움을 잘하면 지고도 이기는 싸움을 만들 수는 있죠. 싸움을 피할 수 없다면 그렇게 싸움을 이끌어가야 된다는 겁니다."

광주의 말을 정민이 신중하게 받아내고 있을 때 여주인이 왔다.

"자, 오늘 족발은 지난번 승리의 족발이니 훨씬 맛있겠죠? 전부 다들 집회에 갔다가 온 것 같으니 맛있게들 드시고 힘내셔! 봉수 씨, 파이팅!"

"봉수만 사람이고 우리는 모두 개털일세, 염병할!"

"개털은 무슨 개털? 내 눈엔 보이지도 않는 투명 인간인데."

"야, 금방 내가 한 말 써먹네. 졌다, 완전히 졌어."

네 사람은 웃으면서 족발을 뜯고 소주병을 비웠다. 술집 안에 꽉 들어찬 노동자들도 성과급에 대한 열띤 이야기를 쏟아내고 있었다. 술자리가 깊어가면서 누군가가 '늙은 노동자의 노래'를 불렀다.

> 나 태어난 이 강산에 노동자 되어
> 꽃 피고 눈 내리는 어언 삼십 년.
> 무엇을 하였는가, 무엇을 바라는가
> 나 죽어 이 강산에 묻히면 그만이지
> 아 다시 못 올 흘러간 내 청춘
> 작업복에 실려 간 꽃다운 이내 청춘

푸른 작업복에 묻은 기름때 같은 서글픔을 싣고 흘러나온 노랫소리가 옆자리로 계속 이어졌다. 어떤 사람들은 숟가락으로 탁자를 치며 장단을 맞췄고 또 다른 이들은 술병에 숟가락을 넣어 흔들면서 박자를 맞췄다. 술집에 있는 모든 노동자들의 목소리가 큰 소리로 울렁거리며 퍼져나갔다.

현대자동차의 형국이 시시각각으로 돌변해갔다. 12월 23일 임시 대의원대회에서 96.9%로 쟁의 발생 신고를 결의했다. 노조 운영위에서는 비상사태를 선포하고 대의원, 소위원회 체제를 비상조직 체제로 돌렸다. 신정 휴가 기간 노조를 침탈하면 1월 3일 총파업으로 자동 돌입한다고 전 조합원에게 알려놓은 상태였다.

무력 진압은 없었지만 회사는 새해 출근 첫날부터 징계위원회를 열었다. 그들은 사업부마다 활동적인 노동자들을 색출해서 태업과 잔업 거부라는 이유를 걸고 징계를 했다. 급기야 1월 8일, 승용3공장 앞에서 문화부 간사 납치를 시도하는 사건까지 일으켰다. 승용3공장 노동자들은 즉각 작업 거부로 맞섰다.

1월 10일, 정주영의 통일국민당 창당대회로 본사는 바쁘게 움직였다. 노조는 창당대회장을 성과급 투쟁 홍보의 장으로 삼으려고 했다. 재벌이 권력까지 등에 업고 노동자들을 더욱 거세게 탄압할 거라는 홍보성 말들이 번지자 1월 8일, 회사는 다급해져 도영회를 다시 불러들였다.

도영회는 현대엔진 노조 파괴, 현대그룹 1·8해고자 테러, 현대중공업 식칼 테러 등 현대그룹에 속하는 모든 노동조합을 잔인하게 진압해온 장본인이었다. 현총련 의장이 있는 '현대종합 목재'에 있던 그를 회사가 다시 불러들임으로써 자동차 노조에 대한 파괴 의지를 강력히 드러냈다.

도영회는 오자마자 수십 명의 관리자들을 불러 모아 조합원들을 압박했다. 그는 조합을 폭력 집단으로 매도하고 조합원들을 설득, 회유, 협박했다. 그리고 1월 11일 청와대 관계 기관 대책회의에 참여해 노조 간부 20명 구속 방침을 세우고 성과급은 일절 주지 않는 것으로 결정했다.

언론과 방송은 경제위기론을 들먹거리며 노동자들의 투쟁이 힘겨운 나라 경제를 더욱 위태롭게 만드는 주범이라는 인상을 국민들에게 심어주었다. 그들은 나라의 경제를 살리기 위해 기업이 주장하는 '30분 일 더하기 운동' 같은 것들을 소개하면서 노동자들의 투쟁 의지를 꺾는데 슬그머니 동참했다.

투쟁을 이끌어갈 힘 있는 쟁의부장이 필요한 때, 박정태가 자원을 하고 나섰다. 그는 4·28투쟁 때 도영회를 향해, '개새끼 호로새끼 도영회 새끼 때려잡자!'라는 원색적인 구호로 선동하다 그 다음 날 해고되고 정직 1개월 처분을 받기도 한 강성 기질의 인물이었다.

덩치가 산만한 박정태는 파업이 본격화될 것을 대비해 정당방위대를 조직했다. 그는 각 사업부별로 쟁의분과위를 만들었다. 분과장은 사업부별 대의원 한 명을 위촉하고 대원들을 차출했다. 각 공장에서 패기 있는 젊은이들이 대원으로 몰려들었고 양봉수도 그중 한 명이었다.

1992년 1월 14일, 쟁의행위 찬반 투표에서 88.88%의 찬성표가 나오자 다음 날 회사는 저녁 5시부터 무기한 휴무 조치를 내렸다. 노조는 정당방위대를 동원해 본격적인 투쟁에 대비했다. 쟁의부장은 흰색과 검은색 천을 반반으로 엮어서 만든 티셔츠를 대원들에게 지급했다. '밤낮없이 쉬지 않는 투쟁으로 승리한다'라는 슬로건이 담긴 티셔츠와 복면이었다. 투쟁이 격화될 조짐을 보이면서 사진 찍히기를 염려했던 조합원들이 복면을 쓰자 두려움을 떨치고 어깨를 폈다.

조업이 멈춘 공장을 노동자들이 접수하기 시작했다. 정문을 지키던 경비들이 조합원과 몸싸움을 하다가 쫓겨났다. 조합원들 스스로 공장을 장악해 들어가자 박정태는 위원장의 지시를 받아 전 공장에 상주해 있던 관리자들을 내몰았다.

"나가! 모두 나가!"

복면을 쓴 봉수는 대원들과 함께 쇠파이프로 바닥을 찍어댔다. 관리자들이 허둥거리며 사무실을 빠져나갔다. 몇 시간에 걸쳐 현장에서 관리직들을 몰아내자 자동차를 몰 줄 아는 노동자들이 생산차를 끌고 나왔다. 봉수도 차량을 끌고 나와 정문에서부터 노조 사무실까지 양쪽으로 일렬로 세웠다. 그리고 타이어 바람을 빼서 움직이지 못하게 고정시켰다.

본격적인 바리케이드 설치가 시작됐다. 14개 정문에 차량과 트레일러 빔, 대형 타이어로 외부 출입을 막았다. 공장 안으로 들어가는 길은 플라스틱 자재 박스 등 수많은 설치물이 쌓여 미로를 방불케 했다. 정당방위대 안내 없이는 길을 찾기도 힘들 만큼 바리케이드가 설치됐다. 미로를 만들어놓은 그들은 밖으로 나가 공장 주변 보도블록을 깨 던지기 좋게 돌멩이로 만들어놓았다. 도로 주변 2킬로미터 되는 길 위의 보도블록이 돌멩이 무더기로 쌓이자 거리는 음산한 기운을 내뿜었다. '양정벌 늑대'라는 별칭까지 얻은 위원장은 집회를 열고 단호하게 외쳤다.

"내 지시가 없는 한, 양정벌 150만 평 현대자동차에는 컨베이어 소리와 망치 소리가 들리지 않을 싯이나!"

1만2천여 명이 넘는 조합원들은 이상구의 이름을 외치며 환호했다. 그들은 '대동단결 대동투쟁!', '성과 분배 완전쟁

취!', '휴업철회 결사항쟁!'을 외치며 '민주노조 사수가'를 불렀다. 노래가 시작되자 조합원들은 라이터를 손에 쥐고 박자를 맞추듯 라이터돌을 튕겼다. 어둠이 이슥해진 공장에 만여 개의 별빛 같은 라이터 불빛이 반짝반짝 튀기며 장엄한 물결처럼 흘렀다.

빼앗긴 자랑스런 이름을 찾아 사라져간 동지의 넋을 찾아
발자국 하나하나 울분 새기며 싸우는 동지들이여
보라, 피 묻은 작업복에 저 깃발, 굴종을 거부한다 저 깃발
아아, 민주노조 우리들의 해방꾼
노조는 우리의 생명 우리들의 가슴이다
자아, 목숨 걸고 지키리라 사수하라 민주노조

밤이 깊어지자 살갗을 아리는 추위가 시위대의 옷깃을 파고들었다. 정당방위대원들은 순찰을 돌며 현장 기강을 세우고 어용들과 프락치들의 활동을 감시했다. 노동자들은 추위와 허기를 달래기 위해 양정동 일대 술집을 들락거렸다.

"공권력이 쳐들어오면 버틸 때까지 버티다 장렬하게 전사하자!"

"이번에는 반드시 승리를!"

노동자들은 술잔을 돌리며 의지를 불태웠다. 처음으로 공장을 점거하는 두려움도 화염병을 만들어 투척하는 훈련으로 걷어내면서 더욱 결의를 다졌다. 지도부들은 다가올 침탈에 대한 대처 방안을 논의하면서 깊은 시름에 잠겼다. 보이지 않

는 긴장감을 안고 노동자들은 불안한 첫날 밤을 보냈다.

여명이 염포산의 경계를 푸른빛으로 물들일 때 태화강을 건너온 헬리콥터의 요란한 굉음이 차갑게 얼어붙은 새벽을 깨웠다. 자동차 공장의 하늘에서 수만 장의 전단지가 살포됐다. 헬리콥터는 공장의 하늘을 빙빙 돌면서 선무 방송을 했다. 잠들어 있던 노동자들이 눈을 번쩍 떴다.

"여러분은 지금 불법으로 공장을 점거하고 있습니다. 여러분 배후에는 국가를 전복시키려고 하는 불순세력들이 숨어 있습니다. 지금 즉시 점거를 풀고 가족이 기다리는 집으로 돌아가십시오."

"뭐야, 개새끼들!"

노동자들은 현장 휴게실에서, 천막에서 뛰쳐나왔다. 전단지가 적진을 침투하는 낙하산처럼 어둑한 허공에서 펄럭거리며 하강하고 있었다. 노동자들은 전단지를 손으로 낚아채 읽어보다가 찢어발겼다. 불법, 불순, 좌경, 엄단이라는 활자들이 찢어진 종이 쪼가리 위에서 너덜거렸다.

날이 환하게 밝자 노동자들은 전단지를 수거해 태워버렸다. 정문 앞으로 차들이 다녔지만 주변이 모두 파헤쳐져 을씨년스러웠다. 정문 옆에 있는 경비실과 면회실 건물 위에는 노동해방, 투쟁, 민주노조 사수 등의 글귀가 벌건 스프레이로 덧칠해져 있었다. 복면을 쓴 정당방위대가 철제 바리케이드를 세워놓고 쇠파이프를 쥔 채 출입자들을 통제하고 있었다.

최병렬은 노동부 장관직을 걸고 폭력 세력을 처단해서 회사와 노조를 정상화시키겠다고 했다. 체포 특공대를 포함한 전경 120개 중대 1만7천여 명이 자동차 공장을 에워싸고 명령을 기다렸다. 오전 집회를 열자 노동자들이 7천여 명으로 줄었다.

날을 세운 톱니바퀴처럼 수많은 유언비어가 노동자들 사이를 돌고 돌았다. 울산 전산망과 명촌교 폭파설이 나돌았다. 지역방송은 북한 공작원들 개입설까지 언급하면서 울산 시민의 민심을 자극했다. 울산에 있는 우익단체와 자동차 공장에 기생하는 업체들이 합심해 일인당 만 원씩을 주고 5만 명을 동원해서 '조업 촉구 궐기대회'도 열었다.

상황은 급속도로 나빠졌다. 몇 개월에 걸친 싸움 끝에 공장을 점거했지만 조합원들은 겁을 먹으며 뒤로 빠져나갔다. 집행부는 논의를 했지만 뾰족한 수가 없었다. 점거 5일 후인 19일, 집행부 역시 위협을 느끼고 회사와 다시 협상에 나섰다. 그들은 원래 요구했던 안보다 훨씬 후퇴한 안을 내놨으나 회사는 받아들이지 않았다. 회사는 3대 집행부를 초토화시킨 뒤 민주파를 공장 밖으로 영원히 추방시키고 싶어 했다.

협상이 결렬되자 20일, 공권력 투입이 임박했다는 소문이 공장의 담을 빠르게 타고 넘어와 현장에 있던 노동자들을 구석으로 몰았다. 경찰들은 일사불란한 지휘에 맞춰 병력 배치를 완료해놓고 있었다. 헬리콥터는 밤낮을 가리지 않고 자동차 공장을 넘나들며 선무 방송과 전단지를 뿌렸다. 점거 중이던 노동자들이 점점 현장을 빠져나가 3천5백여 명만 남았다. 주로 혈기가 왕성한 소위원들이 쇠파이프를 버리지 못한 채 움켜쥐고 있었다. 경찰들은 자진해서 나오는 노동자들에겐 길을 열어주고 있었다.

"봉수야, 이미 끝났다. 나가자."

"형님이나 가세요. 난 끝까지 남아 싸울 겁니다."

"미련 떨지 마. 조금 있으면 나머지 사람들도 다 빠져나갈 거야. 이미 위원장도 도바리쳤다는 말이 돌고 있어."

"가세요, 형님. 난 끝까지 남습니다."

봉수는 광주의 설득을 뿌리치고 공장 안으로 더욱 깊숙이 들어갔다.

21일 밤, 경찰이 해상 진입을 시도한다는 정보가 입수됐다. 서영호 정책연구부장이 즉각 바리케이드를 보강하기 위해 현장을 지휘했다. 한 조합원이 바리케이드를 강화시키기 위해 브레이크와 전조등이 고장 난 차량을 움직였다. 앞이 잘 보이지 않는 상태에서 무리하게 차를 몰던 조합원은 서영호를 그 자리에서 들이박았다. 그는 긴급히 병원으로 이송해 치료를 받았지만 의식불명의 상태에 빠져버렸다.

암울한 밤이 깊어갔다. 공장 안에는 500여 명의 노동자들만 남아 있었다. 이미 위원장이 빠져나가고 퇴각을 결정한 상집(상무집행위) 간부들 대다수도 사라진 뒤였다. 쟁의부장은 정당방위대원을 이끌고 화염병을 트럭에 실었다. 만여 개의 화염병이 쓰이지도 못한 채 차량에 실려 바다에 버려졌다. 그들은 다시 현장 안으로 들어와 본관 건물을 뒤졌다. 이미 현장 안에는 이용과 프락치들이 들어와 마지막까지 남은 사람들을 조사하고 있었다. 정당방위대는 그들을 피해 쓸 만한 자료들을 모아 밖으로 빼돌리고 퇴각을 결정했다. 경찰은 최루탄 한 발 안 쏘고 무혈입성을 했다.

현장을 나와 도로를 건너간 봉수는 전경에게 뺏긴 공장을 쳐다봤다. 정문에 불이 켜진 공장은 다시는 돌아갈 수 없는 이방인의 나라처럼 보였다. 바람이 얼어붙은 뺨을 야무지게 때렸다. 식어서 굳어버린 마음이 맹렬한 추위에 쩍쩍 갈라지는 소리를 냈다.

"가재이, 술이나 진탕 묵구 죽자."

경태가 봉수를 잡아끌었다. 며칠 동안 바싹 말라버린 나뭇잎처럼 푸석해진 얼굴을 떨구며 경태가 걸었다. 가슴속에서 비명이 아우성쳤지만 입이 닫혀버렸다. 터져 나오지 못한 비명이 온몸 구석구석에서 돋아나 바늘처럼 쑤셔댔다. 두 사람은 패잔병처럼 힘겹게 다리를 끌고 술집 문을 열었다.

술집 여주인은 두 사람이 들어오는 것을 보고 반색을 하다가 멈칫했다. 난로 위에서 끓고 있는 따뜻한 물을 컵에 따라서 그들이 앉은 식탁에 올려놓았다.

"춥지? 물 좀 마셔. 몸이 따뜻해질 거야."

"이모요, 술캉 안주 쫌 주이소"

"그래 배도 고프겠다. 조금만 기다려. 금방 내올게."

몇 군데 식탁에 노동자들이 둘러앉아 목소리를 높이고 있었다.

"자동차 공장에 망치 소리 들리지 않을 거라고 개폼 잡더니, 꼴좋다."

"위원장이 욕먹을 일은 아니지. 나이 처먹은 놈부터 도망친 놈들을 쳐 죽여야지. 우린 안 돼. 근성이 없어! 개새끼들, 싸우지 않으면 어용이라고 길길이 날뛰더니 제일 먼저 도망이나 치고. 열나서 끝까지 있었지만 좆 돼버렸다!"

경태가 두 사람의 말을 들으며 씁쓸하게 웃었다. 봉수는 담배를 피우며 묵묵히 허공만 쳐다봤다. 여주인이 술과 밑반찬, 족발을 내왔다.

"싸움은 이길 때도 있고 질 때도 있는 거야, 안 그래? 오늘도 꽁짜니까 많이 먹고 힘들 내."

"이라다 망하는 거 아입니꺼? 술값도 음쓸까봐요? 술값 있습니더."

"아, 준다고 할 때 그냥 먹어. 이모가 짠해서 그래."

"이모가 아니라 누님 같네요."

"그래? 그럼 누님이라고 불러줘. 훨씬 듣기 좋다."

"네, 누님."

봉수가 고개를 숙여 인사를 하자 경태와 여주인이 깔깔거리며 웃었다.

"왜 웃는데, 기분 나쁘게."

"좋아서 웃지, 동생!"

여주인이 봉수의 어깨를 손가락으로 튕기며 주방으로 향했다.

"앞으로 어떻게 되는 거야?"

봉수는 경태와 술잔을 나누며 물었다.

"내도 모르지. 우야든둥 다시 추스르고 안 하겠나? 아, 씨브럴 거. 이렇게 싸우는 게 아니었는데, 억수로 허무하게 깨져뿟다."

"안 싸울 수 있었나? 안 싸우면 어용이라고 해쌌는데."

"결과만 놓고 보면 안 되는 기지만 지도부가 너무 안일한 거 아인가 싶다. 처음에 내년 임단투에 집중하자고 계획을 잡았으마, 그게 옳다고 확신이 들마, 욕을 먹드라도 조합원들을 설득해야지. 설득이 안 되면 될 때까정 설득해가면서 제대로 된 싸움을 이끌어내는 게 지도부 아이가? 이기 뭐꼬?"

"경태야, 니 말도 맞지만 싸움은 때가 있어. 싸우자고 난리치는데 안 싸우면 그런 기회가 다시 와도 안 싸우려고 한단 말야. 니도 그랬잖아? 우리가 투쟁의 불씨가 돼야 한다고. 싸움을 한 게 잘못이 아니라 싸움을 잘 못한 걸 거야."

"잘 몬했지. 내가 퇴각 논의할 때 다 알아봤다. 그 뭐라 카도? 싸우다가 불상사가 나면 더 큰일이라고 떠드는 소리 들었제? 싸우는 데 불상사가 안 나는 게 이상한 거 아이가? 그기 싸움이가? 씨발놈들 좀 솔직해지라고 캐라. 즈그들도 겁나니까 도망친 거 아이가? 조합원들한테는 뭐라 할 끼고? 느그들이 도망가서 어쩔 수 없었다꼬 덤터기 씌울 끼가? 대구빡 터지게 싸워가 피투성이 됐을 때 조합원들의 각성도 끌어낼 수 있는 기라. 글라? 안 글라? 근데 다 도망가뿌면서 민주노조를 우예 만들고 세상은 또 우예 바꾼단 말이고? 쌍노무 새끼들"

경태는 담배 한 개비를 꺼내 이빨로 질겅질겅 씹었다.

"말 한번 시원하게 하니더. 우리 모두 엿 돼부렀소."

건너편에서 걸쭉한 목소리가 날아왔다. 경태는 그들을 힐끗 쳐다보며 손을 흔들어 인사를 건넸다. 봉수는 말없이 잔을 비우며 흘러 다니는 담배 연기를 들여다봤다. 손전등 불빛에 드러난 서영호의 얼굴이 머릿속에서 떠나지 않았다. 이마에서 피가 흘러 뚝뚝 떨어지는데도 그는 시체처럼 눈을 감고 미동도 안 했다.

"서영호 부장 살 수 있을까?"

"그 사람까지 죽어삐면 하늘을 우에 보고 살 끼고. 살아도 사는 기 아닐 끼라."

"허탈하네."

지나간 일주일이 꿈결처럼 흐느적거리며 눈앞을 흐리게 했다. 밤마다 깜빡 잠을 자면서 공장을 지키고 노조를 지키기 위해 죽음을 각오하고 싸우자는 다짐을 했었다. 회사가 자본가들의 집이라면 노조 역시 노동자의 집이었다. 노동자의 집은 고향이 집치럼 누추하고 조라해서 그 집을 따뜻하고 화목하게 만들고 싶었다. 그런 집에서 노동자들의 정겨운 웃음소리가 퍼지는 걸 듣고 싶어 결사 항쟁을 수없이 마음에 되새겼으나 결과가 참담했다.

"허탈할 여가가 어디 있겠노. 니나 내나 짤릴 게 분명하다."

"잘라보라고 해, 가만있지 않을 거니까. 이번에 지긴 했어도 확실하게 배운 건 있다. 이놈의 세상에 노동자 편은 없다는 것, 그거 하나는 확실하게 배웠다."

"그걸 인제 알았다나?"

"그래, 이제 제대로 느꼈다! 내 인생을 내가 민들 듯 노동자의 삶도 노동자기 민들 수밖에 없다는 걸 분명하게 느꼈다!"

술기운이 퍼져 눈두덩이 빨개진 봉수의 이글거리는 눈동자가 경태의 눈빛을 빨아들일 듯이 쳐다봤다. 마주 보던 경태가 고개를 끄덕이며 봉수를 향해 술잔을 내밀었다.

"노동자는?"

"하나다!"

봉수의 대답과 함께 두 사람의 잔이 힘차게 부딪쳤으나 우울한 그들의 표정을 바꿀 수는 없었다. 다음 날부터 공장은 경찰들에 의해 봉쇄됐다. 지도부는 장외 투쟁을 선언했지만 동력은 이미 끊긴 상황이었다. 동구와 중구, 남구도 경찰들이 모두 진을 치고 있었다. 지도부는 동력을 탈탈 털어 산발적인 시위도 시도해봤지만 조합원들을 결합시키지 못했다. 공장 침탈을 대비해서 올려 보낸 서울 상경 팀이 민주당을 점거하러 들어갔지만 이미 의미를 상실한 후였다. 그들은 초토화된 울산부터 추스르기 위해 다시 내려왔다. 공장 재진입을 통해 탈출구를 찾아보려 했지만 모두 허사였다. 지도부들이 우왕좌왕하는 사이에 회사는 정상 조업을 서둘렀다.

150여 명이 회사로부터 고소, 고발을 당했다. 울산 전역은 수배자들을 검거하려는 경찰들로 넘쳐났다. 지도부들은 연일 검거되는 사람들 이름을 보면서 움츠러들었다. 정상 조업에 맞서서 작업 거부 투쟁을 조직했으나 힘을 만들어내지 못했다.

'무노동 무임금'을 적용한 회사는 절반도 안 되는 월급으로 조합원들과 그의 가족들을 실의에 빠트렸다. 춥고 서러운 설날 명절을 보내면서 노동자들은 패배감에 휩싸였다. 때때로 분노가 목구멍까지 차올랐다. 하지만 그들은 파업에 대한 어떤 얘기도 입에 올리지 않았다. 정상 조업을 재개한 현장은 경찰이 상주하면서 감시했다. 노동자들은 옥쇄 투쟁을 위해 쳐놓은 바리케이드를 전경들의 방패와 곤봉을 보면서 묵묵히 걷어냈다.

소금기를 잔뜩 머금은 칼바람이 하루 종일 상처 난 노동자들의 생살을 후벼 파고 미로 같은 바리케이드 사이를 미친 듯이 날아다니며 울던 날이었다. 회사는 도영회를 앞세워 3백여 명의 인원을 모아 법규부를 신설했다. 이들 대부분은 전현직 운동선수 출신으로 꾸려졌다. 그들의 주 업무는 노조 활동을 사찰, 촬영하고 집회의 내용과 발언자들의 신상을 기록하는 등 현장 노동자들의 입을 막고 두 팔과 두 다리에 족쇄를 채워 저항하지 못하도록 폭행을 자행하는 것이었다.

공장은 보이지 않는 거내한 절벽으로 하늘까지 막아놓은 듯했다. 경찰이 공장 출입구마다 지켜 서 있는 가운데 회사의 관리자들은 생산량을 극대화시키기 위해 컨베이어 속도를 높였다.

"주문량을 채워야 하니까, 열심히들 하자구!"

작업이 느리면 조장, 반장은 물론 과장까지 내려와 노동자들을 닦달했다. 바른말 잘하고 관리자들과의 싸움을 마다 않던 대의원, 소위원들은 더 이상 현장에 존재할 수 없었다. 해고되지 않은 사람도 있었지만 누구하나 선뜻 나서지 못했다. 나서는 순간 그들은 징계를 받고 해고라는 삼날 아래에 기 신의 목을 내걸어야 했다.

노동자들은 잡담도 못 하고 할 말도 잃어 입을 닫았다. 화장실도 눈치를 보면서 가야 했고 담배는 물론 커피조차도 쉽게 마시지 못한 채 작업에만 몰두했다. 고목나무에 달라붙은 매미의 끊이지 않는 비명처럼 노동자들은 임팩트를 들고 쉼없이 나사를 돌렸다. 그러자 차 10대를 만들던 시간에 11대가 나왔다.

"봐라, 노동조합이 없으니까 생산량이 늘어나잖아. 이제 뭔가 제대로 돌아가는 것 같군. 가서 음료수라도 돌려. 당근과 채찍으로 끌고 가라구!"

공장장은 기분이 좋아 관리자들을 불러놓고 지시했다. 관리자들이 현장에 음료수를 돌리며 격려의 말을 퍼부었다.

"지금은 힘든 시기니까 최대한 대수를 끌어올려 보자구! 그러면 회사도 가만있겠나?"

굳게 입을 다물고 납작 엎드린 노동자들은 컨베이어 속도가 올라가는 대로 헉헉거리며 일했다. 10대에서 13대로 차량 생산이 급증하자 공장장은 환호성을 질렀다. 회사의 꽁무니를 졸졸 쫓아다니던 어용 깡패들도 기가 살아 활개를 쳤다. 그들은 뭔가 움찔거리려는 기색이 보이는 대의원들을 윽박지르다가 약해지는 기미가 보이면 겁을 주었고 대드는 사람들은 어두운 곳으로 끌고 가서 폭행을 가했다. 혼란을 틈타 깡패들이 새롭게 입사를 하고 그들은 점점 세를 불리며 노동조합의 이권을 챙기는 집단으로 성장해나갔다.

"이게 공장이냐? 이런 꼴을 당하고만 있어야 하냐구! 뭐라도 해야 되는 거 아냐?"

조합원들은 끼리끼리 모일 때마다 분통을 터트렸다.

"지금은 대의원들이 나서면 안 돼. 힘도 없지만 그나마 민주적인 대의원들까지 잘리면 현장이 더 어려워지니 우리가 뭘 좀 해야 되지 않겠어?"

지도부가 털리자 조합원들은 소위원과 함께 자발적으로 두 시간 잔업 거부를 시도했다. 그들은 현장 관리자들이 심하게 작업을 압박하거나 모욕을 주면 누군가가 손가락으로 다섯을 가리켰다. 그건 5시 석식시간 이후 두 시간 잔업을 거부하고 집단 조퇴를 한다는 뜻이었다. 여러 공장에서 그런 산발적인 시도를 일으키며 조합원들은 기운을 내려고 안간힘을 썼다. 그들은 준법 투쟁의 일환으로 '품질 배가 운동'까지 벌이며 노무관리에 대해 저항했다. 그 저항을 가장 치열하게 전개시킨 곳이 양봉수가 있는 반이었다. 양봉수와 경태는 소위원으로서 반원들의 힘을 모아 끈실기게 대들었다.

"야, 빨리빨리 좀 못 움직이나!"

"이보다 우에 더 빨리 움직이는교? 그람 나사를 낭창하게 박아놓고 제품을 내보냅니꺼? 딴딴하게 단디 박아야 품질이 보장되는 거 아닙니꺼?"

조합원들은 정위치에 서서 정확하게 작업한다며 관리자들의 말에 반박을 했다. 그들은 작업이 다 끝날 때까지 컨베이어를 세워놨다가 다시 돌리면서 관리자들의 속을 끓여댔다. 속도가 느려지면서 생산량이 떨어져 관리자들이 화를 냈지만 봉수의 반원들은 굽히지 않았다. 그렇게 '품질 배가 운동'이라는 일종의 태업 행위가 시도 때도 없이 되풀이되자 사측은 눈엣가시였던 양봉수와 김경태를 성과 분배 투쟁 정방대 활동을 문제 삼아 해고시키고 현장을 움켜쥐었다.

시간이 갈수록 회사의 폭력적인 탄압으로 인해 조합원들은 물론 현장에 남은 간부들까지 혼란에 빠져들었다. 그들은 관리자들의 강압적인 태도에 죽기 살기로 싸워보고 싶다는 생각을 하다가도 싸워봐야 공권력이 개입하는 한, 이길 수 없다는 무력감에 어깨를 늘어뜨렸다. 치열한 싸움만이 능사가 아니었다는 것을 자책하는가 하면 치열하게 못 싸운 것에 대해 수치스러워하며 갈팡질팡했다. 활동가들 사이에서도 많은 말이 쏟아져 나왔다. 민주파에서도 노동운동의 전투적 기풍만이 능사가 아니라는 말이 터져 나왔고 경제주의자라고 자인했던 자들은 3대 집행부를 탓하며 노사협조주의를 외쳤다.

혼돈과 갈등을 겪으면서도 수배가 떨어진 지도부들은 울산대학교 앞 신축 건물 지하에 만화방을 차려놓고 장외 투쟁을 이어갔다. 그들은 책장으로 만화방 일부를 막고 비밀 통로를 만들어 그 안에다 컴퓨터와 복사기를 갖다놓았다. 행동으로 나설 수 없는 그들은 소식지 '결사항전'을 만들었다. 현장에 남아 있는 활동가들이 삐삐로 지도부와 만나면서 소식지를 가슴에 품고 공장으로 들어가 기숙사와 화장실, 작업 라인에 뿌렸다. 그러나 무너져 내린 현장의 투쟁력은 복원될 기미를 보이지 않았다.

장외 지도부는 노조 정상화 투쟁으로 전술을 바꿨다. 노조의 체제를 바로잡아 조합원들을 다시 일으켜 세우는 것이 급선무였다. 2월 10일 위원장이 구속되자 수배중인 사무국장을 위원장 직무대행으로 내세워 지도부 체제를 유지해 갔다. 때마침 4·28투쟁으로 구속됐던 김민식도 석방이 됐다. 지도부는 사무차장이라는 직함을 만들어 그를 권한대행으로 임명해 조합을 이끌어가게 했다. 하지만 회사로부터 대표성을 인정받지 못한 채 어용 대의원들까지 판치고 있어 갈 길은 산 넘어 산이었다. 그 험난한 산을 넘게 해준 사람들이 해고자들과 '수배·해고자가족협의회'였다. 그들은 노조 안팎에서 회사를 흔들어대며 조합의 체제를 잡아갈 수 있도록 힘을 주었다. 일부 해고자들은 노조 집행부 일을 맡아서 노조 정상화에 앞장섰다.

양봉수도 자동차를 몰고 해고자들과 가족협의회 사람들을 투쟁 현장과 교도소 면회실로 실어 나르며 정신없이 바쁜 나날을 보냈다. 현상수배자로 낙인찍힌 지도부들의 명단과 사진이 여관, 음식점, 터미널 등 울산 전역에 나붙었다. 김경태가 그들이 숨어 있는 만화방을 통해 선전 역할을 하면서 운신의 폭이 좁은 수배자들의 다리 역할까지 했다. 싸움이 패배로 끝나고 공장에서 쫓겨났지만 그들은 복직을 넘어 민주노조 재건의 길을 통해 노동해방의 길을 열고 싶어 했다. 끝도 보이지 않는 그 길을 다시 만들어가며 그들은 힘겹게 앞으로 나아갔다.

5장. 빛을 찾아서

영산강은 변함없이 흐르고 있었다. 깊고 푸르른 물빛도 달라지지 않았다. 봉수는 떡보 위에 맨발로 우뚝 섰다. 물결 사이로 어린 시절의 기억들이 넘실거렸다. 짙은 초록빛으로 살랑거리는 갈대가 바람과 몸을 부비며 그림 같은 추억들을 불러들였다. 갯벌 위에서 아이들이 미끄러지며 자지러지던 웃음소리가 들리고 자맥질을 하며 모시조개를 주워 굽던 냄새가 코끝에서 아른거렸다. 강물을 바라보던 봉수는 고개를 들어 하늘을 보았다. 가슴이 확 드이고 햇빛에 실린 눈부신 생명의 기운이 온몸으로 스며들었다.

"저길 건너갔다 온다고? 하지 마라, 겁난다."

"걱정 마라. 초등학교 때부터 건너던 강이다. 쟈는 내 친구다."

봉수는 팬티만 입은 채 두 팔을 머리 위로 뻗었다. 어깨와 허벅지가 등나무 줄기처럼 억세게 꿈틀거렸다. 그는 강물 속으로 몸을 던졌다. 강물이 하얗게 물보라를 일으키며 길을 열어주었다. 봉수는 자유롭게 몸을 놀리며 그 길을 따라 앞으로 나아갔다. 공장 동료 네 명이 물고기처럼 쑥쑥 나아가는 봉수를 감탄에 젖은 눈길로 쳐다봤다. 7월 중순, 한낮의 뜨거운 태양이 봉수의 발길질을 쫓아가고 있었다.

고등학교를 졸업한 지 칠 년 만에 찾아온 강이었다. 물의 냄새와 살결에 감기는 감촉이 정겨웠다. 손을 내밀 때마다 팔뚝 위에서 갈라지는 물과 지느러미처럼 흔드는 종아리 위에서 찰박거리는 물의 느낌, 물은 어디서도 자유롭게 흐르는 영혼의 숨결이었다. 봉수는 고개를 물 밖으로 내밀어 한껏 숨을 들이마셨다. 나주평야의 갈대들이 반갑게 몸을 흔들고 있었다.

고요한 평화가 몸에 스며들었다. 그는 몸을 뒤집고 눈가의 물기를 훔쳐냈다. 햇살에 부신 눈을 감은 채 물 위에 누워 발장구만 치자 봉수의 머릿속으로 전쟁 같은 지난 시간들이 주마등처럼 지나갔다.

양봉수!

해고자 명단에 그 이름이 실린 날부터 봉수는 또 다른 삶을 시작했다. 해고 76명, 정직 101명, 감봉 81명, 견책 64명 그리고 18명이 구속되고 15명이 수배 중이었으나 여전히 해고자는 계속 늘어나고 있었다.

해고자들은 공장 앞에 있는 '한겨레' 신문 지국을 인수해 복직 투쟁을 전개했다. 그들은 아침마다 정문을 비롯한 모든 출입구로 출근해 신문을 팔았다. 한 부에 3백 원씩 비싼 가격으로 팔았지만 많은 조합원들이 흔쾌히 사주었다. 아침마다 라면으로 끼니를 때우면서 신문 판 돈으로 티셔츠와 양말을 제작해 수익 사업을 펼치고 복직 투쟁을 지속했다.

"위선자들!"

봉수는 회사 안으로 관광버스가 들어갈 때마다 피가 끓었다. 회사는 이미지 개선을 위해서 견학 관광을 대대적으로 펼쳤다. 1992년 12월 대선에 나서는 정주영을 선전하기 위해 성과급 분배 투쟁에서 보여줬던 노조 폭력 1위 기업의 추악한 모습을 씻어내기 위해서였다.

"해고자를 복직시켜라! 나를 죽이고 가라!"

정문에서 경비들과 대치하던 중 상무이사의 차량이 나타났다. 양봉수가 슬라이딩하듯이 이사의 차량 밑으로 몸을 집어넣자 해고자 10여 명이 그와 함께 몸을 눕혔다. 당황한 경비들이 떼로 몰려들어 그들을 끌어내면서 한바탕 소란이 일어났다. 그날 이후 양봉수는 공장 견학을 위한 관광버스가 오면 차 밑으로 달려들어 회사의 기만적인 모습을 보란 듯이 몸으로 폭로했다.

"제발 좀 적당히 해라. 이러다 니 죽는다. 니는 목심이 남아도나?"

무모하다 싶을 정도로 몸을 던지는 봉수를 볼 때마다 김경태는 간담이 서늘했다. 선배들도 눈치껏 적당히 하라고 했지만 봉수는 차량들을 볼 때마다 먹이를 보면 달려드는 짐승처럼 움직였다. 회사의 이중적인 모습이 눈에 보일 때마다 치밀어 오르는 역겨움을 그는 견딜 수가 없었다.

해고자들은 다양했다. 민주파들이 대다수였지만 투쟁 당일 집기를 부순 게 목격돼 해고된 사람도 있었고 어용이라 불리던 사람들인데도 근무 태만자로 밉보여서 해고된 사람들도 있었다. 80여 명 가까이 되는 해고자들이 모여 있어 신문사 지국은 늘 어수선했다. 성과 분배 투쟁 이전에 해고된 선배들이 부당징계자 모임을 만들어 투쟁을 본격화하는 와중에도 놀러 다니면서 술에 흥청거리는 사람들도 있었다.

조업이 다시 시작되면서 현장에 있는 동료들이 해고자들에게 힘을 보탰다. 그들은 매달 후원금을 모아 자기 반 소속 해고자들에게 보냈다. 그중에서 가장 많은 후원금을 봉수와 경태가 받았다. 그들은 매달 20~30만 원씩 후원금을 받아 신문사 지국에 기부금을 내기도 했다.

"오빠, 힘들지 않아?"

봉수가 해고되자 여동생 선희는 자동차 공장으로 오빠를 불러들인 걸 후회했다. 봉수가 입사한 뒤 한 달에 두세 번씩 봉수를 찾아올 때마다 그의 방에 쌓이는 책들을 봤다. 평소에 책을 좋아하지 않았던 오빠의 방에서 노동운동에 관한 책을 볼 때마다 불안했다.

"왜 이런데 관심을 가져? 꼭 이런 일을 해야겠어?"

"걱정하지 마. 모든 게 나하고 관계있는 일이야. 당연히 내가 해야 될 일이지."

선희는 너무도 당당하게 말하는 오빠의 말에 더 이상 대꾸할 수 없었다. 어려서부터 자기가 옳다고 믿으면 누가 말려도 하고야 마는 게 오빠의 성격이었다. 너무 앞에 나서지 말라는 말로 당부를 했었지만 불안이 현실로 나타나자 걱정스러웠다.

봉수는 부모님에게도 해고됐다는 사실을 밝혔다. 구속자 가족을 차에 태우고 목포교도소로 면회 갔을 때 잠시 집에 들러 부모님을 뵈었다. 어머니는 해고가 뭔지 몰라 한참 동안 봉수의 설명을 듣고 나서 물었다.

"나쁜 짓 혀서 쫓겨났냐?"

"아니지라. 옳은 일 한 거지라."

"그럼 그렇지, 우리 아들이 나쁜 짓을 할 리가 없지라. 그럼 되었다."

부모님은 크게 상심하지 않았다. 어머님은 오히려 봉수를 위로하면서 직장은 또 구하면 되는 거라고 했다.

"우리가 옳으니까 싸워서 다시 들어갈 거니까, 걱정하지 마시랑께요."

"니가 알아서 하것지. 우린 니 말을 믿으니까 걱정 안 한다. 다치지나 말거라."

그날 이후 봉수는 가족에 대한 마음의 짐을 내려놓았다. 대신 구속자와 수배자 그리고 나른 해고자 가족들을 진짜 가족처럼 여기며 보살폈다. 수배자 중에는 결혼한 사람도 있었지만 대부분 총각들이 많았던 탓에 가족 대표들이 나이 드신 어머니들이었다. 어머니들은 잠도 제대로 못 자면서도 물불을 가리지 않고 자식들을 위해 복직 투쟁에 나섰다.

"여러분, 해고자들을 복직시켜 주십시오! 내가 김민식이 에미입니다!"

소식지 한 장 전할 수 없었던 시기에 어머니들은 만화방에서 만들어온 '결사항쟁'을 몸속에 숨겨와 출근하는 노동자의 머리 위로 던졌다. 소식지가 서럽게 팔랑거리며 날아길 동안 어머니들은 자식들의 이름과 함께 원직 복직을 외쳤다. 경비들이 우르르 달려들 때까지 늙고 주름진 손으로 정문을 들어가는 노동자들의 손에 소식지를 집어주면서 자식들을 잊지 말아달라는 간절한 눈빛을 보냈다. 경비들의 억센 손에 손목이 비틀어지고 몸뚱이가 잡혀 끌려가면서도 그들은 해고자를 복직시키라고 비명을 질렀다.

하루아침에 일상이 나락으로 떨어졌지만 어머니들은 자식들의 고통 앞에서 두려울 것이 없었다. 결혼한 남편을 둔 몇몇 아내들도 예상하지 못한 일 앞에서 팔을 걷어붙였다. 그네들은 울산 남부경찰서에 수감돼 있던 수감자들의 옷을 걷어와 빨아 입히고 행사가 열리는 곳이 있으면 부침개 같은 음식을 만들어 내다 판 돈으로 사식을 넣고 영치금을 넣었다.

3월 11일 구속·수배자 가족 협의회를 구성한 뒤부터 그들은 본격적으로 회사와의 투쟁에 나섰다. 봉수는 아침마다 그들을 싣고 공장 앞으로 갔다. 그들이 정문 앞에 나타나 주차장에 차를 세워놓으면 경비들이 정문을 에워쌌다. 어머니들은 그들을 아랑곳하지 않고 소식지를 뿌리며 현장 진입을 시도했다. 경비들과 밀고 밀치는 싸움을 하다가 안 되면 주차장에 세워져 있는 차를 밟고 올라가 담을 탔다. 그때마다 경비들은 어머니들의 손을 꺾고 젊은 아내들의 머리채를 잡아끌었다.

간부들만 출입이 허락돼 있던 정문으로 차가 들어오면 봉수는 몇몇 해고자와 함께 벌러덩 누워 차를 막고 소리쳤다.

"구속자를 석방하고 해고자를 복직시켜라!"

경비들이 그들에게 달려들어 끌어내리려 하면 어머니들이 담벼락에서 내려와 화단의 모래를 경비들의 얼굴에 던졌다.

경비들이 손으로 얼굴을 감싸면서 뒷걸음질 칠 때, 그들의 손에서 벗어난 해고자들이 정문 바리케이드를 밀쳤다. 경비들이 또다시 달려들고 어머니들은 필사적으로 그들을 붙들고 늘어지곤 했다. 매일 되풀이되는 싸움을 겪으며 어머니들의 팔뚝엔 상처가 훈장처럼 늘어갔다. 어느 날은 젊은 아낙이 쓰러져 실신하면서 병원으로 실려 가기도 했다. 따뜻한 봄이 왔지만 자동차 공장 앞에는 춥고 고달픈 시간이 지속됐다.

해고자들이 적극 결합한 노조 집행부는 '한백신문'을 만들어 노조가 힘차게 움직이고 있다는 소식을 전하기 시작했다. 해고자들도 '해고자원직복직투쟁위원회'를 만들어 조직적으로 회사에 저항을 했다. 현장에서도 조금씩 소위원들과 대의원들이 모임을 가지며 활동의 기지개를 폈다. 5월 19일 부위원장이 직무대행을 하다가 연행되면서 장외 지도부의 활동이 끝났을 때, 예상치 못한 일이 발생했다. 회사가 '선별 복직안'을 노조에 던졌다.

해고자들의 복직은 복직이 아닌 재입사 형식이었고 해고 기간 중의 임금은 지불하지 않으며 근속연수에도 지난 공장 생활을 포함시키지 않겠다는 내용이었다. 다만 복직 부서는 해고 당시의 부서로 정하되 구속자와 수배자는 복직에서 제외한다고 했다.

"회사의 의도가 뭘까?"

해고자들은 회사의 의중을 살폈다.

일단 회사는 너무 많은 해고자들의 매일 반복되는 투쟁을 막는 것이 힘에 겨웠을 것이다. 더욱이 4·28투쟁의 해고자들은 의식적으로나 투쟁적으로나 단련돼 있어 성과 분배 투쟁의 해고자들이 그들을 통해 탄탄한 활동가로 거듭날 우려가 있었다. 게다가 12월 대선에 정주영이 나올 때까지 일반 노동자들과 울산 시민은 물론 국민들에게 현대그룹이 노동자들에 대한 폭력 그룹이 아니라는 것을 홍보할 필요도 있었다.

회사가 해고자들이 선뜻 받아들이기 어려운 '선별 복직안'을 내놓은 이유는 복직하고 싶어 하는 자들과 거부하는 자들을 흔들어 해고자 내부 분열을 노린 것으로 판단됐다. 복직을 안 받아들이면 회사는 노동자들이 복직할 의사가 없다며 명분을 쌓을 수도 있었다.

해고자들은 회사의 의도대로 찬성과 반대로 갈라져 서로를 적대적으로 보기도 했다. 웬만하면 말이 없던 봉수도 해고자들끼리 욕설까지 퍼부으며 싸우자 침통한 표정으로 입을 열었다.

"모두 복직하고 싶은 마음은 똑같을 겁니다. 선별 복직은 선배 해고자들과 성과급 해고자들의 분열을 노린 겁니다. 선배님들 제발 마음을 함께해주십시오. 분열은 안 됩니다."

봉수가 큰 눈에 눈물까지 그렁그렁 달고 입을 열자 모두들 숙연해졌다.

"나 역시 선별 복직은 반댑니다. 하지만 우리 모두 회사의 의도를 알았으니 우리 실정에 맞게 판단합시다. 지금은 노조 정상화가 급선무입니다. 4·28투쟁 해고자 분들 중에는 노조 간부를 해본 분들이 많으니 복직해서 노조를 바로 세워주시는 게 좋다고 생각합니다."

김민식이 그동안의 의견들을 종합해가면서 자신의 생각을 밝혔다. 결국 그의 제의에 따라 4·28투쟁 해고자 아홉 명이 복직해서 노동조합으로 들어가고 김민식은 해고자 신분으로 돌아와 '해복투' 의장직을 맡았다.

해고자들 속으로 들어온 김민식은 시름이 깊었다. 해고자들은 출근 투쟁이 끝나면 미꾸라지를 잡아 술을 마시는 등 제멋대로였다. 온종일 보이지 않다가 심심하면 찾아와서 화투를 만지며 노닥거리는 사람도 있었다. 그는 해고자들을 모아놓고 일장 연설을 퍼부었다.

"지금 현장에서 폭력이 자주 발생합니다. 내가 단언컨대 어느 누구라도 해고자들에게 폭행을 가하면 반드시 백배 보복을 해줄 겁니다. 그 누구도 조합을 위하다 해고된 사람을 건드릴 수 없습니다. 그러니 우리 해고자들도 더욱 열심히 복직 투쟁을 전개해야 합니다. 그래야 조합원들에게 신뢰를 얻고 우리의 말발도 먹힐 수 있는 겁니다."

김민식은 출근 투쟁이 끝나고 나서 노조운동에 필요한 토론과 학습을 한 뒤 중식 투쟁을 하자고 제안했다. 48명의 해고자들은 다음 날부터 중식 투쟁에 나섰다. 그들은 점심시간에 맞춰 노조 사무실 앞에 모여 '원직복직' 구령을 붙여가며 매일 식당을 돌았다. 식사를 하러 나오는 동료들이 손짓을 하고 박수를 보내기도 했다. 그들은 번갈아가며 매일 1공장 식당부터 스물세 곳이 공장 식당을 돌며 노래와 구호를 외치고 민주노조 재건에 박차를 가했다. 그러자 회사가 김민식을 은밀히 불렀다.

"김민식 씨, 이제 그만하고 복직 하시죠."

"모두 복직시켜준다면 하죠."

"그러지 마시고 해외 좀 나가시면 어떻습니까? 캐나다에 공장이 세워졌으니 그쪽에 가서 일해주면 회사도 성의를 보이 겠습니다."

"무슨 성의를 보여줄 겁니까? 전원 복직시켜주시겠습니 까?"

"이십억 내놓겠습니다. 그 정도 액수면 평생 사는 데는 걱 정 없을 겁니다."

"허허, 내 목숨이 이십억밖에 안 됩니까?"

"목숨 값이 아니라 서로에게 좋은 일을 하자는 겁니다."

"못 들은 걸로 하죠."

"그러지 말고 생각해보세요. 답변 기다릴 겁니다."

김민식은 다음 날 회사를 향해 공개 답변을 했다. 그는 해 고자들을 식당 앞에 세우고 모든 사람들이 들을 수 있도록 마이크를 준비해 본관을 향해 소리 질렀다.

"조합원 여러분, 회사가 내게 이십억 줄 테니 복직하라고 합니다. 액수가 부족한 듯하지만 복직을 받아들이려고 합니 다. 대신 캐나다까지 출퇴근을 시켜준다면 할 겁니다. 축하 해주십시오! 이십억 받고 캐나다로 복직하게 됐습니다! 여러 분, 돈이면 다 되는 것처럼 떠드는 저들에게 과연 우리가 해야 할 일은 무엇이란 말입니까?"

봄에서 여름으로 넘어가는 햇살이 눈부신 날이었다. 해고 자들은 구보로 노조 사무실에서부터 달려와 땀을 흘리고 있었다. 김민식의 우렁찬 목소리와 함께 그들은 본관을 향해 지탄의 손을 내뻗었다. 해고자들의 이마에서 흐르던 땀이 눈썹을 타고 뚝뚝 떨어져 내렸다. 식당에 있던 노동자들이 뛰어나오고, 걷고 있던 노동자들이 멈춰 섰다. 김민식의 소리는 공장에서 공장으로 전해지며 노동자들을 분노로 들끓게 했다.

며칠 후 3공장에서 해고자이면서 대의원 활동을 하던 최덕준이 어용 대의원 대표인 오재석에게 두들겨 맞았다는 연락이 왔다. 소식을 전해 들은 김민식의 머리털이 쭈뼛 섰다. 오재석은 여기저기서 폭행을 주도하는 개망나니로 소문이 나 있었다. 해고자들과 함께 조합 사무실에 있던 김민식이 오재석을 노조 사무실로 불렀다.

"뭔 일인데 오라 가라 하는 거야."

오재석이가 문을 열고 들어와 거들먹거렸다.

"니가 최덕준이를 때렸냐?"

"때리긴? 잘하라고 어깨 좀 주물러줬지."

"그래? 내가 니 좀 주물러줄까? 니가 감히 해고자를 때렸단 말이지. 쌈 잘한다고 소문이 나 있던데, 어디 솜씨 좀 보자. 덤벼, 새캬!"

김민식은 작업복의 단추를 풀며 말을 끝낸 뒤 옷을 벗어 던졌다. 그는 두 다리를 벌려 바닥에 딱 붙인 채 오재석을 노려봤다. 하얀 러닝셔츠 안에 숨겨진 탄탄한 근육들이 그의 이마에 굵게 패인 주름살처럼 성난 표정으로 꿈틀거렸다. 노조 사무실의 분위기가 순식간에 차갑게 얼어붙었다. 김민식의 눈에 벌건 실핏줄이 돋아나면서 불이 붙은 것처럼 눈빛이 활활 타올랐다.

"개폼 잡고 있네, 씨발놈이!"

오재석이 쏜살같이 달려들었다. 김민식 역시 놈을 향해 내
달리더니 그의 가슴에 머리를 박으며 밀어버렸다. 쿵 하는 소
리와 함께 오재석이 뒤로 나동그라졌다. 김민식이 성난 황소
처럼 씩씩거리며 쓰러진 그에게 다가가서 그대로 가슴을 짓
밟아댔다.

"이 버러지 같은 새끼!"

살기가 배어 있는 그의 주먹이 쓰러져 있는 오재석의 얼굴
을 가격하기 시작했다. 오재석의 입에서 터져 나온 피가 김민
식의 주먹에 묻어서 사방으로 튀었다.

"죽어! 죽어! 이 버러지 같은 새끼!"

곁에 있던 조합원들이 황급히 김민석을 붙잡아 떼어냈다.

"놔! 날 건드리는 놈은 오늘 다 죽인다!"

김민식은 이성을 잃은 사람처럼 몸부림을 치며 소리를 질
렀다.

"참아요, 의장님. 사람 죽이겠어요. 제발 참아요, 의장님!"

대여섯 명의 해고자들이 그를 붙잡고 진정을 시켰다. 고삐
에 잡혀 싸움이 중단된 소처럼 김민식이 푹푹 숨을 몰아쉬면
서 온몸을 달구던 열을 삭였다.

"괜찮으니까, 놔. 그래, 괜찮아. 놔도 돼."

해고자들은 조심스럽게 손을 풀었다. 김민식이 이마의 땀
과 함께 머리카락을 뒤로 쓸어 넘기며 입을 열었다.

"오재석, 잘 들어라! 널 오늘 살려준 사람들은 바로 이 해

고자들이다. 한 번만 더 해고자들에게 손댔다는 소리가 들리면 넌 바로 죽은 목숨이라고 알아둬라. 그리고 가서 니 패거리들하고 너희들 대장질하는 놈에게 전해. 복수하고 싶으면 노조로 찾아오라고."

다음 날 점심시간 때 오재석은 퉁퉁 부은 얼굴을 한 채 최종찬을 비롯한 10여 명을 대동하고 조합에 나타났다. 최종찬은 이상구 위원장 때부터 소비조합 같은 것을 사유화하려고 도끼까지 들었던 사람이었다. 성과 분배 투쟁 이후 지역의 깡패들과 결합해 어용 대의원을 만들어내면서 노조의 이권 사업에 본격적으로 개입하던 중이었다.

"김민식 의장, 사람을 이리 패도 되나?"

"당신은 사람 팰 때 생각하고 패나? 그놈은 우리 해고자를 팼다. 난 해복투 의장 할 때 약속한 게 있지. 해고자를 패는 놈에겐 백배, 천배로 복수하겠다고 말이야. 당신도 복수하고 싶어서 왔으면 긴 말 하지 말자."

김민식이 작업복 단추를 하나 풀자 최종찬의 표정이 일그러졌다. 그는 김민식의 몸에서 쇳물을 녹일 때 올라오는 열기처럼 살기가 이글거리는 것을 보았다.

"휴전하자. 서로 싸워봐야 피만 보지 않겠나?"

"해고자들을 괴롭히지 않겠다는 말로 들어도 되겠나?"

"글쎄, 우쨌든 서로 피 보는 일은 삼가자."

"내가 목숨 내놓고 분명히 말하시만 해고자들을 건드리면 절대 가만있지 않을 거다."

최종찬은 김민식을 한참 동안 쳐다보다 돌아섰다. 그가

나가자 숨을 죽이고 있던 해고자와 노조 상근자들이 긴장을 풀었다.

"겁먹지 마라. 저런 놈들에게 겁먹어서 어디 혁명하겠나? 해고자들은 나가자. 오늘은 내가 한잔 쏜다."

해고자들은 환호성을 지르며 김민식을 따라 식당으로 향했다.

삼겹살집에 앉아 48명의 해고자들은 잔에 술을 채웠다. 김경태가 일어나서 사회를 봤다. 그는 또랑또랑한 목소리로 건배사를 선창했다.

"해고자!"

"원직복직, 투쟁!"

48명의 해고자들은 잔을 높이 들고 구호를 외친 뒤 동시에 술잔을 비워냈다. 술잔을 내려놓은 해고자들이 저마다 한마디씩 던졌다.

"의장님, 잘 먹겠습니다."

"의장님, 든든합니다!"

해고자들의 목소리가 뒤섞여 술집은 시끌벅적했다. 굳게 입을 다문 채 김민식의 옆에 앉아 있던 봉수가 그의 빈 잔에 술을 따랐다. 김민식이 잔을 받으면서 양봉수를 살갑게 쳐다봤다.

"야, 니는 나랑 참 많이 닮았더라. 싸울 때 라인부터 세운다며? 나도 그랬다. 그래야 새끼들이 얘기 들을 자세가 나오거든. 그냥 몇 마디 해봐야 관리자 놈들한텐 소 귀에 경 읽기다. 그리고 차만 보면 기어 들어가는 자살조라며?"

"소리치는 것보다 효과는 좋습니다."

봉수의 말에 김민식이 소리 내어 웃었다.

"노동자의 힘은 깡다구가 최고다. 원칙을 세우고 옳다고 판단되면 행동으로 옮기는 거지. 사람은 한 번 비겁해지면 두 번 비겁해지고, 한 번 용기를 내면 백배 용기가 생긴다. 싸우면서 배운 내 인생철학이다!"

강물 위에 누워 눈을 감고 있었던 봉수의 눈이 번쩍 떠졌다. 태양빛이 눈을 찌르자 봉수는 몸을 뒤집어 물속으로 깊이 잠수했다가 물 밖으로 머리를 내밀었다. 나주평야가 코앞에 다가와 드넓게 펼쳐져 있었다. 그는 팔과 다리를 부지런히 움직여 물살을 갈랐다. 부채를 펼치듯 몸이 쭉쭉 나아가 갈대밭에 다다랐다. 그는 물 밖으로 나와 얼굴을 문지르며 떡보를 쳐다봤다. 동료들이 손을 흔드는 모습이 희미하게 보이자 손을 들어 답했다.

태양은 여전히 머리 위에서 이글거렸다. 물결을 따라 흐르는 바람을 타고 갈대숲도 옆으로 누우며 소리를 냈다.

'한 번 비겁해지면 두 번 비겁해지고, 한 번 용기를 내면 백배 용기가 생긴다!'

바람을 타고 온 듯 김민식의 목소리가 갈대숲에서 들려왔다. 봉수는 가슴을 활짝 열고 크게 숨을 들이켰다. 저 멀리 산과 들을 굽이굽이 돌아 영산강이 바다를 향해 나아가고 있었다. 마치 늪처럼 강물이 느릿느릿 움직이는 것 같지만 유속은 빨라서 사선으로 강을 건너야 했다. 멀리 흐르는 깊은 강, 봉수는 생의 물결을 그와 같이 흐르고 싶었다. 그는 동료들을 향해 다시 물속으로 뛰어들었다.

어머니의 아쉬워하는 손길과 아버지의 걱정스러운 눈길을 놓지 못한 채 봉수는 차를 몰았다. 사창리를 빠져 나와 무안읍으로 향했다. 차창을 열자 추억이 깃들어 있는 거리 곳곳에서 오랜 기억의 향기가 바람 따라 들어왔다.

잘 있거라, 내 마음의 고향 영산강아.

책거리 기념으로 고향에 내려왔었다. 책 한 권을 끝낼 때마다 자축하며 술자리를 만드는 게 학습 소조의 행사처럼 돼 있었다. 해고돼서 만난 학습팀은 봉수의 고향, 영산강을 보고 싶어 했다.

봉수의 친구들이 온다고 하자 아버지는 기르던 개를 잡았다. 어머니는 아들이 도착할 때까지 개고기를 먹기 좋게 푹 삶아냈다. 동료들은 어머니의 손맛에 감탄을 하며 술을 곁들여 포식을 했다. 주인을 오랜만에 만난 봉수의 방도 환하게 불이 켜졌다. 방 안에 들어온 봉수가 옛 정취에 사로잡혀 술기운에 현지의 사진을 꺼냈다. 초롱초롱한 눈빛이 여전히 살아서 반짝거리는 현지의 사진이 공개되자 동료들이 자지러졌다.

고향은 따뜻했고 집은 아늑했다. 숱한 싸움이 기다리고 있는 공장으로 돌아가는 길 위에서 봉수는 나직이 자신에게 물었다. 투쟁이 없는 공장은 어떻게 생긴 공장일까? 백미러로 숙취에 젖은 동료들이 잠들어 있는 모습이 보였다. 마음이 훈훈한 친구들. 1박 2일 동안 마음껏 웃고 즐겁게 떠들던 친구들. 그런 웃음이 만발할 수 있는 공장은 없는 것일까….

봉수는 담배 한 개비를 빼서 입에 물었다. 삼 개월쯤 지나서 4대 위원장 선거를 치러야 했다. 무슨 일이 있어도 민주파가 다시 당선되어야만 노동조합의 위상을 새롭게 세울 수 있었다. 성과 분배 투쟁으로 많은 사람이 구속되고 수배와 해고를 당하는 바람에 민주파의 힘은 약해져 있었다. 조합원들 역시 성과 분배 투쟁의 결과를 놓고 설왕설래했다. 민주파가 다시 조합을 장악해 민주노조의 길을 이어가지 못한다면 어용들에 장악돼 노동조합의 의미가 후퇴할 수밖에 없었다.

위원장 선거를 앞둔 현장의 조직들은 분주하게 움직였다. 이영복이 만들어놓은 '한빛노동자회', 이한범과 함께 활동했던 사람들이 그를 비판하며 만든 '노동조합을 사랑하는 사람들의 모임', 이한범이 새로운 도약을 준비하며 만든 '현자노동자신문', 3대 위원장 이상구를 만들어낸 '현대자동차연대투쟁위원회'가 다시 세력을 규합해 세운 '범민주투쟁연합회'가 서로 고군분투 중이었다.

'범민주투쟁연합회'에서는 4대 위원장으로 공작사업부 소속 윤창호를 내세웠다. '민주노동자회' 소속이었던 그는 유일하게 성과 분배 투쟁 때 해고되지 않은 사람이었다. 위원장 출마를 위촉받은 윤창호는 이정민을 사무국장으로 내세웠다. 그 둘은 입사 동기로 기숙사 생활을 같이 하면서 노동운동가의 꿈을 키워온 사람들이었다.

"책임이 맡겨졌으니 반드시 이겨야지. 너희들이 많이 도와주라."

정민은 술집에서 경태와 봉수, 광주를 만나 도움을 요청했다.

"정민이 인생도 종 쳤구만. 난 윤창호 안 뽑을란다."

"또 왜 그러십니까?"

"당선되면 얼마나 고달프겠나? 꼼꼼한 니 성격 때문에 잠도 안 자고 노조 살린다고 지랄할 텐데. 어쩌다가 윤창호가 살아남아 가지고 니까지 쪽박 차게 만드는지 모르것다. 당선되면 그 다음은 감옥행인데, 좋냐?"

"노동조합만 살릴 수 있다면 기쁘게 가야죠. 술이나 한 잔 받아요."

"요즘 세상은 너 같은 사람 좋아하지 않는다. 착하고 정직한 놈만 보면 잡아먹으려고 하지. 그리고 돈이 판치는 세상에서 족발에 쐬주 한 잔 가지고 되겠나? 이영복 쪽에서는 가라오케까지 데려간다 카던데. 니 장가가려고 모아둔 돈 있지?"

"그걸 와 묻는교?"

"있구만, 꼬불쳐둔 돈 있어. 그거 나한테 맡겨라. 그거까지 선거에 다 퍼부으면 니 장가도 못 간다."

"우헤헤헤, 완전 고단수 사기 치시네. 홀라당 집어 쓰고 안면 바꿀 양반이."

경태가 두 사람의 말을 비집고 들어왔다.

"근데, 이한범이가 이영복을 공개적으로 지지한다 카던데 우예 될 것 같은교?"

경태가 정민에게 물었지만 광주가 먼저 입을 열었다.

"뭘 어째? 피 보는 거지. 사측 관리자와 장기근속자들은 모

252

두 이영복파여. 매년 선거에 나올 때마다 삼십 프로 가까이 그놈이 집어먹는 표가 그 증거지. 그리고 민주파라고 떠들던 놈들 중에서도 그쪽으로 슬금슬금 가는 놈들 있드만. 똑똑한 놈들이여, 실리를 찾겠다는 거지. 싸워봐야 피 작살만 나는 판국에 안 싸우고 월급 올려주고 복지후생 잘해주겠다는데 어떤 놈이 싫다고 하겠냐? 나도 그쪽이여. 싸움 생각만 해도 지긋지긋하다."

"광주 성님 부른 놈 누고?"

"안 불러도 니들 발자국 소리 다 들린다. 형님 손바닥 안에 있다 이 말이다, 경태야."

광주는 순대를 집어 입안에 넣고 경태를 향해 찡긋 윙크를 던졌다. 경태가 어처구니없다는 표정을 지으며 헛웃음을 쳤다. 정민이 심각한 표정으로 술잔을 들어 입을 적신 뒤 내려놓았다.

"이번 선거는 성과 분배 투쟁 결과에 대한 조합원들의 답이 될 거야. 민주파들이 총력전을 펼쳐서 조합원들의 기대를 다시 끌어모아야 할 텐데 말이야."

선거운동은 치열하게 벌어졌다. 수배자들까지 기습적으로 통근 버스에 올라타서 민주노조를 다시 일으키자며 윤창호의 지지를 호소했다. 광주는 귀가 간지러울 때마다 이영복이 차려놓은 장기근속자들 술판에 끼어들어 은근히 나이 먹은 자들의 비겁함을 늘어놓으며 윤창호를 지지했다. 해고자들은 중식 투쟁을 선거 투쟁으로 바꾸고 '민주노조 사수!'를 외쳤다. 이영복은 합리적인 실리 추구를 주장하면서 보람찬 삶,

행복한 가정, 안정된 평생직장을 위해 싸우겠다고 했다.

선거는 윤창호가 다수의 표를 얻어 당선됐다. 성과 분배 투쟁 이후 현장에서 자행된 폭력적 노무관리가 조합원들의 표를 윤창호에게 향하도록 했다. 민주 세력이 위기감을 느끼고 함께 뭉쳐 절박한 선거 투쟁을 한 노력도 컸다. 노동조합이 민주노조로 나아가야 한다는 의식이 여전히 조합원들에게 자리 잡고 있다는 것을 보여준 선거 결과였다.

선거에 이겼지만 갈 길은 멀었다. 정민은 광주의 말대로 밤잠을 설쳐가며 조합이 우선적으로 해야 할 일들을 찾아 나섰다. 가장 시급한 일은 해고자들의 복직을 통해 조직력을 복원시키는 일이었다. 이를 위해서는 현장의 힘을 끌어내야 했다. 4대 집행부는 소위원회의 조직을 강화시켜 나갔다.

3대 집행부에서 손도 못 댄 일들이 너무 많았다. 당장 지난 집행부에서 하지 못한 임금 인상 투쟁과 단체협상을 통해 해고자들을 복직시키고 임금을 올려야만 했다. 노조 설립 이후 처음으로 소위원 임투 수련회를 열어 소위원들이 앞장서서 투쟁 동력을 이끌어낼 수 있도록 했다.

양봉수는 해고자들과 함께 전국 투쟁에 나섰다. 해고자 발생 사업장을 지지하러 다니면서 현대자동차의 해고 실태를 알리기 위해서였다. 봉수가 몰고 다니는 차를 타고 전국을 누비던 자동차 해고자들은 전국의 해고 실태가 심각한 걸 느꼈다. 전노협은 노태우 정권 아래서 구속된 노동자가 1849명이나 되고, 집단 해고를 당한 전교조를 제외하고도 3226명이 노조 활동과 관련돼 해고됐다고 밝혔다. 자동차 해고자들은 전국 해고자들 모임 결성에 참여했다. 전국의 해고자들은 몇 차례 토론을 거친 뒤 '전국구속·수배·해고노동자 원상회복 투쟁위원회(전해투)'를 결성하고 노동운동 탄압에 맞서 선봉에 나섰다.

한 해가 저물어가면서 대선이 다가왔다. 정주영 명예회장이 돈으로 만들어놓은 통일국민당은 3월 국회의원 선거에서 다수의 의석을 확보했다. 정주영은 그 힘으로 12월 대선에서 승리할 수 있다는 자신감을 가지고 선거 유세를 이어왔다. 노동조합은 대선 시기에 임금 인상과 단협을 자신들의 의도대로 통과시키기 위해 안간힘을 썼다. 대선을 앞에 두고 협상에 나서지 않을 수 없었던 회사는 형식적인 참여만 했다. 열 차례 이상 교섭이 무산되자 노조는 쟁의 발생 신고를 냈다. 조합원들도 대선이라는 변수 때문에 이길 수 있다는 희망을 품고 92.24%라는 높은 지지율로 쟁의 행위를 찬성했다. 1만5천여 명이 임단협 투쟁의 깃발을 흔들기 시작했다.

해고자들도 통일국민당 유세장을 복직과 민주노조 재건을 위한 홍보의 장으로 삼았다. 그들은 정주영이 태화강 유세에 나서자 모두 몰려갔다. 회사의 관리 직원들이 대거 참가한 유세장에는 수많은 울산 시민이 운집해 있었다. 해고자들은 '재벌당 해체!'를 부르짖으며 유세장 앞으로 쳐들어갔다. 치안 유지 명목으로 나와 있던 경찰들과 경호원들 그리고 법규부 직원 백여 명이 달려와 그들의 진입을 막아섰다.

"노동자 폭력 기업, 재벌당을 해체하라!"

양봉수가 선두에 서서 구호를 외치며 막아서는 자들을 향해 몸을 던졌다. 법규부와 경호원들은 노련했다. 그들은 시민들이 반감을 사지 않도록 해고자들을 밀어내는 척하면서 팔꿈치로 가슴과 옆구리를 가격했다. 린치를 당한 봉수와 몇몇 해고자들이 그 자리에서 주저앉았다. 경찰들이 시민들을 막아서며 시위자들을 법규부 속에 고립시켰다.

"죽여라, 개자식들아!"

봉수가 벌러덩 누워버리자 법규부 서너 명이 달려들었다. 그들은 봉수의 두 팔을 붙들고 질질 끌었다. 걱정스런 눈길로 경찰 어깨 너머로 해고자들을 쳐다보던 시민들 사이를 뚫고 봉고가 황급히 달려왔다. 차 문이 열리자 법규부 직원들은 봉수와 몇몇 해고자들을 강제로 차에 집어넣으려고 했다.

"해고자를 복직시켜라!"

봉수가 저항의 몸부림을 치며 계속 소리쳤다. 다른 쪽에서도 해고자들이 법규부에게 밀려나고 있었다.

"악덕 재벌 정주영을…."

봉수가 정주영을 거론하자 누군가가 봉수의 입을 틀어막고 허벅지를 주먹으로 내리찍었다. 허벅지의 근육이 뒤틀려 봉수가 고통스러운 표정을 지었다. 통증이 전신으로 퍼져나가면서 살 속이 쩌릿쩌릿하더니 온몸에서 맥이 풀렸다. 그는 다리를 들린 채 힘없이 차 안으로 떠밀려 들어갔다.

"차 세워! 차 세워!"

시간이 흐르면서 기운을 차린 봉수가 고함을 질렀다. 덩치 좋은 법규부 두 명이 뒤에서 양봉수의 두 팔을 잡은 채 움직이지 못하게 했다. 양봉수가 두 발로 앞 좌석을 차며 반항을 하자 한 사람이 봉수의 목을 조였다.

"죽기 싫으면 가만있어. 이, 빨갱이 새캬!"

얼굴을 험악하게 일그러뜨리며 법규부 직원이 팔에 힘을 가했다. 봉수의 얼굴이 붉어지다 못해 거무죽죽해지면서 굵은 핏줄이 터질 것처럼 부풀어 올랐다. 봉수는 입을 벌린 채 무어라고 소리쳤지만 말이 되어 나오질 못했다. 법규부 직원이 팔에서 힘을 빼고 느슨하게 목을 조이자 봉수가 컥컥거리며 말을 토해냈다.

"죽여… 개자식들아!"

"씨발놈이 배짱 있네. 꼬장 인정할 테니, 잠자코 좀 가자. 니들 못 막으면 우리도 밥줄 끊겨. 너희들은 회사와 싸울 수도 있지만 우린 그 순간 끝장이야. 그러니까 그냥 제발 조용히 가자. 조금 더 가서 내려줄 거라구."

봉고는 언양에 있는 석남사 입구에다 해고자들을 내려놓았다. 잎이 진 오래된 늙은 나무들이 마른가지를 내뻗어 적막한 허공을 찌르고 있었다. 스산한 바람들이 떨어진 나뭇잎들을 굴리며 외롭게 산사를 떠돌아다녔다. 버스 정류장을 찾아서 내려온 해고자들은 도로 경계 턱에 주저앉아 담배를 나눠 피웠다. 인적 없는 정류장에 버스는 오래도록 오지 않았다.

긴긴 싸움의 연장선상에서 임금 인상이 어렵게 타결됐다. 열세 치레의 협상을 거듭하면서 회사가 내놓은 안을 조합원 총회에서 받아들였다. 협상 내용에서 특이한 점이 있다. 그동안 단 한푼도 줄 수 없다던 성과 급이 미미하지만 일시금으로 45만 원이 주워졌고 협상을 받아들일 시 준다는 특별 휴가

3일과 7만 원 상당의 쿠폰도 지급됐다. 집행부와 현장의 조직들은 아쉽고 부족한 점들이 있었지만 대선을 넘겨서까지 타결을 미룰 수도 없었다. 해고자와 조합원들도 그 점을 인정하고 총회에서 합의안을 통과시켰다. 합의안에는 해고자 84명 중에 50명도 선별 재입사 복직시킨다는 사항도 명시돼 있었다. 양봉수는 1993년 1월 1일부로 현장에 복귀했다.

14대 대통령 선거는 김영삼의 승리로 끝났다. 언론은 '문민정부'가 들어섰다며 환호했다. 무엇인가 좀 더 나아질 거라는 막연한 기대가 국민들 사이에 퍼져 있었다. 김영삼도 경제 회복과 안정을 우선 과제로 내세우며 국민 화합을 외쳤다. 노동문제에 대해서도 '노사 자율', '합리적 노사 관계'를 주장하며 변화된 노동정책을 예고했고 국민 화합을 위해 해고자 문제도 해결하겠다고 했다. 그러나 경제 회복의 방안으로 임금 인상 억제정책을 내놓으며 노동자들에게 고통 분담을 먼저 요구했다. 해고자 복직도 원직 복직이 아닌 선별적 재입사 방식의 권고였다. 기업들은 그마저도 반대하며 고개를 저었다.

4월 7일 전국의 수배자와 해고자 37명은 기독교회관에서 무기한 단식 농성에 들어갔다. 전해투는 말잔치만 벌이는 정부의 노동정책에 항의하면서 구속자와 해고자 문제를 즉각 해결하라고 주장했다.

자동차 공장에서도 해고자인 박종수, 김상호가 온몸을 쇠사슬로 묶고 정문 바리케이드에 연결해 자물쇠로 채웠다. 그들 역시 무기한 단식에 돌입하면서 뜨거운 태양 아래 앉아 원직 복직을 외쳤다. 정문 앞에는 그들의 가족과 다른 해고자들도 경비들과 몸싸움을 벌이면서 현장을 향해 소리쳤다. 해고자 두 명으로 시작된 농성은 정문 앞 텐트 농성으로 이어지고 그러한 투쟁들이 모여 대의원과 소위원들의 활동이 활발해지면서 자동차 노조는 서서히 조직력을 회복해갔다.

"해고 없는 현장에 살고 싶다!"

기독교회관에서 시작된 단식 농성이 18일째 계속되면서 여론이 나빠지자 이인제 노동부 장관은 '경제 5단체장의 공동 선언을 통해 해고자의 복직을 적극 주선하겠다'고 발표했다. 전해투는 단위 사업장 차원에서 복직을 현실화하자며 농성을 풀었지만 이인제의 발표는 후속 조치 없이 끝나고 말았다.

봄이 오면서 춘투가 시작되자 현대그룹 노동조합들도 현총련을 재건시켜 임금 인상투쟁에 나섰다. 그들은 정부가 내세운 총액 5% 내에서의 임금 인상이라는 사실상 임금 억제 정책을 강력하게 비판하며 힘을 모아갔다. 그러자 정부는 현총련 출범식도 열기 전에 1대 위원장을 구속시켰다. 현총련은 2대 위원장으로 128일 파업 때 백기를 들고 눈물을 글썽였던 현대중공업 이원건 위원장을 다시 선출했다.

위원장이 된 이원건은 현총련 산하 각 단위노조의 절대복종을 요구했다. 집회 및 시위에서 어떠한 폭력도 안 된다고 강조했다. 자리를 제대로 잡지 못하고 있던 현총련의 내부에 균열이 시작됐다. 그래도 각 개별 사업장들은 임투 열기를 끌어 올리며 힘을 집중시켜나갔다. 그러다 느닷없이 현대정공 노조 위원장이 직권조인을 하고 도망쳐버렸다. 조합원들은 무효라면서 자발적으로 총파업에 돌입했다. 현총련도 인정할 수 없다며 공동 투쟁을 결의하고 자동차 공장에서는 5천여 명의 노동자들이 현대정공 조합원들을 지원하기 위해 현대정공 안으로 몰려 들어갔다.

마침내 현대그룹은 노조 위원장단을 만나겠다고 통보했다. 그들은 면담을 하는 대신 중공업과 자동차 노조 위원장만 나오라고 했다. 현총련과 현대그룹의 기싸움이 팽팽했다. 현총련은 그룹의 제안이 그룹 내 5개사의 내부 분열을 노리는 허구적인 안일 거라고 예상했다. 그럼에도 불구하고 만나지 않겠다고 하면 노조가 대화를 거부한다는 빌미를 주게 될까봐 5개사 노조 위원장 전부가 함께 가겠다는 답변을 보냈다. 현대그룹은 면담 대신에 공권력을 요청해 현총련 사무실을 압수 수색했다.

싸움이 붙었다. 중공업 노조가 전면적인 임금 인상 요구를 하며 파업에 돌입했다. 투쟁이 걷잡을 수 없이 진행될 게 부담스러웠던 현대정공 노조 집행부는 자체적으로 투쟁을 하겠다고 뒤로 물러섰다. 할 수 없이 현총련은 단위사업장 별로 투쟁하다가 이후 재결집하는 것으로 전술을 바꿨다. 혼란에 혼란을 거듭하던 그 무렵 7월 1일, 의식불명의 상태로 520여 일간 사투를 벌이던 자동차 공장 서영호 정책연구부장이 마지막까지 붙잡고 있던 생의 온기를 놓아버렸다.

끝도 없이 이어진 깃발이 흐느꼈다. 푸른 작업복에 하얀 윗도리를 입고 하얀 장갑을 낀 수십 개의 손들이 영정을 떠받쳤다. 대형 영정 속에서 공장을 바라보는 서영호의 눈길은 온화

했지만 조합원들의 눈에선 피눈물이 흘러내렸다. 성과 분배 투쟁을 위해 쌓아 놓았던 미로 같던 길이 말끔히 치워져 시원하게 뚫렸어도 노조원들 기억에 남아 있는 그 길은 여전히 어둡고 상처로 얼룩져 있는 미로였다. 수십 명의 노동자들이 대형 만장을 세우고 영정 앞에서 길을 열고 나아갔다.

'햇새벽의 불꽃'

붉은 태양으로 쓴 듯한 글씨체가 애달프고 장엄했다. 만장은 공장 건물보다 높이 올라서서 공장이 안녕한지를 내려다보는 것 같았다. 끝이 보이지 않는 노동자의 행렬이 깃발을 흔들면서 영정 뒤를 따랐다.

사랑도 명예도 이름도 남김없이
한평생 나가자던 뜨거운 맹세!

'임을 위한 행진곡'이 공장 곳곳으로 번져나갔다. 바람이 불고 만장이 휘날렸다. 노동자들은 무겁고 힘겨운 발걸음으로 슬프고 억울한 죽음을 등에 진 채 묵묵히 걸어갔다. 뭉게구름이 염포산 위에서 꽃처럼 피어올랐다. 하얀 꽃사태 같은 구름 뒤에서 거센 바람이 거대한 먹구름을 일으키며 점차 거세게 달려들고 있었다.

폭풍을 부르듯 하루 종일 세차게 비가 내렸다. 어둠 속에서 정민과 윤창호 위원장은 자동차 안에 앉은 채 건너편 울산호텔을 바라보았다. 귀빈들이 올 때마다 머문다는 특급 호텔은 불야성이었다.

"어떻게 할 건데?"

위원장은 노동부 울산사무소장을 통해 이인제 노동부 장관이 만나고 싶어한다는 연락을 받았다. 만남을 거부할 이유는 없었지만 호텔에서의 만남은 불편했다. 잘못하면 노조원들에게 뒷거래하는 일로 비쳐질 수도 있었고, 그들의 그런 의도에 말려들 수도 있었다. 또한 호텔은 도청이 가능했고 그 자리에서 기관에서 파견된 자들에게 납치될 수도 있었다. 위원장은 제3의 장소로 가정집을 제시했지만 장관이 경호 문제로 난색을 표한다는 대답이 왔다. 일단 알겠다고 대답을 주고 왔지만 어째야 좋을지 판단이 안 섰다.

줄기차게 앞 유리창을 때리며 흘러내리는 빗물을 와이퍼가 쉼 없이 움직이며 걷어내고 있었다. 김영삼 정권은 서영호가 운명한 다음 날 국민 전체의 이익에 반하는 노사분규가 장기화될 때는 중대한 결심을 하겠다고 선포한 상태였다.

국내 정치도 요동을 치던 때였다. 7월 7일, 북한의 김일성이 갑자기 죽었다. 여전히 권력기관과 일부 언론, 종교를 장악하고 있던 수구 세력들은 수많은 음모론을 내세우며 김영삼 정권을 압박했다. 민주주의에 대한 모든 발언을 종북, 좌파로 몰고 가는 가운데에서 이인제 노동부 장관은 16일 현총련을 방문해 양보하는 마음으로 국가 경제 재건에 이바지해 달라고 하면서 분규가 계속될 때는 긴급조정권 발동 등 강력한 제재를 가하겠다고 엄포를 놨다.

윤창호 위원장은 울산에 내려왔던 이목희와 김문수를 떠올렸다. 두 사람은 1987년 노동자대투쟁 이후 현장파들을 지도하기도 했던 사람들이었다. 그들은 현총련 사무실을 방문해서 파업을 유보해야 한다는 입장을 피력했다.

"파업만이 능사는 아니잖아. 문민정부 출범인데 자네들이 도와줘야 하지 않겠는가? 여러분 심정이야 충분히 알지만 파업을 중단해야 하네."

"노동운동의 전선에 서라던 선배들이 파업 현장에 와서 파업을 접으라니요?"

"상황이 안 좋아서 그런 걸세."

"누구를 위한 상황이 안 좋단 말씀입니까? 문민정부가 들어서서 노동자들을 위해 한 게 뭐 있습니까? 뭐 한다, 뭐 한다 하면서 아무것도 하지 않고 총액임금제로 노동자들에게 고통 분담만 전가하고 있지 않습니까? 그리고 파업하는 데 언제 상황이 좋은 적 있습니까? 가십시오. 계속 딴지 걸면 욕 나오는 불상사가 생길 거니까!"

"그래, 현재로선 문민정부가 보여준 게 없다는 건 위원장들의 말이 맞아. 하지만 좀더 기다려보세. 그래도 민주화 운동을 같이한 사람들인데 일단 파업을 좀 접고 믿어보자고."

현총련 위원장들은 김문수가 노동자들의 지지조차 제대로 받아내지 못했던 민중당을 세울 때부터 노동운동의 위기론을 내세우면서 변혁이 아닌 개혁을 주장하고 다니는 걸 알고 있었다. 그의 말에서 문민정부의 틀 속으로 들어가고 싶어하는 야합의 냄새가 진하게 묻어나는 것을 본 위원장들은 자리를 털고 일어났다.

"만나 봐야 파업 중단하라는 소리밖에 더하겠나?"

정민이 고개를 끄덕였다. 만나면 정부를 대신해서 온 이인제에게 파업 중단을 요구받을 것이고, 안 만나면 정부의 중재를 자동차가 거부했다는 명분을 그에게 주는 것이었다. 정민은 답답했지만 묘수를 찾을 수가 없었다. 어차피 파업을 중단하지 않을 거라면 이러나저러나 별 의미가 없어 보였다. 만나서 협박이나 받으면서 감정만 상하게 될 거라면 안 만나는 것도 좋을 듯싶었다. 그들은 만남을 포기하고 자동차를 돌려 공장으로 향했다.

청와대로 돌아간 이인제는 7월 20일, 현대자동차에 긴급조정권을 발동하고 이틀에 걸쳐 전경 35개 중대를 울산에 파견했다. 노조는 설마 했다가 화들짝 놀랐다. 긴급조정권은 1980년 전두환 국가보위비상대책위원회가 노동자들의 저항에 족쇄를 채우기 위해 만든 세계적인 악법이었다. 그들은 자신들이 만들어놓고도 ILO의 비난에 찬 눈길을 의식해 한번도 발동하지 못 했었는데 문민정부가 무덤 속으로 던져진 법을 꺼내 녹을 제거하고 시퍼렇게 날을 세워 휘두른 것이다.

양심적인 지식인들과 재야인사들도 파업은 사측이 제대로 대화에 나서지 않아 벌어진 것이라며 노동운동의 탄압은 개혁을 부정하는 것이라는 성명서를 발표했다. 전국노동조합 대표자회의도 현총련과 함께 노조 탄압 중지를 내걸고 시위에 나섰다.

비상이 걸린 현대차 노조에서도 첨예한 논쟁이 벌어졌다. 성과 분배 투쟁으로 수많은 손실을 입은 것을 기억하는 사람들은 파업 중지를 받아들이자고 했고, 해고자들을 비롯한 강경파는 임투에 나선 조합원들의 열기를 또 저버리지 말자며 지더라도 최선을 다해 싸우자고 했다.

하지만 촉박한 시간 속에서 노조는 투쟁 중심을 세우지 못하고 갈팡질팡했다. 집행부와 현장 민주파 그리고 해고자들이 모여 비난과 욕설을 서로에게 퍼부으며 결론을 낼 수 없는 논쟁을 이어갔다. 투쟁을 지도하고 이끌어갈 능력이 부족했던 집행부는 곤혹스러웠다. 뜻밖의 사태에 대해 준비도 없었던 그들은 점점 자신감을 잃어갔다. 끝까지 싸우겠다던 그들의 의지는 칼 맞은 대나무처럼 논쟁이 지속될수록 기울어졌다. 경영권 참여와 해고자 전원 동시 복직, 주 40시간 노동을 주장했던 안도 철회하고 회사와 교섭에 나섰지만 회사는 더 많은 양보를 하라고 고개만 흔들었다.

민주파의 대대적인 규슘과 해고를 두려워한 교섭팀은 12시간 마라톤협상을 통해 회사가 제시한 안을 항복문서에 도장을 찍듯이 합의해주고 조합원들을 설득했다. 조합원 총회는 울분으로 가득했다. 집행부는 억울하지만 정부의 공권력이 다시 투입된다면 민주노조가 괴멸될 뿐만 아니라 노조 없는 세월을 보내게 될지도 모른다며 가결을 호소했다. 조합원들은 50.07%의 찬성으로 합의안을 가까스로 통과시켜줬지만 민주노조에 대한 기대의 끈을 놓기 시작했다. 양정동 술집마다 들어찬 노동자들은 비통한 심정을 토해냈다.

"행님, 이건 아입니더. 사람들이 뒤에서 민주나 어용이나 그놈이 그놈이라고 얼매나 주께는데요. 쌈도 지고, 조합원들 신뢰도 잃고, 우린 완전히 참패인 깁니더. 시마이 아입니꺼?"

술집에 들어온 경태는 자리에 앉자마자 정민을 향해 원망의 눈길을 던졌다. 정민은 고개를 숙인 채 입을 닫았다. 광주가 술을 시키면서 봉수를 쳐다봤다. 봉수는 담배만 피워대면서 돌이킬 수 없는 며칠의 시간들을 허망하게 돌아보며 한숨만 내쉬었다.

"질 때 지더라도 이기는 싸움을 해야 된다면서요? 장하게 전사해서 폼 나게 승리하자고 안 했능교?"

"염병, 말이 되는 소리를 해라! 져놓고 이기는 싸움이 어딨냐? 쟤들만 잘못했냐? 민주파 새끼들 중에 다수가 주둥아리만 놀려대며 협상하자고 했잖아. 난 잘했다고 본다. 공권력하고 싸워서 이겨본 적 있냐? 너희가 예수냐? 장렬하게 전사해서 부활하게? 철부지 같은 소리 좀 그만해라. 다들 죽도록 패서 감옥에 처넣으면 그나마 간당간당 매달려 있는 민주노조 간판은 누가 지킬 건데?"

"행님, 지금 우리 완전히 아작난 거 안 보입니꺼? 잊아뿟는교? 성과 분배 투쟁을 그나마 열심히 했다고 인정해가 이번 집행부를 뽑아준 겁니더. 근데요. 이기 어용보다도 더 몬한 결과를 낸 거라구요. 민주노조 간판을 지 손으로 내린 거나 마찬가지란 말입니더. 말을 하려면 좀 심각하게 고민해서 주께소. 애들 장난도 아이고. 나이를 똥구멍으로 드셨는교? 씨발!"

"야, 자슥아. 전해투 애들 말대로 싸워서 깨지면 조합원들의 신뢰를 받을 것 같냐? 싸움만이 능사가 아녀, 이 사람들아. 내가 볼 때 쟈들이 잘못한 건 협상을 잘못한 거야. 긴급조정권 들어온다니까 너무도 쉽게 깨갱 하고 꼬리를 내린 탓이라고. 작전 상 후퇴를 해야 하는데 백기부터 먼저 든 거지. 그러니까 회사가 지들 꼴리는 대로 협상안 내밀어 노조를 완전히 물 먹인 거고. 니들 말대로 장렬하게 죽을 각오로 싸울 것처럼 굴면서 막후 협상을 벌였어야 했는데 못 했다 이 말이여. 그래놓고 조합원들에게 징징 짜면서 통과시켜달라고 했으니 얼마나 조합원들이 한심하게 봤겠냐? 싸움 실력이 형편없었다고 하면 그건 인정한다, 염병!"

광주와 경태가 입씨름하는 사이에 술상이 차려지자 정민이 자신의 잔에 술을 따랐다. 평소에 술 한 모금도 입에 대지 않던 그가 술을 훌쩍 마시자 모두들 큰일이라도 난 것처럼 정민을 쳐다봤다.

"정민이 형, 니무 사책하지 마세요. 형님이 무작정 후퇴할 생각은 안 했다고 봅니다. 냉정하게 이번 사태를 돌아보고 다시 일어서야 하지 않겠습니까? 왜 이런 결과가 나왔어야 했는지 제대로 반성하고 힘을 다시 추슬러서 공장을 바꾸고 세상을 바꿔가야죠! 자, 다 같이 한 잔 합시다!"

봉수가 술잔을 들었지만 정민은 훌쩍 먼저 술을 들이켰다. 그의 얼굴이 불타는 노을처럼 짙게 붉어졌다.

"그만 마셔! 염병, 벌겋게 타 죽을 것 같구만."

광주가 혀를 찼지만 정민은 말없이 술만 비워냈다. 모두들 그를 걱정스런 눈빛으로 바라보면서도 그가 붙들고 있는 술잔을 치울 수가 없었다. 정민은 결국 식탁 위에 얼굴을 박고 잔을 떨어트렸다. 광주가 그를 업어서 집으로 데려갔다.

한번 추락한 노조의 신뢰는 떨어진 낙엽처럼 땅바닥을 나뒹굴었다. 봄을 맞이할 씨앗을 심어야 했지만 심을 땅조차 보이지 않았다. 성과 분배 투쟁과 긴급조정권에 대응하는 노조를 보면서 조합원들은 허탈감에 빠졌다. 그들은 더 이상 노동조합의 구분을 민주와 어용의 구도로만 보지 않았다. 조합원들은 점차 실리를 찾아서 눈을 돌렸다. 그런 자동차 공장 상황에서 현대중공업 이원건 위원장마저 직권조인을 하고 달아나면서 민주노조를 상징했던 선명한 빛깔이 흐릿해져버렸다. 자동차 공장과 중공업 노동조합이 진흙탕 속에서 허우적거릴 때, 현대그룹은 현장 통제를 위한 신경영전략을 내세워 계획적이고 조직적으로 노동자 관리에 들어갔다. 그들은 조합원들에게 친근하게 다가서는 이미지를 확산시키기 위해 직원들의 생일은 물론 가족 행사까지 알아내 선물과 상품권을 보냈다. 노조가 1만 원권 상품을 보내면 회사는 3만 원권을 보내고 부서 회식까지 만들어 슬그머니 회사파들의 주머니에 회식비를 찔러주었다.

그러면서 한편으로는 대의원 한 명에 법규부 한 명씩 달라붙었다. 법규부에서는 대의원들에 관한 모든 신상을 파악했다. 술을 좋아하는지, 여자를 좋아하는지, 돈을 좋아하는지 구분해놓고 그들의 약점을 움켜쥐려고 달려들었다.

자동차 공장의 민주파들이 제 몸을 가르기 시작했다. 전노협의 전투적 노조운동을 비판하면서 촉발된 노조와 노동운동의 방향을 놓고 시작된 논란은 서로에 대한 비난으로 이어졌다. 그들 중에 강경 노선을 비판한다면서 실리를 좇아가는 세력들이 분화돼 나갔다.

5대 임원 선거가 다가오자 그들은 각 정파의 대표성을 주장하면서 어제의 동지를 오늘의 적으로 규정해가며 서로를 물어뜯었다. 그 모습이 보기 싫었던 일부 활동가들까지 2차 결선 투표에 참여하지 않음으로써 5대 위원장 선거는 참혹한 결과를 낳았다. 조합원들이 어용이라고 몰아냈던 1대 위원장 이영복이 다시 5대 위원장으로 당선돼 노조를 장악한 것이다. 그것도 과반수에서 딱 한 표를 더 얻어서 이영복이 당선됐다. 정파를 넘어선 조직 이기주의가 날카로운 창으로 변해 민주파의 심장을 찔렀다. 민주파들이 깊이를 헤아릴 수 없는 수렁에 빠지면서 민주노조가 질곡의 역사로 접어들었다.

겨울이 되면서 태화강의 물빛이 한층 푸르게 깊어졌다. 염포산의 나무들은 헐벗은 몸을 차갑게 드러냈다. 잎이 진 나무들은 힘거운 몸을 검은 타르를 입힌 듯 두꺼운 껍질로 감싼 채 완강하게 뿌리로 지탱하고 있었다. 나무들 밑에는 나뭇잎들이 겹겹이 쌓여 황갈색으로 땅을 뒤덮고 있었다. 새벽마다 강과 바다에서 보내온 안개가 정찰병처럼 소리 없이 산을 훑고 다녀 나무들은 숨을 멈추고 죽은 듯이 미동도 하지 않았다.

민주파에게도 겨울바람은 더 모질고 싸늘했다. 그들은 서늘한 조합원들의 눈총을 받으면서도 새롭게 싹을 틔울 수 있는 씨앗을 찾으려고 애썼다. 조합원들의 입맛에 맞는 것에 집착한 이들은 개량주의로 흐르고 조합원들을 실망시켰다는 반성 위에서 길을 찾는 이들은 실천하는 노동자상을 찾으려고 노력했다. 하지만 현장 모임은 일고여덟 개 이상으로 찢어져 그 어느 조직도 조합원들에게 쉽게 다가서지 못하고 있었다.

이영복은 노조 집행부의 힘을 극대화시켰다. 그는 노조와 직접적인 관계가 없는 모든 일에 연대를 하지 않겠다고 선언하면서 집행부를 통하지 않은 조합원의 행동에 대해서는 이유 여하를 막론하고 노조가 책임지지 않는다고 발표했다. 각 현장에서 일어나는 부당한 일도 노조에 보고하지 않고 집행하면 노조가 보호하지 않을 거라고 했다.

노조의 권력이 많은 것들을 뒤바꿔놓았다. 그들은 자발적으로 만들어졌던 풍물패와 노래패도 무력화시키고 노조의 의도에 맞는 사람으로 재구성했다. 노조의 입장에 맞지 않는 대의원과 소위원들이 배척당했다. 게다가 서울 영업지부가 '회의 도청, 폭행, 노조 탈퇴 강요, 협박' 등에 맞서 투쟁하는 것에도 노조는 지원하지 않았다. 사전 협조 요청이나 보고가 없었다는 몇 가지 이유를 달았지만 노조 집행부의 기조에 따르지 않았기 때문이다. 다행히 영업지부는 투쟁을 승리로 이끌었으나 본조의 지원이 없었던 탓에 많은 시간을 들이고 손실을 입으면서 싸워야만 했었다.

봉수와 경태는 학습과 소위원 활동을 하면서 자신들의 현장을 장악했다. 경태는 매일 현장의 움직임을 주시하면서 '노동자의 길'이라는 현장 소식지를 내놓는 선전 작업에 매달렸다. 잡기에 능하고 불의에 굽히지 않고 맞서는 봉수는 동료들의 지지를 한 몸에 받고 있었다.

두 사람은 복직하면서 조장, 반장들과도 화해를 했다. 비록 그들과 대적해야 될 때가 많았지만 그들 역시 노동자였고 또한 현장 활동 과정에서 근태 문제와 관련해 좋은 관계를 유지하는 게 좋다는 판단에서였다.

이영복 체제에서의 파업은 없었다. 춘투도 없애고 임금협상 시기를 상황에 따라 진행한다고 밝혔다. 그들은 전노협 소속 노동자들이 집중적으로 임금 인상 협상에 나서는 시기를 피해서 노사협상을 벌였다. 연대를 하지 않겠다는 이유 때문이었고, 정부의 강압적인 노동정책에 휘말려 타 사업장의 선두 주자로 나서지 않겠다는 심산이었다. 그들은 조합원들이 선봉적인 투쟁을 싫어한다며 1994년 7월 이후로 임단협을 위한 대의원대회도 계속 연기시켰다.

현장 민주파들은 그런 행위를 비판하는 대자보를 붙이고 소식지를 돌렸다. 이영복 집행부는 그들의 비판에 대해 유언비어를 날조하거나 거짓 선전, 선동하는 자는 징계하겠다고 협박하며 대자보를 철거했다. 심지어 활동가를 직접 위원장 실로 불러들여 물리적 위협을 가하기도 했다. 결국 임금협상은 노조의 뜻대로 8월에 시작해 9월 초에 끝났다. 회사 쪽 협상팀들은 공장 노동자들이 다 듣도록 목소리를 높였다.

'위원장님은 싸우지도 않으면서 너무 많은 걸 회사에서 가져가신다고, 대단한 분이라니까!'

이영복은 무쟁의를 회사에 갖다 바쳤고 회사는 노조가 만족할 만한 돈으로 화답했다. 투쟁으로 얻어내려고 했었던 성과급을 조합원들이 원하는 액수만큼 내놓자 조합원 총회는 60.01%의 지지로 합의안을 가결시켰다.

'목표 달성 시 통상임금의 150%로 성과급 150%를 지급하고 특별 상여금으로 통상임금의 50%를 지급한다. 추석 전 협상을 마무리 지으면 생산성 격려금을 비롯한 귀향비로 80만 원을 지급하고 휴가를 2일 더 연장한다.'

장사꾼은 손해 보는 장사를 하지 않는 법이고 기업의 최고 목표는 이윤 추구였다. 회사는 성과 분배 투쟁 이후 경찰이 상주했던 시기처럼 작업장 분위기를 되돌리려고 애를 썼다. 컨베이어 속도가 빨라지고, 노동 강도가 올라가고, 현장에 대한 통제가 엄격해졌다.

1994년 한 해에 발생한 노동 재해는 559건으로 평년보다 2백 건 이상 늘어났다. 회사는 작업 여건에 대해 항의하는 조합원이나 대의원이나 소위원들이 있으면 징계를 남발하고 폭력을 동원했다. 절차조차 무시한 사측의 일방적인 처벌이었다. 관리자들 중에는 개인의 실적을 쌓기 위해서 밉보인 노동자들이 하지도 않은 짓을 했다고 조작하는 일까지 벌어졌다.

특근에 대해서 노조는 자발적 참여로 가능하다고 했지만 생산량 달성을 위해선 자발적 참여를 해야만 한다고 말을 바꿨다. 그들은 성과급을 받기 위해서라도 생산량 달성을 위해 매진하자고 조합원들을 부추겼다. 그래도 몸이 고단한 노동자들이 개별적으로 특근을 거부하자 특근 거부자들 때문에 다른 사람도 특근을 못 하게 된다면 그들이 금전적 보상을 해야 한다며 으름장을 놓았다. 작업에 불만이 있다고 라인을 정지시키면 노조가 절대 보호하지 않겠다는 협박도

덧붙였다.

회사는 포상금을 걸고서 조별 경쟁을 강화시키고, 인사고과를 강화시켜 노동자들을 옥죄었다. '옵션 차량'(선택 사양이 많은 차량. 같은 차종이라도 옵션 여부에 따라 작업 강도가 달라짐)의 투입 비율을 인정하지 않고 '공피치'(옵션이 많아 과부하가 걸린 차량의 작업 여유를 주기 위해 차량 없이 빈 컨테이너로 흘러가는 것)도 띄워주지 않았다. 관리자들의 입도 점점 거칠어졌다. 그들은 호칭을 멋대로 붙이거나 반말을 하면서 현장을 관리했다. 화가 나면 욕설을 내뱉고 심지어는 업무 노트로 머리를 때리기도 했다. 현장의 강압적인 노무관리와 노동강화에 대한 조합원들의 분노가 점점 쌓여만 갔다. 각 공장마다 작은 소란이 시작됐다. 강제 잔업을 거부하는 집회를 열거나 맨아워 협상을 어긴 것에 대해 라인을 끊는 집단 항의도 일어났다.

그에 따라 회사도 징계를 남발했다. 그들은 일방적으로 사규 위반을 내세워 감봉을 하고 해고 등 중징계를 결정했다. 회사의 결정에 불복하고 노조를 찾아가면 독단적인 행위를 해서 면직됐기 때문에 집행부가 책임질 수 없다고 했다. 젊은 노동자들은 노조가 더 이상 조합원을 위한 노조가 아니라고 불만을 터뜨렸다.

"더러버가 몬 해먹겠다. 이리 빡씨게 일하다간 지레 안 죽겠나?"

조합원들이 점점 힘겨워하는 소리가 쌓여갔다. 활기에 넘친 목소리가 현장에서 사라지면서 조합원들의 표정은 더욱 어두워져갔다. 동료들 간의 즐거운 농담도 사라지면서 피로에 지쳐 축 늘어진 현장의 분위기를 봉수는 피부로 느꼈고 심각하게 고민했다. 작업장 안에서 관리자들의 엄포와 거들먹거리는 행동에 대해서는 보일 때마다 항의하고 싸웠지만 정작 작업 문제에 대해서는 쉽게 대들지 못하고 있었다. 대의원들이 나서서 투입 비율을 조정해야 했지만 그들은 오히려 관리자와 노조의 눈치를 보며 사태를 방관하고 불만의 소리가 나오면 오히려 바쁜 시기이니 우리가 참아야 하지 않느냐고 달래기에 급급했다. 봉수는 경태와 함께 자신들을 적극적으로 지지해주는 동료들을 만나가며 투입 비율을 바꿔낼 잔업거부 투쟁에 관한 의견을 들어왔다. 두 사람은 대의원들에게 점심시간에 휴게소에서 만나자고 했다.

"뭔 일로 보자고 하는 건데?"

탁자를 사이에 두고 세 명의 대의원과 두 명의 소위원이 마주 앉았다. 자리에 앉으면서 이영복과 동향인 채칠성이 봉수를 깔보듯이 흘겼다.

"계속 이런 식으로 라인 운영하는 걸 보고만 있을 거요?"

"뭐가 불만인데?"

"뭐가 불만이냐고? 대의원이 현장 소리도 못 듣나? 다들 숨 쉴 시간도 없어서 죽을 지경이라는 소리가 안 들린단 말이요? 그리고 대의원 활동 보고를 왜 안 하는데? 주요 현안이 없어도 조합원들과의 소통을 위해 대의원 보고대회는 일상적으로 해온 것인데, 왜 한 번도 제대로 안 하는데?"

두 명의 대의원이 난감한 표정으로 입을 다물고 있자 채칠성이 비웃음을 흘리며 손바닥으로 탁자를 탁탁 쳤다.

"어이, 봉수. 월권 행사하지 마. 보고대회는 할 때가 되면 우리가 해. 왜 니가 우리 권리까지 넘보고 그러는데? 넌 왜 늘 불만만 달고 사냐? 다들 열심히 일만 하고 있구만 왜 또 시비 거는데?"

"시비? 대의원이 현장의 어려움을 해결해주려는 노력은 안 하고 소위원의 말을 그냥 시비조로만 듣는다 이거지? 그리고 대의원 보고대회는 일상적으로 해온 일인데, 너그들이 보고대회 하는 거 본 적이 별로 없다. 아, 몇 번 있었네. 노조 지시 사항과 회사 의견 전달해주는 보고대회. 좀 부끄러운 줄 알아라."

"저, 자슥이. 그럼 됐지, 뭘 더 바라는데?"

"그럼 됐다고? 정말 막말 나오게 만드네. 지금 우리 공장의 실질적인 문제가 뭔지, 회사와 우리 문제가 잘 해결되고 있는지, 이런 논의를 통해 조합원들과 같이 인식하고 문제를 해결할 생각은 안 하고, 뭘 더 원하냐고? 느그들이 대의원이냐? 니들 대의원이랍시고 작업에 안 들어와도 회사 말만 잘 들으면 잔업에 특근까지 달아주는 거 내가 모르는 줄 아나? 대의원이라는 것들이 이래도 되는 거냐고!"

조합원들을 안중에도 두지 않는 채칠성의 느물거리는 말을 듣자 봉수는 비위가 상했다. 그는 평소 마음에 담고 있던 말을 눈에 불을 켜며 내뱉었다. 대의원들이 순간적으로 얼굴이 벌게지자 채칠성이 벌떡 일어나며 소리쳤다.

"이 새끼가 뭐라고 주께노? 근거 있나?"

"이 새끼라고? 야 자식아, 니 월급봉투 까봐라. 당장 까봐

자식아! 잔업 특근 안 했는데도 니 월급봉투가 다 했다고 말해줄 것이니까. 뻔뻔한 자식들! 나가 확실히 말한다. 라인 속도 줄이지 않고, 옵션 들어올 때 투입 비율 조정하지 않으면 우리 반은 잔업 안 한다. 당장 사람 골병들게 만드는 라인 속도부터 줄이라 캐라. 오늘부터 잔업 거부할 거니까!"

"건방진 새끼. 니가 뭐라꼬 나대는 기고?"

"그럼 느그들이 나서서 해! 난 소위원으로서 확실히 전했다. 가자, 경태야."

"야, 봉수! 니 거기 안 서나!"

채칠성이 고함을 질렀지만 두 사람은 뒤도 돌아보지 않고 문을 쾅 닫으며 밖으로 나갔다. 경태는 현장으로 돌아오자마자 소자보를 썼다.

'라인 속도 조절, 옵션 시 투입 비율 조정 없는 한 오늘부터 잔업 없음. 잔업 시간에 잔업 거부 투쟁에 돌입함.'

소자보가 차량에 붙여져 라인을 타고 돌자 잔업 거부를 전달하듯이 작업자들이 임팩트를 두들겼다.

정규 시간이 끝나자 봉수의 반원 전체가 식당으로 가지 않고 의장2부 한쪽에 있는 넓은 공간으로 몰려들었다. 80여 명의 조합원들이 모여들자 대의원들이 부랴부랴 나서서 진화를 시키려고 했다.

"여러분, 이렇게 막무가내로 잔업 거부를 하면 안 됩니다. 조합에 미리 얘기를 하고 지침을 받아서 해야만 노조로부터 보호도 받아 힘을 얻을 수 있는 겁니다."

"뭔 개소리고?"

조합원들이 화를 내며 여기저기서 소리쳤다.

"이건 우리 작업장 문제고 우리 문제는 우리가 풀어야 하는 걸 대의원이 모르나? 시끄럽다, 고마!"

"대의원이면 대의원답게 행동해라. 느그들 놀러 댕길 때 우리가 뺑이 친 거 아나, 모르나? 대의원이 벼슬이가? 뭐 하라고 있는 대의원인줄은 아나? 뚫린 주디라고 주께는 거 봐라. 주디를 확 찢어뿔까? 닥치고 나가뻬라."

조합원들의 성난 목소리가 높아지자 대의원들은 기가 꺾였다. 조합원들 중에 누군가가 구호를 외쳤다.

"폭력적인 노무관리 철회하라!"

그러자 70여 명이 되는 반원들이 한목소리를 내서 따라 외쳤다. 봉수와 경태가 나서기도 전에 조합원들은 가슴에 쌓인 분노를 터트렸다. 다른 반원들이 그들에게 손을 흔들며 지지를 보냈다.

"투입 비율 소정 없으면 잔업도 없다!"

봉수의 선창에 또다시 조합원들이 관리자 사무실을 향해 우렁차게 구호를 내질렀다. 경태가 잔업 거부 투쟁 경과를 설명하고 나자 조합원들이 여기저기서 일어나 자신들이 겪고 있는 부당성을 토로했다. 누구의 지시도 없이 조합원들은 자발적으로 자유 발언을 통해 투쟁을 이끌어갔다. 과장이 사무실에서 내려다보고 반장이 뒤에서 조합원들을 달래도 소용이 없었다.

"양봉수를 대의원으로 추대합시다!"

자유발언 도중에 장기근속자 한 명이 일어나 입을 열었다.

늘 현장에서 묵묵히 일만 하던 사람이 발언을 하자 모두들 그를 쳐다봤다.

"가장 힘들고 어려울 때 나서는 사람이 바로 우리의 일꾼이 될 수 있는 겁니다. 다음엔 지금과 같은 대의원들 뽑지 말고 양봉수부터 우리의 대표로 내세웁시다! 그래야 우리의 입장을 올바로 대변해줄 수 있을 겁니다."

느닷없는 발언이었지만 조합원들이 여기저기서 양봉수를 외쳐댔다. 봉수가 수줍게 웃으면서 손을 흔들고 나섰다.

"오늘은 잔업 거부 투쟁이니, 이 싸움에만 매진합시다! 우리의 요구가 관철될 때까지 매일매일 함께 투쟁하시겠습니까? 투쟁하시겠다면 다 같이 투쟁을 외쳐봅시다! 투쟁!"

다음 날 오후가 되자 봉수와 경태는 또다시 소자보를 써서 작업 차량에 붙여 라인을 타게 했다. 과장은 심기가 불편했지만 조합원들의 불만을 쉽게 가라앉힐 수 없다는 판단이었다. 게다가 강제 잔업은 근로기준법으로 따지면 불법이었다. 그는 결국 라인 속도도 재조정하고 옵션 시 투입 비율을 조정하겠다고 했지만 봉수와 경태를 비롯한 일곱 명에게 징계를 내렸다.

'귀하는 관리자의 지휘, 통솔에 불응하고 회사 업무에 막대한 지장을 초래했습니다. 이는 사규 위반이며 업무방해입니다. 또다시 이런 일이 벌어지면 귀하는 물론 신원보증인에게 연대해 손해배상을 청구할 것입니다.'

조합원들은 관리자들에게 욕설을 퍼붓고 비웃었다. 그들은 비록 양에 차지 않는 라인 속도 조절을 얻어냈지만 싸워서 이겼다는 자부심을 회식 자리에서 마음껏 터트리며 기뻐했다. 억눌려 말 한마디 제대로 못하다가 가슴에 켜켜이 쌓인 화를 쏟아내자 그들의 얼굴 혈색이 살아나고 목소리는 햇살에 반짝이는 물결처럼 생동감으로 파닥거렸다.

봉수 역시 조합원들의 힘을 보면서 자신감을 얻었다. 회식 자리에서도 여러 조합원들이 양봉수에게 와서 차기 대의원 선거에 나서라고 등을 두드렸다. 조합원들의 기가 살아나자 봉수는 천군만마를 얻은 것처럼 마음이 뿌듯했다. 경태는 조합원들의 눈빛을 읽으며 봉수를 대의원으로 전격 밀고 나섰다.

"민주파가 다수가 되려면 소위원회 강화뿐이 길이 없다. 니가 대의원 해가 사쿠라 같은 새끼들 갈아삐고 소위원회를 강화하자. 내년까지는 소위원회를 원상회복시켜가 어용을 밀어내야 안 되겠나?"

노동자들이 대의원을 기피하던 시절이었다. 대의원이 되면 싸워야 되고 투쟁 속에서 해고되는 것은 물론 구속이 될 각오로 나서야만 했다. 더욱이 이영복 집행부 아래서 대의원을 한다는 건 한편으로 노조와의 싸움이기도 했다. 10월, 봉수는 대의원 선거에 출마해 60%의 지지를 받으며 당선됐다.

"학연도 없고, 지연도 없는 놈이 그 정도면 선방한 기라. 축하한데이. 감옥문이 안방 문맹키로 환하게 열려 있는 기 보이네. 흐흐."

"좋다. 끝까지 가보자. 불의를 보고 모른 척하는 건 사내가 할 짓이 아니지."

해고를 당하면서 수없이 싸워본 경험이 있었기에 두려움은 그들에게 장애가 되지 않았다. 새벽을 깨우는 수탉의 오만한 외침 같은 자신감이 젊은 혈기로 똘똘 뭉친 그들의 얼굴에서 흘러넘쳤다.

두 사람은 매일 머리를 맞대고 해야 할 일들을 만들고 풀어냈다. 그들은 현장을 누비면서 다른 반 소위원들에게까지 민주노조를 만들어내자며 뜨거운 손을 내밀었다. 억압적인 분위기가 만연해 있던 대의원대회에 가서도 양봉수는 주눅들지 않았다. 바른말 잘하는 대의원들조차 상집 간부들의 폭언으로 발언하기 두려워할 때 양봉수는 발언권을 달라고 수없이 손을 들고 외쳤다.

"저놈은 뭐꼬?"

민주파 대의원들에게 발언권조차 주지 않던 이영복은 극성스러울 정도로 손을 흔드는 양봉수를 외면할 수 없어 지명을 했다. 그러자 양봉수는 기다렸다는 듯이 현장의 폭압적인 분위기를 바꾸고 각 공장마다 현장 문제를 예전처럼 노조의 승인에 우선해서 스스로 해결할 수 있게 해야 한다며 노조 집행부의 조합원 억압 정책을 비판했다. 이영복은 양봉수의 말을 끊고 마이크를 회수하며 답변을 회피했다. 양봉수가 이영복 집행부에게 불순한 인물로 낙인찍힌 날이기도 했다.

봉수는 하루하루 숨 가쁘게 조합원들을 만나고 다니다가 힘에 겨우면 광주를 만나 당구를 치고 낚시를 다녔다. 고기를 잡을 때마다 광주의 집에서 회를 뜨고 매운탕을 끓여 술잔도 부딪쳤다. 광주와 그의 아내 미경은 늘 걸쭉한 웃음보따리를 꺼내서 경직된 봉수의 마음을 풀어주기도 했다. 개벽이는 여전히 생선을 무서워해 술자리에서 멀찌감치 떨어져 있었다.

한 해가 저물고 새싹이 잔설 속에서 눈을 뜨려고 할 때 신차가 투입되면서 관리자와 대의원들, 대의원과 대의원 사이에 갈등의 골이 깊어졌다.

신차가 투입되면 라인 대표인 대의원들과 공장 대표들이 협상을 한다. 사측은 자동차 조립 시간을 최대한 줄이려 하고 조합원 대표들은 최대한 늘리려고 하는 협상이다. 작업 시간이 정해지면 작업 인원이 정해지기 때문에 협상은 늘 팽팽하게 맞서기 마련이어서 대개 열 차례에서 스무 차례까지 그들은 줄다리기 협상을 해오곤 했다.

신차는 소나타보다 조금 더 비싼 마르샤였다. 협상은 크래시패드, 도어 등 큰 덩어리를 가져가는 모듈 협상과 세부적인 부품 조립 시간을 정하는 맨아워 협상 두 갈래로 나뉘어 진행됐다. 당시 맨아워 협상은 '햅스'(HAPTS, 현대자동차 조립공수 산정 표준법)에 입각해 작업의 시작에서 끝까지 초를 재는 방법으로 산정했다. 손가락 하나 까닥거리는 시간까지 재면서 사측과 노측은 신경전을 벌이며 시간 싸움을 했다. 작업하는 사람에게 사측은 빨리 움직이라고 재촉하고 노측은 작업 규정에 입각해 꼼꼼하게 작업하면서 시간을 늘리려고 했다. 아지만 사측과 긴밀한 관계를 유지하고 있던 이영복 집행부 시절이라 대부분의 공장에서 협상은 회사의 주도로 이어졌다.

봉수의 라인에서도 다른 대의원들이 사측에 회유당해 협상이 제대로 이루어지지 못하고 있었다.

"봉수야, 그만 접자. 왜 너만 고집부리노?"

관리자와 협상을 앞두고 대의원끼리 모였다.

"난 고집부리는 거 아니다. 지금 운전대 쪽 모듈에 문제가 생긴 거 모르나? 그렇게 작업이 이뤄지면 죽어나는 건 우리다."

"해봐. 해보고 문제가 생기면 조정하면 되잖아."

"뭘 해봐? 문제가 생긴 게 보여서 해결하고 진행하자는데. 한번 밀리면 그대로 밀리는 거 몰라?"

결국 의견은 좁혀지지 않고 협상 테이블에 사측과 마주 앉았다. 부장, 총괄차장, 각 라인의 주간, 야간 과장 네 명을 포함해 여섯 명이 앉고, A, B조 주야간 여섯 명의 대의원이 모였지만 정작 설전을 벌인 것은 양봉수와 사측이었다. 협상이 평행선을 달리자 다른 대의원들이 죽을상을 지으며 한숨만 푹푹 내쉬었다.

"자, 오늘은 여기까지 하고 돌아가서 다시 입장을 정리해 빨리 결론 냅시다."

과장의 말이 끝나자 모두 일어섰다.

"양 대의원은 잠시 나 좀 봅시다."

모두들 나가고 총괄차장과 양봉수만 남았다.

"양 대의원 말씀 충분히 이해합니다. 하지만 지금 마르샤 생산이 시급해요. 우리 조금만 양보합시다."

"문제를 해결해주세요. 그럼 되는 일 아닙니까?"

"우리도 융통성을 많이 부려서 작업자 수를 더 준 겁니다.

더 이상은 회사 방침에 어긋나 안 된다니까요. 하지만 양 대의원 입장도 고려해보면서 한번 해보고 정 안 되면 추가 조치하겠습니다. 그리고 이거 받아주십시오."

부장이 봉투를 내밀었다.

"뭡니까, 이게?"

"대의원 하느라고 애쓰는데 회사도 고마움을 표시해야죠."

봉수는 봉투 안에 있는 걸 슬쩍 꺼내봤다. 한 달 월급과 맞먹는 십만 원짜리 빳빳한 수표 다섯 장이 들어 있었다. 그는 수표를 다시 봉투에 넣으며 차장을 뚫어지게 쳐다보았다. 자신을 쳐다보는 그의 눈길이 역겨워 욕이라도 해주고 싶은 충동이 일었으나 말없이 봉투를 탁상 위에 던져놓고 사무실을 나왔다. 다른 대의원들도 사측으로부터 회유를 받았을 것을 생각하니 한숨이 절로 나왔다.

그는 점심시간 후에 선거구 조합원들을 모아놓고 신차 협상에 대한 보고대회를 열었다. 조합원들은 신차 작업 방식에 대해 모두 부정적이었다. 작업 거부를 통해서라도 문제를 해결하지 않는 한 마르샤가 투입이 되면 안 된다고 입을 모았다. 기존에 조립하던 소나타보다 차량 크기가 더 커서 조립하기 위한 움직임이 더 많아지고 작업 공수도 늘어날 수밖에 없다고 판단했다. 게다가 혼류 생산까지 되면서 자재 이동 거리도 늘어날 수밖에 없었다.

사측은 양봉수와 선거구 조합원들의 행태를 주시하며 신차 투입을 고민하고 있었다. 노사합의가 이루어지지 않는 상태에서 신차를 투입할 순 없었다. 사측이 속을 끓이고 있던 어느 날, 소위원들 조직화에 몰두해 현장을 뛰어다니던 봉수는 회사의 부당노동행위를 노동부에 고발했다. 1월 10일 월차를 내고 노동부에 조사를 받으러 간 사이 갑자기 삐삐가 울렸다. 긴급이라는 말과 함께 공장으로 연락 바란다는 문자를 보고 봉수는 고개를 갸웃했다. 문자는 자기 반에서 보낸 게 아니라 다른 반에서 보낸 거였다.

봉수는 공중전화로 전화를 걸었다. 전화를 받은 다른 반원이 분개한 목소리로 다급하게 말했다. 협상이 끝나지 않은 걸로 아는데 지금 마르샤 시험 차량이 라인으로 들어올 거라 했다. 자기네 대의원이 코빼기도 안 보여 봉수에게 전화한 것이라고 했다. 봉수는 전화를 끊고서 차를 몰고 현장으로 달려갔다. 곧바로 사무실에 올라가 담당 차장에게 강력히 항의했으나 회사는 오전 10시 30분경 일방적으로 마르샤 투입을 강행해버렸다.

"협상 안 끝난 거 맞지?"

전화를 걸었던 다른 반 동료가 다가왔다.

"그것도 몰라? 이 반은 대의원 보고대회도 안 하나?"

"잘 안 해. 우린 협상 내용도 잘 몰라."

"거참, 아무튼 작업 중지시켜야 돼."

봉수는 성큼 걸어가 라인 스위치를 껐다. 갑자기 라인이 멈추자 작업자들이 손을 멈추고 무슨 일인가 싶어 부품 작업 중이던 차 밖으로 나왔다.

"야, 뭐 하는 짓이야!"

반장이 봉수가 있는 곳으로 달려왔다.

"협상이 타결되지 않았는데 왜 시험 차량을 투입했는대?"

봉수가 스위치 옆에 선 채 반장을 노려봤다.

"하, 씨발 나도 모르겠다. 작업시키라는데 어쩌노?"

"모르겠으면 차장 다시 불러와. 우리가 그렇게 호구로 보여?"

반장은 봉수를 막을 수 없다는 판단이 서자 사무실로 올라갔다.

"여러분, 신차 협상 아직 끝나지 않았습니다. 작업 편성도 안 돼 있고 자재 배치 역시 완료돼 있지 않습니다. 이런 상태에서 어떻게 작업할 수 있겠습니까? 모두 손 놓고 다 나오세요. 협상이 타결되지 않으면 일 못 합니다. 쟤들에게 만만하게 보이고 싶습니까? 문제가 있는데 해결하지 않은 채 작업해서 되겠습니까? 그냥 나두면 계속 작업 강도를 높이려고 할 거니 본때를 보여줍시다!"

작업자들은 임팩트를 든 채 관리자들의 행태를 비난하면서 라인 밖으로 나왔다. 봉수는 그들을 자신의 뒤편에 세우고 차장을 기다렸다. 옆 반에 있던 경태가 달려오고 기계가 멈췄다는 소식을 전해 들은 부서장이 부랴부랴 내려왔다.

"뭔데? 뭔데 그래?"

"왜 협상이 끝나지도 않았는데 차량을 투입시킨 겁니까? 노사 합의 없는 신차 투입은 명백한 단협 위반인 거 모릅니까?"

"차장으로부터 협상 타결이 됐다고 보고 받았네. 뭔가 착오가 있었나 본데 일단 신차가 급해서 그러니 다시 스위치 올리게."

"그럼 협상부터 마무리 짓고 얘기하시죠."

"건방지게 굴지 말고 스위치 올려! 노동조합 허락도 안 받고 이렇게 현장 통제를 벗어나도 되는 건가? 조합에서 마음대로 현장을 세우라고 했냐고?"

"갑자기 무슨 노조 타령이야. 어용 같은 새끼들인데…"

"누구야! 어떤 놈이 끼어든 거야?"

"이놈인데요!"

정재성이 눈을 희번덕거리며 부서장을 노려봤다.

"함부로 나서지들 말고 가만히들 있어. 여기 대의원 누구야?"

"저기 오네요."

현장이 소란해지자 휴게실에서 나온 대의원들이 달려왔다.

"여긴 자네들 소관 아닌가? 다른 대의원이 와서 스위치 맘대로 만지게 해도 되는 건가?"

"양봉수, 니가 뭔데 남의 반에 와서 소란 피우노? 니가 여기 대의원이가?"

부서장의 질책을 들은 대의원들이 양봉수에게 화를 내며 다가섰다.

"우리가 양봉수 대의원 불렀다. 니들은 어디 있다가 오는 건데? 협상이 끝나지도 않았는데 왜 신차 투입을 묵인한 건데? 왜 우리한테 협상 결과도 제대로 알려주지 않은 거냐고? 뭘 잘났다고 양 대의원에게 소리치는 거냐고!"

전화를 건 조합원과 몇몇 다른 조합원들이 나서서 자기 반 대의원을 질타했다.

"전체 대의원 중 다섯 명은 다 합의했어. 양 대의원만 안 했다고 우기는 거지."

"그래? 협상 내용이 어떻게 된 건지 들어보자구."

다른 반 조합원들이 그들 대의원 주변으로 몰려들었다.

"어이, 그건 이따가 작업 끝나고 나서 하고 얼른 작업 공정으로 돌아가!"

"뭔 개소리고? 반장이 뭔데 조합원 권리까지 가로막고 나서는 건데?"

봉수가 다시 스위치를 내리자 반장이 다시 스위치를 올렸다. 그러자 곁에 있던 경태가 임팩트로 철제 기둥을 쳤다. 웅성거리는 사람들 목소리를 압도하며 쇳소리가 울리자 양봉수는 조합원들과 함께 두들겨대며 항의 표시를 했다. 부서장은 그들의 모습을 보면서 사태 수습이 어렵다고 판단한 듯 신경질적인 표정을 지은 채 사무실로 올라갔다.

2월 20일, 사측은 양봉수를 업무방해로 전격 해고하고 김경태에게 경고 조치를 했다. 작업자들만 징계할 수 없어 사측은 차장을 아산 공장으로 전출 발령을 냈다. 느닷없이 해고 소식을 통보받은 양봉수가 사무실로 올라갔다. 봉수가 들어서자 사무를 보던 관리자들이 일어나 그를 막았다.

"부서장 나오라고 해! 당신들이 잘못해놓고 나를 해고시켜? 그렇게 치사하게 굴고 쪽팔리지도 않나! 봐, 비켜! 비키라구!"

"어디서 막말이야, 쫓아내!"

누군가가 소리치자 사무실 직원들이 봉수를 밀어냈다.

"배웠다는 것들이 부끄러워할 줄 좀 알아라! 어디 끝까지 해보자!"

봉수는 사무실에서 밀려나와 노조로 가서 해고 철회를 요구했다. 하지만 노조에서도 오히려 봉수에게만 면박을 줬다. 노조에 알리지도 않고 라인을 세웠으니 노조와 관계없는 일이라고 선을 그었다. 그들은 한술 더 떠서 '우리 회사에 해고자는 없다. 다만 사규를 위반한 면직자만 있을 뿐이다'라고 했다. 면직자로서 직원이 아니기 때문에 노조가 전혀 관계할 일이 아니라는 것이었다.

"어용 값을 제대로 하는구만."

"함부로 지껄이지 말고 꺼져."

"그래? 어디 끝까지 해보자, 누가 이기나!"

양봉수는 현장으로 돌아와 경태를 만났다. 같은 반 대의원과 소위원들이 같이 모였다.

"아무래도 해고 싸움을 곧장 시작해야겠다."

"상황을 좀 보고 하는 게 안 낫겠나. 행님들캉 상의도 좀하고."

봉수는 끓어오르는 화를 참지 못해 눈에 불을 켰다. 하지만 경태를 비롯한 동료들의 말을 따라서 현장 조직의 선배들을 만나 상의했다. 그들은 현재 민주파의 어려운 상황을 설명하면서 이영복이 해고 철회를 할 수 있도록 협의해보겠다고 했다. 봉수는 화가 치밀었고 선배들이 야속했다. 어용들과 협의한다는 자체도 싫었고 그들을 통해 복직할 마음도 없었다. 그는 스스로 끝까지 싸워보고 싶었다.

"형님들이 싸우라고 하셔야지, 말리면 됩니까? 아, 저는 정말 싫습니다!"

화를 삭이지 못한 봉수는 분한 심정에 눈물까지 매달았다.

"니 심정은 이해하지만 감정적으로 처리할 수 있는 문제는 아니잖아. 좀 참고 이겨내보자. 며칠만 기다려봐라."

며칠을 기다렸지만 들려온 소리는 비참했다. 수석부위원장이 봉수와 같은 동향이라는 걸 안 한 선배가 그를 통해 이영복에게 해고 철회를 부탁했지만 단호히 거절당했다는 것이다. 소식을 들은 봉수는 자존심이 상해서 견딜 수가 없었다. 그는 2공장 대의원과 소위원들의 도움을 받아 경비들과 몸싸움을 해가면서 승용2공장 본관 앞에 천막을 세웠다. 많은 동료들이 와서 격려를 하고 민주파 선배들이 방문을 했다. 그는 부당 해고 철회를 위한 텐트농성을 2공장 대표 김정식과 함께 시작하면서 현장 동료들을 모아놓고 선언을 했다.

'조합원 동지 여러분, 참으로 안타까운 현실입니다. 더 이상 물러설 수도 없는 상황에서 노동 탄압 분쇄, 집행부 민주화, 부당 징계 철회를 위해 사활을 걸고 투쟁에 나설 것입니다. 조합원 동지들을 사랑하고 노동조합을 사랑합니다. 이번 투쟁으로 조합원 동지들과 대의원, 소위원 동지들이 사측으로부터 탄압을 받는다면 제 목숨을 던져서라도 투쟁의 정당성을 밝혀드리겠습니다!'

봉수는 본격적으로 농성에 돌입했다. 첫 번째 해고 때와는 달리 혼자 싸워나갈 수밖에 없는 현실이 부담스러웠지만 개의치 않았다. 오히려 혼자서 직격탄을 맞자 정신의 날은 더욱 날카롭게 섰다.

"우리가 함께한다. 힘내라, 양봉수!"

퇴근하던 동료들이 텐트에 와서 격려의 말로 힘을 얹어주었다. 그들 중의 일부는 밖에 나가서 먹을 것을 사다 주며 투쟁을 외쳤다. 함께하는 조합원들의 마음을 보자 봉수의 마음이 뜨거워졌다. 그는 반드시 해고 철회를 관철시켜 회사의 후안무치한 민낯을 조합원들에게 보여주고 싶었다. 그런 과정을 통해 현장 조직을 강화해나간다면 해고 싸움은 또 다른 기회라고 여겨졌다.

북적거리던 텐트 주변은 밤이 깊어지자 고요해졌다. 태화강 쪽에서 공장 지붕을 넘어온 스산한 바람은 사람들이 몰려왔다 남기고 간 발자취를 지우고 다녔다. 파수꾼처럼 공장의 불빛들이 어둠을 밝히고 있었다. 경계가 허물어진 염포산과 동해 바다 위에서 별빛들이 불안하게 매달려 있었다. 정문을 서성거리던 경비가 추위에 떠밀려 경비실로 들어갔다. 아무도 보이지 않는 공장의 텅 빈 거리로 길을 잃은 바람 한 줄기가 달려가고 있었다.

봉수는 텐트 옆에 서서 담배를 물고 불을 붙였다. 지치지 않고 두려워하지 않을 때 싸움은 이길 수 있다고 생각했다. 그는 어둠을 쫓아내듯 가슴을 폈다. 외로움을 몰고 오던 바람의 기운이 상쾌하게 온몸으로 스며들었다.

출퇴근 때마다 봉수는 '부당 해고 철회하라!'라고 쓴 피켓을 들고 섰다. 2공장 대표와 함께 철야농성을 하고 점심시간에 중식 집회도 열었다. '부당 징계 철회, 노동강도 강화 저지, 노조 민주화'를 외치면서 잔업 거부 투쟁도 벌였다. 지방노동위원회에 부당 해고 구제 신청을 내며 법적 싸움도 준비했다. 정신없이 싸움을 계속하던 어느 날 밤, 선희가 정문 앞에 나타났다. 삐삐를 쳐도 봉수의 대답이 없자 퇴근 시간에 맞춰 공장을 찾아온 것이었다.

출입 신청을 하고 기다리는데 뜻밖에도 회사 관리자가 나와 선희를 맞이했다. 그는 선희를 공장 안으로 데리고 들어가면서 봉수에 대한 얘기를 꺼냈다. 봉수가 해고된 이유와 공장 앞에서 텐트 농성을 하고 있다며 오빠를 말려달라고 했다. 지금이라도 봉수가 싸움을 접고 회사에 반성문을 제출한다면 선처가 있을 것이라고 선희를 설득했다.

회사에서 안 좋은 일이 있을 거라고 예상했던 선희는 과장이라고 밝힌 사내의 말을 묵묵히 들었다. 2공장 앞 텐트가 보이는 곳을 가리키고 과장은 슬그머니 사라졌다. 선희는 피켓을 들고 서 있는 봉수를 보는 순간 눈물이 왈칵 돋아났다. 공장에서 쏟아져 나오는 노동자들의 등 뒤를 향해 '부당 해고 철회!'를 외치는 오빠의 목소리가 유리 파편처럼 날아와 가슴에 아프게 박혔다. 그녀는 눈가에 묻어난 눈물을 지우고 오빠를 향해 걸어갔다. 봉수가 다가오는 선희를 보며 구호를 멈췄다.

"어떻게 왔어?"

"꼴좋다, 칫. 이게 오빠가 원했던 거야?"

선희는 어둠이 내려앉고 있는 공장을 둘러봤다. 거대한 암초처럼 보이는 건물들 옆에 세워져 있는 텐트가 공장이라는 바다에 위태롭게 떠 있는 종이배 같았다.

"왜 잘렸어?"

봉수는 사람들이 쳐다보자 선희를 데리고 텐트 안으로 들어갔다. 5인용 텐트 안을 휴대용 램프가 밝혀놓고 있었다. 바닥에 깔아놓은 스티로폼 위로 침낭이 펴져 있었다. 봉수는 해고된 사유를 선희에게 설명했다.

"오빠, 노동조합 위원장 되고 싶어? 왜 대의원을 했는데?"

"잘못된 건 바로잡아야지."

"그걸 왜 오빠가 해야 돼?"

"잘못된 걸 알고 있으니까."

"오빠만 아는 게 아냐. 나도, 다른 노동자들도 다 알아. 알면서도 안 해. 해봐야 자기만 손해라는 걸 알거든."

"그러니까 평생 당하면서 살지. 선희야, 오빤 그렇게 살고 싶지 않아. 누가 때려죽인다 해도 그렇겐 살지 않을 거야. 잘못된 게 있으면 고치고 바로 세워나가야 하잖아. 그게 사람이지 않겠냐? 누구를 위해서라기보다 나를 위해서라도 제대로 살아보고 싶어. 여기 와서 인생이라는 것에 대해서 많이 배우고 있다. 내가 누구인지, 어떻게 살고 싶은지, 오빤 그걸 찾아가고 싶은 거야. 피하지 않고 두려워하지 않고 옳은 건 옳다고 말하고 틀린 건 틀렸다고 말하면서 말야."

바람이 텐트를 흔들었다. 봉수는 선희에게 공장에서 겪었던 수많은 얘기들을 들려줬다. 그 시간들 위에서 자신이 무슨 생각을 하게 됐는지, 왜 이 길을 갈 수밖에 없는지 가슴을 열고 드러냈다. 선희가 깊은 한숨을 내쉬며 고개를 저었지만 봉수는 동생에게도 자신의 인생을 찾아가라고 설득했다.

"오빠, 완전히 불순 세력들에게 물들었구나."

"불순 세력이란 말은 정의를 두려워하는 자들이 만든 말이야."

"아, 나도 알아! 오빠만 정의 아는 거 아니거든. 회사가 나쁘다는 것도 아니까, 제발 오빠만 아는 것처럼 굴지 마라구! 오빤 우리 집 장남이잖아! 엄마, 아빠 어쩔 건데? 오빠가 안 모실 거야? 부모 모실 막중한 책임이 있잖아. 그걸 위해 정의 그따위 것, 좀 모른 척하고 살면 안 돼? 중공업에서 지긋지긋하게 봐서 다 알아. 오빠 같은 사람들이 다 감옥에 간다는 거. 왜 갑자기 미쳐서 잘난 척하는 긴데?"

가슴에 꽉 막혀 있던 목소리가 터지자 선희의 눈에 눈물이 고여 들었다. 봉수의 두 눈을 바라보는 그녀의 붉어진 눈에서 눈물이 뚝뚝 떨어져 내렸다. 원망과 걱정으로 가득한 그녀의 눈물을 보자 봉수의 굵은 눈썹이 꿈틀거렸다.

"할 말 다했으니까, 갈게."

선희는 일어나서 밖으로 나갔다. 봉수가 그의 곁에 섰다. 마른 나무의 가지들을 부러트릴 것 같은 찬바람이 공장을 거머쥐고 있었다.

"공장이 너무 삭막해… 미안해, 눈물이나 진질 짜서 기운이니 빼고."

단발을 한 선희의 머리카락을 바람이 헝클었다. 봉수가 동생을 가만히 안았다.

"조심할 테니 너무 걱정 마."

"그만두겠다는 말은 끝내 안 하네. 어쨌든 아프진 마. 그리고 감옥 가는 거 싫어. 엄마, 아빠가 알면 놀라실 거야."

봉수는 대답 대신 동생의 어깨를 토닥거리며 몸을 뗐다. 선희가 봉수의 손을 잡았다가 놓으며 정문으로 향했다. 경비가 두 사람을 지켜보고 있었다.

어둠이 깊어진 공장은 다시 적막에 잠겼다. 추위를 차단하기 위해 공장의 문들은 꽁꽁 잠겨 있었다. 봉수는 텅 빈 공장의 거리를 걸었다. 공장에 들어온 지 사 년이 지났다. 자신을 부르던 고향집 어머니의 목소리가 등 뒤를 따라왔다. 돌아보면 어머니의 눈빛이 어둠 곳곳에서 쳐다보고 있을 것 같았다. 봉수는 걸어도 걸어도 끝이 없을 것 같이 사방으로 뻗어 있는 공장 길 위에 서서 하늘을 올려다보았다. 별이 보이지 않았다.

"나는 이런 세상 싫어."

가끔씩 밤 열두 시가 넘어 술이 깊어진 정재성이 비닐봉지를 들고 왔다. 그는 텐트 앞에 앉아 푸념을 한 보따리씩 풀어놓았다. 회사와 공권력에 대해 욕설을 퍼붓다가도 혀가 꼬부라지면 신세타령을 했다. 가난한 집안의 늦둥이 막내아들로 태어나 사랑보다는 구박을 받으며 자라왔다고 서글픈 표정을 지었다. 그는 자신의 키가 작은 것도 잘 먹지 못하고 타박만 받아서 그랬다고 했다. 가난한 집안에 태어난 것이 죄가 되는 세상이 싫고 회사의 말에 순종하며 사는 게 억울하다고 했다. 봉수는 숨김없이 마음속을 보여주는 재성을 통해 자신의 삶을 돌아다보았다. 그와는 달리 어머니의 따뜻한 손길을 받으며 성장했지만 희망이 없었던 가난한 삶의 여정은 그와 크게 다를 바가 없었다.

반 동료들이 늘 함께했다. 그들은 휴일이 되면 공장 앞에 모여 족구를 했다. 봉수 역시 그들과 함께 소리치고 웃으면서 공을 차고 땀을 흘렸다. 시합이 끝나고 나면 동료들은 막걸리와 닭튀김 같은 것들을 사 먹으면서 서로의 어깨를 걸었고 헤어질 때면 '복직 투쟁!'을 외치며 마음을 나누었다.

봉수는 점심시간이나 휴식 시간 때면 공장을 돌아다녔다. 대의원들과 소위원들을 만나서 현장 조직력을 강화하려 했다. 봉수는 현장의 힘은 소위원들의 역할로부터 시작된다고 믿었다. 현장의 동료들이 소위원들을 통해 하나가 될 때, 투쟁은 늘 힘이 넘쳤다는 걸 경험으로 알고 있었다. 소위원들이 올바른 인식을 갖고 적극적으로 활동만 한다면 민주노조를 빼앗길 이유가 없다고 확신하며 적극적으로 단결을 도모했다.

'한 번 비겁해지면 두 번 비겁해지고, 한 번 용기를 내면 백배 용기가 생긴다!'

전해투의 김민식은 울산에 올 때마다 텐트를 찾아와서 양봉수를 격려했다. 그 역시 해고자 신분으로 전국을 돌아다니며 투쟁의 선봉에 나서고 있었다. 정민은 자주 텐트에 와서 자신의 생각들을 밤늦도록 봉수에게 펼쳐 보이며 한국 노동운동의 역사를 말해주기도 했다. 1980년, 광주항쟁에서 수많은 사람들이 살육을 당한 뒤 학생들은 노동운동의 현장으로 들어왔다고. 그 이후 1985년에 한국전쟁 이후 최초의 노동자 정치투쟁인 '구로동맹파업'이 일어나면서 노동운동이 앞장서서 군사정권에 강력하게 투쟁해왔다고. 그는 5·3항쟁의 중심에도 노동자가 있었고, 그런 노동자들의 힘이 바탕이 돼서 정권을 흔들어댔기에 6·10항쟁도 일어날 수 있었다고 했다.

"민주주의를 누가 가장 원할까?"

정민은 민주주의를 가장 원하는 사람은 노동자고 진정한 민주주의가 오기를 바라며 80년대 이후 가장 치열하게 싸워온 사람도 노동자라고 했다. 노동자들이야말로 민의가 우선되는 민주주의를 통해 인간으로서의 평등한 권리를 누리고 싶어 하기 때문이라고 했다. 그런 간절한 바람 때문에 군사정권의 폭압 속에서도 수천 명이 해고되고, 수백 명이 구속·수배되면서까지 독재 정권 타도를 위한 싸움을 멈추지 않았다고. 1987년 노동자대투쟁이 가능했던 것도, 자동차 공장에 민주노조가 세워질 수 있었던 것도 그런 고난의 역사가 바탕이 돼서 가능했다고 했다. 그런데 정작 투쟁의 성과를 가져가는 자들은 정치적 야욕에 사로잡혀 있는 재야와 야당의 정치꾼들이라며 개탄했다.

"김영삼을 보면 알 수 있지. 그는 무엇을 위해 독재 정권과 투쟁했을까? 그가 민주주의라는 말을 앞세워서 얻으려고 했던 것은 권력 그 자체가 아니었을까? 그러니 군사정권의 뿌리와 3당 야합을 하고 노태우 이상으로 노동자들을 짓밟고 있는 거지. 그들은 기득권자들로, 기본적으로 자본가 뿌리를 갖고 있어. 그래서 자본가들처럼 민주주의를 원하지 않아. 그들이 무엇 때문에 자유와 평등과 인권과 평화를 가난하고 힘없는 노동자, 농민, 서민들에게 나눠주겠어? 통치 개념으로서의 권력욕을 뼛속까지 갖고서 오로지 국민을 지배하려고만 하는 자들이 말이야."

텐트 농성이 길어지면서 투쟁의 길이 아득하게 느껴지면 봉수는 한밤중에 어둠을 가르며 뛰었다. 온몸을 야멸차게 파고드는 날카로운 칼바람을 헤치고 달리면서 군더더기처럼 몸에 남아 있는 두려움을 떨쳐버리고 싶었다. 세상을 알려고 하지 않으면 눈앞에 보이는 것만 볼 뿐이고, 산다는 것은 안다는 것이며, 안다는 것은 실천을 통해 성취해가는 것이라고 마음에 되새기며 뛰고 또 뛰었다. 투쟁에 나선다는 것은 자기와의 고독한 싸움에서 이기는 것으로부터 시작된다는 걸 봉수는 경험을 통해 배우고 있었다.

경비대는 호시탐탐 기회를 엿보며 몇 차례에 걸쳐 텐트 철거를 시도했다. 그럴 때마다 조합원들이 달라붙어 격렬한 몸싸움을 벌여 농성장을 지켜냈다. 3월 10일 재심 징계위에서도 회사는 양봉수의 해고를 확정했다. 해고 싸움이 길어질 거라 판단되자 양봉수는 21일 동안이 텐트 철야 농성을 정리하면서 자신의 의지를 밝혔다.

승용2공장 앞에는 회사의 감시와 억압적인 눈길에도 아랑곳없이 조합원 2백여 명이 몰려들었다.

"회사의 집요한 탄압을 뚫고 이 자리에 모이신 조합원 동지 여러분!"

봉수는 공장 앞에 모인 조합원들을 바라보며 밤새 조목조목 쓴 연설문을 읽어 내려가기 시작했다.

"지금 회사는 저를 미친놈, 간뎅이 부은 놈으로 몰고 있습니다. 하지만 조합원 여러분이 함께해주고 투쟁의 기운이 모이자 불안해하고 있습니다. 한 사람의 징계자에게 회사가 이 정도로 심혈을 기울여 막아내고 쫓아내려고 한 적이 있습니까? 저는 비록 해고가 돼서 패배한 것 같지만 내면적으론 우리가 승리하고 있다고 확신하고 있습니다."

심장에서 뿜어져 나오는 봉수의 목소리가 쩌렁쩌렁 울려 퍼졌다.

"이영복 집행부의 비민주성은 규탄받아야 하며 생산 현장이 사측의 부당 징계 실험장이 되도록 방관해서는 안 됩니다! 노동운동은 노동자의 권리를 위한 행동입니다! 나는 지속적인 투쟁을 통해 조합원들의 권익 신장을 위해, 노동조합의 민주성 회복을 위해 맡은 바 임무를 다하려고 합니다. 그 누구도 우리를 억압할 수 없고, 억압하게 놔둬서도 안 됩니다. 여러분, 우리 모두 그런 힘을 만들어내서 새롭게 투쟁을 전개합시다!"

봄기운으로 가득한 맑은 하늘을 향해 봉수의 팔뚝이 힘차게 뻗어나가자 조합원들이 투쟁을 외치며 화답했다.

"새벽 찬바람 속에서도 일하다가 짬을 내서 나와 힘내라며 격려해주신 장기근속자 조합원, 휴일 날 김밥을 싸갖고 오셔서 잘 먹어야지 투쟁도 할 수 있다고 격려해준 조합원, 애정어린 눈빛을 담고 반별로 격려해주러 오셨던 조합원 여러분, 아저씨 힘내세요, 라는 말을 던져놓고 수줍게 가던 어린 여성 조합원들, 저의 투쟁은 바로 조합원이 있었기에 가능했고, 같은 마음을 가진 조합원들이 있기에 멈출 수 없습니다! 여러분, 저는 선봉에서 중단 없이 투쟁을 이어갈 것입니다. 그 누구도 나의 투쟁을 막을 수 없을 것입니다!"

회사의 탄압은 더욱 거세졌다. 3월 29일, 마르샤 차량을 놓고 맨아워에 대한 협상이 있었다. 단체협약에 해고자도 정당한 노조 활동을 할 수 있게 돼 있어서 양봉수는 협상장의 문을 열었다. 그러자 관리자들이 나서서 고함을 질렀다.

"회사 직원도 아닌 자가 여길 왜 들어오나?"

"무슨 소리들 하는 겁니까? 난 대의원이니 마땅히 들어와야죠. 해고자도 대의원 활동을 할 수 있다고 단체협약에 명시돼 있는데 뭐가 문젭니까?"

봉수는 당당한 모습으로 자신의 권리를 주지시켰다. 이미 양봉수가 협상장에 나타났다는 소식을 들은 경비들 20여 명이 득달같이 달려왔다.

"경비들, 뭐 하는 거야? 끌어내!"

협상장에 있던 대의원들이 막아서는 걸 제치고 경비들은 양봉수에게 집단으로 달려들어 끌고 나갔다.

"놔! 이거, 안 놔!"

발악하듯 몸부림을 치며 양봉수는 저항했지만 경비들은

폭행까지 하면서 사지를 붙들어 정문 밖으로 내동댕이쳤다. 경비들은 철제 바리케이드로 문을 막고 그 앞을 이중으로 둘러쌌다. 양봉수가 그들을 뚫고 들어가려고 기를 써도 소용없었다.

이영복 집행부는 앵무새처럼 양봉수를 해고자가 아닌 면직자라고 우기며 그의 투쟁을 방관했고 회사는 양봉수로 인해 피해를 입었다면서 3천1백만 원을 물어내라는 손해배상청구까지 했다. 양봉수 역시 전치 2주의 부상을 입어 사장과 부사장, 경비과장을 고소했다.

양봉수에 대한 회사의 탄압은 더욱 거세졌다. 그들은 양봉수의 정문 출입을 철저히 봉쇄했다. 심지어는 오토바이를 타고 몰래 공장 안에 들어와 조합원들을 만날까봐 미행을 붙이기도 했다.

다음 날부터 봉수는 김상호, 박종수를 비롯한 해고자들과 함께 정문 투쟁을 했다. 현총련 산하 해고자 37명과 함께 각 공장 순회 투쟁도 벌였다. 4월 18일엔 전해투 소속 해고자들과 중앙 투쟁도 감행했다. 울산에서 서울까지 지속적인 투쟁을 이어가던 양봉수는 다시 울산으로 돌아와 자동차 정문 앞 투쟁을 시도했다. 여전히 경비들은 사람 벽을 세워 양봉수를 밀어냈다. 어느 날 노조 간부가 슬그머니 찾아왔다.

"이제 고만 싸움을 접어. 너희들이 앞으로도 계속 자중하면서 조용히 지내면, 자넨 6개월, 김상호는 3개월 후 복직시켜주는 걸로 회사와 구두 합의했네."

봉수는 대답하지 않고 돌아섰다. 회사의 약속은 믿을 수도 없었지만 그 말에 동의한다는 것은 자신의 행동이 잘못된 것이라고 인정하는 일로서 결코 받아들일 수 없었다. 그는 아침마다 정문 앞에서의 고독한 투쟁을 멈추지 않았다.

5월이 다가오자 산과 들은 짙은 초록의 물결로 넘쳐흘렀다. 햇살이 찬란하게 생명을 틔웠지만 봉수의 마음은 밝지 못했다.

눈에 보이는 것들이 암울하게 여겨졌다. 회사와 노조의 폭압에 짓눌려 제대로 된 행동 하나 보여주지 못하는 민주파들. 투쟁이 길어지면서 자신을 바라보는 시들해진 조합원들의 눈빛. 여전히 현장은 사측의 의도대로 모든 것이 조합원들에게 불리하게 진행되고 있었지만 싸움도 못 한 채 불평만 늘어놓는 현장의 목소리들. 전 공장의 분위기는 웅덩이에 고인 물이 나갈 길을 찾지 못한 채 썩어가고 있는 것처럼 답답했다.

봉수는 축축 처지는 마음을 일으켜 세워 소위원회 강화를 위해 집중했다. 오토바이를 구입해 헬멧을 쓰고 출근하는 노동자들 속에 끼어서 공장으로 잠입해 들어갔다. 소위원들의 힘을 모아 현장 투쟁을 조직하고 다가올 선거에서 이영복을 밀어내고 다시 민주파가 들어설 바탕을 마련해야만 했다.

"부당하면 싸워야 합니다! 싸우지 않고 조합원들과 똑같이 푸념만 해서 어떻게 현장을 바꿀 수 있겠습니까?"

양봉수는 소위원들을 만날 때마다 그들에게 자신감을 불어넣었다.

"힘들수록 조합원들과 솔직하게 현장의 문제를 논의합시다. 그러면 무엇을 해야 할 것인지 조합원들 스스로 목소리를 낼 겁니다. 여러분은 그 목소리를 모아 싸워야 합니다. 누가 우리 대신 싸워주겠습니까? 우리 문제를 우리 스스로 풀어나 갈 때 자신감도 생기고 패배감도 떨칠 수 있는 거 아니겠습니까? 부당한 것을 보았을 때 한번 나서서 바른 소리를 해보십시오. 한 번 소리치고 나면 두 번째는 자신의 목소리가 더 당당해져 있는 것을 알게 될 겁니다. 그럴 때 조합원들 역시 자신감을 갖게 되고 동료 간의 믿음이 싹트게 될 것입니다. 우리 그런 힘들을 모아 다가올 공동 소위원회 발대식을 힘차게 열어봅시다!"

소위원들을 만나며 온힘을 쏟아 호소했지만 봉수는 현장을 들어갔다 나오고 나면 아득해졌다. 대화를 나눌 때, 소위원들은 고개를 끄덕거리며 눈을 반짝였지만 여전히 두려움과 패배감을 떨쳐내지 못했다. 집에 돌아와 잠을 청하려고 누우면 눈에 비쳤던 그런 나약한 모습들이 돌덩이처럼 무거운 스트레스가 돼서 어깨를 짓누르고 입술을 바짝바짝 태웠다. 눈알이 튀어나올 것 같은 두통이 일어나 눈을 감으면 노동조합의 앞날이 캄캄해 보였다. 세상은, 공장은 분명 잘못돼 있는데 그걸 바꾸려는 힘은 모아지지 않고 있어서 가슴이 터질 듯이 답답했다. 봉수는 그런 심리 상태가 심해져 어디에도 마음 둘 곳이 없어 우울해지면 광주를 찾아갔다.

"집행부에서 제안한 거 받아들여."

"그런 소리 하지 말고 술이나 들어요."

술이 거나하게 오르자 광주가 눈치를 살피면서 말을 꺼냈다. 그는 봉수의 답변을 예상하고 있었다는 듯이 혀를 끌끌

차면서 허허롭게 웃었다.

"세상을 바꾼다, 공장을 바꾼다고? 염병, 살면서 그런 일은 벌어지지 않아. 니가 바꿀 것은 바로 니 생각이여. 그런 생각에 사로잡혀 있으니까, 현실을 보지 못하는 거여."

"현실이 어떤데요?"

"좋지. 암만 좋구 말구. 니들은 이영복을 욕하지만 그 사람은 민주노조 때보다도 더 나은 임금을 우리에게 갖다줬어. 민주파라는 것들이 한 짓은 뭔가? 명분만 앞세워 똥폼만 잡으면서 싸움은 개떡같이 하고 돈은 오히려 더 못 받아내지 않았는가? 그 지긋지긋한 싸움을 안 하고도 이영복은 돈을 더 받아냈으니, 현실이 좋아지지 않았다고 누가 말할 수 있나?"

봉수가 비웃으며 담배를 물었다.

"노동강도도 쎄지고 새해도 빈말하는 거 아시죠?"

"알지. 그럼 어떤가? 어차피 하는 일, 좀 더 애를 쓴다고 크게 달라질 건 없어. 돈만 많이 준다면 난 좋네."

"왜 회사는 노조가 싸우지도 않는데 성과급을 그리 내놓았겠습니까? 민주파처럼 싸우지 말고 말 잘 들으라고 하는 거 아닙니까? 조합원들에게서 민주파들을 떼놓으려고 어용들에게 떡고물 처바르는 걸 모르세요?"

"잘 알지. 하지만 그걸 알고 모르는 게 뭔 문젠가? 중요한 건 우리 주머니에 얼마를 더 넣어줄 수 있느냐가 문제지. 니 생각을 바꾸라고! 공장을 바꾸고 세상은 바꿔보겠다는 생각에만 사로잡혀 있으니까 현실을 못 보는 거야. 현실은 조합원들이 돈 많이 받아서 좋아한다는 거지. 우린 몸 팔아 먹고 사는 노동자야. 값을 비싸게 쳐주면 그게 최고지. 이상에 사로잡혀 돈 없으면 돼지는 자본주의 세상에서 자네처럼 꿈만 파먹고 살 수 있겠나?"

"한치 앞만 보는군요. 노름판 고수들이 일상적으로 쓰는 수법이 뭔지 알아요? 져주는 거예요. 그러면 돈을 계속 딸 것 같은 사람들이 판돈을 팍팍 올리죠. 그때 약을 올리면서 싹싹 긁어 가죠. 조합원들이 어용 의식으로 물들고 노조가 완전 어용되면 회사가 그때도 돈을 팍팍 줄까요? 정말 그렇게 믿어요? 싸우지 않고 말만 잘 들으면 가족처럼 아껴줄 거라고 믿냐고요? 노조 없을 때, 똥개 취급 당했다면서요? 그들이 노조를 장악하면 서서히 임금을 줄일 거라는 생각이 안 드냐고요?"

"아, 그럼 그때 가서 싸우면 되지 않나?"

"그때 가선 망가질 대로 망가져 싸울 놈도 안 남았을 텐데요? 노조가 싸우지 않겠다면 어쩔 건데요?"

"노조를 엎어버려야지."

"누가요? 형님이 엎을 겁니까? 정말 왜 그러세요?"

"어이, 봉수. 자네가 하도 앞으로만 치달으니까 하는 말이야. 적당히 타협도 하면서 싸움도 하란 말일세."

"형님! 그렇게 힘들여 만들어놓은 노동조합을 왜 가꾸지 않고 더럽히려고 합니까? 노동조합이 만들어졌을 때 천지개벽하는 걸 봤다면서요?"

"봤지. 하지만 그것이 닫히는 것도 봤지. 나는 모든 게 사람의 문제라고 생각하네. 사람은 온갖 탐욕 덩어리를 가슴에 품고 있어. 그 누구도 탐욕의 굴레에서 벗어나기 어려워. 난 자본주의를 나쁘게 보지 않아. 똑똑하고 영리한 놈이 좀 더 잘 사는 게 어떤가? 평등? 웃기지 말게. 평등은 인간세계에서 실현될 수 있는 말이 아냐. 활자 속에서 세상을 찾지 말고 니 눈앞에 펼쳐져 있는 현실 속에서 세상을 봐. 내가 나를 못 믿듯이 난 사람들을 믿기 어렵네. 아니, 믿을 수 없는 게 사람 속이지."

"왜 형님은 모든 사람들을 형님의 생각으로만 재단합니까? 형님이 사람 못 믿는다고 다른 사람도 그럴 것 같습니까? 안 다는 것이 무엇인지 생각해보라고 했죠. 이게 그 답변입니까? 아무도 믿을 수 없으니 모든 사람을 의심하고 약삭빠르게 살 라는 말이냐구요? 난 당당하게 세상을 살고 싶은데 왜 형님 은 움츠리고 눈치 보며 살려고 합니까? 형님이 현실을 보라고 하지만 그 현실은 죽어 있는 현실입니다. 죽은 현실이 보여주 는 걸 배우라고요? 고기 한 점 던져주면 그거 집어 먹는 맛으 로 살라구요? 그게 아는 겁니까? 그런 모습이 인간의 모습이 라고 생각하다니 참으로 형님이 비참하고 불쌍해 보여 화까 지 치밀어 오르네요."

봉수는 소주잔을 치우고 물컵에 술을 콸콸 따라서 단숨에 들이켰다.

"염병, 미쳐가는구만."

"미쳐가는 게 아니죠. 형님 같은 목소리들을 참을 수 없을 뿐입니다. 치사하고 비겁하게 살면서 간에 붙었다가 쓸개에 붙는 지조도 없는 인간들. 부당한 취급을 받으면서도 대꾸 한번 제대로 못하고 지시하는 대로 사는 인간들. 공장에서 자발적으로 관리자들이 우리를 자신들과 동등한 인간으로 보는 눈빛 본 적 있습니까? 형님도 말했지 않았습니까? 중공업 노동자들을 짓밟던 자본과 공권력의 만행을 보며 치를 떨었다고. 우린 노동자 이전에 인간입니다! 같은 인간인데 왜 우리가 자본과 권력을 쥔 인간들의 지배를 받으며 살아야 합니까? 그게 부당해 노동자들이 노동조합을 만들어 그들과 대등한 입장에서 우리의 권리와 인간에 대한 존엄을 지키려고 하는 거 아닙니까? 노동자들이 자신들의 집인 노동조합을 제대로 만들어내고 노동자로서의 자부심을 가져도 모자랄 판에 비겁하고 야비하게 눈치만 보며 살자고 하는 소리는 노동자들에게 인간이기를 포기하라는 말과 다를 바 없습니다. 형님은 개벽이에게 그런 식으로 인생을 살아가라고 가르칠 겁니까? 나는 등 뒤에서 누군가가 만들어주는 것들을 주워 먹을 생각만 하는 초라한 눈빛들도 보기 싫고, 옳은 것을 알면서도 비겁하게 뒤로 숨는 인간들 보는 것도 구질구질해 견딜 수가 없습니다. 형님의 거들먹거리는 말들에 그런 것들이 가득한 거 모르시겠죠? 치사하고 야비하고 구역질나는 말들 지긋지긋합니다!"

"염병, 너무 막 나가네. 니놈이 걱정돼서 하는 말이야. 니놈만 다친다고 이눔아!"

"씨발, 내 걱정해서 하는 소리라구?"

봉수는 벌게진 눈에 눈물을 그렁그렁 달고 가슴을 움켜쥐었다.

"아, 씨발! 아, 씨발!"

감정이 휘몰아치자 봉수는 어찌할 바를 모르고 몸부림을 쳤다.

"정신차려, 이놈아!"

"누가 정신을 차려야 하는데, 누가? 도대체 인간이라는 게 뭔데? 도대체 인간이라는 게 뭐냐구? 인간 같지도 않은 인간들! 다시는 형도 보지 않을 거요!"

봉수는 벌떡 일어나서 술집을 나갔다. 광주가 쫓아나갔으나 그는 뒤도 돌아보지 않고 휘청거리며 걸어갔다.

해고자 복직 투쟁은 망망대해에 떠 있는 작은 배 같았다. 신기루처럼 보이다 사라지는 육지처럼 복직의 희망은 오로지 사측의 손에 달려 있었다. 조합원들이 함께 나서서 사측의 힘을 꺾지 않는 한 해고자들은 작은 배 안에서 보는 풍랑을 이겨내야만 했다.

"복직이 문제가 아니라 조합이 문제야. 이렇게 계속 가다가는 노동조합은 영원히 어용으로 전락해버릴 거라고. 죽을 각오로 독하게 싸우면서 조합원들을 이끌어내야만 한다구."

매일 이어지는 해고 싸움이 끝나면 봉수는 김상호를 붙들고 하소연을 했다. 김상호 역시 사슬을 몸에 걸고 바리케이드에 묶어가며 치열하게 싸웠지만 조합원들의 힘이 만들어지지 않는 것에 애를 태우고 있었다.

"방법이 있나? 할 수 있는 데까지 최선을 다하는 것뿐에."

"뭔가 획기적인 계기가 필요해. 공장을 확 뒤집어놓을 수 있는 그런 투쟁 말이야. 어용 조합을 무력화시키고 조합원들을 일으켜 세워 사측을 찍어 누를 수 있는 그런 투쟁 말일세."

봉수의 눈은 희망을 찾아 허공을 더듬거렸다. 수많은 길이 눈앞에 보였지만 모두 꽉 막혀 있었다. 철벽처럼 막혀 끊겨 있는 길을 이어갈 힘은 조합원들의 힘뿐이었다. 패배감을 걷어내고 무력해진 그들의 자신감과 정의감이 살아날 때만이 철옹성 같은 그 벽을 무너트릴 수 있었다. 해고자 생활을 하면서 때때로 자신의 몸에 슬그머니 들어와 속삭이던 어떤 결단의 소리들이 온몸으로 퍼져 열꽃처럼 피어올라 식을 줄을 몰랐다.

수많은 기억들이 모여 붉은 꽃덩어리처럼 몸 안에서 피어났다. 공장에서 보고 듣고 배우고 행동하고 겪었던 많은 일이 눈이 뜨거울 정도로 눈앞에서 아른거렸다. 5년 가까이 공장에서 본 노동자들의 삶은 자본과 권력의 힘에 의해 끊임없이 탄압받고 지배를 받아왔다. 인간으로서 당연히 말할 수 있는 것조차 회사는 용납하지 않았고 권력은 늘 그들의 편이 되어 노동자들을 짓밟아댔다.

지독한 억압에 의해 주눅이 들고 길들여진 삶. 인간이 자유라면, 인간이 하늘이라면, 인간이 평등이라면 어찌 그런 삶을 받아들여야 한단 말인가. 길을 걸으면서도 밥을 먹으면서도 잠을 청하면서도 봉수는 자신의 몸이 소리치는 소리들을 들으면서 고뇌에 사로잡혔다. 산다는 것과 죽는다는 것에 대한 물음으로 귀결되는 엄중한 소리들. 봉수는 그 소리들에 휩싸일 때마다 부모님들의 모습이 곁에 나타나 괴로운 신음을 흘렸다.

복직 투쟁의 힘겨운 나날을 보내면서도, 현장을 뒤덮고 있는 암울한 기운이 점점 짙어가도 그의 의식은 더욱 투명해지고 분명해졌다. 그는 이영복 집행부가 들어선 뒤부터 민주파들이 조직 재건에 참여하라는 손까지 거절하면서 소위원의 결집과 조합원들의 힘을 만들어내려고 온 힘을 쏟았다. 함께 일했던 많은 동료들. 그들과 마음을 나누면서 소위원이 되고 대의원이 됐었다. 두 번의 해고로 회사의 핍박을 받을 때마다 투쟁의 나날을 버티게 해주었던 조합원들. 그들의 삶에 한 줄기 빛이라도 될 수 있으면 그래서 그 힘으로 노동조합을 조합원들의 따뜻한 집으로 만들어낸다면, 더 나아가 민주노조의 길에, 노동해방의 길에 밑거름이 될 수 있다면 바랄 것이 없었다. 조합원들 스스로 불의에 맞서 일어나주기를 간절히 바라는 소망이 소위원회 발대식이 다가올수록 그의 심장 깊은 곳에서 나직이 소리쳤다.

나 하나의 목숨으로 많은 사람에게 희망을 줄 수 있다면! 그런 생각이 광풍처럼 휘몰아칠 때마다 어머니의 얼굴이 어른거려 주저하기도 했지만 그의 의지는 불이 붙은 들판의 바람처럼 거세졌다.

봉수는 제대를 한 동생을 볼 겸 어버이날을 맞이해 고향으로 갔다. 식구 모두가 모여 동생의 제대를 축하하면서 마을 음식점에서 식사도 했다.

"하고 싶은 일 찾아서 열심히 살고 부모님 잘 모셔야 한다."

봉수는 집 주변을 청소한 뒤 동생과 함께 고추를 심었다. 오랫동안 비워두었던 방 안에서 지난날들이 묻어 있는 앨범도 꺼내 보고 툇마루에 앉아 고향의 밤하늘을 올려다보며 담배를 피우기도 했다.

"어버이날을 맞이해서 아버진 술 좀 줄이시고 어머니는 너무 일만 하지 마세요. 오래오래 건강하게 사셔야 합니다."

다음 날 아침 식사를 마친 뒤 봉수는 부모님께 용돈을 건네고 밭일을 했다. 흙냄새, 고향 냄새를 맡으며 밭일을 하고 나서 저녁 무렵에는 영산강으로 걸음을 옮겼다.

해가 저물어가는 산과 들에 평온이 내려앉았다. 발걸음 따라서 흙길 위로 먼지가 폴폴 일어나자 어린 시절의 기억들이 따라와 입가에 웃음이 돋았다. 저마다 살아가느라고 바빠 자주 못 본 친구들을 떠올리며 강가에 다다르자 영산강이 고요하고 깊게 흐르고 있었다.

친구처럼 지내며 말없이 인생을 가르쳐준 고마운 영산강의 푸른빛 물결은 장엄했다. 강 건너 나주평야가 드넓게 펼쳐져 있고 하늘 구름은 힘을 잃어가는 저녁 햇살을 가리며 회색빛으로 물들어가고 있었다. 첫 번째 해고 때 동료들과 함께 와서 강을 건넜던 기억이 생생했다.

'한 번 비겁해지면 두 번 비겁해지고, 한 번 용기를 내면 백배 용기가 생긴다!'

강물이 전해준 김민식의 목소리는 투쟁의 경험을 통해 확인했었다. 그리고 자신 역시 조합원들에게 그런 경험을 나눠 주려고 부단히도 애를 썼었다. 며칠 후 열릴 소위원회 발대식은 그런 투쟁의 의지를 세우는 자리가 돼야만 했다. 그런 자리가 되지 못한다면 노동조합의 앞날은 너무도 어두웠다. 깊은 강이 멀리 흐른다! 봉수는 오래도록 영산강을 지켜보며 저녁노을이 붉게 번질 때까지 서 있었다.

울산으로 돌아온 봉수는 복직 투쟁을 이어가면서 마음을 다잡았다. 죽을 각오로 싸우자고 동료들에게 했던 자신의 말을 마음에 심고 또 심어가며 투쟁의 의지를 끌어 올렸다. 반드시 발대식에 참여해 소위원들의 힘을 끌어 올리고 안과 밖에서 치열한 투쟁을 통해 현장을 변화시켜내야만 했다.

발대식 전날 밤 봉수는 쉽게 잠들지 못했다. 특히 어머니의 모습이 눈에 밟힐 때마다 효도 한번 제대로 못했다는 마음에 가슴이 사무쳤다. 굽어지고 있는 어머니의 허리, 햇볕에 바싹 타버려 검게 그을린 얼굴과 손, 편히게 쉬는 모습을 본 적이 없을 정도로 일에 치여 살아온 고단한 모습. 부디 현장을 뚫고 들어가 험한 일이 일어나지 않기를 바라기도 했지만 그럴 조짐은 어디에서도 보이지 않았다.

지금이 아니면 다음을 기대할 수가 없었다. 다음을 기다리는 동안 현장은 더욱 견고하게 어용의 손아귀에 들어갈 것이고 사측은 조합원들을 길들여가며 견고한 지배를 구축하게 될 것 같았다. 반장의 권위가 하늘로 치솟던 시절에 입었던 조끼를 떠올리며 조합원들은 황금 조끼가 부활했다고 할 정도로 위축돼 있었다. 지금이 아니면 노동조합을 살릴 수 있는 힘을 다시는 만들어낼 수 없을 것만 같았다.

봉수는 수많은 생각을 정리해가며 발대식 전날 밤에 민주파 선배들 몇몇에게 소위원회 발대식에 참여해달라고 전화를 걸었다. 그 끝에 김광주를 떠올리며 밤늦게 전화를 넣었다.

"형님, 미안합니다. 괜히 형님에게 화를 퍼부었네요. 진심이 아닌 거 알고 계시죠?"

"니가 나한테 화를 퍼부운 게 뭔데? 기억도 없으니까 신경 끄고 하고 싶은 대로 하고 살어. 니 인생 니가 사는 거지, 내가 어쩌것냐."

"형님이 있어서 좋았고 든든했습니다. 보고 싶네요."

"염병, 열한 시가 넘었다. 일찍 전화 하지 그랬어?"

"그냥 목소리가 듣고 싶어서 했습니다. 형님, 내일 소위원회 발대식에 나와줄래요? 형님이 옆에 있어주면 힘이 날 것 같습니다."

"술 먹었냐? 목소리에 힘이 하나도 없구만. 알았으니까 얼른 들어가서 자."

"편히 쉬십시오. 내일 볼게요."

5월 12일, 공장의 하늘 위로 태양은 또다시 떠올랐다. 문이 열린 공장 안으로 수많은 노동자들이 빨려 들어갔다. 자동차와 오토바이와 자전거들이 무리를 지어 들어가고 피로가 덕지덕지 쌓인 작업복을 입은 몸뚱이들이 무거운 다리를 끌고 들어갔다. 드넓은 공장 안에 벌레처럼 기어가던 노동자들이 작업 시작을 알리는 종소리가 울리자 거리는 고요해졌다.

점심시간이 끝나고 오후 다섯 시가 돼 가자 젊은 노동자들 3백여 명이 정문 앞 잔디밭으로 모여들었다. 그들은 '공동 소위원회' 깃발을 들고 발대식 준비를 하고 있었다. 정문 앞에는 경비들 수십 명이 몰려서서 그들을 주시하고 있었다.

양봉수와 김상호를 비롯한 해고자 다섯 명이 출정식에 동참하려고 정문에 도착했다. 늘 그렇듯 그들이 나타나자 경비들이 몸으로 벽을 쌓으며 막았다. 해고자들은 경비들을 뚫고 들어가려고 몸싸움을 시도했다.

"부당 해고 철회하라!"

해고자들이 목이 터지도록 외치며 몸부림을 쳤지만 경비들은 한 사람당 대여섯 명씩 달라붙어 정문 밖으로 밀어냈다. 욕설과 고함이 뒤섞인 싸움은 지속됐다. 양봉수는 숨을 돌리며 싸우고 있는 해고자들을 봤다. 모두의 얼굴에서 땀이 비오듯 흘러내렸다. 정문 안에서는 발대식을 준비하는 노동자들이 바쁘게 움직이며 대오를 갖추고 있었다. 그는 싸움판에서 이탈해 주차장 제일 끝에 있는 화단 쪽으로 걸어갔다.

봉수는 화단에 있는 쥐똥나무 속을 뒤적거렸다. 한 시간 전에 준비해놓은 됫병 두 개를 꺼냈다. 순간적으로 어머니의 얼굴이 떠올랐지만 그는 주저하지 않고 뚜껑을 열어 병에 가득 채워져 있던 휘발유를 머리 위로 부었다. 콸콸거리며 쏟아져 나온 휘발유가 그의 머리카락을 적시고, 그의 부릅뜬 눈을 적시고, 그의 푸른 작업복으로 젖어들었다. 그는 나머지 한 병도 뚜껑을 따서 손에 쥐고 정문으로 향했다.

"더 이상 우리를 막지 마라!"

양봉수는 정문으로 달려가면서 소리쳤다. 그가 달려들자 경비들이 우르르 그의 곁으로 뛰어오다가 멈췄다. 역한 휘발유 냄새가 봉수의 몸에서 진동하며 풍기자 모두의 발걸음이 일시적으로 멈췄다.

"내 몸에 손대지 마라!"

한 손에 휘발유가 담긴 병을, 또 한 손엔 라이터를 쥔 채 봉수가 경비들을 향해 걸어갔다. 경비들이 당황해하며 주춤거리다가 뒤로 물러섰다. 봉수의 머리카락에서 휘발유가 뚝뚝 떨어져 내리고 기름에 젖은 얼굴은 햇빛을 받아 번들거렸다. 여전히 옆에서는 해고자들이 경비들과 씨름을 하면서 비명 같은 구호를 외치고 있었다. 한순간 뒤로 물러서던 경비들 중에 한 명이 기습적으로 달려들어 봉수를 붙들었다. 봉수의 손에 쥔 병이 흔들리면서 휘발유가 사방으로 튀었다. 그러자 나머지 경비들이 와르르 달려들었다. 흔들리던 병이 그의 손에서 빠져나가 바닥에 떨어졌다. 병이 깨지고 휘발유가 아스팔트 바닥을 흥건히 적셨다.

"봉수야, 안 돼! 하지 마, 안 돼!"

한 해고자가 봉수의 상황을 알아채고 소리쳤다.

"민주노조 쟁취하자!"

봉수가 쥐고 있던 손에서 라이터돌이 튕겨졌다. 번쩍이던 작은 불빛이 순식간에 양봉수의 몸으로 옮겨붙었다. 벌겋게 타오르는 성난 불길이 봉수의 다리로 가슴으로 번지면서 양봉수를 붙들고 있던 경비들의 몸으로 옮겨붙었다. 경비들이 봉수에게서 떨어져 자신들의 몸에 붙은 불을 끄느라고 허둥댔다.

다른 쪽에서 몸싸움을 하고 있던 해고자들이 치솟는 불길을 보며 모두 봉수를 쳐다봤다. 눈을 찌르는 햇살이 땀으로 범벅된 그들의 얼굴로 쏟아지고 그들의 눈빛은 경악으로 일그러졌다. 해고자들은 소스라치게 놀라 양봉수를 향해 몸을 돌렸다. 그들은 충격으로 입술이 달라붙어 봉수의 이름도 부르지 못한 채 윗옷을 벗어 들며 양봉수에게 달려갔다. 머리 위로 치솟는 불길 속에서도 양봉수가 정문 안으로 넘어서고 있었다. 그는 정문에서 십여 미터 공장 안으로 뛰어가다 얼굴을 감싸며 주저앉았다. 뱀의 혀처럼 벌건 불길이 그의 몸에 달라붙어 이글거렸지만 그는 다시 일어나 비틀거리며 앞으로 나아갔다. 해고자들이 달려오고 발대식을 준비하던 소위원들이 몰려들었다. 양봉수는 무릎이 꺾어지는 다리를 붙들고 서너 걸음 앞으로 더 나아가다가 그대로 쓰러졌다. 그의 몸에선 불길이 꺼질 줄 모르고 타올랐다. 새까만 연기가 살을 태우는 냄새를 피우며 하늘 위로 까맣게 번져나갔다.

"불 꺼! 불 꺼!"

해고자들이 옷으로 봉수의 몸을 내리쳤다. 소위원 중의 한 명이 발대식 깃발로 그의 몸을 덮었지만 불길이 사그러들지 않았다. 누군가가 경비실에 있던 소화기를 갖고 와 불을 껐지만 살타는 냄새는 더욱 짙게 공장으로 퍼져나갔다.

회사 구급차가 달려왔다. 해고자들이 눈물을 흘리며 벌벌 떠는 손으로 양봉수의 몸을 구급차에 실었다. 혜성병원으로 실려 간 봉수는 응급조치만 받고 화상전문병원인 대구 동산병원으로 옮겨졌다. 의사는 전신 75%에 3도 화상을 입어 생명이 위태롭다고 했다.

공장이 발칵 뒤집혔다. 발대식에 모인 노동자들은 항의 농성에 돌입했다. 그들은 양봉수를 살려내라고 소리치며 부당해고를 철회하라고 외쳤다. 전직 2, 3, 4대 위원장들이 오고 대의원, 소위원들이 모여 대책회의에 들어갔다. 회사는 대자보를 내고 경비가 무차별 집단 폭행한 것이 아니라고 하면서 양봉수는 면직자로 회사 직원도 아니라고 했다. 노동자들은 대자보를 모두 수거해 발기발기 찢어버렸다. 그들은 대형 전지에 정당한 노동조합 활동 보장과 해고자 복직을 촉구하는 글을 매직으로 써서 정문 바리케이드에 덕지덕지 붙였다.

전직 위원장들과 대의원, 소위원들이 모여 분신대책위를 구성하고 상황에 대처하기 위한 논의에 들어갔다. 투쟁 방향을 두고 의견이 분분했다. 준법투쟁을 해야 한다는 쪽과 파업을 해야 한다는 입장이 갈리고 있었다. 양봉수와 같은 반에 있었던 강성주는 논의가 길어지는 것을 보고 현장으로 돌아갔다. 현장 안으로 들어서는 순간 작업장 안에서 냉기가 돌아 섬뜩했다. 그는 마치 맹렬하게 몰아치는 겨울 들판의 바람 속에 있는 것 같은 싸늘한 기운을 느꼈다. 작업자들은 한마디 말도 없고 조장, 반장들조차 구석에 처박혀 움직이지 않았다.

조합원들은 지역 텔레비전 방송을 통해 양봉수의 분신 소식을 듣고 출근한 상태였다. 소위원인 강성주가 나타나자 몇몇 조합원들이 라인 밖으로 나와 울분을 터트렸다.

"지금 봉수가 분신을 했는데, 이렇게 라인을 팽팽 돌리고 있어도 되능교? 우리가 이래도 되능교? 뭔가 해야 되는 거 아닝교?"

조합원들의 눈들은 벌겋게 달아 있었다. 강성주는 살기등등한 그들의 눈빛을 보며 야식 시간에 대의원을 찾아갔다.

"지금 이 상황에서 우리가 기계를 잡고 있어야 하나? 대의원들이 나서서 뭔가 지침을 내려야 하는 거 아냐?"

"노조에서 면직자라고 우리 회사 조합원이 아니라고 하는데 뭘 해야 하는데?"

이영복 집행부 쪽 대의원 둘은 소위원들의 말을 듣지 않고 그들을 피하려고만 들었다.

"같은 동료가, 그것도 우리 대의원이 분신을 했는데 그걸 말이라고 하냐? 정말 이럴 기가?"

"그럼 어째야 하는데? 분신대책위에서도 아무런 결정을 내린 게 없는데 우리가 왜 먼저 설레발쳐야 하는데?"

대의원들과 강성주를 비롯한 소위원의 대화는 겉돌기만 했다.

"그럼 잔업 들어가기 전에 조합원들 모아놓고 집회라도 하자."

"이십 분 동안 집회해서 뭘 할 건데?"

"그래도 상황에 대한 소식은 조합원들에게 알려야 하지 않나?"

강성주가 답답해서 큰소리를 치자 대의원들은 난처해했다. 그들은 쭈뼛거리며 서로의 눈치를 보다가 대답했다.

"아, 맘대로 해. 모이는 데 십 분, 떠드는 데 십 분 갖고 도대체 뭘 하자는 건지…."

대의원들은 잠깐 동안의 집회로 뭔 일이 있을까 싶어 집회를 받아들였다. 소위원들은 A4 용지에 '휴게 시간에 양봉수

분신 상황 보고대회'가 있다는 소자보를 써 붙여 컨베이어에 실어 보냈다.

새벽 네 시, 조합원들은 의장2부 OK사이드 옆 널찍한 공간으로 모여들었다. 라인이 멈춘 공장의 고요함을 깨고 운집한 조합원들은 공간 바닥에 앉았다. 대의원 김정한이 마이크를 들고 조합원들을 향해 입을 열었다. 그는 텔레비전에서 속보로 내보낸 말들을 되풀이하며 대책위 지침이 내려오기를 기다리고 있다고 했다.

"왜 우리가 지침을 기다려야 하는지 설명 좀 해보시오. 양봉수는 우리 대의원이고 우리를 위해 싸우다 해고됐고 목숨까지 내놓으며 투쟁하다가 분신까지 했는데 왜 우리가 가만히 있어야만 합니까?"

조합원들의 목소리가 점점 커지자 휴게 시간이 끝나갈 무렵, 대의원들은 마이크를 내려놓고 논의를 하겠다며 슬그머니 자리를 피했다.

차갑게 얼어붙었던 작업장이 조합원들의 분노로 달아올랐다. 그들은 누가 시키지도 않았는데 벌떡벌떡 일어나서 한마디씩 던지며 울분을 토했다. 조합원들의 가슴이 뜨겁게 열리자 집회 분위기가 고조됐다. 그 사이에 휴식 시간이 끝나 작업종 소리가 울렸지만 아무도 자리에서 일어나 작업하러 가려고 하지 않았다.

조합원들은 자신들의 대의원이었던 양봉수의 분신 투쟁을 바라보며 괴로워했다. 그들은 자신들이 함께해주지 못했다며 자책하기도 했고, 사측의 억압적인 노무 관리와 강압적이고 일방적인 조치들에 대해 비난의 소리들을 던지기도 했다. 조장과 반장은 라인이 끊겨 애를 태웠지만 조합원들의 성난 목소리 속으로 들어갈 엄두도 못 냈다. 법규부 직원들도 나왔으나 그들은 조합원들의 신경을 건드릴까 두려워 몸을 숨긴 채 집회 내용을 엿듣기만 했다.

"본관으로 가서 양봉수를 살려내라고 합시다!"

집회는 조합원들 스스로 이끌고 나갔다. 누군가가 한마디 던지자 모두들 자리에서 일어났다. 6백여 명의 조합원들이 작업화를 끌며 밖으로 성큼성큼 나섰다. 양봉수가 간절한 소망을 담아 몸에 붙인 불길이 억눌려 있던 조합원들의 마음에서 불씨로 되살아났다. 그들은 본관 앞으로 몰려가 양봉수를 살려내라고 외치며 투쟁에 불을 붙였다.

분신 나음날인 13일 토요일, 수간조가 줄근하면서 야간조의 집회를 보고 현장에 들어와 웅성거렸다. 주간조 대의원 중에 민주파들은 현장 라인을 끊고 다니며 반장들과 마찰을 빚었다. 조합원들은 그런 대치 과정을 지켜보다가 집회 장소인 OK사이드 쪽으로 모여들었다. 누군가가 '양봉수를 살려내라!'고 소리쳤고 그들은 일제히 공장 밖으로 나갔다. 그곳에서 2공장 전체 부서 조합원 집회를 열어 본관을 향했다. 조합원들 스스로 파업을 시작하면서 현장은 투쟁의 물길로 출렁거렸다. 본관 앞 집회엔 전 공장에서 4천여 명의 조합원이 모여 있었다. 조합원든은 스스로 어용 집행부를 기부하고 비공식적으로 꾸려진 대책위를 공식 지도부로 선택했다.

조합원들의 자발적인 투쟁이 벌어진 다음 날은 휴일이었

다. 소위원과 민주파 대의원들은 휴일을 걱정스럽게 보냈다. 투쟁의 불길이 휴일을 거치면서 꺼지지나 않을까 염려했다.

회사와 노조 그리고 민주파들은 분신 상황을 앞에 놓고 분주하게 움직였다. 회사는 가족을 통해 분신 상황을 빠르게 수습하기 위해서 봉수 아버지에게 전화를 걸었다. 아버지는 회사로부터 상세한 설명도 없이 많이 다쳤으니 빨리 와달라는 연락만 받았다. 소식을 들은 아버지는 어머니와 함께 택시를 대절해 대구 병원까지 야밤에 달려갔다. 병원엔 양봉수의 분신 소식을 들은 대구 노동자들과 학생들이 모여 있었다. 경찰 역시 병원 근처에 집결해 상황을 주시하고 있었다. 회사에선 병원에 도착하자마자 전화를 달라고 했지만 부모들은 온몸이 붕대로 감겨 있는 아들을 보자 그 자리에서 넋을 놓았다.

"쟤가 우리 봉수란 말이여, 지금? 아니, 왜 저러고 있다요? 며칠 전에도 집에 왔다 갔는디. 이게 뭔 난리라요."

양봉수가 고향 집에 왔다 간 다음 날 새벽 어머니는 꿈을 꾸었다.

"내가 못 가게 잡았어야 했는디, 잡았어야 했어."

꿈에 집 천장에서 불이 났다. 그런데 점점 불길이 커지면서 그 불이 자동차 공장 건물로 옮겨붙었다. 거대한 공장들이 불길에 휩싸이면서 자동차 공장이 불바다로 변해 훨훨 타올랐다. 어머니는 기겁을 하며 화들짝 눈을 떴다. 벌건 불길이 여전히 눈동자에 남아 일렁거렸다. 며칠이 지나도록 무서운 생각이 떠나지 않았는데 밭에서 돌아오자 아버지로부터 회사에서 전화가 왔다는 말을 전해 들었다. 어머니는 그 말을 듣는 순간 봉수에게 나쁜 일이 일어났다는 것을 감지했다. 그녀의 가슴이 천길 벼랑으로 떨어져 내리고 얼굴은 흙빛으로 변했다.

병실에 누워 있는 환자가 봉수라는 걸 확인한 어머니는 벌벌 떨며 터져 나오지 못한 목울음만 컥컥거리며 내뱉었다. 거센 바람에 휩쓸린 사람처럼 그녀는 정신을 차릴 수가 없어 허둥거렸다. 선희가 눈물을 흩뿌리며 정신 줄을 놓고 있는 어머니를 붙잡고 병실 밖으로 나왔다. 어머니는 노동자들로부터 봉수가 분신한 이유를 듣고서 바닥에 널브러진 채 하염없이 울음을 터트렸다.

"쟤가 목심을 던지려고 작정했던 겨. 그래서 집에 왔던 겨. 마지막으로 지 부모 얼굴 보러 왔던 겨. 아이구, 불쌍해서 어떡까, 내 새끼!"

어머니의 비명이 병원 안을 처절하게 울리며 떠다녔다. 병원으로 찾아온 이정민과 김광주도 말문을 잃은 채 병실 안에 있는 양봉수를 창문을 통해 바라봤다. 혈액이 굳지 않도록 날카로운 칼로 온몸을 바둑판처럼 긋고 붕대를 감아놓은 그의 모습이 처참해 보고 있기도 어려웠다. 몸을 감아놓은 붕대에 맺힌 피를 꼼짝도 안 하고 창문을 통해 들여다보던 광주의 주먹이 바들바들 떨렸다.

"더 이상 못 보겠다, 나가자."

병원 뒤편으로 나온 광주는 줄담배를 태웠다. 지난밤 늦게 걸려온 봉수의 목소리가 폐부를 찌르며 온몸을 아프게 만들었다.

광주는 탄식을 터트렸다. 잔업을 하지 말고 발대식에 나갔어야 했다는 생각이 머릿속에서 떠나지 않았다. 반장 눈치가 보여서 나가려던 생각을 접었었다. 발대식 하는 것을 보는 것도, 해고자들이 정문에서 소리치고 싸우는 목소리를 듣는 것도 무슨 의미가 있겠냐며 무시를 했었다.

텅 빈 마음으로 공허한 바람이 일었다. 어젯밤에 보고 싶다는 봉수의 목소리가 광주의 마음을 이리저리 물어뜯었다. 그건 죽음을 앞둔 사람이 살려달라고 보낸 간절한 신호였다. 어쩌면 막을 수도 있었던 그의 행위를 방관했다는 자책감이 뼛속 깊이 파고들었다.

"염병, 살려달라는 놈을 죽으라고 내버려둔 거야. 친동생처럼 아꼈던 놈을 내가 말이야!"

광주는 피우던 담배를 팽개치며 발로 땅을 쿵쿵 굴러댔다.

"형님, 그러지 말아요, 이틀 전에 나한테 뭔가 확실하게 보여주는 싸움이 필요하다고 하더라구. 그게 이런 일일 줄은 나 역시 상상을 못했네요."

"살 수 있을까?"

"위험하다고 하는데, 살 수 있기를 바라야죠."

"염병, 완전히 뒤통수를 망치로 얻어맞은 기분이구만. 며칠 전 그놈이 나한테 악을 쓰면서 소리치데. 도대체 인간이라는 게 뭐냐고 말이야. 환장하겠네, 정말. 도대체 인간이라는 게 뭔가?"

"어려운 말이죠."

"봉수 자식이 그러더군. 날 보고 거들먹거린다고. 구경꾼처럼 뒷짐 지고 있다가 누군가가 만들어놓으면 주워 먹을 줄만 안다고. 야비하다고 지랄발광을 하데. 하지만 난 부끄럽지 않았었네. 내가 살면서 뼈저리게 배운 거니까. 절대 함부로 나서지 마라. 잘난 척도 말고 못난이처럼 굴지도 말고 딱 중간에 서 있어라. 이 더러운 세상에서 살아남는 처세술이라고 믿었으니까, 말이야! 제기랄, 오늘따라 늘 신념에 찼던 내 소리가 맛탱이 간 소리처럼 들리네. 살코기도 없는 희멀건 국물 위에 한두 점 떠 있는 비계 소리처럼 들린다구. 산다는 게 뭘까? 염병할 도대체 산다는 게 뭐냐 말인가?"

광주는 연신 줄담배를 피우며 중얼거렸다.

그물에 갇힌 물고기처럼 공장 안에서 주눅이 들어 있던 노동자들이 공장 밖으로 나오기 시작했다. 강성주와 소위원들의 우려를 불식하고 월요일 주간조가 된 조합원들은 라인을 돌리지 않고 대책위가 있는 정문 앞으로 몰려나왔다.

겨울잠을 자는 개구리처럼 숨죽이고 있던 민주파들도 곳곳에서 튀어나왔다. 작업을 끝낸 각 공장의 많은 조합원도 정문을 나서지 않고 집회 현장에 남았다. 4천여 명의 노동자들이 양봉수의 살이 타는 냄새가 요동쳤던 자리에 서서 깃발을 흔들었다. 펄럭이는 깃발 소리가 바람에 실려 전 공장을 돌아 울산 전역의 노동자들 귀로 흘러 들어갔다.

임금 인상 투쟁을 준비하던 현총련 소속 노동자들이 웅성거리기 시작했다. 극심한 단압에 시달리며 주춤거렸던 노동자들이 양봉수의 죽음을 딛고 다시 일어났다. 분신 소식을 듣고 분노한 대학생들도 자동차 판매 대리점인 전국의 영업소에 화염병을 투척하며 노동탄압을 규탄했다. 정문 밖에는 현대정공 조합원들과 현총련을 비롯한 지역 시민단체에서 양봉수를 살려내라고 소리쳤다. 정문 안에선 자동차 조합원들이 정문 밖을 바라보면서 사측과 어용 노조를 규탄했다.

공장 안 여기저기서 산발적인 조합원들의 격한 분노가 이어졌다. 양봉수의 친구 권기훈이 온몸에 시너를 뿌리고 라이터를 들었다. 몇몇 사람들이 분신하겠다며 비명을 질렀다. 그들을 제지하던 친구들은 서로를 끌어안고 울부짖으며 분통을 터트렸다. 양봉수의 죽음을 모른 척하다가 조합원들로부터 비난을 받았던 대의원들도 마르샤 신차 합의에 동조해주면서 받은 오십만 원이 든 돈 봉투를 되돌려주고 투쟁의 물결 속으로 슬그머니 들어왔다.

살금살금 달아나는 도둑놈 발자국 소리처럼 노조의 목소리는 비겁하게 등 뒤에 숨어 투덜거렸다. 그들은 노조 상집위원 수련회 중 양봉수의 분신 소식을 들었다. 몇몇 사람이 회의를 접고 공장으로 가자고 했지만 대부분의 간부들은 면직자가 한 일이어서 자신들과 상관없다며 외면했다. 그러다가 현장으로 돌아왔을 때, 조합원들의 분위기가 심각해져 있는 것을 보고 두려운 눈동자를 이리저리 굴렸다.

현장의 분노는 고조되고 있었지만 분신대책위는 여전히 내부적으로 의견이 갈렸다. 박종수와 김정식은 애가 탔다. 두 사람에게 양봉수는 개인적으로도 깊은 인연을 맺어왔었다. 박종수는 양봉수를 학습시켰던 사람이었고, 김정식은 승용2공장 대표로서 봉수의 텐트 농성을 위해 여러 날 같이 밤을 새워가며 봉수에게 힘을 실어준 사람이었다. 그들은 양봉수의 순수한 마음과 열정, 투쟁성을 누구보다 잘 알고 있었기에 그의 투쟁을 헛되게 만들 수 없었다.

5월 15일 월요일 오후, 봄비가 실낱같이 흩뿌렸다. 마이크를 든 진행자의 목소리가 사경을 헤매고 있는 양봉수의 소식을 전했다. 5천여 명의 노동자들이 무거운 침묵을 밟고 비를 맞고 있었다. 진행자는 양봉수가 전하는 말을 가져왔다고 했다. 집회를 위해 박종수와 활동가 두 명이 어렵게 만들어 가져온 녹음 테이프였다. 슬픔에 젖어 있던 사람들의 눈빛이 일제히 사회자에게로 쏠렸다. 사회자는 잘 알아듣기 어려울 것이라며 녹음기에 마이크를 갖다 댔다. 으으, 거리는 거친 숨소리가 스피커를 울리면서 조합원들을 숨죽이게 했다. 봉수의 목소리가 죽음 직전의 목소리처럼 가냘프게 뚝뚝 끊기며 이어졌다.

"나는 3만 조합원을… 사랑하고 노동조합을… 사랑합니다. 빨리… 회복되어 3만 조합원 동지들 곁으로 돌아가고 싶습니다. … 3만 조합원의 건승을 빕니다….."

한마디 꺼내놓고 힘겨워 헉헉거리는 봉수의 숨소리가 조합원들의 가슴을 옥죄었다. 끊어진 테이프를 이어가듯 지직거리며 그의 목소리가 빗속으로 퍼지자 조합원들이 흐느끼기 시작했다. 현대자동차 조합원들에게 마지막 소망으로 남긴 양봉수의 간절한 목소리가 비에 젖어들어 공장 곳곳으로 스며들었다.

양봉수의 간절함을 마음에 품은 민주파 활동가들은 투쟁을 모아내기 위해 안간힘을 썼다. 분신대책위 총파업 지침에 따라 각 공장의 민주파 활동가들이 모여 2공장 파업을 확산시키기 위해 논의했다. 15일에는 지속적인 파업을 이어가고 있던 2공장 조합원들이 1공장으로 몰려갔다. 1공장 조합원들을 파업에 동참시키기 위해 갔지만 관리자들이 모든 문을 봉쇄했다.

그러나 거친 물결을 막을 수는 없었다. 2공장 조합원들은 양봉수가 만들어놓은 불길로 타올라 거칠 것이 없었다. 그들은 자바라 문을 뜯고 관리자들을 일거에 밀쳐내며 1공장 안으로 들어섰다. 1공장 작업자들이 그 모습을 보자 일제히 라인을 세웠다. 즉석 집회가 1공장 안에서 열렸고 '양봉수를 살려내라!'라는 구호는 더욱 거세게 커졌다. 둑을 무너트린 물결은 거대하게 꿈틀거렸다. 다음 날 16일, 1공장 조합원들은 4공장으로 달려가고 2공장 대오는 또다시 3공장으로 진군했다. 그들은 행진을 하면서 소리쳤다.

"살려내라, 살려내라! 양봉수를 살려내라!"

17일에 현대자동차 전 공장이 완전히 섰다. 마침내 비공인 전면 총파업이 시작된 것이다.

공장이 완전히 멈추고 조합원들의 목소리는 하늘을 찔렀다. 현장 조합원들에 의한 자발적인 전면 파업이 시작되자 공장장, 울산시장, 노동부, 경찰, 검찰들이 모여 대책회의를 열었다. 회사는 무기한 휴업 공고를 내렸다. 효문로터리와 명촌 정문 앞에는 전경 차량이 배치됐다. '양봉수분신공동대책위' 12명에 대해서 사전구속영장이 발부됐고 공장 노동자들을 제압하기 위해 공권력이 쳐들어오기 시작했다. 천오백여 명의 노동자들이 철야농성으로 맞서며 울분을 터트렸다.

"버러지 같은 새끼들! 왜 노사문제를 지들이 나서서 지랄하는데?"

"자본의 기생충들이니까요!"

광주의 욕설에 정민이 격하게 소리쳤다. 어둠이 깊어졌지만 노동자들의 분노는 한낮의 태양처럼 뜨겁게 달아 있었다. 저항의 의지는 강렬한데도 지도부들은 공권력을 놓고 또다시 갈등했다. 봉수의 분신으로 결합한 지도부들은 크게 '노동자의 길'과 '현자노동자신문'을 만드는 두 파로 분리돼 있었다. 경태가 '노동자의 길'에 관여하고 있었고 이한범이 '현자노동자신문'의 주축이었다. '노동자의 길' 쪽은 '여기서 접을 수 없다'고 했고 '현자신문' 쪽은 '이만하면 할 만큼 했으니 침탈하면 그대로 잡혀가자'고 했다.

5월 18일 자동차 공장에서는 회사와 노조 그리고 분신대책위 간의 대립이 극대화됐다. 회사와 노조는 대책위를 인정하지 못한다며 그들만의 합의문을 만들어 배포했다. 합의문에는 여전히 양봉수를 면직자로 놓고 회사의 인도적 차원의 조치만 강조하고 있었다. 대책위는 그들의 합의를 야합이라고 규정했지만 이때까지도 그들은 '투항'과 '전면전'을 결정하지 못한 채 내부 논쟁을 벌이고 있었다.

19일 새벽 3시 40분, '울산만 작전'이 기습적으로 감행됐다.

철야농성을 벌이던 노동자들이 돌아간 틈을 타서 천여 명의 경찰 병력이 대책위 본부를 급습했다. 방심하고 있었던 250여 명의 노동자들이 단 10분 만에 그 자리에서 연행됐다. 이한범이 무저항으로 체포됐고 윤창호는 굴뚝 위로 올라가 저항하다 끌려 내려왔다. 이상구는 기자회견을 자청해 그대로 연행됐다. 대책위 본부는 텅 빈 채 어둠 속에 남겨져버렸다.

대책위 침탈 소식을 듣고만 있을 수 없었던 노동자들은 거리로 뛰어나왔다. '울산만 작전'으로 14명이 구속되고 12명이 고소, 고발을 당했다. 22일, 일산해수욕장에서 만여 명이 모인 현총련 집회가 열렸다. 그들은 공권력 철수, 노동운동 탄압 중지, 해고자 복직, 제3자 개입 금지 조항 철폐 등을 외치며 깃발을 흔들었다.

분노의 물결을 타고 조합원들의 힘을 끌어낸 현총련은 투쟁을 전환시켰다. 투쟁은 자동차 공장에서 현총련 산하 개별 기업 임투로 급속히 변해갔다. 자동차 공장에 남은 민주파들은 자력으로 분신 투쟁을 이어가려 했지만 역부족이었다. 회사는 23일 휴업 철회를 하고 정상 조업을 실시했다. 제2의 대책위를 꾸리지 못한 민주파들은 한 장의 성명서를 현장에 던지고 합법 투쟁으로 돌아섰다. 지도부를 잃은 자동차 공장 조합원들은 병원에서 사투를 벌이는 양봉수를 안타깝게 쳐다볼 수밖에 없었다.

"썩을 놈의 새끼들, 또 지랄들 하는구만. 종이 쪼가리에 아무리 좋은 말을 한들 무슨 소용이 있다구. 제대로 싸우는 꼴을 못 보겠네, 염병할!"

"힘이 없으면 당하는 거죠. 어쩔 수 없이 물러서는 마음도 많이 힘들 겁니다."

점심시간에 정민과 광주는 잔디밭 경계석에 앉아 성명서를 읽었다. 광주가 성명서를 구기며 분통을 터트리자 정민이 아쉬운 한숨을 토해냈다. 광주는 못마땅하다는 듯이 정민을 흘겨보며 담배를 꺼내 물었다. 병원에 누워 있는 양봉수의 모습이 눈에 아른거릴 때마다 담뱃갑을 집어 드는 게 습관이 돼버렸다.

"경태는 병원에 계속 있겠지?"

"그럼요. 병원 옥상에 있는 상황실을 지키고 있어요."

"매일 연락은 주고받고 있지?"

"네. 24시간 삐삐 열어두고 매일 전화하고 있어요."

경태는 해고자들과 동산병원을 지키고 있었다. 2공장 대의원, 소위원들도 교대로 병원 사수에 함께했다. 병원 옥상에 텐트를 치고 대학생들의 도움을 받아 양봉수의 상황을 지켜보고 있었다. 한때 양봉수를 다른 병원으로 옮긴다는 정보를 병원 노조의 간부를 통해 듣고 긴장을 하고 있던 터였다. 낮에는 두 팀으로 나눠서 경찰이 들어올 수 있는 입구를 지켰고 밤에는 이삼십 명의 학생들이 합류해 네 곳으로 나누어 감시했다.

6월 13일 오후 7시가 넘어갈 즈음 양봉수의 병실로 의사가 달려갔다. 불길한 기운이 감도는 병실 앞에는 경태를 비롯한 해고자들과 가족들이 모였다. 얼마 지나지 않아 병실 밖으로 나온 의사는 가족들을 들어오게 했다. 잠시 후 가족들이 오열하는 소리가 병실 밖으로 흘러나왔다. 경태와 해고자들은 망연자실한 표정으로 벽에 얼굴을 파묻었다. 1995년 6월 13일 오후 7시 44분, 양봉수는 세상을 향한 눈을 영원히 닫았다.

양봉수의 죽음이 확인되자 경찰들은 조문객이 오기도 전에 신속하게 시신 안치소를 서너 겹으로 둘러쌌다. 병원에 있던 노동자들이 경찰과 일 미터 사이를 두고 대치했다. 공권력은 분향소를 차리지 못하게 했다. 양봉수의 시신이 노동자들에게 넘어가 무덤이 조성되는 걸 막기 위해서였다. 무덤이 생기게 되면 양봉수 역시 울산의 전태일로 부활해 울산 노동운동의 상징으로 자리 잡게 될 것이라고 우려했기 때문이었다. 그들은 양봉수의 가족이 노동자들을 만나지 못하게 가로막고 협상을 서둘렀다.

해고자들은 현장으로, 지역 시민단체로, 현총련으로 연락을 취할 수 있는 모든 곳으로 전화를 넣었다. 전화선을 타고 흐르는 눈물을 느낄 새도 없이, 슬픔을 나누는 술 한 잔 돌릴 새도 없이 그들은 시신을 지키기 위해 혼신의 노력을 기울였다.

양봉수의 죽음이 알려지자 자동차 공장은 깊은 슬픔에 잠겼다. 민주파들은 대책위가 있던 농성장에 분향소를 차렸다. 출퇴근하는 노동자들이 양봉수의 영정에 생의 마지막 인사를 꽃 한 송이로 나누며 굳게 입을 다물었다. 이름을 밝히지 않은 한 조합원이 침묵 속에 잠겨 있는 모든 조합원들의 마음을 대변하듯 쪽지 한 장을 바람처럼 그의 영정 앞에 흘러놓고 갔다.

그대 이렇게 떠났는가

누가 무엇이 그대를 떠나게 했는지

그대 말하지 않아도 우리 알고 있음을

그대 영전 앞에서 부끄럽게 고백하네

그대가 그렇게 들어오고자 했던 양정동 700번지 민주광장

지금 그대 어찌하여 두 발로 들어오지 않고

영정으로 왔단 말인가

우리가 애타게 원했던 것은 그대의 영정이 아님을

그대 진정 몰랐단 말인가

손에 손에 촛불을 들고 그대의 쾌유를 빌었건만

그댄 우리의 바람을 외면할 수밖에 없더란 말인가

아니리라, 아니리라. 그대가 아니리라

그대 우리와 함께하길 우리가 알고 있을진대

그댄 정녕 아니리라

우린 알지요, 우린 알지요 누구인지를

지금도 안락한 회전의자에 앉아

우릴 내려다보고 있을 저들을

그대여!

나 말하리라 나의 아들, 딸들에게

수많은 사람들의 탄압에 고통과 피흘림의 죽음이 있었기에

오늘의 이 자유를 누린다고

그리고 그대의 죽음도 잊지 않고 말하리라

그대여! 그대의 투쟁은 아직도 끝나지 않았고
그대의 뜻은 제대로 빛을 발하지 않았는데
그대 어떻게 가려나, 그대여!

그대를 동지라고 부르지 못함은
일말의 나의 양심이 허락하지 않았음을 부끄러이 고백한다네
그대여 우리는 알고 있다네
누가 우리의 작업복에 근조라는 리본을 달게 했는지를
그들이 아무리 아니다 아니다 한다 해도
진실이 말할 것이며 역사가 심판하리라는 것을

그대 이제 편히 가게나 이 세상 더럽고 추한 것 다 잊어버리고
가장 아름다운 추억 하나
그대를 향한 우리들의 사랑 가져가게나
그곳에서 왜 일찍 왔냐고 묻거든 이렇게 말하여주게나
가난한 노동자의 가슴에는 뜨거운 사랑이 있고
진실을 외면하지 않는 정의가 흐르고
억센 팔뚝에 뜨거운 정이 넘쳤기 때문이라고

그대여 이렇게 떠난다 해도
그대의 뜻은 우리의 가슴에 영원히 남을 것이며
그대의 뜻 이어나갈 것임을 낮은 목소리로
그대의 영전에 맹세하네

나 그대의 무덤에 다시 찾아가리라

역사가 온전히 심판하는 날

백합 한 송이 장미 한 송이 국화 한 송이 품에 안고 가리라

그대의 희생이 헛되지 않았다고

그리고 역사가 심판했노라고

—컨베이어에서 최소한의 양심을 지키며 살아가는 노동자가

양봉수가 운명했다는 소식을 들은 노동자들과 시민단체, 학생들이 전국에서 몰려들었다. 그들은 '양봉수를 살려내라!'라고 적은 만장을 들고 병원 밖을 가득 메웠다. 숨 막히는 대치 속에서 회사의 공권력은 가족들을 노동자들과 분리시켜 놓고 협박하고 돈으로 회유했다.

한 달여 동안 자식이 살아나기만을 고대했던 부모님은 모든 것이 허망했다. 자식의 죽음 앞에서 넋을 잃어버린 그들은 뿌리까지 늙어버린 고목처럼 피가 말라가고 있었다. 영혼이 달아나기 전에 아들의 육신을 하느님 곁으로 보내고 싶었던 어머니에게 협상은 안중에도 없었다. 그녀는 아들을 지옥 같은 이승에 한시라도 남겨두고 싶지 않아 남은 자식들에게 하루빨리 봉수를 보내주자고 했다.

수많은 만장이 펄럭이는 가운데 풍물패들이 북을 올리며 노제를 지냈다. 민주파 노동자들은 오열과 분노의 소리들로 사슬을 엮어서 발인을 막고 회사와 막후 협상을 벌였다. 그

들은 다른 것은 가족이 합의한 것에 따르겠지만 장지만은 망월동으로 정해야 한다고 주장했다. 그렇게 해준다면 운구차도 막지 않을 것이고 싸움에 나서지도 않겠다고 했다. 공권력이 동의하고 회사가 가족과 전격 합의하면서 시신은 영구차에 실려 화장터로 옮겨졌다.

"염병, 이렇게 허무할 수가 있나."

광주는 담배를 태우며 하늘을 올려다봤다. 회색 구름 사이로 언뜻언뜻 태양이 비추고 있었다. 빛이 쏟아지는 것을 보며 화구 속에서 불길에 휩싸인 채 재가 되고 있을 양봉수를 떠올렸다. 천여 명의 전경들이 화장터를 에워싸고 있었다. 사복조 백여 명도 그 앞에 진을 치고 있었다. 봉수의 죽음이 억울해 광주의 가슴속에선 열불이 치솟았다. 그는 콧구멍을 번갈아 막아가며 코를 풀어냈다.

"우리 봉수를 두 번 태워 죽이는군, 염병할!"

"무슨 말인데요?"

"불에 타서 죽은 놈을 또 불에 태우잖아. 젠장, 술 좀 없냐?"

"쪼매 참으시소. 지도 속에 천불이 나가 죽을 것 같심더. 장지에 도착해서 한잔 하입시더."

경태가 대답하고 있을 때 갓 제대한 양봉수의 남동생이 고개를 숙인 채 걸어왔다. 그는 정민에게 다가와 불쑥 한마디 던져놓고 갔다.

"광주로 가지 않을 것 같은데요. 영산강으로 간다는 것 같습니다."

"뭐여? 이런 개새끼들!"

경태가 노동자들을 불러 모았다. 가족들은 유골함을 들고 운구차로 향하고 있었다.

"차 막아라. 장지가 망월동 아이란다. 이렇게 절대 못 보낸다!"

장지까지 따라온 노동자 삼십여 명이 운구차를 향해 뛰었다. 그러자 기동타격대인 사복조들이 그들을 향해 달려왔다. 제일 앞서서 달리던 경태가 사복조가 휘두르는 주먹에 쓰러졌다. 쓰러진 그를 사복조들은 짓밟았다. 광주가 허공을 날아 그들 중 한 명을 발로 차서 쓰러트렸다.

싸움은 일방적이었다. 곤봉과 무기를 들고 있지 않은 사복조들은 모두 무술 유단자였다. 그들은 인정사정 볼 것 없이 노동자들을 가격했다. 백여 명이 삼십여 명의 노동자를 구타하고 있는 동안 운구차는 떠났다.

"다 죽이라. 씨팔, 막아!"

쓰러져 피를 토하며 경태가 외쳤다. 이마에서 피를 흘리던 광주가 경태를 일으켜 세워 달렸다. 노동자들이 뒤로 물러서자 사복조들은 더 이상 달려들지 않았다. 광주가 정민에게 소리쳤다.

"빨리 가서 시동 걸어!"

사라진 운구차를 쫓아 정민은 속도를 높였다. 삼거리 갈림길이 나오자 정민이 주춤했다.

"어디로 가야 되지?"

한번도 와보지 않은 도로 위에서 세 사람은 당황했다.

"영산강 이정표만 보고 무조건 달려!"

"영산강 이름이 없는데?"

"그럼 목포를 향해 달려."

"목포도 안 보여."

"염병, 어디 세워서 물어봐!"

두 사람이 소리치는 동안 경태는 옆구리를 잡은 채 허리를 펴지 못하고 신음을 흘렸다.

"괜찮아? 병원 가야 되는 거 아냐?"

"씨팔, 안즉 안 죽는다. 차나 찾아라!"

버럭 소리를 지르던 경태가 양손으로 배를 감싸며 고개를 흔들었다. 속이 뒤틀리는 통증이 쓴 물을 목구멍으로 밀어 올렸다. 정신을 차리려고 몸에 힘을 주자 항문에서 새똥 같은 물똥이 흘러나왔다. 금세 차 안이 구린내로 진동했으나 정민은 속도를 줄이지 않았다. 이십여 분을 달려왔지만 여전히 이정표에는 알 수 없는 지명만 나타났다. 정민은 지나가는 사람 옆에 차를 세우고 물었다. 길을 안내받은 정민은 오던 길로 차를 되돌렸다.

"형, 슈퍼 보이면 차 좀 세워."

"왜?"

"똥 냄새가 나가 몬 살겠다."

"괜찮아, 마! 지금 똥 냄새가 문제냐?"

"아, 씨. 비참해가 죽겠다고."

"염병! 경태야, 여기 누가 있다고 그래, 조금만 참아! 이러다간 뼛가루 한 줌도 못 건진다. 그게 있어야 무덤을 만들 거 아냐? 좀 참아라, 이눔아!"

네 개의 차창을 다 내려놓은 차 안으로 방향을 잃은 바람들이 들락거렸다. 모두가 입을 다문 채 이정표가 나타나기만을 기다렸다.

"목포다, 목포라고 써 있네."

정민은 목포를 향해 더욱 속도를 냈다. 경태는 광주의 무릎을 베고 누운 채 두 발을 웅크리며 간간이 힘겨운 숨을 몰아쉬고 있었다. 이마에서 흘러내린 피도 닦지 못한 얼굴로 광주는 경태를 바라보며 줄담배를 태웠다.

감당할 수 없는 슬픔이 살갗을 뚫고 피를 타고 심장으로 모여들었다. 봉수를 만났던 지난 시간들이 서글프게 눈앞에서 너울거렸다. 자신의 얘기를 듣기 위해 귀를 쫑긋 세우고 눈을 반짝거렸던 스물네 살의 청년, 옳지 않다고 여기면 참을 수 없어 얼굴부터 파르르 떨던 모습, 라인을 세우고 임팩트를 두들기며 배짱 좋게 저항하던 목소리, 동료들에게 늘 사랑받던 재간꾼, 술만 마시면 빨간 안경테처럼 붉어지던 눈두덩이, 늘 정의감에 불타 있던 봉수가 죽었다는 사실이 거짓말쟁이들의 속임수 같았다. 큐대를 잡고 낚싯대를 흔들던 모습이 여전히 눈앞에 생생한데 뼛가루만 남긴 그를 찾기 위해 몸부림치고 있다는 게 믿기지 않았다. 표정도 없는 맑은 눈물이 광주의 뺨을 타고 하염없이 흘러내렸다.

"강이다!"

정민의 소리에 경태가 움찔하며 상제를 일으켰다. 광주가 눈물을 훔치며 앞창 너머를 바라보았다. 강물 위로 이어진 다리가 멀리서 다가오고 있었다.

"영산강인가 보다. 속력 좀 줄여."

차가 다리 위로 올라섰다. 서행을 하는 차 안에서 세 사람은 강변을 두리번거렸다. 바다로 이어지는 거대한 물줄기가 수문에 가로막혀 있었다.

"쩌 있네. 쩌기….."

경태가 소리쳤다. 건너편 강가에 사람들이 모여 있었다. 상복을 입은 사람들이 눈에 보이자 정민이 속력을 냈다. 다리를 건너자마자 '영산호 준공 기념탑'이 우뚝 솟아 있었다. 1981년 12월, 영산강을 농수용으로 쓰기 위해 바닷물이 들어오지 못하도록 막고 세운 준공 기념탑이었다. 기념탑은 위용을 자랑하고 있었지만 영산강은 물이 순환되지 못해 '죽음의 강'이라는 이름을 달고 세월과 함께 썩어가고 있었다. 정민은 기념탑 옆에 있는 주차장으로 차를 꺾어 들어갔다.

"행님아, 먼저 달리가소."

경태가 몸을 곧추세우며 광주를 떠밀었다. 차가 서자마자 광주는 문을 열고 뛰기 시작했다. 널찍한 주차장을 지나 언덕 같은 강둑 위를 미친 듯이 올라갔다. 목까지 차오르는 숨을 몰아쉬며 상주들이 있는 곳으로 달렸다. 사람들은 강을 등지고 돌아서서 언덕 쪽으로 향하고 있었다. 뿌연 먼지를 일으키며 달리던 광주가 멈춰 섰다. 백여 미터 앞, 강가에 있던 하얀 소복을 입은 사람들이 강을 따라 구불구불 이어진 흙길 위로 올라왔다.

눈부신 빛을 뿌리던 태양이 잿빛 구름 뒤로 숨어들었다. 강물 위에서 불어오던 습기 먹은 바람도 바짝 말라 있었다. 흙길 옆으로 하늘거리던 갈대들도 옆으로 휘어진 채 움직이지 않았다. 드문드문 길 따라 서 있는 미루나무와 사랑나무들도 잎을 흔들지 않았다. 줄기차게 흘러온 물길은 하구언에서 막혀 멈춰 섰다. 강물이 쓸고 내려온 쓰레기들이 물 위에서 구더기처럼 꾸물거렸다. 기름 찌꺼기가 떠다니는 강의 물 빛은 녹슨 빛깔로 죽어 있었다.

광주는 허리를 꺾은 채 거친 숨을 토해내며 눈앞에 펼쳐진 풍경을 뚫어져라 쳐다봤다. 사방공사를 해놓은 돌을 밟고 사람들이 언덕 위 흙길로 올라섰다. 한 줌의 가루로 변한 봉수를 이미 강물에 던져버리고 돌아오고 있었다.

광주의 표정이 처참하게 일그러졌다. 티끌만큼의 가루라도 남겨 봉수의 영혼을 붙들고 싶었던 간절함이 허망하게 무너져 내렸다. 그의 눈에 눈물이 고여 들었다. 봉수의 영혼마저 잔인하게 살해당했다는 생각이 죽창처럼 고개를 쳐들었다. 광주의 눈에서 눈물이 뚝뚝 흘러내렸다. 그는 사람들을 향해 흙먼지를 일으키며 걸어갔다.

"왜? 왜? 왜?"

단말마 같은 광주의 비명이 액자 속에 갇힌 풍경을 찢으며 흙길 위로 달려갔다. 강둑으로 올라오던 사람들이 멈췄고 광주를 뒤따라오던 경태와 정민이가 주저앉았다. 길을 잃은 강물은 속절없이 수문을 핥으며 빙빙 떠돌았다. 태양이 구름 밖으로 나왔다가 다시 숨어버렸다.

6장. 또 다른 시작

5월, 화사한 햇살이 어머니의 따뜻한 손길처럼 툇마루에 올라와 있었다. 밤새 폭우에 시달렸던 바다가 푸른 치맛자락 끌듯 사르륵 사르륵 밀려왔다. 햇볕을 소리 없이 밟고 다니는 훈풍이 마당 한가운데 세워놓은 빨랫줄 위에서 미끄러져 내렸다. 군데군데 파인 마당 웅덩이에서 마르지 않은 빗물이 손거울처럼 햇빛을 담고 있었다. 툇마루 밑 섬돌 위에서 까만 구두가 반짝거렸다.

"가보라는 거요!"

광주는 구두를 보다 여자에게 고개를 돌렸다. 여자는 툇마루 구석에 앉아 바다를 보고 있었다. 대답 없는 그녀가 새삼 애잔하게 다가왔다. 물질을 하고 나올 때마다 까만 해녀복에서 흘러내리던 물줄기들. 그 모습을 볼 때마다 그녀가 바다에 몸을 내맡겨버린 까만 조약돌처럼 느껴졌었다. 살아 있는 몸이 닳아버릴 때까지 물속에 몸을 던지고 있는 여자. 얼마나 힘들었으면 입을 닫아버렸을 것인가. 그녀의 어머니에게 들었던 그녀의 상처들. 어머니는 이승을 떠나기 전까지 딸을 지켜달라는 부탁을 남겼었다.

광주는 담배를 물고 불을 붙였다. 담배 연기가 흘러 들어가고 있는 방에 잘 개어놓은 옷가지가 있었다. 아들을 찾아가보라는 그녀의 마음이 엿보이자 지난밤 일들이 마당 가득 펼쳐졌다. 바다에서 나와 허겁지겁 툇마루로 돌아와 덜덜 떠는 몸으로 막걸리를 들이부었었다. 옆에서 여자는 수건으로 몸을 닦아주고 자신은 염병 타령을 하면서 양봉수의 이름을 부르기도 했었다.

눈에 박혀버린 듯 동영상에서 보았던 아들의 모습이 선명하게 떠올랐다. 하늘 높이 내뻗은 주먹. 1987년 7월 25일 '어용노조 타도, 민주노조 인정!'을 위해 처음으로 치켜들었던 자신의 팔뚝. 그 후로 얼마나 많이 내뻗었던가. 열망과 희망을 실어 혼신을 다해 내뻗었던 한 맺힌 몸부림. 그 눈물겨운 팔뚝을 30년이 지난 지금 아들까지 흔들고 있다는 게 서글펐다.

"머리 좀 잘라주겠소?"

여자가 부지런히 움직였다. 그녀는 헛간에서 나무 의자를 꺼내 마당 구석에 있는 수돗가에 갖다놓고 세면도구와 거울까지 챙겨 왔다. 광주는 잠옷처럼 입던 운동복 윗도리를 벗고 러닝셔츠만 입은 채 의자에 앉았다. 여자가 커다란 분홍 보자기로 광주의 턱밑을 감싸며 머리 자를 준비를 했다.

"요 정도 길이만 남기고 전부 잘라버려요."

광주는 엄지와 검지로 5밀리쯤 간격을 벌려 손을 내밀었다. 일 년에 한 번 정도 너무 길지 않게만 자르던 머리카락이었다. 여자는 주저 없이 가위로 광주의 머리카락을 싹둑 잘라내기 시작했다. 광주는 눈앞에 펼쳐져 있는 드넓은 바다를 보다가 눈을 감았다. 나른한 평온이 온몸을 노곤하게 만들었다. 물 위에 누운 몸처럼 물결을 타고 떠다니나 싶었는데 턱 밑이 간질거렸다. 그녀의 가위가 머리카락을 다 자르고 턱수염을 매만지고 있었다.

"며칠 걸릴 거니, 다녀올 동안 물질은 하지 마시오. 횟집들에게도 당분간 다른 곳에서 물건 갖다 쓰라고 전화 해놓을 테니까. 무슨 일이 있으면 전화하겠지만, 없으면 잘 있다는 뜻이니 그리 알고 지내소."

광주는 샤워를 하고 옷을 갈아입고 툇마루로 나왔다. 그녀가 방으로 들어가더니 비닐에 싸둔 통장과 도장을 갖고 나와 광주에게 내밀었다.

"현금 있으니까, 도로 갖다 노소."

여자는 손길을 거두지 않았다. 뭔가 그녀의 의중과 다르다는 표시였다. 상을 보러 갈 때도 일일이 내용물을 자신이 말하고 나면 빠진 게 있다는 걸 암시하듯 하염없이 쳐다보기만 했다. 처음엔 그 태도가 숨 막히도록 답답했었다. 시간이 약이라고 어느 날부턴가 목까지 차올라 있는 말을 할 수 없는 그녀의 심정이 안쓰럽게 느껴졌다. 그때부터 그녀가 말하고자 하는 것을 읽어내는 묘한 재미까지 생겼다.

"아들에게 돈이 필요하겠지만 돈으로 풀 수 있는 문제는 아니요. 아무튼 당신 마음이 그러니 가지고는 가보겠소. 고맙소, 마음 써줘서."

따뜻한 온기를 담은 눈길로 광주가 여자의 눈을 들여다봤다. 여자가 한 발 뒤로 물러섰다. 평소 같으면 돌아서서 자기 할 일을 했을 여자가 몸을 돌리지 않았다. 자신을 쳐다보고 있는 여자의 눈빛에서도 예전에 볼 수 없었던 어떤 연민이 묻어 있었다. 측은해서 안타깝다는 동정심 어린 눈빛 같았지만 싫지 않았다.

아주 오랫동안 필요한 말만 나누면서 서로를 간섭하지 않고 남남으로 살아왔다. 그녀의 어머니로부터 여자의 상처에 관한 얘기를 들었지만 광주는 그 상처를 보듬어줄 수가 없었다. 어떻게 할 줄도 몰랐고 자신 역시 슬도에 마음을 내려놓을 때까지 허공에 걸쳐진 외줄 위에 위태롭게 서 있던 때라 누군가의 마음을 들여다볼 여유도 없었다. 긴 시간 동안 눌러놨던 업장이 여전히 견고하게 등짝을 내리누르고 있었지만 여자의 상처를 처음 들었을 때의 애틋한 마음이 다시 피어났다.

"절대 물질 나가지 마소."

광주는 돌아서서 대문 밖으로 나갔다. 언덕 위로 올라서서 마을 골목으로 들어설 때까지 그녀의 눈빛이 따라왔다. 어깨와 등 위로 쏟아지는 햇살을 받으며 광주는 마을 공터에 세워둔 트럭으로 갔다.

차를 운행할 일은 많지 않았다. 방어진과 일산해수욕장에 있는 횟집들에 물건을 내다 팔 때만 주로 몰았다. 광주가 배를 몰고 나가면 여자가 물질을 했다. 주로 아침나절에 한 번 나갔지만 물량이 많거나 급한 부탁이 들어오면 오후에도 나갔다. 전복과 해삼, 문어와 미역, 성게 등을 건져 올려 횟집에 필요한 양을 대줬다. 그 외 공판장에서 물건을 구입할 때와 공판장에 없는 것들을 얻기 위해 중공업 근처에 있는 시장으로 차를 몰곤 했다. 시장에 가서는 식품부와 서점 외에는 눈길을 주지 않았다.

마음의 경계가 허물어질 것 같은 두려움 때문이었다. 물건 배달을 시작했을 때 일산해수욕장 횟집을 갈 때마다 대왕암 입구를 지나치며 회한에 젖었었다. 시간의 더께를 쓸어내기 어렵듯이 공간에 대한 기억도 지우기 어려웠다. 뚜렷이 각인된 것들은 지우고 덜어내려고 애를 쓰면 쓸수록 더 선명한 모습으로 눈앞에 나타났다. 그래서 흘러가는 대로 놔뒀다. 마음이 어수선해지면 잠들기 전에 금강경을 읽었다. 힘들고 어려운 시간을 건너갈 때, 서점에서 책을 뒤지다가 본 구절 하나 때문이었다.

'마음을 어디에 머물게 하고, 어떻게 항복을 받아내야 합니까?'

불안정한 의식 상태나 살아갈 앞날이 보이지 않을 때 마음은 늘 비바람 몰아치는 바다의 파도처럼 요동쳤다. 수보리가 부처에게 질문한 그 한마디는 자신의 운명을 한탄하면서 누군가를 붙잡고서라도 묻고 싶던 말이었다.

금강경을 깊이 이해하는 건 쉽지 않았다. 사전까지 뒤적여가며 금강경을 수없이 읽고 그 뜻을 품으려 했지만 부처의 많은 말들이 그렇듯 대답은 스스로 찾아야만 했다. 그래도 상념이 가득할 때 글사 하나하나를 새겨 읽다보면 머릿속에 꽉 들어차 분탕질 치는 생각들이 잦아들어 잠을 이루고 마음을 다스려갈 수 있었다.

방어진을 지나 남목고개로 가는 도로 위에 대통령 선거 현수막이 줄을 잇고 있었다. 지난겨울 횟집을 돌 때마다 텔레비전에서 요란을 떨던 박근혜의 탄핵이 3월에 헌법재판소에서 인용 결정되자 5월 조기 선거가 실시됐었다. 새로운 대통령이 나왔지만 플래카드는 여전히 매달려 있었다. 기득권 정치가 가난한 민중의 삶을 바꿔주지 않는다고 믿고 있었던 광주는 현수막에 걸려 있는 철 지난 후보들의 이름을 보다가 관심 없다는 듯 고개를 돌렸다.

거리의 모습들이 옛 기억을 불러냈다. 울산의 모든 노동자들이 하나의 몸짓으로 대투쟁에 나섰던 장면들이 아련하게 떠올랐다. 두 번의 처절한 결사 투쟁을 한 중공업 노동자들, 그들이 중공업 파업을 계획하고 주도했던 오좌불 숙소는 더 이상 남아 있지 않았다. 중공업 주변도 아파트와 도시의 유흥가로 변했다. 남루한 주택에서 번화가로 뒤바뀐 풍경들. 발전한 것인가? 행복해진 것인가? 수많은 상념과 질문들을 매달고 남목고개로 접어들자 정민이 그리웠다.

영산강에서 양봉수의 넋 한 자락마저도 빼앗기고 돌아오던 날, 온몸의 세포가 미친 듯이 날뛰는 것을 느꼈었다. 분노와 허탈과 공허함이 뒤얽혀 마음 끝자락조차도 잡을 수가 없었다. 경태는 아픈 몸을 질질 끌면서 상주들이 떠난 강가로 내려가 똥 묻은 바지를 벗고 팬티를 벗어 강물 위에 던져버리며 울었다. 허리까지 올라오는 강물 속으로 들어가 몸을 씻으면서 주먹으로 물을 쳐대다가 옆구리를 짚고서 물가로 기어 나왔다.

광주가 그의 몸을 만져보며 갈비뼈가 나갔다는 걸 알아챘다. 실의에 젖어 있을 수도 없이 울산으로 달려가 정형외과를 찾았다. 광주의 예상대로 경태는 오른쪽 갈비뼈 두 대가 부러졌다. 의사는 복대를 채워주면서 최소 3개월 이상 움직이지 마라고 했다. 부러진 뼈가 장기를 찌르게 되면 더 큰 병이 될 수 있다며 조심하라고 했다. 정민과 광주가 경태를 집에 데려다주고 양정동으로 돌아왔을 땐 이미 날이 어두워졌다. 몸속의 모든 것이 말라버린 듯 광주는 말할 힘도 없었다.

"술 한잔 하실래요?"

"싫구만. 이 몸에 술 집어넣으면 몸속이 다 타버릴 것 같아. 그냥 집에 들어갈게."

광주가 지친 몸으로 들어서자 개벽이가 반갑게 달려왔다. 아늘의 환한 얼굴을 보자 알 수 없는 슬픔이 와락 밀려왔다. 광주는 어느 새 일곱 살이 된 개벽이를 안고 뽀뽀를 여기저기에 해댔다. 아내가 장례는 잘 치렀냐고 물었지만 대답도 없이 고개만 끄덕였다. 그는 개벽이를 내려놓고 방 한쪽에 이불을 꺼내 편 뒤 얼굴까지 덮고 누웠다.

모든 것이 꿈결 같았다. 자신의 몸도 꿈속을 돌아다니는 듯 허공에 떠 있는 듯했다. 눈을 감았지만 온갖 빛깔들이 어둠 속에서 수많은 사람들의 눈을 만들어 달려들었다. 어디선가 본 듯한 환영 속 그 눈빛 가운데 아버지의 눈도 있었고 양봉수의 눈도 있었다. 살아서 형형한 빛을 내뿜고 있는 그들의 눈빛은 해골 형상까지 만들어 광주의 눈을 파고들었다.

눈을 감기가 무서웠다. 아버지가 돌아가셨을 때에도 오랫동안 그런 형상에 시달렸었다. 몸이 움츠러들고 마음은 바람 앞의 촛불처럼 위태롭게 떨렸다. 피곤에 지친 몸이 잠이 들기를 바랐지만 오히려 눈은 말똥말똥해졌다. 그는 이불을 젖히고 벌떡 일어났다.

"어디 가는데?"

아내의 물음에 대답도 없이 광주는 밖으로 나갔다. 슈퍼로 간 그는 소주 두 병을 사들고 동네를 지나 염포산 산기슭으로 올라갔다. 앞도 보이지 않는 어둠 속에 앉아 잔도 없이 병째 물 마시듯 소주를 마시면서 자동차 공장을 바라봤다.

많은 생각이 머릿속을 배회했다. 떠날까, 생각하다가 고개를 흔들고 다 무시하고 살자고 하다가도 가슴을 쳤다. 서울을 떠나기 전 빗속에서 온몸의 피비린내를 씻던 기억이 생생했다. 평범하게 조용히 살자고 마음먹었지만 돌아보면 흙탕물에 뒤섞여 흘러온 부러진 판자 쪼가리 같은 낡은 삶이었다. 산다는 게 무엇인지 분명하게 아는 듯 떠들었지만 아무것도 눈에 잡히는 것이 없었다.

"도대체 인간이란 게 뭔데?"

염병할! 광주는 봉수가 마지막으로 자신에게 던진 말이 어둠 속에서 들려오자 소주병을 들었다. 목구멍으로 술 넘어가는 소리에서도 그의 목소리가 묻어나와 담뱃갑을 꺼냈다. 온몸으로 퍼져나가는 담배 연기처럼 가시 같은 봉수의 목소리가 가득 돋아났다.

나도 모르겠다, 봉수야. 도대체 인간이라는 게 뭐냐?

광주는 깊은 탄식과 함께 신음을 흘렸다. 살아왔던 나날

들이 주마등처럼 스치다가 한꺼번에 뒤얽혀 분간하기도 어려
웠다. 그는 빈 소주병을 던지고 다른 병뚜껑을 땄다. 하구언
댐에 막혀 빙빙 떠돌던 쓰레기들이 눈앞에 아른거렸다. 그 쓰
레기들 속으로 봉수의 유해가 버려졌다는 생각이 들자 다시
술을 마셨다. 보고 싶다,라는 봉수의 전화 목소리가 바람결
에 묻어왔다. 광주는 얼굴을 가슴에 파묻고 울기 시작했다.

오랫동안 먼지에 쌓인 채 버려뒀던 책을 광주는 벽장에서
다시 꺼냈다. 처음 학습을 시작했을 때 읽었던 '전태일 평전'
을 찾았다. 스물두 살이라는 나이라고 믿기 어려운 한 젊은
이의 고뇌와 행동과 결단을 보면서 눈물을 많이 흘렸던 책이
다. 전태일은 예수가 인간을 위해 목숨을 내놓았듯이 어린 여
공들의 보다 나은 삶을 위해 자신의 목숨을 내놓았다. 온몸
을 불꽃으로 만들어 지켜지지 않는 근로기준법을 태우면서
이 땅 위에 사는 사람들을 부끄럽게 만들었다. 죽음을 결단
하면서 그가 남긴 글은 눈먼 자들의 눈을 뜨게 하고, 자기만
알던 사람들에게는 타인의 처지를 돌아보게 만들었다. 그는
죽었지만 많은 노동자들이 전태일의 정신으로 부활했다.

부탁이 있네. 나를, 지금 이 순간의 나를 영원히 잊지 말아
주게. (…)
그대들이 아는, 그대들의 전체의 일부인 나.
힘에 겨워 힘에 겨워 굴리나 나 못 굴린, 그리고 또 굴려야 할
덩이를 나의 나인 그대들에게 맡긴 채,
잠시 다니러 간다네. 잠시 쉬러 간다네.

어쩌면 반지의 무게와 총칼의 질타에 구애되지 않을지도 모
르는, 않기를 바라는, 이 순간 이후의 세계에서,
내 생애 다 못 굴린 덩이를, 덩이를, 목적지까지 굴리려 하네.

이 순간 이후의 세계에서 또다시 추방당한다 하더라도, 굴리
는 데, 굴리는 데, 도울 수만 있다면,
이룰 수만 있다면…

다시 읽어도 가슴을 아리게 하는 글이었다. 글자 하나하
나에 묻어 있는 전태일의 심정을 곱씹기도 버거웠다. 염병, 광
주는 아무것도 남기지 않은 봉수를 아쉬워하다가 킬킬거렸
다. 말주변이 없던 그는 자기식대로 모든 것을 행동으로 남
기고 떠나갔다. 그의 행동은 처음부터 끝까지 일관됐다. 시
간이 흐르면서 누군가는 성격이 급해서 그랬고 누군가는 우
발적이라고 우기기도 했지만 광주는 입사하던 날부터 쭉 보
아왔던 봉수의 모습을 기억하고 있었다. 그건 정의로움이었
다. 옳지 못한 것을 옳지 않다고 하고, 잘못된 짓을 저지르는
공장과 사회를 질타하고, 사람이 사람을 지배하는 관계를 바
꾸고 싶어 했던 정의감이었다. 순수하고 진정한 마음이 없으
면 절대 가질 수 없는 타인에 대한 존중과 사랑의 표현이었
다. 그래서 그는 마지막까지 사랑하는 조합원들에게 돌아가
고 싶다고 했었다.
　광주는 자신을 바꿔보고 싶었다. 다 바꾸지는 못해도 봉
수의 마음만큼은 받아안고 싶었다. 죽을 것같이 절실한 마음

이 찾아오지 않으면 습관 하나 바꾸기 어려운 게 인간이다. 젊은 날, 술집에서 모든 걸 다 버리고 떠날 때처럼 머리통을 관통할 만큼의 어떤 자각이 일어나지 않는 한 바꾼다는 것은 죽을힘을 다해야만 얻어낼 수 있는 것이었다. 무엇을 바꿔야 하는가.

아내는 광주의 모습이 달라지는 것을 극도로 경계했다. 봉수의 죽음 이후 그는 말이 없어졌고 책을 다시 꺼냈다. 1987년 노조에 미쳐서 가정을 팽개쳐버린 그였다. 며칠 동안 책을 펼칠 때마다 신경이 곤두서서 말다툼을 했다. 또다시 노조에 미쳐서 날뛰면 이혼을 하겠다고 엄포를 놓았고 죽은 사람 좀 편하게 더 이상 들먹거리지 말라며 지청구를 주기도 했다.

광주는 책을 들고 정민의 집을 찾았다. 아내의 잔소리가 듣기 싫은 이유도 있었지만 무엇을 어떻게 해야 조금이나마 봉수에게 빚진 마음을 덜 수 있는지 그로부터 답을 얻고 싶었다. 정민은 광주에게 어떤 변화가 일어났다는 걸 알고 반가워했다.

현장 민주파 활동가들에게도 많은 일이 일어나고 있었다. 그들은 그동안 위축되었던 마음들을 걷어내고 서로 뜻을 모으기 시작했다. 집행부 장악을 위한 조직 이기주의적 태도를 반성하며 양봉수의 마음을 가슴에 새겼다. 목숨을 내놓으면서까지 투쟁에 나섰던 양봉수를 바라보며 자신들을 쇄신하고 민주노소를 만들어가기 위해 마음을 열었다. 그런 마음들이 쌓여 '민주노동자투쟁위원회'가 결성되고 그 조직을 통해 '현대자동차노동자신문(현노신)'을 포함한 세 개 조직들과 제

휴해 6대 위원장으로 정기덕을 내세웠다. 그들은 제대로 된 민주노조를 만들어보자고 의기투합했다.

민주노총이 연말 출범식을 앞두고 있던 때였다. 1987년부터 투쟁을 통해 만들어낸 민주노조의 결사체인 전노협은 집중적이고 무자비한 탄압에 맞서 위축됐지만 1990년 이후 새롭게 많은 노조가 만들어졌다. 게다가 한국노총이 한국경영자총협회와 임금 합의를 하면서 가입 노조들이 무더기로 탈퇴를 했고, 140여 개의 노조가 연맹에 납부해야 할 비용을 거부하면서 위기에 직면하게 되었다. 사무직노동조합, 업종회의, 대기업연대회의, 현총련 등은 물론 이탈된 한국노총 소속 대기업 노조들도 민주노총준비위에 가담하면서 민주노총 건설은 급물살을 탔다.

정기덕 후보는 61%의 지지를 받아 당선됐다. 민주파가 다시 위원장을 당선시킬 수 있었던 것은 분열됐던 제 조직의 연합으로 가능했기도 했지만 노동강도 강화를 비롯한 이영복 체제의 비민주성에 대한 조합원들의 불만이 컸기 때문이었다. 그런 가운데 양봉수의 분신 투쟁은 조합원들로 하여금 민주노조 재건으로 나아가게 만드는 결정적인 역할을 했다. 그의 죽음을 통해 이영복 체제를 바꿔내지 못했다면 자동차 공장은 중공업처럼 오랜 세월을 어용의 지배에서 벗어나지 못했을 뿐만 아니라 민주노총 건설에 참여하지도 못했을 것이다.

당시 현총련을 통한 민주노총 참여 쪽으로 기울어져가고 있던 자동차 공장은 양봉수의 분신 투쟁 이후 기업별 노조의 한계를 넘어서는 선택을 했다. 양봉수의 죽음이 개별 노조의 이기심을 내려놓게 했다. 조합원들은 투쟁하는 전노협 정신에 힘을 실어 전체 노동자의 힘을 대변할 수 있는 민주노총을 만들어내야 한다고 힘을 모았다. 광주 역시 자동차 공장도 민주노총 건설에 나서는 걸 보며 기뻐했지만 정민은 걱정스러운 한숨을 내쉬었다.

"왜 그러는데? 뭉칠수록 힘이 생기는 거 아닌가?"

"사공이 많으면 배가 산으로 올라간다 하잖습니까."

"사람이 많으니 사공이 많을 수밖에. 걱정은 되겠지만 모이겠다는데 가라 할 수 있나?"

정민은 고개를 끄덕이면서 상 위에 있는 자료들을 뒤적거리며 말을 이어나갔다.

"형님 말씀대로 민주노총 건설은 막을 수 없는 대세가 됐어요. 안타까운 건 최소한 전노협 정신의 바탕 위에서 민주노총으로 흘러가야 되는데, 그게 빠진 것 같아요. 노동자의 계급성이 흐물흐물해졌다는 말이죠. 각 노조의 방향과 색깔이 다르니 서로들 자기 처지에 맞는 민주노총이 되기를 원할 겁니다. 노동자가 주체적으로 일어서서 이 사회의 주인이 되는 길로 나아가야 하는데 중심을 못 잡으면 체제 내에 안주해 기존의 지배 세력에 놀아나는 꼴이 될 거라는 거죠. 기본적으로 사무직들이 중심이 된 업종회의는 지도부와 조합원들 간의 의식 차이가 아주 심합니다. 지도부는 노동자운동을 계급적으로 바라보지만 조합원늘은 합법성 안에서만 투쟁하려고 합니다. 노동자는 노동자들의 세력을 만들어 노동자들이 살 만한 세상으로 만들어가야 하는데 그들은 체제 내에서 보장받기만을 원하는 것이죠. 법적으로 노동조합을 인정받고, 법적으로 사회보장을 조금 더 받고, 좀 더 나은 복지 혜택과 임금을 받는 것, 그런 거에만 관심이 있다는 말입니다. 겪어보셨잖아요? 지배 세력들이 공장 노동자들을 위해서 뭔가 만들어준 적 있습니까? 해고되고 구속되고 수배되는 고통을 겪으면서 그나마 조금씩 좋아진 거잖아요. 노동자가 사회구조를 바꿔나가는 데 주체가 되지 못한다면 공장 노동자들은 늘 지배자들의 손아귀에서 놀아날 뿐입니다."

정민은 조직을 통해 입수된 모든 자료를 분류해 파일로 만들어놓고 있었다. 정치, 경제 상황은 물론 노동자들의 행보에 관한 자료들도 한눈에 볼 수 있게 만들어져 있었다. 광주는 민주노총으로 가는 과정들이라는 파일을 펼쳐보다가 넌더리를 쳤다.

"복잡하다 복잡해. 뭔 놈의 논쟁도 많고, 뭔 놈의 갈 길도 이렇게 많냐? 니는 이걸 어떻게 판단하는데?"

"대부분의 노조들이 민주노총은 산별로 가야 한다는 기본적인 인식은 갖고 있습니다. 여러 가지 절차와 방법상의 문제 때문에 갈등을 겪고 있죠. 지역 중심, 제조업 중심으로 조직을 일궈온 전노협이나 전교조와 언론노조 등 업종으로 뭉친 조직들 사이엔 차이가 있을 수밖에 없으니까요. 전노협 입장에서는 빨리 갈 것인가, 더디게 갈 것인가라는 문제로 내부 홍역을 치르고 있는 중이기도 한데 천천히 시간 내서 읽어보면 아실 겁니다."

"왜 이렇게 달라야 하는 건데?"

"서로의 입장과 인식의 차이죠. 크게는 NL과 PD라는 정파적 차이가 있지만 그것보다는 여러 노동조합들이 자신의 입장에 맞는 성격으로 민주노총이 만들어지기를 바라는 이유 때문이죠. 그런 입장과 조합의 성격에 따라 생길 수밖에 없는 관점의 차이로 민주노총의 중심 사상을 세우기가 어려워지는 겁니다. 저는 노동자들이 정치도 해야 되고, 회사 경영에도 참여해서 법과 정치, 경제가 민중들을 위해 쓰여져야 한다고 생각해요. 그러기 위해선 똑똑하고 올바른 정신으로 노동자들이 함께 뭉쳐서 힘을 길러야 하구요.

　우리가 사는 세상이 자본주의사회잖습니까? 자본이 지배하는 사회에서 노동자는 늘 지배를 받는 대상이구요. 그걸 벗어나려면 노동자들의 인식이 주체적으로 바뀌어야 하는데, 저는 그걸 계급적 인식이라고 합니다. 피지배 계급이 아닌 인간으로서 동등한 위치에 서는 것, 그건 계급성으로 똘똘 뭉쳐야만 가능하게 만들 수 있는 거죠. 그럴 때만이 체제 내에서 자본가들이 나눠 주는 것에 안주하지 않고 체제를 허물어가면서 노동자들도 이 사회의 주인으로 올라설 수 있다고 보는 겁니다.

　아무튼 지금 민주노총을 만들자고 몰려든 노동조합들은 서로 다른 곳을 바라보고 있어요. 전노협은 20만 명의 조합원으로 출범했지만 지독한 탄압으로 인해 지금은 5만 명도 안 되죠. 조합원 쪽수로 보면 사무식 업종이나 대기업늘이 훨씬 많습니다. 그렇지만 그들에겐 계급성이 부족해요. 투쟁 경험도 부족하고 조합원들의 의식도 천차만별이지요. 그런데

또 다른 시작　357

그들이 수적으로 우위라는 이유로 목소리를 높이는 거죠. 뭉치면 좋은 것이고 힘이 되겠지만 중심이 없으면 혼란을 가져오고 부패하게 되고 분열하게 될 겁니다.

전노협 정신이 그래서 필요하다는 거예요. 그들은 투쟁으로 노조를 지켜내면서 조합원들의 의지를 모아 계급성을 뿌리내려온 결사체입니다. 그런데 아직 투쟁 경험도 적고 계급적 인식도 부족한 노조들이 목소리를 높이고 있어요. 합법적 기구를 핑계로 '국민과 함께'를 외치고 있는 거죠. 너무 많은 탄압을 받아서 조직 보전이 어렵다고 느낀 전노협의 일부 사람들도 그 말에 호응을 하고 있는 거구요. 그 말이 나쁘다는 게 아니라, 그 말속에 숨어 있는 의도가 걱정스럽다는 겁니다. 계급성을 버리고 체제 내로 들어가겠다는 뜻이 숨겨져 있다고 저는 보거든요. 자본과 정권도 그걸 다 알고 있습니다. 요즘 김영삼 정권이 하는 꼴을 보세요. 각기 다른 노동조합들의 의도를 간파하고 더욱 이간질하는 모습이죠. 마음에 안 드는 노동자의 한쪽 팔엔 수갑을 채우면서 다른 한쪽 팔엔 악수를 청하고 다니죠. 노동자를 갈라놓고 길들이겠다는 심산인 겁니다. 하하, 우리 공장도 보세요. 회사는 민주파들의 싹을 말려버리고 싶어 하죠. 그런데 어용적 성격을 보이는 곳에는 웃음과 뒷돈을 건넵니다. 자본과 정권이 우리를 다스리는 기본 방식이죠. 민주노총이 만들어지면 그들의 수작은 더 치열하게 전개될 겁니다."

"그럼 민주노총을 만들지 말아야 한다는 건가?"

"그건 아니죠. 다만 너무 조급하게 서두르는 것 같다는 겁니다. 상층부가 자신들의 생각을 관철시키는 데에만 몰두해 있어서 민주노총이 가야할 길에 대한 충분한 논의가 조합원들에게까지 전해지지 않고 있어요. 하지만 전노협은 상층부에서 논의된 것을 개별 노조까지 내려보내며 조직을 운영해왔습니다. 그러면 각 노조는 조합원들과 함께 논의해 의견을 상층부로 보내죠. 더디고 어려움이 있지만 그런 과정을 통해서 조합원들의 의식을 향상시키고 지지를 얻어내 강력하게 투쟁했던 거예요. 물론 전노협 역시 폭넓은 운동의 영역을 만들어내지 못하고 조직 확대도 이뤄내지 못한 점을 탄압 때문으로 돌릴 수만은 없을 겁니다. 여러 가지 다른 전략, 전술이 있을 수도 있는데 그걸 제대로 펼쳐내지 못했다고 볼 수도 있는 거죠. 그러나 전노협의 계급성과 조합원 전체의 의지를 모아 나아갔던 투쟁성만은 우리가 배워야 할 겁니다.

저 역시 지난번 투쟁 때 제대로 싸우지 못해서 많이 괴로웠습니다. 사실 싸움을 피한 본질적인 이유는 투쟁에 대한 두려움 때문이었을 거예요. 그러나 우리는 솔직하게 우리를 반성하기 보다는 오히려 다른 곳으로 문제를 돌리기에 바빴죠. 싸움을 제대로 해내지도 못했으면서 전노협의 전투적 노동조합주의를 비판하는 데에만 열을 올린 겁니다. 싸움만이 능사가 아니라면서 말예요. 물론 투쟁만이 능사가 아니죠. 하지만 이건 인정해야 합니다. 집행부가 두려움에 빠져서 조합원들의 힘을 끌어올릴 마음 자세가 없었다는 것. 조합원들을 믿지 못하고 집행부가 자신들의 판단으로 싸움을 접어버렸다는 것. 변명은 수없이 댈 수 있지만 핵심은 바로 노동자 계급성에 대한 지도부의 자기 확신이 부족했다는 것이죠.

불상사가 날까봐 싸움을 피한다는 건 말이 안 되는 겁니다. 성과 분배 투쟁 때도 불상사를 우려했다면 전술을 그렇게 써선 안 됐던 거죠. 간디나 혹인 투표권을 위해 싸웠던 마틴 루터 킹처럼 전 조합원이 팔이라도 걸고 우리의 정당한 투쟁을 비폭력으로라도 보여줄 수 있었을 겁니다. 수만 명이 인간 사슬이라도 만들어 공장 바닥에 전부 누워 저항할 필요도 있었다는 거죠. 잡아가면 잡혀가면서도 우리의 주장을 굽히지 말았어야 한다는 것이죠. 노동삼권은 자본가들이 노동자들을 합법적으로 부리기 위해 만든 최소한의 노동기본권입니다. 그것마저도 국가가 오히려 막고 있다는 어처구니없는 현실을 전 조합원이 느끼고 전체 노동자가 알도록 애를 썼어야 했다는 겁니다. 그런 행동 속에서 자각과 자성이 일어나는 거잖아요. 지도부가 그런 모습을 보이고 조합원들이 함께 나서게 만들 때, 끌려가고 지더라도 조합원들에게 자긍심을 심어줄 수 있었을 겁니다. 그런데 도망가고 피해버리면 그건 공권력의 의도대로 우리가 잘못했다는 걸 인정하고 고개를 숙이는 꼴이 되고 말잖아요."

기척도 느껴지지 않는 방에서 정민의 목소리가 묵묵히 제 갈 길을 가는 듬직한 사내의 발걸음처럼 이어졌다. 광주는 진지한 눈길로 세상을 더듬고 있는 정민의 말을 새겨들으며 수심에 잠겼다.

"그렇다고 중공업 노조처럼 투쟁만 하다간 민주파 목숨 이어가기도 쉽지 않잖아? 지금 거긴 대의원들 전반이 어용으로 장악됐잖아."

"그렇긴 하죠. 하지만 정당한 투쟁을 피하면 민주파가 살 아남겠습니까? 민주파도 죽고 조합원들의 노동자의식도 죽 겠죠. 역사를 돌아보면 모든 것들이 투쟁으로 이룩돼왔어요. 8시간 노동제도 수많은 투쟁을 거치면서 만들어졌죠. 지난번 성과급 투쟁 때 이상구 위원장이 한 말이 있죠. 더 이상 양정 벌에 망치 소리가 들리지 않을 것이라고 한 말. 1886년도 5월 1일 미국 노동자들이 총파업을 할 때 외쳤던 말이잖아요.

그때 미국 노동자들은 14시간, 16시간씩 노동을 해야만 겨우 입에 풀칠이라도 할 수 있었어요. 그야말로 인간이라고 할 수 없는 노예적 노동을 하면서 노동자들은 생존을 위해 투 쟁에 나서지 않을 수 없었던 거죠. 자본가들은 권력을 동원해 기관단종을 앞세우고 파업을 막았죠. 다행히 충돌은 없었지 만 5월 2일, 파업을 하고 있었던 농기계 공장에 처들어가 무 력으로 진압했습니다. 노동자들은 굴복하지 않고 저항하다 가 경찰봉에 밀려 도망을 쳤죠. 도망가는 노동자들 등에 대 고 경찰은 사격을 가한 겁니다. 어린아이를 포함한 6명의 노 동자가 그 자리에서 사망했어요. 5월 4일, 그 끔찍한 만행을 항의, 규탄하려고 노동자들은 시카고 헤이마켓 광장으로 몰 려갔습니다. 경찰과 노동자들의 싸움이 있었지만 극한 대립 은 피하고 그날 집회는 끝났죠. 집회가 끝나자 운동을 이끌 었던 파슨즈와 몇몇 노동자들이 술집으로 이동해 이후 투쟁 에 대해 논의를 했죠. 그때 경찰이 들이닥쳤습니다. 모임을 중 단하고 해산하라는 거였죠. 노동자들은 경찰들이 오히려 공포를 조성한다며 항의했습니다. 그때 어디선가 폭탄이 날아들었는데 경찰 일곱 명이 죽고 노동자 네 명이 죽었습니다.

모든 권력기관과 자본가들, 경찰, 언론, 보수 단체, 목사들까지 노동자들의 만행이라며 노동자들의 전투적 조직이었던 '노동기사단'의 지도부를 체포하고 노동자들의 운동을 총칼로 무력화시켰습니다. 사건의 진실은 밝혀지지 않았죠. 기득권 보수주의자들은 대대적으로 맹렬히 이데올로기적 공세를 퍼부었죠. 노동자들이 국가 전복 세력이고 파괴주의자고 괴물들이라며 잔인한 말들을 수없이 쏟아냈죠. 결국 지도부 네 명이 사형을 당했어요. 그중 한 사람, 스파이즈의 최후진술은 지금도 노동운동 하는 사람들의 가슴에 남아 있습니다.

'재판장! 만약 그대가 우리를 처형함으로써 노동운동을 쓸어 없앨 수 있다고 생각한다면 우리의 목을 가져가라! 가난과 불행과 힘거운 노동으로 짓밟히고 있는, 그러면서도 해방되기를 애타게 원하고 있는 수백만 노동자의 운동을 없애겠다면 말이다! 그렇다, 재판장! 당신은 하나의 불꽃을 짓밟아버릴 수는 있다. 그러나 당신의 앞에서 뒤에서 사면팔방에서 끊일 줄 모르고 들풀처럼 타오르는 불꽃이 있다. 그것은 들불이다. 당신이라도 이 들불을 끌 수 없으리라!'

결국 그의 유지대로 미국 노동자들뿐만 아니라 전 세계 노동자들에게 노동운동은 퍼져나갔죠. 우리가 지금 5월 1일을 노동절이라고 기념하는 것이 바로 그들의 총파업을 기념하고 죽음을 기리는 것이기도 하죠.

우리가 보장하라고 외치는 노동삼권도 그런 힘들이 쌓여

만들어진 겁니다. 전 세계의 노동자들이 연대하면서 죽음을 불사한 투쟁으로 목소리를 높였죠. 그래서 자본가들은 민주주의라는 법조문 안에 노동삼권을 끼워 넣을 수밖에 없었던 겁니다. 자기들이 만든 민주주의는 이렇게 힘없는 민중들까지도 인간으로 존중하고 있다고 거드름을 피우면서 말이죠. 1824년 영국에서부터 논의되기 시작한 그 법은 수많은 투쟁 과정을 겪으며 1919년 처음으로 독일의 바이마르헌법에 규정됐습니다. 그렇게 백여 년도 훨씬 전에 만들어진 노동자의 단결권, 단체교섭권, 단체행동권이 지금 우리에게 어떻게 행해지고 있나요? 제3자개입 금지법, 긴급조정권 발동, 노동쟁의 조정법, 손배 가압류 등등의 특별법과 하위법이 지속적으로 만들어지면서 최소한의 노동자 권리를 위한 노동삼권마저 무자비하게 짓밟히고 있는 거 아닙니까?"

"하긴 경태도 라인 세웠다고 손배 가압류 몇억 맞았다고 하더만. 그 소리 듣고 어처구니없어서 웃었지. 월급 백만 원 받는 놈에게 몇억이라니? 임금도 안 주고 공장 노예로 만들어 평생 일시키겠다는 것인가 싶더만. 법으로 우리의 목을 매달겠다는 심보가 느껴지더군. 항의하면 짓밟고 감옥에 처넣으려고 개수작들을 부리니 정말 총이라도 들어야 하는 거 아닌지 싶더구만."

정민이 웃으면서 광주의 말에 손사래를 치고 일어났다. 그는 광주가 피워댄 담배 연기를 빼기 위해 창문을 열고 앉았다.

"총이 아니라 의지가 필요하죠. 인간으로서 존엄성을 찾고 노동자로서 계급성을 세우는 의지 말입니다. 그런 의지를 바탕으로 노동운동의 힘이 생겨날 겁니다. 전노협을 보세요. 전투적인 투쟁을 하고 싶어서 했겠습니까? 어떻게 그렇게 힘든 선택을 했을까요? 지도부를 비롯해 조합원들까지 자신들이 옳다고 믿었기 때문입니다. 국가가 노동자들의 권리를 너무도 무시하고 억압해왔다는 걸 몸으로 겪었기 때문입니다. 더 이상 자본가들과 국가 권력이 내세운 자유, 평등, 인권 존중이라는 민주주의의 이념과 법으로부터 노동자의 인간적인 삶을 보장받을 수 없다고 여겼기 때문입니다.

그러나 아쉽게도 우리 공장엔 그런 투쟁 정신이 부족했죠. 그런 투쟁을 통해 조합원들을 각성시키지 못했기 때문에 조합원들이 이영복을 다시 선택했던 거구요. 그건 조합원들이 노조를 무슨 대행 기관쯤으로 알고 있다는 뜻입니다. 이익을 조금이라도 더 가져다준다면 어용도 괜찮다는 거지요. 노동조합이 바로 자기들이 지키고 가꿔나가야 할 집이라는 인식이 심각하게 부족했다는 걸 보여주는 겁니다. 지도부가 민주노조만이 우리의 조합이라는 인식을 심어주지 못한 결과이기도 하구요. 한마디로 주체적으로 자신의 삶과 세상을 바라보는 그런 눈을 조합원들과 같이 나눠 가지지 못했다는 것이겠죠. 앞으로 세워질 민주노총은 우리 공장보다도 훨씬 어렵고 힘든 과정을 통해 만들어질 겁니다. 더디더라도 그런 투쟁과 자각 속에서 노동자 정신을 세워서 만들어지길 원하지만 어려울 겁니다. 물론 현실적으로도 많은 어려움이 있겠죠. 참으로 어려운 문제입니다. 저 역시 그런 전노협 정신이 조금이나마 민주노총 안에 더 자리 잡길 바라지만 어찌해볼 도리가 없죠. 답답합니다."

"민주파 사람들도 자네와 같은 생각인가? 니가 말한 계급성 말이야."

"정파적 입장 차이가 있지만 기본적인 생각은 다들 비슷할 겁니다. 그리고 이제까지 말한 건 그냥 제 생각입니다. 앞으로 형님이 겪으면서 판단해보세요. 그리고 궁금한 점이 있으면 저 파일들을 보세요. 한 오 년 정도 꼬박꼬박 모아놓은 거니까요. 세계정세부터 국내 상황까지, 또 국내 노동문제에 대한 정부 정책과 노동자들의 투쟁, 전노협과 민주노총으로 가는 논쟁까지 웬만큼은 다 있을 겁니다."

정민의 방 한쪽 벽면은 벽돌을 받치고 널빤지를 올려 만든 다섯 칸짜리 책꽂이가 있었다. 그 안에 파일들이 빽빽이 들어차 있었다. 책상 위 책꽂이에 꽉 들어차고도 넘치는 책들도 한쪽 벽면에 높이 쌓여 있었다.

광주는 퇴근하면 정민의 집으로 갔다. 그곳에서 파일도 뒤적거리고 책들도 펼쳐보며 많은 생각을 했다. 가끔씩 외박을 하면서 이해가 안 되는 것들을 물어보기도 하고 정민과 많은 대화도 나눴다.

광주의 관심이 노동운동 쪽으로 기울며 가정생활에 소홀함을 보이자 부부 사이는 점점 벌어졌다. 아내는 광주를 보면 눈에 쌍심지를 켜고 노려보며 화를 터트렸다. 집에 들어갈 때마다 싸움이 일어나자 광주는 집을 더 멀리하며 아내의 속을 끓였다. 광주만 나타나면 아내는 돌을 씹고 있던 사람처럼 거칠게 말을 내뱉었다.

"정민 씨하고 살림 차렸나 보지? 아예 나가 살지 그래."

"나도 좀 인간답게 살아보려고 그러는 거다. 좀 징징거리지 마라."

"기가 막혀서, 어떻게 해야 인간답게 사는 건데?"

"내 생각 좀 말하면서 살아보려고 한다."

"생각 좋아하고 있네. 그게 밥 먹여줘?"

파르르 떨며 받아치는 아내는 목소리에 날을 세웠다. 그녀는 코웃음을 치며 광주를 경멸스러운 눈초리로 노려봤다. 뱁새가 황새 쫓아가듯 못 배운 것이 책을 펼쳐들고 으스대는 꼴이 가소롭게만 느껴졌다.

"밥만 먹고 사냐, 인간아!"

"그래, 나는 밥이 하느님이고 부처님이다, 인간아!"

"참, 환장하것네. 내가 곶감 빼먹듯이 월급 축내는 놈도 아니고 꼬박꼬박 잘 갖다 바치잖아. 그거 가지고 하느님 부처님 모셔놓고 밥 실컷 해먹으라고, 그럼 됐잖아?"

"밥만 처먹고 사는 게 인간 아니라며? 나도 내 좋아하는 대로 살아볼까? 내는 좋아하는 것 실컷 해보는 게 인간답게 사는 건데, 내식으로 막 살아볼까? 나 아직 좋다는 놈 많아!"

"염병. 야, 이 사람아. 내가 나가서 바람을 피우는 것도 아니고 술독에 빠져 사는 것도 아닌데 왜 이렇게 난리치는 건데?"

"니는 왜 나하고 사는 건데? 내가 니 밥만 해다 바치는 식모가?"

하루 종일 아이를 데리고 집에 갇혀 있던 아내는 불만과 짜증이 산더미처럼 쌓여 있었다. 그런데 일주일에 두세 번씩 광주는 서슴없이 외박을 했다. 양봉수의 죽음 뒤부터 그의 눈빛도 달라졌다. 어딘가 한곳을 응시하는 눈빛에는 서늘한 살기마저 담겨 있었다. 벽장 안에 있던 불온한 책들도 그녀의 불안한 신경을 건드렸다. 해고가 되거나 자칫해서 광주가 감옥에라도 간다면 살 길이 막막해진다.

생활은 곤궁했지만 노조가 만들어지고 월급도 많이 올랐다. 개벽이가 초등학교 들어갈 때를 대비해 대출까지 얻어 방두 개가 있는 다세대주택 월세를 얻었다. 그녀는 그 정도만 해도 살 것 같아 대출까지 해준 회사가 고마웠다. 회사라는 울타리 속에서 안정을 찾고 싶었던 그녀는 광주의 마음을 집안으로 끌어들이려고 안달을 했다. 광주는 그런 아내의 모습을 볼 때마다 누르면 누를수록 더 튕겨 오르는 스프링처럼 집밖으로 내달렸다.

'어린 것 데리고 살려니 환장하겠군. 아무리 어려도 세상이 어떻게 돌아가는지는 알고 살아야 할 것 아냐, 염병할!'

심기가 불편해진 광주는 아내를 보며 눈알을 부라렸다. 니꼬임에 넘어가서 살게 됐다,라고 터져 나오려는 말을 간신히 막았다. 그는 끌탕만 하며 아내를 쳐다보던 고개를 돌렸다. 죽 끓듯 속이 부글거렸지만 잘못 말했다간 속만 더 까맣게 태울 것 같았다. 그는 아내의 목소리가 잦아들 때까지 입을 꾹다물고 귀를 막았다.

봉수가 떠난 뒤 광주는 위원장 선거에 몰두했으나. 민주파를 위해서라기보다는 그들이 돼야만 봉수의 분신이 헛되지 않았다는 걸 보여주는 거라고 믿었기 때문이다. 그는 예전과는 달리 장기근속자 모임이 있으면 적극적으로 나가 정기덕 후보를 밀었다. 반에서는 시간만 나면 봉수를 살리는 길이 정기덕 후보를 위원장으로 뽑는 거라고 소리쳤다. 다행히 정기덕 후보가 압승으로 당선되자 조합원들의 가슴에 봉수가 살아 있는 증거라며 기뻐했다.

민주파가 당선되자 현장은 다시 활기를 찾았다. 그들은 양봉수의 힘으로 만들어진 휴게소에서 담배도 피우고 커피도 마시면서 조장, 반장의 눈치 볼 것도 없이 떠들었다. 소위원들은 그런 자리에서 조합이 진행하는 일들을 동료들에게 설명하고 토론도 하면서 현장의 힘을 모아내기도 했다. 그렇게 조금씩 현장이 제 모습을 찾아가고 있을 때, 기적 같은 일이 일어났다. 정민이 퇴근 시간에 맞춰 광주를 찾아왔다.

"무슨 일 있어?"

"민식이 형님이 노조에서 만나자고 하네요. 형님하고 경태도 데리고 오라 하는데 무슨 일인지는 모르겠어요."

"뭔 일일까? 나는 그 친구와 말도 별로 섞어본 적 없는데 왜 나까지 불렀을까? 일단 가보세."

두 사람이 노조에 도착하자 경태가 와 있었다. 김민식은 두 사람을 반갑게 맞으며 밖으로 나가자고 했다. 어두운 공장 곳곳을 가로등이 드문드문 밝혀놓고 있었다. 김민식은 세 사람을 데리고 정문과 가까운 잔디밭으로 들어가서 자리를 잡고 앉았다.

"노조 안이 시끄럽고 조용히 얘기할 수도 없어서 나왔습니다. 광주 선배님, 오랜만에 뵙습니다."

"그러네요. 웬일로 나까지 불렀습니까? 술집도 아닌 이런 잔디밭으로."

"하하, 술집에서 만나려고도 했지만 거기서도 얘기하기가 불편할 것 같아서 이리 왔습니다. 저 자리가 봉수가 쓰러졌던 자리네요."

뜻밖에도 김민식이 양봉수가 분신한 자리를 가리키며 말을 이었다.

"화장터에서 봉수 유골 찾으려다가 많이 맞았다는 얘기 들었습니다. 영산강까지 쫓아가느라 힘들었다는 얘기도 들었구요. 그때 영산강에서 노동자 대표로 두 사람이 있었는데 기억나십니까?"

"네, 최재승이 하고 양승운이 있던 거 기억납니다. 맞지?"

정민의 말에 경태가 고개를 끄덕였다.

"내가 그때 대구와 현장을 왔다 갔다 하면서 부산에 있는 추모사업회 사람들도 자주 만났습니다. 그들이 그러더군요. 회사와 경찰이 절대 양봉수의 시신은 물론 유골까지도 노동자들에게 돌려주지 않을 거라구요. 가족들을 매수해서 아무도 모르는 곳에 뿌리게 할 거라며 다른 지역의 열사들이 겪은 얘기를 많이 들려주더군요."

"그럼 혹시?"

경태가 담배를 꺼내며 눈을 반짝였다.

"그렇다네, 봉수의 유해 일부를 가지왔어."

"정말입니까, 김 형?"

광주의 물음에 김민식은 대답 대신 몸에 지니고 있던 가방에서 나무로 만든 작은 상자를 꺼냈다. 세 사람은 고개를 내밀고 상자를 바라봤다. 작은 자물쇠가 달려 있는 상자를 김민식은 열쇠로 열면서 말했다.

"양승운이가 유해를 뿌리는 척하면서 끼고 있던 하얀 장갑을 뒤집어 그 속에 유해를 담아온 겁니다."

상자 안에는 하얀 면장갑이 들어 있었다. 상자 안을 들여다보는 세 사람의 눈이 벌겋게 젖어 있었다.

"이렇게 봉수의 유해를 숨겨서 보관해야 하는 현실이 참으로 슬펐네. 큰일을 할 수 있는 동지를 잃어버렸다는 아픔을 하루도 잊은 적이 없지. 지난번 위원장 선거가 있을 때 봉수에게 부탁 많이 했네. 민주파들이 힘을 모아 이기게 해달라고 말일세. 그리고 내가 세 사람에게 먼저 양해를 구해야 될 일이 있어."

"양해라니요, 무슨 일이 있습니까?"

정민이 물었다. 김민식은 담배를 피우며 공장을 둘러봤다. 야간 작업자들을 위한 공장 불빛들 아래로 온기를 담은 바람이 간간이 불고 있었다.

"내가 절박한 마음에 사람들과 상의도 없이 봉수 유해를 조금 꺼내다 썼네. 미신이나 종교를 믿진 않지만 봉수의 마음만은 이어받고 싶었어. 왠지 그 친구가 옆에 있는 것만 같았거든. 그래서 유해를 조금 덜어내 저기 봉수가 쓰러진 저 자리에 뿌렸어. 우리가 이기게 힘을 달라고 부탁하면서 말일세."

"그게 무슨 양해를 구할 일입니까, 잘하셨습니다."

"그기 무슨 양해꺼정 구할 일입니꺼? 잘하셨심더. 우리 봉수 여 아이면 아무 데도 안 갈라 칼 낍니더. 그 쇠고집이 어디 가겠능교? 있고 싶어 하는 자리에 잘 뿌려버렸니더."

경태가 말끝을 흐리며 눈물을 뚝뚝 떨어트렸다. 봉수가 쓰러진 자리를 처다보는 광주의 눈에도 눈물이 그렁그렁 맺혀 있었다.

"저곳에만 뿌린 건 아니야. 봉수가 작업하던 자리에도 조금 뿌렸지. 2공장 동료들에게도 힘이 돼달라고 말일세. 돌아보니 부탁만 하고 그의 명복은 제대로 빌어주지도 못했군. 그래서 하는 말일세. 경태는 봉수와 늘 함께 싸워왔잖아. 정민이는 봉수가 가장 따르던 선배로 알려져 있고. 자네들이 봉수의 추모사업회를 만들어야 하지 않겠나?"

"아, 그렇지 않아도 윤창호 동지와 함께 논의하고 있는 중입니다."

"그래? 잘됐군. 알다시피 나는 아직도 해고 중이라 그 일에만 매달릴 수 없거든. 고맙네. 다들 보이지 않게 같은 마음으로 일을 하는 것 같아 기쁘네. 잘 준비해서 봉수의 죽음이 헛되지 않도록 해보자구."

"김 형, 고맙소, 정말 고마워. 김 형 때문에 봉수에게 면목이 섰어. 봉수의 유해를 모두 강물에 던져버린 줄 알고 얼마나 미안했는지, 정말 괴로웠거든. 나도 열심히 도우리다."

김민식이 할 일이 있어서 먼저 가야한다며 일어섰다. 유해는 당분간 ㄱ가 보관하기로 했다. 세 사람은 그를 보내고 현장 정문을 나섰다. 모두의 얼굴이 예상치 못한 일로 상기돼 있었다.

"봉수가 살아서 돌아온 것 같다. 우리 봉수하고 한잔해야 하지 않것냐?"

광주는 두 사람을 이끌고 술집으로 향했다. 오랫동안 행방불명이 됐던 자식을 찾은 부모 마음처럼 그의 몸이 기쁨으로 달아올랐다. 그는 봉수가 눈앞에 아른거려 눈물을 글썽이다가도 얼굴을 찡그리며 거친 숨결을 토해냈다. 봉수의 죽음에 연관된 많은 사람들이 주마등처럼 스쳐 지나갔다. 경비들, 2공장 관리자들, 협상에 나섰던 공권력 책임자들…. 그들에게 봉수의 영혼이 살아 있다는 걸 똑바로 보여주고 싶었다. 자동차 공장 안에 전태일로 살려내 양봉수가 죽음을 통해 무엇을 말하고자 한 것인지 회사와 공장 노동자들에게 똑바로 각인시켜주고 싶었다.

1995년 11월 11일, 양봉수가 죽은 지 6개월이 지났을 때, '전국민주노동조합총연맹'이 창립됐다. 연세대 강당에서 가맹 노조 866개 조합원 41만 명을 대표해 566명의 대의원이 모였다. 그들은 초대 위원장에 언론노련위원장 권영길을 내세우고 수석부위원장에 양규헌, 사무총장에 권용목을 선출해 한국은 물론 전 세계에 민주노총의 출범을 선포했다.

'생산의 주역이며 사회 개혁과 역사 발전의 주체인 우리는 백여 년에 걸친 선배 노동자들의 불굴의 투쟁과 87년 노동자 대투쟁 이후 거대한 흐름으로 자리 잡은 민주노조운동의 성과를 계승하여 자주적이고 민주적인 노동조합의 전국 중앙 조직인 '전국민주노동조합총연맹'을 결성한다. 우리는 민주노총의 깃발을 높이 들고 자주, 민주, 연대의 원칙 아래 뜨거운 동지애로 굳게 뭉쳐 노동자의 정치, 경제, 사회적 지위를 향상하고 전체 국민의 삶의 질을 개선하며 인간의 존엄성과 평등을 보장하는 통일조국, 민주사회 건설의 그날까지 힘차게 투쟁할 것을 선언한다.'

우여곡절을 겪으며 만들어진 민주노총 대회장은 내일에 대한 뜨거운 기대감으로 부풀어 있었다. 노동운동의 한가운데에서 활동했던 그들은 '임을 위한 행진곡'을 부르면서 눈물을 흘리며 환호했다. 국가는 민주노총의 합법성을 인정하지 않았지만 그들은 개의치 않고 정치세력화까지 이뤄내 사회를 변화시켜 나가겠다고 선언했다.

주모사업회도 본격적으로 발을 내딛었다. 민주노총 창립대회 다음 날, 대의원대회에서 추모사업회 건설이라는 안건이 채택됐다. 정민의 발걸음이 빨라졌다. 그는 '전국민족민주열사회생자추모단체연대회의'까지 찾아가 추모사업회의 내용을 만들기 위해 분주히 움직였다.

1996년 3월, 양봉수열사추모사업회 준비위원들을 구성하고 5월 8일 임금 인상 투쟁 출정식에서는 열사들 사진 전시회를 통해 4백여만 원을 모금했다. 조합원들은 거대한 플래카드를 앞세우고 '임투' 출정식을 감행했다.

'양봉수 열사 정신 계승하여 96 임투 승리하자.'

양봉수는 떠났지만 조합원들 마음에 그의 정신은 남아 있었다. 각 공장마다 들고 나온 만장에도 양봉수를 기리는 글들로 가득했다. 조합원들은 이영복 체제에서 짓눌렸던 억압된 마음을 청산하고 일어섰다. 만여 명의 조합원들이 공장을 힘차게 돌면서 양봉수의 정신으로 되살아났다. 정민은 본관 잔디밭 결의대회장에 모인 조합원들을 향해 외쳤다. 목소리도 크지 않고 선동적인 연설도 못하는 정민이었지만 그의 목소리에는 진심이 서려 있었다.

"양봉수 동지가 산화해간 지 일 년이 다 됐습니다. 저기 저곳이 일 년 전 양봉수 동지가 쓰러진 곳입니다."

정민은 양봉수가 분신을 했던 정문 앞을 가리키며 말을 이었다.

"민주노조를 만들어달라고, 조합원 곁으로 돌아오고 싶다고 했지만 그의 몸은 결국 돌아오지 못했습니다. 회사와 공권력은 망월동에 안장시키겠다는 약속을 어기고 그의 넋조차 자동차 공장에 들어오지 못하도록 화장을 해서 영산강에 뿌려버렸습니다. 그리고 그 흔적을 말끔히 없애고 싶어 저곳에 세제를 뿌리고 수십 차례 물로 닦고 또 닦아냈습니다. 하지만 그들은 우리의 기억을 지울 수는 없습니다. 도대체 저 정문이 무엇입니까? 여전히 우리 공장에는 저 정문을 넘어 들어오지 못하는 해고자들이 있습니다. 해고자였던 양봉수 열사도 저 문을 넘어서기 위해 자신의 몸을 불꽃으로 만들었던 순간을 나는 생생하게 기억하고 있습니다. 자세히 보면 그가 쓰러진 곳에 그의 몸이 흔적처럼 거뭇거뭇하게 남아 있습니다. 저곳을 지날 때마다 그의 살갗을 태우던 끔찍한 냄새가 여전히 진동합니다. 그들은 우리의 마음에 남아 있는 양봉수 열사의 정신을 절대 지울 수 없을 것입니다."

6월 10일, 양봉수의 유해는 솥발산에 안치됐다. 양봉수 열사의 가족들과 역대 위원장들 그리고 현장 민주파들과 해고자들, 많은 대의원들이 모여 한 줌의 재로 남겨진 그의 유해를 매장하고 봉분을 만들어 올렸다. 의문사로 남겨진 박창수 열사와 서영호 열사가 있는 자리에서 멀지 않은 곳에 양봉수의 무덤이 자리 잡았다. 장례식을 겸한 추모제가 끝나고 나서 광주와 정민은 맞은편에 우뚝 솟아 있는 장엄한 신불산을 바라보았다.

"무덤을 만들어놓으니 정말 좋구나. 뭔가 큰 짐을 하나 벗어버린 기분이야."

"그래요? 저는 오히려 큰 짐을 하나 더 진 거 같습니다. 이제부터라고 생각돼요. 양봉수의 정신을 조합원들에게는 물론 전체 노동자들에게 알려나갈 겁니다. 그가 남기고자 했던 것이 과연 무엇이었는지 제대로 정리해서 노동자들의 정신을 바로 세우는 데 힘이 될 수 있게 해야죠. 이제 시작입니다."

광주는 옛 기억에서 빠져나와 창문으로 들어오는 바람을 맞았다. 남목고개를 넘어온 광주의 트럭이 염포삼거리를 지나 현대자동차 쪽으로 꺾어졌다. 구 정문이 보이자 4·28투쟁의 기억도 되살아났다. 무엇인가 바꿔보려고 했던 열망들로 가득했던 시간들이 파노라마처럼 머릿속에서 펼쳐졌다. 그 기억의 저편에서 정민이 마지막으로 남긴 말이 서러운 눈물처럼 밀려왔다.

"다시는 현대자동차 쪽을 쳐다보지도 않을 겁니다."

1998년 정리해고 투쟁이 끝난 뒤 정민은 자동차 공장을 떠났다. 천사 같이 착한 아내를 만나 좋아했던 정민은 연년생으로 낳은 어린 딸과 아들을 이삿짐 트럭에 태우고, 다음 해 1월 추운 겨울날 현대자동차에 대한 모든 미련을 버린 채 제천으로 가서 택시운전사가 됐다.

돌아보면 고집스럽게 자신이 옳다고 믿은 생각을 붙들고 있었던 그는 작은 거인이었다. 왜소한 체구였지만 그의 신념은 대단하고 한결같았다. 얼마나 마음의 상처가 깊었으면 자동차 공장을 떠나면서 쳐다보지도 않을 거라고 했을까. 누가 그렇게 우리에게 상처를 입힌 것일까. 수많은 이유가 있었지만 국가의 노동자들에 대한 폭력은 상상하기 어려울 정도로 집요했다.

광주는 트럭을 골목에 세워두고 나와 정문을 마주 봤다. 오래전 투쟁으로 치달을 수밖에 없었던 노동자들의 함성이 사방에서 튀어나왔다. 이십여 년이 지났지만 공장 주변엔 여전히 노동자들의 구호가 적힌 현수막이 사방에 걸려 있었다.

'비정규직 철폐하라!'

정문 옆에 텐트가 세워져 있었다. 거대한 공장의 담벼락 밑에 위태롭게 친 텐트 앞에서 노동자 서너 명이 햇볕을 쬐며 앉아 있었다. 광주는 그들이 자동차 공장 비정규직 노동자들로 정문 밖으로 쫓겨난 것임을 한눈에 알 수 있었다. 노숙자처럼 버려진 그들의 모습에 아들이 팔뚝을 내뻗으며 외치던 소리가 쟁쟁하게 겹쳐졌다. 공장의 정문은 오래전에 보았던 모습보다도 훨씬 권위적이고 방어적으로 견고해져 있었다.

공장을 바꿔보자고, 사회구조를 바꿔보자고 치열하게 투쟁에 나섰던 지난날들이 거센 물결처럼 가슴속에서 출렁거렸다. 멍울로 뭉쳐져 있던 기억들이 공장의 문을 열고 양정동 골목골목에서 쏟아져 나왔다. 광주는 신음처럼 탄식을 흘렸다.

1996년 12월 25일, 신한국당 총무단에서 부지런히 소속 국회의원들에게 전화를 걸었다. 전화를 받은 그들은 다음 날 새벽 어둠을 타고 일사불란하게 움직였다. 여명도 눈뜨지 않은 새벽 5시 50분, 마포에 있는 가든호텔을 비롯한 네 개의 호텔로 은밀하게 모여든 그들은 서류 봉투를 하나씩 쥔 채 대기하고 있던 관광버스에 올라탔다. 버스는 지체 없이 여의도 국회의사당으로 향했다.

새벽 6시, 국회의장을 비롯한 신한국당 의원 3명을 제외한 154명이 국회의사당에 잠입했다. 그들이 모이자마자 국회부의장은 의사봉을 들었다. 11개의 관련 법안이 하나씩 처리되기 시작했다. 국회부의장은 의사봉을 마흔여덟 번 두들겼고 의원들은 여섯 차례 앉았다 일어나면서 11개 법안을 7분 만에 일사천리로 통과시켰다.

야당인 새정치국민회의와 자유민주연합은 날치기라며 전원 항의 농성에 들어갔다. 그들은 검은 넥타이를 매고 여당 의원 명패에 검은 천을 씌워 반민주적 행위를 규탄했다. 그러나 정작 충격을 입은 것은 노동계였다. 국가는 복수노조, 제3자 개입, 노소의 성시 잠어를 어용한다면서 정리해고세, 근로자파견제, 변형근로시간제 같은 노동자들의 삶에 직접적인 해를 입힐 수 있는 노동악법을 통과시켰다. 게다가 파업 기간

중에 발생한 임금은 지급하지 않아도 된다며 노동기본권인 파업권을 간접적으로 제한시켰다.

정리해고는 경영의 악화와 생산성 향상을 위한 구조조정 등 긴박한 경영상의 필요가 있을 때 허용한다는 단서를 달았지만 그건 오로지 기업의 입장만 바라본 것이었다. 그 법들은 기업이 불필요한 인원을 정리하고 싶으면 얼마든지 사유를 만들어 실행할 수 있는 자본가들을 위한 것이었다. 게다가 근로자파견제는 기업이 파견업체를 통해 노동 인력을 수급받는 것으로, 기업이 인력을 필요로 할 때만 불러다 쓰고 필요 없으면 잘라버리는 것을 용이하게 만들어놓았다.

노동자들에게 신한국당 의원들은 새벽어둠을 밟고 온 떼강도들이었다. 그들은 독재 정권 시절에 만들어진 국가보안법도 강화시켰다. 찬양고무죄와 불고지죄에 대한 안기부의 수사가 가능하도록 법을 바꿔 정권을 비판하는 사람들을 언제라도 낚시질하듯 낚아 올릴 수 있도록 만들었다. 민주 투사라고 자칭했던 김영삼 정권이 군사정권 시절에 만들어놓은 국가보안법을 더욱 강력하게 만든 것이다.

민주노총과 한국노총은 즉각 총파업에 돌입했다. 네 개 방송사를 비롯한 수많은 노조들이 법안 철회가 안 되면 파업에 나서겠다고 경고했다. 정치권은 물론 전 국민이 날치기법이라며 분노의 목소리를 높였다.

현대자동차는 다른 공장들보다 치열하게 투쟁에 나섰다. 그런 날이 올 것을 예상했던 자동차 노조는 1996년 9월 대의원대회에서 조합을 노동법 개정 투쟁을 위한 조직으로 틀을 바꿔서 준비해왔다. 전 조합원에게 노동법 개정 투쟁에 대한 교육을 3백회 이상 실시하고 노조 운영위원회를 '노동법개정 투쟁위원회'로 바꿔 조합원 2천4백여 명의 실천단까지 조직해 울산의 시장 골목들을 돌아다니면서 3개월가량 대국민 홍보를 해오던 중이었다. 광주 역시 실천단원으로서 시장판에 어울리는 말솜씨로 아주머니들에게 말을 건네며 돌아다녔다.

"아지매, 자녀들 중에 회사 다니는 사람 있지요?"

"와 그러는데?"

"나라에서 정리해고법 만들어 일하는 사람들을 손쉽게 해고시킨다는데 어쩔 텐교?"

"미쳤나? 회사 쫓겨나면 뭐 먹고살라꼬?"

"그치요? 정치하는 놈들이 가난한 사람들만 죽이려고 환장한 거 아닌교? 그 법 찬성할 기요, 반대할 기요?"

"뭔 개소리고? 무조건 반대다. 글고 니들 쫓겨나면 우리 물건은 누가 사줄 낀데? 하이고나, 나는 무조건 반댈세."

"그럼 요기다 서명하소."

'날치기법'이 통과도 되기 전에 회사와 노조는 전주로 공장을 이전하는 문제와 작업 배치 전환 문제로 다툼이 시작되었다. 회사는 노조와 상의 없이 전주 공장 540여 명의 일자리를 하청으로 빼돌렸다. 좌석 시트가 면에서 가죽으로 품질을 바꾸면서 봉제반 여성 노동자들의 일자리에도 문제가 생겨 마찰 중이었다.

그런 일련의 사태 속에서 정리해고가 시작될 거라는 말이 공공연해지자 현장은 어수선했다. 노조는 정리해고를 인정하는 노동악법이 만들어지면 즉각 쟁의에 돌입한다는 조합원 찬반 투표를 했다. 전체 조합원 91%가 참여해 94%의 지지로 쟁의행위가 가결되었다. 조합원들의 고용에 대한 불안을 고스란히 보여준 투표 결과였다.

민주노총도 노동법 개악이 예상되자 정권에 대한 경고성 파업으로 '4시간 파업'을 결정했다. 하지만 그들은 총파업 준비가 덜 됐다는 지도부의 판단과 연내 법 개정은 어려울 거라는 섣부른 낙관론을 펴면서 총파업 철회를 했다. 많은 노동조합은 민주노총이 지역 투쟁본부의 의사조차 물어보지 않은 비민주적 태도를 보였다고 지도부를 비판했다. 현대자동차 공장의 조합원들도 민주노총이 상황 파악을 제대로 못 하고 있다면서 자체적으로 선도 파업을 하자고 불만을 터트렸다. 결국 우왕좌왕하던 민주노총 지도부는 임시국회가 시작되자 법이 통과되면 즉각 파업에 들어가겠다며 민주노총 노조들의 비난을 누그러뜨렸다.

12월 26일 새벽, 신한국당이 '날치기법'으로 노동계를 흔들자 민주노총은 전면 파업을 선언했다. 전국 12개 지역 십만 노동자가 규탄 집회를 열었다. 울산에서도 현총련 의장단 회의를 통해 총파업을 결정했다. 당일 13시를 기해 현총련 산하 조합원들은 '노동법, 안기부법 날치기 통과 규탄대회 및 김영삼 정권 퇴진 노동자 시민 결의대회'에 참여하기 위해 태화강으로 모여들었다.

평화 시위로 투쟁의 포문을 열자 자동차 공장은 일사불란하게 움직였다. 준비를 오래한 만큼 자동차 공장의 노조 간부와 대의원, 소위원 그리고 실천단원들은 당일 철야농성에 돌입하면서 현총련 투쟁의 선봉에 섰다. 한때 노동계 투쟁의 전면에 섰던 현대중공업은 두 번의 파업과 지도부의 배신으로 민주파의 입지가 현저히 줄어들어 있었다. 중공업 관리자들은 '신경영 전략'에 입각한 집요한 노동자 회유 정책을 전방위적으로 펼치면서 만 명의 조합원들로부터 무분규 선언 동의까지 받아낸 상태였다.

다음 날 자동차 공장은 오전 11시에 사내에서 규탄 집회를 열었다. 1만5천 명이 모여 '공장에서 가두로'라는 기치 아래 연말까지 매일 태화강 고수부지로 나가 투쟁력을 과시했다. 거리에서 시민들에게 노동악법의 부당함을 알리고 그들의 동참을 호소했다.

정부는 불가피한 상황이었다고 언론과 방송을 통해 국민에게 호도하며 절차상 하자도 없었다고 했다. 국민들은 노동법이 개악된 것으로 아는데 잘못 알고 있는 거라며 좋은 점들만 부각시켰다. 하지만 복수노조와 노동자 정치 참여 금지 문제는 사실상 정부가 막을 수 없을 정도로 이미 사문화된 법이었다.

해가 저무는 마지막 날, 1만8천여 명이 자동차 공장 본관 앞에 모여 정부의 발언을 강력하게 비난하며 총력 투쟁을 외치자 회사는 노조 지도부를 고소, 고발하겠다고 엄포를 놨다. 노조는 이에 맞서 지역 집회에 참여하며 더욱더 투쟁의 수위를 높였다. 신정 휴가 때문에 파업 동력이 떨어질 거라는 우려를 불식하듯 조합원들은 새해 파업 전날 1만5천여 명이 모여 태화강 둔치로 향했다. 그리고 이틀 내리 투쟁의 물결은 5천여 명씩 불어나 3일 후에는 2만5천여 명으로 늘어났다. 실천단원을 비롯한 대의원과 소위원회도 적극적으로 움직이면서 조합원들의 투쟁력을 이끌어냈다.

"습관적으로 안 나오는 조합원들을 파악해서 참여를 독려합시다."

각 공장마다 실천단원들은 반별로 조사를 실시한 뒤 묘수를 찾아 실행에 옮겼다.

"안 나오는 놈의 집에 우르르 놀러 가봅시다. 하루 종일 거기 눌러 앉아서 고스톱도 치고 술도 얻어먹고, 밥도 내놔라 해봅시다. 지가 그래도 안 나올 건지 어디 두고봅시다."

실천단원들은 참여 안 하는 동료들의 집을 떼거지로 방문했다. 느닷없이 공장 동료 십여 명이 들이닥치자 당황한 건 아내들이었다. 놀러왔다는 공장 동료들을 쫓아낼 수도 없어 아내들은 술상을 보고 밥도 해대면서 넌더리를 쳤다. 실천단원들도 처음엔 괘씸죄를 적용해 '꼬장'을 부리러 갔다가 어느새 즐거운 '기습 파티'처럼 여겨져 한밤중에 술 사 들고 쳐들어가 웃고 떠들며 놀았다. 이런 일들이 소문으로 퍼지자 파업 불참석자 아내들은 남편을 파업 현장으로 내몰았다.

반 단위로 결속력이 높아진 그들은 자발적으로 움직였다. 노조에서 파업 시간이 떨어지면 그들은 자체적으로 회비를 걸어 가스버너와 그릇들을 들고 태화강 고수부지로 나갔다. 추운 날씨를 이겨내기 위해서이기도 했지만 투쟁 의지를 모아내려는 방책이었다. 광주 역시 족발집에서 가스버너를 하나 빌려 와 반원들과 불을 피우고 '오뎅탕과 동태탕'을 끓이며 파이팅을 외쳤다.

"질긴 놈이 이긴다! 이겨서 광명 찾자!"

소위원과 실천단원으로 활동하고 있던 광주의 목소리에 활기가 넘쳤다. 늘 중간이나 멀리서 뒷짐 진 채 바라만 보다가 투쟁의 한가운데에서 마음이 동하는 대로 기분을 펼치자 홍이 넘쳤다. 집회 참가자들도 대열을 들락거리면서 뜨끈한 안주에 소주잔을 비워가며 구호를 멈추지 않았다.

"야, 재성아. 안주 좀 먹어가면서 술 마셔라."

서너 걸음 옆에서 재성이가 쭈그려 앉아 소주잔을 비우고 있는 것을 본 광주가 오뎅탕을 들고 갔다.

"추운데 뜨끈하게 국물 좀 마셔라."

"춥긴요, 열만 확확 올라오니더. 공장은 휴업으로 엄포나 까고 경찰 새끼들은 민노총 지도부가 있는 명동성당에 쳐들어간다고 하는데 저렇게 소리만 질러서 어디 이기겠능교? 중공업 놈들은 무분규한다고 오백 명도 안 나오고, 다른 노조들도 빌빌거리니 답답해 미치것소."

정재성은 파업 대오를 흘겨봤다. 까만 동공보다 유난히 흰자위가 많은 그의 눈빛이 날선 칼날같이 희번덕거렸다.

"재성아, 니놈이 경찰서 앞에 가서 딱 서 있어라. 그 새끼들 니 눈빛 보면 다들 기겁하고 도망갈 끼라. 흐흐, 니놈 눈빛은 귀신도 놀라서 달아날 거고마. 나도 적응이 안 된다, 적응이."

"행님요, 쪼매 있다가 정리해고 들어오면 우린 다 죽는다 아닙니꺼. 봉수 잊었능교? 누가 봉수를 분신하게 만들었능교? 자본가 편만 드는 정부 개새끼들, 쑤셔 죽여도 시원치 않을 새끼들이니더."

"그려, 봉수는 그놈들이 죽인 거지. 갸가 죽은 지 벌써 일년이나 지났다니 믿기지 않구만. 어쩌거나, 그놈 희생이 없었다면 우리가 지금 이렇게 싸우지도 못했을 거다. 염병, 연대안 한다는 이영복이 또 당선됐을 거고, 우린 그놈 밑에서 속만 박박 긁어대고 있었겠지. 그나저나 이영복이 그 자식, 하청업체 하나 얻어가지고 퇴사했다며?"

"행님, 이영복 얘기 꺼내지도 마소. 회사가 뭣 때문에 그놈에게 하청업체를 떡 하니 떼 줬겠능교? 위원장 하면서 얼마나 회사와 짜고 치는 고스톱을 쳤겠냔 말인교. 그놈은 우릴 팔아먹은 놈요. 이름만 들어도 치가 떨리고 소름이 끼치니더. 그런 놈을 두 번이나 위원장으로 뽑은 우리도 빙신이구요. 봉수 때문에 미친 정신들이 조금은 돌아왔지만 아직 멀었니더. 정리해고로 모가지 뎅강 잘리면 정신 번쩍 나겠지만 그땐 이미 다 끝난 겁니더. 죽을 각오로 싸우지 않으면 안 된단 말이니더."

태화강 물이 푸른빛으로 서늘하게 흐르고 있었다. 악법을 철폐하라는 3만여 명의 구호가 강물 위에서 넘실거렸다. 불만과 분노로 똘똘 뭉쳐진, 고목나무의 옹이 같은 표정으로 재성은 들고 있던 술잔을 비웠다.

"그래, 죽이지 않으면 죽는다는 심정으로 싸워보자, 염병할! 아무튼 술 너무 많이 먹지 마라. 정민이 말 들으니 전국적으로 노조들 힘이 빠져나가고 있는 것 같더라. 우리라도 끈질기게 붙어 있어야지 않겄냐? 힘내!"

　현대자동차 조합원의 파업 참여율이 계속 오르고 노조의 기세도 올라와 있었지만 조직력이 약한 다른 노조들의 동력은 떨어지기 시작했다. 민주노총은 어려운 상황을 고려해 생산과 파업을 반복해가는 부분 파업 전술을 택했다. 민주노총의 지침을 따르지 않을 수 없어 자동차 공장도 부분 파업으로 돌렸지만 현장 민주파들과 노동자들은 비판의 목소리를 높였다. 광주 역시 자동차 노조의 힘이 한참 올라가는 과정에서 전술이 바뀌자 의아해했다.

　"정민이, 이거 뭔가 잘못돼가는 거 아냐?"

　"심각하기는 하네요. 파업은 투쟁 수위를 낮췄다가 다시 끌어올리는 게 거의 불가능하거든요. 그만큼 민주노총 산하 조직들의 동력이 떨어졌다는 얘기겠지만 지금은 우리가 공세를 퍼부을 때거든요. 우리가 수세로 돌아서면 회사와 공권력은 적극적인 공세를 펼칠 겁니다."

　"그렇지, 맞는 말이여. 염병, 기세가 올랐을 때 끝까지 밀어붙여야지. 이거 큰일 났구먼."

　정민의 말처럼 보수언론들은 노동자들이 '조업재개'를 했다고 대대적인 선전을 해댔다. 자동차 공장 관리자들 역시 조장, 반장과 하청 인력을 동원해 기계 청소를 시키면서 그 장면을 사진으로 찍었다. 사진은 곧바로 작업을 재개했다는 신문 기사 장식물로 변해 조합원의 투쟁력을 꺾으려고 했다.

　지도부는 고민이 깊어졌다. 부분 파업으로 전술을 바꾸자 울산 지역 투쟁력도 심각하게 떨어졌다. 5일 후에는 한국노총이 파업에 가세하겠다는 날이었다. 그때까지 동력을 떨어트리지 않고 가야 하는데 울산 지역 다른 노조들이 얼마나 버틸지 염려스러웠다.

공권력도 적극적으로 탄압에 나섰다. 경찰은 민주노총 지도부 일곱 명에 대한 사전구속영장을 발부해 민주노총 사무실을 압수수색 했다. 1월 10일, '날치기 정권 규탄의 날'에는 206개의 노조가 경찰과 충돌을 빚으며 전국이 최루가스로 뒤덮였다. 울산 태화강에 모인 2만여 명의 노동자와 시민들도 시청으로 행진하면서 경찰과 대치했다.

경찰들은 태화로터리에서 진을 치고 행진을 막았다. 만장을 흔들던 노동자들은 평화 행진을 막지 말라고 소리쳤다. 풍물패의 사물놀이 소리가 건물들 사이로 퍼져나가고 전경과 대치하고 있던 선두 그룹이 멈췄던 발걸음을 옮길 때, 최루탄이 불을 뿜고 허공으로 날아올랐다. 더 이상 행진을 허락하지 않겠다는 경고성 최루탄이 경찰과 시위자들 사이로 떨어져 뿌연 연기를 피어 올렸다.

성난 시위자들 중에 몇몇이 옆으로 나가 보도블록을 깨트렸다. 지도부의 지시에 따라 '폭력경찰 물러가라!'라는 함성이 맹렬하게 솟구칠 때였다. 최루탄 연기가 서서히 가라앉을 무렵 제일 선두에 있던 한 노동자가 페트병 속의 휘발유를 자신의 머리 위에 콸콸 부은 뒤 라이터를 켰다. 순식간에 그의 몸이 벌건 불길로 치솟자 주변의 노동자들이 비명을 지르며 옆으로 물러섰다.

"노동악법 철폐하라!"

사람 키보다 두세 배 높은 불꽃이 화르르 솟아올랐다. 그는 불길을 매단 채 경찰들을 향해 두어 걸음 걷다가 그대로 쓰러졌다. 노동자들이 옷을 벗어 불을 끄면서 소화기를 외쳤고 몇몇이 경찰에게 달려가 그들이 갖고 있던 소화기를 빼앗아 왔다. 소화기를 뿌려 불을 껐지만 쓰러진 노동자는 움직일 줄 몰랐다.

"119 불러! 119!"

누군가가 울부짖었다. 그 사이 몇몇 노동자가 가위를 들고 와서 불타버린 노동자의 옷을 조심스럽게 잘라냈다.

"정재성이다! 정재성이야!"

정재성의 이름이 노동자들의 입을 통해 빠르게 집회 참가자들에게 퍼져나갔다. 그 이름을 들은 광주와 정민은 사람들을 헤치고 앞으로 달려갔다. 구급차 사이렌 소리가 위태롭게 다가오고 있었다.

"재성아, 재성아!"

정민이 재성의 얼굴을 확인하고 이름을 불렀지만 재성은 눈을 감은 채 숨만 힘겹게 헐떡거렸다. 광주가 정민의 옆에서 눈물을 글썽였지만 무엇을 어찌해야 좋을지 몰랐다. 얼굴을 아스팔트에 파묻고 있는 재성의 뺨에는 허물 벗은 뱀 같은 불줄기가 벌겋게 그려져 있었고 듬성듬성 타버린 작업복 사이로 기포가 올라오고 있는 팔과 다리 살이 보였다. 살갗을 태운 역한 냄새가 주변을 진동했다.

구급대원들이 달려와 재성을 차에 실었다. 추모사업회 사무국장으로 있던 정민이 동승했다. 광주는 사이렌을 울리며 달려가는 차를 보며 넋을 뺐다. 이틀 전에 그와 나눴던 얘기들이 머리카락을 쭈뼛 세웠다. 염병할! 그는 이틀 전 그 자리를 후회했다. 그의 말에 맞장구치고 투쟁을 독려한 것이 목에 가시처럼 걸렸다.

구급차가 떠나자 시위대는 '폭력 경찰, 살인 경찰 물러가라!'를 외치며 전경들에게 달려들었다. 광주는 시위 물결에서 비켜 나와 연신 담배를 피워댔다. 봉수도 재성이도 모두 같은 공장 동료였다. 재성이가 쓰러진 모습을 보자 예전 봉수의 상황을 보는 듯해서 마음이 황망했다. 살갗 타는 냄새가 몸속에 남은 듯 역겹게 속을 울렁거리게 했다. 노동자의 나아지지 않는 현실이 암울하게 느껴져 광주는 돌을 집어 들었다.

정재성의 분신 소식은 전국의 노동자들에게 빠르게 퍼져나갔다. 다음 날 정재성의 쾌유를 바라는 울산 집회에서 노동자들이 면장갑을 끼고 마스크를 쓴 채 결연한 의지를 드러내자 정권은 공권력 투입이 더 큰 화를 불러올 수 있다고 판단하고 뒤로 물러섰다.

1월 15일, 전국이 연일 정재성의 쾌유를 바라는 투쟁으로 들끓었다. 전국 투쟁의 날에는 35만여 명이 노동법 개정 투쟁에 나섰고, 울산에서는 한국노총까지 가세하면서 최대 인원이 태화강 고수부지를 메웠다. 하지만 민주노총 지도부는 며칠이 지나자 투쟁력이 점점 힘을 잃어간다는 판단 아래 1월 22일부터 '부분파업'에서 수요일만 파업하는 '수요파업'으로 후퇴 전술을 썼다. 그러자 회사는 노동자들에게 자동차 공장에서는 정리해고가 없다며 적극적으로 회유하고 나섰다.

자동차 공장 집행부와 현장 민주파에서도 갈등이 심화됐다. 그 모습은 민주노총에서 벌어지고 있는 국민파와 현장파의 논쟁과 비슷했다. 집행부는 싸움의 완급을 조절하는 건 당연하다고 하면서 김영삼 정권도 후퇴하고 있으니 상황을 보면서 투쟁 수위를 조절하자고 했다. 현장 민주파들은 여전히 투쟁력이 상승세라면서 끝까지 밀어붙여 이기는 싸움으로 나아가야 한다고 했다.

그런 와중에서 노동자들의 저항에 밀린 김영삼 정권은 여야 영수회담을 통해 법안 자체를 임시국회에서 다시 논의하기로 합의했다. 민주노총은 임시국회와 맞물려 싸움을 펼치고 대선과도 연계해 투쟁한다는 방침은 세웠지만 이후 투쟁의 진로를 명확히 설정하지 못하고 있었다.

정치권과 상급 단체만 바라보던 노조들이 속속 투쟁을 접었다. 울산도, 노동법 개정 투쟁을 일사불란하게 이끌어왔던 현대자동차도 집회 참여 인원이 썰물 빠지듯 줄어들었다. 결국 민주노총은 수요 파업도 철회하고 임시국회 때 총파업을 하기로 결정했다. 2월 28일, 임시국회를 앞두고 민주노총은 총파업을 통해 '민주적 노동법 개정 촉구 조합원 결의대회'를 열어 노동악법 철폐를 주장했다. 자동차 공장 본관에서도 대회를 열었으나 투쟁의 열기가 식어버린 집회에는 5천여 명만이 참여했다.

민주노총 간부들도, 전국의 노동자들도 임시국회에만 촉각을 세웠다. 정치권이 노동자들을 위해 좀 더 나은 법을 만들어주기를 기대했지만 바람은 바람으로 끝나버렸다. 이미

여대야소가 돼버린 국회에게, 자본과 밀접하게 연관돼 있는 정치권에게 노동자들을 위한 법안을 기대한 것이 애초부터 어불성설이었던 것이다.

결과는 참혹했다. 2년이라는 유예기간을 뒀지만 정리해고제가 관철됐고 변형 근로와 근로자 파견이 가능하게 됐으며 노조 전임자 급여 금지와 '무노동 무임금'으로 파업권까지 제한받았다. 신한국당이 날치기 시킨 법안과 특별하게 다르지 않았다.

노동법 개정 투쟁이 허무하게 끝나자 현장의 갈등은 더욱 첨예화됐다. 그들은 임투와 다가올 위원장 선거를 놓고 날카로운 각을 세웠다.

"목숨 내걸고 싸운 결과가 이 모양이라니, 염병할! 복수노조 허용과 노조 정치 참여, 제3자 개입이 그렇게 중요한가?"

서울 강남성심병원에 입원해 있는 정재성을 보고 온 광주는 정민에게 울화를 터트렸다.

"그것들은 시간이 지나면 인정받게 돼 있는 법들입니다. 제3자 개입 금지는 우리가 처음 노조를 만들 때, 외부의 도움을 못 받게 하려고 만든 법인데 이제 와서 무슨 소용이 있나요? 누구의 도움도 필요하지 않을 정도로 노조에 대해 알 건 다 알고 있는데 말입니다. 복수노조도 민주노총 합법성 때문에 주장한 건데 이제는 정부가 민주노총과 대화에 나서려고 하잖아요. 대화 상대로 인정한다는 것은 이미 합법을 인정한 것과 마찬가지죠. 노조의 정치 참여도 그렇습니다. 많은 국가가 이미 다 보장하고 있는 법을 우리 정부만 무작정 막을 수는 없는 거거든요. 우리가 보장받고 허용받게 되었다는 것들이 별 의미가 없는 것들이죠."

"요즘 정치하는 놈들은 모두 똥통에 처박아 죽일 놈의 새끼들여! 그런 놈들에게 나라를 맡기고 같이 살아야 한다니, 염병할! 그나저나 재성이가 살아나서 다행이지만 깝깝하네. 얼굴과 몸이 저 지경이 됐으니 어찌 살까 심히 걱정돼. 세상 참 더럽고, 더러워."

"주변에서 관심을 갖고 지켜줘야겠죠. 저도 답답하네요. 세상이 갈수록 더 나빠지는 거 같습니다. 밝은 세상 보기가 이렇게 어려운 것인지…."

정민이 여운처럼 남긴 한탄스런 말처럼 물가는 치솟고 국민들의 삶은 피폐해져가고 있었다. 경제위기설이 불안스럽게 떠도는 가운데 당진에 제철소를 짓는다며 정치권과 금융계에 로비를 벌여 5조7천억 원을 불법으로 대출받은 한보그룹 회장 정태수가 재판을 받고 구속됐다.

정태수는 김영삼 정권 초기에도 수서 택지 사건에 연루된 악덕 기업주였다. 그는 대출받은 돈에서 일부 2천억 원만 사용하고 나머지 사용액은 출처조차 밝히지 않았다. 비난의 소리가 들끓었다. 그 비리 뒤에 정치판과 경제판을 무소불위의 권력으로 주물러 황태자라는 별칭까지 얻은 김영삼의 아들 김현철이 있었기에 국민의 분노는 더욱 컸다. 금융 비리가 불거지자 부실기업들이 분식회계로 은행 돈을 빼다 쓴 것이 드러나면서 줄줄이 부도로 무너져 내렸다. 부정부패로 얼룩진 정부가 국민들을 도탄에 빠트리며 외환위기에 대한 공포를 불러왔다.

기업의 붕괴와 더불어 많은 노동자들이 거리로 나앉았다. 공장이 가동되고 있던 기업에도 구조조정과 정리해고라는 말들이 현장 깊숙이 떠돌아다니면서 노동자들의 가슴을 철렁 내려앉게 만들었다.

1997년 9월, 현대자동차 7대 위원장 선거가 다가왔다. 노동법 반대 투쟁을 어떤 곳보다 잘해왔지만 정치권의 야합으로 별로 얻은 것이 없었다고 판단한 현장 조합원들은 해고가 들어올 때 강력한 투쟁으로 나서줄 위원장을 갈구했다. 조합원들은 양봉수와 함께 텐트 농성에 적극적이었던 김정식을 위원장으로 선출했다. 김정식은 정리해고 철폐를 통해 평생직장을 만들겠다고 단언하며 투쟁을 외쳤다.

12월 3일, 우려했던 경제 위기가 현실로 드러났다. 한국의 경제는 기초 체력이 튼튼해 외화 유동성에 문제가 없다고 했던 김영삼 정권이 외환위기를 인정하며 국민 앞에 머리를 숙였다. 당당하고 권위적이었던 그들은 초라한 몰골로 국제통화기금(IMF)을 비롯한 세계은행 등에 구제의 손길을 뻗었다. 달러를 빌려오는 대가는 혹독했다. IMF는 시장 개방 확대는 물론 기업과 금융의 구조조정에 대해서도 미국의 입장을 담은 경제적 대수술을 요구했다. 다급해진 우리 정부는 그들의 지시를 모두 수용하면서 국가는 혼돈 상태로 빠져버렸다.

제15대 대통령 선거는 김대중의 승리로 끝났다. 경제 위기를 보고만 있을 수 없었던 김대중은 당선인 자격으로 김영삼을 만나 '비상경제대책위원회'를 만들었다. 그는 위원회를 통해 일차적으로 은행 간 인수 합병을 할 때 정리해고가 가능하도록 합의하고 이듬해 1월 15일에는 노사정위원회를 꾸렸다. 노동자 대표, 기업 대표, 정부 대표 동수로 구성된 그들은 2월 8일 정리해고와 파견근로제를 확대하는 합의를 이끌어냈다.

노동계가 발칵 뒤집혔다. 정부와 기업의 입장이 다르지 않는 상황에서 '노사정 동수'라는 건 애초부터 어불성설이라며 민주노총 대의원들은 합의를 전면 거부했다. 지탄의 소리가 걷잡을 수 없이 계속되자 민주노총 직무 대행을 했던 배석범 지도부가 일괄 사퇴했다. 대의원들은 긴급하게 단병호를 비상대책위원장으로 뽑아 정부에 맞섰다.

김대중 정부는 이미 김영삼 전 정권과 합의를 봤기 때문에 법 개정에 서둘렀다. 신한국당과 새정치국민회의 국회의원들도 2월 14일, 근로기준법 19개 안을 신속하게 통과시켰다. 노동유연화 정책에 입각해 정리해고와 파견근로제의 법적 기반을 마련한 김대중 정권은 기업의 구조조정에 박차를 가했다.

"염병, 이제 목을 치러 들어오겠구먼. 어떡해야 돼?"

휴식 시간에 신문을 보던 광주가 경태에게 물었다.

"노조에서 협상안 안 만들겠능교? 협상안 가꼬 협상하다 안 들아주마 싸우는 수밖에 더 있겠능교?"

"법으로까지 다 보장해줬는데 싸워서 이길 성싶냐?"

"그람 나가라카면, 오야 내 나간다 하고 나가실 낍니꺼?"

"허, 그렇게는 안 되지. 갈 데가 있어야 갈 거 아닌가, 염병할!"

휴게실에 노동자들이 모이기만 하면 정리해고에 대한 걱정을 토로했다. 회사가 대선이 있기 전해 11월 즈음에 '1998년 인력 관리 운영 계획'을 발표했었기에 더욱 걱정들이 컸다. 자동차 공장에서만은 정리해고가 없을 거라던 회사는 1998년도에 총 3001명의 여유 인원을 정리할 계획이라면서 곧장 하청 노동자 1800여 명을 쫓아내며 자신들의 의지를 분명하게 드러냈다.

그때 노조는 '단협 사수, 고용 안정, 민중 생존권 사수를 위한 중앙비상대책위원회'를 설치하고 쟁의행위를 결의했지만 역부족이었다. 그러다가 정리해고와 근로자파견법이 통과되면서 회사는 거칠 것 없이 정리해고의 수순을 밟아나갔다. 전 공장에 걸쳐 잔업이 축소되고 일방적인 작업 배치 전환과 집단 순환 휴가를 실시했다.

노조는 순환 휴가를 받아들이면서 '고용안정노사위원회'를 출범시켰으나 회사는 노조에 알리지도 않고 4월 초, 조선일보에 생산직 9200명, 과장급 이상 300명 감원 예정 기사를 발표했다. 전년도 11월에 발표한 숫자보다 3배나 많은 숫자였다. 4월 들어 승용2공장 아토스 라인을 제외한 모든 라인에서 야간작업이 중단되자 조합원들은 해고라는 말만 들어도 깜짝깜짝 놀라는 강박증에 시달렸다.

마침내 4월 16일, 회사는 노조와 협의 없이 희망퇴직자 모집 공고를 발표했다. 노조는 즉각 기자회견을 열어 주당 38시간으로 근무시간 단축, 주간 연속 2교대제로 근무 형태 변경, 배치 전환으로 일자리 나누기를 제안했다. 회사는 노조의 제안을 묵살하고 일주일 동안 1차 희망퇴직자 모집에 들어간다고 언론을 통해 재차 입장을 공고히 했다. 회사가 불도저처럼 밀어붙이는 정리해고가 현실로 드러나자 현장은 뒤숭숭해졌다. 울산 경제의 한 축을 이루고 있던 현대자동차에 관한 소식은 자동차 공장 협력업체와 시장 골목, 주택가, 상가를 차갑게 얼어붙게 했다.

"어떡할 건데?"

밤 열 시가 넘어서 소주 한 병과 맥주 한 병을 사들고 들어온 광주는 김치를 꺼내 놓고 술을 마셨다. 아내 미경은 광주가 술 마시는 자리에 슬그머니 다가와 앉았다.

"뭐가 궁금한데?"

"희망퇴직자 모집한다며? 동네 아줌마들 난리 났어."

"연병할, 소식 한번 빠르군."

맥주에 소주를 타서 잔을 비운 광주는 까칠하게 돋아난 수염을 쓰다듬었다. 공장에서 하루 종일 떠돌아다니던 소리들이 묵직하게 가슴을 누르자 한숨을 내쉬었다.

"아지매들이 뭐라고 난리치던데?"

"나이 든 분들은 회사가 잘못되면 퇴직금 못 받을 거라고 걱정들 하데."

"지랄들 하고 있네. 현대가 무너지면 이 나라가 무너지는 거야, 이 사람들아. 아지매들이 하는 소리가 회사가 퍼트리는 소리란 말이여. 아주 똑같구만, 똑같아. 회사 부장놈이 하는 말과 나이 든 조합원들이 하는 말이 어찌 그리 똑같은지. 참말로 무식한 게 죄다, 죄."

"오빠가 어떻게 알아? 텔레비전 보면 매일 부도다, 자살했다, 그런 소리만 나오는데 이놈의 공장만 안 그런다고 누가 그래? 오빠 어떡할 건데?"

"뭘 어떡해, 해고 못 시키게 막아야지."

"하이고, 무슨 수로 그걸 막는대? 다들 나라가 어렵다고 금까지 모았잖아. 나라가 살려면 해고도 어쩔 수 없다는 판인데, 무슨 수로 막는다고 또 그래?"

아내의 말에 광주의 눈에 쌍심지가 돋았다. 그는 아내를 흘겨보다가 술을 따랐다.

"가서 자라, 속 뒤집어놓지 말고. 얼른 안 가나?"

"잘못하면 우리도 죽을 판인데 잠이 와? 퇴직금도 못 받고 쫓겨나면 어떡하려고 그래? 제발 노조 일 좀 하지 마. 회사에 밉보여서 좋을 거 없잖아, 안 그래?"

"콱, 가서 자라 그랬다. 니가 뭘 안다고 깝죽대는데? 야, 이 사람아. 내가 쫓겨나면 어디로 가나? 내가 하는 일이 뭔지 알아? 난 자동차 만드는 기술자가 아냐. 그냥 부품만 자동차에 붙여 넣는 단순 조립공이라고. 아무런 기술도 없는 내가 어디 갈 거고? 퇴직금 몇 푼 받아서 다 까먹고 나면 어찌 살 건데? 공사판에 나가랴? 이 사람아, 요즘은 공사판 일자리도 없어. 그리고 나라를 이 꼴로 만들어놓은 놈들이 누군데 왜 내가 엿 먹어야 하는 건데? 왜 그 새끼들 때문에 십 년을 넘게 몸 바쳤던 공장에서 쫓겨나야 하는 건데?"

"지금 그런 거 따질 때야? 당장 퇴직금도 못 받게 되면 어쩔 거냐고?"

"염병, 전쟁 나면 제일 먼저 도망갈 인간이 여기 있구만. 아무리 나이가 어려도 세상 이치는 알고 살아라. 혼자만 살겠다고 잔머리를 굴려대면 다 죽는 거야, 이 밴댕이 소갈딱지 여편네야. 어여, 들어가 자라. 무슨 일이 있어도 너 굶기지 않고 개벽이 학교 잘 다니게 해줄 테니까. 어허, 더 이상 떠들지 말고 들어가라니까 큰소리 터지기 전에."

아내가 다시 입을 열려고 하자 광주가 말을 막고 노려봤다. 미경은 광주의 기세에 눌려 일어났지만 앙칼지게 한마디 내뱉고 돌아섰다.

"큰소리 얼마든지 쳐도 좋아. 하지만 방금 한 말은 반드시 책임져야 할 거야. 난 밥 굶는 건 못 참으니까!"

"누가 밥 굶긴다고 지랄이야, 얼른 못 들어가?"

아내가 방으로 들어가자 광주는 화를 삭이듯 술을 마시다 피식 웃었다. 곧 죽어도 성깔 한 자락 깔고 넘어가는 아내의 모습이 처음 그녀를 만난 때를 떠올리게 했다. 철부지 같았던 미경과 살아온 세월도 어느덧 십이 년이 흘렀다. 그녀 말대로 잘살지는 못해도 힘겨운 삶을 쥐어주고 싶지 않았다.

아내의 불안처럼 조합원들의 갈등을 노조는 해소해주지 못했다. 각 공장마다 부장들은 조장, 반장들을 모아 나이 든 사람들부터 희망퇴직할 수 있도록 유도하라고 지시했다. 그들은 작업장에서 또는 사무실로 불러 나이 든 사람들을 계속 위협했다. 현장엔 퇴직금도 못 받게 되는 날이 올 거라는 소문이 파다했다. 결국 회사의 의도대로 2천여 명의 희망퇴직자가 발생했다.

노조는 조합원들의 단결을 위해 '일자리 지키기 걷기대회

및 조합원 가족 한마당'을 열었다. 2만여 명의 조합원들과 가족들이 태화강 둔치까지 행진하며 정리해고 반대를 외쳤다. 하지만 자동차 공장의 정리해고는 신속하게 이어졌다. 노조는 결국 노사협의회에 참가해 근로시간 단축과 근무시간 변경으로 일자리를 나누자고 다시 한 번 제안했지만 5월 14일, 회사가 제2차 희망퇴직을 실시해 또다시 1천5백여 명이 공장을 떠났다.

5월 19일, 노조는 '일방적인 대량 해고 방침을 철회하라!'며 기자회견을 하고 임시 대의원대회를 통해 만장일치로 쟁의 발생을 결의했다. 민주노총 역시 이틀 동안 총파업을 단행했다. 정리해고제와 근로자파견제를 철회하라고 시위하며 철회가 안 될 시에는 6·10항쟁 기념일을 기해 전면적인 총파업에 들어가겠다고 선언했다.

자동차 공장에서도 민주노총 지침에 따라 2만여 명이 수천 대의 오토바이를 앞세우고 태화강 둔치까지 행진하며 민주노총 지역 집회에 참가했다. 조합원들의 투쟁 의지를 확인한 비상대책위원회는 민주노총이 노사정위원회에 다시 들어간다고 해도 현대자동차는 절대 총파업 투쟁을 포기하지 않겠다는 비장한 결의를 조합원들에게 밝혔다. 노사정위원회 참여를 놓고 민주노총이 내부 논쟁을 벌이고 있던 것을 비판한 선언이었다.

우려했던 대로 며칠 지나지 않아서 민주노총은 6월 10일 총파업을 철회하고 노사정위원회로 들어갔다. 그러자 투쟁을 진행하고 있던 몇몇 노동조합이 파업을 접었다. 암담한 시간

의 외줄 위에서 현대자동차 노조의 정리해고 반대 투쟁은 총
자본과 공권력에 맞선 단위사업장 투쟁으로 점점 내몰렸다.

"결국 올 것이 왔네요."

"염병, 우리보고 대가리 처박고 죽으라는 소리구만. 민주
노총이 이렇게도 힘이 없나?"

이정민의 말에 광주가 볼멘소리를 냈다.

"만들어진 지 얼마 안 됐잖아요. 노조 조직률이 10프로도
안 되고 산별노조 틀도 모양만 갖춘 꼴이니 무슨 힘이 있겠어
요. 그래서 노동자의 정치세력화가 중요하다는 겁니다. 기존
의 정치 세력들이 노동자들을 위한 법을 만들어줄 리가 없으
니까요. 이번 정리해고를 보세요. 그냥 기업에게 칼자루를 쥐
어준 겁니다. 너희들 마음대로 칼질하라고 말입니다. 유럽은
정리해고에 대해 엄격합니다. 노동자들의 의식도 뛰어나서 정
말 정리해고가 필요한지부터 노사가 모든 경영 상태를 펼쳐놓
고 같이 보니까요. 정부 역시 기업의 일방적인 횡포를 절대 눈
감아주지 않습니다. 그런 해법을 김대중이 노사정위원회에서
찾아보자고 했지만 우리나라 같은 정치, 경제 풍토에서는 애
초부터 가능하지 않은 이야기죠. 노사정위원회는 국민과 노
동자들을 달래기 위한 면피용입니다. 투쟁의 중심을 세우지
못한 민주노총은 힘까지 없으니까 질질 끌려가는 거구요. 아
무튼 이번 정리해고 싸움을 제대로 해내지 못한다면 노조의
앞날이 캄캄해질 것 같습니다. 지금 현장 분위기를 보세요."

"그려. 요즘 공장 돌아가는 꼴 보면 암담하다. 다들 살기
를 내뿜고 다녀. 정리해고만 시키면 다 죽여버리겠다는 눈빛

들이라니까."

광주의 말대로 현장 분위기는 싸늘했다. 해고자가 되지 않으려는 경계심이 동료들 사이의 대화에도 뾰족한 나사못처럼 박혀 있어 뜻하지 않은 말이 왜곡돼 자주 다툼이 일어났다. 나이든 노동자일수록 조장, 반장들과 더욱 가깝게 지내려고 과일 선물 따위를 보낸다는 소문도 돌았다. 노동자들은 관리자들을 노려보다가도 막상 마주 보면 친근한 눈빛을 보내며 해고자 명단에 자신들이 올라가는 것을 두려워했다.

회사는 지방선거가 끝나면 본격적으로 정리해고가 시작된다는 소문을 흘렸다. 일찌감치 희망퇴직을 신청하지 않으면 퇴직금도 못 받게 될지 모른다는 것이었다. 부장과 차장들은 모든 부서원을 모아놓고 희망퇴직 설명회를 하거나 개별 면담을 지속적으로 되풀이하면서 퇴직을 강요했고 조장, 반장들은 술을 사면서 회유를 했다. 2차 희망퇴직을 실시한 뒤 한 달쯤 후 회사는 다시 3차 희망퇴직을 강행했다. 회사는 희망퇴직을 진행하는 동안 정리해고는 하지 않겠다고 했다. 10년 이상 회사를 다닌 사람은 위로금으로 12개월치 월급을 지급하고 5~10년까지는 11개월치, 5년 미만은 10개월치를 지급하겠다고 했다. 비상대책위는 회사 측의 제시안이 부족하다고 반발했지만 노조 집행부는 합의하고 말았다.

조합원들의 불만이 쏟아져 나왔다. 현장 민주파 내부에서도 잡음이 터져 나왔다. 어떤 조직들은 정리해고를 무조건 반대만 할 수 없으니 일정 선에서 양보해주고 끝낼 수 있는 다른 방법을 찾자고 했다. 또 다른 조직은 결국 회사의 방침을 수용할 수밖에 없다며 손을 놓았다. 현장파들은 그들을 비판하며 끝까지 투쟁으로 막아내야 한다고 위원장을 압박했다. 위원장은 모두의 요구를 받아들일 수 없었다. 그는 모든 조합원들의 중심에서 객관적이고 공정한 해법을 찾고 싶었지만 사방이 어두운 철벽처럼 가로막혀 어디로 뚫고 나가야 할지 암담해했다.

회사는 더욱 공격적으로 치고 나왔다. 3차 희망퇴직 모집이 끝난 다음 날인 6월 30일, 정리해고를 하겠다는 서류를 노동부에 기습적으로 접수했다. 회사는 4830명을 정리해고 하겠다고 발표하면서 단서를 추가했다. 22% 임금 삭감이 이루어지지 않으면 추가로 6842명을 더 해고시키겠다는 시퍼런 칼날을 노동자들의 턱밑까지 바짝 들이댔다.

노조는 즉각 정리해고 중단하라며 경고성 파업을 두 차례 걸쳐서 진행했다. 회사는 상관하지 않았다. 그들은 노조의 행동을 무력화하기 위해 부분적으로 정리해고자 명단을 발표하면서 4차 희망퇴직을 노골적으로 유도했다.

전 공장에서 들끓는 분노를 대변하듯 공동소위원회에서 성명서를 발표했다. 그들은 협상용 시한부 파업은 조합원의 분열만 가져올 것이라며 즉각적인 총파업 투쟁을 주장했다. 위원장은 현장의 분위기를 읽으면서 깊은 고민에 빠졌다. 현장 조직의 조직원으로서 집행부를 바라보던 것과 노조를 운영하면서 현장 조직과 조합원을 바라보는 입장이 너무도 다르게 다가왔다. 민주노총까지 노사정위원회로 들어가자 총파업 투쟁으로 정리해고를 막아낸다는 것이 가능하지 않을 것 같아 극한 스트레스에 시달렸다.

위원장은 마지막까지 협상을 통해 문제를 해결하고 싶었다. 그는 대의원 간담회에서 교섭 내용에 관한 일체를 위임받고 조합원들과 민주파들에게 지탄을 받으면서도 비굴할 만큼 내놓을 수 있는 모든 것을 회사에 내놓았지만 회사 대표들은 거들떠도 보지 않고 살생부를 뒤적거렸다. 노조로부터 제안을 받은 다음 날, 회사는 3일 연휴 기간을 앞두고 노란 봉투를 조합원들에게 보냈다. 봉투 안에 들어 있는 서류에는 정리해고 대상자들의 이름이 선명하게 박혀 있었다.

즐거워야 할 휴가가 절망의 휴가로 뒤바뀌었다. 봉투를 받은 집들은 초상난 집처럼 아비규환에 휩싸였다. 휴가가 끝나고 회사에 출근한 정리해고 대상자들의 분노가 통제하기 어려울 정도로 폭발했다. 그들 중 일부는 반장 책상에 칼을 꽂았고, 생산된 차에 페인트를 뿌리며 집기들을 부수기도 했다. 도장부에서는 작업장 도처에 놓여 있는 시너를 끌어안고 분신하겠다는 몸부림이 계속 이어졌다. 현장이 공포의 분위기로 변하자 부장과 차장들조차 슬금슬금 피해 다녔지만 그들은 정리해고자들이 자발적으로 공장 문을 나서도록 5차 희망퇴직을 또다시 감행했다. 노조사수대는 즉각 '사생결단'이라는 선전물을 통해 집행부를 성토했다.

"지금이라도 늦지 않았다. 이제 2678명의 정리해고 명단이 통보되고, 9백 명이 2년 동안 무급휴직자라는 실질적인 정리해고 통보를 받았다. 만약 여기서도 노조가 머뭇거린다면 노조를 불신하게 되고 정리해고에 대한 조합원의 분노가 노동조합으로 향할 것이라는 걸 명심해야 한다."

7월 21일, 긴급 노사협상 테이블을 만들어 노조는 회사의 일방적이고 기습적인 행위를 지적하며 노조의 안을 받아줄 것을 재차 요구했지만 단호히 거절당했다. 회사는 완강했다. 결국 노사협의는 한 시간 만에 중단되고 위원장은 무기한 총파업을 선언하며 '결사항전 결의대회'를 열었다. 만여 명이 모인 대회장에서 위원장과 집행 간부들은 준비해놓은 관을 옆에 놓고 삭발식을 거행했다. 조합원들은 지도부의 머리카락이 한 올도 남김없이 잘려 나가는 것을 침통하고도 비장한 마음으로 지켜보았다. 위원장은 잘린 머리카락을 관 속에 집어넣으며 외쳤다.

"내가 이 관에 묻히는 한이 있더라도 정리해고는 반드시 철회시키겠나!"

분노의 덩어리로 뭉친 결의대회장이 노동자들의 함성으로 치솟았다. 위원장의 관이 노동조합 옥상 위에 설치해놓은 철탑 망루에 안착되자 그들은 결사항쟁을 외쳤다. 이상구, 윤창호, 정기덕 전 위원장들도 45미터 공장 굴뚝으로 올라가 정리해고 철회를 외치면서 현대자동차의 투쟁의 불길은 걷잡을 수 없이 타올랐다.

뜨거운 아스콘을 뿌려놓은 것처럼 오후 내내 대기가 열기를 품고 찐득거렸다. 사막의 아지랑이처럼 옷 속으로 스며든 더위는 몸에 착 달라붙어 송충이처럼 꿈틀거렸나. 어둠이 짙어져 집회가 시작될 때도 끈적거리는 기운은 사람들 머리 위로 잔뜩 몰려 있었다. 어느 순간 바람도 한 점 없는 한여름의 뜨거운 열기를 견디지 못한 하늘이 갈라졌다. 거대한 강을 구름 위에 이고 있었던 것처럼 하늘의 둑이 무너지자 폭우가 쏟아졌다. 후두둑 빗방울 듣는 소리도 없이 장대비가 무섭게 지상으로 내리꽂혔다.

빗속에서도 조명은 꺼지지 않았고 북소리도 멈추지 않았다. 붉은 머리띠를 묶고 소복을 입은 여인이 불빛 내려앉은 무대 위에서 춤을 추고 있었다. 꺼질 듯이 지직거리는 화면처럼 굵은 빗방울이 긁어대는 허공 속에서 그녀는 하얀 다리처럼 길게 이어져 있는 광목을 두 손으로 움켜쥐고 있었다. 흰 광목 위에는 '정리해고 철폐'라는 붉은 글씨가 박혀 있었다. 요란하게 꽹과리 소리가 울리다가 딱 멈추자 그녀가 정리해고 철회를 외치며 칼날처럼 몸을 밀고 나아갔다. 광목이 쫙 갈라지자 집회장에 있던 5천여 명의 조합원들이 '정리해고 철회!'라고 맞받아 소리쳤다.

거센 빗줄기가 쌓여 발목까지 물이 차올랐지만 아무도 자리를 뜨지 않았다. 북소리는 더욱 힘찼고 조합원들의 구호 소리는 자신감으로 꽉 차 있었다. 그들은 빗줄기를 가르며 성난 팔뚝을 허공에 쭉쭉 내뻗었다.

환하게 불이 밝혀진 본관 건물 안에서 관리자들이 내다보고 있었다. 집회장 바로 앞 정문에서도 경비대원 수십 명이 지켜보고 있었다. 정문에서 공장으로 이어지는 길옆으로 농성자들의 하얀 텐트가 도열하듯 끝없이 이어져 있었다. 파업이 시작된 지 20일이 지나고 있었다.

이길 수 있다!

빗속에서 거대한 바위처럼 하나로 뭉쳐 있는 조합원들의 힘을 보며 광주는 쇠파이프를 움켜쥐었다. 물 폭탄이 하늘에서 떨어지고 있었지만 20여 일 동안 지쳤던 몸을 오히려 씻어 주는 것 같았다. 광주는 사수대 지대장 역할을 자처하고 지난 20여 일 동안 사수대장 김민식과 함께했던 정신없는 나날들을 떠올렸다.

파업이 시작되자 회사는 임시 휴업에 들어갔다. 5차 희망퇴직으로 현장을 떠난 노동자들이 이미 8천명이 훨씬 넘어섰다. 정리해고자 명단에 오른 조합원들은 '녹색사수대'로 몰려들었다. 파업이 시작된 지 사흘 후, 가족들까지 나섰다. 노동법 개정 투쟁에 참가한 적이 있던 노동자들의 아내들은 '두레' 모임을 통해 만나오다가 파업에 동참했다. 그녀들은 대부분 결혼한 시 얼마 지나지 않은 새댁들로 노동자 밀집 지역을 돌아다니며 파업에 동참을 독려했다. 250여 명 노동자의 아내들이 정문 앞 주차장에서 '정리해고 철폐'를 외쳤다.

두레 회원이었던 이영림이 가족대책위 대표를 맡았다. 열일곱 살 때부터 공장에서 노동운동을 한 그녀는 구로공단에서 노동조합을 이끌어본 경험이 있던 사람이었다. 평소에도 민주파 아내들과 교분을 갖고서 현대자동차 노조에 대해 관심을 기울이다가 1996년 노동법 개정 투쟁 때부터 본격적으로 노동자 아내들의 의식을 끌어올리는 노력을 해오고 있었다.

아이들의 손을 잡고 또는 아기를 포대기로 싸 업고 온 아내들은 하루 종일 정문 앞에서 농성을 멈추지 않았다. 그녀들 중 20여 명은 정문 앞 주차장에 텐트를 치고 정문 안의 농성자들과 생활을 같이했다. 영림도 있었고 정민의 아내도 텐트에서 숙식을 시작했다. 차들이 쌩쌩 달리고 있는 도로 옆에서는 무슨 일이 벌어졌는지 영문도 모르는 아이들이 뙤약볕에서 웃고 뛰어놀았다. 엄마들은 농성을 하다가도 도로 가에 있는 아이 눈에 띄면 사색이 돼서 황급히 달려갔다. 배가 고파 칭얼대는 아이를 위해 거리에서 양산으로 가린 채 새댁들은 젖을 물려야만 했다.

가족들은 노조의 도움을 받아 차량 선전 활동을 했다. 해고는 가정의 파괴라며 일방적인 회사의 정리해고 철회를 마이크를 통해 애타게 소리쳤다. 그들의 간절한 목소리에 대한 대답은 주택가마다 달랐다. 노동자 밀집 지역에서 사는 아내들은 물을 떠오고 간식거리를 갖고 나와 마음을 함께 나눴지만 관리자들이 사는 번듯한 아파트 단지에서는 시끄럽다고 문을 닫았다.

텐트에서의 숙식은 아이들에게 고통이었다. 밤이 되면 모기가 물어뜯고 더위를 견디지 못하는 아이들이 잠을 설치며 짜증을 내고 울어댔다. 비가 자주 내리던 때라 축축해진 은박지 깔판에서 올라오는 독성도 문제였다. 어느 날 한 아이가 온몸을 떨며 마비 증상을 보이자 응급실로 달려가기도 했다. 크고 작은 불안 속에서 아이들이 도로 옆에서 노는 것을 염려하던 집행부가 가족들을 정문 안으로 불러들였다. 용역 경비 30여 명이 가족들을 막으면서 몸싸움이 벌어져 새댁들 10여 명이 부상을 당하기도 했다. 정문을 뚫고 힘겹게 공장 안으로 들어섰지만 그네들은 눈물을 흘렸다. 몸이 아픈 것이

아니라 자신들의 처지가 서러웠고 남편들이 가여워서였다. 서
러운 시간이 흐르면서 그녀들의 마음밭에 분노 말고는 아무
것도 자랄 수 없는 서릿발 같은 독기가 들어찼다.

현장 안은 통제가 어려울 정도로 혼란스러웠다. 괴로운 마
음을 어쩌지 못하고 술을 찾는 정리해고 대상자들이 많았다.
술에 취해 칼을 들고 조장이나 반장의 집까지 찾아가 난동을
피우는 사람도 있었고 심지어는 도끼를 들고 본관으로 달려
가는 사람들도 있었다.

그런 위태로운 상황이 벌어질 때마다 광주는 달려갔다. 사
수대 지대장으로 활동했던 그의 오토바이에는 창처럼 끄트머
리를 뾰족하게 갈아놓은 쇠파이프가 네 개나 달려 있었다. 용
접으로 파이프가 들어갈 수 있는 고리를 만들어 달고 발판 옆
으로 두 개, 손잡이가 있는 운전대 위로 두 개를 박아 보기에
도 위협적이었다. 그는 오토바이를 타고 다니며 사람들을 진
정시켰고 때론 무력을 사용해 제압했다.

김민식은 아침마다 사수대를 정렬시켜 투쟁 의지를 다졌
다. 그들은 해고통지를 거부하며 만든 '현자노조 사수가'를
불렀다.

이 한 몸 바쳐서 지킨다 현대자동차 노동조합
일천만의 노동해방이 우리 손에 달려 있다.
녹색의 물결이 양정벌 내 일터에 넘치나니
그 어떤 적들의 침탈도 용서하지 않으리라
동지여 내 비록 힘들고 괴롭더라도

자랑스런 노동자로서 끝까지 투쟁하겠다
동지여 떨쳐 일어나 지켜라 노동 현장을
총파업의 선봉이다 녹색사수대 현자노조 사수대

노래가 끝나면 그들은 우렁차게 외쳤다.

"노동자는 하나다! 정리해고 분쇄, 투쟁!"

구호가 끝나면 콘크리트 바닥을 작업화로 찍으며 구보를 했다. '정리해고 분쇄'를 외치며 공장을 한 바퀴 돈 뒤 임무에 따라 움직였다. 어느 날 김민식이 사수대를 모아놓고 감정만 앞세우는 투쟁은 이길 수 없다며 가지고 있는 모든 흉기를 내놓으라고 했다. 사수대 중 몇몇이 발끈했다. 목숨 내놓고 싸우는 마당에 장비도 없이 싸울 수 있냐는 불만의 목소리였다. 싸워도 당당하게 싸워서 이기자고 김민식은 그들을 설득해 간직해둔 무기를 꺼내놓게 했다.

"대장이 워낙 신사적이라 쬐게 실망스럽지만 어쩌것어, 우리 대장인데. 대신 쇠파이프 끝을 그라인더로 뾰족하게 갈아버려. 그게 훨씬 더 실속 있네, 이 사람아."

광주는 양동이에 무기를 내놓는 사람들의 어깨를 치며 웃고 다녔다. 험악하게 인상을 구기고 있던 동료들이 광주의 넉살에 웃었다. 파업에 들어가기 며칠 전 노조에서 선물로 지급해준 주방 세트 중의 하나였던 식칼과 잭나이프, 도끼 등이 양동이에 하나 가득 담겼다.

"염병, 정말로 살벌하네."

양동이에 삐죽삐죽 튀어나와 있는 무기들 사이로 햇볕이

반사돼 번쩍거렸다. 노동자들의 일거수일투족을 감시하고 있던 회사와 공권력 역시 가만있지 않았다. 그들은 노동자들을 막다른 골목으로 끊임없이 몰아넣었다. 파업이 시작된 지 사흘 후 공권력은 '영남위원회 사건'을 터트렸다. 지방선거에 당선된 동구청장을 포함한 울산 지역 상급 노동단체 상근자들과 시민사회단체 활동가 16명을 국가보안법 위반으로 구속시켰다. 다음 날엔 자동차 공장 현장 민주파 제 조직 의장들 6명에 대한 체포영장을 발부했다. 노조는 상경 투쟁단을 조직해 그룹 본사와 노사정위원회, 경총(한국경영자총연합), 전경련(전국경제인연합회) 등을 항의 방문하면서 맞섰지만 회사는 노조 간부 12명을 고소, 고발하고 49명을 징계위원회에 회부하면서 노동자들을 벼랑 끝으로 내몰았다. 경찰 23개 중대가 울산에 배치되고 정리해고 대상자들에게 해고 수당을 무작정 입금시키면서 공장을 떠나라고 압박했다.

중재를 나선 정치인들의 발걸음이 울산으로 향했다. 노무현 새정치국민회의 부총재는 위원장과 집행부를 설득하고 정세균 의원을 포함한 노사정위원회 중재단이 대화를 촉구하며 해결책을 모색했지만 회사는 오히려 1538명에 대한 최종 정리해고 통보를 해왔다. 정리해고 대상자 안에는 노조 상무집행위원 15명과 현직 대의원 89명, 민주파 현장조직들 회원 190여 명이 포함돼 있었다. 노조를 초토화시키겠다는 회사의 의지가 노골적으로 담겨 있는 발표였다.

"호로 쌍노미 새끼들. 어디 다 죽여봐라! 관리자 이 씨벌놈들. 내 쫓겨날 때 쫓겨나더라도 한 새끼는 죽이고 갈 끼다.

퍼뜩 나온나. 개새끼들아!"

회사의 발표가 있던 그날, 정문 앞에서 식칼을 든 조합원이 경비들을 향해 칼을 휘둘렀고 현장 안에서는 분신 기도까지 있었다. 광주와 노조 집행부는 상황을 진정시키기 위해 이리저리 뛰어다녔다.

노동자들의 살기등등한 눈빛과 행동들이 두려웠던 회사는 각지에서 용역 깡패를 불러 울산 곳곳에 배치했다. 또한 관리자와 조장, 반장들은 회유에 나섰다. 자기만 살겠다고 노동조합을 등진 채 회사의 파업 파괴 지침을 받은 자들을 모아 인근 야외에서 삼겹살 파티를 열고 개고기 회식을 한 것이다.

며칠 후 개고기 파티가 벌어지고 있다는 정보를 들은 김민식은 광주와 함께 오토바이를 타고 석남사 근처 계곡으로 달려갔다. 오토바이가 계곡 옆에 있는 개고깃집에 다다르기도 전에 노랫소리가 흘러나왔다. 광주는 머릿속으로 계산했다.

딱 한 놈만 조지자. 정강이뼈가 금만 가도록 밟아버리고 이빨 나가지 않게 코뼈만 부러트려 피를 쏟게 만들자.

그렇게 한 놈만 조지면 모두를 제압할 수 있다는 생각을 하고 김민식의 뒤를 따랐다. 뽕짝 소리를 쫓아 보신탕집 마당으로 진입해 오토바이를 세우고 보니 식당 주변은 난장판이었다. 대부분 팬티와 러닝셔츠만 입은 그들은 파라솔 아래서, 천막을 쳐놓은 개울 옆에서 술상을 펼쳐놓고 벌겋게 취해 춤을 추며 노래를 따라 부르고 있었다. 그들의 모습을 보자 광주의 머릿속에서 계산했던 모든 것이 지워졌다. 망가진 수도꼭지에서 물이 뿜어져 나오듯 온몸에서 경련이 일어나며 광기서린 분노가 치솟았다.

"어, 사수대장님 오셨네. 우리 잡으러 오셨나 본데, 그러지 말고 이리 와서 한잔 하지."

파라솔에 앉아 있던 반장 한 명이 일어나 김민식 쪽으로 건들거리며 다가왔다. 그 순간 광주는 파라솔 쪽으로 걸어갔다. 그가 파라솔을 괴어놓은 벽돌을 집어 들자 옆에 있던 나이 든 조합원이 소리쳤다.

"어이, 뭐 하는 짓이야!"

조합원의 소리에 고개를 돌리던 반장은 기겁했다. 광주가 반장의 머리를 향해 벽돌을 내리치고 있었다. 그는 본능적으로 손을 들어 막으면서 뒤뚱거렸다. 머리에서 비껴 나간 벽돌이 그의 팔을 강타하자 반장은 비명을 지르며 나뒹굴었다. 술 마시던 사람들이 그 광경을 보고 광주에게 달려들다가 멈칫했다. 벽돌을 내려놓은 광주가 오토바이에서 쇠파이프를 꺼내 돌아섰다. 그는 끝이 번쩍거리는 쇠파이프를 주저 없이 그들을 향해 던졌다. 파이프가 보신탕집 기둥에 꽂혔다가 흔들거리며 떨어지자 모두의 얼굴이 사색이 됐다.

"개보다 못한 새끼들! 염병, 배짱 있는 새끼는 덤벼. 너그들 중에 오늘 한 명은 여기서 죽어 나갈 거다. 덤벼, 이 호로 새끼들아!"

"광주 형님, 참으소. 그러다가 정말 사람 죽이겠소."

"대장, 도저히 못 참겠소. 저것들이 사람이요? 현장에선 지금 목숨 내놓고 싸우고자 하는데, 저 지랄 떠는 게 사람이냔 말이요. 야, 새끼들아. 니들 그러는 거 아니다. 니들도 인간이면 최소한 이런 개만도 못한 짓은 하지 말아야지. 이게 뭐냐? 니들 새끼들한테, 나는 파업할 때 개고기 뜯고 놀았다고 가르칠 거냐? 에라, 이런 썩을 놈의 새끼들아! 니들이 불쌍해서 눈물이 나온다, 염병할 놈들아!"

살인이라도 저지를 것 같던 광주의 눈에 눈물이 맺혔다. 김민식이 담배를 피워대다 던지며 사람들을 처다봤다. 관리자들은 어디론가 숨어버렸고 조합원들만 흥이 깨진 술판 위에서 어깨를 늘어트리고 시선을 다른 곳으로 돌렸다.

"파업에 참여 안 하는 것까지는 뭐라 안 하겠소. 하지만 이런 짓은 하지 맙시다. 파업이 끝나고 나중에 현장에서 서로 마주치면 어디 웃을 수나 있겠소? 술 마시고 싶으면 그냥 집에서 조용히 마시고 싸움에 방해되는 짓은 하지 말아주소. 그것만 해줘도 우린 뭐라 안 할 거요. 광주 형님, 갑시다."

광주는 쇠파이프를 챙겨 오토바이에 장착하고 현장을 떠났다.

언론은 조합원들의 전폭적인 지지를 받고 있던 사수대를 폭력 집단으로 매도했다. 파업이 일어나기만 하면 펼쳐지는 정상 조업을 촉구하는 시민 촉구대회도 열렸다. 회사는 조장, 반장을 통해 파업에 참여하지 않는 조합원들을 모아 일당을 주고 야외로 놀러가게 만들면서 파업 참가자들을 고립시키려고 애를 썼다. 연일 공권력 투입설도 나돌았지만 파업 참가자들은 개의치 않았다. 그들은 양정동 술집에서 술을 먹다가도 집회만 있으면 현장으로 몰려들었다.

그런 가운데에서도 협상은 계속 시도됐다. 협상에 관한 전권을 위임받은 위원장은 계속 뒷걸음질 하며 협상 카드를 제시했지만 여전히 회사는 귓등으로 들었다. 노조의 제시안 중에 식당 여성 조합원 하청화 방안이 들어 있자 내분이 일어났다. 일할 때에도, 파업할 때에도 밥을 해주며 함께 투쟁해온 나이 든 여성 조합원들이 정리해고 대상자로 편입되자 그들은 노조 사무실 앞에서 집회를 열었다.

"죽어라고 밥해 먹이고 같이 싸웠더니, 여자라고, 나이 먹었다고 우리를 버려? 이게 노동조합이 할 짓이냐, 이놈들아!"

집회장에서 식당 여성 조합원들은 눈물을 흘리며 노동조합을 원색적으로 비난했다.

"이건 정말 아니지 않냐? 우리 살자고, 아주머니들 내쫓자는 말이잖아. 이래가지고 어디 한마음으로 싸울 수 있겠냐?"

광주는 늙수그레한 아줌마들의 눈물이 안쓰러워 정민에게 말했다.

"위원장도 알고 있을 겁니다. 어떻게든 협상으로 타결 보려고 나름 고육지책을 썼나 본데, 악수를 뒀네요."

위원장은 사면초가에 빠졌다. 현장 활동가들은 물론 사수대와 파업에 참가한 조합원들로부터 강도 높은 비난이 쏟아지고 식당 여성 조합원들의 항의도 점점 거세졌다. 그는 다시 초심으로 돌아가겠다고 선언하면서 옥상 위에 세워놓은 철탑 망루 위로 올라갔다.

"이세 원섬에서 다시 시작하려 합니다. 굴뚝 위에 세 명의 전직 위원장들이 지키고 있습니다. 노조 지도부는 삭발을 하면서 정리해고가 철회되지 않는 한 살아서 나가지 않겠다고 했습니다. 저는 철탑으로 오르면서 투쟁의 대오를 새롭게 세우고자 합니다!"

주춤했던 투쟁 대오는 5천여 명으로 불어났고 매일 저녁 집회마다 만여 명이 모여들면서 파업 열기는 드높아갔다.

노동자들의 기세를 꺾기 위해 정몽규 회장이 나섰다. 그는 공장을 가동하겠다며 언론을 불러들이고 관리자들과 함께 현장에 나타났다. 사수대가 즉각 쇠파이프를 든 채 막아서자 언론은 폭력적인 사수대의 저지로 공장 가동이 이루어지지 못하고 있다며 대대적으로 노조를 질타했다. 공권력 투입의 근거를 만들기 위한 회사의 책략이었다. 회사는 이미 용역 깡패 수백 명을 사택과 경주 인근에 모아놓고 때를 기다리고 있었다.

다음 날, 대검찰청은 공권력 투입을 공식 발표했다. 100여 개 중대 1만2천여 명이 현대자동차에 즉각 배치됐다. 경찰 투입을 저지하기 위해 정문을 봉쇄하자 현장 밖에 있던 노동자들이 투쟁에 결합하기 위해 담을 넘어 안으로 들어왔다. 성과 분배 투쟁과는 다르게 그들은 생존의 위협에 맞서 죽을 각오로 투쟁에 임했다. 현장이 비장한 각오로 대오를 갖추고 있을 때 한 조합원이 서너 개 기름통을 밧줄로 얽어매 두르고 분신 투쟁에 나섰다.

"쳐들어올 테면 와. 어차피 쫓겨나면 죽는 거, 그냥 죽지는 않을 거다."

기름통을 두른 조합원이 앞으로 나서자 위원장과 광주를 비롯한 사수대가 달려갔다. 조합원은 동료들의 만류에도 라이터를 들고 공장 밖으로 나섰다. 조합원의 모습은 분신을 넘어서 자살 폭파를 하기 위한 것처럼 섬뜩했다. 그의 몸에서 기름 냄새가 진동했다.

"그 마음 충분히 아니까, 참아주십시오. 반드시 정리해고를 철회하게 할 테니 그만 내려와 주세요."

위원장이 애가 타서 호소했다. 광주와 사수대가 죽지 말고 싸워서 이기자고 호소하자 조합원은 결국 기름통을 풀면서 현장 바닥에 주저앉아 울었다. 위원장이 조합원에게 다가가 그를 안고 눈물을 펑펑 흘리자 주변에 있던 노동자들도 자신의 처지를 서글퍼하며 눈시울을 붉혔다.

현대자동차 상황이 극한으로 치닫자 노동부 차관이 방문했다. 그러나 별다른 성과가 없자 전경은 도상 훈련을 하는 모습을 언론에 보여주면서 공권력 투입을 예고하고 사수대 17명에 대해 추가 체포영장을 발부했다.

"염병, 기분이 묘하구먼."

광주는 자신의 이름이 체포 명단에 올라가 거론되자 킬킬거렸다.

"형님은 폭력범으로 올라갔을 겁니다."

"폭력범은 내가 아니고 경찰 놈들이지. 폭력범들이 체포영장을 발부하는 이상하고 신기한 나라구먼, 염병할!"

사수대는 미리 만들어놓은 화염병을 챙기고, 볼트와 너트도 준비하면서 경찰 진입에 대비했다.

8월 18일 새벽, 페퍼포그 차와 포클레인을 앞세운 진압 병력이 정문으로 집결하고 있었다. 상황을 지켜보던 사수대가 비상을 외쳤다. 잠자던 숙소에서 조합원들이 모두 뛰어나왔다. 정문 앞에 사수대를 비롯한 조합원들 천여 명이 쇠파이프를 들고 완강하게 소리쳤다.

"사생결단, 정리해고 철폐, 투쟁!"

"폭력경찰 물러가라!"

노동자들의 기세는 살기등등했다. 전경들은 오랫동안 노동자들과 대치하다가 철수 명령을 받고 돌아섰다. 정부와 검찰에서도 자칫 불상사라도 일어나면 심각한 상황으로 번질 것을 두려워하고 있었다. 분노한 노동자들은 파업 의지를 다지며 저녁 촛불집회를 감행했다. 2만여 명이 모여 집회를 하던 그날, 노무현 새정치국민회의 부총재가 중재단을 이끌고 울산에 재차 급파됐다. 노무현은 위원장을 만나 자신의 심정을 피력했다.

"위원장, 미안하지만 이건 너희들이 받아들여야 한다. 이 문제는 정부 차원에서 해결할 수 있는 문제가 아니야. 알다시피 우리 정부는 IMF의 요구를 받아들이지 않을 수가 없어. 정부도 역시 니들 입장을 받아줄 수가 없는 거고. 니들 문제를 풀어주면 다른 곳에서도 들고 일어나지 않겠나? 이미 자동차 싸움은 정리해고 싸움의 상징이 돼버렸어. 그러니 어찌 니들 입장을 정부가 받아안을 수 있겠어?"

"그렇게 상징성이 중요하면 우리 상집들하고 임원들 해고시키고 나머지는 살려주도록 하죠. 그러면 투쟁을 멈출 수 있을 겁니다."

"그건 안 된다고 하지 않나? 회사 입장도 있는 거잖아. 다들 어려운 입장에서 어찌 회사 입장만 무시할 수 있겠어."

"부총재님, 현대자동차가 30년 흑자를 냈습니다. 지금 기아자동차 인수설도 나오고 있잖습니까? 이런 위기가 드러나기 전만 해도 400억 흑자를 냈어요. 그런데 회사는 망한다고 거짓말하고 있는 겁니다. 그들은 우리와 아예 대화도 안 하려고 합니다. 합리적으로 이 문제를 풀 수 있는데 오로지 이 기회를 통해 민주노조의 씨를 말리고 자신들의 이익을 최대로 얻어내려고만 하고 있는 겁니다."

두 사람의 논의는 계속됐지만 결론은 찾지 못했다. 서로가 다른 입장을 고수하면서 논의는 빙빙 허공을 맴돌았다.

부총재가 떠나자 사장단들도 전화를 걸어와 위원장의 자신감을 빼앗아갔다. 그들은 자신들도 어쩔 수 없다며 IMF의 권고 내용과 현 국내 경제 상황의 어려움을 들먹거리고 자신들의 파렴치한 짓을 정부에게 돌리며 합리화했다.

철탑에서 내려온 위원장이 정부 관료와 회사 간부들과 소통하고 있는 동안 조합원들 사이에선 위원장이 곧 회사측 안에 합의해줄 것 같다는 소문이 떠돌기 시작했다.

8월 20일, 정부 중재안이 발표됐다. 다음 날 위원장은 저녁 집회에서 정부 중재안을 받아들이겠다고 선언했다. 집회장이 순식간에 야유와 비난의 목소리로 뒤덮였다. 한 여성 조합원이 마이크를 들고 오전에 위원장과 나눴던 간담회 내용을 폭로했다.

"이런 발표를 하려고 오전에 우리에게 위원장이 정리해고를 수용하라고, 협박을 한 것입니다!"

여성 조합원의 말이 끝나자마자 현장 활동가가 나섰다. 그는 중재단이 우리의 분열을 노린 것이라고 분개하면서 현장 활동가들의 투쟁으로라도 정리해고 철폐를 위해 끝까지 투쟁하자고 외쳤다. 위원장은 더 이상 말할 기회도 없었고 조합원들은 그의 이야기를 들으려고 하지도 않았다. 집회가 끝나자 사수대를 비롯한 천여 명이 노조 앞으로 몰려들었다.

위원장은 자신의 고민을 털어놓으며 조합원들을 설득했다. 하지만 조합원들은 즉석 발언을 통해 위원장을 질타했다.

"위원장, 우린 공권력이 무서웠으면 벌써 투쟁을 접었을 것이오. 우린 그들에게 맞서서 이길 준비를 해온 거 알잖소? 다른 곳을 보지 말고 우리를 보시오. 투쟁을 위해 담 넘어 들어온 많은 동지들을 보지 않았소?"

"위원장, 투쟁할 의지가 있다면 당장 모든 중재안을 포기해요! 그럴 자신이 없다면 조합 위에 매달아놓은 관을 불태워버리시오!"

조합원들은 격한 감정을 감추지 않고 위원장을 질타했다.

파업 현장이 술렁거리고 어수선해졌다. 위원장의 중재안 수용 발언이 있고 난 뒤 조합원들의 수는 슬금슬금 줄어들었다. 흔들리는 지도부의 모습에서 자신감을 잃은 조합원들이 파업 현장을 떠나기 시작한 것이다.

지도부에 대한 불신이 격해지면서 투쟁 대오가 흔들리자 다음 날 가족대책위와 식당 조합원, 활동가들과 사수대가 본관 앞에서 정부의 중재안은 절대 받아들일 수 없다며 강력 항의했다. 그날 저녁 집회는 조합원들의 심정을 반영하듯 가장 적은 3천여 명만 모였지만 지도부에 대한 격렬한 성토가 끊이질 않았다. 위원장은 그 자리에서 다시 입장을 번복하며 목소리를 높였다.

"앞으로 협상에 목매달지 않겠습니다. 지금까지 노조에서 밝혔던 임금 삭감도 철회하겠습니다. 더 이상 비굴하게 협상에 임하는 일은 없을 겁니다. 다시 힘 있는 투쟁을 조직해서 나섭시다!"

위원장의 결의에 찬 모습에도 불구하고 언론에서는 타결이 임박했다는 소식을 계속 내보내고 있었다. 그날 집회가 끝나고 다들 텐트로 돌아갔을 때 광주의 아내가 개벽이를 데리고 현장에 나타났다.

"집에 가자."

광주를 보자마자 미경은 그의 손을 잡았다.

"뭐하는 짓이고?"

"나도 다 알고 왔어. 체포영장 떨어졌다며? 정말 우리 어떡하려고 이러는 건데? 집에 가서 옷 갈아입고 자수해. 내가 다 준비해놨어. 자수하면 그래도 봐줄 거야. 그러니까, 자수해."

팔을 뿌리치려는 광주의 손을 꽉 붙들고 미경은 단호하게 말했다. 개벽이가 옆에서 동그랗게 눈을 뜨고 광주를 쳐다봤다.

"가라. 개벽이 데리고 집에 가. 저 텐트들 안 보이나? 집에서 나와 함께 싸우는 가족들이 니 눈엔 안 보이나? 너보고 함께 싸우라고 안 할 테니까 빨리 집에 돌아가 있어."

"싸워서 이길 수나 있나?"

광주의 손을 내치고 미경이가 앙칼지게 소리쳤다. 주변에 있던 노동자들과 가족들이 그들을 쳐다봤다.

"여기가 어디라고 큰소리여? 창피하게 이게 뭔 짓이고?"

"뭐가 창피해? 오빠가 감옥 가고 나면 누가 우리를 먹여 살릴 건데? 저 사람들이 우릴 책임져줄 것 같아?"

"이리 와. 이것이 정말 미쳤나?"

텐트 주변으로부터 벗어나려고 광주가 미경의 손을 잡았다. 미경은 씩씩거리며 두 발을 길바닥에 붙인 채 끌려가지 않으려고 안간힘을 썼다. 옆에 있던 개벽이가 광주의 허리를 밀며 노려봤다.

"엄마 괴롭히지 마! 돈 없으면 굶어 죽는 거 맞잖아!"

개벽이 말에 놀란 광주는 손에 힘을 뺐다. 아들이 주먹을 움켜쥔 채 자신을 쏘아보고 있었다.

"염병, 애한테 뭘 가르친 겨? 뭘 가르쳤기에 애 입에서 돈 소리가 나오고 굶어 죽는다는 타령이 나오는 겨?"

"흥, 자식이 바른말 하니까 찔리나 보지? 애한테 배워, 인간아!"

"이게 보자 보자 하니까!"

광주가 본능적으로 손을 높이 치켜들자 주변에서 지켜보던 사람들이 광주를 말리며 뒤로 끌어냈다.

"개벽이 엄마, 좀 참아요. 지금은 힘들겠지만 잘 해결될 거예요."

몇 번 서로 만난 적이 있던 정민의 부인이 나섰다. 그녀는 안쓰러운 표정으로 미경에게 다가섰다.

"누굴 바보로 알아요? 경찰들이 저 밖에 저렇게 많은데 무슨 해결을 보려구요? 회사가 여기 있는 사람들 말 들어줄 것 같아요? 한심한 인간들 같으니라구! 당신들은 다들 죽으려고 환장한 사람들이야! 가자, 개벽아. 지들만 잘난 것처럼 구는 인간들, 퉤! 지들이 회사가 없었으면 어떻게 먹고살았어? 분수도 모르는 인간들 같으니라구!"

"저것이 어디서 개소리를 지껄이고 있어! 어서 꺼지지 못해!"

흥분을 참지 못한 광주가 말리는 사람들을 벗어나려고 버둥거렸다. 미경이 그런 광주를 흘겨보다가 개벽이를 데리고 정문으로 향했다. 엄마의 손을 잡고 가던 개벽이가 여러 차례 고개를 돌려 아버지를 쳐다보았다. 원망으로 가득한 아들의 눈빛엔 분노마저 서려 있었다. 어린 시절 아버지를 쳐다보던 자신의 눈빛과 닮아 있는 아들의 눈빛을 보자 광주는 가슴이 먹먹해졌다.

그는 사수대 텐트로 돌아가 암울해지고 있는 투쟁 상황을 가늠해보며 술을 마셨다. 어둠에 잠기고 있는 5백여 개의 텐트 위로 봉수의 얼굴이 떠올랐다. 그가 소망했던 노동자의 삶을 바꿔가는 길은 끝이 없어 보였다. 스르르 맥이 빠지자 겨울나무 속을 떠도는 스산한 바람 소리 같은 외로움이 밀려들었다. 그는 술잔을 옆으로 치우고 비스듬히 앉아 눈을 감았다.

아침이 오고 사수대는 다시 힘을 내서 구호를 외치며 구보를 했다. 투쟁을 다시 선언한 위원장은 언론에 현혹되지 말라고 당부했다. 조합원이 수용할 수 있는 안이 나오면 도장을 찍기 전에 조합원에게 먼저 묻겠다고 했다. 민주노총 지도부가 내려와 태화강 둔치에서 해고 저지를 위한 집회를 열자 그곳에도 참가해 투쟁을 외쳤다.

하지만 위원장은 그날 정몽규 회장의 만남 요청을 받아들였다. 협상의 끈을 놓고 싶지 않았던 위원장은 현장 조직 의장들과 대책위 협상팀 그리고 사업부 대표들을 불렀다. 위원장은 그 자리에서 마지막 협상안을 제시했다. 몇몇 반대의 목소리가 나왔지만 다수가 침묵으로 일관했다. 그리고 다음 날 새벽 2시 30분, 노사 합의 소식이 텔레비전 자막을 통해 나왔다. 노사가 오전 6시에 잠정 합의에 대한 기자회견을 한다는 것이었다. 소식을 들은 조합원들은 무슨 일인가 싶었다. 가족대책위와 사수대들은 기자회견이 예정돼 있는 본관 로비로 몰려갔다. 합의 내용이 발표되자 조합원들은 망연자실했다.

발표문 안에는 식당 여성 조합원을 포함한 277명을 정리해고하고 나머지 1261명은 1년 6개월 동안 무급 휴직을 실시한다고 했다. 노조가 정상 조업을 위한 노력이 있을 때 회사는 재산 가압류와 고소, 고발 등을 부분 철회하겠다고 했다. 노사 화합을 위해 노조가 무분규 선언까지 한다는 내용이 회견문 내용에 담겨 있었다.

조합원들은 무효라고 욕설을 퍼부으며 노조 사무실로 달려갔다. 가족대책위 대표였던 이영림은 회견을 마치고 나오는 위원장을 향해 걸어갔다. 절망에 찬 그녀의 눈에선 눈물이 흐르고 있었다. 그녀가 다가오는 것을 본 위원장이 멈춰 섰다.

"위원장, 어떻게 이럴 수가 있어? 어떻게!"

"어쩔 수가 없었습니다."

"그게 말이 돼? 이건 아니잖아, 이렇게 끝내면 안 되는 거잖아?"

눈물을 멈출 수 없었던 이영림은 머리띠를 풀었다. 방송을 통해 모든 것이 기정사실화돼버린 상황에서 할 수 있는 말은 아무것도 없었다. 그녀는 위원장을 향해 머리띠를 던진 뒤 돌아섰다.

"다 끝났어, 다 끝났다구!"

노동조합 앞으로 달려간 조합원들 역시 모든 것을 던져버렸다. 머리띠와 투쟁 조끼를 벗고 투쟁 깃발을 부러트렸다. 흥분한 조합원들은 돌을 던져 노조 사무실 유리창을 박살냈고 화염병까지 사무실을 향해 던졌다.

광주 역시 이성을 잃은 채 녹색사수대 티를 벗어버렸다. 그는 사수대를 끌고 사무실 옥상에 있는 망루로 올라갔다. 승리의 그날까지 절대 내리지 않을 거라던 관은 밧줄로 단단히 묶여 있었다. 억장이 무너지는 심정으로 광주와 조합원들은 끈을 풀었다. 어떤 조합원은 흐느끼고 또 다른 조합원은 눈에 핏발을 세우며 치를 떨었다. 그들은 사무실 앞으로 허깨비 같은 관을 질질 끌어내렸다. 누군가가 관 뚜껑을 열고 머리카락을 빼내 허공에 던졌다. 결기로 빛났던 머리카락이 아침 햇살 사이로 시들어 죽어버린 솔잎처럼 떨어져 내렸다. 사수대들은 왕의 무덤만큼이나 높이 쌓여 있는 투쟁의 상징물들 위에 관을 집어던졌다.

"태워버려!"

불을 붙인 화염병들을 던지며 조합원들은 울었다. 순식간에 번진 불이 하늘로 붉게 치솟아 올랐다. 패배의 검은 연기가 봉화처럼 하늘로 뭉클뭉클 피어오르자 몇몇 조합원이 바닥에 털썩 주저앉았다. 그들은 자신들이 마지막까지 부둥켜안고 있었던 투쟁 정신까지 화마에 휩싸이는 것을 보며 괴로워했다.

"염병할 놈, 도장 찍기 전에 우리에게 물어본다며? 슬슬 뒤꽁무니나 빼고 협상에 목매달 때 내가 알아봤다. 왜, 우리는 한 번도 제대로 못 싸우고 늘 이 모양이란 말인가? 왜?"

광주가 정민의 옆에서 비통하게 소리쳤다. 정민은 탄식을 터트리며 고개를 숙였다.

"이럴 줄은 나도 몰랐네요. 이제 어떻게 해야 할지 막막합니다."

"김광주 씨! 광주 아저씨!"

이영림이 광주 곁으로 와서 나직이 말했다.

"피해요. 곧장 체포조가 뜰 거예요."

"맞다. 형님은 일단 아무도 모르는 곳으로 피해 있어요. 집에도 가지 말고 저하고만 삐삐로 연락하시구요."

남편과 동시에 수배가 떨어진 이영림은 가족 모두를 데리고 서울로 간다고 했다. 광주는 갑자기 멍해졌다. 어디로 가긴 가야 할 것 같은데 갈 곳이 없었다. 무엇인가로부터 버려졌다는 상실감이 밀려와 사방을 둘러봤다. 패배감에 사로잡힌 조합원들이 하나둘 공장을 떠나고 화를 삭이지 못하는 조합원들은 텐트를 무너트리면서 곳곳에 걸려 있던 깃발을 꺾어

불 속으로 던지고 있었다.

광주는 불꽃이 튀는 불기둥을 뒤로 하고 공장을 바라봤다. 십이 년 동안 생사고락을 같이해온 공장은 여전히 당당하게 드넓은 대지 위에 서 있었다. 일하는 사람들이 좀 더 인간답게 일할 수 있는 곳으로 만들어보고 싶었던 공장이 자신을 내쫓고 있었다. 그것도 죄인을 만들어 손과 다리에 쇠사슬을 묶으려고 달려들고 있었다.

염포산을 넘어온 햇살이 가시처럼 온몸을 찔러댔다. 이글거리는 화염 속에서 투쟁 조끼와 깃발들이 재로 변하며 검은 연기를 토해냈다. 매캐한 연기가 독가스처럼 목을 틀어막고 눈앞을 흐렸다. 하룻밤 사이에 폭삭 늙어버린 노인처럼 광주는 기운이 다 빠져나간 다리를 끌면서 오토바이가 있는 쪽으로 으느적거리며 걸었다.

어디론가 아무도 없는 곳에서 쓰러진 채 잠들고 싶었다. 푸석푸석해진 핏기 잃은 얼굴 위에서 입술은 하얗게 메말라 있었다. 광주는 오토바이에 장착된 쇠파이프를 빼서 공장을 향해 던졌다. 허공을 가르다가 힘없이 떨어져 내리는 파이프를 뒤로 하고 오토바이 시동을 걸었다.

헬멧을 쓰고 정처 없이 시내로 향했다. 공장에서 조금 벗어나자 출근을 서두르는 차들이 쌩쌩 달렸다. 불현듯 아무 일도 없다는 듯이 바쁘게 움직이는 풍경들이 낯설게 느껴져 헛웃음이 튀어나왔다. 헌신과 허구가 구분되지 않는 모호한 감정에 빠져 있는데 울산 중부경찰서 이정표가 눈에 들어왔다. 문득 등잔 밑이 어둡다고 가장 눈에 띄는 곳을 가장 소홀히 여기는 게 사람의 심리라는 생각이 들었다. 그는 슈퍼에서 소주를 한 박스 싣고 경찰서에서 가까운 모텔을 찾아 들어갔다.

생각을 떨치려고 하면 할수록 수많은 일들이 머릿속에서 산발적으로 튀어나왔다. 아내의 목소리와 아들의 눈빛, 파괴된 현장의 모습들은 어린 시절의 추레한 기억까지 불러와 그를 괴롭혔다. 그는 술을 마셨다. 무엇인가 앞이 보이기를 희망했으나 손에 잡히는 게 없었다. 오직 확실한 것은 체포가 돼서 감옥에 갇히는 일만 남았다는 것뿐이었다. 펄펄 끓는 화를 어쩌지 못해 술을 마시다 쓰러져 자다가 일어나면 다시 술을 마셨다. 그러다가 광주는 봉수의 이름을 부르며 비통한 울음을 터뜨렸다.

여관방 안이 온통 봉수의 넋으로 가득 들어찼다. 봉수와 지냈던 기억에 매달려 있던 광주는 탁자 위에 빈 잔을 올려놓고 술을 따랐다. 그는 눈앞에 봉수를 앉혀놓은 사람처럼 중얼거렸다.

"봉수야, 네게 꼭 하고 싶은 말이 있었다. 개차반처럼 살아온 내 거시기한 얘기지만 들려주고 싶었지. 내 나이 어느 새 서른여덟이 됐지만 어떤 기억들은 여전히 심심하면 나타나 나를 괴롭혀."

광주는 자신의 손을 바라보며 쓸쓸하게 웃었다.

"유난히 큰 내 손은 아버지 손을 닮았지. 우리 아버진 모든 게 컸어. 키도 크고 손도 크고 발도 컸었지. 여기서 멀지 않은 울진 포구가 고향이었어. 아버지의 아버진 선원이었는데 어느 날 큰아들과 함께 먼바다로 나갔다가 풍랑에 휩쓸려 죽었다디군. 할머니는 그 일을 겪고 나서 고향 사람을 통해 아버지를 서울로 보낸 거야. 남은 아들마저 바다에 잃고 싶지 않으셨던 거지. 그 후 아버진 공사판을 전전하고 다녔어. 그러다가 함바집에서 일하는 어머니를 만나 결혼을 하고 첫아들인 나를 낳으셨던 거지. 내 고향이 어딘지 아나? 시흥 산동네 제일 꼭대기 집이 내가 태어나서 자란 곳일세."

폐차장 같은 산동네 전경이 살을 발라낸 거대한 생선 뼈대처럼 광주의 눈앞에서 가파르게 누워 있었다. 다닥다닥 집과 집이 붙어 있는 산동네 마을은 바람만 불면 판자 지붕이 날아갈 것처럼 들썩거렸다. 생선 가시같이 좁은 골목길과 여름만 되면 생선 썩는 냄새가 진동하던 커다란 배수로. 물이 부족한 그곳에 식수차가 올 때면 한겨울에도 달달 떨면서 밤늦도록 줄을 서서 기다려야만 했다.

"아버진 미장일을 하셨어. 손이 커서 남보다 수월하게 빨리 일할 수 있다고 좋아하셨지. 아주 다정한 분이었다네. 겨울이면 군고구마에 만화책을 빌려다 주시곤 했었지. 동네 사람들에게도 아주 친절하신 분이셨네. 하수구가 막히거나 지붕이 뜯겨 나간 집이 보이면 손수 가서 도와드렸지. 그런 양반이 사고가 나고부터 변하기 시작했어. 건물 오층에서 작업하다가 떨어졌는데 그만 왼쪽 다리를 심하게 다쳤지. 무릎 밑을 잘라내야 했어."

광주는 목발에 의지한 채 걷던 아버지의 비틀거리는 걸음을 눈앞에서 보고 있는 듯 안타까운 표정을 지었다.

"살아난 건 다행이지만 그 이후 아버진 점점 변했어. 일도 못 하고 집 안에만 갇혀 지내면서 사람이 달라진 거지. 내가 초등학교 삼 학년 때 벌어진 일이야. 아버지의 얼굴에서 점점 웃음이 사라져버리데. 그러더니 술을 가까이하면서 화를 내기 시작하더군. 시간이 흐를수록 안 하던 욕도 하고 물건을 내던지더니 급기야 어머니에게 폭력을 휘두르데."

광주는 마주 놓은 소주잔에 자신의 잔을 부딪치며 한숨을 내쉬었다.

"봉수야, 우리 어머닌 전쟁고아였어. 피난길에 가족을 다 잃고 함께 피난 가던 사람들에게 구조돼 그들로부터 보호를 받고 살아났다더군. 말도 별로 없고 아버지와 다르게 아주 체구가 작은 분이셨지. 착하고 순종적인 그런 분이셨어. 아버지의 선한 모습이 좋아 결혼을 했다고 했는데, 그런 사람이 폭력적으로 변할 줄 누가 알았겠나. 어머닌 폭력을 당하면서도 늘 아버지를 용서했네. 내 밑에 여동생이 하나 있는데 우리 둘에게 늘 그러셨지. 아버지는 병에 걸린 거라고. 몸이 망가져 아무 일도 못 하게 돼서 병에 걸린 거니까 우리가 이해해야 한다고 말야."

광주는 어머니의 맑은 눈빛을 보듯 허공을 응시했다. 그러다가 고개를 꺾으며 큰 손바닥으로 탁자를 내리쳤다.

"염병, 난 이해할 수 없었어. 아니, 이해가 안 됐지. 어떨 때는 눈두덩이 시퍼렇게 퉁퉁 부어 힘들어 하면서도 이해를 하라니 어찌 이해가 되겠나? 하루도 마음 편한 날이 없었다네. 늘 집에 들어가는 게 두려웠고, 무서웠거든. 어느 날 식당에서 일하고 돌아온 어머니를 아버지가 술이 없다고 때리는 걸 보고 참을 수가 없어서 달려들었지. 아버진 한쪽 발을 못 썼지만 힘이 장사였어. 나를 집어던지더구만. 정말 공 던지듯이 나를 집어던졌네. 벽에 부딪혀 떨어졌는데도 걱정은커녕 정신 없는 나를 앉혀놓고 따귀를 미친놈처럼 마구 갈겨대더군. 그때 언뜻 아버지의 눈빛을 봤네. 증오에 가득한 아버지의 눈빛은 사람의 눈빛 같지가 않았어. 어머니가 차라리 자신을 죽이라며 처음으로 아버지에게 달려들더군. 아들이 맞는 걸 차마 지켜볼 수가 없었던 거지. 난 어머니가 말리는 틈을 타서 한밤중에 산으로 도망을 쳤어. 캄캄한 어둠을 달려 칼바위 정상까지 올라갔지. 그때 펑펑 울면서 소리쳤지. 아버지를 죽이겠다고 말이야. 아버지를 죽여야만 어머니를 살릴 수 있을 것 같았거든."

광주는 술을 훌쩍 들이켜고 말을 이었다.

"태권도장을 다니기 시작했어. 힘을 키워서 아버지를 죽여버리겠다고 다짐했거든. 돈이 없으니 애들에게 삥을 뜯었지. 전교에서 싸움하면 나였거든. 집 뒷산에서 새끼줄을 나무에 감고 매일 주먹으로 쳤네. 피가 나고 굳기를 반복하면서 주먹이 더 단단해졌지. 중학교 이 학년쯤 됐을 때야. 아버지를 이길 수 있을 만큼 힘이 생겼다고 믿었던 때이기도 했지. 그런데 어느 날 아침 밖에 나갔다가 끔찍한 걸 보고 말았어. 정말 생각지도 못한 염병할 일이 벌어진 거지."

광주는 말을 멈추고 담배를 피워냈다. 그는 재떨이에 담배를 털면서 봉수를 바라보듯 정면을 뚫어지게 쳐다봤다. 광주의 눈이 붉게 젖어 번들거렸다. 담배를 들고 있던 그의 손가락이 가늘게 떨렸다.

"염병할, 아, 염병할… 배수로에 아버지가 누워 있더군. 온 갖 오물들이 흘러내리는 곳에 아버지가 누워 있었어. 뛰어 내 려가 아버지를 부르며 흔들었는데 꼼짝도 안 하는 게 죽은 것 같았지. 가슴이 미친 듯이 벌렁거리데. 집으로 달려가 어머니 를 불렀어. 어머니가 비명을 지르며 사람들을 불러와 아버지 를 끌어 올렸지만 이미 심장이 멎어 있는 상태였다네. 어머니 는 우시다가 기절을 했지만 난 울지 않았어."

어머니의 절규보다도 광주는 아버지의 눈을 떠올리며 술잔 을 움켜쥐었다. 아버지의 죽음을 본 이후 입 밖으로 내뱉을 수조차 없었던 무서운 상처로 각인된 아버지의 눈이 떠올랐 다. 아버지는 배수로에 똑바로 누운 채 밤새도록 배수로 벽 을 올라오려고 한 듯 왼손을 벽에 얹어놓고 눈을 부릅뜬 채 하늘을 바라보고 있었다.

아버지의 그 모습은 광주의 몸속 깊이 새겨져 트라우마로 남았다. 불현듯 아버지의 눈동자가 떠오르기라도 하면 광주 는 움츠러들었다. 영화를 보다가도 시신이 나올 것 같은 장 면에서 그는 눈을 감았다. 어머니가 돌아가셨을 때에도 광주 는 두려움에 떨며 눈을 감은 어머니를 다시 쳐다보지 못했다. 몸이 아프거나, 피로가 극심하면 아버지의 눈은 여지없이 나 타나 그를 두려움 속으로 몰아넣었다.

"장례 치를 뭣도 없으니까 동사무소에서 대신 처리해주더 군. 아마 그때부터 내 인생은 삐딱선을 탄 거 같아. 싸움을 밥 먹듯이 해가며 살았으니까. 그러니 갈 데가 어딨나? 당시

시흥 깡패들이 유명했거든. 그 밑으로 들어가 건달 생활을 할 수밖에. 그때가 태권도 공인 4단까지 땄을 때야. 게다가 싸움으로 다져진 몸이니 깡패 선배들이 엄청 귀여워해줬지. 겁 없이 날뛰니 부려먹을 때가 좀 많았겠나. 싸움 터지면 가장 먼저 앞장서서 날아다녔으니까."

광주는 주먹 쥔 손을 봉수에게 보여주듯 내밀었다.

"그러다가 모든 걸 청산하고 울산으로 왔다네. 모두 어머니 때문이지. 난 어머니에게 꼼짝 못 하거든. 늘 어머니가 걱정을 하며 잔소리를 하셨어. 너만 바라보고 사는데 나쁜 길로 가면 안 된다고 늘 한숨을 매다셨으니까. 아무튼 선배들 눈에 들어 스물넷에 나이트클럽에서 자릴 하나 얻었어. 나이트클럽 가본 적 있나? 거기 가면 웨이터마다 번호가 있어. 내가 테이블 세 개를 얻어 관리했지. 업주가 모든 물량을 대고 수익의 삼 분의 일을 내가 갖는 거야. 자동차 공장에 처음 들어올 때 잔업, 특근 다 해서 25만 원인가 받았는데, 그 일을 할 때는 한 달에 들어온 돈이 200만 원은 됐어. 그러다가 어느 날 사고가 터졌어.

지금도 생각해보면 왜 그랬는지 모르겠어. 비가 하루 종일 내리던 날이었는데, 어떤 놈이 술 취해 들어와서 난동을 피운 거야. 술 한잔 하고 있는데 영업부장이 와서 어깨를 탁 치데. 저런 놈을 그냥 두고 술 처먹는다고 화를 낸 거지. 순간 꼭지가 확 돌더라구. 그땐 젊어서 물불을 안 가렸거든. 눈에 재떨이가 보여서 그놈을 들고 난동 피우던 놈한테 걸어갔지. 아무 생각도 안 했어. 그냥 그놈 대갈빡을 재떨이가 산산조각이 나도록 내리쳤거든. 그리고 쓰러진 그놈을 끌어안고 밖으로 나가 빗속에 던져버렸지.

　사무실로 올라갔더니 영업부장이 난리를 치데. 손봐주라고 했지 사람 죽이라고 했느냐면서 말야. 염병 손봐주라는 게 묵사발 만들라고 한 소리가 아니고 뭔가? 아무튼 잔소리를 한참 듣는데 전화가 온 거야. 영업부장 얼굴이 사색이 되더군. 경찰이 전화를 한 거야. 신고가 들어왔다고. 사람이 다 죽어간다고 하면서 우리 쪽에서 일 벌였으면 빨리 튀고 수습하라고 말이야. 기가 탁 막히더군. 영업부장이 아무도 모르는 곳으로 숨어버리라고 하더군. 대신 갖고 있는 돈을 모두 내놓으라고 하데. 뒷수습하려면 돈밖에 방법이 없다고 말야.

　그놈은 내가 늘 가슴에 통장을 넣고 다닌다는 걸 알고 있었거든. 한순간 놈을 개박살 내고 튈까 했는데, 갑자기 어머니 얼굴이 확 떠오르는 거야. 아버지에게 두들겨 맞고, 내가 사고 칠 때마다 두려움에 떠시던 어머니의 모습이. 잘못하면 나 때문에 어머니가 죽을지도 모르겠다는 생각이 번뜩 들더군. 난 통장을 던져 주고 그들과의 모든 인연을 끊겠다고 선언하며 밖으로 나왔어. 어머니의 겁에 질린 모습을 부둥켜안고 빗속으로 나섰는데 순간적으로 온몸에서 피비린내가 나더라고. 그놈 피가 내 몸에 잔뜩 묻어서 옷 속으로 스며든 거지. 내 손을 보니 손에서도 피가 철철 흐르고 있었고 말야. 그 순간 정신이 몽롱해지데. 빗소리가 온통 어머니가 우는 소리처럼 들렸지.

　난 옷을 입고 있을 수가 없어서 양복을 벗고 와이셔츠를 벗고 바지를 벗어버렸어. 온몸을 비로 씻으면서 팬티만 입은 채 집에 돌아왔지. 그때 결심했네. 다시는 주먹을 쓰지 않고, 다시는 어머니를 걱정시키는 일은 안 하겠다고. 그리고 어머니에게로 돌아갔지. 나보고 정신 차리면 오라고 한 울진 이모 댁으로 말야. 어머니는 내가 깡패 짓을 하는 게 보기 싫어 이년 전에 이모 혼자 사는 울진으로 가서 포구 경매장 허드렛일을 하고 있었거든."

경매장 일을 도와주던 시절이 가물거렸다. 박스를 나르고 경매로 팔린 물건을 트럭에 실어주던 시간들이 차라리 행복했다는 생각이 들자 광주는 긴 한숨을 내쉬었다.

"그려, 소설 같은 얘기지. 그때 그 일이 없었으면 난 인간쓰레기처럼 살다가 죽었을 거야. 어머니의 간절한 바람이 나를 살려낸 거지. 어머니가 그러더군, 매일매일 부처님께 기도드렸다고. 참 인생이란 알 수가 없어. 내가 울진으로 가고 나서 6개월쯤 지났을 때 어머니가 간암 말기에 접어든 걸 알았지. 3개월밖에 살 수 없다고 했는데 8개월 정도 사시다 돌아가셨어. 돌아가시기 전에 신신당부하신 게 있었지. 절대 배를 타지 말고, 절대 싸움하지 말라고 말야. 그러면서 나쁜 짓 하지 말고 평범하게 살라고 신신당부하시면서 눈을 감으셨지. 신기하데. 내가 울진에 내려가면서 그런 마음으로 내려갔거든. 싸우지 않고, 나대지도 않고, 나쁜 짓은 절대 하지 않겠다고 맹세를 했었거든. 어머니가 돌아가신 뒤 일자리를 찾아 나섰을 때 동네 양반이 자동차 공장에서 사람 뽑는다고 가보라고 하더군. 그래서 동네 분 중에 아들이 자동차 공장에 다니는 사람이 있다고 해서 소개서를 받고 들어갔던 거라네."

광주는 술을 마시다 눈시울을 붉혔다. 그는 다시 담배를 태우면서 말을 꺼냈다.

"난 노동운동을 배우면서 아버지에게 많이 속죄했어. 아버지의 죽음이 단순히 개인적인 죽음만이 아니라는 걸 깨달은 거지. 산동네 사람들 삶이 어떤지 아나? 난 그곳에 살면서 참 많은 것을 보고 들었어. 임신한 새댁이 변이 마려워 화장실에 갔다가 쌍둥이를 똥통에 빠트렸다는 얘기도 들었고, 우리 집처럼 폭력이 난무했던 집 아줌마가 미쳐버린 것도 보았고, 어떤 할머니가 굶어 죽은 것도 봤지. 그게 다 못난 그 사람들 탓이라고 생각했지만 그 죽음 뒤에 사회구조의 잘못도 크다는 걸 알게 됐다네. 아버지가 병에 걸렸다고 말했던 어머니의 말이 맞았던 거지. 아버진 본인이 원하지 않았어도 사회 인식에 의해 버림받은 거니까. 사람이 다쳤다고 버려져서야 되겠는가? 가난한 사람들은 죄인처럼 무시당하고 고통스럽게 살아가야 하는 세상이 제대로 된 세상인가? 가난한 집안에서 태어난 죄가 그리 큰 죄가 돼야 한다는 말인가?

그래서 세상을 바꾸자는 말은 나에게 너무도 멋지게 들렸다네. 그런데 믿었던 사람의 모습 속에서 실망을 봤으니 내가 얼마나 상심했겠나? 염병할, 세상은 생각만으로 바꿀 수 없다고 투덜거렸지. 그러자 그럴 듯하게 말하는 놈들이 다 의심스럽게 보이더군. 저 새끼도 무슨 욕심이 있어서 떠들고 있나 싶고, 믿음이 가지 않는 거야. 그래서 다시 어머니의 유언을 떠올리며 다시는 앞에 나서는 일을 하지 않으리라고 다짐

한 거라네. 근데 니가 나타나면서 내 인생이 꼬이게 된 거지."

광주는 봉수의 잔을 비우면서 허탈하게 웃었다.

"봉수야, 넌 나를 완전히 물 먹였어. 하나뿐인 목숨까지 내놓는 너를 보며 난 온몸이 산산이 부서지는 고통을 느꼈지. 어머니가 돌아가실 때도 별 눈물을 보이지 않았던 내가 참 서럽게 울었다. 내가 널 조금은 알잖아. 진실하고, 정의롭고, 타인을 사랑할 줄 알고, 불의에 눈감을 줄 모르고…. 그런 네가 목숨까지 내놓는 순간 환장하겠더군."

광주는 눈에 눈물이 고였다. 그는 눈물을 뚝뚝 떨어트리며 물었다.

"인간이 도대체 뭐냐고 물었지? 난 아직도 그 답을 모르지만 니가 병원에 누워 있는 걸 보면서 정말 미안하고 부끄러워 견딜 수가 없었다. 널 아낀다고 하면서도 니 진심을 한 번도 제대로 느껴보지 못했던 버러지 같은 놈이었던 거지. 보고 싶구나, 봉수야. 정말 보고 싶구나, 봉수야!"

광주는 가슴을 움켜쥐고 괴로워하다 눈물을 터트렸다. 봉수의 시신이 뼛가루가 되어 영산강에서 버려지던 모습과 현장에서, 해고 투쟁 속에서 봉수가 피 토하듯 소리치던 목소리들이 생생하게 보이고 들려왔다. 그리고 며칠 전까지 싸웠던 수많은 조합원들의 염원이 담긴 투쟁의 목소리가 방 안을 떠돌아다녔다. 의자에 앉아 있던 광주가 벌떡 일어났다.

"절대 이대로 물러서지 않을 거다, 봉수야!"

광주는 소주를 물컵에 가득 부어 단숨에 들이켰다. 술에 젖은 그의 눈이 벌겋게 달아올라 살기를 품고 번들거렸다. 그는 끓어오르는 열기를 참지 못하고 방 안을 빙빙 돌아다니며 가슴을 치다가 술을 마시다가 울기를 반복했다. 커튼이 닫혀 있는 방 안을 광주의 독기가 넘실대며 흘러 다녔다.

사흘을 술로 지내며 괴로워하던 광주는 술기운을 털어내려고 샤워를 했다. 몸은 힘들었지만 텅 빈 배 속처럼 오히려 머릿속은 맑아지고 분명해졌다. 그는 문방구를 찾아서 종이와 매직을 사들고 들어와 글을 썼다. 36일 동안 동분서주했던 파업의 시간들이 눈앞에서 분주하게 아른거리다가 어느 순간 물위의 달처럼 허망하게 사라졌다. 그는 담배를 피우며 모텔 창밖을 내다봤다. 눈부시게 쏟아지는 햇살 아래 차량들이 달리고 사람들이 걷고 있었다. 몇 개월에 걸쳐 불어닥친 자동차 공장의 정리해고 칼바람은 어디론가 사라져버렸다.

우리를 해고시키겠다는 회사의 의지를 표명하기 위해 우선적으로 내쫓긴 하청 노동자 1천8백 명은 어디로 갔을까. 설마 하면서 회사에 충성했던 과장급 이상 8백여 명의 퇴직자들은 어떤 비애를 느꼈을까. 먼저 떠난 희망퇴직자 8천여 명은 무슨 희망을 찾아갔을까. 정리해고자 277명, 그리고 무급휴직자 1261명의 동료들과 그의 가족들은 얼마나 힘든 시간을 보내야 할까. 수배된 30여 명의 노동자들은 어디서 무슨 생각을 하며 마음 졸이고 있을까. 정리해고를 박살 내겠다던 위원장은 왜 끝내 정리해고를 받아들여만 했던 걸까.

광주는 눈을 감은 채 방 안을 서성거렸다. 온통 마음을 슬프게 하는 생각들이 길 잃은 새처럼 머리 위로 날아다녔다. 어린 아들의 원망에 찬 눈빛이 습기 찬 벽에 돋아난 물방울처럼 썩어 문드러진 가슴에 멍울로 맺혀 있었다. 눈앞에 보이는 모든 길이 가시넝쿨 숲을 만들어 한 치 앞도 분간하기 어려웠다.

감정의 늪에 빠진 생각들이 던지는 끝없는 질문을 감당할 수 없어 광주는 눈을 떴다. 갈 곳이라곤 집밖에 없는데 집은 갈 수 없었다. 아내와 아들 앞에서 잡혀가는 것은 절대 보이고 싶지 않았다. 갈 곳이 없으면 갈 수밖에 없는 곳에 가버리는 것도 번잡한 생각에서 벗어나는 하나의 방편 같았다. 그는 작업복에 남아 있는 파업의 흔적을 털어낸 뒤 거울을 보았다. 까칠해져 있는 얼굴이 거울 속에서 힘겹게 걸어 나온 낯선 타인처럼 느껴졌다. 그는 담배를 한 개비 더 태운 뒤 모텔을 나가 경찰서로 향했다.

경찰서 로비를 지나 종합민원실로 들어간 광주는 형사과 앞으로 다가가 들고 있던 종이를 펼쳐 들었다. 무슨 일로 왔냐고 묻던 형사가 종이에 적힌 글자를 보며 뜨악한 표정을 지었다.

"뭐하는 사람인데 이러는 겁니까?"

신경질적으로 묻는 형사의 목소리를 쫓아 민원실에 있던 경찰들과 몇몇의 시민들이 광주를 쳐다봤다. 광주의 손에 들린 종이에는 '폭력 경찰 만세!'라고 적혀 있었다.

"현대자동차 녹색사수대 지대장 김광주요."

"근데, 왜 여기서 이러는 겁니까?"

"염병, 보면 모르겠소? 지금 시위하는 겁니다."

"그런 건 당신네들 공장에서 해야지, 왜 여기서 이러느냐구?"

형사가 언성을 높이며 자리에서 일어나 광주 곁으로 나왔다.

"이 양반들, 까막눈일세. 야, 이 사람들아. 당신들이 체포 영장 발부해 놓은 사람도 몰라? 이거 완전히 개판이구만."

"이 사람이 어디 와서 깽판이야! 자수하러 온 거야?"

"염병, 자수 좋아하고 있네, 시위하러 왔다니까!"

"어이, 잡아들여!"

"그래, 잡아가라. 나 현대자동차 녹색사수대 지대장 김광주다!"

충혈된 눈을 치뜬 채 하얀 이를 번들거리며 김광주가 소리를 내서 웃었다. 경찰 두 명이 달려들어 광주의 손에 들려 있는 종이를 빼앗았다. 그들은 곧장 광주를 끌고 유치장으로 향했다. 울산 중부경찰서에는 대용 감방이라고 불리는 유치장들이 십여 개 넘게 설치돼 있었다. 이미 유치장 안에는 광주가 아는 얼굴이 두세 사람 있었다.

유치장 안에서 그들이 손을 들어 아는 체를 했지만 광주는 입을 꽉 다물고 아무런 표정도 짓지 않았다. 경찰은 유치장 문을 열고 광주를 떠밀었다. 철장 안으로 들어간 광주는 말없이 한쪽 구석으로 가서 쭈그려 앉은 채 눈을 감았다. 철창을 닫는 쇳소리가 철커덕 소리를 냈다.

7장. 노동자라는 이름의 굴레

거울 속에서 늙은 사내가 바라보고 있었다. 고슴도치처럼 빳빳하게 곤두서 있던 검은 머리카락도 세월에 탈색돼 흰빛으로 힘을 잃어갔다. 광주는 자글자글해진 눈가를 문질러보다가 면회실을 둘러봤다. 오래된 시골 터미널 대합실 같았던 공장의 면회실이 대리석으로 치장돼 있었다. 조잡했던 칸막이 안내실도 호텔 데스크처럼 꾸며졌고 실내에는 손님들을 위한 휴게실까지 만들어져 있었다.

정문 앞 주차장을 없애고 신축한 면회실이었다. 정문 출입구도 기둥과 지붕까지 만들어져 근엄한 모습이었다. 차량이 들락거리는 곳과 사람이 드나드는 곳으로 나뉘어 면회증이 없으면 외부 출입이 불가능했다. 여전히 경비들은 체구가 좋은 젊은 사람들로 한눈에도 운동으로 다져진 몸이라는 걸 알 수 있었다.

정문 안 양봉수가 분신했던 자리도 없어졌다. 그가 쓰러진 자리는 타원형의 작은 정원으로 변해 있었다. 소나무가 두어 그루 심어져 있는 화단은 차량들이 다니는 회전로터리 역할을 하고 있었다. 자신의 머리카락 색깔이 변한 것만큼이나 공장에도 많은 변화가 있었다.

정문 옆에 있는 비정규직 텐트를 쳐다봤다. 도로변에 여기

저기 걸려 있는 플래카드만 봐도 그들이 무엇을 소리치고 있
는지 알 수 있었다. 달리는 차들이 일으키는 바람에 플래카드
가 펄럭거리자 영상 속 아들 모습이 아른거렸다. 오래전 굴뚝
위로 올라가 농성했던 위원장들처럼 고공농성은 절박한 상황
에서 최후에 선택하는 노동자들의 투쟁 방법 중 하나였다.

어쩌자고 허공으로 올라간 것인지.

숙명처럼 대립할 수밖에 없는 노동과 자본의 구조 속에서
고공으로 올라간 아들의 마음을 헤아려보던 광주는 한숨을
내쉬었다. 일시적 감정이 아니라면 아들은 이미 노동운동으
로 깊이 발을 들여놓은 상태라고 여겨졌다. 힘겹고 어려운
길. 어떻게 그 길로 들어선 것인지는 알 수 없지만 결코 쉽지
않은 삶이 아들 앞에 놓인 것만은 분명했다. 광주는 자신이
걸어온 지나간 시간들이 허망한 바람으로 밀려오자 염포산
을 올려다보았다.

"이렇게 사니까 좋나? 다시 울산으로 돌아가고 싶지 않어?"

1년 2개월 옥살이를 하고 나와 제천으로 이사 간 정민을
찾아갔었다. 개벽이가 보고 싶었지만 감옥까지 들려왔던 아
내의 풍문 때문에 집보다 정민을 먼저 찾았다. 그가 어떻게 사
는지 보고 싶었고 자신이 살아갈 날들을 가늠해보고 싶었다.

"형님, 자동차 공장 노동운동은 끝났습니다. 위원장이 다
시 힘을 키워보자고 했지만 형제처럼 지냈던 그의 얼굴을 마
주 보면서 거기 있을 수가 없었어요. 예전에 박정희를 비롯한
군사정권들이 한 짓 중에 가장 무서운 짓이 뭔지 아십니까?
국민의 정신을 죽이고 굴종으로 길들여놓은 겁니다. 그처럼

정리해고를 사전에 조합원 동의 없이 수용하면서 현대차 노조운동에 사망선고를 한 거죠. 노동자로서 자신의 입장을 당당하게 말하고자 했던 심장을 갈기갈기 찢어놓는 돌이킬 수 없는 만행을 저지른 거란 말입니다. 형님이 그랬죠? 왜 우리는 한 번도 제대로 싸워보지 못했느냐고. 그날 자동차 공장의 노동자 정신은 죽은 겁니다."

여전히 독처럼 쌓여 있는 상처를 지우지 못한 정민의 목소리는 격앙돼 있었다. 나뭇가지를 쳐대는 시퍼런 낫 같은 단호한 억양이 단어 하나하나에 꼿꼿하게 배어 있었다.

그의 말처럼 감옥에서 나와 공장에 들렀을 때, 공장의 분위기는 예전과 달랐다. 일 년여 동안 힘겨운 무급의 시간을 견뎌낸 민주파 들이 공장으로 다시 돌아와 노동조합을 새롭게 일으켜 세우려고 애를 썼지만 조합원들의 마음은 물 건너간 형국이었다.

"회사에 가서 임금 정산하고 나오다가 현장에 들렀는데 사람들이 그러더라. 얻은 것도 없이 쫓겨나게 돼서 안 됐다고. 정부와 회사에 대한 비난의 소리만큼이나 노조를 씹어대더군. 아무튼 그들의 말이 위로보다는 자조적으로 들렸지. 정리해고 싸움을 기억에서 아예 지워버리고 싶어 하는 허탈감에 젖어든 목소리들처럼 말이야."

조합원들은 정부 정책과 공권력의 횡포에 질렸다며 침을 뱉었다. 자본주의사회라는 확인을 시켜주듯이 국가가 한 번도 노동자의 입장을 배려한 적이 없었다고 분개했지만 공권력의 힘을 통해 기업이 노동자들을 짓밟아대는 이상 이길 수 없다는 패배감이 만연해 있었다.

"경태가 그러더라. 조합원들 사이도 예전 같지 않다고. 자기 문제가 아니면 관심조차 갖지 않으려 한다고 말야."

"충분히 이해가 됩니다. 회사에 남았던 사람들과 쫓거나 온갖 개고생을 하다가 다시 돌아온 사람들 사이가 가까워질 수가 없겠죠. 정리해고 때 많이 봤잖아요. 왜 내가 해고돼야 하냐고 얼마나 난리들을 쳤어요. 사촌이 땅을 사도 배가 아프다는데 쫓겨난 사람들 눈에 남은 사람들이 좋게 보였겠어요? 저 새끼는 무슨 수작을 펴서 살아남았냐고 욕하다가 부러워하기도 하고 그랬겠죠. 그렇게 회사의 분열 정책에 시달리다가 노조까지 직권조인을 해버리는 꼴을 봤으니 믿을 놈하나도 없다고 분통을 터트리며 불까지 질렀던 거 아닙니까? 그런 생각을 하면 정말 괴롭습니다."

광주는 조합원들이 회사로부터 능욕을 당하면서 노동계로부터도 무시당해야만 했던 수많은 아픔을 떠올렸다.

끝까지 깃발을 내리지 않으면서 노동계를 대표해 정리해고 반대 투쟁의 상징이 돼버렸던 자동차 공장의 노조가 정리해고를 받아들이면서 오히려 비난의 대상으로 전락해 온갖 치욕스러운 말들을 들었다. 노동계와 여성 운동가들은 남성 조합원 구제를 위해 힘이 약한 식당 여성 조합원을 전원 해고 대상자로 받아들였다며 거세게 비난을 쏟아냈다. 식당 아줌마들은 그 후 일 년 이상을 다시 파업 투쟁에 나서기도 했다. 그 결과 1998년 정리해고 투쟁 과정에서 집행부가 협상한 안대로, 노조가 운영하는 식당에서 일하는 조합원으로 남게 됐다. 정리해고 투쟁의 후유증이 오랜 시간 지속되면서 조합원들은 그들 사이에 그물처럼 연결돼 있던 동지애는 물론 노조 운동에 대한 연대의 손길까지 내려놓고 있었다.

사회 곳곳에서도 사람과 사람 사이가 황폐해져갔다. 경제 위기를 탈출하기 위해 내세운 경제 개방과 기업 우선 발전 논리는 사회구조를 흔들어놓았다. 정부의 정책은 자본가들도 양극화시키고 노동자들도 양극화시켰다. 김영삼이 지역주의로 갈라놓은 영남과 호남의 갈등이 깊어지고 있던 것처럼 양극화 문제는 정권이 바뀌어도 점점 심화돼갔다. 무한 경쟁의 얼굴을 가진 신자유주의 물결도 초목을 사막화시키는 마른 바람처럼 공동체 의식을 집어삼켰다.

사람들은 '나만'이라는 사고의 틀을 움켜잡았다. 자동차 공장 조합원들 역시 민주파들이 이끄는 투쟁에 실망하면서 자신들의 이익 문제로 눈을 돌렸다. 노동자의 집이라고 믿으면서 함께 만들어가려 했던 노동조합은 시간이 흐를수록 점점 그들의 이익을 실현해주는 '대행기관'으로 인식돼버렸다. 조합원들은 그곳에 '어용'이 살든 '민주'가 살든 상관하지 않으려 했다. 자신들의 이익을 제대로 챙겨줄 수 있는 사람이라면 어떤 집행부가 들어와도 괜찮다는 생각에 사로잡혀갔다.

"염병할, 이놈의 사회가 얼마나 사람들을 더 미치게 만들려고 수작부리는 건지 알 수가 없군."

"괴물 같은 자본의 머리에 비정규직 제도라는 뿔까지 달아줬으니 큰일이죠. 자본주의가 날뛸수록 가난한 사람들은 더 가난해지는 법입니다. 가난은 필연적으로 사회를 불안하게 만들고요. 사람이 사람을 두려워해야 하는 미친 사회가 진짜로 올지도 모르겠습니다."

"이런 미치광이 사회 속에서 공장까지 때려치웠으니 뭐하고 살지? 어디로 가서 무얼 하고 살아야 하는 건지, 정말 한심하군."

"조급해하지 마시고 울산을 돌아다녀 보세요. 나도 여기와서 몇 개월 방황하다가 이 일을 잡은 겁니다. 형님에게도 할 일이 분명 나타날 겁니다. 요즘은 시간이 좀 지난 탓인지 마음도 누그러져 운전수들이 개인적으로 겪는 사내 문제에 대해 상담도 해주고 있습니다. 그러면서 어떻게 살까 계속 궁리하고 있고요. 하하, 어떨 때는 돈을 모아 땅을 조금 사서 자급자족하며 살아볼까 하는 생각도 드는데 은근 즐거운 상상입니다. 사는 게 별거 있습니까? 욕심만 부리지 않고 다른 사람 괴롭히지 않고 살면 그것으로도 족하죠. 조금 여유가 생겨서 누군가에게 작은 힘이라도 되면 더 좋구요."

택시 운전사를 하고 있었던 정민의 맑은 모습을 떠올리며 광주는 쓸쓸하게 웃었다. 순수하면서도 누구보다도 확실히 노동운동에 대한 신념을 갖고 있던 정민이었다. 말을 밖으로 꺼내지는 않았지만 자동차 공장을 떠나온 그의 마음이 얼마나 고통스러웠을지는 짐작하고도 남았다.

광주는 정민이 보고 싶었다. 여전히 택시 운전을 하고 있는지, 아니면 그의 소망대로 작은 땅이라도 구입했는지 궁금했다. 그를 보지 못한 지 어느새 17년이 돼가고 있었다.

"와이고, 이게 누고? 광주 행님 아인교? 살아 있었는 가베."

상념에 젖어 있던 광주는 낯익은 목소리에 뒤돌아봤다. 경태가 활짝 웃으며 정문을 나오고 있었다. 나이 든 흔적이 엿보였지만 그래도 옛 모습이 많이 남아 있었다. 광주는 반가움에 성큼 다가가 경태를 끌어안았다.

"쬐금 늙었구먼."

"뭐라 카시는교? 세월이 지만 때리고 갔을까봐요? 근데 이기 무슨 일인교? 일단 가입시더. 소주나 한잔 하면서 이바구 하입시더. 와이고 벨일이 다 있네."

경태는 광주의 등장이 믿기지 않는 듯 연신 그를 쳐다보면서 양정동 뒷골목으로 앞장서서 걸었다. 오랜 세월이 지났지만 뒷골목은 크게 달라지지 않았다. 족발집 자리에 칼국수 기게기 들어섰고 없던 카페가 눈에 띄었지만 허름한 옛 모습을 대부분 간직하고 있었다.

"도대체 어디로 사라졌다가 나타난 깁니꺼? 행님이 떠난 게 언젠교?"

삼겹살집로 들어가 술을 시킨 뒤 경태가 물었다.

"언제지? 가만있자, 비정규직 노동자 류기혁 열사가 죽었던 해에 떠났으니까…."

"그람 언제더라, 한 2005년쯤인 갑네."

류기혁의 죽음이 떠오르자 마음 한곳이 서늘해졌다. 류기혁은 현대자동차 사내하청 보광기업에 입사해 양봉수가 있던 승용2공장에서 일했다. 정규직의 절반도 안 되는 임금을 받으면서 심한 차별을 받았던 그는 노동조합 활동에 적극적이었다. 그러자 업체 관리자들이 왕따를 시키고 욕을 하면서 그

노동자라는 이름의 굴레 447

를 괴롭혔다. 그는 개의치 않았다. 어린아이 같은 순진무구
한 웃음과 선한 심성을 갖고 있던 그는 지청구를 들어도 슬
그머니 웃고 넘기면서 말과 행동을 실천으로 옮겼다. 다른 업
체의 비정규직 투쟁이 있으면 주변 동료들에게 함께해야 한다
며 손을 잡아끌기도 했고 억울해서 못 살겠다고 분통을 터트
리는 동료가 있으면 가슴으로 그를 안았다. 비정규직 해고자
들이 농성할 땐 비닐봉지에 먹을 것을 바리바리 싸들고 가서
묵묵히 함께 자리를 지키며 마음을 나누기도 했던 그를 어느
날 사측은 일방적으로 해고했다.

　당시 현대자동차 비정규직 노동조합 사무실은 공장 밖 정
문과 마주 보는 건물 3층에 있었다. 류기혁은 해고 싸움을 해
가면서 노동조합 사무실에서 지냈다. 숱한 고뇌를 감추고 활
동하던 그에게도 시간이 흐르면서 병이 생겼다. 그는 아무도
모르게 술을 마시며 울기도 했고, 세상을 한탄하면서 절망에
휩싸였다. 그러던 어느 날 비정규직노조 사무실 옥상 난간에
밧줄을 걸고 류기혁은 목을 매달았다. 동료들이 그를 발견했
을 때 이미 그의 몸에서는 생의 기운이 빠져나간 뒤였다. 류기
혁은 창백한 얼굴로 죽는 순간까지 현대자동차 건물을 지켜
본 듯 그의 몸이 자동차 공장을 향해 있었다. 그의 나이 서른
한 살이었다.

　"이대로 류기혁을 보낼 수 없다며 철탑에 올라갔던 비정규
직이 있었지? 이름이 뭐더라?"

　"그때 네 명이 철탑에 올랐심더. 그 중에 최광우란 친구가
고래 심줄맹키로 끈질기게 법정 투쟁을 안했능교. 불법파견

이라고."

"불법파견이라니?"

"2003년에 비정규직 노동자들이 노동조합 맹글고 나서 노동부에 불법파견이라고 집단적으로 진정서를 넣었심더. 사실 하청업체 사장들이 모두 바지 사장 아닌교? 관리는 원청에서 받고 인력 관리만 하는 놈들이니까네 사내하청 노동자들은 인력업체로부터 조달받은 파견근로자캉 매한가지라는 기지요. 제조업은 파견근로자 쓰면 안 된다 아입니까? 그카니까네 불법파견인 거죠. 그때 노동부가 현대자동차 사내하청 전부 다 불법파견이라꼬 판정했심더. 류기혁 열사가 죽기 전임더. 그칸데도 회사는 노동부 판정을 귓등으로도 안 듣고 모른 척하대요? 검찰도 불법인줄 빤히 알면서 회사 편만 들었심더. 우야겠심니꺼? 불법파견 인징하라꼬 비정규직 조합원들이 싸우다 짤렸심더. 짤린다꼬 겁이나 묵겠심꺼? 멈추지 않고 싸우면서 정말 이라다 죽지 싶게 두들겨 맞고 해고도 되고 구속도 되고 성님도 그림이 그려지지요? 그러다 2010년이 되가꼬 현대자동차 사내하청은 불법파견이고 정규직이라꼬 대법원의 판결을 받아낸 기지요. 그 얘기 다할라 카믄 이가 득득 갈립니더."

노동법 개악으로 파견법이 도입된 이후 1990년대 후반부터 비정규직 노동자들은 기하급수적으로 늘어났다. 노무현 정권에 법적인 보장을 받으면서 공기업은 물론 모든 노동력이 필요한 기업들은 값싼 비정규직을 선호했다. 공기업과 서비스업체들이 파견근로제를 이용해 헐값에 비정규직을 고용하자 대기업들은 사내하청 제도를 적극 확대했다.

사내하청은 60년대 박정희 정권이 썼던 제도였다. 주로 철강이나 조선 사업장에서 활용됐는데, 공장 내에 업체를 들여 특정 부분의 노동력을 부리기 위해 만들어진 그 틀은 당시만 해도 정규직 임금과 차별을 거의 두지 않았다. 하지만 세월이 흐르면서 자본가들은 그 틀을 노동자를 착취하기 위한 형틀로 악랄하게 변질시켰다. 대기업을 비롯한 제조업들은 노동자들의 임금을 정규직의 절반으로 낮춰 하청업체와 계약하고 그들이 지급해야 할 4대보험조차 하청업체에 떠넘겼다. 무늬만 하청업체였지 노동력만 제공받는 파견근로여서 불법파견이었다.

현대자동차 역시 1998년 정리해고 이후 호황을 맞이하면서 사내하청 제도를 통해 비정규직을 대거 늘렸다. 사측은 그들을 1987년 노동조합이 없던 시절의 노동자처럼 물건 다루듯 취급했다. 절반의 월급을 주고 노동강도가 심한 곳에서 일하게 하고 맘에 안 차면 모욕을 줬다. 회사는 비정규직 노동자들을 비인간적으로 부리면서 정규직을 손바닥 위에 올려놓으려는 치밀한 계획을 거침없이 진행했다.

정리해고 이후 사측은 정규직 노동자들이 쉬는 시간에 이용하는 의자조차도 모두 없앴다. 작업자들은 급하게 화장실을 가야만 할 때도 조장의 눈치를 봐야 했다. 신문을 보거나 커피 마시는 것 역시 현장에서 허락되지 않았다. 1987년 이전 무노조 시절 그리고 1995년 이영복 어용노조 시절처럼 조장과 반장의 권위가 다시 하늘을 찌르는 때가 되었다.

정리해고를 겪고 난 뒤 정규직 조합원들은 공장을 다닐 수 있을 때 돈을 벌어야 된다는 고용불안에 대한 트라우마에 젖어버렸다. 노동조합을 처음 만들 때 잔업, 특근 없는 세상에 살고 싶다고 외쳤던 그들은 잔업, 특근을 오히려 반기며 돈을 버는 데 자신의 삶을 오롯이 바쳤다. 자고 먹고 일하면서 가족 간의 따뜻한 일상도 누리지 못한 채 삶은 피폐해갔지만 그들은 오히려 가족들을 위한 것이라며 죽어라고 일만 했다.

노동조합은 그런 정규직의 고용불안을 해소한다는 미명 아래 사내하청 비율을 16.9%까지 인정해주는 '완전고용합의서'를 체결했다. 현장의 일부 활동가들이 비정규직을 정규직의 고용 방패막이로 활용하는 것을 노조가 동의해줬다며 비판했지만 집행부는 비정규직 투입 비율을 제한하여 더 이상의 비정규직 확대를 막기 위한 조치나고 항변했다. 이때를 기점으로 약 10년 동안 비정규직은 기하급수적으로 늘어나 만여 명에 달했다.

삶의 여유와 동료 간의 우애마저 잃어가던 정규직들은 고무줄 늘어나듯 투입되는 비정규직 노동자들을 무시하며 이름조차 제대로 불러주지 않았다. 나이가 많은 사람들에게까지 '어이, 저기' 해가면서 심부름을 시키고 그들을 업신여겼다.

노동조합은 현장 환경을 바꾸기 위해 정규직과 비정규직의 '커피 같이 마시기' 캠페인이라는 웃지 못할 행사까지 열었지만 많은 것이 사측의 계획대로 진행됐다. 그들은 노동조합 집행부는 물론 대의원과 소위원의 일가친척까지 동향을 파악하며 관리했다. 현대자동차 노동자들의 풍토가 사측의 의도대로 변해가면서 그들은 점점 사측이 쳐놓은 울타리 안에서 안주하며 자기 밥그릇 챙기는 데 익숙해져 비정규직 투쟁을 외면했다.

"뭣 땀시 이가 갈리는데?"

광주는 아들이 처한 상황을 더 알고 싶어 물었다.

"비정규직 동지들이 진짜 치열하게 싸웠심더. 노조 맨들고 나서 불법파견을 내걸고 5공장 부서 탈의장 점거 농성을 250일이나 했죠. 2006년쯤엔가는, 정규직 노조가 임금 인상, 처우 개선을 대신 해주는 거 거부하고 처음으로 자기들 힘으로 임단협 투쟁에 딱 나서기도 했심더. 회사 관리자들과 죽기 아니모 까무라치기로 몸싸움하면서 실제 라인을 끊기도 하고… 글케 싸우고 깨지고 하믄서 비정규직 노조 활동이 힘이 마이 빠지기도 했심더. 그 카다가 2010년 대법원 판결이 난 깁니다. 비정규직 동지들이 활기를 다시 찾기 시작해가꼬 1공장 CTS공정(자동차 문 탈착 공정)을 25일이나 점거해서 투쟁했심더. 회사 놈들이 전기도 끊고 물도 끊어가매 탄압했는데 그때 진짜로 처절하게 싸웠지만 농성을 접으라 카는 회사와 정규직 노조, 정치권의 압박을 몬 버텨냈심더. 십 년 넘게 투쟁하믄서 정규직 노조캉 갈등도 많았심더. 하지만 우야겠능교? 정규직 노조도 비정규직 문제 갖꼬 억수로 교육도 하고, 비정규직 집단 가입을 이끌어내려고 노력은 했심더. 정규직 조합원들도 CTS 점거농성 때 자기들 간식 안 먹고 모아다 농성하는 비정규직한테 갖다 주고, 활동가들도 회사가 막 침탈하면 앞에 서갖꼬 막아주고 했심더. 비정규직과 정규직 간의 문제도 있었지만 비정규직들 즈그끼리 갈등도 엄청시리 심했심더. 비정규직들도 정규직이 될 수 있을지 모린다는 것에 희망을 걸었지마는 사측의 눈치나 슬슬 보면서 뒷전에서 구경만 하는 사람늘이 더 많았다 아입니꺼?"

"그런 자식들이 투쟁의 기운을 더 뺀다니까!"

광주는 불현듯 아들의 투쟁이 힘겨움에 빠진 게 아닌가 싶어서 걱정을 했다.

"어쨌든 간에 2012년에 비정규직 노조가 만장까지 들고 다시 라인을 끊는 파업을 벌였심더. 그때 최광우와 또 동지한 명이 모든 사내하청의 정규직 전환을 주장함서 그 명촌 주차장에 있는 45미터 송전탑 안 있습니꺼, 거 올라가가 300일 가까이 목숨 걸고 싸운 깁니더. 근데 이 씹어먹어도 선치 않을 회사 놈들이 요에 햇는 줄 아십니꺼? 법원 판결 같은 거 애저녁에 무시하고 정규직 전환도 안 하고 즈그 입맛대로 비정규직 일부를 신입사원으로 뽑겠다 카고 밀어붙였심더. 그동안 불법으로 비정규직을 써가꼬 어마무시하게 이익을 남겨왔는데 앞으로도 계속 불법을 저지르겠다고 나온 깁니더. 철탑 농성으로 불법파견 문제가 사회적 이슈로 떠오르니까네 불법을 덮어볼라꼬 신규 채용 카드를 꺼낸 기지요. 그기다 그냥 신규 채용도 아이고 치졸하게 신규 채용에 응하면 손배 가압류를 풀어주겠다고 미끼를 던졌심더. 2010년 CTS공정 점거파업 했을 적에 비정규직 노동조합캉 조합원들한데 손배 가압류 때린 기 있었그든요. 그걸로 비정규직을 이간질한 기지요. 정규직 되고 싶은 사람은 비정규직 노조에서 나와가 정규직 채용 원서를 쓰고 불법파견 소송을 취하하라는 조건이었심더. 회사 측은 불법으로 비정규직을 오래 부려먹은 임금캉 호봉을 떼어먹겠다 카는 심산이었던 겁니더. 그카고 비정규직들 사이에 균열을 일으켜 투쟁을 위축시키려고 한 기지요. 목구멍이 포도청이라꼬 우에 됐겠심니꺼? 눈치만 보고 있던 놈들이 와르르 그쪽으로 몰려들어가 비정규직들 사이에 분란이 생기고 투쟁의 의미는 팍 꺾였심더. 결국에는 노사 합의로 6천 명 넘게 정규직이 됐지마는 안즉도 4천 명이나 사내하청이 남아 있심더. 거기다다 불법파견을 은폐하려고 촉탁계약직이란 것을 노사 합의로 도입했는데 한 3천 명쯤 될 낍니더. 그니까 지금도 여전히 투쟁이 계속되고 있는 상태인 기지요."

"여전히 비정규직 임금이 정규직의 반토막인가?"

"2000년부터 물량이 억수로 쏟아지니까네 이직률을 줄여볼 끼라꼬 2002년부터 임금이 쪼매 나아지긴 했심더. 정규직의 60% 정도는 될 낍니더."

"요즘 비정규직들은 인간 취급은 좀 받고 사는감?"

"에에? 와이고 행님요, 오데 딴 나라에서 살다 오신 깁니까? 지금은 비정규직 세상 아닙니까? 전체 노동자 반 이상이 비정규직입니다. 젊은 아들 일자리는 더 엉망이라 취업자 여덟 중에 다섯은 비정규직이라 안 캅니꺼? 요즘 유행하는 말 모르는교? 청년들은 '비계인'이라코 한답니더. 비정규직, 계약직, 인턴으로 살아야 하니까네요. 그래서 갸들이 이 나라를 헬조선이라꼬 한다 카대요."

"헬조선은 또 뭐여?"

"지옥 같은 나라라는 깁니더. 그래가 이번 생은 망했다꼬 '이생망'이라고 한답니더. 사는 기 지옥이라 카는데 뭘 더 주께겠능교?"

"원 기가 막혀서. 앞으로 양극화가 극심해질 거라고들 하더니 그 말이 현실이 됐구만."

"끔찍한 사회인 기지요. 노동자들을 정규직, 비정규직으로 갈라놓고 길들이는 겁니더. 정규직들은 좀 더 나은 대우를 해줘가매 설설 기도록 맹글고 비정규직은 쎄빠지게 부려먹으면서 둘 사이를 이간질시키는 겁니더. 이라니 정규직들은 지 이익을 뺏길까 싶어가 비정규직의 고통을 모른 척하고….'"

"염병할, 세상 밖으로 나오니까 귀만 더러워지는군."

"염병 소리 들으니 이제야 광주 행님이구나 싶습더. 하하."

두 사람이 웃고 있는 사이에 술이 나왔다. 광주가 경태의 잔에 술을 채우며 물었다.

"근데, 니 영혼은 아직 살아 있나? 아직도 세상을 바꿔보고 싶냔 말이야?"

"그걸 말이라꼬 합니꺼? 이 자본주의라 카는 게 인간의 탐욕을 바탕으로 이루어진 사회 아입니꺼? 전쟁, 환경, 생태 전부 다 위기로 치닫고 있는데 그걸 해결하기 위해 노력하는 기 아니고 개인 혹은 집단의 이익에만 집착하고 있다 아입니꺼. 자본의 속성이 인간의 욕망을 내 꺼, 우리 꺼, 그니까 개인적인 거나 특정 집단의 탐욕으로 추악하게 변질시켜버린 기지요.

체제를 바꿔야 함더. 모든 생명이 존중받고 같이 살려는 방향으로 사회가 변하지 않으마 이 세계는 끝장인 깁니더. 자본주의 사회의 속성상 절대로 공동체의 삶을 위해 나아가지 않심더. 이건 내 혼자만의 생각은 아닐 낍니더. 많은 사람들이 그렇게 주장하고 있고, 자동차 공장 일세대 민주파들 중에도 여전히 그런 생각을 갖고 있는 사람들이 남아 있습더. 다만 오랜 세월 동안 조합원들이 자본의 힘에 꺾이고 길들여져가 '같이'라는 인간이 가져야 할 정신을 박탈당했다는 기지요. 누구랄 것도 없이 우리가 얼마나 탄압을 받아왔십니꺼? 자본과 권력들이 얼마나 지독하게 우리들을 짓밟아가믄서 우리의 생각을 부수고 즈그들 발 아래로 기어들어오게 했심니꺼? 의지가 견고하지 않으마 현실이 쬐매만 나아져도 거기 안주하는 기지요. 사는 기 전쟁인데 얼매나 고통스럽고 고달픕니꺼? 내 밥그릇이 쪼매씩 커지니 넘의 밥그릇 사정이 뵈겠능교? 그래도 아직 자동차 공장의 의식과 의지가 완전히 죽었다고는 안 봅니더. 민주노조가 처음 만들어질 때, 우리가 얼마나 간절하게 알고 싶어했심니꺼? 무시당하지 않고 자본가보다 더 똑똑해질라꼬 잠도 줄여가믄서 공부도 안 했습니꺼? 학습하고 토론하고 나 혼자만이 아이라 모두를 위한 사회를 만들자꼬 했던 그 마음들이 안즉은 남아 있는 기지요."

광주는 경태의 눈빛을 보면서 슬도의 밤하늘에 가끔씩 나타나던 은하수를 떠올렸다. 하얗게 반짝거리며 물줄기처럼 흐르던 은하수를 볼 때마다 무수히 많은 이야기와 꿈이 그 안에 담겨 있다는 상상을 했다. 오래전 분노로만 치달았던 경태의 눈빛이 웅숭깊게 빛나고 있었다.

"분명해서 보기 좋구나. 난 내년이면 환갑인데도 삶이 오리무중이야."

"근데 와 사라져버린 깁니꺼?"

"염병, 취조하는 놈처럼 노려보지 말어."

"행님 아는 사람들이 전신에 행님이 죽었을 거라고 하대요. 내도 그렇게 생각했으니까네요. 그때 행님이 엔간히 힘들어했다 아입니꺼?"

"사람 목숨이 쇠심줄 같은데 그렇게 쉽게 끊기겠나."

"우에 살았심니꺼?"

"거참, 집요하게도 묻네. 마누라하고 이혼한 건 알지?"

광주는 소주잔을 훌쩍 비어내며 덤덤하게 말을 꺼냈다. 경태가 고기를 불판에 올리며 고개를 끄덕였다.

"정리해고 있었던 그다음 해에 울산 노래방 삐삐아줌마 사건이 일어났잖아. 아파트 앞 동 아저씨가 도우미를 불렀더니 뒤 동 아줌마라 황당해했다고 할 정도로 노래방이 성황이었던 때였고 먹고살기도 어려운 때였지. IMF로 고달프게 사는 시절에 노조 간부들이 노래방에서 삐삐아줌마 불러 논다는 소문이 나자 운동판에서 비난이 쏟아졌던 거 알지? 근데, 사실은 우리 마누라가 원조였어. 내가 감옥에 들어가고 나서 먹고살 길이 막막하니까 노래방을 다닌 거야. 감옥까지 그 소문이 들려왔을 때 창피하고 화가 나서 미치겠더구만. 소문이란 얼마나 무서운기? 삐삐아줌미에서 몸 피는 여지리는 소리까지 들렸을 땐 탈옥을 해서 아내를 죽여버리고 싶은 충동까지 일었었지. 그래서 감옥에서 나와 곧장 집으로 들어갈 수 없었다네. 마누라를 보면 어떻게 해버릴지도 모른다는 두려움 때문이었어. 나오자마자 회사에서 임금 정산하고 나와 정민이를 찾아갔지. 정민이 사는 모습이 안타깝기도 했지만 좋아 보이기도 했어. 많이 힘들었을 텐데 여전히 의연하더구먼."

"아, 맞다. 행님, 정민이 형 소식 모르지요?"

"알 수가 있나. 그동안 아무도 보지 않았으니까. 왜, 무슨 일 있었어?"

쾌활했던 경태의 표정이 한순간 굳어졌다. 그는 고개를 숙여 술잔을 만지작거리면서 한숨을 내쉬었다.

"뭔 일인데 그래?"

"아, 정말!"

경태는 술잔을 비워낸 뒤 광주를 쳐다보다 다시 고개를 숙였다. 그의 얼굴이 슬픈 표정으로 잔뜩 일그러져 있었다.

"정민이 형 죽었심더."

뜻밖의 말에 충격을 받은 듯 광주가 되물었다.

"죽었다니, 그게 무슨 말이여?"

"뭔 말이기는요. 죽었다꼬요, 니미럴."

"왜? 이놈아, 말 좀 똑바로 해봐."

광주가 주먹으로 탁자를 치며 경태 앞으로 몸을 내밀었다.

"위암이었다 카대요. 삼 년 전에 죽었심더."

경태의 목소리가 멈추는 순간 광주의 눈이 닫혔다. 몇몇 테이블에서 소란을 떨던 사람들의 목소리도 눈앞의 모든 사물들도 광주의 눈 밖 어디론가 사라져버렸다. 텅 빈 머릿속에서 정민이 죽었다는 경태의 목소리만 가득 들어찼다. 바닥도 모를 심연으로 몸과 마음이 추락하자 온몸에서 순식간에 기운이 빠져나갔다. 고개를 떨군 그는 두 손으로 머리를 감싸며 의자에 등을 기댔다.

"자동차 공장 역대 민주파들 사이에서 난리가 났심더. 위원장을 했던 사람들부터 시작해가 다들 영월 요양병원으로 달려갔심더. 형수가 우리를 보더니 우에 알고 왔나 카면서 기겁을 하데요. 정민이 형이 안 만날지도 모른다면서 먼저 병실로 들어갑디더. 쪼매 지나가 형수가 들어오라 캐서 들어갔는데 환장하겠는 기라요. 원래도 마른 사람이 빼짝 말라가꼬 뼈에 가죽만 발라놓은 꼴로 반갑다꼬 손을 내미는데 금방 부러질 나뭇가지가 흔들리는 거 같습디더. 아아 씨발. 가까이 가서 얼굴을 볼라 카는데 가슴이 미어질 거 같은 기라요. 눈물을 꾹 참을라꼬 이를 악물었는데 핏기 하나 없는 얼굴로 뭐 좋다고 내를 보고 웃는데 참을 수가 없었심더."

경태는 목이 타는지 술을 한 모금 넘기며 말을 이었다.

"눈물이 줄줄 흐르니까 자기는 괜찮으니 울지 말라고 하데요. 가슴에 눈물이 차서, 분하고 억울해서 터질 것 같은데 그 말을 들으니까네 돌아버리겠습디더. 결국에 내 미친놈 맹키로 소리 지르면서 엉엉 울어버렸다 아입니꺼."

경태의 말을 들으면서 안주도 없이 술만 들이켜던 광주가 일어섰다. 그는 넋이 나간 사람처럼 화장실로 걸어가며 담배를 피웠다. 주인이 실내에서 담배 피우면 안 된다고 했지만 아랑곳하지 않고 화장실로 들어가 문을 잠갔다. 그는 변기 위에 털썩 주저앉으며 담배를 문짝에 내던졌다.

정민과 함께했던 날들이 눈앞에서 펼쳐졌다. 광주는 모든 것이 미안하고 애달파서 정민의 이름을 부르고 또 불렀다. 세상이 원망스러워 수없이 염병을 내뱉었다. 기쁨보다는 고난과 슬픔으로만 가득했던 지난 삶들이 징그럽도록 싫어 몸을 이리저리 흔들며 두 발로 화장실 바닥을 쿵쿵 굴렀다.

폭풍같이 휘몰아치는 감정에 휩싸여 한참을 울다가 광주는 정민의 아내와 자식들을 떠올렸다. 갓난아이를 막 벗어난 어린 두 자식의 예전 모습이 눈에 밟혔다. 그는 제수씨가 어떻게 지내고 있는지 걱정돼 눈물을 거뒀다. 긴 한숨을 몰아쉬며 마음을 추스른 뒤 얼굴을 씻고 경태에게로 갔다. 자리에 앉아 술을 한 잔 들이켠 뒤 경태에게 물었다.

"제수씨와 애들은 어찌 산다냐?"

"퇴직금으로 개인택시를 사가 9년 동안 살아왔는데 병원비 때문에 다 팔았다데요. 김민식 형이 나서가 애들 고등학교 졸업까지는 우리가 시켜주자고 장학금도 모았심더. 그래도 생활은 해야 하니까네 형수가 일 다니면서 버는 갑데요."

"무슨 일?"

"한방병원 탕제원에서 비정규직으로 일한다고 함더."

"비정규직? 정말 염병할 일이구먼. 정민이 죽어서도 눈을 못 감겠어. 그렇게 천사 같은 사람이라며 떠받들던 마누라가 비정규직 노동자가 됐으니… 그나저나 정민이가 죽어서 고이 눈이나 감았는지 모르겠다. 하긴, 나 역시 가족에겐 죄인이지, 죄인이야."

교도소를 나와 정민을 만나고 울산으로 향했던 광주는 집으로 들어가지 않고 보름 정도 주변을 배회하던 때를 떠올렸다. 면회도 한 번 오지 않고 온통 추문만 흘려보내 온 아내를 용서할 수가 없어 이혼도 결심해봤지만 무급 휴직자들이 겪은 고통의 소리를 들으며 화를 누그러트렸었다.

무급 휴직자 아내들은 한겨울에 보일러도 못 돌리고 유치원에 아이 보낼 돈도 없어 화장실에서 문 잠그고 울었다고 했다. 어떤 이는 초등학교 다니는 아들에게 우유 대금 4천 원을 뒤늦게 마련해줬는데 괜찮다고 해서 왜 그런지 물어봤더니, 자신이 회사에서 잘린 걸 알고 아들은 배식 도우미를 하면서 남는 우유를 먹었다는 것이다. 무급 휴직자 아빠는 아들의 말을 영원히 잊을 수 없을 거라며 눈물을 글썽였었다.

인력시장을 통해 공사판이나 농장으로 돈벌이를 다녔다는 사람, 작은 하청업체에 들어가 적은 임금을 받으며 기름 독이 오를 정도로 일했다는 사람, 일자리가 없어 신문을 서너 개 돌렸다는 사람, 술을 마시지 않으면 잠을 잘 수 없었다는 사람들. 그 사람들의 이야기를 들으면서 아내에 대한 분노 때문에 보지 못했던 가족이 겪었을 어려움을 피부로 느끼며 마음의 독을 풀어냈었다.

"근데, 형수가 참말로 바람을 피운 깁니꺼? 감옥에서 나와가 형수랑 호프집도 하고 괜찮았다 아입니꺼?"

"염병, 그게 그렇게도 궁금하냐?"

"그게 아이고, 같이 일하던 형수가 한날 각새 시리 지가 물어볼 때마다 행님은 내한테도 이유를 안 알려주고 그리 안 했는교? 그라다가 얼마 안 되가 행님까지 소리소문 없이 사라저삤다 카니까 그 이유가 궁금하겠는교? 안 궁금하겠는교?"

경태의 말을 들자 묻혀 있던 기억들이 아지랑이처럼 가물가물 피어올라 광주는 피식 웃었다. 한때는 죽을 것같이 힘들었던 기억이 색이 바랜 필름처럼 눈앞에서 펼쳐졌다. 오래된 군청색 작업복 색깔처럼 우울에 젖어 있던 기억들이 시간에 탈색된 듯 아련한 추억처럼 다가왔다. 그는 담배를 입에 물며 경태를 쳐다보았다. 호프집에서 신경질을 내며 아내의 행방을 물었던 경태의 모습도 뚜렷이 떠올랐다.

거리가 멀고 가깝다는 것, 시간이 길고 짧다는 말이 무상했다. 불과 삼십 분이면 달려와서 알 수 있었던 것들을 왜 그리 담을 쌓고 살았나 싶었다. 오래전에 쓰던 물건만 되찾아도, 옛 사람을 만나기만 해도, 그 시절 그 공간으로만 들어가도 물줄기처럼 쏟아져 나올 수밖에 없는 기억들을 다 잊었다고, 다 묻어버렸다고 여겼던 자신의 믿음이 한낱 허공에 지어놓은 아집에 불과했다.

"염병할, 쌀자루에 구멍이 난 것 같구만."

"뭔 자다가 넘의 다리 긁는 소린교?"

"너 보니까 옛날 생각이 줄줄 쏟아져 나온다는 소리다. 하늘에 구멍이 뚫려 장대비 쏟아지는 것처럼 말이야."

광주는 경태에게 술잔을 내밀었다. 두 사람은 잔을 부딪치고 술잔을 비웠다. 광주는 고기 대신 김치 한 점을 입에 넣고 허공을 바라봤다.

"무급 휴직자들 살아온 얘기들을 듣다 보니 마음이 바뀌더군. 다들 지긋지긋하게 힘들게도 지냈더라고. 누가 누구를 도와줄 수도 없었던 그 시절, 뭔 짓이라도 하지 않으면 굶어 죽을 판에 노래방 삐삐아줌마 짓거리 좀 한 게 뭔 대순가 싶었어. 내가 보지도 않은 풍문 따위는 다 무시하자고 마음을 먹고 집에 들어갔지. 근데 마누라도 자식 놈도 반가워하지 않는 거야. 집엔 장모까지 와 있어서 목소리도 높일 수 없었고."

"와 그랬다 카든교?"

"나도 몰라서 오히려 눈치만 봤지. 염병, 집에 들어간 첫날 밤을 부엌 옆에서 쭈그려 잤으니까. 다음 날 눈뜨자마자 마누라를 집 밖으로 데리고 나가 물었지. 도대체 감옥에서 고생하고 온 사람에게 이게 무슨 지랄이냐고? 그러자 기다렸다는 듯이 마누라가 퍼부어대더군. 가족을 엄동설한에 내버려둔 사람이 누구냐고 물으면서 그동안 고생한 얘기들을 끝없이 늘어놓는 거야. 어쩔 수 없어서 장모님에게 개벽이를 맡겨놓고 노래방 다녔다는 말도 서슴없이 꺼내면서 집에 들인 것을 고마워할 줄도 모른다고, 아직도 정신 못 차렸냐고 다그치는 거야. 하하, 환장하겠더구만."

"역시, 우리 형수 쎄네. 파업 현장서 딱 보고 보통 아이겠다 싶었지만 장난 아이네."

"어릴 때부터 가난에 잔뼈가 굵었으니 보통 독종이 아니지. 그런데 이것이 며칠 지나자 힐끗힐끗 눈치를 보면서 야살을 떠는 거야. 뭔 수작을 부리려는구나 싶었지. 아니나 나를까 치사하고 더러운 공장 다시 가지 말고 퇴직금으로 호프집을 해보자는 거였어. 노래방 다니면서 호프집이 장사가 잘된다는 얘길 들었었나봐."

광주는 장사를 하고 싶어 안달을 부리던 아내의 얼굴이 선하게 떠올라 술잔을 집어들었다. 그때 광주는 새로운 일자리를 구할 때까지 그 돈은 가족의 생명줄이라며 반대했었다. 장사는 아무나 하는 게 아니고, 물장사는 더러운 꼴을 볼 수밖에 없다는 것을 잘 알고 있었기에 돈을 안 내놨다.

아내는 밥도 안 하고 사흘을 달달 볶아댔다. 잠자리에 들면 사정사정하다가 이불을 뒤집어쓴 채 울기까지 했다. 결국 광주는 아내의 손에 저금통장을 쥐어주고 말았다.

"그때 희망퇴직 하고 장사한다꼬 나선 사람들 전신에 다 망했다대요. 안 망하는 기 용하지 안 그렇겠습니꺼? 장사라꼬는 머리끄디 한 오라기도 안 팔아본 사람들이 누가 요즘 이게 괘않다더라 하면 따라갔다가 뒷북치고 그나마 손에 쥔 거 다 날리고 한 기지요. 한때는 스티커 사진이 유행이라꼬 그거 많이 했다는데 살아남은 집이 한 집도 없다 카대요."

"우린 그래도 처음엔 괜찮았어. 민주파 동지들도 많이 도와줬고 아내도 수완이 좋았지. 염병, 그때 물장사를 안 했으면 어땠을까? 참 인생이란 알 수 없어. 한 치 앞도 모른다는 말이 딱 맞지."

"와 또 그라는데요?"

"내가 출소하고 나서 곧장 민주노동당이 만들어졌어. 가게에 민주파들이 들락거리면서 자연히 노동당원들도 알게 됐지. 가게 시작한 지 6개월 쯤 지났을 때 그들이 당에 들어와서 울산 정치판을 함께 갈아보자고 하더라구. 그 말을 듣는 순간 찌릿하더군. 문민정부가 들어서도 노동자들을 위한 법은 더 나빠지지 않았는가. 근로자파견제, 변형근로제, 정리해고…. 염병, 정리해고 소리는 들을 때마다 진저리가 쳐져. 아무튼 그 제의를 받는 순간 1995년 지자체장 선거에서 이한범이 시의원으로 당선된 게 떠오르데. 그때 자동차 노조에서 지원했었지. 될 수 있겠다 싶더라구. 울산부터 부패한 정치꾼들을 몰아내고 그 뒤에 전국을 갈아엎으면 얼마나 좋을까 싶었어. 그렇게 참여했다가 점점 정치운동에 빠져들었지."

숨 가쁘게 달리던 지난 시간들이 스쳐갔다. 광주는 사내 하청 비정규직 노동자들을 만나면서 투쟁에 결합하고 호프집 주변 가게는 물론 노동자 밀집 지역을 다니면서 노동당 지지를 호소했다.

"류기혁이 그렇게 처참하게 가고 비정규직 투쟁에 연대할 때였지. 당원들과 이틀을 지내고 집으로 가는데 아내가 나오는 거야. 오토바이 경적을 울리려다가 문득 이상한 기분이 들어서 지켜봤어. 평소와 복장이 다른 게 이상했던 거지. 늘 일하러 갈 때마다 청바지에 잠바를 입었는데 치마에 선글라스까지 썼더라구. 슬슬 아내를 뒤쫓았더니 택시를 타데군. 근데 가게와 다른 방향으로 달려 시내 쪽으로 들어가데. 불길한 예감이 들면서 신경이 바짝 곤두서더군. 염병할, 그때 쫓아가지 말았어야 했는데 말이야."

"와이고, 행님 혼사 의심했는가베."

"지랄! 이 사람아. 때론 모르는 것이 아는 것보다 나을 때가 있는 법이야. 그리고 예감이라는 건 별로 틀리는 법이 없어. 모텔 밀집촌으로 택시가 들어서는 순간 모든 것이 끝난 거지. 차에서 내려 모텔로 들어가는 걸 보고 멀리 숨어서 기다렸지. 젠장할, 한 시간 정도 지나니까 나와서 근처 식당으로 들어가더라구. 그리고 조금 있다가 남자 한 놈이 나왔는데 그 자식도 그리 들어가 마누라 앞에 마주 앉더구만. 보지말았어야 할 걸 본 거지. 기운이 쭉 빠지는 게 수족관에서 다죽어가는 문어처럼 팔과 다리가 늘어지데. 쫓아가 연놈을 박살 내고 싶은 마음도 없고 그냥 허탈해져서 집으로 돌아와 술만 마셨지."

광주는 그날 저녁에 벌어진 일들이 생생하게 떠올라 연거푸 술 두 잔을 비웠다. 경태 역시 무어라 할 말이 없이 술잔만 같이 비워냈다. 광주가 머리를 쓱쓱 문질러대며 눈을 감았다. 그날 술이 취해 부엌에 딸린 손바닥만 한 거실에서 쓰러져 자고 있을 때 송곳처럼 귓구멍을 후벼 파던 아내의 목소리가 귓전에서 울려댔다.

"집이 이게 뭐야? 완전 난장판이네. 장사도 안 도와주고 청소도 안 해주면서 집까지 어지럽히고, 내가 못 살아, 씨팔! 일어나! 일어나!"

아내의 목소리에 광주는 누운 채로 게슴츠레 눈을 떴다.

"공장 다니면서 그만큼 난리쳤으면 됐지, 지가 뭔 정치를 한다고. 정치를 하는 게 아니라 술 마시러 다니는 거지. 맨날 비슷한 놈들끼리 모여서 작당질이나 하고. 귀신은 뭐 하고 있는지 몰라, 그런 화상들 잡아가지도 않고. 일어나! 일어나라니까! 눈에 안 보이게 방으로 들어가든지 하라니까!"

466

아내는 광주의 허리를 발로 툭툭 치다가 밀었다. 그 순간 광주의 눈이 번쩍 떠졌다. 하루 종일 배신감에 치를 떨었던 감정들이 아내의 발길질로 불에 기름을 부은 듯 다시 솟구쳐 올랐다. 그는 벌떡 일어났다.

"이것이, 어디서 발길질이야. 너 오늘 낮에 어디 갔다 왔어?"

광주는 눈을 부라리며 아내에게 다가섰다. 아내는 광주의 기세에 밀려 뒷걸음질 쳤다. 겁에 질린 그녀의 눈동자가 수많은 생각을 하는듯 불안하게 흔들렸다.

"어디 갔다 왔는지 말 못 해!"

"알면서 뭘 물어!"

저항을 하듯 아내가 머리를 꼿꼿하게 세우고 소리쳤다.

"너 내가 감옥에 있을 때부터 그 짓거리 하고 다녔지?"

"그건 아니야!"

"하나를 보면 열을 안다고, 니 바람피우고 다닌다는 소문 감옥에서 참 지긋지긋하게 들었다. 그래도 난 아닐 거라고 믿고 입도 벙긋 안 했어. 근데 대낮부터 딴 놈과 엉겨 붙어? 그런 널 믿으라고? 에라, 이 더러운 년아!"

"씨팔, 너는 뭐가 잘났는데? 니가 가족을 위해 뭘 했고, 나를 위해 뭘 해줬는데? 니 꼴리는 대로 살았잖아?"

"그래서 너도 꼴리는 대로 살고 싶어 바람피웠냐?"

"그래, 나는 그럼 왜 안 되는데?"

뒤로 물러있던 아내가 독기를 뿜어대며 광주 앞으로 바짝 다가섰다. 그 순간 광주의 손바닥이 아내의 얼굴을 후려쳤다. 아내가 비명을 지르며 쓰러지다가 싱크대에 부닥쳤다. 엄마의 비명에 개벽이가 방문을 박차고 뛰어나왔다. 코와 입에서 피가 흐르는 얼굴로 아내는 광주를 노려보면서 일어났다.

"우리 아버지처럼 너도 개자식이야. 자식 팔아서 자기 고생 안 하려고 발버둥치는 놈이나, 지 하고 싶은 일만 하려고 가족 내팽개치는 놈이나 다 똑같은 개자식이지. 그래, 죽이고 싶냐? 죽여. 죽이라고, 개자식아!"

"이년이 그래도 주둥이질만 하고 있네. 정말 니 한번 죽어볼래, 엉?"

"그래, 죽여 개만도 못한 놈아!"

술 냄새를 푹푹 풍기며 광주가 눈을 부릅뜨고 손을 다시 쳐들었다. 그 순간 개벽이가 두 손으로 광주의 팔을 잡고 막아섰다.

"어라, 이 손 봐, 이놈아!"

광주는 다른 손으로 개벽이의 팔을 떼어내면서 밀었다. 열여섯 살 개벽이는 광주의 힘을 당해내지 못하고 거실 쪽으로 떠밀려 나자빠졌다.

"꺼져! 나가서 너 하고 싶은 대로 하고 살아. 이 더러운 년아!"

광주가 아내의 머리카락을 움켜잡았다. 비명을 지르는 아내를 쓰레기가 든 마대 자루를 끌 듯 질질 끌며 현관문으로 향했다. 아내가 광주의 손을 손톱으로 긁어대며 욕설을 퍼부었다. 개벽이가 달려들어 광주의 팔뚝을 물어뜯었다. 광주가 화들짝 놀라며 손을 놓고 물러섰다.

"뭘 잘했다고 손찌검인데? 당신이 엄마를 위해, 나를 위해 뭘 했다고 이러는 거냐구! 당신이 우리한테 관심이나 있었어?"

"이 자식이… 너 지금 아버지보고 당신이라고 했냐?"

"당신이 아니면 누군데?"

개벽이가 꼿꼿이 선 채 불끈 주먹을 쥐고 금방이라도 달려들 듯 광주를 노려봤다. 원망으로 가득 찬 아들의 눈에는 눈물이 그렁그렁 매달려 있었다. 펄펄 날뛰던 광주의 가슴이 서늘해졌다. 아들의 눈빛은 정리해고 파업 현장에서 뒤돌아보았던 어릴 때의 그 눈빛과 닮아 있었다. 그 눈빛은 어린 시절 어머니를 때리는 아버지를 바라봤던 자신의 눈빛을 상기시켰다. '제발'이라는 간절한 소망을 여지없이 폭력으로 부숴버렸던 아버지를 용서할 수 없어 눈이 뜨거울 정도로 증오에 휩싸여 노려봤다, 그 눈빛을 닮은 아들의 눈빛이 광주의 심정을 참담하게 만들었다. 그는 고개를 돌려 아내를 쳐다보았다.

"나가. 나가서 너 좋아하는 대로 실컷 누리고 살아. 내가 다시 들어왔을 때 너 여기 있으면 무슨 사단이 날지 모르니까, 나가. 너하고 살고 싶은 생각은 터럭만큼도 없으니까."

광주는 아들의 눈빛을 피해 비통한 마음으로 현관문을 나섰다. 집 앞 골목길이 캄캄한 터널 속같이 어둠으로 들어차 있었다. 인적이 끊긴 시간 위에서 그는 멍하니 하늘을 올려보다가 빈 바람만 떠돌아다니는 길을 하염없이 걸었다. 아내가 대들던 모습에 분노하다가도 아버지를 당신으로 바꿔 부른 아들의 목소리가 떠오르면 무릎에서 힘이 빠져 주저앉고 싶었다.

"경태야, 넌 결혼했냐?"

아들에 대한 기억으로 마음이 심란해지자 광주는 말을 끊고 술을 들이켰다.

"짚신도 짝이 있다더만 있긴 있었는지 늦게 갔심더. 아들이 이번에 초등학교 들어갔심더."

"오, 늦었지만 축하해. 연애했어?"

"언제요. 소개 받았심더. 시민단체에서 일합니다."

"하는 일이 비슷하니까 마음은 잘 맞겠구먼."

"아이고, 그라면 좋게요? 백날 천날 서로 잘났다고 으르렁 댑니더."

광주가 웃으면서 고개를 끄덕거렸다. 그는 달아오른 취기를 털어내듯 얼굴을 쓰다듬다가 머리를 긁적였다.

"나처럼 살지 말고 서로한테 잘하고 살아. 돌아보면 다 내가 저지른 죄 같아. 그래서 죄값을 혹독하게 치렀지만 말야. 아무튼 그때, 다음 날 집에 들어오니 마누라가 없더군. 가게를 가봤더니 문도 닫혀 있었어. 그러더니 사흘쯤 지나서 자기 짐을 홀랑 빼갔더군. 아들놈도 나타나지 않았으니 같이 사라져버린 거지. 염병, 나가라고 했지만 다 없어지니까 황망스럽더구만. 그래, 어디 잘 사나 보자, 하고 가게를 추스르기 시작했어. 예금통장을 가지고 갔으니 돈도 없지, 가게 운영법도 모르지 미치겠더라구. 당 활동을 같이하던 친한 몇 명에게 부탁해 돈을 빌리고 가게 돌아가는 법도 배워 다시 문을 열었지.

지랄맞게도 가게에 오는 인간들마다 다 물어보데. 주인 아줌마 어디 갔냐고 말야. 적당히 둘러댔지만 한 달도 안 돼 그나마 오던 인간들도 발길을 끊더군. 염병할, 내가 튀긴 닭과

내가 뽑아다 준 맥주 맛은 마누라 것하고 뭐가 달랐던 건지. 아무튼 내가 집에 아무런 신경도 안 쓸 동안 마누라 혼자 살림을 참 잘 꾸려왔다는 걸 새삼 느끼기도 했었지.

아무튼 근근이 이어가던 가게는 급격하게 기울어져갔어. 그러자 사방에서 돈 귀신들이 난리를 치더구만. 월세에 공과금은커녕 가게 운영비도 없어 또다시 빚을 얻으러 다녔지. 쪽팔려서 두 번 다시 못 할 짓이 빚 얻으러 다니는 거라 했지만 수중에 한 푼도 없어 당장 망할 지경이니 어쩌겠는가.

5개월쯤 끌고 갔나봐. 아무리 가게에 신경을 써서 난리를 쳐도 손님이 늘지 않으니 대책이 없더군. 하늘이 노랗데. 온갖 생각이 다 들었지. 가게 엎어버리고 서울로 튀어 옛날 건달들을 찾아갈까 싶기도 했으니까. 몇 날 며칠을 파리만 날리는 가게 안에서 술만 들이켰어. 나중에는 사람들도 귀찮아 아예 문을 잠가버리고 술을 처마신 거야.

모든 것이 암울하데. 건물 주인이 소문을 듣고 찾아와 월세도 안 내면서 뭐하는 짓이냐고 호통을 치는 거야. 장사 안 할 거면 밀린 월세 내고 가게 내놓으라 하대. 결국 가게에 있는 술들을 집으로 옮겨놓고 술독에 빠졌지. 사람 망가지는 거 순식간이더라. 가게 문을 닫았으니 망했다는 표시였겠지. 소문이 날아다니자 당원 동지들이 집으로 찾아오기 시작하더군. 처음에는 힘내서 다시 일어나라고 했던 그들이 점점 속내를 드러내데. 빚은 갚아야 하지 않느냐는 거였지. 술에 몸이 쪼그라들고 마음까지 깊이를 알 수 없는 우물에 빠져버려 맛이 가고 있었어. 아버지, 어머니, 아내와 개벽이 그리고 자네를 비롯한 오랜 내 친구들 모습들이 눈만 감으면 나타나는 거야. 얼굴보다도 눈들만 주로 떠올라서 나를 쳐다보데. 처음엔 비난의 눈초리로 쳐다보다가 나중에는 불쌍하다는 눈빛으로 바라보다군. 그러던 어느 날 같이 당 활동을 하던 사람들이 찾아왔어. 난 문을 열어주지 않았지. 한참을 문을 두들기던 그들이 지껄여대면서 돌아서더군. 저런 인간이 무슨 운동을 한다고 설쳐댔을까, 저러니 마누라와 애까지 도망을 쳤지, 다들 어려운 처지에 빌려준 돈을 떼먹는 쓰레기 같으니라고! 그런 소리들을 들으니 정말 미쳐버리겠더군."

"이런 호로새끼들! 와 내라도 찾아오지 그랬심니꺼?"

"너한테도 백만 원 정도 빌린 걸로 기억하는데?"

"그건 마 잊어뿌리소. 내는 행님이 사라졌다 카는 소리를 들을 때까지 무슨 영문인지 까마득히 몰랐다가 난중에 들었심더. 가게도 접고 흔적도 없이 사라졌다꼬 해가 혹시 죽은 건 아닐까 하는 생각도 했심더."

"하하, 죽을 뻔했지. 그때 아주 심각했거든. 어느 날부터 귀에 이명이 울리기 시작하는 거야. 귓구멍을 파고들어 심장을 후벼 파는 그 소리 정말 끔찍했지. 눈물 소리, 바람 소리, 차들이 달리는 소리. 심지어는 물 한 방울 떨어지는 소리까지 환청으로 들려오더니 어느 날 아버지의 목소리가 들리데. 죽으라는 거야. 목숨만 끊어버리면 편할 건데 왜 고통받고 사느냐는 거였지. 염병할! 세상에 그렇게 무서운 유혹의 소리가 있을까? 나중에는 그 소리에 대답을 하면서 눈물까지 펑펑 쏟게 되는데 감당할 수가 없더군. 신기하게도 그 소리를 들으면 자살을 하려고 무엇인가를 찾게 되는 거야. 전화선으로 목을 둘둘 감다가 화들짝 놀라고 손에 칼을 쥔 채 손목을 쳐다보고 있는 자신을 발견하게 되면 겁에 질려 비명도 못 지르고 벌벌 떨게 되지. 그래도 그건 아직 정신이 살아 있다는 거야."

광주는 잔 속의 술을 들여다봤다.

술에 잡아먹혀 살던 그때 술로 가득 채워진 몸은 음식을 받아들이지 않았다. 얼굴에서 광대뼈가 튀어나오고 눈 주위는 움푹 파여갔다. 다리와 팔이 가늘어지고 갈비뼈가 살갗을 뚫고 튀어나올 듯 불거졌다. 몸에서 살이 빠져나가듯이 눈에 보이는 모든 것에서 생기가 달아나 있었다. 헛것이 보이고 미세한 소리조차 살갗을 파고드는 두려움을 일으켰다.

잠들면 그대로 죽을 것 같아 사흘을 뜬눈으로 버티던 어느 순간 눈앞에서 대왕암이 아른거리며 손짓을 했다. 그는 집으로부터 탈출해야 한다는 간절함에 사로잡혀 새벽에 맨발로 뛰쳐나가 차를 몰고 달렸다. 여명이 움트고 있는 한적한 도로를 질주해 대왕암으로 향했다. 그곳에 가기만 하면 모든 것이 편해질 것 같았다.

차가 들어갈 수 있는 곳 끝까지 차를 몰고 갔다. 아침 햇살이 소나무 숲 위로 내려앉고 있었다. 솔잎 사이로 햇살이 눈부시게 퍼져 들어오는 숲길로 광주는 허겁지겁 걸어 들어갔다. 대지가 허연 입김을 내뱉고 있었다. 넋이 나간 듯 비틀거리며 무엇인가에 이끌려 점심 빠르게 걸었다. 숲속을 벗어나자 대왕암이 눈부시게 우뚝 서 있었다. 광주는 바위 사이로 난 길을 따라서 대왕암 제일 끝에 다다랐다. 푸른 물결이 넘실거리는 바다 저 멀리 세상의 끝처럼 수평선이 펼쳐져 있었다. 광주는 그대로 바다에 몸을 던졌다.

"인명은 재천이라고 눈을 떠 보니 웬 노파가 나를 쳐다보고 있더군. 사방을 둘러보니 방이야. 살아 있는 사람이 살고 있는 방인 거야. 해녀 할멈이 말하데. 그곳에서 자살하는 사람을 세 명이나 구해줬다고. 내가 네 번째라는 거였지. 염병할, 눈물만 나오고 허망하데. 몇 날 며칠을 멍하니 그곳에 있었더니 돌아가서 죽을 정신으로 살아보라고 하시더군. 갈 곳이 없다고 하니까 갈 곳 생길 때까지 있다가 가라고 하데. 그렇게 슬도에서 산 지 벌써 십삼 년이 흘렀어."

광주는 할머니의 딸 얘기를 꺼내지 않았다. 그녀의 존재를 드러내 그녀의 상처를 누군가에게 말하는 게 싫었다. 그것 자체가 왠지 그녀를 아프게 만드는 짓같이 여겨졌다.

"참 행님도 매깔스럽구로. 슬도면 여서 삼십분 거리밖에 안 되는데 한 번을 안 나타납니꺼?"

"그냥 다 잊고 싶었어. 많이 잊었다 싶었는데 그것도 아니더군. 산다는 거, 참 만만치 않아."

황망해하는 경태의 표정에서 광주는 목숨을 붙잡고 살아온 세월들이 늙은 주름살처럼 꿈틀거리는 것을 보았다. 황폐하게 메마른 밭고랑처럼 바람이 불면 거친 흙먼지만 날리던 삶, 꿈이 있었나 싶을 정도로 폐수처럼 버려져 떠밀려 흘러온 듯한 삶, 편자를 박은 말발굽처럼 닳아서 쓸모없어질 때까지 땅을 딛고 있어야만 하는 고달픈 굴레와 같았던 삶.

"너무 불쌍한 표정으로 바라보지 마. 살다 보면 별의별 일을 다 겪는 게 인생 아니겠냐?"

"성. 정민이 형 때문에 힘들어해서 말 안 할까 했는데 하나 더 들으셔야겠심더. 정재성이 있다 아입니꺼?"

"왜? 재성이도 죽었냐?"

광주가 깜짝 놀라며 언성을 높였다. 경태가 술잔을 잡은 채 고개를 끄덕였다.

"얼마 전에 갔심더"

"지랄맞네. 갸, 세 번인가 성형수술해서 얼굴이 좀 나아졌던 걸로 기억하는데."

"분신 후에 마이 힘들어 안 했는교. 성형수술도 몇 번 했지만 흉터는 안 없어집디다. 정신적 트라우마도 심해가 주변 사람들을 피해 댕기고, 힘드니까네 술을 많이 마셨심더. 그래도 공장은 잘 다녔는데 칠 년 전쯤인가 기숙사 계단에서 뇌출혈로 쓰러진 채 발견됐다 아입니꺼. 그때부터 의식불명 상태로 병원에 누워 있다가 올 삼월에 갔심더."

"불쌍한 놈 같으니라구! 그 자식, 결혼도 안 했잖아? 염병, 세상살이가 너무 허무하구먼."

광주는 눈시울을 붉히며 술잔을 들었다. 그의 명복을 빌며 술을 들이켰지만 마음이 쉽게 가라앉지 않았다. 분신을 한 뒤 병원에 누워서까지 노동법 개악은 반드시 막아내야 한다던 그의 목소리가 덧없이 귓전에서 멀어져갔다.

"참, 김민식이는 어떻게 지내?"

"혼자서 잘 삽니더."

"혼자 지낸다는 게 뭔 말이야?"

"독고다입니다. 조직 활동을 안 합니다. 예전에 조직에 드갈라 카면 엄격했지 않습니꺼? 학습도 게을리하면 비판받고 잘못된 행동하면 가차 없이 지탄도 받고 반성도 하고. 요즘도 조직마다 성격이 있다고는 하지만 거의 대부분 집행부를 장악할라꼬 조직이 만들어집니다. 그래가꼬 그런지는 모리겠지만 조직엔 관여하지 않는 것 같고 개인적으로 비정규직 투쟁이나 해고자 투쟁에 도움을 주는 거 같습니다. 가끔 해고자들, 비정규직들 고생한다꼬 후원금도 주고 밥도 사준다고 얘기가 들립디더."

김경태의 목소리에 쓸쓸함이 배어 있었다. 기쁨보다는 슬픔이 많았던 세월을 살아온 나날만큼 오랜만에 만난 옛 동료의 말에도 어둡고 힘겨운 이야기만 있는 게 서글펐다. 광주는 취기가 잔뜩 올랐는데도 불구하고 계속 술을 들이켰다. 멍에처럼 가슴에 박혀 있는 아들의 모습이 이야기를 나누는 동안에도 언뜻언뜻 나타나 자신을 쳐다봤다. 그럴 때마다 아들의 손을 어떻게 잡아줘야 좋을지 알 수 없어 그는 눈을 감았다. 가슴을 긋는 깊은 탄식처럼 어두운 밤이 짙어만 갔다.

술기운에 쓰러질 때까지 광주는 아들에 대한 생각에 붙잡혀 있었다. 황량한 바람 소리가 모든 것들을 쓸어갈 것처럼 모질게 들려왔지만, 광주에게는 바람결조차 느껴지지 않았다. 어디인지 알 수 없었지만 사방이 어둠에 갇혀 있었다. 빛한 점 들어오지 않는 새까만 공간 속에서 느닷없이 문을 두들기는 소리가 나더니 한 줄기 빛이 얼굴 위로 쏟아졌다. 광주가 누구냐고, 무슨 일이냐고 묻자 무엇인가가 움직이더니 또

한 줄기의 빛이 쏟아지면서 한 사내가 눈앞에 불쑥 나타났다. 한 번도 본 적이 없는 낯선 사내가 광주 앞으로 걸어왔는데 한쪽 눈동자가 기계로 만들어진 것처럼 쇠붙이였다. 눈 속에 까맣고 하얀 동공이 팽이처럼 연신 돌고 있었다. 광주는 사내가 자신을 죽이러 왔다는 것을 직감적으로 느끼며 움츠러들었다. 그가 다가올수록 광주는 죽음의 공포가 면도날처럼 그어대는 듯한 극도의 두려움에 사로잡혔다.

"여긴 우리 집이야."

사내의 입에서 음산한 목소리가 흘러나왔다. 광주는 겁에 질려 뒤로 물러섰다. 자신이 있는 공간이 자기 집인지 그의 집인지도 분간할 수가 없어 당혹스러웠다. 사내가 뿜어내는 사악한 기운에 떠밀리다가 휘청거리며 넘어졌다. 사내가 손을 번쩍 들었다. 그의 손엔 '세 개의 이빨'이라는 삼지창이 들려 있었다. 창끝처럼 날카로운 세 개의 이빨이 자신의 몸으로 내리꽂히는 걸 보며 광주는 눈을 질끈 감았다. 순간, 심장을 파고드는 삼지창의 고통을 참을 수 없어 광주가 눈을 부릅떴다. 놀랍게도 아버지가 배수로에 누워 자신을 쳐다보고 있었다.

뜻밖의 상황에 충격을 받았지만 광주는 비명을 지르지 못했다. 늘 무섭고 끔찍하게만 여겨졌던 아버지의 눈이 지독한 슬픔을 내뿜고 있었다. 아버지가 죽었을 때 사람들이 속닥거렸던 말들까지 들려왔다. 아버지의 사인은 과다 출혈이라고 했다. 배수로에 떨어지면서 머리가 깨지고 온몸의 피가 다 빠져나간 거라고 했다. 살기 위해 배수로 벽을 수없이 긁다가 손톱은 다 뭉개졌다고 했다. 혼이 빠져나간 아버지의 눈에 잘 죽었다고, 속이 다 시원하다고 원망의 소리를 꾸역꾸역 처넣던 자신의 목소리도 들려왔다. 광주는 갈기갈기 심장이 찢겨 나가는 고통을 느끼며 온몸을 새우처럼 말고서 아버지를 불렀다. 그의 눈에서 눈물이 멈출 줄 모르고 흘러내렸다.

아버지를 부르는 소리를 자신의 귀로 들으며 광주는 눈을 떴다. 꿈이었지만 모든 장면들이 섬뜩할 정도로 오롯이 남아 있었다. 그의 눈도 여전히 축축하게 젖어 있었고 마음도 깊은 슬픔에서 헤어 나오지 못했다. 그는 아버지의 공허한 눈 속으로 빨려 들어가 기억 속에 남아 있는 아버지의 모습을 더듬거렸다. 그러다가 어느 순간 아버지는 물론 어머니에 대한 기억 속에는 그분들이 웃고 있는 모습이 없다는 걸 알아차렸다. 욕설과 폭력, 고통과 절망으로 일그러진 모습만이 핏방울처럼 뚝뚝 떨어져 선연하게 보일 뿐 환하고 눈부신 부모님의 모습은 어디에서도 찾아볼 수 없었다.

한 번도 편안한 적 없었던 피로에 전 부모의 얼굴만이 눈앞에서 일렁거렸다. 광주는 일어나 앉았다. 그는 물을 찾아 마시고 담배를 피우면서까지 부모의 얼굴 표정을 샅샅이 뒤적거렸지만 웃는 모습은 아주 어린 시절의 기억처럼 희미한 윤곽만을 그리다 사라졌다.

광주는 서러운 눈물을 매달며 자신에게 물었다. 아버지와 어머니는 무슨 힘으로 세상을 사셨을까? 잘 살고 싶었겠지. 좀 더 나은 환경에서 자식들을 잘 키워보고 싶었겠지. 다른 사람들처럼 어떤 행복을 찾아가고 싶었겠지. 왜 그분들의 삶은 죽지 못해 버티는 삶으로 일관하다 끝나야만 했던 것일까?

산다는 건 도대체 뭐란 말인가?

술기운이 붉게 남아 있는 광주의 얼굴이 처참하게 일그러졌다. 그는 방 안을 빙빙 맴돌며 아버지의 옷자락을 잡듯이 자신이 살아온 길로 되돌아갔다. 아버지가 뒷돈을 주고 산을 개간해서 서너 평짜리 집을 만들어 살았던 산동네 꼭대기 판잣집처럼 빛보다는 어둠이 많았던 지나간 시간들이 폐차장의 찌그러진 차들처럼 쌓여 있었다. 그는 자신에게 물었다. 내가 행복했던 적은 언제였을까? 산다는 것을 사는 기쁨처럼 느낀 적이 있을까? 산다는 게 뭔지 생각이나 하며 살았을까? 도대체 나는 지금 왜 살고 있는 것일까?

음울했던 어린 시절의 기억들과 깡패 짓을 서슴없이 해냈던 시간들이 두서없이 지나가다 자동차 공장에 노조가 만들어진 순간이 섬광처럼 떠올랐다. 천지개벽하던 그날이 떠오르자 광주의 입가에 웃음이 맴돌았다. 양정동 술집을 다 열게 만들고, 동료들과 서로 얼싸안고 웃고 울었던 그날, 그 기쁨을 참지 못해 개벽이를 가졌던 일들이 봄바람처럼 살랑거리며 찾아왔다.

광주는 슬며시 눈을 감았다. 13년 동안 공장에서 살았던 기억들이 밀려왔다. 기쁨과 환희, 절망과 패배감으로 뒤얽힌 그 시간들을 바라보며 광주는 고개를 끄덕였다. 많은 우여곡절이 있었지만 그때가 바로 자신이 살아 있음을 실감하던 때구나 싶었다. 내가 누구인지, 세상은 어떤 모습인지, 산다는 게 무엇인지, 어떻게 살아야 하는지에 대한 질문을 하고 대답을 하면서 울분을 터트리며 목소리를 높이던 때가 연둣빛 새순처럼 온몸에서 돋아났다.

노동자는 하나라고 소리치고 인간 대 인간으로 자본가와 동등하게 마주 앉아 노동자의 권리를 주장했던 눈빛들. 연둣빛 새순들이 점점 커지고 초록빛으로 짙어져가듯이 노동자들의 눈빛들도 점점 생기로 빛났던 그 시절, 삶의 의미는 충만했고 자신의 목소리도 힘찼었다. 비록 망나니같이 굴기도 했고 기회주의자처럼 뒤에서 눈치도 봤지만 삶의 생동감은 늘 있었지 않았던가.

도대체 인간이라는 것이 뭔데?

봉수가 마지막으로 자신에게 퍼붓던 목소리가 들려왔다.

그래, 노동자 이전에 인간이지. 인간다운 대우도 받지 못하고 살면서도 굽신거리며 살았던 시간들. 우리가 당당하게 뭉치면 자본가들도 함부로 대들지 못한다는 걸 가르쳐줬던 시간들. 너무나도 당연한 일이었던, 인간이 인간 앞에서 당당하게 말하는 모습을 본 시간들. 봉수야, 그 시간들 다 어디로 갔을까?

광주는 그 시절 불렀던 노래들과 구호들을 떠올렸다. 인간답게 살고 싶다며 부르던 늙은 노동자의 노래. 자본주의사회에서 노동자는 피지배 계급일 수밖에 없다던 정민의 목소리도 귓속으로 흘러 들어왔다. 인간이 인간을 억압하지 않는 사회를 만들어야 한다던 그 말, 여전히 그 말은 한 사회가 지향해나가야 할 목소리가 아니던가. 노동자도 사회의 한 주체로서 세상을 바꿔나가야 한다는 그 말이 틀리고 잘못된 말이던가. 노동 악법을 중단하라고 분신을 감행했던 정재성, 분배 정의를 실현하자며 성과 분배 투쟁에 앞장섰던 서영호, 민주노조를 살려야 한다고 목숨까지 내놓았던 양봉수. 그들은 누구를 위해 목숨을 내놓았단 말인가.

그들의 이름을 부르자 광주의 눈에 눈물이 모여들었다. 노동자의 인간다운 삶과 사람 사는 세상을 위해 목숨을 내놓은 사람들. 그들의 죽음이 헛되었단 말인가. 타인을 위한 사랑 없이는 행동으로 옮길 수 없는 숭고한 마음을 우리는 지금 어떻게 버리고 있단 말인가.

광주의 눈빛에 오랫동안 사라져 있었던 분노의 빛이 서렸다. 그는 지난날을 돌아보며 노동자들이 우려했던 일들이 펼쳐지고 있는 오늘을 보았다. 노동자들은 정규직과 비정규직으로 갈라지고 자본은 대자본과 소자본으로 갈라지고 영세 상인과 대형마트로 양분하된 기라고 걱정들을 했었다. 세상을 갈라놓고 지배하려고 드는 자본주의적 세상은 태생적으로 노동자의 삶을, 공동체의 삶을 희망적으로 만들어갈 수 없다고 했었다.

노동자의 집은 따뜻한가. 봉수는 노동조합을 노동자의 집이라고 했었다. 그 집을 소중하게 가꿔서 노동자들이 행복해지기를 간절히 바라며 민주노조를 만들고자 목숨을 던졌다. 그 말이 틀린 말인가? 누구나 자신의 집을 평온하게 만들고 싶어 하듯이 노동자가 모여 사는 집을 따뜻하게 만들고 싶어 한 것이 죄란 말인가. 이름도 없이 짐짝처럼 취급당했던 노놈자들. 한때는 노동자를 공순이, 공돌이라고 부르다가 우리도 사람이라고 저항하자 자본가들과 국가권력은 노동자들에게 불순분자, 국가 전복 세력이라며 짓밟았다. 그리고 지금 그들은 노동자들을 정규직과 비정규직, 알바직, 계약직, 촉탁직이라는 이름을 붙여 분리시키고 여전히 착취를 일삼고 있다.

치밀어 오르는 감정들이 광주의 얼굴을 뜨겁게 달구었다. 봉수가 염원했던 노동자의 집이라는 단어를 되새김질하자 불현듯 꿈속에서 내뱉었던 사내의 끔찍한 목소리가 환청처럼 다시 들려와 온몸에 소름을 일으켰다. 광주는 떠밀린 사람처럼 벽에 붙어 서서 여관방 문을 쳐다보았다. 자신도 아버지도 생의 안식을 취할 수 있는 집을 빼앗긴 사람들이라는 인식이 각인되자 아들이 떠올랐다. 꿈속의 사내가 여관 문을 열고 아들의 집을 찾아가는 게 신기루처럼 눈앞에서 일렁거렸다. 광주의 심장 소리가 대포 소리처럼 쿵쿵 울려댔다. 걷잡을 수 없이 격해진 감정과 생각들이 물밀듯 밀려오면서 그는 공포에 사로잡혔다. 광주는 탄식을 터트리며 벽을 타고 주저앉았다.

두려움을 떨쳐내기 위해 발가벗고 화장실로 들어가 샤워기를 틀었다. 따뜻한 물에 등을 내준 채 주저앉아 눈을 감았다. 심장박동 소리는 잦아들었지만 물소리를 따라서 슬도에서의 삶이 걸어왔다. 덧없이 밀려왔다 밀려가는 파도와 같이 되풀이되었던 시간들이 해변의 갯바위를 때리듯 자신의 몸을 후려쳤다. 그는 고개를 숙인 채 머리를 감싸쥐었다. 지난 시절들을 뼈저리게 각성하지 않은 채 눌러놓고 회피하면서 생의 의미는 애초부터 찾을 수 없는 것이었다. 스스로가 망쳐버린 삶, 그 안에 사로잡혀 부평초처럼 망망대해에 시간을 던져놓고 떠돌았던 세월들, 보지 않고 애써 외면했던 시간들이 먼 길을 돌아와 광주의 심장을 물어뜯으며 허공에서 물과 소금만으로 버티며 싸우고 있는 아들의 모습을 불러왔다.

아들의 기억 속에 나는 어떤 모습으로 남아 있을까? 때때로 나를 떠올리기나 했을까?

생각이 아들에게 머물자 광주는 흐느끼기 시작했다. 그는 자신이 외면하면서 도피해온 시간들이 지금의 아들을 고공농성장으로 올려 보낸 게 아닌가 싶어 목이 메었다.

사람이 사람과 더불어 사는 것이 그렇게 어려운 것일까?

투쟁 속에서 죽어간 수많은 노동자들을 떠올리자 갑자기 외로워졌다. 부모님의 웃는 얼굴을 떠올리지 못하는 것처럼 사측과 권력의 눈빛 속에서 노동자를 인간으로 보는 진심 어린 눈빛을 본 적이 없었다. 그는 욕실 밖으로 나왔다. 따뜻함이 그리울수록 몸 안에선 싸늘한 냉기만 흘렀다.

염병할, 그는 스스로를 타박하듯 자신의 머리를 툭툭 치고 옷을 입었다. 살아오면서 자신의 문제를 타인이 해결해주는 일은 결코 본 적이 없었다. 하늘도 스스로 돕는 자를 돕는다고 하지 않았던가. 그는 창문에 걸려 있는 블라인드 사이로 들어오는 조각난 햇살들을 바라보았다. 거미줄처럼 목구멍에 쳐져 있는 지난 세월을 걷어내고 싶어 담배에 불을 붙이고 연기를 내뿜었다. 그래도 방 안 공기가 답답하게 느껴져 블라인드를 올렸다. 눈부신 햇살이 쏟아져 들어왔다. 창문을 열자 바람과 자동차 달리는 소리가 밀려 들어왔다.

도로 건너편 너머로 현대자동차 공장의 푸른 지붕이 보였다. 출근 시간이 지난 정문 앞에는 경비 두세 명이 서성거렸다. 몇 번의 투쟁을 겪으면서 회사는 담벼락을 예전보다 높이 쌓아 올렸다. 그 담벼락 아래에 비정규직 농성 텐트가 초라한 모습으로 눈에 들어왔다. 사내 셋이 손에 무엇인가를 하나씩 들고 모여 앉아 먹고 있었다. 한눈에 봐도 컵라면이었다. 오래전 해고자들이 정문으로 들어오지 못하고 주차장에 쪼그려 앉은 채 라면을 먹던 모습이 아련히 떠올랐다.

공장 안에도 못 들어가는 비정규직들. 당시의 해고자들은 공장 안에 수많은 동료들이 있었지만 이들에게는 누가 있는 것인지. 그때는 공장 안의 동료들이 해고자들을 위해 투쟁 기금을 만들어 지원했는데 비정규직들은 누구에게 지원을 받으며 투쟁하고 있는 것인지. 곤궁한 생활 속에서 일상의 삶을 어떻게 이어가고 있는지….

컵라면을 먹고 있는 안쓰러운 노동자들의 얼굴 위로 아들의 모습이 겹쳐졌다. 어느새 훌쩍 커버려 낯설기조차 한 비정규직이라는 이름을 달고 눈앞에 나타난 아들. 불과 십수 년 만에 노동자의 절반 이상이 비정규직이 돼버린 사회가 끔찍해 광주는 인상을 찌푸렸다.

거대한 공장 지붕 위로 류기혁이 자살하기 전에 현대자동차 아산공장 하청 노동자에게 일어난 테러가 떠올랐다. 월차를 썼다고, 특근을 안 했다고 폭력을 휘둘러 병원에 입원한 노동자에게 과장이 세 명의 관리자를 대동하고 나타나 협박을 했었다.

"뭘 원해? 돈으로 해결할까?"

"당신과 말하기 싫으니 가소!"

과장은 폭력을 무마시키려 온 것이 아니었다. 그는 자기 존재를 드러내며 대드는 노동자의 '건방'을 참을 수가 없었다. 그건 병사가 장교에게 욕설을 내뱉는 것 이상으로 있을 수 없는 일이었다. 그는 이불 속에 있는 노동자의 발을 끄집어내 움켜잡았다. 그리고 주머니에 미리 준비해둔 주머니칼을 꺼내들어 거침없이 노동자의 발목을 두 번이나 깊이 그었다.

노동자의 비명과 함께 발목에서 흘러나온 붉은 피가 시트에 번졌다. 병실에 같이 있던 환자들이 화들짝 놀라고 간호사가 달려왔지만 과장은 개의치 않았다. 그는 노동자에게 공장에서 떠나라고 목을 졸라댔다. 상식을 벗어난 과장의 돌발적인 행위. 그의 눈에 사내하청 노동자들이 어떻게 보였던 것일까. 그에게 비정규직 노동자들은 소모품이자 짓눌러 죽일 수 있는 멀레처럼 보이지 않았을까.

도대체 노무현은 사내하청이라는 불법파견이 판을 치고 있는 현실에서, 비정규직 노동자를 인간 이하의 취급을 하고 있는 기업들의 작태를 보면서도 어떻게 기업들이 2년이 지나면 비정규직을 정규직으로 전환시킬 거라고 믿었던 것일까. 김영삼 정권이 만든 근로자파견제부터 이미 예고돼 있던 재앙이 아니었던가. 그 사회적 암덩어리인 비정규직 제도를 법으로 보장해 우리 사회의 양극화를 돌이키기 어려운 상태로 벌려놨으니, 이걸 지금 와서 어떻게 치유할 것이란 말인가.

간밤에 경태가 경멸스럽게 쏟아냈던 '헬지옥', '이생망' 같은 생소한 말들이 광주의 머릿속에서 분탕질을 쳤다. 비정규직 시대를 넘어 인간성 상실의 시대가 온 것 같았다. 광주는 아들에게 무슨 도움을 줄 수 있을지 막막하기만 해 만남조차도 두려워졌다. 혹시라도 자신의 이름으로 인해 아들에게 누를 끼치는 일이 생길까봐 경태에게까지 개벽이 이름을 밝히지 못했다. 염병할, 누가 이런 사회를 조장했단 말인가. 광주는 고개를 숙인 채 두 손으로 욱신거리는 머리를 감싸쥐었다.

왼쪽 머리에서 계속 통증이 일자 광주는 이불 위에 다시 누워 눈을 감았다. 생각을 멈추고 싶었지만 많은 기억이 살아서 꿈틀거렸다. 그러다 불현듯 광주는 벌떡 일어나 방 안을 서성거렸다. 그는 수화기를 들고 전화를 걸었다. 신호가 세 번울리자 상대방이 전화를 받았다. 전선을 타고 온 '톡' 하는 또렷한 소리가 수화기에서 울려오자 그녀의 얼굴이 환하게 떠올랐다.

"납니다."

톡, 치는 응답소리가 들렸다. 물건을 납품할 때 썼던 둘만의 신호 방식이었다. 한 번 치면 긍정의 뜻이고 두 번 치면 아니고 틀렸다는 부정의 뜻이었다. 광주의 입가에 슬그머니 웃음이 배어들었다.

"처음으로 혼자만 두고 와서 걱정했더니 다행이군. 부탁이 있소."

톡, 하며 알았다는 신호가 들려왔다.

"아무래도 통장에 있는 돈을 써야 될 것 같소. 내가 마음대로 써도 될까 싶소."

갑자기 전화기에서 '톡' 소리가 대여섯 번 울렸다. 그는 영문을 몰라 다시 물었다.

"써도 된다는 뜻이오?"

톡, 하고 한 번의 소리가 명쾌하게 울렸다. 광주는 알 수가 없어 다시 물었다.

"거참, 혹시 조금 전에 여러 번 친 건 마음대로 쓰라는 뜻이오?"

또다시 여러 번 '톡' 소리가 울렸다. 광주가 웃음을 터트렸다. 그녀가 통장을 넘겨줄 때 느꼈던 따뜻한 감정이 되살아났다. 훈훈한 기분이 그를 감싸주었지만 이내 그녀에 대한 미안한 마음이 들었다. 여자로서, 인간으로서 상상하기 어려운 고통을 받으며 살아왔던 그녀. 한번도 그녀의 상처를 보듬어 준 적이 없었는데 오히려 그녀가 지금 자신을 품어주고 있구나 싶었다. 투명한 물빛 같은 그녀의 눈망울 뒤편에 켜켜이 쌓여 있은 그녀의 상처가 깊끝처럼 마음을 긋고 지나갔다.

그녀는 스무 살 나이에 대구에서 신발 공장을 다녔다. 그곳에서 공장장의 술수에 넘어가 강간을 당한 뒤 그의 노예처럼 살았다. 많은 여공들을 겁탈하는 등 악랄하기로 유명했던 공장장은 그녀 주변에 해녀 어머니 말고는 아무도 없다는 사실을 알고 난 뒤부터 유독 그녀를 노리개처럼 함부로 갖고 놀았다.

시간이 지날수록 안하무인으로 굴었던 공장장은 그녀에게 폭행을 해대며 월급까지 가로챘다. 그녀는 그에게서 도망치고 싶었지만 슬도에 있는 어머니까지 죽어버리겠다는 협박이 무서워 짐승처럼 잡혀 살았다. 두 번의 낙태를 했고, 세 번째 임신을 했을 때에는 피임도 못하는 병신이라고 매타작을 당해 유산을 했다.

　삼 년의 지옥 같은 삶에서 견디다 못 해 어느 날 그녀는 자살을 시도했다. 월세 단칸방에서 세숫대야에 물을 떠다놓고 면도날로 그은 손목을 담근 채 실신했지만 손이 밖으로 빠져나오는 바람에 죽지 못하고 공장장에게 발견돼 병원으로 옮겨졌다. 그녀가 깨어났을 때, 공장장은 악마처럼 그녀의 귀에 대고 속삭였다. 또다시 자살을 시도하기만 하면 그녀의 어머니가 자고 있을 때 찾아가 불을 질러 감쪽같이 태워 죽여버리겠다고.

　그 후 그녀의 머릿속에선 온통 공장장을 죽여야 한다는 생각뿐이었다. 여전히 공장에서 여공들을 괴롭히는 그를 보면서 그녀는 황산을 구입했다. 그가 술이 취해 잠들어 있을 때 그의 사타구니에 거침없이 황산을 들이부었다. 사내는 벌떡 일어나 비명 섞인 고함을 지르며 달려들었지만 그녀는 그의 얼굴에도 남은 황산을 뿌린 뒤 스스로 경찰서를 찾아가 자수했다.

　다행인지 불행인지 공장장은 목숨을 건졌으나 성불구자가 됐다. 해녀 할멈은 삼 년 동안 온갖 기관을 찾아다니면서 탄원을 했고 마침내 법정 투쟁을 통해 그자를 구속시켰다. 하지만 그는 교도소 안에서 일 년도 버티지 못하고 점점 정신까지 이상해지다 끝내 정신병원으로 옮겨졌다. 그녀 역시 그 일을 저지르고 경찰서로 찾아가면서부터 입을 닫고 세상과 단절을 했다. 법정에서 판사는 그녀에게 칠 년 형을 선고했다.

　"일을 다 보는 대로 곧장 집으로 돌아갈 거요. 돌아갈 때 소주 한 병 사갈 건데 안주 좀 맛있는 거 해줄 수 있소?"

'톡' 소리가 경쾌하게 울리자 광주의 콧잔등이 씰룩거렸다. 그녀의 뒤틀렸던 삶이 그녀의 얼굴에 창백한 밀랍처럼 덧씌워져 있었다. 광주는 그녀의 상처를 씻어주고 싶었다. 그녀도 자신도 새로운 삶을 다시 시작하고 싶다는 간절함이 가슴 깊은 곳에 멍울져 있는 어둠을 밝히며 불씨처럼 반짝였다.

광주는 여운처럼 남아 있는 그녀의 마음을 간직한 채 여관에서 나와 자동차 공장 면회실로 들어갔다. 추모사업회 방문 신청을 하고 십 분쯤 기다리자 누군가가 나와 자신에게 인사를 했다. 현장 활동을 했을 때 봤던 인물이었지만 이름이 기억나지 않아 쭈뼛거리자 상대방이 차석주라고 밝혔다.

"맞다, 차석주! 야, 오랜만이구나."

자석수는 노농법 개정 투쟁, 98년 정리해고 투쟁 때 함께했던 후배였지만 2000년 이후 비정규직 투쟁에 연대하면서부터 더 잘 알게 된 사이였다. 정규직이면서도 비정규직 투쟁에 적극 결합해 유난히 눈에 띄었던 젊은 활동가였다.

"자네 추모사업회에서 일하나?"

"아닙니다. 지금 추모사업회가 회의 중입니다. 오늘 비정규직 집회가 있거든요. 그래서 제가 대신 나왔습니다."

"지금 작업 시간이잖아?"

"해고잡니다."

광주가 눈산을 찌푸리며 물었다.

"뭔 짓을 했길래 해고자여?"

"비정규직 투쟁을 같이했다고 손배 가압류까지 두둑하게

먹었습니다."

"이런 썩을 새끼들! 몇 억? 아니면 몇 십억?"

"하하, 비정규직 투쟁에 연대한 건이랑 안전사고 투쟁 등등 합쳐서 몇 십억쯤 될 겁니다."

사측은 2013년 신규 채용을 시작으로 2016년 사내하청 노사 합의를 통해 채용 원서를 쓴 비정규직들에 한해 손배를 풀어주고 정규직으로 채용했다. 손배 가압류는 비정규직 투쟁에 연대한 사람들도 함께 걸려 있었다. 그 바람에 정규직으로 채용된 사람들의 손배 가압류 금액까지 고스란히 이들이 떠안게 되었다.

차석주와 얘기를 나누면서 정문으로 들어서자 광주는 만감이 교차했다. 수많은 해고자들이 정문을 뚫고 들어가기 위해 안간힘을 썼던 곳, 봉수 역시 저 문을 넘지 못하고 핍박을 받다가 죽음으로 넘어선 곳, 이젠 비정규직들을 가로막고 있는 정문, 언제까지 이 문은 완전히 열리지 않을 것인지….

정문 안으로 들어가 양봉수가 쓰러졌던 곳을 지나치자 광주는 살갗이 타서 검게 흔적을 남겨놓았던 콘크리트 바닥을 떠올렸다. 지금은 소나무 두 그루가 삐죽 솟아 있는 작은 정원이 된 저 밑에 김민식이 뿌렸다는 그의 뼛가루가 남아 있을지도 모를 일이었다. 광주는 그 상흔의 역사를 현대자동차 조합원들이 얼마나 알고 기억하고 있을까, 생각해보다 고개를 저었다.

"요즘 조합은 어때?"

"옛날하곤 많이 다르죠."

"어떻게 다른데 그래?"

"노동조합이 중병에 걸린 비대한 공룡이 돼버렸죠. 대부분의 문제들이 간부들만의 협의에 의해 결정됩니다. 권력이 집행부에 집중되면서 견제 기관도 사라지고 있고요."

1998년 이전 대의원들은 노조 집행부의 결정이 잘못되면 부결시켰고 대의원들이 잘못하는 게 있으면 소위원들이 강력하게 질타해서 문제를 바로잡기도 했었다. 하지만 현재 소위원은 2006년 금속산업별 노조로 전환되는 과정에서 본래의 역할과 위상에 맞는 '현장조직위원'으로 명칭이 변경됐지만, 오히려 현실은 현장 투쟁을 조직하는 역할이 아니라 대의원의 말을 전달하는 존재로 전락했고 대의원이 되는 발판으로 변질되었다. 대의원들 역시 집행부가 결정한 사항을 추인해주는 역할로 그 위상이 추락하면서 조합원들은 소통의 창구를 잃어가고 있었다.

"예전에 양봉수 열사가 해고자 신분이면서도 매일 대의원 보고대회를 현장에서 했다고 들었습니다. 지금은 그런 보고대회도 거의 사라져버렸죠. 가끔 노동조합의 원칙을 말하며 제대로 역할을 수행하려는 대의원이 있으면 유도리 없다며 유별난 놈 취급을 당하기도 합니다. 현장 투쟁도 어렵습니다. 요즘엔 조합원들이 '이러다간 누가 나서서 라인 끊겠냐'라고 말하기도 합니다. 현장 문제로 라인을 끊으면 고소, 고발, 손배, 해고가 당연시됩니다. 그래도 싸울 수밖에 없어서 싸우고 나면 정당한 조합 활동으로 인정받아 신분 보장을 받을 수 있도록 처음부터 다시 애를 써야 합니다. 의결 기구에서 인정한 활동만 신분 보장을 받을 수 있기 때문이죠. 그러니 누가 앞장서서 싸울 엄두를 내겠습니까? 선투쟁 후보고 하는 활동 풍토가 사라지면서 현장 조합원의 목소리가 죽어가는 것이죠."

"이거 웬 개뼉다귀 씹는 소리여? 현장은 현장 조합원들이 만들어가는 게 우리 노조의 기본 아니었는가? 이영복 체제 시절 봉수가 해고됐을 때 면직자라고 무시했고, 분신해서 죽었을 때도 노조와 관계없는 죽음이라고 외면했었는데. 야, 아무리 노조가 맛이 갔다고 해도 이게 말이 되는 소린가? 양봉수의 죽음으로 민주노조를 재건시킨 자들이 어찌 이럴 수 있단 말인가? 그러면서도 그들은 양봉수를 열사라고 부르고 있겠지, 이런 염병할 놈들!"

광주는 침을 튀기며 분개하고 차석주는 씁쓸하게 웃었다.

"이제 회사는 애써 현장과 직접 상대하기보다는 문제가 생기면 집행부에 연락해 해결해달라는 편한 방식을 취합니다. 요즘은 현장에서 자발적인 싸움도 거의 일어나지 않지만 혹 발생하더라도 집행부가 해결사로 나서는 상황이 돼버린 거죠. 갈수록 조합의 집행 권력이 강화되고 협상 중심의 해결이 잦아지면서 노동조합은 회사와 현장이 충돌할 때 스펀지 같은 역할을 하는 것 같습니다. 현장에서 올라오는 요구나 분노도 빨아들이고, 회사의 탄압이 계속되어도 이에 맞서 투쟁을 조직하기보다 사측의 입장을 살피며 타협만 하려고 하고… 마치 갈등을 완충시키는 스펀지 같다고 해야 하나? 이런 상황이 관행처럼 되풀이되다 보니 현장에서 무슨 문제가 생기면 조합원 스스로가 싸울 생각은 안 하고 집행부에 해결해달라고 합니다. 노동조합이 무슨 고충처리기관도 아닌데 말입니다. 그러다가 중대한 일이 발생했을 때, 집행부는 대의원들에게 안 싸운다고 탓하고, 대의원들은 집행부가 안 싸운다고 티격태격하니 회사가 얼마나 편해졌겠습니까? 집행부하고만 잘 타협하면 되니까요. 이제 사측은 임단협 투쟁에 대해서도 빠삭합니다. 언제 투쟁해서 언제쯤 끝날 것인지 다 알고 있고, 무엇을 주고 무엇을 빼앗아야 할지도 알고 있는 거죠."

"자네 너무 과장하는 거 아닌가? 자네하고 생각이 틀리다고 너무 몰아치는 거 아냐?"

"선배님처럼 현장에서 저를 그렇게 보는 사람들도 많습니다. 심지어는 저를 교육시킨 일세대 선배들 중에서도 꼴통으로 몰아붙이는 사람들이 있습니다. 저는 그들에게 배운 원칙을 열심히 지켜온 것뿐인데 말입니다. 그래서 비정규직 투쟁에도 적극 결합했고 대의원이 돼서도 라인을 주저 없이 끊어 해고됐어도 전혀 후회가 없었구요. 물론 노조에도 좋은 분들 있습니다. 비정규직 투쟁을 여러 가지로 힘써주신 분들도 많습니다. 하지만 조합 활동은 1998년 이후 오랫동안 사측의 의도에 맞게 변질된 것도 분명합니다. 여러 가지 이유가 있겠죠. 자본주의 사고가 쓰나미처럼 전 국민을 강타하고 사측의 노무관리 방식이 교묘해지고, 공권력에 대해서는 무력감에 젖어 있고, 민주파 활동가들의 패배 의식이 만연해지면서 개량화되고, 성과급을 통한 임금 상승으로 조합원들의 삶의 질이 변하면서 의식이 퇴화됐다는 등등 많은 이유를 댈 수 있을 겁니다.

그렇다고 자본주의사회에서 노동자의 위치가 달라지는 건 아니지 않습니까? 그 모든 이유 때문에 노동자 정신이 증발돼서는 안 되는 거 아니겠습니까? 중심을 잃지 않고서도 노동조합을 제대로 이끌어갈 수 있는 거 아니겠습니까? 많은 활동가와 조합을 이끌어가는 사람들이 스스로 편한 길을 선택하면서 자신도 모르는 사이에 권력화된 거라고 봅니다.

요즘 어떤 중요한 사안이 있어서 회의를 하다 보면 회의가 끝나기도 전에 관리자들이 회의 내용을 알고 있습니다. 누군가가 회사와의 대결을 피하지 않고 맞서면 회사는 사돈에 팔촌까지 동원하고 심지어는 예상치도 못한 사람들까지도 끌어들입니다. 저 역시 어느 날 아버지의 친구라며 고향 향우회 회장이라는 사람한테 느닷없이 전화가 와서 황당했던 적이 있습니다."

"자네 아버지 향우회까지 동원한 거구만, 썩을 놈들!"

"사측의 모든 힘은 돈이니까요. 그들은 오랫동안 치밀하게 그런 방식으로 각 공장의 현장 조직을 장악하고 타협을 만들어내는 풍토를 만들어온 것이죠. 집행부가 그런 흐름을 좇아가면서 조합원들의 의견은 무시한 채 회사와 마주 앉아 타협만 만들어내고 있죠. 그러다 보니까 집행부는 노동조합이 자신들의 것인 양 착각하게 되는 겁니다. 소통은 없고 조합이 임단협만을 위한 해결사 단체로 전락해버린 거죠. 그러면서 실질적인 연대 투쟁과도 멀어진 거고 비정규직 투쟁에도 소극적이었던 거라고 봅니다. 노조가 자기중심을 갖고 사람다운 세상을 만들어가는 연대를 하는 것이 아니라 회사의 울타리 안에서 그들이 주는 밥그릇에 코를 박고 사는 노조로 변해왔다는 겁니다. 우리의 그런 모습을 보고 다른 노동자들이 '귀족노조'라고 비난하죠. 그게 단순히 임금이 높아서 그런 게 아닙니다. 만일 임금이 높고 대우가 좋다는 것만 보고 비난한다면 그건 질투와 시기심일 뿐이겠죠. 기업이 줄 수 없는 임금을 주고 해줄 수 없는 대우를 해주겠습니까? 그 이상의 이윤을 벌어들이기 때문에 우리 역시 당연히 높은 임금을 받아내야 하는 것입니다. 우리 노조가 귀족노조라고 비난받는 건 다른 노동자들의 고통과 눈물을 외면하고, 연대를 포기하고, 노동자의 정신을 망각하고, 노동조합의 사회적 책무를 포기했기 때문일 겁니다. 저기…, 일단 비정규직 노조 사무실에 잠시 들어가시죠."

차석주의 이야기를 들으면서 광주는 지난밤 술이 취해 분개했던 경태의 모습을 떠올렸다. 그는 조합이 가져야 할 정체성을 무너트려온 행위들 중 하나가 노조 간부들의 도덕성 타락에 있다며 핏대를 바짝 세웠었다.

"광고비 사건으로 위원장이 물러났던 거 기억하십니꺼?"

"알지. 정리해고 이후 자동차 해외 매각을 저지한다며 정작 회사에서 돈을 빌려 한겨레 신문에 광고한 사건이잖아."

경태가 고개를 끄덕이며 말을 이었다.

"그거 말고도 채용 비리, 선물 비리, 오만 사건들로 논란이 많았심더. 정리해고 투쟁 전까지만 해도 도덕적인 문제는 입 뗄 것도 없었는데 그때 이후로 가관이었심더. 양정벌 늑대라 카면서 성과 분배 투쟁할 때 억수로 소리 쳐대던 위원장 사건도 모리지요? 그 냥반도 회사한테 2억 받았다가 들통나서 쫓겨났심더. 그뿐이면 얼매나 다행이겠능교? 심지어 일부 전직 위원장들이 업체를 차렸다는 소문도 파다합니더."

"너가 알 정도면 다른 사람들도 다 안다는 건데, 그런 놈을 그냥 놔뒀어?"

"행님, 노조 간부들 중에 음식점, 유흥업소 같은 장사 시작한 사람이 태반임더. 와? 회사에서 팔아준다 아입니꺼. 그러니 누가 누굴 응징하겠능교?"

술이 머리끝까지 올라왔던 경태는 절망스러운 표정으로 독기를 잔뜩 뿜어댔다. 광주는 어디에다가 말도 못 하고 가슴앓이 했을 경태의 시퍼런 분노를 쓸쓸하게 바라봤다. 자동차 공장 노조가 살아나기를 바라는 간절한 그의 마음이 거친 언어 뒤편에서 꿈틀거리는 게 느껴져 숨이 막혀왔다.

광주는 한숨을 내쉬며 참담한 기분에 휩싸인 채 차석주를 따라갔다. 창문 가득 붉은 글씨로 '노동해방'이라고 써 붙인 건물로 가자 계단 아래에 만들어놓은 작은 사무실이 있었다. 문을 열어보니 책상 하나만 덩그마니 놓여 있는 게 지하 월세 단칸방 같았다.

"여기가 비정규직 노조 사무실이여?"

한기가 돌고 있는 사무실 안을 들여다보는데 차석주가 이층도 있다고 해서 따라 올라갔다. 누런 장판을 깔아놓은 사무실에는 앉은뱅이책상이 있고, 그 위에 컴퓨터가 놓여 있었다.

"거참, 한심하군."

"그래도 정규직에서 내준 사무실입니다."

광주는 정규직 노동조합 사무실을 떠올리며 입안에 쓴 물이 고였다.

"비정규직 투쟁은 어찌 돼가나?"

"많이 힘듭니다."

"정규직 된 비정규직들이 함께 투쟁에 나서 주는가?"

"하하, 정규직으로 채용된 6천여 명 중 대다수가 투쟁을 거치지 않고 정규직에 채용되다 보니 노동조합에 대한 관심이 별로 없는 상태입니다. 비정규직 투쟁이 정규직이 되는 투쟁만이 아닌데 그렇게 흘러갔습니다. 자본주의사회에서 태어나 자본이 가르쳐준 것에 익숙해져버린 세대라 그렇기도 하겠지만 싸움을 잘못 이끌어온 것은 아닌가 자책도 큽니다."

"부품사 비정규직 중에 누군가가 고공농성하고 있다는 말을 들었는데 제대로 투쟁은 하고 있는 건가?"

광주는 차석주를 통해서 아들에 대해 조금이라도 알고 싶어 무심한 듯 물었다.

"멋진 친굽니다. 의식도 좋고 의지도 강하구요."

"대학 나온 친군가?"

"전문대 나온 걸로 알고 있어요. 최광우가 아주 아끼는 후배죠."

아들에 대한 소식을 듣자 광주의 가슴이 뭉클해졌다.

"여기서 담배 피워도 되나? 거참, 요즘은 아무데서 담배도 못 피우게 아니 불편해 죽겟구먼."

"피우셔도 됩니다."

차석주는 창문을 열고 앉은뱅이책상 위에 있던 사기그릇을 광주 앞에 놓았다.

　"그나저나 자네가 볼 때 노동조합이 제 역할을 다하는 노동자의 집으로 변할 기미는 없어 보이는가?"

　"노동조합은 조합원이 살아 있으면 얼마든지 변할 수 있다고 봅니다. 양봉수 열사의 죽음을 보면서 엄혹했던 어용노조 하에서 조합원들이 스스로 떨쳐 일어나 민주노조를 다시 세웠죠. 누군가 제대로 앞장서기만 한다면, 조합원들은 늘 투쟁을 선택하고 따라옵니다. 저 역시 얼마 전까지 대의원 활동을 하면서 라인을 끊었을 때 회사가 아무리 협박해도 조합원들이 작업에 복귀하지 않았던 모습을 기억합니다. 오히려 조합원들이 나서서 회사 관리자들에게 물러가라고 큰소리 치기도 했고요. 현장 문제를 같이 논의하면서 스스로 풀어나가는 것을 기쁘게 받아들였습니다. 장기근속자 선배들도 오래전 투쟁했던 경험들을 다 갖고 있고 그때의 마음도 완전히 잊지 않고 있구요. 노동조합은 조합원들을 위한 조직입니다. 조합원의 목소리를 모으고 그들의 단결된 힘을 모아야만 위급한 상황이 와도 막아낼 수 있는 겁니다. 이제라도 조합원들이 진정으로 노동조합의 주인이 되게 해야 된다는 것이죠.

　가끔 노동운동을 안다고 하는 사람들이 노동운동은 이제 끝났다거나, 점진적으로 사회는 변화될 수밖에 없다거나, 노동자의 계급성을 주장하면 과격하다고 지껄이는 말을 들으면 화가 납니다. 그들이 하는 말의 귀결점은 대부분 입으로만 민주주의를 내세우는 기득권자들의 논리를 반영하고 있거든요. 그래서 이 사람이 어떤 사람인가 보면 모두 기득권 쪽에 붙어먹고 있거나, 그쪽으로 못 가서 안달이 난 사람들이더라구요."

"그려, 나도 예전에 그런 인간 쪽에 서 있었지. 흐흐 쑥스럽구만."

"선배님, 새로운 변화는 기존의 질서를 깨트리는 것으로부터 온다고 하잖습니까? 올해 박근혜가 구속당하고 새로운 정권이 들어섰듯이 변화는 늘 온다고 봅니다. 우리 공장에도 소수지만 변화의 흐름을 만들어가려는 활동가들이 있습니다. 노동조합 위원장들 중에서 그런 시도를 했던 사람들도 있었지만 풍토를 바꾸는 게 쉽지 않았죠. 노동조합 일세대 선배들 중에서도 활동을 하고 있지는 않지만 많은 분들이 노동조합이 제 역할을 찾아주길 바라는 마음도 많이 봤습니다."

"그려, 김민식이도 가끔씩 비정규직 투쟁에 참여한다는 소리 들었네."

"그분만이 아니죠. 앞에 나서지 않지만 가끔씩 어깨를 두들겨주는 선배들도 많이 봅니다. 그럴 때 정말 눈물 날 정도로 고맙고 힘이 나죠. 지금 전 세계적으로 자본주의는 불안한 상태에 있습니다. 우리 사회도 그렇고 우리 공장도 그렇죠. 우리 공장이라고 쌍용자동차와 같은 일이 일어나지 않는다고 누가 보장할 수 있습니까? 무분규를 선언한 현대중공업 20년 어용노조의 철옹성이 무너질 줄 누가 알았겠습니까? 어용의 그늘 아래서 신음하던 노동자들은 조선업이 휘청거리자 민주파를 위원장으로 당선시켰습니다. 그건 조합원들이 누가 올바른 정신으로 자본가들과 싸울 사람들인지를 알고 있다

는 겁니다. 그들은 지난 20년 동안 회사의 악랄한 현장 통제
와 노무관리로 손발이 묶여 있었습니다. 선거에서조차 자신
이 지지하는 민주파 후보를 뽑을 수 없을 정도로 압박을 받
았죠. 그래서 중공업에 다시는 민주노조가 자리 잡을 수 없
다고들 했지만 조합원들이 용기를 내서 아무도 예상하지 못
한 변화를 선택한 거 아니겠습니까? 이걸 보면서 저는 어둠은
빛을 이기지 못한다는 촛불 시위의 구호를 떠올리며 힘을 얻
을 수 있었습니다.

신념이 요구되는 시기라고 봅니다. 옳은 것을 지키고 그것
을 넓혀가는 것은 작은 불씨가 큰 불씨로 살아나는 것 아니
겠습니까? 그런 신념을 버리지 않는 사람들이 중공업에 남아
있었기 때문에 중공업 노조가 민주노조로 변할 수 있는 기회
를 갖게 된 것이구요. 사람이 사는 곳을 사람이 변화시키지
않으면 누가 바꿔나가겠습니까? 지난번 촛불 시위를 촛불 혁
명이라고 하는 사람들이 있지만 저는 그걸 속죄 의식으로 봤
습니다. 우리가 사회에 대해 관심을 제대로 갖지 않고 적극적
저항을 하지 않았기 때문에 그런 사태를 만든 것 아니겠습니
까? 그래서 겨울 내내 주말이면 촛불을 들고 우리가 방관했
던 시절을 참회하며 적폐를 청산하자고 모여든 것 아니겠습
니까? 그렇듯 노동조합 역시 조합원들의 의식이 바로 설 때
제대로 된 노동자의 집이 될 거라고 믿고 있습니다."

광주는 차석주에게 쌍용자동차 해고 사태와 중공업 노조
의 소식을 상세히 들었다. 민주노동당도 정파적 입장으로 갈
라지고 박근혜 정권이 법을 내세워 통합진보당을 부당하게

강제 해산시킨 이야기도 알게 되었다. 민주노총 역시 여전히 중심을 잡지 못한 채 민주노조 운동을 활발하게 이어가지 못하고 있다는 답답한 소리도 들었다. 광주는 줄담배를 태우면서 한숨을 토해냈다. 세월이 흐를수록 세상이 좋아지기는커녕 훨씬 나빠졌다는 생각만 들었다.

세상살이가 나빠졌다는 것은 그 이유를 불문하고 사람들의 책임이라고 느껴졌다. 차석주가 전해준 소식들은 암울했지만 그의 마지막 한마디가 광주의 마음을 흔들었다. 신념이 요구되는 시기! 광주는 차석주의 눈빛에서 어둠 속을 밝히는 한 줄기 밝은 빛을 보며 그에게 마음의 박수를 보냈다. 두 사람은 비정규직 사무실을 나와 추모사업회로 향했다.

"추모사업회 건물은 예전 그 자리인가?"

"그렇죠. 그런데 지금은 추모사업회가 아니라 '열사회'라고 부릅니다. 추모에서 그치지 않고 열사들의 정신을 계승하여 실천하자는 의미에서요. 사무실은 저쪽으로 돌아서 들어가시면 제일 끝 쪽에 있습니다."

공장은 예전보다 많이 다듬어져 있었다. 콘크리트 바닥을 아스팔트로 만들어 거리가 환하고 산뜻했다. 광주는 오래전부터 그 자리에 있던 새마을금고를 보자 은행 일 좀 보고 가겠다며 차석주를 먼저 보냈다. 은행으로 들어선 그는 소파에 앉아 통장을 꺼내 펼쳐 보았다. 통장 안에는 할머니가 남겨놓고 간 돈과 십이 년 동안 차곡차곡 모아둔 돈이 제법 쌓여 있었다. 그는 창구로 가서 통장을 하나 새로 개설하면서 실명 아래 부기를 표시했다.

아들에게 실제로 도움을 줄 수 있는 것이 돈밖에 없다는 사실이 안타까웠다. 자기 이름으로 통장을 만들 수밖에 없어 개설했지만 어쩌면 아들이 받지 않을지도 모른다는 생각이 들어 부기 표시를 했다. 그는 통장을 받아들고 메모지를 한 장 챙겨 소파로 돌아와 앉았다. 아들에게 해주고 싶은 말을 쓰고 싶었지만 글은 안 써지고 가슴이 미어졌다. 지금의 아들 모습을 자신이 만든 것 같아 한참 동안 눈을 감은 채 앉아 있다가 볼펜을 꾹꾹 눌러가며 몇 문장을 썼다. 그는 메모지를 통장 사이에 넣고 비닐 주머니에 넣은 뒤 열사회로 향했다.

"야, 이거 죽었다 살아왔다는 김 서방 만나는 것 같네."

'열사정신계승사업회' 문패가 걸린 문을 열고 들어서자 사무국장 박대철이 느물거리며 다가와 손을 내밀었다. 그는 공장에서 둘째가라면 서운할 만한 괴짜였는데, 정리해고 투쟁 때 사수대원으로 펄펄 날았던 도장부 동료였다. 한여름에 덥다고 작업복 겨드랑이와 무릎에 커다란 바람구멍을 내고, 작업장 곳곳에 빈 페인트 깡통을 의자 대신 놓았다. 조장, 반장들이 난리를 치면 '환경을 바꾸면 하라 해도 안 한다'며 응수해 그들의 골머리를 썩힌 사람이기도 했다.

"니가 사무국장 한대서 깜짝 놀랐다. 인생 역전이다, 박대철!"

오랜 친구를 만난 것 같이 열사회 친구들을 보자 엊그저께 만난 사람처럼 살가웠고 반가웠다. 그 옛날처럼 사무실 왼쪽 난간 위에 양봉수, 서영호를 비롯한 현대자동차 노동열사들 영정이 걸려 있었다.

"와, 소식도 없이 왔능교? 형님하고 술 한잔 해야 하는데 곧 비정규직들 집회가 시작돼서 나가봐야 합니다."

"그래? 나도 오랜만에 투쟁 한번 하세."

"그러면 형님이 오늘 대가리 한번 박으소!"

박대철이 호탕하게 웃었다. 우울하게 가라앉았던 마음이 풀리면서 광주의 입에서도 웃음이 터져 나왔다.

"갑시다, 정문으로!"

열사정신계승사업회에 모여 있던 사람들이 사무실 한쪽에 잔뜩 세워져 있는 피켓 중에서 비정규직 철폐에 관한 것들을 차에 옮겨 실었다. 광주는 밖으로 나가기 전에 봉수의 영정을 다시 쳐다봤다. 새까만 눈썹, 부리부리한 눈, 두툼한 입술, 우직한 표정. 봉수의 눈빛이 살아 있는 듯 자신의 눈빛에 닿자 그가 보고 싶었다.

봉수야, 니가 원했던 노동자의 집을 보고 있나? 너로 인해 만들어진 민주노조가 좀 번듯해지도록 힘 좀 써줘야 하지 않겠냐? 기다려라, 아들만 잠시 보고 솥발산에 가서 우리 실컷 얘기라도 나누자.

광주는 봉수를 비롯한 열사들을 눈에 담고 돌아섰다. 열사회 차량에 올라탄 박대철이 빨리 차에 타라고 재촉했다. 차가 정문으로 다가가자 소란스러운 소리들이 들려왔다.

"비정규직 철폐하라!"

들어올 때 보지 못했던 비정규직 노동자들 오십여 명이 정문을 향해 드러누운 채 소리치고 있었다. 열사회 사람들은 그들 앞에 서서 도로를 향해 피켓을 들고 섰다. 경비들이 바리케이드 앞에 서서 비정규직들이 정문으로 들어오지 못하도록 삼중으로 인간 벽을 만들어놓고 있었다.

비정규직 노동자들이 일어나 경비들과 몸싸움을 시작했다. 도로 앞으론 자동차가 달리고 지나가는 사람들은 파업 현장에 익숙해져 있는 듯 힐끗 쳐다보다 무심히 지나쳤다. 비정규직들은 한참을 경비들과 씨름을 하고 나서 거리 행진을 시작했다. 시위대들은 인근 부품 회사 비정규직 노동자의 고공 농성장으로 향했다. 그들은 염포삼거리로 걸어가면서 노래를 부르고 구호를 외쳤다.

아들을 향해 발걸음을 옮기자 광주는 발목에 쇠사슬을 묶어놓은 것처럼 걸음이 무거워 시위대 뒤를 힘겹게 쫓아갔다. 살아온 세월이 먼지를 뒤집어쓴 낡고 두터운 외투처럼 등 뒤에서 질질 끌려왔다. 배수로에 버려진 아버지의 죽음같이 추레했던 삶. 살아남기 위해 주먹질을 하던 순간들, 내가 누구인지 돌아볼 겨를도 없이 타인의 삶처럼 살아온 삶, 자신의 의지와는 상관없이 흘러온 많은 시간들이 폐수처리장에 고인 썩은 물 위의 거품처럼 부글거리며 일어났다.

흩어지면 죽는다, 흔들려도 우린 죽는다.

비정규직 노동자들이 부르는 노래 가사마저 달리는 자동차들이 던져놓고 가는 바람처럼 허망했다. 인간이라는 게 도대체 뭐냐고 소리쳤던 봉수의 말이 가슴에서 다시 파문을 일으키며 파고들었다. 아버지에서 아들로 이어지는 노동자라는 이름의 굴레 속에서 노동자들의 고단한 시간들이 여전히 쳇바퀴처럼 돌고 있다는 사실이 서글퍼 광주는 하늘을 올려다봤다.

산다는 것은 무엇일까. 슬도에 묻혀 섬처럼 스스로 울타리를 치고 살면서 수없이 되뇐 질문이었지만 구름처럼 허공에 그림만 그려놓다 사라지곤 했다. 그냥 눈을 감고 귀를 닫은 채 풍경이 되어 살았던 십이 년의 세월. 그런 삶도 나쁘지 않다고 여겼으나 풍경에 담겨 있던 그 시간들도 액자 밖으로 나오자 바람처럼 사라져버렸다. 마음의 감옥에서 벗어났다고 믿으며 살아왔건만 실상은 또 다른 마음의 감옥에 갇혀 돌아보고 싶지 않았던 시간들을 외면해왔다는 걸 오늘 아침 꿈을 꾸고 나서 뼈저리게 느꼈었다.

염포삼거리에서 꺾어지자 고가도로 바로 밑 난간에 철골과 나무로 덧대 상자처럼 만들어놓은 둥지가 위태롭게 매달려 있는 게 보였다. 둥지 네 귀퉁이에는 멀리서도 볼 수 있게 깃발이 꽂혀 휘날렸다. 그 안에 서서 시위대들을 향해 누군가가 손을 내뻗고 있었다. 얼굴 형상이 뚜렷하진 않았지만 광주는 한눈에 아들이라는 걸 알 수 있었다.

끝 모를 서러움이 밀려들었다. 노동조합이 만들어진 기쁨 때문에 생겨난 아들, 개벽이의 이름이 입안에서 맴돌자 광주의 눈에 눈물이 고였다. 그는 염포삼거리에 서서 더 이상 앞으로 나아가지 못했다. 비정규직 시위대가 아들을 향해 함성을 지를 때마다 온몸이 저릿저릿 아렸다.

미안하다, 아들아. 너무 미안했다, 아들아!

광주는 흐르는 눈물을 감출 수 없어 뒤돌아섰다. 한 달 가까이 물과 소금만으로 버티고 있다는 아들이 걱정스러웠고 한번도 아들을 찾아보지 않았던 자신이 한없이 죄스러웠다. 비바람에 떠밀려 바위에 몸을 던지는 파도처럼 가끔씩 아들을 그리워했을 뿐 아무것도 아들을 위해 해준 것이 없었다. '당신'이라고 부르던 아들의 눈빛처럼 목숨을 허공에 매단 아들이 자신을 이방인처럼 쳐다보고 있는 것 같았다. 비정규직 철폐하라는 노동자들의 절규가 끊임없이 달려와 그의 등짝에 더께처럼 쌓이자 광주는 죄인처럼 시위 현장에서 벗어나 왔던 길로 되돌아 걸었다.

속절없이 눈부신 햇살이 쏟아져 내렸다. 비를 막기 위해 천막으로 겹겹이 지붕을 둘러싼 비정규직 농성 텐트는 초라해 보였다. 텐트 앞에 깔린 궁색한 은박 돗자리에 두 사내가 앉아 있었다. 그들 앞의 닫힌 공장 정문에는 경비 서너 명이 서성거렸다. 광주는 비정규직 철폐 조끼를 입고 있는 두 사내에게 다가갔다.

"싸우느라고 고생들이 많습니다."

느닷없이 광주가 나타나 말을 걸자 두 사람이 일어났다.

"고공농성하는 친구 잘 압니까?"

"그럼요, 잘 아는 동지죠. 근데, 누구신데요…."

한 사내가 경계심을 보이며 말꼬리를 흐렸다.

"응원하는 사람이니까, 걱정하지 않으셔도 됩니다. 부탁이 좀 있어요."

광주는 주머니에서 통장을 꺼냈다.

"이걸 고공농성하고 있는 사람에게 전해주셨으면 해서요."

"이게 뭔데요?"

"그냥 전해주시면 그 친구가 압니다. 꼭 부탁 좀 드립니다."

광주는 통장을 건네주고 돌아섰다. 통장을 받아든 노동
자가 광주의 뒷모습을 지켜보다가 자리에 앉았다. 그는 고개
를 갸웃거리며 비닐에 들어 있는 통장을 꺼냈다. 도장과 함께
나온 통장을 펼치는데 메모지가 눈에 띄었다.

아들아, 내 아버지도 노동자였는데 너도 노동자가 됐구나.
아버지로서 그 이름을 물려준 것 같아 가슴이 아프지만 나
는 네가 자랑스럽다. 우린 노동자이기 전에 인간이다. 인간
이라면 인간답게 살아가는 길을 걸어가야 하지 않겠니? 내
비록 부끄러운 아버지이지만 네가 그 길을 찾아가기를 간절
히 인한다. 지금 너의 투쟁이 그 길을 찾아가는 빛나는 길이
되기를 기원하고 또 기원하마! 이 통장은 아버지로서 네게
주는 것이 아니라 너희들과 함께 세상을 바꿔나가고 싶어 하
는 한 노동자의 마음으로 받아주기 바란다.

비정규직 노동자는 통장의 이름을 보다가 그 밑에 부기 표
시된 글을 읽고 광주를 쳐다봤다. 통장 속 김광주의 이름 밑
에는 '노동자의 이름으로'라는 글씨가 선명하게 박혀 있었다.

작가의 말

삼 년 동안 지속적으로 소설을 썼습니다. 대부분 먼저 세상을 떠난 사람들의 발자취와 민중의 고단한 삶을 들여다보는 글들이었습니다. 이번 글을 다 쓰고 나서 많이 아팠습니다. 몸도 마음도 많이 상해 다시는 소설을 쓰지 않았으면 좋겠다는 생각이 수시로 떠올랐습니다. 그러나 내 의지와 다른 무엇인가가 있는 것 같습니다. 가끔 세상 밖의 소리가 듣기 싫어 눈을 감아보지만 평생을 보고 느끼고 움직여왔던 몸과 마음의 기억은 나를 그냥 놔주지 않습니다. 눈뜨는 순간부터 하루 종일 내게 수많은 질문을 던집니다. 도대체, 왜?… 언제 끝날지 모르는 그 질문들에 대한 대답을 귀신에 들씌운 사람처럼 중얼거리는 짓이 언제쯤이나 그치게 될지 모르겠습니다.

돌아보면 내 삶도 순탄치 않았습니다. 저는 열네 살에 처음 실[絲]공장에 들어갔습니다. 지금도 그때 실공장 풍경이 눈에 선합니다. 나무 판자로 지어진 실공장 안으로 들어오는 햇살 줄기 위에서 춤추는 뿌연 먼지들, 지린내 나는 골방에 앉아 마가린을 넣고 끓인 라면을 허겁지겁 먹던 시간, 검정고시 공부 하겠다고 점심시간에 영어 공부를 했다가 꼴값 떤다며 나를 죽을 듯이 팼던 고참의 광기 어린 눈빛. 아마도 그 눈빛은 자신의 절망스러운 현실에 대한 두려움과 분노의 눈빛이었을 겁니다.

운이 좋아 대학물까지 먹어봤지만 광주항쟁이 일어났습니다. 엄혹했던 그 끔찍한 시절에 떠밀려 농촌을 떠돌며 돼지도 키우고 닭도 키우며 남의 집 일꾼으로도 몇 년 살았습니다. 그리고 생존을 위해 공장에 들어갔을 때 만났던 노동운동가들. 인연이란 그렇게 이어져 노동운동을 하다가 소설을 쓰고, 소설을 쓰면서 노동운동의 외연 확장을 위해 시작했던 『삶이보이는 창』이라는 잡지. 그 잡지를 만들면서 노동문화운동에 깊이 관여했다가 다시 나이 오십 중반에 공장에 들어갔습니다.

삼십 년의 세월이 지나 들어간 공장은 옛날보다 나아지기는커녕 더 나빠져 있었습니다. 삼 년 동안 공장을 다니면서 내가 살아온 세월이 불쌍하고, 억울하고, 분노로 치밀어 올라 죽을 것 같았을 때, 다시는 못 쓸 것 같았던 글이 찾아왔습니다. 새벽마다 환청에 시달리면서 미친 듯이 삼 년 동안 글을 썼습니다.

이번 글을 쓰면서 많은 것들을 더 깊이 보면서 배웠습니다. 자본주의사회에서 노동자는 영원한 핍박의 대상이 될 수밖에 없다는 것, 자본은 결코 공동체의 희망을 만들어주지 못한다는 것, 내가 겪어온 세월 역시 자본과 권력으로부터 민중들이 지독한 폭력을 당해온 역사라는 것, 불행하게도 그건 자본주의가 지속되는 한 끝나지 않을 것이라는 것….

도대체 왜 현실은 이렇게 흘러가야만 하는가? 그 물결을 인간을 살리는 길로 돌릴 수는 결코 없는 것인가? 아마도 제가 쓰고 있는 모든 글들은 그 의문에 대한 답을 찾고자 하는 과정일 것입니다. 이 소설에 나오는 인물들은 양봉수, 서영호, 정재성 열사만 실존 인물이고 나머지는 모두 허구의 인물들임을 밝혀둡니다. 동시에 이 글 속에서 일어난 모든 사건은 사실이며, 『현자노조 20년사』를 바탕으로 썼음을 알려드립니다.

  이번 소설을 쓸 수 있도록 도와주신 많은 분들이 있습니다. 인터뷰에 응해주셨던 사십여 명의 사람들, 글을 쓰는 동안 생활 자금을 마련해준 '서영호·양봉수열사정신계승사업회', 많은 자료와 좋은 말들을 들려준 사이버노동자대학 김승호 선배, 지친 몸을 일으켜 세워 작업할 수 있도록 공간을 내주고 어깨를 감싸주셨던 경원사 주지 효림 스님, 매일매일 출근하듯 찾아가 글을 쓸 때 물심양면으로 도움을 주셨던 문막도서관 선생님들과 시설 관리 아저씨, 또 글을 같이 읽어주며 울산 사투리 표현에 도움을 준 나순현 님, 그 외 글의 내용을 감수해주셨던 많은 분들과 등 뒤에서 늘 응원을 보내준 수많은 분들에게 고마운 마음 전합니다.
  부디 이 글이 이 땅의 모든 노동자들에게 작은 힘이라도 될 수 있기를 간절히 바랍니다.